草莽枯れ行く

北方謙三

集英社文庫

目次

草莽枯れ行く

第一章　丁目の男

一

一両分の駒《こま》が置かれた。

「なんでえ、お侍」

「これで、張ってみてくれ」

「よそからの回しは受けねえよ。俺のやり方じゃねえんでね」

「博奕《ばくち》を打ちに来てるんだろう、あんた。俺も同じさ。ただ賽《さい》の目に賭《か》けたんじゃなく、あんたに賭けた」

若い武士は、口もとにかすかな笑みを浮かべていた。

「俺に回すんじゃなく、くれてやろうってことかね？」

江戸の賭場《とば》は方々にあるが、このところ旗本屋敷が増えているという。わずかな寺銭を当てにして、奥の座敷を貸したりするのだ。御家人《ごけにん》の株も金でたやすく買えて、誰でもその気になれば武士にもなれる。

「あんたに賭けた、と言ったろう。好きな時に、そいつを張ってみてくれ」

眼は真剣だが、邪気はない。どこか、嫌味にならない青臭さも漂わせている。

「自分で張れねえようなら、賭場に出入りするな」

「賽の目に張るのだけが博奕じゃない。ふとそんな気がしたもんでね」

男の口もとも、もう笑ってはいなかった。

「わかった」

ひと言呟《つぶや》き、待った。盆茣蓙《ぼんござ》では勝負が続いている。中盆の声は、夏の蝉《せみ》のように同じ文句をくり返していた。

それから三度目の勝負で、一両分のすべてを張った。毛返しなどのいかさまは使っていない。若いころ、自分がよくいかさまを使ったので、見ていれば大抵は見当がつく。

「二、五の半」

負けた。

次郎長《じろちよう》は腰をあげた。つきのない時の博奕は、いつまでも続けるものではない。

潜《くぐ》り戸から、外へ出た。小石川の旗本屋敷である。天領でも藩領でも、武家屋敷が賭場になっていることなど、ほとんど考えられなかった。こんなことがあるのは、江戸だけである。

「待てよ」

声をかけられた。まだ陽は落ちていない。冷たい風が吹いているだけだ。

「なにか用か？」

「あれで勝負を切りあげることはないだろう。あと五度やれば、三度はあんたが勝ったと思う」

「俺に賭けた一両が惜しくなったのか、若《わ》けえの？」

男は大小を差しているが、根っからの武士とも見えなかった。

「まさか」

「なら、忘れることだ。こだわらせて金を吸い取るのが、賭場ってとこだ」

「なるほどね」

男が笑った。笑うと、幼いと言っていい表情が顔を包む。

「あんた、博奕打ちなんだね。見ていて、なんとなくそんな気がした。だから、あんたに賭けてみたんだ」

「負けたよ」

「いかさまか？」

「いいや。いかさまだったら、俺は見破れる。まともな勝負だったから、負けたのさ」

「しかし、あんたは丁にしか張らない。来た時から、ずっとそうだった」

実際、いままで丁以外に張ったことはなかった。博奕をはじめた時から、ずっとそうだ。それが、次郎長のやり方だった。丁目の出を読む。それで勝ったこともあり、負け続けたこともある。いかさまは見破り、貸元と話をつけて十両か二十両の金をせしめる。刃傷沙汰《にんじょうざた》になることもあるが、それは覚悟がある方が必ず勝つ。

「あの張り方、気に入ったよ」

「もう、俺につきまとうな、若けえの」

「勝つ気はあるんだろうが、下卑た欲はない。そういう張り方だった。俺はそう見たよ。だからあんたに賭けようと思ったし、負けても惜しくはなかった」

次郎長は、むこうから歩いてくる五、六人の武士に眼をむけた。覇気に似た気配が、その集団から強く漂い出している。近づくほどに、それは大きくなった。擦れ違う時、長身の男と眼が合った。思わず、身構えかかった。そういう眼だった。

若い男も、その集団と擦れ違うまで、黙って歩いていた。

「試衛館のやつらだな。この近くの、小さい道場さ。食いつめて、浪士隊に加わるって噂《うわさ》だ」

「浪士隊？」

「将軍が京へ行く。それを護らせようってんで、誰かが食いつめ者《もん》を集めてるんだ。旗本八万騎なんて、屁《へ》みたいなもんだよ。いざとなりゃ、刀も抜けやしない」

あまり関係のあることではなかった。

「俺は、相楽総三《さがらそうぞう》という。志を持った仲間を集めているところだ。いろいろと回って、江戸に戻ってきてね」

「山本長五郎《ちょうごろう》」

「おう、聞いたことはあるよ。清水《しみず》にいる次郎長さんだね」

博徒の世界で多少名は売れているとはいえ、貫禄《かんろく》があるとは自分では思っていない。縄張りらしい縄張りもなく、三保《みほ》に小さな賭場がひとつだけだ。子分たちには、いつも苦労をかけている。

「俺は、博奕でどんな張り方をするかで、その男の生き方が見えると思っている。あんたのような張り方をする男を、はじめて見たね。そして好きになった。俺には、あんな張り方はできないしね」

相楽総三という男を、それほど嫌な男だとは思わなかった。青臭いが、それなりに面白い。清水にいる時なら、酒ぐらい一緒に飲もうという気になったかもしれない。兇状旅の途中だった。遊び人ふうに賭場に出入りできるのも、草鞋《わらじ》を脱いだ先がよかったからだ。

「俺はこれで」

「待てよ、次郎長さん。こういう会い方をしたのも、なにかの縁だろう」

「やくざにゃ、縁なんてもんはねえよ。義理と恩があるだけでね」

それでも、相楽はついてくる。

「ひとつだけ言っておくが、人をたやすいものだって見ねえことだ。俺は、丁にばかり張って生きてきた。意味はねえんだ。ただそう決めただけさ。だから、生き方なんてもんにも関係ねえ」

「あるさ」

「やめな。男が、くどい真似《まね》をするんじゃねえよ」

「そうだな」

相楽が、黙ってうつむいた。言われたことは、なんでも素直に取る。そういう性格でもあるらしい。志などと言っていたが、それも誰かに吹きこまれたのか。

「じゃあな」

「いつか、また会える。そう思ってる。いや、清水に行った時は、あんたのところに草鞋を脱がせて貰《もら》う」

白い歯を見せて笑い、相楽は踵《きびす》を返した。

ようやく陽が落ちかけているが、町場に入ると人は多かった。兇状旅で江戸にいられる。こんな御時世だからだ。尊王だとか、攘夷《じょうい》だとか、外国船がどうしただとか、お上の眼はそっちにむいていて、やくざなど見えてはいない。大老や老中という、幕府のてっぺんにいる人間が、殺されたり刺されたりもしている。なにかが大きく動いている、という気分が次郎長にはあった。

世の中がどう動こうと、やくざはやくざで、屑《くず》はどんな世の中にもいるのだとも思う。

「お帰りなさいまし」

小政が声をかけてきた。ほかにお相撲の常を連れた、三人の兇状旅である。

馴《な》れていた。やくざの世界に足を入れてからは、ほとんど旅の空にいたと言ってもいい。博奕で、なんとか口を糊《のり》してきたが、それでもひどい暮しだった。旅に伴った女房のお蝶《ちょう》を、医者にも診せてやれないまま、名古屋で死なせた。

情無い男だと、しばしば思う。腰を据えた大親分にもなれなかった。

「どうです。江戸の賭場は？」

「どうってことねえ。まともにやってやがって、つけ入る隙《すき》はねえな」

いかさまを見つける。同じ稼業の者として、貸元に話をつける。その時は、小政の腕も役に立つし、小政もそれを待っているようなところがある。博奕で稼ぐより、その方がずっと早いのだ。

「ところで、一刻《いっとき》ほど前に、新門《しんもん》の親分が顔を出されました」

「ほう、なんか用だったのか？」

「わかりません」

次郎長が草鞋を脱いだのは、浅草町火消し、お組の新門辰五郎《たつごろう》の家だった。若い衆が四十人ばかりいる。若い衆の宿舎のひと部屋を、辰五郎は快く貸してくれた。ただし、組の若い衆と博奕はやらないという条件がついている。

「おめえら、お組の若い衆を集めて、遊びなんかしてねえだろうな」

「やっちゃおりません。一番やりそうなのは親分ですよ」

小政が笑った。

辰五郎の家に草鞋を脱いで、すでに四日が経つ。居心地は悪くなかったし、辰五郎がなにか言ってくることもなかった。

「俺の方から、行ってみるか」

次郎長は、そのまま辰五郎のいる居間の方へ行った。着物も与えられたので、江戸の町人というなりである。長脇差は、旅の衣装と一緒に収《しま》いこんであった。

辰五郎はすでに還暦をすぎていたが、眼光に若々しさは失っていなかった。町火消しとしての名は、清水でも聞えているほどである。どういう男か見てやろうという気軽な気分で顔を出してみたが、逗留《とうりゅう》を勧められたのだった。それもやくざのやり方ではなく、遠来の友人でも迎える感じでだ。小政など、それが逆に気にかかっているらしい。

「親分、なにか御用だったそうで」

次郎長が入っていくと、すでに晩酌をはじめていたらしい辰五郎は、顔をほころばせて手招きをした。

次郎長は正座し、猪口《ちょこ》に一杯だけ酒を受けた。唇を湿らせるだけである。酒は、躰《からだ》に合わなかった。清水で客を迎える時も、酒の相手は大政にさせる。

「なに、用事ってほどのこともねえが、おまえさん旅が多そうなんで、ちょっとばかり話を聞きてえと思ってね」

「あっしにわかることでしたら、なんなりと」

「中山道に、やくざは？」

「そりゃもう。甲州あたりは相当なもんでござんす。まあ、上州と較べりゃましでございますが」

「ほう、上州のやくざは荒っぽいか？」

「いえ、しきたりが面倒なところでしてね。挨拶《あいさつ》の通し方、口の利き方、身なり、礼の返し方、そういうのにうるさいんで。上州は避けて通ろうっていう、急ぎ旅の者《もん》もいるぐらいです」

「大前田栄五郎が大親分だな。おまえさん、顔見知りかね？」

「はい、いろいろ因縁がございまして」

「ちょっとばかり含むところがある、ってことかい」

辰五郎が笑い声をあげた。大前田とは、やがて正面切って敵対しなければならないかもしれない。やくざの喧嘩《でいり》は、成行だと次郎長は思っていた。成行がそうなれば、仕方がないのである。

「俺は、甲州の方にちょっとばかり関心があってな。中山道を二、三百人の暴れ者《もん》が通る。どうせ大人しくしちゃいねえだろう。それを、地元のやくざは黙って見逃すかな？」

「親分が通られるんですか？」

辰五郎の子分は、住込みだけでも四十人。全部合わせると二百人はいると言われている。

「二、三百人となれば、亀が甲羅に首をひっこめたようになるでしょうな。上州の大前田は別でしょうが」

「俺が通るんじゃねえ。江戸でいま、浪士隊というのが集められている。京へ行かれる公方《くぼう》様の警固をするのが役目だ。まあ、一応そういうことになっちゃいるが」

相楽総三が言っていたことだった。御政道の動きは激しい。清水の一介のやくざには、よく見えないほど速い。

「浪士隊の監督をされるのが、俺が親しくしていただいているお方でな。道中を、えらく心配しておられる。酒、女は仕方ねえにしても、押込みなんて真似をされたんじゃな」

「公方様をお護りする役目のお侍が、押込みなんて」

「そんな時代さ」

辰五郎が、遠くを見るような眼をした。

「甲州あたりまでで、人を見きわめる。役に立ちそうな人間か、ただの食いつめ者《もん》か。それで、なんとか様になる浪士隊ができる。俺が親しくしていただいているお方は、そうおっしやってる」

「つまりは、甲州あたりで、いろいろ起きそうだってことですね」

「それで、俺が甲州に行く。おまえさんにも同行してもらいてえと思ってな」

「それは」

甲州には、黒駒《くろこま》の勝蔵《かつぞう》がいる。二度ほどぶつかったが、大喧嘩《おおげんか》にはまだなっていない。お互いに、相手を手強《てごわ》いと見た。睨《にら》み合ってみれば、それはわかる。

「あっしじゃ、まずいと思います。ほかのところなら、まだ懇意にしている親分衆もいねえことはありませんが、甲州はちょっと」

「それでいいんだ。話は俺がする。とにかく、やくざの親分衆と話がしたい」

辰五郎が、次郎長を温かく迎えたのは、そういうことに使おうという気があったからなのか。とにかく、恩義はある。自分が甲州に入れば、竹居《たけい》の吃安《どもやす》や祐天《ゆうてん》仙之助などという大親分衆も黙ってはいないだろう。

「あっしが行けば、甲州はひと騒動になります。それでよろしいんなら」

辰五郎が頷《うなず》いた。小肥《こぶと》りで色白の顔の、眼のあたりがかすかに赤らんでいる。

「正直言うが、俺はおまえさんを利用しようとしている。とにかく、誰も経験したことのない御時世なんだ。俺はまた、誰かに利用されているんだろうし、いまは公方様をお護りするのに、いくらかでも役に立ちゃ、それでいいと思ってる」

辰五郎が、次郎長を見つめてくる。

「あっしのようなやくざにとっちゃ、公方様がどうとかいうことは、どうでもいいんです。

正直に申しますがね。その日暮しの旅の空で、受けた恩義だけは忘れまい。やくざってのは、そういうもんでございます」

「わかった。しかしやくざであろうが町火消しであろうが、御時世に無縁じゃいられなくなる。俺はそう思うぜ」

次郎長が江戸にいられるのも、乱れた御時世だからだ。数年前までは、兇状旅で江戸にいるなどとは、信じられないことだった。

陽が暮れていた。

戻ると、小政とお相撲の常が、夕餉《ゆうげ》の膳を前に待っていた。

「甲州へ行くぞ」

言うと、二人の顔つきが変った。理由は訊《き》いてこない。親と決めた人間に従うのも、またやくざだった。細かいことではいろいろ訊いてきても、大きなことには黙って従う。

「勝蔵とやり合うんじゃねえ。辰五郎親分の役に立てればってだけのことだ。死ななきゃならねえ時は、俺は死ぬ。おまえらは、俺より先だ」

「わかりました」

「じゃ、飯をいただこうか。常、飲みたきゃ俺に遠慮することあねえぞ」

「常は、飯の方でさ」

丼《どんぶり》に二杯の飯が出る。それは食いきれるものではなく、真中だけひと口食って、そこに飯を足してもらって、二杯である。やくざの迎え方を辰五郎はよく知っていた。

「甲州ですか。上州よりかましかな」

呟くように、小政が言った。

二

辰五郎は、単身だった。

二百人からの若い衆がいるので、少なくとも四、五十人は連れてくると思っていたが、供は次郎長ら三人だけである。

甲州に入ってからは、山肌に雪が見えた。辰五郎は意外な健脚を示し、三日目には甲府に入っていた。宿も三人と相部屋である。

「甲府勤番ってのは、旗本の島流しみてえなとこで、浪士隊が通り過ぎるまでじっとしてようって肚《はら》さ」

「旗本八万騎って言いますが、戦になってそれが出てくりゃ、どんな敵だって相手にならねえんじゃありませんか？」

「侍ってのはよ、小政、もう斬《き》った張ったはやらねえんだよ。俺ら町火消しなんかの方が、ずっと暴れてきたね。俺が餓鬼だったころからそうだった。親父や爺《じい》さんの代もそうだったんだろう。特に、旗本、御家人はな」

「じゃ、なんのためにいるんですかい」

「さあな。俺らは、火事を消す。火事がねえ時は、町内のどぶをさらったり、人のいやがる仕事をしたりしてる。だけど、旗本、御家人がなんの役に立ってるか、俺らにゃよくわからねえな。立派な方もいらっしゃる。ごくわずかだがな。あとは穀潰《ごくつぶ》しだってのは、言い過ぎかもしれねえが」

辰五郎と小政の話を聞きながら、次郎長は往来を見降ろしていた。自分が甲府に入ったことは、もう甲州のやくざには知れているはずだ。竹居の吃安がどう出るか。いや、その下にいる黒駒の勝蔵がなんと受け取るか。

しばらくして、次郎長は通りのむこう側にいる二人が、場所を変えながら宿を窺《うかが》っているのに気づき、にやりと笑った。どこかのやくざのもとに草鞋を脱ぐのではなく、宿に泊っていることが不可解なのだろう。

宿のまわりに人が集まりはじめたのは、それから一刻もしてからだった。喧嘩仕度こそしてはいないが、殺気立ってはいる。

「辰五郎親分、そろそろ誰かがあっしを呼び出しに来ると思うんですが」

「黒駒の勝蔵の身内かね？」

「多分、それに近いやつらです。甲府に入っても、挨拶も通さねえってんで、快く思ってない親分衆もいるでしょうし」

「で、どうするんだ、ふだんの旅だったら？」

「出て行きます」

「三人でか？」

「こうなりゃ、仕方ねえです。宿にゃ堅気の人間ばかりで、やくざの喧嘩沙汰にゃ巻きこめませんので」

「なるほどな。殺されるのは覚悟の上か」

「やくざだって、死にたかねえです。ただ、なにがなんでも生き残ろうとは思ってねえわけで。つまりは、清水の山本長五郎の名は大事にしてえわけです」

「武士の魂のようなものが、いまはやくざに移ったか。町火消しも同じだ。だから気持はわかる」

「呼ばれりゃ、出ていかざるを得ませんが、その前に辰五郎親分のためにやっておくことを、おっしゃっていただけませんか」

「なんもねえよ。俺も一緒におまえさんと出ていく」

「そりゃいけませんや。やつら、俺に用事があるだけですんで」

「俺は、やつらに用事がある」

辰五郎が笑った。それならそれでいい。喧嘩沙汰になる覚悟ぐらい、辰五郎はすでにしているのだろう。

「それじゃ、こっちから出ていきませんか。呼ばれて出ていくのも業腹なんで。外にいるやつらは、親分が行きたがっているところへ連れていってくれますよ」

辰五郎が頷いたので、次郎長は小政と常に声をかけた。二人が長脇差を持って立った。

「そいつを、やめにしてもらいてえんだ、次郎長さん。俺ら町火消しの喧嘩は鳶口《とびぐち》だが、俺もそれは持たねえ。喧嘩道具を持つなってのは酷な言い方だとわかって、頼んでる」

次郎長は頷いた。これは辰五郎のための旅である。しぶる小政や常にも、長脇差を置かせた。

宿の下駄を借り、次郎長を先頭に往来に出ていった。すぐに、二十人ばかりが取り囲んでくる。鯉口《こいぐち》を切っている慌て者もいた。次郎長は、辰五郎を庇《かば》うようにして立った。

「眼がねえのか、てめえら。俺が丸腰だってのはわかるだろう。さっさと、連れていけ」

囲んだ集団が動きはじめた。通行人は、道の端に寄って見守っている。

連れていかれたのは、宿場のはずれの神社だった。大木の下に、十人ばかりが待っていた。竹居の吃安の後ろに控えていた勝蔵が、じっと次郎長に眼を据えて出てきた。

「清水の。丸腰ってのは、俺たちを舐《な》めてやがるのか。それともなにか魂胆があるのか？」

「別に、なんにもねえよ。たまにゃ、丸腰ってのも悪くねえ。それだけのことさ」

「はなから、かなわねえと踏んで、丸腰で切り抜けようって肚は見あげたもんだが、竹居の親分も挨拶がねえと気分を悪くしてなさる。それに俺にゃ、おまえが甲州に入ってきたわけがわからねえ」

「来ちまってるんだ。わけなんかどうでもいいだろう。つべこべ言う気もねえよ。俺たちを甲府に置いとくつもりはあるか。それとも追い出すか、斬り刻むか？」

「わからねえな、清水の。まるで死にに来たみてえなもんじゃねえか」

「どう取ってくれてもいい」

「置いとくつもりはねえぞ」

吃安が口を出した。吃るのは危なくなった時だけで、自分が優位に立っている時は決して吃らないと聞いたことがあるが、まんざら嘘《うそ》でもなさそうだった。

「無事に甲州を出られるかどうかは、おまえのやり方次第だぜ、清水の。勝蔵はおまえを斬りたがってるし、俺の肚ひとつで全部決まる」

「どうすりゃいいんです、竹居の親分？」

「挨拶を通さなかったんだ。それなりのやりようはあるだろうが」

吃安は、挨拶代りに小判でも出せと言っているのだろう。勝蔵よりずっと貪欲《どんよく》な男だった。

勝蔵は、斬りたがっているというより、次郎長の肚を測りかねている。

「竹居の親分。あっしは急ぎ旅の途中で、懐の具合はからっきしでして」

「それじゃ、犬の真似でもしてみるか。都鳥《みやこどり》一家を叩《たた》き潰して、いま売り出しの次郎長が、俺の前じゃ犬の真似をしたってんなら、挨拶がねえのも納得できる。犬なら、仁義を心得てなくても、仕方ねえものな」

小政が、吃安に飛びかかりそうになった。腕を摑《つか》んで、次郎長がそれを止めた。辰五郎は黙って見ているだけだ。これは辰五郎の旅だ、と次郎長は自分に言い聞かせた。

「三遍回って、わんとでも吠えりゃいいんですかい」

「褌《ふんどし》を取れ。四這《よつば》いになって、そこの木の根っこに片脚あげて小便してみろ」

小政の全身に力が入る。長脇差を持っていれば、とうに抜いているだろう。顔は赤黒くなっている。

「おう、そこの小せえの。なんて眼で俺を睨みやがる」

「やめろ、小政」

次郎長は言い、土の上に正座した。

「竹居の親分、男にゃできることとできねえことがある。人の上に立つ人だ。それぐらいわかるでしょう。できねえことをしろと言われりゃ、男は死ぬしかねえ。すぱっとやっておく

「おお、やってやる」

吃安が柄に手をかける。止めたのは勝蔵だった。黙って、辰五郎が次郎長の前に出た。小柄《つか》だが、貫禄は半端ではない。吠えるような声を、吃安があげた。

「竹居の親分だね。俺は、江戸浅草の、新門辰五郎って者《もん》だ。次郎長は、俺を案内してここへ来ただけさ」

「新門辰五郎だと」

「町火消しは、火事場じゃ命を賭けるが、やくざじゃねえんで、挨拶もしなかった。わかるかね、次郎長は、この辰五郎の連れなんだ」

「なにが、新門だ」

さらに言い募ろうとして、吃安はひどく吃った。勝蔵が代りに口を開いた。

「こういうことを、新門の親分さんがなさる。なにかわけがおありなんでしょうね」

「頼みてえことがあってきたのさ。しばらく、府内の賭場を閉めちゃくれねえか?」

「ほう、やくざの飯の種を」

勝蔵は、さすがに落ち着いている。吃安も、話は勝蔵に任せたという表情をしていた。

「わけがあるから、頼んでるんだ。それに、これはあんたらのためでもある」

「やくざのためとは、どういう意味でございましょう、親分さん」

「しばらく、社殿の下ででも話をしたい。竹居の親分をはじめ、重立った人たちとだ」

「いいでしょう。次郎長を見逃すかどうかは、また別の話になりますが」

吃安が、社殿の方へ歩き、それに四人が続いた。勝蔵は、辰五郎を導くという恰好《かっこう》である。

「大丈夫だ。黒駒の勝蔵は男と見た」

立ちあがりかけた次郎長を制し、辰五郎が言った。ほかの子分は、大木の下でひと塊《かたまり》になっている。

次郎長は、そこで待った。話にそれほど長い時はかからなかった。吃安が不満そうだが、勝蔵にたしなめられている。見ていて、それぐらいはわかった。

やくざにとって、賭場を閉めるというのは、看板を降ろすのにも似ていた。本気で、辰五郎はそれをさせようとしているのか、と次郎長は思った。戻ってきた辰五郎は、にこにこと笑っている。

「賭場は閉めてくれるそうだ。おまえさんに来てもらってよかったよ。でなけりゃ、なかなか甲州の親分衆にゃ会えなかっただろうからな」

辰五郎が、次郎長の腕を叩いた。

「それからおまえさんたちは、甲州にいる間、清水一家じゃねえ。この新門辰五郎の身内ってことだ。いいね」

「勝蔵が、それを承知してくれたんで？」

「あっさりとな。吃安の方は不満そうだったが、渋々承知した」

「いつまで、賭場を閉めさせるんで？」

「浪士隊が通り過ぎるまでだ」

帰り道は、誰もついてこなかった。辰五郎が、どんな話し方をしたのかわからないし、訊こうとも思わなかった。ただ、新門辰五郎の名がものを言っただけでなく、実物の貫禄が無理な話を承知させたのだろう、と次郎長は思った。

三日目に、先発隊と称する十人ほどの武士が甲府に現われた。

あまり宿から出ないようにしていた次郎長は、辰五郎に言われてその十人について歩いた。府内の商家を回り、なにか申し入れている。浪士隊に軍資金を出せ、と言っているのがしばらくしてわかった。なにがしかを包んで出した商家もある。

「出さなかったところが、本隊が着くといやがらせを受けるな」

報告すると、辰五郎はそう言った。

「浪士隊は、加われば何十両も出すと言っていながら、人数が多く集まりすぎたので、ひとり当たりわずかな金になった。それで商家を強請《ゆす》る。賭場で増やそうとする者も出てくる。それを、甲府で引き締め直すのだそうだ」

辰五郎も誰かに命じられて、この旅をしている。誰が誰に命じているのか、上の方へいけばわからなくなるのかもしれない。

「侍じゃねえやつも、十人の中には混じってますぜ」

「そうなのさ。博徒までいるそうだ」

辰五郎が笑った。

小政と常は一緒に動いていたが、やはり同じような報告を持ってきた。刀を抜いた強請りもやったようだ。

本隊がやってきたのは、翌日だった。

辰五郎は、自分で見て回りはじめた。さらに二晩、甲府に泊るという。最初の夜から、浪士たちは傍若無人だった。酔って物は毀《こわ》す、民家にいやがらせはする。浪士同士で刀を抜いて喧嘩をはじめる。無法者の集団を、京に送りこむようなものだ、と次郎長は思った。しかも、将軍警固という大義の旗をあげているので始末が悪い。やくざの方が、ずっと統制がとれていた。

「いや、これで賭場でも開いていれば、それこそ甲府が戦場になってしまったな」

深夜、宿にやってきた武士が辰五郎に言った。武士は、次郎長に山岡だと名乗った。

「明日、組替えをする。目付の役をこなせる人物も、何人か選んだ。これから先の道中は、多少軍規に従って進めるだろう」

「御苦労様でございます」

「感心したぞ。どこを捜しても、甲府に賭場はないそうだ。女郎屋なら、ひどい刃傷沙汰にはなるまい」

男とは他愛《たわい》ないものだ、と山岡は言っているようだった。大きな男だった。それに眼光がすごい。こういう眼は、やくざにはいない。

「もうひと晩ございます、山岡様」

「明日の朝、四人江戸へ帰す。浪士隊から追放というかたちでな。商家に押しかけ、軍資金と称して金を強要した。三両、四両で引き退《さ》がっているところが、また情無い。軍資金なら三千両、四千両はいるものを、それだけの額を言い出す度胸もない」

「京へ行っても、御苦労なさいますな」

「俺は、おかしいと思ってるよ、辰五郎。清河《きよかわ》八郎が、表に出ようとしないのだ」

「おかしな男でございます。弁舌で幕閣を動かしたのでございましょうが、肚に一物を持った男でございますな。殿様は、あまり人をお疑いになりません。どうか心されますように」

「ありがとうよ」

山岡はにこりと笑い、眼を次郎長の方へむけた。

「やくざか？」

「へい」

次郎長は、眼をそらさなかった。こういう眼は、なんというのだろうか。死ぬ覚悟をした人間の眼とも違う。挑んでくるような眼でもない。吸いこまれそうな気がするだけだ。

「何人も、人を殺したな」

「へい。並べりゃ理由はいくらでもありますが、そんなのは言い訳にしかなりません。手にかけた命は、五つや六つじゃありませんで、いずれ自分もそんなふうにして死ぬだろう、と思っております」

「いままで、死ななかった」

「運がよかっただけでございます」

「面白い男を連れてきたな、辰五郎」

「清水で一家を張る、次郎長と申すもので。甲州の博徒を、ひとりで集めてくれまして」

「そうか。甲府勤番に依頼したが、埒《らち》が明かなかった。俺の手の者を出してみたが、博徒を見つけられもしなかった。それで辰五郎に頼んだんだが」

「私でも、無理でございました。次郎長が甲州に入ると、博徒の方から集まって参りまして」

「ほう、そんなに力のある親分か」

「いいえ、次郎長を殺そうと、集まったんでございます。そこへ堂々と出ていったこの男も、捨てたものじゃございませんが」

「命を賭けたわけだな。なぜだ、次郎長？」

「辰五郎親分に、恩を受けましたんで」

「それだけか？」

「そういうもので、やくざは動きます」

山岡は、まだ次郎長から眼を離さなかった。次郎長は、全身に汗が滲《にじ》み出すのを感じていた。辰五郎は、いつもの表情で酒を飲んでいる。

「武士には少なくなった、おまえのような男が」

山岡はそう言い、ようやく辰五郎に眼を戻すと、盃《さかずき》を差し出した。次郎長が銚子《ちょうし》に手をのばして注《つ》いだ。

小政が宿に駈《か》けこんできたのは、翌日の夕方だった。朝方、浪士隊の中ではなにかがあり、規律はずっとよくなっていた。

「常が、浪士隊と喧嘩だと？」

「すぐそこです。宿に戻る途中で、侍に因縁をつけられたんで。野郎鈍いんで、すぐに謝らなかったんでさ」

小政も一緒になって喧嘩をはじめなかったのは上出来だが、相手が浪士隊となると面倒だった。常は、侍のひとりぐらいなら絞め殺しかねない。

「あっしの身内のことです」

腰をあげようとした辰五郎を制止し、次郎長は外へ飛び出した。

常が、四人の浪士に囲まれていた。常の眼は、とろんとしている。限界に達している証拠だった。切れると、相手が刀を持っていようと頭突きである。

「常、動くんじゃねえ」

声をかけ、次郎長は常の前に立った。

「この男の連れでございます。どういう御無礼があったか存じませんが、あっしが代りにお詫《わ》びいたします」

「ほう、どう詫びるというのだ。こいつは、俺を指さして笑った。手打ちが当たり前だ」

「指さしちゃいません。笑いはしましたが」

常が背後から言った。ひとりの浪士の羽織が裏返しだった。なにか理由があるのだろうが、常はそういうものを見たら笑いそうだ。

「お侍さん、人間ってのは、笑いもすりゃ手も動かします。木彫りの人形《でく》じゃねえんですから。それにお侍さんは、羽織を裏返しに着ておられる。人の中をそうやって歩くのなら、指さされる覚悟ぐらいはなさっている、と思いますが」

「いや、町人に指さされて笑われるなど、俺は許せん」

「そういう人間を、捜しておられましたか？」

「なに？」

「笑ったら、無礼だと言い掛りをつける。子供もひっかからずに、この男がひっかかったみてえで、申し訳ないことです」

「俺は、お侍を笑ったんじゃねえ。羽織を笑ったんです」

常が、また叫ぶように言った。

「許せんな。おまえが詫びるなら、きちんと詫びてみろ」

「詫びております。さっきから、頭を下げてるじゃござんせんか」

「それで、詫びになるか」

「これが、あっしの詫びで」

次郎長は、正面の侍を見据えた。それ以上は、なにも言わなかった。ひとしきり、睨み合った。斬るなら斬れ。こういう時、いつもそう思う。死ぬ前に、のどぐらいは食い破ってやる。

侍の眼に、怯《ひる》みが走った。次郎長は、もう一度頭を下げた。侍が、気圧《けお》されたように、かすかに頷き、踵を返した。

「済みません、親分」

常が大きな躰を小さくした。

宿に戻ろうとすると、また侍が二人近づいてきた。ひとりに、見憶えがあるような気がした。長身で、さっきの侍などとは較べものにならないほど、眼がすごい。

「迷惑をかけた」

「いえ」

謝られ、とっさにどうしていいか次郎長にはわからなかった。

「しかし、武士を睨み倒すとはな。甲府の人間か？」

「いえ、旅人《たびにん》でございます。清水から、参っておりまして、次郎長と申します」

「憶えておこう」

侍はにやりと笑い、立ち去っていった。

江戸で会った。相楽総三と小石川を歩いていた時、擦れ違った一団の武士のひとりだ。なんとかいう道場の男たちで、浪士隊に志願したという話を相楽がしていた。

やっぱり来ていたのか、と次郎長は思った。しかも、ほかの浪士とはちょっと違う。朝の組替えで、目付の役にでもなったのか。ならば、あの山岡に少しは認められた男ということになる。

「めげるなよ、常」

宿に入ると、次郎長は言った。

三

浪士隊の数は、二百四十人というところだった。

ほとんどが食いつめ浪人か無法者の類《たぐ》いで、こんな集団に幕府がよく二千両もの金を出したものだ、と総三は思った。旅がはじまっても、ひどいものだった。女や酒は当たり前で、時には押込みまがいのこともしている。

清河八郎という男が、幕閣を誑《たぶら》かしたのだ。どういうやり方をしたのかわからないが、募集の時からいやな臭いがつきまとっていた。上洛する将軍の警固という役目も怪しいもので、清河の私兵という感じがある。

清河は、もともと尊王を説いていた。幕府の手先となったのなら、変節である。その変節も、どこかおかしいと総三は見ていた。

総三には、焦りもあった。その焦りがなにかということも、自覚していた。

時世に不満を抱《いだ》く武士を糾合して、どこの藩の指図も受けない浪士隊を作ろうというのは、総三が考えていたことだった。それを、清河に先にやられた。しかも、将軍を護るという名目である。

政事は、変らなければならない、と総三は考えていた。それも、半端な変え方では駄目である。すでに水は澱《よど》んでしまっているのだ。老中が代ったり、新しく政事総裁などという職を設けたところで、幕藩の体制は動かない。幕府も藩もなくしてしまうべきなのだ。

そのためには、朝廷が力を持つことである。その下で、新しい政事が行われることである。このまま幕藩体制が続けば、やがて外国の侵略を受けることになる。政事がしっかりするまで外国を受け入れず、新しい政事がはじまったのちに、外国と対等に付き合う。そのためにも、朝廷を中心とした、ひとつの国になる必要があるのだ。

幕府には、まだ力があった。それに対するに、農民の一揆《いっき》などでは、あまりに弱々しすぎる。それに一揆は、腹がくちくなればすぐに収まる。

やはり、武士の力ですべてを覆すしかなかった。いまの時勢の流れも、すべてが武士の動きである。反幕の勢力がひとつになれば、とは誰もが考えていることだった。ただ、藩は藩で、それぞれにいがみ合う。どこの支配も受けない、中核になる部隊が絶対に必要なのである。

「将軍警固の浪士隊だと」

甲府のはずれの小さな宿で、総三は何度もそう吐き続けた。幕府側に、先にそんなものを作らせるべきではないのだ。一応、旗本が数人入ってはいるが、裏で糸を引いているのは清河である。あまり幕府の支配を受けない動きをするに違いなかった。

清河が、浪士隊をどう動かすのか、その関心を総三は抑えきれなかった。潰れてしまえという気もあるが、甲府に到着して規律を引き締《し》めた気配である。

このまま、京まで監視を続けるつもりだった。すでに、浪士隊の百数十名の名は摑んでいる。腕だけは立ちそうな人間も、数十人はいた。わずかな金に釣られた、志もない人間ばかりだが、ひとつの力であることは確かだった。

金ならば、総三にもなんとかできた。親父が金貸しをして儲《もう》けた反吐《へど》が出るような金だが、逆にどこの支配も受けない金でもあった。志のためにそれを使うなら、親父の因業な商売も救われようというものだ。

甲府に到着した時とは見違えるようになって、浪士隊は出発していった。

清河は、その浪士隊から一日遅れたかたちで、七人の供と動いている。斬ることはできそうもない。北辰一刀流《ほくしんいっとうりゅう》の遣手《つかいて》だという噂だった。水戸《みと》で二度見かけたことがあるが、どうしても好きになれる容貌《ようぼう》ではなかった。

好き嫌いがはじめにあるのではない、と総三は思っていた。弁舌の巧みさの中に、嘘を感じてしまうのだ。志に殉じるという気配はなく、野心の醜さだけが総三には見える。

「相楽さんじゃねえか」

不意に声をかけられた。浪士隊と清河の間に入ったかたちで、甲府を出ようとしていた時だ。江戸小石川の、旗本屋敷の賭場で会った、清水次郎長だった。ほかに三人連れがいる。

「浪士隊にでも入ろうというのかね？」

「俺が、そんなことをするか」

言ってから、総三は年嵩《としかさ》の男に眼をやった。どこかで見たことがあると思ったが、思い出せなかった。

「あんたこそ、甲府でなにをしている、次郎長さん？」

「ちょっとした旅でね。いや、もう江戸に帰るところだ」

「甲府にいたなら、浪士隊の暴れぶりも見ただろう。あんなのが京へ行ったら、それこそ将軍の警固などではなくなる。すべてが狂ってしまっているんだよ」

「俺には関係ねえな。浪士隊が通り過ぎる間、甲府じゃ博奕が禁じられててね。その方がおかしな具合だったよ」

所詮《しょせん》は、博徒だった。ただ、この男には妙な魅力がある。賭場にいても、ひとりだけ違う光を放っているように、総三には見えた。

「もう通り過ぎた。東海道を行かず、中山道を進むところが、いかにも浪士隊の性格を現わしているがね」

「中山道じゃ、いけませんかい？」

年嵩の男が、不意に話に割りこんできた。

「江戸から京へ。東海道を通るのが、本道ってもんでしょう。わざわざ山中を通っていく。浪士隊が、東海道で騒動を起こすと困るからですよ」

「天子様の妹宮が、公方様に嫁入りされた。あの行列も、中山道を通ったじゃねえですか」

「同じ理由だね。あの婚姻には、異論があった。公武合体などと、夢物語を並べていましたからね。東海道では、襲われたかもしれない」

「誰に？」

「公武合体に反対する勢力にさ」

「それなら、東海道であろうが、中山道であろうが、同じでしょうが」

言われてみるとそうだが、あの行列は裏街道を下ってきた、としか総三には思えなかった。両方に、それだけやましいところがあったに違いないのだ。

「お若い方、あんまりものごとを決めつけちゃいけませんや」

「そうだね。俺も勝手に決めつけてしまうところがあって、それでよく失敗しましたよ」

「素直なお方だ」

年嵩の男が笑った。いやな感じではなかった。こういう感じというものは、大事だと総三は思っている。

「江戸に帰るのか、次郎長さん」

「一応だな。清水の様子を調べさせて、ほとぼりがさめていたら、清水だ。俺のような旅《たび》烏《がらす》は、どこにいたって旅さ」

「清水に、いつか草鞋を脱ぐよ」

次郎長が、かすかに頷いた。こういう男が百人も集まれば、と総三は思った。金で釣られるわけではない。志を同じくするのだ。浪士隊より、はるかに強固な部隊ができあがるだろう。

一緒に旅をしないか、という言葉を総三は呑《の》みこんだ。志などという言葉を、この男は受け付けはしないだろう。なぜか、そのことだけははっきりとわかった。

「俺は、京へ行くんだよ。浪士隊がどうなるか見届けたら、また江戸に戻るつもりだがね。その時は、清水を通る」

総三が言ったのは、それだけだった。

「三保に、俺の賭場がある。遊んで行きなよ」

「博奕打ちってのもいいね、次郎長さん。だけど、賽の目だけにすべてを賭けてしまってもいいのかい。俺は、なにかもの足りないような気がする」

「いいのさ。半端者《はんぱもん》には、半端者の生き方というやつがある」

また会おうと言ったが、次郎長は笑っただけだった。

気が急《せ》いていた。あまりのんびりとしていると、清河に追いつかれかねない。清河の連れの二人は、総三の顔を知っている。

次郎長と別れると、総三は道を急いだ。

甲府までの道中にあった乱れが、その先にはなかった。取締としてついている旗本たちが、しっかりと締めつけはじめたのかもしれない。それに、動きが急になった。夜になって宿場に入り、早朝には進発である。

酒だけは浪士隊に欠かせないようだが、女っ気も次第になくなった。京を目前にして、浪士たちも緊張しはじめたのかもしれない。

京での浪士隊の本拠は、壬生《みぶ》の新徳寺だった。全員がそこには泊れないので、周辺に分宿している。清河の宿舎を捜したが、見つからなかった。

浪士隊に異変が起きたのは、翌朝だった。

新徳寺に全員が集められ、そこに清河が現われたのである。浪士は自由である。幕府に縛られることはない。そう、浪士たちに説いたという噂だった。

その噂が本当だということは、やがて浪士隊が将軍の上洛を待たずに江戸に引き返す、ということで証明された。清河は、孝明天皇から攘夷の勅許《ちょっきょ》を貰《もら》っているという。

総三には考えられない、大転回だった。特に、勅許ということが、頭に焼きついた。

いま、この国にとって、勅許には絶対の重さがある。清河がどうやってそれを手に入れたかさえ、総三にはわからなかった。一介の浪士にすぎない総三には、その手蔓《てづる》がない。あるのは燃えるような志だけだ。

京を去っていく浪士隊を、総三は茫然《ぼうぜん》として見送った。

ただ、浪士隊のうちの二十数名は、あくまで将軍警固を主張し、京都守護職である会津藩の支配下に入ったという。

もっと人と人の繋《つな》がりが必要だ、と総三は思った。志だけを抱いていても、政事を動かし、すべてを覆すことなどできるわけがない。

江戸からの旅で、総三はそのことだけを思い知った。

三月四日に、将軍が上洛してきた。実に、二百三十年ぶりのことだという。

さすがに、京の警備は厳しくなった。特に、浪士に対する取締が厳しい。浪士隊の残留者たちは、新選組という組織を作って、浪士狩りに手をつけはじめた。会津の藩兵などより、ずっと乱暴だという噂である。

総三は、町人のなりをしていた。もともと下総《しもうさ》相馬の農民の出である。いまも、田畠《でんぱた》が相馬にはある。祖父の代から金貸しで儲け、赤坂に広大な屋敷を買った。身分は下総の郷士《ごうし》のままである。

国学と兵学を学んだが、剣の方は自信がなかった。頭の悪い人間がやることだ、と自分に言い聞かせてきたところがある。しかし、こんな時代になると、腕に覚えがあればと思わざるを得ない。

長州や薩摩《さつま》の、攘夷派の志士とも、しばしば会った。脱藩している者もいる。みんな、命などいらないというような迫力を漂わせていて、総三を圧倒した。それに対して総三は、まともに攘夷論をたたかわせることで、なんとか自分を保っていた。攘夷、攘夷と叫んではいるが、それは幕府に反対するためのものでしかない、ということも、話していれば読めた。まともな攘夷論にぶつかったのは、せいぜい二度か三度だった。

そして町人たちと喋《しやべ》ってみると、攘夷などどうでもいいと思っていることがわかった。

自分が武士なのか町人なのか、総三は昔から考えていた。国はすべての民から成り、武士はその中の一部である。その一部の者が、学問を修め、国がどうあるべきかを考えてきた。だからいま、時代の流れを導くのは武士であるべきなのだ。しかし、それは武士以外の民に受け入れられるものでなければならない。

民の意志が作られるのは、そこからだろう。そのために、武士は命を賭ければいい。米一粒も作ってはいない武士に、できることは命を賭けてすべての民を縛る古い価値を打ちこわすことである。

その命を賭ける覚悟が、総三にはなかなか決められず、悶々《もんもん》としていた。大した攘夷論も語れず、国がなにかという考えもない武士でも、命を賭ける覚悟を感じれば、気後れに似たものが襲ってくる。

将軍の在京の予定は十日だったが、幕府内や朝廷でいろいろと対立や混乱があり、江戸に帰る日は延びに延びていた。

尊攘派の志士の動きは活発で、それを取り締る幕府方も厳しかった。

浪士隊の大部分を連れて江戸に戻った清河八郎が、斬られたという噂が聞えてきたのは、六月のはじめだった。

その噂を耳にした翌々日、将軍家茂《いえもち》は京を出発した。大坂にむかい、そこから海路江戸へ戻るという話だった。

清河のような男でさえ、命を賭けていた、と総三は思った。斬られる覚悟がなければ、浪士隊を江戸へ帰すなどということはできなかっただろう。

自分は武士なのか、百姓なのか。そのどちらにも足を突っこんでいる、中途半端な男なのか。

胸の底に抱いた思には、変りはない。命を賭けなければならない時に、それができるかどうか不安なだけなのだ。死んだらそれまでの命。自分に言い聞かせてはみる。

しかし、白刃を前にしたら足がふるえるだろう、とも思う。

江戸へ戻るか、と総三は歩きながら呟いた。歩く姿も、上方の町人ではなく、江戸の町人であることは、自分でもよくわかった。胆《きも》をもっと太くしなければならないことも、わかった。

四

遠州の賭場が、二つばかり荒らされた。

ひとつは大勝ちをされ、もうひとつは、いかさまをあばかれ、百五十両という金を取られている。賭場荒しは、小人数ではできない。張方に紛れこむのも、五人六人でなければ大勝ちには繋がらないのだ。いかさまをあばいて百五十両というのは、胴元が押されるだけの人数がいた、ということだった。

次郎長が三、四人の子分といかさまをあばいた時は、もっと穏やかに話をする。手に入れる金は、せいぜい二十両というところだ。

黒駒の勝蔵か、と次郎長は思った。

五カ月ほど前、甲府で勝蔵と会った。あれから甲州では、竹居の吃安と祐天仙之助という二人の大親分が、国を二分するような大喧嘩をしている。吃安は捕えられたというが、勝蔵がどう立ち回ったのかは、次郎長は知らなかった。

「国を売ったら、駿河《するが》に流れてくることも考えられるな」

言うと、大政が頷いた。

次郎長が旅に出ている間、清水を守っていたのは大政である。やくざの旅は、それほど長くは続かない。せいぜい一年。短ければ数カ月でほとぼりは冷める。

それは逆に、お上がやくざを人間扱いしていないということでもあった。

「勝蔵かどうかを、確かめろ、大政」

「確かめて、勝蔵だったらどうなさるんで？」

「駿河で、好き放題をさせちゃいられねえ」

「殺すんですか？」

「この間の、甲府の借りがある。追い出すだけさ」

「うちの縄張《しま》を荒らしたわけじゃありません。それぞれの縄張の親分衆が、なんとかなさりゃいいことだと思いますが」

「そんなにうまくいってるか、駿河が。いがみ合っている者《もん》の一方が勝蔵を抱きこむ。そんなことも起きるぜ」

大政は、答えなかった。

次郎長が、一家の縄張りを拡げようとしない。それが歯痒《はがゆ》いのだ。

縄張りを拡げて、大きな家を構えて、という考えが次郎長にはなかった。やくざは無宿である。人別帳からも削られている。流れ歩いて、どこかで果てればいいのだ。

「いいから、調べろよ、大政」

次郎長が睨むと、大政は黙って頭を下げた。

勝蔵の名を思い浮かべると、次郎長は血が騒ぐのである。まだ駈け出しの若造だという気もいくらかあるが、若造に対してむきになりすぎる自分にも気づいていた。

どこか、似ているのかもしれない。ひとつの場所に留まるより、旅の方が好きなのである。賭場で稼ぎ、気ままに生き、自分を縛りつけるものを持たない。ただ、やくざとしての筋目だけは通す。ぶつかる人間は、斬り倒してきた。若いころから、どれほどの人の命を奪っただろうか。後悔はしていない。お互いに、死んでも文句は言えないところで、殺し合ってきたのだ。

勝蔵が国を売って旅をしている姿に、若いころの自分を知らず知らずに重ね合わせてしまう。俺の方が年季を入れている、という気もある。

次郎長は、若いころ三河の大親分寺津《てらつ》の治助《じすけ》のもとで、やくざ修業を積んだ。治助の弟の間之助とは、それ以来の兄弟分でもある。剣術を仕込まれたのも、寺津だった。侍くずれのやくざに教えられたのだ。ただ、剣術では人は斬れない。度胸というか、覚悟というか、そういうものが喧嘩を決めるという気がする。

甲州では、竹居の吃安が獄死したという噂があった。勝蔵は、吃安のもとで修業を積んできた。国を売ろうという気になったとしても、なんの不思議もない。

大政は、清水の近くの賭場に、何人か飛ばしたようだった。

三日目には、その中のひとりが戻ってきた。

やはり勝蔵だった。

藤枝《ふじえだ》の宿の近くの寺にいて、府中の方へむかうようだという話だった。連れている子分は二十一人で、二手に分かれて旅を続けているらしい。

「駿河から追い出すにしたところで、ほかの親分衆と合力した方がいいんじゃねえでしょうか」

「大政、勝蔵はいまのところ、身内だけの旅をしてやがるんだぜ」

「親分の気持がわからねえでもないですが、勝蔵の追い出しを買って出ることはねえと思います。二十一人も連れていて、喧嘩となりゃこっちもただじゃ済みません」

「やくざにもな、いろいろ考えはあるが、合力して旅の者《もん》を追い出そうという気に俺はなれねえ。俺が旅をしてて、そうされたら得心はいかねえもんな」

大政が苦笑いした。次郎長の性格は呑みこんでいる。大政を見ていると、ほんとうの親分にはこういう男の方が適当なのだ、と次郎長はよく思う。子分が苦労することもないだろう。ただ、大政は次郎長から決して離れようとしない。

小政と法印大五郎を連れて、次郎長は出かけた。三人というのは、喧嘩を仕掛けに行くわけではないということだが、それでも少なすぎた。

勝蔵は、街道を通らず、宿場から宿場の裏道を通って、東にむかっているという。府中に入る前に、出会いたかった。

府中を通り抜け、そこからは裏道に入った。

十人ばかりの一団と出会ったのは、岡部の宿の手前だった。こちらの姿にはすぐ気づいたらしく、一団は立ち止まって待っている。

先頭にいるのが、勝蔵だった。

「黒駒の。この間は、世話かけたな」

次郎長が声をかけると、勝蔵は頰《ほお》のあたりにちょっと笑みを見せた。

「急ぎ旅なんだ、清水の」

捕り方に追われている、ということだった。甲州を出てきたのも、そのためかもしれない。しかし、駿河に入ってきて、このままでは府中も清水も通る。

いかさまをあばいて、百五十両せしめたというのも、兇状旅だからだろう。二十数人を食っていかせなければならないのだ。

「俺は、相州の平塚にむかうところでよ。ちょっとばかり金も要る」

「ならば、ほどほどにしとけよ」

いかさまをあばいて、二十両がいいところだ。やくざなら、お互いさまだった。それぐらいで折合っていれば、ひどい喧嘩にはならないし、評判も落とさない。

「駿河に入った。そのとたん、暴れてみたくなってな。それに駿河にゃ、俺に助《たす》けを求めてる親分衆もいる。清水一家と俺をぶつからせて、てめえが得を取ろうというやつらさ」

「それに、乗ってるのか？」

「半分だけな」

「それが、賭場荒しか。やり方はうまくねえよ、黒駒の」

「そうだな。俺も、駿府《すんぷ》をどう越えようかって、思い悩んでたところだ」

駿府には、大親分の安東文吉がいた。二足の草鞋で、駿河代官所の目明し筆頭でもある。兇状旅の勝蔵を通すかどうかは、文吉の胸三寸だった。首つなぎの親分とも呼ばれ、兇状旅を素知らぬ顔で通してやることが多いが、駿河の賭場を荒らしたとなったら、そうもいかないだろう。箱根の関所の通行札も、文吉は自由に出すことができるが、それを貰えない。

「俺が、ここで追い返した方がよさそうだな、黒駒の」

「そう言われりゃ、無理にも通りたくなる。清水のが言ってるんならな」

「俺は、言うよ」

「三人でか。ここには十人だが、すぐ後ろに十人以上いる」

「黒駒の。若けえな、おまえ。人数で喧嘩するんじゃねえよ。心意気でやるんだ」

勝蔵の眼が、じっと次郎長を見つめてきた。押し出しはいい。肚も据わっている。それに、若いころの自分と、やり方がそっくりだった。ただ、次郎長には、二十数人の子分を連れて兇状旅をする甲斐性《かいしょう》はなかった。いつも、五、六人を連れ、多くても十人だ。

「もう、金は稼いだ。あとは平塚まで急ぐだけだ」

「ひとつ訊く。平塚へ行くなら、中山道を通って相州に入る方がずっと楽だろう。俺がいるから、駿河に入ってきたのか？」

「そうさ」

言って、勝蔵がにやりと笑った。

「見あげた度胸だ。それとも、この次郎長が軽く見られたのかな」

「いや、清水の。俺は国を売った。流れるさきは、駿河か遠州。そういうことなんだ。そうなりゃ、清水一家とは必ずぶつかる。さっさと結着《けり》をつけた方がいいかもしれねえ。そういう気持もあった。子分をみんな連れて、出直してくるなら待つぜ」

「つまらねえ意地を張るじゃねえか。三人を斬っちまえば、それで済むだろう」

「それじゃ、勝ったことにゃならねえしな」

勝蔵は、次郎長に眼を据えたままだった。その眼が、まったく動かない。

投げやりになる。旅を好むやくざが大抵持っている、どうにもならない気質だった。なんとかなるという思いより、どうにでもなれという思い。次郎長にも、それはあった。それが、自分の命だけに及んでくる時はいい。自分が大事だと思っている人間の命にも、及んでくることがある。

尾張《おわり》の旅先で死んだ女房のお蝶が、そうだった。金がなく、医者にも診せられず、どうにでもなれという思いの中で、次郎長を恨みもせず淋《さび》しく死んでいく姿を、じっと見ていたのだ。どうにでもなれと思っていながら、何年経ってもそのことが気持を苛《さいな》む。

勝蔵もいま、次郎長に会ってしまったからには、どうにでもなれと思っている。それが、いやになるほどよくわかった。

「なあ、黒駒の。おまえ、なんとしても平塚にゃ行かなきゃならねえんだろう？」

「生きてりゃこその、義理さ」

「まあな。やくざの義理ってのは、そんなもんだ」

次郎長が笑うと、勝蔵も強張《こわば》った笑みを返してきた。

「これは、俺から手打ちを申し入れたとは思わねえで貰いたいんだが、おまえは甲府で新門の親分との約定《やくじよう》をきっちり守ってくれた。その礼は、しなけりゃなるまいと思ってる」

「長脇差の礼かね」

「いや、俺が、駿府を通してやる。少々の回り道になるが、そこを通るかぎり安東の親分に挨拶なしってことにゃならねえ。箱根を越える手札も、俺が安東の親分に手を回して貰ってやる。それで、甲府でのことを帳消しにしちゃくれねえか。次におまえが駿河に入った時は、問答なしで喧嘩だ」

勝蔵の表情が動いた。次郎長が本気なのかどうか、考えているようだ。

「ここは、俺の顔を立てなよ、黒駒の」

「借りが、でかすぎる」

「いや、帳消しでいいところだ。俺はそう思う」

勝蔵の眼が、かすかに動いた。

「やくざが、やくざに言ってることだ」

男が、男に言っていること。次郎長にとってはそうだった。勝蔵も、そう受け取るだろう。

「受けよう」

短く、勝蔵は言った。

「わかった。案内は、法印の大五郎にさせる。手札は、誰かに持たせてすぐに追いかける。

それでいいな」

「帳消しってのは、おまえの方が言い出したことだぜ、清水の」

「くどいところもあるな、黒駒の」

次郎長は、声をあげて笑った。

法印大五郎だけ残して、次郎長は道を引き返した。

半里も戻らないところで、大政が子分たちを連れて待っていた。こういう男だ。次郎長は、手短に大政に話をし、すぐに手札を取りに安東文吉のもとへ走らせた。安東は、次郎長より、むしろ大政を買っている。

「勝蔵の野郎を、子分にでもしようってんですかい？」

小政が、歩きながら囁《ささや》いた。大政と違い、喧嘩が好きである。血を見て、喜びを感じているところさえあった。

「たやすく、人の下風《かふう》に立つ男じゃねえ」

「それはわかりますが」

「人を斬るのだけが、やくざじゃねえよ」

小政は、そっぽをむいている。街道に出た。子分たちは一列になり、ほかの旅人の邪魔にならないように歩いていた。

次郎長が、寺津の治助のもとで、そう仕込まれたのだ。当たり前のこととして、子分たちもそうするようになった。

「小政、長脇差を抜けばいいってもんじゃねえ。そう思わねえか。そういう時代になってるんだって、街道を通るたびに俺は思うな」

「確かにね。公方様が一番偉いと決まってた。ついこの間まで、ずっとそうでした。それが、公方様は偉くねえってやつらが現われた。京に天子様がいるとかね。俺らの知らねえとこで、世の中が動いてるって気はします」

「知らねえじゃ、済まねえよ。やくざだって、世の中で生きてんだ」

「わかりましたよ」

説教をされている、と小政は思っているようだった。駿府で昼めしを食っていこう、と次郎長は子分たちに言った。

第二章　義　挙

一

雨戸が叩《たた》かれた。

切迫している。声も重なった。総三は、蒲団《ふとん》をはねのけた。大小は枕辺にある。衣類と一緒に、それを抱えた。五百両の包みは、腹に巻きつける。

「相楽君、逃げるぞ」

桃井《もものい》可堂《かどう》が声をかけてきた。闇《やみ》である。薄明るい方へ走った。雨戸が開いていた。そこから、外へ飛び出す。土が、蹠《あしうら》に冷たかった。

「こちらへ」

闇の中から、手が差しのべられた。声は若い。可堂の門下生のひとりだろう。

走った。山道で、途中から細くなり、小枝がしばしば顔を打った。可堂が、待てと言って時々立ち止まった。半刻《はんとき》ほど駈《か》けたところに、小さな小屋があった。中では、火が燃えている。

そこで、総三はようやく服装を整え、大小も差した。可堂の門下生が五人いた。

「藩の代官所に、知れたらしい」

可堂は、火のそばに座りこんでいた。

「なぜ？」

「わからん。知っているのは、門下生の二十名ほどと、君だけだ」

門下生の誰かが、決起のことを代官所に知らせたのか。やはり、直前まで二人だけの秘密にしておくべきではなかったのか。

可堂は、江戸で東條一堂門下だった。清河八郎、那珂梧樓《なかごろう》と並んで、一堂門下の三傑と言われていた。そう、あの清河八郎と同門なのである。清河と較べると、はるかに高邁《こうまい》で私心がなかった。年齢も、ずっと上である。もう還暦を迎えているはずだ。

会ったのは、昨年だった。上州から信州の旅をし、さまざまな論客と会った中のひとりだ。尊王の思想の中に、立派な国家観があった。時勢を論ずるより前に、国のあり方を論じた。それは、総三の考え方といくらか違うところもあった。思想である。すべてが一致するとはかぎらない。

時勢の話をした時、可堂は農民の決起が必要であると言い、総三はまず武士の決起が必要なのだと言った。そこで論争になったが、論争こそよしと可堂は言ったのだった。

可堂が慷慨組《こうがいぐみ》を組織すると知らせてきたのは、夏だった。総三は、何度か江戸から上州へ足を運んだ。可堂にもっとも不足していたのは軍資金で、総三は親父から引き出した金を千五百両ほど注《つ》ぎこんだ。

「決起の前に、事が露見した。君から援助を受けた千五百両は、無駄になるかもしれん」

「金は、ただの金です。その気になれば、いつでも集められます。それより先生御自身の身がどうなるのか、同志の身がどうなるのか、それが心配です」

「どの程度の露見かによるだろう」

慷慨組は、可堂の門下生が中心だった。それに郷士《ごうし》や農民を加わらせるというのが、可堂の考えだった。武士は必要ないというより、賛同してついてくればいいと言うのだ。

それに対して、総三にはいくらか異論があった。どこかで武士をきちんと組み入れることを考えなければ、戦は支えられない。兵学も学んだが、それを実践できるのは武士だとしか総三には思えないのだ。

それでも、可堂の決起を支持した。武士が加わってくれれば、自然に戦を担うようになるとも思った。いまは、幕府に対してなにか動きが起きることが大事なのだ。

「門弟が訴えたのなら、かなりのところまで露見しているかもしれない。それでも、君の名前は出ていないはずだよ、相楽君」

「どういう意味ですか？」

「私は、門弟たちに君のことを語っていない。ただの客人だと思っているはずだ。無論、私に援助してくれていることも知らない」

「まさか、私にだけ逃げろと言われるのではないでしょうね」

「君は、大事な人だ。藩を動かすというようなことを考えていない。野においてまず民の声があがる。そういう私の考えを、よくわかっていてくれる」

必ずしも、わかっているわけではなかった。しかし、藩は動かせないとなると、可堂のような方法しかない。

いや、清河八郎の方法がある。自由な身分の浪士を集めるという手がある。しかしそれは、可堂のやり方で事をはじめてからでも、充分間に合うことだ。

門下生の二人が、小屋を出ていった。

総三は、小さくなった火に小枝を足し、両手を翳《かざ》した。酒が欲しかった。躰《からだ》の芯の冷えは、焚火《たきび》だけでは暖まらない。

「君は、江戸へ逃げてくれ、相楽君」

「先生は？」

「私も、逃げのびるつもりだ」

「ならばともに逃げ、他日を期しましょう。江戸ならば、隠れ家はいくらでも見つかります」

「そうだな。しかし上州には、山という隠れ家がある。二十人の門下生とともに、江戸に隠れるというわけにはいかないだろう」

「この場は、先生だけでも。門下生諸君には、当分暮しに困らない金を持たせ、各地に散って貰《もら》うのがいいでしょう。こうしている間にも、時勢は動きます。各地に散った門下生は、またそこで同志を募ればいい」

「そうだな。そういう活動は必要だ」

「逃げるのではなく、同志を募る旅。そう考えれば、今度のこともあながち失敗とは言えません。決起の規模が小さすぎるかもしれないという危惧《きぐ》を、私は最初から抱《いだ》いていました」

「しかし」

「軍資金は、まだ五百両残っている。これを先生から配ってやってください」

「君は、どこから金を？」

「それは、はじめから穿鑿《せんさく》しない約束でしょう。五千両あればもっといいのですが、もっか五百両しか手当てがつかない」

決起したあとの兵糧《ひょうろう》の手当てなどに、総三は五百両残しておいた。決起の人数は、可堂が選び抜いた門下生二十名だけだが、百姓はすぐに集まってくるだろうと読んでいた。それがおよそ七、八十。ほかに郷士や浪士が三、四十。百から百二、三十が、赤城山《あかぎやま》に籠《こも》る。そして代官所などを襲い、さらに人を糾合していく。

そのために、この地方の名家である新田家《にったけ》から、当主の俊純《としずみ》を首領に戴《いただ》く。新田俊純は、日頃から勤王党の結成を呼びかけてもいるのだ。

決起の人数が百名近くになってから、新田を迎えるつもりだった。それで集まってくる人数には勢いがつく。

総三は、二度だけ新田俊純に会っていた。熱心な勤王家であるが、可堂ほどの国家観はない。むしろそれでいいと思った。実際に動かすのは、可堂と総三なのだ。

「他日を期すために、五百両は大事だ」

「人は、もっと大事です。金は、私が江戸でまたなんとかします」

可堂は考え続けているようだった。門下生が、二人、三人と集まってきて、十四人になった。偵察に行った二人も合わせると十六人。来ない四人の中に、裏切者がいるのか。それを確かめている暇はなかった。

「偵察の二人が戻ってきたら、散ろう」

可堂が決断した。

一刻待った。偵察の二人は戻っていて、街道近くにかなりの捕り方が出ていると報告してきた。しかし、四人は現われない。

「四人ひと組で、四組作る。その中のひと組は、連絡役も兼ねて、先生と私についてくる。ひと組百両ずつで、できるかぎり同志を集める。他日を期すと言っても、遠い日ではない。年が明けたらすぐにでも、はじめるかもしれん。そのつもりで備えていろ」

それから総三は、江戸へ行く組のほかに、残りの三組がどこへ行くか決めた。上州のはずれと信州である。西国や水戸藩領ほどではなくても、勤王党はいる。そして、農民の不満が高まっている場所でもあった。

可堂は、黙って総三が指示することを聞いていた。学問には優れていても、実際の動きになると状況をよく見きわめられないのかもしれない。それはそれでよかった。決起を、きちんとした思想に基づいたものにしていく。可堂の最大の役目はそれで、現場のことは自分がやればいいのだ。

四つの組に百両ずつ持たせた。残りの百両は、総三と可堂で分けて持った。

「四人は、もう来ないな。夜が明ける前に、散ろう。百姓でも武士でもいい。とにかく、可堂先生の教えを伝えるのが、いまのところの仕事だ。捕えられないように、注意は怠るな。しかし、決して臆病《おくびょう》にもなるな」

十二人を、まず送り出した。

可堂と総三の一行が出発したのも、まだ夜明け前だった。山道を辿《たど》った。一刻ほどで夜が明け、歩きやすくなった。可堂の脚が、時々遅れる。年齢を考えると、無理もなかった。門下生が二人ずつ交替で、両脇から支えた。

その日一日で、なんとか赤城山を迂回《うかい》した。根雪には、まだわずかに早い。それで、なんとかなったようなものだ。

決起したあとの数カ月は、雪が砦《とりで》になる。そう思っていたのは、ついこの間だった。門下生二人が、食料を捜しに行った。手に入れてきたのは、稗《ひえ》を餅《もち》のようにかためたものだけだった。湧水《わきみず》はある。

「江戸まで、急げばあと二日。それまでの辛抱ですよ、先生」

「私は大丈夫だ。ほかへ行った者たちのことが、心配だな」

可堂には、激しいところがない。その分、総三が激しく振舞っていた。門下生だけでは、こういう強行軍はできなかっただろう。

「あと二日か」

「江戸の隠れ家に入ったら、すぐに上州、信州に散らばった者たちと連絡を取ります。いまは、とにかく江戸に急ぐことです」

翌朝からは、山道ではなくなり、可堂もずいぶん楽そうに見えた。ただ、街道は慎重に避けた。どこまで手が回っているのかは、見当がつかない。

十名ほどの武士に出会ったのは、夕刻だった。館林《たてばやし》を、西に迂回しようとしている時だ。

六人とも、土にまみれ疲れきっていた。

十名ほどの武士は、明らかに巡回である。

「走るぞ。先生を両脇から支えろ」

小声で言い、畠《はたけ》の方へ総三は走りはじめた。十名が追ってくる。すぐに追いつかれた。遮ろうとした二人の門下生との間で、激しい斬《き》り合いになった。

ひとりが、倒れた。倒れたところを、さらに斬りつけられている。三人を護るようなかたちで、総三は駈け続けた。もうひとりも倒れたが、数人に手傷を負わせたようだ。

追いすがってきたひとりが、総三に斬撃《ざんげき》を浴びせてきた。恐怖で、総三の全身は凍りそうになった。無意識に、大刀を抜き放っていた。ぶつかりそうになった相手の頭上から斬り降ろす。ぶつかりそうなほど近いと思ったのに、切先がようやく相手の首あたりに届いた。首から噴き出した血が、総三の頭に顔に降りかかってきた。

人を斬った。そう思った。刀でむかい合うのさえ、はじめてだった。それでも、人を斬った。顔を濡《ぬ》らしているのは、相手の血だ。

不意に、総三は肚《はら》の底からなにかが頭をもたげてくるのを感じた。自分があげる雄叫《おたけ》びを、総三は別の人間のもののように聞いた。

むかってきたひとりが、いきなり背をむけた。跳びつくようにして、総三は斬り降ろした。柄《つか》から、ずしりと手応えが伝わってきた。

残りの人間が逃げていく。総三も駈けはじめた。可堂は、ほとんど抱えられるようにして走っている。息遣いが荒い。

すでに、闇だった。駈けながら、途中から総三は方角を読んだ。南へ、駈ける。どれほどの時を駈け続けたのか。

可堂を支えた門下生のひとりが、倒れた。

総三が代りに可堂を支え、雑木林の中に駈けこんだ。四人とも、荒い息がしばらく収まらなかった。

「ここは、どこだ、相楽君？」

「館林から南へおよそ三、四里あたりだろうと思います」

「あとの二人は？」

「死にました」

「そうか、死んだか」

それきり、可堂はなにも喋《しゃべ》らなくなった。

ひとりを可堂につけ、総三は偵察に出た。二人斬った、と闇の中を歩きながら思った。ほんとうに斬ってみると、大したことではなかった。いままで、斬り合いを恐れていたことが、嘘《うそ》のような気がしてくる。

平地だったので、思いのほか進んでいた。このまま南へ下れば、三里ほどで川越の城下に入る。

「諸橋《もろばし》君、ここはもう江戸からそう遠くない。川越藩領の方へ入って、しばらく身を潜めることにしよう。どこか、適当な場所を捜すのだ」

「江戸にそのままというのは？」

「警戒した方がいい。私が先に行って、まず隠れ家を用意する。番所で怪しまれないように、しかるべきものも揃《そろ》える。それから先生をお連れした方がいい。どんなに急いでも、三日はかかるな」

「その間、私と風間《かざま》が、先生をお護りしていればよいのですね」

「そういうことだ。江戸には私の伝手《つて》が多くある。それは生かした方がいい」

「わかりました」

可堂が潜んでいる雑木林に戻り、闇の中を一里ほど移動した。小さな廃屋である。五軒ほどの家があったようだが、かろうじて一軒だけが家の姿を保っていた。

夜が明けてから、総三は可堂に単独で出発することを告げた。可堂は、じっと総三を見つめてきた。門下生が二人死んだ。それが可堂に衝撃を与えたのだ、ということはよくわかった。決起の指導をするには、どこか弱すぎるところがあるのかもしれない、と総三は思った。それでも、桃井可堂の名は必要である。できれば、新田俊純の名も欲しい。

二人斬ってから、不思議に総三は自分が大胆になっているのを感じた。剣で打ち破らなければならないものは、そうできると思った。剣は、赤坂の屋敷の近くの道場に通った。防具をつけた、竹刀《しない》稽古《げいこ》しかしたことはないのだ。誰でも、似たようなものなのだ、といまなら思える。追ってきた武士たちも、総三が二人を斬ると、慌てて逃げた。

強くはないが、自分が刀などは遣えないと、卑下することももうないだろう。

呆気《あっけ》なく江戸へ入り、赤坂三分坂《さんぶざか》の屋敷に戻った。そこで、馬を仕立て、使用人に目立たない家を一軒捜させた。

親父は、総三が志士であることは知っている。そのために金を出してもいい、とも言っている。二万両、三万両程度の金なら、親父は総三のためになんとか出せるだろう。相馬に二人、江戸にひとり兄がいるが、それぞれ独立し、金も儲《もう》けている。

いまの時代は、大名が金を持っているのではなかった。商人や、金貸しなどの才覚を持った人間の方が、見かけよりはるかに金を持っている。

馬があるので、三日かからずに可堂のところへ戻れそうだ。

総三は、一日江戸を駈け回り、赤城山の慷慨組が話題になっているのかどうか調べた。慷慨組の名さえ、誰も知らなかった。決起前だったのだ。当然と言えば当然だった。

可堂が江戸に潜伏したとしても、危険はない、と総三は判断した。それに、時勢の中心は、江戸ではなくすでに京に移っている。江戸は、まだ穏やかなものなのだ。

馬を走らせ、川越へむかった。旗本の家臣という通行証は、たやすく手に入れられる。総三の家は、旗本を中心にして金を貸しているからだ。

「相楽さん」

小屋まで行くと、諸橋と風間が飛び出してきた。

「先生は？」

「川越藩の代官所に、自ら出頭されました」

「なんだと。どういうことだ？」

「二人、死にました。信州や上州の各地に散った者たちも、多分追われているであろう、とも言われました。自ら出頭することで、その責めのすべてを負おうと考えられたのです」

「馬鹿なことを言うな、諸橋君」

「止めました。しかし、止めきれませんでした。このままでは、新田俊純殿にも迷惑がかかると言われて。われわれ二人はここに残り、相楽さんの指示に従うようにと」

「なんてことだ」

「自分は、決起の指導者にはふさわしくない。相楽総三こそがふさわしいと伝えてくれ、と言われました」

責めを負うと言っても、可堂はどういう責めを負うつもりなのか。同門の清河八郎と較べると、あまりにもしたたかさが足りない。しかし、捨て難いなにかも、間違いなく持っている。

「先生は、上におられるだけでいいのだ。細かいことは、われわれがすべてやればいいのだ。藩の利益、幕府の利益を考えなければならない者たちにはない、純粋な思想というものが先生にはあった」

言ってみたが、どうにもならなかった。

ただ、放免される可能性がないわけではない。まだ、実際の決起など起きてはいないのだ。

「両君とも、俺についてこい。志を持っているならばだ」

「行きます」

二人とも、口を揃えた。二十歳と十九歳である。総三は、二十三歳だった。

二

氷川《ひかわ》門前町から、榎坂《えのきざか》を通って六本木通りに出た。年も押しつまった江戸は、さすがに忙しい。その忙しさは、時勢がどう動こうと、何年も、何十年も変りはなかった。

京都では、政事むきのことでいろいろとやり取りがあるようだし、長州や薩摩では、外国との戦争もやったらしい。

そんな騒ぎも、江戸で起こらないかぎり、辰五郎には関係なかった。江戸でなにかあれば、町火消しの出番である。直属の子分が二百、ほかの組の頭をやっている子分だった者が七人。それを全部集めれば、千五百人の子分がいることになる。

いまは五人の子分を連れて、旗本屋敷や商家を回っている。正月に備えて、庭木の手入れなどをやるのである。

氷川門前町の勝家は、先代の小吉の時から出入りしていた。小吉は古道具屋をやっていて、辰五郎がその道具を回したりしていたのである。当主の海舟《かいしゅう》も、餓鬼の時分から知っていた。小吉は生涯小普請だったが、海舟は役に就き、次第に出世してアメリカなどにも渡り、いまでは軍艦奉行並になっている。庭木の手入れなど憚《はばか》られるところだが、行かないと、海舟は怒る。俺の屋敷を森にする気か、とくるのだった。

この数年は、屋敷にいないことが多かった。

六本木通りを歩いてきた時、辰五郎はちょっと首を傾《かし》げた。擦れ違った侍に、見憶えがあったのである。

「おめえら、先に帰ってろ」

子分たちに言い、辰五郎は踵《きびす》を返した。

若い侍が誰なのか、まだ思い出せないが、表情が思いつめていたのが気になった。

若い侍は、しばらくすると引き返してきた。擦れ違う辰五郎には、やはり気づかない。福江藩五島家の上屋敷を窺《うかが》っている気配だった。

「おや、これは」

辰五郎の方から声をかけた。

甲府で出会った、次郎長の知り合いだと気づいたのである。侍はふり返り、しばらくして、やはり辰五郎に気づいたようだった。

「いつぞや、甲府で」

「そうでござんしたねえ。あん時ゃ、名乗りそこねましたが、浅草の新門辰五郎と申します」

侍は、名を聞いて得心したようだった。

「相楽総三という、浪人です」

「失礼ですが、福江藩邸になにか御用がおありのように見えましたが」

「辰五郎親分は、五島家を御存知ですか？」

「御存知なんて、御大層なもんじゃねえですが、昔、うちの若《わ》けえ者《もん》だったのが、一端《いっぱし》の頭になって、御屋敷に出入りを許されております」

「実は、私の師が、捕えられてここに幽閉されている」

「そりゃまた。相楽さんの先生って方は、なにをなさったんで」

「赤城山で、兵を挙げようとしたらしい。事前に発覚して、川越まで逃げてきたが、自ら出頭したのですよ。それで、福江藩邸へお預けとなった。気になりましてね。中の様子などわからないものかと、屋敷のまわりを歩いていたところです」

「そいつは、おやめになった方がいい。怪しまれますぜ」

かすかに、相楽が頷《うなず》いた。思いつめたような表情は、変らなかった。

「そこいらで、一杯いかがです、相楽さん」

「しかし」

「塀の外をうろついたって、中の様子がわかるわけじゃござんせんよ。わかる方法があるかないか、飲みながら考えようじゃねえですか」

「私に、その方法があるとは思えないんです。自分で忍びこむということ以外には」

「まあ、袖振《そです》り合うもと申します。あっしにも、考えさせていただきましょう」

悪い癖を出している、と辰五郎にはわかっていた。赤城山で挙兵しようとしたのなら、攘夷《じょうい》の浪士なのだろう。つまり、お上に逆らっているということになる。

しかし、助けようというわけではなかった。様子を調べるだけなら、相楽よりもずっとたやすく自分はやれる。それに、次郎長の知り合いだ。そういう理由を並べて、辰五郎は自分を納得させようとしていた。

甲府で会って、短い言葉を交わした時、この若者を嫌いにならなかったというのもある。竜土町《りゅうどちょう》まで引き返して、小料理屋に入った。浅草界隈《かいわい》は別として、このあたりまではさすがに辰五郎の顔も売れていない。むき合って腰を降ろした二人に注文を取りにきた女は、ひどく素っ気なかった。この歳になっても、辰五郎はそういうことが気に障る。江戸の人間は、みんな自分を知っているはずだ、と思ってしまうのだ。

「相楽さんも、なんてのか、尊王攘夷の志士なんですかい？」

「いや」

相楽は短く答え、眼を伏せた。

「別に尊王攘夷の志士だって、あっしにゃいっこうに構いません。江戸は京都と違って、志士よりも浪士隊出身の新徴組って連中の方が、評判は悪いですよ。お上をかさにきて、好き放題やりやがる」

「尊王の思想は持っています。それは、日本人なら誰でもそうです。征夷大将軍であろうともね。攘夷か開国かと問われれば、いまは攘夷ですね。外国に恫喝《どうかつ》されたような恰好《かっこう》で国を開くのは、恥辱ですから」

「なるほどね」

酒が運ばれてきた。辰五郎が銚子《ちょうし》を差し出すと、相楽はひどく恐縮した。

「そんなことは関係なく、私はただ、桃井可堂先生がどうしておられるか、知りたいだけなんです」

「そして、助けたい？」

「無理でしょう、それは」

「そうですよね。無理な話だ」

肴《さかな》も運ばれてきた。

「その桃井先生というお方の、様子だけはあっしが調べさせましょう」

「できるのですか、ほんとうに」

「お約束はできません。ただ、やるだけはやってみましょう」

「なぜ、辰五郎親分が？」

辰五郎は、笑みを返しただけだった。気ままに生きてきたつもりでも、町火消しというのは、ずいぶんと窮屈な暮しだった。その中で暴れ、牢《ろう》に入れられたこともある。そのうち、気ままというのは、思いついたことをすることだ、と思うようになった。

男を張るのは、火事場だけで充分なのだ。あとは、思いついたことをしていればいい。この歳まで火消しの頭をやっていると、あまり途方もないことは思いつかなくなった。

「とにかく、あっしに調べさせなさい。明日にでも、返事ができるから」

「ほんとうに、それを信じてもいいんですか？」

「駄目な時は、駄目という返事をしまさあ。胸を叩いて引き受けられることじゃねえし」

しばらく黙っていてから、相楽が頷いた。

「私は、湯島の薬種屋の二階に住んでいます。ほかに二人いますが」

「いいとも、そこへ返事を持っていかせよう」

辰五郎は、銚子を一本空け、もう一本頼んだ。相楽も、いける口らしい。控え目だが、一度盃《さかずき》に手を出すと、必ず干していた。

「次郎長とは、あれから会ったかね？」

「いいえ」

「俺もだ。野郎、いま清水じゃねえのかな」

「賭場《とば》に顔を出すと、あの人を思い出しますよ。はじめに会ったのも賭場だったし、丁目にしか張らない人だった」

「博奕《ばくち》ねえ」

相楽が、賭場に出入りしているというのが、辰五郎にはちょっと不思議だった。そういう種類の人間には見えない。

若い者は、まわりにたくさんいた。見ていて、こいつは死ぬだろうと思うやつは、大抵死んだ。消し口の争いで死ぬこともあれば、ただの喧嘩《けんか》で死ぬこともある。

相楽総三は、死にそうには見えなかった。ただ、育ちのよさと一途な線が見える。それが他人を傷つけることがありそうだ、という気はした。そして、他人を傷つけることが耐えられる男でもないだろう。

相楽が、先月の江戸城二の丸の火事の話をはじめた。ただの失火だと、辰五郎は見ていた。人が多いところには、火も多い。しかし相楽は、攘夷派の志士がやったことだ、と考えているようだった。攘夷と叫べば志士になれる、と単純に考えている男でもなさそうだった。

銚子を何本か空けた時、若い目明しが入ってきた。十手にものを言わせて、悪どいこともするという感じの眼をしている。

「おまえら、真っ昼間から酒を飲みながら、物騒な話をしてるそうだな」

若い目明しは、辰五郎の顔を知らないようだった。十手で、卓を軽く叩いて音をたてる。

店の者が、知らせたのだろう。いつもの年の瀬と変りないと思っていたが、江戸も変ったと辰五郎は気づいた。見かけはまったく変っていないが、人の心の中は変ったのだ。

「おう、聞えてるのか、おまえら」

相楽が、かっとするのがはっきりとわかった。辰五郎はそれを制し、卓を叩いている十手の先を摑《つか》んだ。目明しが慌てて十手を引こうとするが、辰五郎は放さなかった。

「おまえ、もぐりの目明しか」

「なんだと？」

「新門辰五郎だと知って、この十手を振り翳してるんだろうな」

名前を聞いて、目明しの顔色が変った。

それからは、店の主人も出てきて、二人の平身低頭がはじまった。自分が気づかれないのもいやだが、こういう卑屈さも嫌いである。差し出された紙包みを押し返し、辰五郎は相楽を促して外へ出た。

「じゃ、明日」

それだけ言い、辰五郎は歩きはじめた。すでに夕刻だが、人の姿は多い。浅草に近づくに従って、辰五郎に挨拶《あいさつ》する人の数が増えてきた。

家へ戻ると、辰五郎はすぐに若い者を別の組に走らせた。

翌日の夕刻、辰五郎は自ら湯島天神裏の薬種屋に出向いた。湯島には薬種屋が多いが、目立たない小さな店だった。

相楽総三は、二階で待っていた。相楽よりさらに若い二人も、かしこまっている。

「わかりましたよ、相楽さん。福江藩邸の中じゃ、隠してもいないらしい。というより、みんなが興味を持って見てやがるんだな」

「どういうことでしょう？」

「桃井可堂ってお方は、斬首とか遠島とか、別に決まったわけじゃねえらしい。自ら出頭したわけだし。ところが、何日か前から、飲食を断っちまってるそうです」

「食物や水を、与えられていない、ということですか？」

相楽の声が、不意に殺気に似たものを帯びた。

「まさか。自分から食わねえ、飲まねえと決めたらしい。上州で、さらに門下の四人が斬り死にしたらしいんだな。それを聞かされた時、六つの命に報いるもんはなにもねえ、とか言って涙をこぼしたんだそうだ。それから、水や食いもんを前に置いても、一切手をつけなくなったそうだよ」

「そうですか。ほかに四人も」

「福江の藩邸じゃ、いつまで断食するつもりか、はじめは面白がって見てたそうだが、もうすっかり弱っちまってるらしい。さすがに慌てて、御老中に注進を入れたりしてるらしいが、自分から食おうとしねえかぎり仕方ねえやな」

見ると、相楽も若い二人も、涙を流していた。こういうのに、辰五郎は弱い。攘夷だ開国だと言ったところで、そんなことは辰五郎のような庶民にはどうでもいいことなのだ。心意気だけは失うまい、として生きてきた。公方《くぼう》様のお膝元《ひざもと》だったから、幕府には幼いころから親しみを持っている。

しかし、公方様を護るはずの旗本は、みんな腰抜けばかりである。町火消しと、町で喧嘩さえできない人間が多い。侍がそんなふうでどうするのだ、と逆に辰五郎の方が歯痒《はがゆ》くなるぐらいだった。

門下の若者を死なせただけで、食を断つというような人間は、いまの旗本の中には何人もいないだろう。それだけ、腰が抜けている。

「並大抵のことじゃねえ、とあっしは思いますね。学者の先生だそうだが、そういう人の中に、侍の魂みてえなもんが生きてる。いまじゃ、江戸を歩いてる侍からは消えちまった魂みてえなもんがね」

相楽は、まだ涙を流し続けていた。若い二人は、声も洩《も》らして泣いている。

相楽が、立ちあがった。

「どうするんだね、相楽さん？」

「福江藩邸へ行きます。生き延びてください、と先生にお願いします。会わせて貰えなければ、塀の外から叫ぶ」

「およしなせえ」

「私の気持が済みません。それで捕えられることになっても、後悔はしません」

あとの二人も、相楽に従う気配である。

「なあ、相楽さん。先生はもう食を断っていなさる。藩邸の中じゃ、あと二、三日だろうって言う者《もん》もいるそうだ。そうやって死んでいこうとされているお姿は、もう仏様だ。そういうお心でおられるんだろうよ。搔《か》き乱しちゃなんねえ。それが、仏様に対する人の取るただひとつの道だ、とあっしは思うがね」

相楽の手が、ぶるぶると震えていた。それでも、辰五郎が言ったことは通じたようだ。座りこむと、畳に二度、三度と拳《こぶし》を叩きつけた。

「その強さを、なぜ先生は闘うことで見せてくださらなかったのですか？」

三人の嗚咽《おえつ》を、辰五郎は眼を閉じてしばらく聞いていた。

桃井可堂が死んだのは、それから四日後だった。辰五郎は自分で赴かず、手紙を書いて子分のひとりに持たせた。三人は、静かにそれを読み、頭《こうべ》を垂れていたという。

年が明けた。

正月三日、ふらりと山岡鉄舟《てっしゅう》と益満休之助《ますみつきゅうのすけ》が訪ねてきた。なんとなく、酒を飲もうという気にでもなったのだろう。

益満は、薩摩藩士である。薩摩藩は一応幕府と組んで長州を苛《いじ》めているという恰好だったので、山岡と一緒にいても不思議はない。しかしこの二人は、きのう今日の付き合いではなかった。辰五郎が山岡と知り合ったころ、元服したばかりの益満はついて歩いていた。どういう出会いだったのかは知らないが、奇妙な二人である。

先年、清河八郎が尊王攘夷党を結成した時は、山岡も益満も発起人のひとりになっている。もっとも、いまの攘夷派のように、戦を起こすような集まりではなく、開国が是か非かなどを、酒を飲みながら議論するような集まりだったらしい。おかしな動きになったのは、清河八郎が浪士隊の募集を幕府から許されてからである。

「桃井可堂って学者を、二人とも御存知ですかい？」

「知っている。清河の同門の先輩だ。三度ばかり同席したこともある」

「そうですかい。その桃井って先生がね、暮に福江藩邸で食を断って亡くなられましてね。それも、山岡様は御存知でしたか？」

「食を断った、とは知らなかった。病死という話は流れているが」

「旗本のお侍より、肚は据わってまさね。いまの旗本衆は、逆に食うことに眼の色を変えてるって、あっしにゃ見えます」

「おい、新門の。そりゃ俺のことか？」

「あたしも似たようなもんですな。もっとも、山岡さんと飲む時は、あたしが払うことが多いが」

「なら、俺が一番堕落した腰抜けか」

山岡が、大声で笑った。まだ三十にはなっていないが、どこか風格が滲《にじ》み出ていて、それが辰五郎は嫌いではなかった。剣は相当の腕だという話だが、腰の大小は粗末なもので、鞘《さや》の塗りは剝《は》げ、柄は緩んでいるようにしか見えない。それを恥じているふうもなかった。

勝海舟の飄々《ひょうひょう》とした風格とはまた違った魅力だった。

「あたしは、食を断つなんてことは、考えられませんな」

益満が、猪口《ちょこ》に酒を注ぎながら言う。薩摩藩士だが、江戸詰が長い。その上江戸っ子のような喋り方をするので、旗本かなにかと間違えてしまいそうだ。

「相楽総三って人がいましてね。歳は益満さんと同じぐらいか。可堂先生が食を断っておられると聞いて、男泣きに泣いておりました。そういうの、なんていいましたかね」

「慟哭《どうこく》」

益満が言った。

「そう、それがぴったりの泣き方です。あんなふうに泣く男を、あっしは久しぶりに見ましたね」

「あたしなんざ、いつも慟哭しておりますよ。江戸の女は、薩摩っぽだと知ると、それで振りやがる」

「桃井可堂という人は、野心もなにもない人だった。俺はそう思った。やむにやまれぬなにかで、決起を企てたんだろう。清河とは、だいぶ違った。多分、策というようなものはなにもなかったんだろう」

「食を断ったのも、門下を六人も死なせてしまったため、という話ですぜ」

「時勢が、殺したようなものだな。平和な時代に生きていれば、学問でそれなりに名を上げた人だろうが、いまは学問に実践が伴うかどうかが問われる」

「あっしにゃ、難しいことはわかりませんが」

「新門の。おまえはいいよ。男伊達《おとこだて》で貫き通してる。こういう時勢になると、俺たちが生きるのはいろいろと難しい。俺はひどい貧乏をしてるし、この益満だって、薩摩藩の間諜《かんちょう》みたいなことをやらされる」

「お侍の生き方は、お侍が考えられるしかねえでしょう」

「そうだな。俺は時々羨《うらや》ましくなるだけだ。おまえのような生き方が。次郎長というのもいたな」

「たまたま、うちに草鞋《わらじ》を脱いだ男でして。いまは、清水で賭場でもやっているんでしょう」

「いいなあ。あたしは、今日も明日も旅の空みたいな生活にゃ、憧《あこが》れますね」

「脱藩すれば、そうなれるぞ、益満」

「ところが、武士は能がありませんでね。商売をやっても駄目、畠を耕しても駄目、博奕をやらせても駄目。勿論《もちろん》、火事なんて消せやしませんや。こんな数の武士を、この国は抱えていてもいいんだろうかと、下っ端の武士のあたしでさえ心配になります」

「いろいろなところで、問題は起きてきてるさ」

それから二人は、武士がこの百年の間に、どれだけの米を食い潰《つぶ》したか、という話をはじめた。武士がいて、町人がいる。町場を出れば、百姓衆がいる。辰五郎にとっては、生まれた時から当たり前のことだった。

「新門の、おまえはどう思う？」

「親分は、火事を消すんです。そういう時は、武士なんて邪魔なだけだ」

「お侍がどうのって、考えたこたありませんや、あっしは。ただ、腰の抜けたお侍は、増えてまさね」

若い衆が入ってきて、辰五郎に耳打ちした。玄関先に、相楽総三と名乗る武士が来ているという。ちょっと考えて、辰五郎はここへ通すように言った。正月である。

「桃井可堂先生ゆかりの男、いまここへ来ます。例の」

「慟哭した男」

「相楽総三さんとおっしゃいます」

若い衆が、相楽を連れてきた。旅装である。

「旅ですかい、相楽さん？」

二人を引き合わせてから、辰五郎は言った。頷き、相楽は先日の礼だと言って小さな包みを出した。文箱《ふばこ》である。桃井可堂の認《したた》めた短冊だと言う。

「もしかすると、失礼になるかもしれないとは思ったのですが」

「いえ、ありがたく頂戴《ちょうだい》しましょう。侍の魂を持ったお方が、お書きになったんだ。あっしには、猫に小判かもしれませんが、大事にいたします」

「桃井先生らしいな。憂国の至情が淡々と認めてある。あの人には、生臭いところがなかったからな」

言った山岡の方へ、相楽は顔をむけた。

「御存知ですか？」

「ああ、清河八郎などより、ずっと深い洞察力をお持ちだったと思う。純粋でもあった。その分、薄汚ないことには無縁であられた。ところが、人の世は薄汚なさで成り立っていると言ってもいい。こんな時勢では、それが表面に出る。不幸な時代に生まれられた、と私は思うな」

「しかし、強くなりきれなかった。食を断って死ぬほどの覚悟があれば、たとえ泥にまみれようと、と私は思います」

「それができぬお方だった。それは学者としての美徳でもある、と言ってもいい」

「美徳で、国が救えますか？」

束の間、相楽と山岡は睨み合った。部屋の空気が、張りつめたような気がした。山岡が黙って銚子を突き出し、相楽が受けた。益満がにやりと笑った。

「相楽さん、旅に出られるんですか？」

辰五郎が言った。

「上州の方へ行ってこようと思います。上州の尊攘派とも、よく話をしたいし」

「ほう、上州ね」

益満が口を出した。

「相楽さん、上州で兵でも挙げる気じゃないのかね？」

「どうしてそう思われます。益満さん？」

「桃井可堂は、志半ばで倒れたわけだろう。桃井の遺志を受けようという者が、あのあたりにはいるんじゃないのかな。あたしは、無駄だと思うけどね」

「無駄とは？」

「泡のような蜂起《ほうき》では、大きな流れにならない。力のあるところが蜂起しなければ、この国は動かんよ」

「それは、どこかの藩が動かなければ駄目だということですか。益満さんは、薩摩藩士だから当然そう考えられるでしょうが、藩が動いても意味がないのです」

「なぜ」

「徳川の幕府が、島津の幕府になる。それだけのことですよ。ほんとうに変えなければならないものが、変らない。薩摩藩が加わるのは勝手です。長州も。しかし、変革の流れは、幕府も藩も関係ないところで起きなければならない。はじめは弱々しくても、さまざまな流れが集まり、やがて大河のような流れになる。この国に必要なのは、すべてを根底から変える流れでしょう」

「現実的ではない、と俺は思う。まあいい、やれるだけやればいいさ。しかし難しいよ。長州の奇兵隊にしろ、藩が後ろにいて、やっと成立した」

「あれには、確かに驚きました。武士ではない人間を集めて、軍隊を作るとは、私の発想にはなかった。しかし、軍隊です。まず、武士が動くべきです。藩などには関係なく。そして、武士ではない者も加わってこられるような運動にしていけばいい」

「君は、幕府と長州の争いを、どう見ている？」

「いまある権力を、奪い合っているだけですね。薩摩は狡猾《こうかつ》に、漁夫の利を得るかもしれません。それも、意味がない」

「意味がないと君は言い続けるが、なににとって意味がないのだ？」

「この国にとって。闘っている藩には意味があることでしょうが、この国にとっては、無用の戦争だ。外国と対立するためなら、薩摩も長州も、幕府に軍隊を出せばいい。そうやってひとつにまとまった方が、外国に対するにはずっといいはずだ。しかし、薩摩も長州も、徳川の幕府にとってかわりたい。それが、この国に意味があるんですか」

「君は、藩が反幕の力になることを、認めないのか？」

「過渡期には必要でしょう。現実に、ある力は持っている。しかし、藩の利益を最後まで追い求めるでしょうね」

「それは、極論だと思う。ぼくは、この流れの中で、いずれ藩などなくなると思う」

「かたちだけです。根底から変るものは、なにもないはずだ」

「まあいい」

山岡が間に入るかたちになった。

「藩には藩の正義があり、幕府には幕府の正義がある。正論とか正義とか、いくつもあるものだろう、と私は思う。特に政事の世界ではな。ところが、正義も正論もひとつしかない連中がいる。男を張るのだけが正義だと思っている連中がな」

山岡が、口もとだけで笑いながら辰五郎の方を見た。

「侠客《きょうかく》なんて言われている連中がそうさ。そしてここは、そんな男の家だ」

「そうですね。あたしも、ちょっとむきになっちまったかな。相楽さん、あんたとは考えが重なるところがいっぱいある。薩摩に、益満休之助という男がいることを、憶えておいてくれないか。あたしも、相楽総三という名は忘れない」

かすかに、相楽が頷いていた。

三人とも、まだ若い。辰五郎には、これほどむきになれることはなかった。若いころどうだったか、ちょっと考えてやめた。それこそ、意味がない。

若い衆を呼んで、新しい酒を運ばせた。

三

　また、旅で正月を迎えた。

　正月の三日には賭場で今年の運勢を試し、わずかに儲けた。七日にもいくらか儲け、十一日にはかなり大きく儲けた。

　中山道の旅である。駿河の中で、親分衆の動きがちょっとおかしくなり、小政と法印大五郎とお相撲の常を連れていた。

　間道を通って甲州に入り、いま信州諏訪《すわ》だった。ここまでくると、もう雪が深い。

　今度の旅は、安東の文吉の添書がある。次郎長がいない方が、駿河の親分衆をまとめやすい。まとめてから戻ってこい、という意味で添書をくれたのだろう。

　その土地のやくざのところでその添書を出せば、普通は二分の草鞋銭が、四両にも五両にもなる。名の売れた大親分の添書とはそれほどのもので、今度の旅では金の苦労はしないで済みそうだった。もっとも、まだ一度も使っていない。どこのやくざのもとにも、草鞋を脱いでいなかった。

「山ってのは、ろくな食いもんがねえな。草みてえなもんばっかり食わされる」

　小政が言う。宿の飯ばかりで、小政は魚を恋しがっているのだ。常は米の飯さえあれば、おかずはなんでもいい。大五郎は、飯より酒である。

「親分、このまま中山道を、どこまで行くんですかい？」

　小政が、蒲団に転がって言った。四人の相部屋である。昔は宿賃にも困るような旅をしていたが、いまはそんなこともない。賭場でも、荒らしたと言われない程度に儲ける手管はある。そうやって稼いでいくかぎり、宿に泊りながらの旅もできた。

「中山道をどんどん行くと、京だな。江戸の旅はやった。京の旅をやってみるのも悪くねえぞ」

「京は、斬り合いばかりだって話ですぜ。攘夷がどうのとか、俺たちにゃ関係ねえですが。とにかく、役人がうろうろしてることは確かでさ」

「俺たちに、眼はむいちゃいねえよ」

次郎長は、伊勢《いせ》へ行くつもりだった。ついでに、京も見ておこうと思ったのである。

そろそろ、小政が喧嘩でもはじめそうな気配だった。餓鬼の時分に次郎長のもとに来て、いくら叱《しか》っても喧嘩に明け暮れた。小柄である。そのため、居合を学べと次郎長が勧めたのがきっかけで、喧嘩好きに輪がかかった。ただ、小気味のいい喧嘩である。それに魅かれて、次郎長は小政をかわいがった。五尺に足りない身の丈に、三尺を超える長脇差を差して歩いているが、それも次郎長が与えたものである。

一家の、ほかの子分たちとは、折合いが悪かった。人と組むことが、どうしてもできないのだ。やくざは大抵徒党を組むが、一匹狼《いっぴきおおかみ》でしかいられないのも、またやくざだった。本心を言えば、次郎長は一匹狼の方が好きなのである。

次郎長が旅に出る時は、小政を伴わないわけにはいかなかった。大政が苦労することは、眼に見えているからである。清水一家の大政、小政と言われてはいるが、二人はずいぶんと性格が違っていた。

一月十四日には中津川の城下に入り、そこで賭場を回り、一月二十日には京都の一歩手前の大津に宿をとった。伊勢へ行くには、まだ早すぎたのだ。

「ここまで来ると、なんかこう、京も悪くねえって気がしますね」

小政は、山が嫌いだった。大津では、山深い気配はなくなっている。

法印の大五郎とお相撲の常は、はじめ大津を京だと思ったようだ。そして、琵琶湖《びわこ》を海だとも思った。

清水で見る海と、琵琶湖の水はずいぶんと違っていた。静かである。風で水面《みなも》がかすかに波立っているだけだ。

「しばらくは、大津を宿にする。俺は京都ってところをよく見てみるつもりだが、供をする必要はねえ」

「そんなわけにゃいかねえですよ。親分になんかあったら、大政の兄貴になんて言やいいんです」

「わかった。小政は俺についてこい。法印と常は、二月になったら、ちょっとばかり三河へ行ってこい」

「横綱のところですかい？」

常が、嬉しそうに言った。常は草相撲の出で、三河の吉良《きら》の仁吉《にきち》も同じだった。二人に相撲をとらせると、横綱と前頭ぐらいに違う。

「しばらくは、仁吉のところにいろ。いずれ、大政が来るはずだ」

「そうですかい」

なぜというようなことを、常はほとんど訊《き》かない。言われた通りのことをやる。何事でも、深く考えるのが面倒なのだ。法印の方は、すぐに頭を回転させる。

「喧嘩《でいり》の助人《すけっと》ですかい?」

「仁吉の喧嘩じゃねえよ。待ってりゃ大政が来て、次にやることを言ってくれる」

次郎長の目的は、神戸《かんべ》の長吉を助けることだった。仁吉も長吉も、弟分である。

長吉は、伊勢で穴太《あのう》の徳次郎と対立しながら、荒神山《こうじんやま》の祭礼の盆割りの権利を守っていた。六日続く祭礼に全国から博徒が集まり、賭場を開くのである。寺銭は、大変な額になる。その盆割りの権利を、国を売っている間に、穴太の徳に奪われた。長吉が戻ってきても、穴太の徳は返すと言わないのである。

安東の文吉に、しばらく旅に出てくれと言われた時に、ちょうどいいと思った。荒神山の祭礼は、四月六日からはじまる。長吉の肩入れができそうだと思ったのだ。安東の文吉は、桜のころには戻ってもいい、と言ったのだった。

一月の間は、四人で京都の見物だった。折から将軍の上洛中で、市中警備は厳しく、法印も常もすぐに嫌気がさしたようだ。二月に入ると、嬉々として三河に発っていった。

「親分、京見物もそろそろ切りあげた方がいいんじゃありませんか?」

小政は、次郎長が荒神山で神戸の長吉の肩入れをするつもりだ、とすでに読んでいるようだった。伊勢に入ってしまった方がいい、と考えているのだろう。

伊勢には穴太の徳がいて、さらに大親分の丹波屋伝兵衛《たんばやでんべえ》がいる。むこうも、次郎長が伊勢に入れば、神戸の長吉の肩入れだと当然思うだろう。

「中山道は、おまえがいたから急いだんだ。ここでゆっくりしたところで、文句はねえだろう」

「そりゃまあ。だけど、親分は博奕を打つわけでもねえし、退屈なんじゃねえかと思いまして」

「余計なことを、おまえが考えるこたあねえんだ。いいか、小政。荒神山の祭礼にゃ、全国から博徒が集まる。俺と穴太の徳が張り合えば、どちらかにつく博徒も出てくる。いまはここにいて、なんとなくそれを調べてりゃいい」

「わかりました」

二人きりの時、次郎長は小政にいつも噛《か》んで含めるように話してやる。そういう話し方だけで、小政は納得するのだ。ほかの子分たちがいるところでは、なにか言いつけるだけだ。すぐに返事をしなければ、怒鳴りつける。

「俺は、もうしばらく京見物だ」

「女、じゃねえですよね」

「まあ、なんとでも考えろ」

小政は、首をひねっている。

実は、次郎長は、混乱し、緊迫している京に身を置いてみたいのだった。そこで、なにか時代の流れのようなものが、感じとれるかもしれないとも思った。

やくざらしくないことをする。自分でも、そう思った。照れて、小政にも言えない。

「京の親分衆の中で、安東の大親分の添書を、きちんと受けてくれる人がいるかもしれねえ。それに、賭場だけは覗《のぞ》いてみるつもりだ」

「金は、あるんですか、親分？」

宿の逗留《とうりゅう》も、かなりの期間になっている。路銀として持っていたものの半分は、法印と常に渡した。

十日ばかりの京都通いで、安全な賭場にいくつか眼をつけていた。公家《くげ》の屋敷である。江戸の旗本屋敷と同じように、簡単には町方は踏みこめないらしい。どこにでも、そういうものはあるのだ。

二月も終りに近づくと、次郎長ひとりで京へ出かける日が多くなった。小政は、京より大津の賭場の方に関心を持ったのだ。二月の間の、二人の勝ちを合わせると、宿賃などを払っても、二十両は余った。

三月のはじめに、次郎長は小政を連れ、三条の小さな商人宿に移った。小政も、公家の屋敷で開かれる賭場に、出入りしはじめる。

黒駒の勝蔵が京にいる、という知らせを小政が持ってきたのは、三月上旬だった。相変らず、かなりの数の子分を連れているが、兇状旅のままらしい。どこのやくざのもとに草鞋を脱いでいるのでもない。

「荒神山の祭礼で、穴太の徳の肩入れをするってのは、はっきりしてまさ」

「会っても、斬り合いをするんじゃねえぞ。いま神戸の長吉は裸同然だが、それに着物を着せて長脇差を持たせようとしてるとこなんだ」

「勝蔵が、十五、六人連れていたって、俺は屁《へ》でもねえですよ」

「やめろ。京の役人は、俺の見たところ江戸みてえにやわじゃねえ。やくざの斬り合いを放っときゃしねえ」

「そうですね。俺の長脇差も、何度も調べられましたから」

四尺八寸の小政が、三尺を超える長脇差を差して歩いていたら、いやでも目立つ。居合の抜刀術で小政はそれを遣うのだが、躰が小さくて馬鹿にされるので、虚仮威《こけおど》しに長いのを差している、と役人には弁明していた。抜く気になっても、抜けはしないと言うと、それが滑稽らしく、いまのところ役人は見逃してくれていた。

勝蔵が京にいるというのは、なんとなくわかる気がした。時勢の流れなどやくざには関係ないと言いながら、ひそかに気にしている自分と同じなのかもしれない、と次郎長は思った。勝蔵も荒神山へ行くのだろうが、それならはじめから伊勢に入ればいい。京は、博奕で大きく稼げるところではないのだ。

いくら避けても、勝蔵の方も次郎長が京にいるという情報を摑んだようだ。

待伏せをされた。

岩倉という公家の屋敷で開かれた賭場で、二両ほど儲け、三条小橋のところにある宿に小政と二人で戻ろうとしている時だった。路地から、十五、六人が出てきたのである。顔ははっきり見てとれた。辻行燈《つじあんどん》や、店の看板には灯が入っている。

「京にいるとはな、清水の」

勝蔵ひとりが前へ出てきて、にやりと笑った。

「ただどこかで会ったんなら、見逃したかもしれねえ。お互いに、急ぎの旅なんだしな。だけど清水の、おまえは荒神山の祭礼に行くんだろう。それも、神戸の長吉の肩入れに」

「おまえは、穴太の徳の肩入れか」

「義理ってやつがある。俺らやくざは、それを失うわけにゃいかねえ」

「だから」

「ここでおまえを叩いておけば、荒神山の肩入れも、ずいぶんと楽になろうってもんさ」

小政は、すでに抜撃ちの構えをとっていた。十六人。相手の人数を見て、次郎長は怯《ひる》んだことはない。強いのは、二人か三人で、それを斬ってしまえば、雑魚《ざこ》はなんとでもなる。

「俺の方も、おまえがいないと、楽な肩入れになるよ、黒駒の」

「東海道で、世話をかけた。おまえは、あれで帳消しだと言ったが」

「帳消しさ。やくざらしくもなく、なにを昔のことを喋ってやがる」

「おう、そうかい。そんなら遠慮はしねえ」

勝蔵の眼が、宿の看板の灯を照り返して、白く光った。勝蔵の背後の子分たちが、少しずつ横に拡がりはじめる。

肚を決めた。決めれば、あとはなにもない。眼の前にいるやつを、斬るだけだ。

勝蔵も、肚を決めたのがわかった。殺気が飛び散った。三歩で、間合に入る。次郎長の方が、先に踏み出した。

「待て」

声は、ほかのところから聞えてきた。

三人だったが、ひとりは後ろに控えていて、割って入ってきたのは二人だけだ。袖口に、白くだんだらを染めぬいた羽織。それが新選組の制服だと、知らぬ者はいない。浪士隊の居残りが、新選組になったのである。尊王攘夷の志士が、すでに何人も斬られているという。

まずい連中が出てきたと思ったが、勝蔵が殺気を放ったままなので、次郎長も臍《へそ》の下に力を入れていた。

「おまえらはなんだ。京で喧嘩でもしようというのか？」

「うるせえ。侍はひっこんでろ」

勝蔵の子分のひとりが叫んだ。

「なんだと。どういうつもりで言っているのだ、やくざども」

声は穏やかだった。その分、押してくる力はないような気もする。

「たった二人で、やくざの喧嘩が止められるってのか、てめえらは。怪我《けが》しねえうちにひっこみな。こっちは、腰抜けのさんぴんじゃねえんだ」

「われわれは、腰抜けと言われたことはないな。はじめてだ」

声に、笑いが含まれていた。それが、勝蔵の子分をさらにかっとさせたようだ。

「やかましい。いま時の侍に、斬った張ったができるのか」

言い終らないうちに、白い光が走った。啖呵《たんか》を切っていた男の髷《まげ》が飛んだ。侍の刀は、すでに鞘の中だ。

しばらくして、髷を飛ばされた男が叫び声をあげた。次郎長に据えられたまま動かなかった勝蔵の眼が、ようやく動いた。

新選組だと、すぐに気づいたようだ。

「これは、市中見回り、御苦労様でございます。なに、ちょっとばかり面白くない顔だったんで、口喧嘩になりまして。決して、市中を騒がせようなどとは思っておりません」

落ち着いた声で、勝蔵が言った。見あげたものだ。仲裁が入っても、次郎長から眼を離さなかった。新選組に気づいても、動じた様子も見せない。

「なにしろやくざでございますので、口だけは荒っぽくて、お耳障りだったかもしれませんが、なにとぞ御容赦を」

「と言われてもな。おまえたちが、喧嘩に及ぼうとしていたことは確かだぞ」

「確かにおっしゃる通りでございますが、なに、どちらにも抜く度胸なんてございません。あっしも、いつ逃げようか測っていたところでござんして」

「それにしては、なかなかの気を放っていた。口喧嘩と言われて、見過せるようなものではなかった」

斬り合いに及んだわけではない、と次郎長は思っていた。刀も抜いていないし、怪我人も出ていない。ただ、言い訳は勝蔵に任せていた。

次郎長が見ていたのは、二人の侍の背後に控えている男だ。

「沖田、もう放してやれ。やくざ者が、攘夷派の浪士と一緒になることは、まずあるまい」

「はい。しかし少し仕置でも」

「それは、髷ひとつで充分だ。次に飛ばすのは、首しかないのだからな」

「わかりました」

沖田と呼ばれた男の歯が、白く見えた。笑ったようだ。

「よろしゅうございますか」

勝蔵が言い、深々と頭を下げて、踵を返した。

「その二人は、侍て」

長身の男が、近づいてきた。看板の灯で顔がはっきり見えた。あの男だった。

「沖田、ちょっと試してみろ」

その男が言った瞬間、沖田がいきなり小政に抜撃ちを浴びせた。唖然《あぜん》とするような抜撃ちだった。小政も、とっさに長脇差を抜いていたが、構えることもできないまま腰を落とした。まだ冷たい夜気が、一カ所だけ不意に燃えあがったように熱くなった。沖田の気配が、さらに強くなった。

「お待ちください」

次郎長は、小政の方へ近づいた。沖田の刀の先が、その時次郎長ののどもとに突きつけられていた。単なる威しではない。肌に粟《あわ》が立つような気配が全身を包んだ。恐怖はなかった。斬るなら斬れ、と思った。どうむかっていっても、勝てる腕ではない。

「もういいぞ、沖田。どう思った？」

「二人とも、大したものですよ。そこらの町人なら、気を失ったでしょう。よほど肚の据わった男でも、顔色を変えたり、ふるえたりはしたと思います。二人とも、汗ひとつかいていません」

「抜刀術だな」

男が、小政に声をかけた。

「並大抵の修練ではなさそうだ。しかも、われわれの刀と変らないほど、血を吸っている」

低いが、闇の中に谺《こだま》するようによく透る声だった。沖田が、刀を鞘に収めた。小政がようやく腰をあげた。息は乱れている。

「清水の旅人《たびにん》の、次郎長とか言ったな。甲府で一度会った」

「はい」

「あの折も、武士を睨み倒していたな」

「とんでもございません。長い無宿暮しで、死ぬことをこわがらなくなっただけでございます」

「武士でも、その境地にはなかなか行けん。大したものさ」

男の眼は、次郎長を見据えていた。なんという眼だろう、と次郎長は思った。甲府で見た時より、ずっと強烈な光になっている。なんと形容していいかもわからなかった。

「新選組の、土方歳三《ひじかたとしぞう》という。京にはまだいるのか、次郎長？」

「はい。三月までは。お眼障りならば、いつでも出ていきますが」

「いや、おまえのような男とは、時々酒を飲みたい。今度市中で会った時は、つき合え」

土方は、そのまま歩み去った。沖田ともうひとりの男も、それについていった。

「魔物だな、あの若けえ侍。あんなの、見たこともねえですよ、親分」

小政が、ようやく長い刀を鞘に収めた。

「新選組のやつらって、みんなああなんでしょうか？」

「さあな。俺は、土方という男の方がこわかった。腕も立つという気がする」

「やっぱり、剣呑《けんのん》ですね、京は」

黒駒の勝蔵のことを、次郎長は考えはじめた。はじめて会った時から、変らない男。勝蔵はそうだった。

久しぶりに悪友に会ったような、そんな奇妙な気分がどこかにあった。

四

雪が深かった。

足の先の感覚は、もうなくなっている。手も凍りついたようだ。総三は、刀の鯉口《こいぐち》を切っては戻すことを、くり返しながら歩き続けた。放っておくと、刀も抜けなくなる。

誰も、声さえ発しなかった。一緒にいるのは、諸橋六郎、風間進吾、金井《かない》之恭《ゆきやす》の三名だった。金井が、先導していく。時々雪を口に入れるだけで、金井は休もうとしなかった。すぐ後ろからは、諸橋の荒い息が聞える。

四人とも、怒りに駈られていた。その怒りを、どこへ持っていくこともできずにいた。いまは、とにかく信州まで行くことだった。いつか、あの男を叩き斬る日は来るはずだ。その時は、首を桃井可堂の墓に供えよう。

新田俊純だった。新田俊純に迷惑がかかってはと、可堂も自首したのだ。

上州新田郡の、勤王党の主領だった。新田俊純のもとになら、志士だけでなく、農民も集まってくるはずだった。

新田俊純を担ぐことを、金井はいくらかためらったようだった。それを信じればよかったが、いまとなってはもう遅い。金井も、肚の底では新田を信じていたのだ。

あの食わせ者が。歩きながら、総三は何度も呟いた。可堂の死とその遺志を、信州にいる門下生たちに伝え、総三は再び上州に入った。新田俊純はそれを迎え、挙兵の際の兵糧の確保から、情宣まで話し合った。

上州、信州で志士が決起する。もとより京は乱れている。中山道を確保し、時を待てば、やがて反幕の大きな流れが起きる。夢物語ではなかった。争乱が各地に散れば、幕府にそれを抑える力はない。

大和天誅組《やまとてんちゅうぐみ》が潰された。但馬生野《たじまいくの》の乱も平定された。可堂と時を同じくして立とうとしていた九十九里の真忠組は、ひとり単独で決起したが、これも抑えられた。

しかし、やめるべきではないのだ。各地の決起には、攘夷派の志士だけではなく、貧しい小作層まで加わりはじめている。

中山道を押さえる。幕軍に攻められれば、山中に逃げる。それをくり返す間に、人が集まってくるのは間違いなかった。そうすれば、ほかの土地でも決起がはじまる。江戸を包囲するようなかたちで、藩ではなく、武士でもない、ただの人の波ができるのだ。その人の波こそが、この国の民の波だった。

そのためには、どうしても最初の決起がいる。それも、上州と信州が呼応した決起。夢物語ではない。決起に加わろうという人間は、間違いなくいる。

頂点に戴く人間を、誤った。勤王党の主領と言いながら、ただの口先だけの男を選んでしまった。口先だけなら、まだいい。裏切者だった。決起が迫ってくると自首し、自らの命を守るだけでなく、同志を売った。

新田俊純。名を口に出しただけでも、総三の肚の中は黒い怒りで燃える。

可堂の決起が発覚したのも、いま考えれば新田俊純が売ったのだ。

斬りたかった。しかし、刀の届かないところにいた。いまは、耐え抜くしかない。上州や信州にようやく生まれはじめた変革の動きの、その芽だけでも残しておかなければならない。

沼田から諏訪まで、雪中を二日で進んだ。怒りが、雪をはねのけさせたようなものだった。

下諏訪の宿のはずれにある小さな小屋に、可堂の門下生八人が集まってきた。

「耐えてくれ、いましばし。軍資金は、さらに二百両出せる。これで、信州での変革の芽であり続けてくれ。遠からず、私は兵を集める。どういうかたちであろうと、集める。そして、諸君と合流する」

「長州の動きをどう見ているのですか、相楽さん？」

「長州だけでなく、藩はすべて徳川の持っている権力を欲しがっている。藩の動きは、そうなのだと、私は思う。しかし、反幕の中心的な力であることもまた事実だ。だからこそ、われわれの存在が必要なのだ。やがて、徳川を倒す戦がはじまる。絶対にはじまる。その戦のすべてを、長州を中心とする藩にだけ担わせてはならない。民の力が、それに加わるべきだ。どれほどささやかであろうと、武士でもなく農民でもなく、ただ民である者たちの力。それが、この国が新しくなるためには必要なのだ。私は、そう思う」

「すると、反幕で動いている藩も、われわれの敵なのですか？」

「なにを言う。大いなる味方だ。ただ、われわれは、藩には利用されない。むしろ、藩を利用して、民の力を浸透させていく。それぐらいのしたたかさが、われわれには必要だ。われわれの闘いには、藩という後楯《うしろだて》はない。だからこそ、朝廷ではそれを大事だと思うはずだ。

藩は徳川家を小さくしたものに過ぎず、また朝廷を操ろうとするであろうことは、想像に難くない。それが、新しい幕府を作る。そうなった時でも、われわれは藩から独立した力でいるのだ。朝廷の眼は、間違いなくわれわれにむく」

「いつまで、この隠忍が続くのです？」

「全国に、さらなる気運が高まる。それまでだ。一年かもしれず、十年かもしれない。あるいは、われわれの孫子の代かもしれない。それでも、志を持ち続ければ、いつかそれは現実のものになる」

「十年と、相楽さんはひと口に言われるが」

「考えてみたまえ、君。十年前、この日本はどうだった。いまは、時代の動きが速い。私が十年と言ったのは、それぐらい耐えていく覚悟がいるということだ」

「長州での反幕の動きを、黙って見過しているのですか？」

「いずれ、ほかでも反幕の動きが出る。私は、一部の同志とそれに加わるつもりだ。可堂先生は、純粋であり過ぎた。政事は現実だということが、私は可堂先生の死で痛いほどわかった。だから、いま現実に力を持ったところに、私と数名の同志は加わる。長州かもしれず、ほかのところかもしれない。しかし、真の同志は諸君だ。私はそう思い続ける。諸君はこの地にあって、民というもののあり方を考え続けながら、変革の芽を大事に守ってくれ」

そういう議論が、三日四日と続いた。

それから総三は、岩波美篤《よしあつ》や飯田《いいだ》武郷《たけさと》という、信州勤王党の志士とも会った。肚の底からは、信用しなかった。現実に決起するまでは、一線を画していくように、可堂門下には指導した。ただ、軍資金として三百両は出した。

それから総三は、上州から行動をともにしている三人と、一度江戸へ帰った。

江戸の家は、湯島の薬種屋の二階である。親父が持っている薬種屋で、井野屋といった。主人は、安治という名で、総三が子供のころに薬種屋をはじめたが、親父の使用人のひとりだった。

江戸でも、遊んでいたわけではない。

とにかく、情報が欲しかった。

京では、長州藩が孤立しはじめていた。しかしまだ、江戸にはのんびりした空気が漂っている。市中を歩くかぎり、上州や信州の方がはるかに切迫していた。

三田の薩摩藩邸に、益満休之助を訪ねた。

益満は気軽に出てきて、総三を酒に誘った。その酒も、新門辰五郎のところへ行って飲んだのである。辰五郎はいやな顔ひとつせず、自分も酒につき合った。

「親分は、何度か京に行ったんだろう？」

「勝の殿様に言われたりしましたんでね。お上のお役に立てば、それでいいんです」

「ほんとかね。あたしは、親分がもっと野心を持ってるように見えるがね。一橋公に娘を差し出したって話も、ほんとなんだろう？」

「差し出したなんて。行儀見習に一橋様のお屋敷に出したら、お手がついちまったんでさ。まあ、仕方ねえだろうと、そのままにしちゃおりますが」

「一橋公は、現将軍とその座を争った。一橋公が将軍になってりゃ、いまごろ将軍の岳父だぜ。あたしらのようなさんぴんは、口も利いちゃ貰えなかっただろう」

「憚りながら、この新門の辰五郎、瘦《や》せても枯れても火消しの頭でございますよ。娘は娘、あっしはあっしでさ」

「ほんとうに、一橋公の？」

「そうさ、相楽さん。あたしは食えない爺《じい》さんだと思ってるが、このところ酒で籠絡《ろうらく》されちまっててね。あたしは、根っからの攘夷派なんだ。藩がどういう方針を出そうとね」

「私も、攘夷派です」

「それはわかってるが、上州での挙兵は成功したのかね。そういう噂《うわさ》は、とんと耳にしないが」

「挙兵はしていません。力不足だ」

「そうだろう」

益満は、手を打ち鳴らして、勝手に新しい酒を頼んでいる。辰五郎はにこにこ笑いながらそれを見ていた。

「攘夷派と言えば、山岡の殿様もそうですよ。幕府の中にも、そういう人がいるんです」

「貧乏旗本だからな」

「それでも、肚は据わっておいでになる。あっしは侍が好きじゃねえが、山岡の殿様は別ですよ。それから勝の殿様も。お二人とも、若いがなかなかのお方だと思ってますぜ」

「あたしは、ただの意地汚ない薩摩芋ですよ。相楽さんのように、理想には燃えていない」

「わずかな間に、私も現実というものを少しは見るようになりました」

「ほう、現実ね。あたしは、攘夷が現実的だとは思っちゃいませんよ、相楽さん。夢物語なんだ、他国とつき合わずに生きていくとはね。あたしは、夢を見てるだけなんですよ」

「国が力を蓄える。それまでの攘夷だと、益満さんも思っているはずだ。長州の攘夷派も、いつまでもそれがいいとは思っていないでしょう。ただ、いまの幕府に外交は任せられない。国と国が対等につき合うということすら、念頭にない人たちの集まりだ」

「で、幕府を倒すかね？」

「少なくとも、この国が国家としてのかたちを整え、それを機能させていかなければならない。幕藩体制では、それがうまく機能しないのですよ。権力が二重の構造になっているじゃありませんか」

辰五郎は、若い者が政事の談義をするのを、あまり嫌ってはいないようだった。少なくとも、酒を飲む姿に不機嫌なものは感じられない。

「幕府は、潰した方がいいんだね？」

「いまのままでは、外国の言いなりだということです」

「だから、潰す？」

「私に、そんなことができますか。できもしないことを言うのは、無意味なことだ」

「しかし、潰れた方がいいとは思ってるんでしょう？」

益満は執拗《しつよう》だった。総三は、黙って猪口の酒を口に運んだ。

「ところで、紅毛人ってのは、そんな野蛮なやつらでござんすかね。あっしは横浜まで見にいったが、どうってことはねえや」

辰五郎が口を挟む。

「親分も、またもの好きだ。わざわざ横浜まで見物ですか」

「これだけ騒がれてんだ。自分の眼で見ておかなくっちゃね。むしろ、紅毛人を日本の侍が斬ったりしてる。やつらは、でかくて、肌が白くて、髪が赤くて、眼が青かったりするが、人間だね」

「当たり前でしょう。鬼であるわけがありません。人種ってやつが違うだけでね」

「それじゃ、つき合う時の肚の据え方ひとつでござんすね。人と人がつき合うのと、国と国がつき合うのが、同じとは言えねえかもしれねえ。だけど、国だって人から成り立ってんだし」

「まったくですよ。あたしなんか、こむずかしいことを並べてますが、親分に教えられることは多いな。ただ、何人もいると面倒になるでしょう」

「こっちにも何人もいる。それが、いまのこの国ですよ。幕府がある国と結んでも、長州は別の国と結ぶ。薩摩はまた別の国と結ぶ。それで内輪揉《うちわも》めが起きてくる」

総三が口を出した。

「だから幕府を潰して、新しい政府を作る？」

「しつこいな、益満さんは。絡み酒ですか」

「いや、悪かった。ただ、あんたの論理を推し進めれば、そこまで行かなけりゃおかしいんだよ、相楽さん。まあ、こんな話はどこまでやっても終りなんかない。別の話題にしましょうよ」

「益満さんは、江戸の女にゃ振られ続けかね。色っぽい噂は、とんとないね」

「あたしは、江戸の女は男を見る眼がない、と思ってますがね」

「相楽さん、あんた御内室は？」

「独身です、親分」

「なんで、所帯を持たねえんですかい？」

「女に、眼をむけたことがない。それより、考えることがあったから」

「堅いね。それもいいが、もっと気楽にやろうよ、相楽さん。あたしは、これからも江戸の女を口説き続けますよ」

　辰五郎が、昔囲っていた女の話になった。江戸払いの刑を受けたのに、隠れて女のもとに通い、それが見つかって今度は佃島《つくだじま》に送られることになったという。

「女さえ抱けりゃ、どうなったっていいという時期が、ずっと昔だったような気がしますよ。いまは、そんな元気はとてもねえ」

「ほんとは、二人ばかり囲い者《もん》がいるって噂ですよ、親分。山岡の旦那《だんな》が言ってたことだけど。聞いただけで、あたしは羨ましくなりました」

「昔の女は、面倒を看てやるしかねえでしょうが。両方とも、大年増《おおどしま》でさ」

　総三は、女に惚《ほ》れたことがない。ただ、総三に好意を寄せているらしい女は、江戸にいる。両親はその女を知っていて、盛んに妻帯を勧める。

　女が欲しい時は、深川の芸者を相手にした。十七の時からである。馴染《なじ》んで、結構長くつき合った女も三人ばかりいる。馴染んだだけで、心は寄せなかった。男は、もっと別のものに心を傾けるべきだとも思う。

益満と一緒に、辰五郎の家を辞した。

二人とも、なんとなくそのまま帰りそびれて、浅草の界隈をぶらついた。

「なあ、相楽さん。俺たちは歳も同じぐらいだし、これから長いつき合いになりそうな予感もある。あたしだけの予感だがね」

益満が歩きながら言った。

総三も、なんとなくそんな気がした。馬が合う。そんな人間は、間違いなくいる。

「だから堅苦しいもの言いなんかやめて、総三、休之助と呼び捨てのつき合いをしないか。俺は、そんなふうなのが好きなんだ」

「俺もだ」

「おう、私と言わずに俺か。その方が似合ってるぜ、総三」

益満が、声をあげて笑う。

小料理屋に入り、ちょっと腹に食い物を入れた。払ったのは益満だ。

「江戸の様子を調べて、藩に知らせる。当たり前のことのようだが、間諜みたいなもんだな。俺の江戸屋敷での仕事はそんなもんで、ほかのやつらよりいくらか金は遣える」

益満は、自嘲《じちょう》しているようでもなかった。

さすがに、浅草のあたりは人が多い。総三は江戸で生まれ、ほとんど江戸で育ったが、益満の方がずっと江戸っ子らしいもの言いや仕草をする。

「そうだ、休之助。ちょっとばかり運試しをしないか？」

「そりゃ、なんで運を試すかによるな」

「賽《さい》の目」

「いいね」

「そっちは、俺が奢《おご》ろう。お互いに一両ずつで、勝った方が女を奢る」

「女？」

「深川の芸者を抱くぐらいの金を、賭場で稼ごうじゃないか」

「おかしな男だなあ、総三、おまえは」

益満が立ち止まり、総三の顔をしげしげと見ると、不意に笑った。

「いいよ、運試しだ。ただし深川で女を選ぶのは、勝った方からだ」

江戸の風は、まだ冷たかった。益満は賭場を知らず、総三が浅草寺の裏手の寺に案内した。

五

土方歳三は、いくら酒を飲んでも、酔ったように見えなかった。

こうして飲むのは、三度目になる。一度は、市中で偶然に会い、二度目は土方が宿に訪ねてきた。三度目は、次郎長が壬生へ行ったのである。京を出る別れの挨拶だけするつもりだったが、酒に誘われたのだった。

「そうか、伊勢へ行くか」

「ほんとなら、ひと稼ぎする気で行くところですが、今度ばかりはそうはいかねえんです。弟分の縄張《しま》を取り戻さなくちゃならねえんで。まあ、なんとかなるとは思ってますが」

「死ぬ覚悟で、喧嘩はやるのか、次郎長?」

「そりゃ、喧嘩でございますから」

「躰がいくつあっても、足りんな」

「それが、死んだっていいと考えてると、案外に死なねえもんでございましてね。もっとも、新選組の方々のような、凄《すさ》まじい斬り合いじゃござんせん。やくざの、腰の引けた斬り合いでございますよ」

「殺し合うという点では、どこも変るところはないな」

土方は、やくざの暮しを知りたがった。話すと、羨ましそうな顔をした。なにを羨ましがっているのか、次郎長にはよくわからなかった。ただ、土方という男が、もしやくざだったら、大変な大親分になっていただろうと思う。

新選組の評判は、京ではよくなかった。誰も表立って言う者はいないが、人斬りの集まりだとみんな思っている。恐怖と同時に、軽蔑《けいべつ》の眼差しもあり、それは自分たちにむけられる眼にも似ている、と次郎長は思った。

もっとも、新選組はお上である。誰がどう見ようと、自分たちやくざとは違う、と思う。お上が人を斬らなければならないほど、世の中が乱れているのだ。

京を歩いていると、江戸では感じない、張りつめた空気が肌を打つ。清水にも、勿論それはない。次郎長は、そういう空気が嫌いではなかった。なにかが起こりそうな予感。人の心には、いままでとは違うものが宿る。まっとうな顔をしていた人間の顔が、まっとうではなくなる。

「京は、これからもっと乱れるな」

酒を含みながら、土方が言った。

「新選組がいてもですかい？」

「われわれの力は、時の流れの中では微々《びび》たるものだ。時を変えようとする力は、不思議なものだと思う。どんな力でも、それを止めることはできん。俺は、そう思っているのだ。そしてわれわれは、時の流れを止めようとする、小さな杭《くい》にすぎん」

「だけど、長州を征伐するって噂は流れてます。ほんとなんでしょう。そうしてみても、駄目なんですか」

「多分な。誰も、いままで経験しなかった状況の中にいる。夢想さえしなかった、と言っていいだろう。だから、確かなことはなにも言えん。しかし俺は、時を止める側に立ってしまっているな。京へ来て、まだ一年ほどだが、そう考えるようになった」

「あっしのような者《もん》にゃ、なにがなんだかわかりませんが」

「俺は、負けるだろうと思ってる。負ける側に立ってしまった。江戸じゃ、そういう時勢も見えはしなかった」

「負けるとわかってる喧嘩ですかい？」

「おまえは、何度もそういう喧嘩をした、と言っていたな。それでも、生きてる。気ままな旅もしてる。俺だって、負けてもおまえのように気楽に生きているかもしれんよ」

「旅は旅で、なかなか苦しいこともございます」

「だろうな」

「旦那が負けるということは、ないような気がしますがね」

「嬉しいことを言ってくれる。しかし、どうしてだ」

「博奕打ちの、勘みてえなもんです。難しいことはわかりませんが、負けてもともとの勝負ってのは、負けても負けにゃならねえと思って、あっしは張ってきました。旦那がそういう勝負をなさるんなら、つまり負けはねえってことで、あっしの勘じゃ旦那がもうその勝負に入ってるって感じで」

「死んだら？」

「死んだら負けだと思ってたら、やくざなんかやってられません。旦那とやくざを同じように言って申し訳ねえですが、あっしらはいつもそう思ってまさあ」

「そんなもんか」

「失礼なことを、申しあげちまいまして」

「いや、見上げた覚悟だ。武士でそれほどの覚悟を持ってる者など、まずいないだろうよ。世の中にはいろんな人間がいるものだと、おまえを見ているとしみじみ思う」

「新選組にだって、いろんな方がいらっしゃるじゃござんせんか」

「おまえほどの覚悟は、誰も持っていないな。手柄を立てれば、出世できると考えている。負けていく流れの中で、出世したところでなんの意味もないのにな。俺も、出世するために躰を張れと、毎日言っているよ」

　土方は、新選組の中で二番目に偉いのだという。その男がこんなことを言うとは、ちょっと信じ難いことだった。押せば、なにかに触れる。こっちからも押して、土方のなにかに触れている。はじめて一緒に飲んだ時から、次郎長にはそんな感じがあった。

「大勢の敵との喧嘩だと言っていたな、次郎長」

「まあ、むこうには地元の大親分もついておりますんで、こっちの三倍はおりましょう。五倍になるかもしれません」

「小さくかたまるのだ。決して大きく拡がってはならん。数を恃《たの》めば、必ず押し包んでくる。その全部を相手にせず、一ヵ所だけを突き破る。また押し包まれたら、また一ヵ所を突き破る。それをくり返せば、勝機は見えてくる」

「わかりました」

「おう、俺の喧嘩のやり方を、年季を入れたやくざの親分が認めてくれるのかね」

「そりゃもう」

土方が笑った。腰をあげようという気配はない。なんとなく、次郎長も飲み続けていたかった。侍にも、いろいろいるものだ。

「俺は、新選組じゃ、鬼って言われててな。冗談じゃあない。鬼になるのは、これからさ。人斬りの新選組が、京を護る。隊士にはみんなそう思わせたい。そのためには、俺が鬼になるしかない」

「あっしみてえなやくざでも、京にいると血が騒ぎます。なにか、まるで違う世の中が現われてくるみてえで。旦那は、その真中にいらっしゃる。旦那が、あっしの血を騒がせているのと同じです」

土方は笑っていた。猪口に口をつけただけだが、かすかな酔いを次郎長は感じていた。飲まないで食えと、土方は料理をいくつかとっている。そのひと皿に、次郎長は箸《はし》をのばした。

若い隊士が二人駈けこんできたのは、夕方近くになってからだった。

小声で喋り、それから土方は次郎長の方へ顔をむけた。

「京へ来たら、屯所へ顔を出せ、次郎長」

「ありがとうございます。またお目にかかれりゃ、と思っております」

次郎長が頭を下げている間に、土方の姿はもう消えていた。

次郎長は、皿に残ったものを、ゆっくりと口に入れた。京の料理は、凝っているが量が少ない。口に入れ、しっかりと嚙みしめた。土方歳三が振舞ってくれたものだ。

翌朝、三条の宿を発った。

小政が、長い刀を合羽で隠すようにしている。この刀を抜かせた新選組の隊士は、沖田総《そう》司《し》という。若いが、腕は立つという噂だった。小政は、ああいう相手に出会ったことはないのだろう。新選組の制服を見ると、まだ怯《おび》える。どうやっても自分が勝てない相手がいる、とはじめてわかったのだ。

鈴鹿越えの道をとった。

京を出ると、小政は刀を隠さなくなった。

荒神山の祭礼賭博は公認のもので、全国から博徒が集まり、よしず張りの賭場がずらりと並ぶ。その盆割りを神戸の長吉に返すつもりが、穴太の徳には今年もない。寺銭の一部がそれぞれの盆から入り、そのあがりだけで一年は食えると言われていた。穴太の徳が、たやすく手放すはずもなかった。

六日に及ぶ大きな祭りだが、今年は博奕はやれないだろう、と次郎長は思っていた。はじめから、神戸の長吉にその覚悟をさせることだった。やれるなどと思っていると、喧嘩に甘さが出る。

次郎長は、四月三日に四日市の近くまで来た。小さな寺の庫裡《くり》に、宿をとった。小政はすぐに、笠砥山《かさとやま》と荒神山のあたりを調べに出かけた。長い刀は、持たせなかった。刀さえなければ、小政は目立たない。

「子分を連れて、勝蔵も来てますぜ。穴太の徳は、盆割りをする気のようです」

盆割りをしなければ、いくら博徒だけが集まっても、賭場の開きようがない。祭礼は六日からで、盆割りは前日である。

次郎長は、翌日から継ぎの当たった古着に着替えた。長脇差も差さなかった。こうするだけでも、もう集まりはじめている参詣人《さんけいにん》と紛れてしまう。

四日市に上陸しようとした吉良の仁吉と大政の一行が、目明しに阻まれるところを小政が見てきた。大政には、船で来るように言ってあったのである。

やはり穴太の徳は、盆割りをするつもりで、目明しを動かしたのだろう。盆割りをしてしまったら、暴れれば賭場破りである。各地から集まっている博徒たちも、黙ってはいない。

大政は、四日市の南から上陸してきて、約束の場所に集まった。穴太の徳は、かなり慌てたようだ。

「兄貴、どうしたんです、その身なりは？」

「仁吉か。今度の喧嘩にゃ俺はいねえ。穴太の徳にゃ、そう思わせるんだ。それで気が緩むかどうかわからねえが、こっちはどうしたって人数は少ねえ。やれるこたあ、なんでもやっておこうと思ってな」

仁吉の一家を入れて、総勢で二十五人だ。穴太の徳の方は、増えたり減ったりするだろうが、こっちは、これ以上少なくなりはしない。

「目立つところでは、仁吉と大政が指図してろ」

五日に睨み合いがはじまったので、六日の盆割りは結局できなかった。六日には、二十五人は石薬師《いしやくし》の宿に入った。

「兄貴、こんな宿場にいてもいいんでしょうか。ここは、各地から集まった博徒で一杯ですぜ」

「いいんだ。いいか、仁吉。小さな喧嘩なら出会い頭にやればいいが、大きな喧嘩は頭を使うんだ。ここなら、博徒衆が来やすい。早いとこ盆割りをしてくれ、と言いに来る。おまえがそいつらに会って、穴太の徳がそっくり縄張《しま》を返さねえかぎり、この場は譲れねえとしっかり言うんだ。大きな喧嘩だ。こっちに筋があるってことは、はっきりさせておかなきゃならねえよ」

次郎長が考えた通り、仲裁に入ってきた親分衆がかなりの数にのぼった。しかし、穴太の徳が縄張りを返すと言うわけもなく、みんなむなしく引きあげた。

清水一家には、いま次郎長がいないというのは、噂になっていた。当然、穴太の徳も聞いているはずだ。

七日、次郎長は全員を加佐登《かさど》神社に移した。

これで、穴太の徳の百二、三十人と、正面切って睨み合う恰好になった。やはり、盆割りはできない。穴太の徳が頭に血を昇らせているのがよくわかった。あとは、どちらが先に手を出すかである。

「勝蔵のやつもいますぜ、親分。この際、清水一家を潰しちまおうと考えてるんでしょう。穴太の徳の子分ってとこです」

お互いの顔も見分けられる近さだった。次郎長は古着を脱がず、顔の方々に炭を塗った。それで、相手には自分だとわからないはずだと思った。

八日になると、集まっていた博徒たちも、今年の祭礼は諦《あきら》めて帰りはじめた。参詣人は多いが、遠巻きにして見ているという感じである。

捕り方が荒神山にむかっている、という知らせが入った。

「みんな、小さくかたまれ」

次郎長は言った。

「肩がつくぐらいにしていろ。ひとりで斬りこむんじゃねえぞ。二十五人がひとりになったつもりでやり合うんだ。どうせ、俺たちを包んでくる。それを何度でも破る。一カ所だけだから、敵はせいぜい十人だ」

「なるほど」

仁吉が、にやりと笑った。

斬り合いは、いきなりはじまった。かたまれ、と次郎長はもう一度叫んだ。土方歳三が教えてくれたやり方である。負けるわけがないと思った。鉄砲の音がした。次郎長が走ると、ほかの者も躰を寄せてついてきた。一カ所を突き破った。そのまま、もう一度突っこんでいく。何発も鉄砲の音がする。人の喚《わめ》き。ひとりを、次郎長は頭から斬り倒した。相手が、背中を見せはじめる。次郎長は、黒駒の勝蔵を捜した。すでに穴太の徳の一党からははずれ、丘の上に移動しようとしている。

負ける喧嘩、とすぐに読んだようだ。

追うことはできなかった。二人目を、次郎長は斬り倒した。次郎長一家が追い回す、という恰好になった。ここまで来れば、勝ちである。手綱を緩めるように、次郎長は全員を散らせた。小政が、長い刀を振り回しながら、五人ばかりを追っている。大政は怪我をしたようだ。

荒神山から、穴太の徳の一党をすべて追い落とした。

「親分」

肩に傷を受けた大政が、立ち竦《すく》んで言った。法印大五郎が倒れている。死んでいるということは、顔の色を見ただけでわかった。

「仁吉」

次郎長は叫んだ。次郎長の方へ来ようとしていた仁吉が、棒のように仰むけに倒れたのだ。斬られたのではなく、腹を鉄砲で撃たれていた。

「どうってことねえよ、兄貴」

起きあがろうとした仁吉を制し、戸板を運ばせた。

「引き揚げだ」

勝った。ほんとうに勝ったかどうかは、よくわからないが、誰もが勝ったと言うだろう。子分が、二人死んでいた。怪我人も多かった。相手は、百二、三十人だったのだ。

四日市まで走り、船に乗った。

「おまえ、でけえ図体してるから、鉄砲に当たっちまうんだよ、仁吉」

「そりゃねえよ、兄貴」

次郎長は、甲板に寝かされた仁吉のそばに座りこんだ。

「とにかく、三河に戻る。それまで踏ん張ってろ」

「駄目かもしれねえ。そんな気がする」

「横綱」

お相撲の常も、次郎長の脇に座りこんだ。

「面白《おもし》れえやな、やくざっての。今日の喧嘩なんか、見事なもんだった。語り草だわな。俺や、それでいい」

仁吉が、息を乱した。

「苦しいか？」

「ちょっとばかりな」

それが、仁吉の最後の言葉だった。

陽の光が、嘘のように白く、仁吉の顔を照らし出している。

「死んじまいやがった」

次郎長は呟《つぶや》いた。やくざ稼業で、人の死には心を動かさなくなっている。気の合った兄弟分だった、と思っただけだ。

六

四人で、鹿島神社に参拝した。

それから、筑波山《つくばさん》にむかった。

水戸藩の尊攘派、天狗党《てんぐとう》が挙兵したのである。長州などと違って、御三家の一角からの、幕府への叛乱《はんらん》だった。

それがどういう意味があるか、総三は三人と話し合った。徳川家内部からの叛乱ということを、最も評価したのは金井之恭だった。水戸藩全体が叛乱を起こしたわけではない。総三は、いくらか懐疑的だった。そんなふうに懐疑的になる自分が、いやでもあった。

それに、藤田《ふじた》小四郎が中心にいる。

上野《こうずけ》、下野《しもつけ》を回った旅で水戸にも寄り、総三は藤田に会っていた。総三より、ひとつか二つ下だが、大変な俊才だった。総三の攘夷論は、賛同されるどころか、ほとんどすべてを否定された。論破されたと言ってもいいかもしれない。

水戸の尊攘派には、優秀な人材が多いことも、総三の気持を動かした。藤田に論破されたことについては、ほとんど気にしていない。考え方は、いろいろある方が当たり前なのだ。論破されたのは、論争の修練が足りなかっただけで、自分の考えが間違っているとも思わなかった。

あの藤田小四郎が、挙兵した。総三の血が騒いだことも確かだった。

江戸を発つ前に、益満休之助とも話した。益満は、頭から否定した。倒幕にむかう叛乱ではないと言うのだ。むしろ幕府の主導権を握ろうという考えが根底にある、とも言った。

薩摩は、いまだ幕府と手を握っていたが、益満ははっきりと倒幕だと言った。そしてそれは、薩摩をはじめとする西南雄藩によるものだと考えていた。

薩摩が動けば、幕府は倒せる。そして、薩摩は動く、と確信していた。遠島になっていた、西郷吉之助《さいごうきちのすけ》という男が、京へ戻ってきたからだ。

総三は、西郷を知らなかった。ただ、その名は何度か耳にした。薩摩の下士の支持は圧倒的な男だ。

「常陸《ひたち》、上州、信州。次第に、江戸のまわりが不穏になってきた。天狗党の挙兵が拡がれば、上州や信州の同志は、一年も待たなくて済みますよ、相楽さん」

「拡がればだ。われわれは、それを見きわめに行く。参戦するというかたちは取るが、真の闘いの場所が上州と信州だということは忘れるな」

水戸の尊攘派は、過激だった。桜田門外で大老の首を取ったのも、水戸浪士を中心とする過激派だった。その伝統は、生きているはずだ。

藤田は、どれだけの勝算があって挙兵したのか。京での長州の動きなども、計算に入れてのことなのか。

追いつめられただけだ、と益満は言い放った。そういう部分は、確かにあるだろう。しかし、挙兵のきっかけはなんでもいい。それがどう拡がるかだ。

長州が幕府に圧迫されはじめたいま、全国の尊攘派の主力となるのが水戸天狗党だ、というのが金井の考えだった。だから、間違いなく叛乱は拡がると読んでいる。筑波山で挙兵し、日光東照宮に進み、水戸も宇都宮《うつのみや》も避け、天狗党の本営のある下野大平山《おおひらさん》にむかった。

なにかおかしい、と総三が感じはじめたのは、宇都宮を迂回して進んでいる時だった。農民たちが、四人を恐れる。商人も、顔をそむける。天狗党ではないとわかると、突然悪口を言いはじめる。

「どうも、はじめから軍資金が不足していたようだな」

総三が言うと、金井は暗い顔をした。

「相当の徴発をしていますね。商人《あきんど》からだけじゃなく、貧しい農民からも徴発している。いやな感じだな、どうも」

義挙にしては、あまりに評判が悪すぎるのだ。

諸橋六郎が言いはじめた。あまり不安を口にしたりしない男だ。

実際、天狗党の者らしい五人が、小さな村で兵糧の徴発をしているのを見かけた。略奪に近いやり方だった。

「天狗党をかたる、不逞《ふてい》の輩《やから》ですよ」

金井が言う。総三も、そう思いたかった。

大平山は、もっと殺気立っていた。すぐに藤田小四郎に会うことはできず、二日待たされてようやく会えた。

「相楽君か。われわれの義挙に応じてくれたのだな」

藤田は、変っていた。明晰《めいせき》さを欠き、ただ激しいだけの男になっていた。挙兵の頭領として担いでいる田丸という男は、人を魅きつける力を持っているとは思えない。

「義挙に応じて来たが、軍資金や兵糧で君たちに迷惑はかけないつもりだ」

「そうか」

藤田は、明らかにほっとした表情をした。

五日も本営にいれば、自然にどういう挙兵なのか見えてくる。時勢の流れを見てというより、藩内で主導権を握るための挙兵だったのだ、と総三は思った。

それでもいい。水戸の藩論が反幕に傾けば、大きな意味がある。しかし、現実は反対のようだ。一部の挙兵を理由に、藩内の尊攘派が次々に謹慎させられているという。

水戸藩は定府《じょうふ》で、藩主は江戸にいるのが決まりになっている。そして、江戸に人をやって藩主の説得をしているところだ、と藤田は説明した。

「徳川慶篤《よしあつ》公が動けば、水戸の藩論は再び攘夷に動く。その時、はじめて全国の尊攘派の再結集ができるのだ、と私は思う」

金井は、まだ天狗党に望みをかけていた。

徳川慶篤が動いたという知らせが大平山に入ったのは、総三たちが加わってから二十日ほどあとのことだった。

本営は、歓声に包まれた。

しかし翌日から、水戸藩保守派の攻撃は激烈になった。大砲まで撃ちこんでくるのだ。藩主の意見が動いたことで、逆に藩内の抗争が激しくなった、と考えないわけにはいかなかった。

武田耕雲斎《こううんさい》を主領に仰ごうとしているが、動きはまったくとれなくなった。

藤田は、焦っていた。どう見ても、攻撃してくる保守派の方が優勢なのだ。戦がそばであっても、総三は恐怖を感じなかった。二人斬ってから、確かに自分の中で変ったものがある。

「持ちこたえられますか、天狗党は？」

風間進吾と諸橋は、毎日同じことを訊いてきた。いつまで持ちこたえれば、持ちこたえたことになるのか、と総三は訊き返したかった。

桃井可堂を担いだ挙兵が実行されたとして、こんなふうになってしまったかもしれない、と総三はしばしば考えた。挙兵には、機がある。その機を、自分は間違っていた。藤田も、間違っている。

さすがに、藤田は戦闘に加われとは言ってこなかった。保守派が斬りこんできた時は、刀を抜かざるを得ないだろうと総三は思ったが、いまのところ大砲と鉄砲だけの攻撃だった。

保守派が待っているものが、総三には見えるような気がした。幕府軍による、討伐の決定である。それによって、藩主の考えはまた動かざるを得ないだろう。

「江戸へ帰るぞ、金井君」

総三は、ついに決心して言った。

「これは、義挙とは言えん。水戸藩内の主導権を賭けた争いだ。われわれが考えていたものとは、程遠い」

「そうですね」

「水戸藩内の抗争で、われわれは死ぬわけにはいかん。したがって、これ以上ここに留まることもできない」

「わかりました」

ひと月も経てば、金井にも挙兵の実態がはっきり見えてきたはずだった。

「がっかりするなよ」

「時勢の流れは、速いようで遅いですね。そして、遅いと思っていると、いきなり速くなるかもしれない。この決起を、江戸でもうちょっとよく見きわめるべきだった、と私は反省しています」

「藤田は藤田で、必死なのだ。そして、勝つかもしれない。藩内の抗争に勝った時、はじめてわれわれも参加できる義挙となる」

「藤田さんが勝つのは、絶望に近いでしょう。なにがどう動くかはわからない時代ですが、それだけは見えるような気がする」

「長州や薩摩でも、まだ藩論をまとめきれない。まして、水戸は御三家だよ。徳川に対する思いは、長州や薩摩とは根本的に違うものがある。藤田小四郎が長州藩士だったら、もっと別の展開になっただろうに」

「藤田さんを、嫌いじゃありません、私は」

「同じだよ。しかし、好き嫌いで義挙に加わるかどうか決めるのも、おかしな話だ」

「江戸へ戻って、なにをします」

喋っている間も、砲声は聞えていた。ここ四、五日は、昼夜となく攻撃が続いている。

「山を降りて、逃げきれるでしょうか？」

「それは、できる」

「自信があるんですか？」

「われわれがやってきたのは、いまのところ逃げることだけだ。悲しいがね。どんなふうにでも、逃げてみせるさ。逃げないで踏み留まる。そうしなければならないのは一度だけで、そして勝つ時だ。それまでは、逃げ続けるしかないな」

総三は、藤田に会いに行った。

山を降りると言うと、藤田は力無く頷いた。藩内の抗争でしかないという思いは、藤田が一番強く持っているのかもしれない。

「君がこの抗争を切り抜けて、ほんとうに義軍と呼べるものを作りあげた時は、私は必ず戻ってくる。そして、そうなればいいと心から願ってもいる」

黙って藤田は総三の手を握った。

「ここへ来て山を降りることは、済まないと思っている」

「いや、よくひと月以上もいてくれた」

筑波山の挙兵の時から集まっていた各地の志士は、もうほとんど残っていなかった。水戸藩士ばかりなのだ。

「逃げてくれ、藤田君。もし戦況が不利になったら、命だけは守って逃げてくれ。闘って死ぬことに、意味を見つけられるまで、決して死ぬべきではない、と私は思う」

「そう思う。このところ、毎夜そう思う。そして、夜が長い」

藤田は、憔悴《しょうすい》した顔をかすかにほころばせた。

山を降りるのはたやすかった。それほど厳しい包囲ではなかったのだ。幕府の討伐軍が到着する前に、できるかぎり投降者を増やそうとしているのかもしれない。いまなら、投降者は水戸藩で処置できる。そして山に籠っている人数が少なければ少ないほど、叛乱の規模は小さかったのだという幕府への言い訳も成り立つ。

足尾まで出てきた時、四人はもうただの旅人にすぎなかった。

「ここまで来たのだ。上州へ寄っていこうか。同志の顔は、見ておきたい」

「新田俊純を斬りに行く、と言うのかと思いましたよ」

「あんな人間もいる。時勢は人の姿を残酷なぐらいに照らし出す。いまはそう思っているだけで、恨みなどない」

「ほんとうですか？」

「君は、金井君？」

「わかりません。新田俊純が眼の前にいれば、斬るだろうと思いますが」

「とにかく、上州から信州を回って、江戸へ戻ろう」

「ひとつお願いがあります、相楽さん。私を信州に残してくれませんか。私はそこで、相楽さんを待とうと思います」

「好きにするさ。私は江戸にいるが、この二人を時々信州へやる。とにかく、命は大事にするのだ。捨てられるのは一度だけだからな」

「わかってます」

金井が笑った。

気候はよくなっている。

気候だけだ。ほかのものは、皆目わからない。またどこかで運試しでもしてみるか、と総三は考えていた。

第三章　空遠く

一

出てきたのが武士だったので、次郎長はちょっと戸惑った。だらりと単衣《ひとえ》を着て、脇差も差していない。両手は懐の中で、半分眠ったような顔をしていた。

「辰五郎なら、留守だぜよ。すぐに戻ると言って、もう一刻《いっとき》近くだ」

男が欠伸《あくび》をした。

江戸へ来たからには、挨拶《あいさつ》を通しておこうと思って、寄っただけである。また兇状旅で、下総《しもうさ》か上総《かずさ》へ行くつもりだった。次からは玄関先ではなく、庭の方から回って直接声をかけろと、辰五郎に言われていたのだ。

「まあ、あがれ」

気軽に、男が言う。辰五郎の許しもなくあがることはできない、と次郎長は思った。

「あっしは、ここで」

「遠慮するな。退屈でうとうとしていたところだ。酒の相手でもしてくれ」

「ここで、親分を待たせていただきます」

「そうか」

眠っていたような男の眼が、束《つか》の間大きく開いたような気がした。男が、縁に座りこんだ。片膝《かたひざ》を立てているので、毛脛《けずね》がむき出しになっている。

「どこから来た？」

「清水からで」

「ふうん。あそこは、千石船が入れるな。黒船はどうかな？」

「わかりません。入って来たことがねえもんで。船頭たちの話じゃ、浅瀬はあんまりねえって話なんで、その気になりゃ入れるんじゃないでしょうか」

「その気になればか」

男が笑った。幕府の軍艦が入って来た、という話は聞いたことがある。旅が多くて、次郎長はそれを見ていない。それに、黒船と幕府の軍艦では、どれほどの大きさの違いがあるかもわからなかった。

男が、懐から手を出して、首筋を掻《か》いた。次郎長まで痒《かゆ》くなってくるような掻き方だった。爪がのびていて、黒い垢《あか》が溜《たま》っているのも見える。

「商売は？」

「博奕打《ばくちう》ちで。清水に、小さな賭場《とば》をひとつ持っております」

「ほう、やくざか。俺と似たようなものだな。俺も、賭場を持ってるよ」

「どちらに？」

「海さ。海の上で、いつか博奕をやってやろうと思ってね。なに、海の上だって、丁半の賽《さい》の目を読むのに変りはない」

総髪を後ろで束ね、小さな髷《まげ》を作っている。江戸では見かけない髷だった。海を賭場にするというのも、まんざら法螺《ほら》ではないのかもしれない。博奕打ちの眼をしているのだ。

「辰五郎が戻るまで、俺と二人で遊ばないかね、ええと？」

「次郎長でございます。ここで遊ぶのは、辰五郎親分に禁じられているので、できません」

「次郎長さんか。聞いたことはある。やくざというか俠客《きょうかく》というか、そういう名として聞いたような気がするな」

「博奕打ちは、やくざでございますよ」

「そうか、同じか。俺は土佐《とさ》の田舎者だからな。坂本という者だ。もっとも、土佐は田舎であって田舎ではない。江戸は田舎ではないが、田舎だ。いまの時代ではそうさ。わかるかね？」

「さあ。あっしには、難しいことはどうも」

「まあいい。酒を付き合えよ、次郎長さん」

「申し訳ございません。酒も駄目なんでございます。いえ、これは辰五郎親分に禁じられているわけじゃなく、生まれつき酒を受け付けねえ躰《からだ》なんで」

「面白味のない男だぜよ。退屈しのぎにもならないのか」

「申し訳ございません。辰五郎親分にも、いつもそう言われております」

「喧嘩《けんか》はするんだろうな、やくざだから」

「いまも、伊勢でやった喧嘩がもとで、清水を離れております。お恥しい次第で」

坂本の眼が、わずかに動いた。しかしなにも読みとれない。やはり博奕打ちの眼だった。

「喧嘩のこつは、次郎長さん？」

「心意気があるかないか。命を捨ててもいいと思えるかどうか。人数など関係はございません」

「なるほどな。どんな規模の喧嘩もそうなのだろうな。だが、武器ってのはあるんじゃないのかね。鉄砲を持ってるやくざもいるという話だ」

「はい。伊勢の喧嘩であっしは弟分を死なせましたが、これは鉄砲でやられたものでございました。素手よりも長脇差、長脇差よりも槍《やり》。やくざの喧嘩は、お侍様と違って腰が引けておりますので。武器と言えるかどうかはわかりませんが、金を出してお侍様に助人《すけっと》を頼むのも、やくざはやります」

「幕府と藩の喧嘩も、同じだね。外国に助人を頼んだりしかねない。ただ、やくざの喧嘩の助人の侍より、ずっとたちは悪いだろうがね。助人が、縄張りをぶん奪《ど》っちまおうと思っているんだから」

次郎長は、黙って坂本を見ていた。坂本の手が、また懐から出てきて顎《あご》を掻いた。

若い衆が二人、庭の掃除に来て次郎長を見つけた。次郎長は、しばらくひとりと言葉を交わした。やはり、辰五郎はすぐに戻ると言って出かけたようだ。

坂本がしきりに勧めるので、次郎長は縁に腰を降ろした。坂本は部屋へ戻って徳利をぶらさげてきたが、それを飲むでもなかった。

「世の中、攘夷《じょうい》だ開国だとうるさいが、博奕打ちには関係ないな」

「まったくでございます。第一、言われたってよくはわかりません」

「関係ない。俺も博奕打ちだから、これははっきり言えるよ。ただ、争うのはよくない。喧嘩が続けば、好きな博奕もできなくなるからな」

荒神山の喧嘩では、全国から集まってきた博徒に迷惑をかけた。おまけにお上が博奕を公認しなくなり、あのあたりの縄張りも価値のあるものではなくなった。喧嘩をしていい事がないというのが、この歳になって次郎長にもわかりはじめている。荒神山の賭場の開帳をお上に認めて貰《もら》うためには、かなりの金を使わなければならないだろう。

辰五郎が戻ってきたのは、夕刻だった。

「来てたのか、次郎長。飲んでりゃよかったのにと言ったところで、おまえさんは酒は駄目だったな」

挨拶だけして帰ろうとした次郎長を、辰五郎は心外な表情で引き止めた。急ぎ旅だが、追われているわけではない。一度はまとまりかかった駿河が、荒神山の喧嘩でまた面倒なことになり、夏が終るまで旅に出ていろ、と安東の文吉に言われたのだった。

「俺のとこへ草鞋《わらじ》を脱がねえってのは、不義理と同じだよ、次郎長。小政や常がいるなら、こっちへ呼びなさい」

「常はおりません。代りに綱五郎という者《もん》を連れております」

「連れがいるなら、呼びなさい」

「辰五郎、俺に言うことと、ずいぶんと違うじゃないか」

聞いていた坂本が口を挟んだ。

「坂本様のお世話をするのは、勝の殿様に言われているからでございます。お申しつけのものは、揃《そろ》えました。いつでも、神戸へ行かれます」

「それじゃ、俺を追い出したがっているように聞えるぜよ」

「坂本様をどうこう申しているわけではございませんが、連れておられる若いお侍様方には、あまり出入りしていただきたくありません。失礼でございますが、なにかいやなことが起きそうで」

「以蔵《いぞう》のことだな」

「左様でございます。岡田様は特に」

「京で、人斬《ひとき》りばかりをさせられていたからなあ。あいつは、神戸へ連れていくよ。勝先生も御存知だしな。まあ、頼んだことをやって貰ったようで、それについては礼を言う。博奕打ちには生きにくい世の中だと、いまこの次郎長さんとも喋《しゃべ》っていたところさ」

「次郎長は、一端《いっぱし》の博奕打ちでございます。坂本様の博奕は、どうも見ていて危なっかしくて」

言って、辰五郎が声をあげて笑った。坂本も笑っている。

「俺は博奕で負けたくない。それが危なっかしいのかね？」

「負けを覚悟するから、博奕でございますよ。それから、意地を貫くのもです。この次郎長なんぞは、意地を貫き過ぎて、いまだに清水に腰を据えられず、兇状旅の日々でございましてね。この間も、伊勢で派手な喧嘩《でいり》をやりました」

辰五郎は、荒神山の喧嘩をすでに知っているようだった。

坂本はもう話に興味を失ったらしく、辰五郎が持ってきたものをひとつずつ確かめていた。書状のようなものが、五通ある。

「辰五郎、俺の博奕は、まだはじまっていない。これからだぜよ。それまでは、まだ博奕の準備さ。はじまったら、この国がひっくり返るような、大博奕を打つ」

「それも、博奕ではございません、坂本様。賭《か》けでございますよ。賭けと博奕は違うものでございましてね」

「もうわかった。江戸には、説教をする人間が多すぎる。勝先生をはじめとしてな」

「いやな予感のようなものが、するのでございます。あっしの予感は大抵当たりませんが、当たらないとわかるまで、ほんとうにいやな気分でございまして」

「俺が死ぬ予感でもするのかね」

笑いながら、坂本は書状をひとつにまとめ、腰をあげた。

「俺が死ぬ時は、この国が死ぬ時でもある。こんなことを言っても、誰にも信じては貰えないが」

「勝の殿様にでも言ってください。坂本様の話は、あっしにはよくわからねえところがございます」

「言えば、鼻で嗤《わら》われる。これから、嗤われに行くんだよ」

次郎長の方へ笑顔をむけ、坂本は部屋を出ていった。

「困ったお方でな。まわりにいる人間は、誰でも利用していいと思っておられる。頼まれると、つい言うことを聞いちまう。そこのあたりが、頼まれる俺でさえ得心がいかねえんだが」

なにを頼まれたのか、辰五郎は言おうとしなかった。すぐ戻ると言いながら一刻半もかかったところをみると、思いのほかてこずったということだろう。

「ゆっくりしろ、次郎長。小政ともうひとりは、若い者《もん》に呼びにいかせる」

「いや、それじゃ」

「いいってことよ。俺もお侍と付き合うより、おまえさんのようなやくざ者と付き合ってた方が気が楽だ。とにかく、江戸にいる間は俺のとこが宿だよ。わかったね」

辰五郎は一度腰をあげ、若い者を呼んで縁でなにか言いつけると、また戻ってきた。その所作に、次郎長は見とれていた。風格というやつが、まるで自分と違うと思う。立ち姿だけでも惚《ほ》れ惚《ぼ》れする男とは、滅多に会ったことがなかった。大前田の栄五郎ぐらいか。大前田とは、つまらぬことで含むところがある仲になった。

「ところで、江戸にはどれぐらい居るつもりなんだ、次郎長?」

「決めちゃいなかったんですが、明日にでも上総にむかおうかと」

「なんで、明日なんだね」

煙管《きせる》に火を入れながら、辰五郎が言う。

「理由はありません」

「やくざだもんな。まあ、四、五日はゆっくりしていけ。俺も、おまえさんとはゆっくり話をしてえし」

明日にでもと言ったのは、辰五郎に遠慮してのことだった。辰五郎は、それもあっさり見抜いたようだ。

「上総での当ては？」

「やくざでござんすから」

当てなど、やくざにあるはずはない。それだけのことだった。当てを持ってはならないのだ。草鞋を脱ぐことを許してくれた親分には、恩義を受けたことになる。それさえ忘れなければ、どこでも暮せる。

「あのあたりに顔の広い人が、ここへ来る。やくざの添書ってわけにゃいかねえが、その人にちょっと口を利いて貰っちゃどうだ」

「堅気の衆のお世話になるのは、どうかと思います」

「堅気かな、あの人は。やくざじゃねえが、堅気でもねえ。さっきの坂本様なんかもそうだね。心配するな。俺よりおまえさんの方が、付き合いは長い人だ」

誰だか、見当はつかなかった。江戸のやくざなら多少は知っているが、付き合いというほどのものはない。

辰五郎が、伊勢のことを訊《き》いてきた。いま、伊勢は大親分の丹波屋伝兵衛の下で、一応ひとつにまとまっている。黒駒の勝蔵もその下にいた。ただ、荒神山の祭礼賭博をお上から認められなくなったので、穴太《あのう》の徳をはじめ何人かの親分衆も、ただなんとなく従っているという感じだった。

「仁吉の弔い合戦は、いずれやるつもりでおります」

「そこが、やくざのつらいところか。いや、いいところでもあるな。やり甲斐《がい》のある喧嘩と荒神山の縄張りは、価値のないものになっている。それでも穴太の徳の後楯《うしろだて》となった丹波屋伝兵衛とは、やり合わなければならない。それがやくざなのだ、と次郎長は単純に考えていた。事を難しくする必要はないし、躰さえ張る覚悟があったら、すべて単純なことで済ますこともできるのだった。

小政と綱五郎が来て、辰五郎に挨拶し、あてがわれた部屋へ入っていった。辰五郎は酒を飲みはじめていて、次郎長を放さなかった。六十を過ぎても、喧嘩の話は面白くて仕方がないらしい。江戸所払いになっても、堂々と女のもとには通い続けた、という伝説のある男だ。

夕刻になって現われたのは、相楽総三だった。

「次郎長さんとの縁で、ここの親分にも親しくしていただくことになってね」

相楽が笑って腰を降ろした。

「相楽さんが、そのうち下総に行くつもりだと言っていたことを、思い出しましてね」

辰五郎が言い、相楽に酒を勧めた。

「次郎長は、上総に行くんだそうです。相楽さん、上総や下総には顔が利くと言ってましたね。兇状旅で、なにかと不自由すると思うんですよ」

「そうか、次郎長さんは上総に行くのか。ちょうどよかった。俺と一緒に旅をしようじゃないか。俺も、江戸でのんびりしていたくないんでね」

「攘夷の志士が、やくざと旅かい」

「やくざってもんが、俺には面白く見える。攘夷論者だと言ったところで、旗本でもどこの藩士でもない。似ているようなところはあるよ」

「志なんて、俺には無縁だよ」

「半端な志より、その方がいっそすっきりしているさ」

盃《さかずき》を呷《あお》りながら、相楽がまた笑った。

二

次郎長も二人の子分も、街道の真中を歩かなかった。一列になって、端を歩いてくる。人とぶつかりそうになると、頭を下げて道を譲った。それが習い性となっているようだ。

伊勢で、派手な喧嘩をやったやくざだということは、休之助も知っていた。総三から、いろいろ聞かされてもいる。もっとも、総三自身も次郎長のことをよく知っているわけではなさそうだった。

江戸から上総まで、それほど遠い旅ではない。兇状旅だという次郎長も、追われて急いでいる様子はなかった。次郎長の行先は銚子《ちょうし》で、休之助と総三は銚子からさらに東金《とうがね》の方へ足をのばすつもりだった。

総三が誘った旅である。

新門辰五郎に引き合わされてから、親交を続けていた。気が合ったというのだろうか。攘夷論を持っていたが、それは休之助と同じとは言えなかった。倒幕したのちに開国、と休之助は考えているが、総三は大藩による倒幕を認めていない。そんな二人の考えとは関係なく、政事はめまぐるしく動く。自分たちでは追いきれない時勢に対する苛立《いらだ》ちが、二人には同じようにあった。

尊攘派の志士で、湯島の薬種屋の二階に住んでいること以外、休之助は総三について詳しくは知らなかった。総三も、それを語ることがない。

長州で、尊攘派の動きが急になっているという。いまは攘夷を唱えて京を追い払われた恰《かっ》好《こう》になっているが、いずれまた京に出てこようとするだろう。薩摩は、歯痒いことに、会津藩と組んでいるようなかたちである。沖永良部《おきのえらぶ》に遠島になっていた西郷吉之助が、京に戻ってきているのに、なんということだと休之助は思っている。

その西郷から、関東の尊攘派の動きを調べろ、と休之助は命じられていた。

水戸天狗党がいまだ筑波山にいるが、それはすでに尊攘派の決起ではなく、水戸藩内の争いという様相になっていた。かつて、水戸尊攘派は、長州と成破の盟を結んだと言われていた。水戸勢が破壊を担当し、混乱を起こし、長州が成をなす。つまり、混乱を収拾し、それまでとは違う秩序を作りあげようというのだ。確かに水戸尊攘派は、破を目指して動きはじめはしたが、志士を糾合して乱が拡がることはなかった。気負って出かけていった総三も、失望して帰ってきたのだ。

「暑いな、休之助」

並んで歩いている総三が言った。夏の陽射しである。

「どこかで、休もうじゃないか。次郎長さんもそれほど急いでいるようではないし」

ちょっと後ろをふりむいて、総三が額の汗を拭《ぬぐ》った。

小さな杜《もり》があり、旅人が三人ばかり休んでいる。総三が、後ろから来る次郎長に手で合図

い。

付近のことを総三はよく知っているらしく、どこかに消えたと思ったら、手桶《ておけ》に水を汲《く》んできた。それで口を湿らせた。次郎長は、休之助と総三が終えるまで、手を出そうとはしない。

「遠慮なんてつまらんよ、親分」

「やくざにゃ、やくざの分ってやつがあるんでね。あっしがこうしてなきゃ、子分がでかい顔《つら》をはじめる。半端者《はんぱもん》ばかりだし。堅気に迷惑がられる。そういうもんなんだよ、相楽さん」

「堅苦しすぎるな」

「そうでなきゃ、やくざは人の世じゃ生きられねえのさ。自分の分を忘れたやくざは、ただのけだものだね」

次郎長が、水に口をつけた。小政、綱五郎と手桶が回される。

休之助は、木の根を枕に寝そべった。

江戸から出るのは、久しぶりだ。関東の尊攘派を調べて来いと言われたところで、仕事はそうありそうもなかった。小さな決起は失敗し、天狗党は動きがとれないでいる。

西郷はなにを考えているのだ、と休之助は思った。ここで、会津と手を組んで長州を叩《たた》けば、また幕府の力が大きくなってくるだけではないのか。公武合体など、幕府の延命策にすぎないのに、藩論はそれに乗ってしまっているようにも思える。

「このあたりにも、やくざはいるぞ、次郎長さん」

「やくざなんて、どこにでもいるさ。人がいれば、半端者が出る。どんなところからも、半端者は出るんだよ」

「そうかなあ」

「志士の中にも、半端者はいないかね。侍の中の半端者は？」

「そういう意味でなら、確かにどこにでもいるね」

「それが、やくざになっていく。半端者同士で、肩を寄せ合うんだ。ひとりきりのやくざなんてのは、そうはいない」

総三と次郎長のやり取りを、休之助は眼を閉じて聞いていた。

半端者と言われれば、自分など一番の半端者かもしれなかった。どこか、薩摩藩士にはなりきれないところがある。倒幕できるなら、薩摩藩も潰《つぶ》れてもいいではないかと思ってしまう。武士など、なくなってしまってもいいのだ。

京には、西郷吉之助と大久保一蔵《いちぞう》がいる。この二人がいれば、藩論を倒幕に導くこともできる、と休之助は思っていた。藩の上層部はともかく、下級の若い武士などはこの二人を指導者と仰いでもいいと考えている。それだけ、心を揺さぶるようなことを二人は言い続けてきたのだ。

先代の藩主の時が懐しい、と休之助はしばしば思った。斉彬《なりあきら》が死んでからは、薩摩藩はどこかおかしい。いまの藩主は父親の久光《ひさみつ》の言いなりで、久光には藩士の眼を瞠《みは》らせるようなところが、どこにもない。斉彬なら、もう倒幕の軍を起こしていただろう。それだけ先の見える藩主だった。

いまは、江戸の藩邸でも、まともに口もきけない連中が多かった。薩摩弁をいくら並べたところで、薩摩の人間以外にはわかりはしないのだ。江戸弁を使うとおかしな眼で見られるので、休之助も藩邸では薩摩弁を使っている。

間諜《かんちょう》のような役目をさせられるのも、ほかの人間ではどこへ行っても薩摩藩士とわかってしまうからで、決して能力が買われているわけではないことを、休之助はよく心得ていた。

「波はある。潮時とでも言うのかね。それだけを、じっと見ている。わかるもんだよ。そこで張る。もっとも、勝とうという気が、眼を曇らせちまって、潮時を見誤ることがしょっちゅうだが」

「あんたが、丁目にしか張らないのには、理由があるのかい？」

「何遍も言わせるな。決めてるだけだ」

「なぜ？」

「理由なんてねえよ」

博奕の話のようだった。総三に連れられて、休之助もよく賭場へ行った。不思議に、休之助の方が勝つことが多い。どうでもいいと思っていると、勝ったりするものなのだろう。資金はいつも、総三が出す。総三がどこから金を手に入れてくるかは、謎《なぞ》だった。やましい金を、吐き出すように使っているという感じもあるが、総三には屈託がない。

「いいな、親分は。俺など、思い定めてなにかを決めようとしても、どうしてもできない。博奕も、そうだね。丁と決めていても、途中で半の方がいいかもしれない、とも思ったりするのさ」

「遊びだと思うんだな、博奕を。勝負と思うなら、駒《こま》じゃなく躰を張るつもりになるんだ。そういうもんだ」

博奕談義が続いていた。小政と綱五郎は、ほとんど喋らない。

「総三、このあたりは筑波山の近くか？」

寝そべったまま、休之助は訊いた。

「そう遠くはないが、近いとも言えないな」

「どっちなんだ？」

「ここから江戸までと、ほとんど変らないぐらいだろう」

「そうか」

天狗党の決起が、水戸藩を覆い尽してしまうことは、まずないだろう。幕府の討伐軍も出ている。筑波山で死ぬか、全国へ散るか、いずれにしても決起は潰される。関東の尊攘派は、どこにもまとまりがなかった。

長州の尊攘派が京でなにか起こしたとしても、ここまで波及してくることはまずないだろう。京は、あまりに遠すぎる。成破の盟など、絵空事にすぎなかった。

「天狗党が気になるのか、休之助？」

「いや。水戸がどう動こうと、所詮《しよせん》は徳川の一族ではないか。倒幕などということが、できるわけがない」

「薩摩藩が倒幕しても、島津幕府ができるだけのことだろう」

いくら喋っても、議論の蒸し返しになるだけだった。西郷、大久保と言っても、総三は知りはしない。

「藤田小四郎か」

休之助は呟《つぶや》いた。ここまで来たのなら、藤田小四郎に会ってみたいという気はある。しかし、総三が決起に加わったころとは、情況は変ってしまっている。なにより、幕府が討伐軍を出しているのだ。

「筑波に行こうなどと、考えるなよ、休之助」

「俺は、おまえのように甘くはない。ただ、藤田小四郎だけには、関心はあるな」

すでに、数カ月闘っている。ほとんどの決起が十日足らずで終っていることを考えると、やはり凡庸な指導者ではないのだろう。しかも若い。自分や総三よりも若いのだ。

「親分は、筑波で決起している天狗党を、どう思う？」

上体を起こし、休之助は次郎長に訊いた。

「さあな。わからねえよ。俺らは、やくざ同士の喧嘩はやるが、お上に逆らうようなことはしねえ。逆らっちゃいけねえんだ」

「お上には、理があるのかね？」

「ねえよ、そんなもん。ただ、お上に逆らっても負ける。それがわかってるから、逆らわねえのさ」

「どんなに、理不尽でもかね」

「大人しくしてるかぎり、お上も追っちゃこねえ。追われるもとを作るのは、いつもこっちでね。だから、逆らわずに逃げる。そのうち、ほとぼりが冷めるね」

「そういうもんか」

「俺らはやくざだから、お上に逆らっちゃならねえってこともある。お侍は、また違うんだろうな」

「いまの侍の喧嘩を、親分はどう見る?」

「ひと息で結着《けり》をつけるってとこまでは行ってねえな。三すくみ、四すくみで、やくざが睨《にら》み合ってるって感じだね。こんな時は、俺らの喧嘩じゃひとりだけがやられるね。残りの者《もん》は、それで勝ったと思えるわけだからな。まあ、やくざの喧嘩に見立てちゃ悪いが」

「同じだな」

この場合、やられるひとりは長州ということだろう、と休之助は思った。難しく考えなければ、対立の構造は見えてくる。

公武合体ということで、この国の混乱は収拾され、やがて幕藩体制ではない秩序のかたちが、徐々に見えてくるということになるのか。薩摩がこのまま幕府と組んでいれば、そうならざるを得ない。

西郷や大久保でさえ、やはり倒幕ということは考えていないのだろうか。長州には過激な攘夷論者が多くいるが、薩摩では一昨年、伏見の寺田屋で急進派の主な者たちが久光の命によって殺された。だから、藩論が大きく割れてもいない。

「休之助、やくざの喧嘩も馬鹿にできんぞ。それぞれの地方に根を張っている者同士が、離合集散をくり返しながら争っているのだ。親分の話を聞いていると、この国の縮図のようにさえ思えてくる」

「まったくだ」

「そろそろ、行くか。陽が傾くまでに、佐倉あたりまでは行きたい。そこから、銚子は眼と鼻の先だよ、親分」

「佐倉のあたりも、やくざが多くてな。俺らは間道を通った方がよさそうだ」

「心配するな。俺は総州には顔が利く」

「しかし」

ためらう次郎長を、急《せ》かせるようにして総三は歩きはじめた。

街道で行き合う人間の中で、総三の顔を見て慌てたように頭を下げる者が出てきた。

「総三、おまえどこかの殿様だなんて言い出すんじゃあるまいな」

「上総では、顔が利くと言ったろう。俺の家はこのあたりの郷士《ごうし》でね。先祖代々、耕地を拡げるのに熱心だった。ちょっとした大名並みの耕地がある。おまけに、金貸しをして儲《もう》けた。穀物倉が、いつの間にか金倉に変っちまってたのさ」

総三の言い方には、いくらか自嘲《じちょう》が含まれているようだった。総三が金に不自由している様子がないのは、その話を聞けば納得できた。

「どうやって儲けようと、金は金だ。俺はそれを使ってやるだけだ」
四、五人の武士が、立ち止まって総三を見ていた。小島四郎、と言う声が聞えてくる。総三は、無視して歩いていた。
佐倉の宿に入った。

宿の主人も、総三を見てちょっと驚いた表情をした。すぐに、庭の奥の離れに通された。

一軒屋で、部屋は三つある。小政と綱五郎は居心地の悪そうな顔をしていた。次郎長は、さすがにどっしりと落ち着いている。

「自分がどういう人間なのか、休之助にも親分にも隠しておくのが心苦しくなった。辰五郎親分には、話した。そんなところだと思った、と親分は言っていたがね」

「やくざにも、顔が利くようだね、相楽さん」

「このあたりのやくざは、まあ安心してくれていい。恥しい話だが、金貸しとやくざというのは、しばしばつるむんだ」

「おまえのところ、百姓に金を貸したりしているのか？」

「名主には貸す。小作を十人以上抱えているところにも貸す。江戸へ出て、旗本貸しをやるようになって、儲けも大きくなったようだが。俺は、貧しい人間の血を吸って育ったようなものさ」

「それは、考えすぎだろう、総三」

「俺としては、考えざるを得ないことだった。悩んだ時期もある」

酒が運ばれてきた。鯉《こい》の料理も並んでいる。宿では気を遣っているようだ。

「やくざだって、弱い者《もん》の血を吸ってるよ、相楽さん。金貸しはそれで人を助けることもあるかもしれんが、やくざにゃねえな。弱い者の血を吸うだけだ」

「しかし、なにか別のものを捨ててる。俺にはそう見えるね。金貸しは、自分の人生を最も大事なものとして、ぬくぬくと守り抜いていくんだよ」

「もういい、相楽さん。俺はあんたのそんな話を聞くために、一緒に旅をしたんじゃねえ。

なんとなく気が合う仲間みてえな気分で、旅をしようって気になったんだ」

「俺のことを、知っておいてほしくてね」

「やくざは、眼の前にいる相手しか信用しねえ。家がどうだとか、昔なにをしていたとか、そんなこたあどうでもいいんだ」

「気の合う仲間か」

「俺が勝手に思ってるだけのことでね。あんたにゃ、別の大事な仲間がいるだろう。志とかいうものを一緒に持つ仲間が。あんたはただ、清水に寄った時に、俺のところを訪ねてくれるだけでいい」

「草鞋を脱ぐよ」

「そりゃ、やくざだ。あんたも益満さんも、なんだかんだと言っても、やくざじゃねえ。だから草鞋なんて脱がねえよ。そこは、俺と辰五郎親分の間柄とは違う」

「そういうもんか」

総三が、鯉料理に箸《はし》をのばした。小政と綱五郎は、次の間でさしむかいで飲んでいる。その方が気楽そうだ。

「いいねえ、若《わ》けえってのは」

次郎長が言った。確かに、自分と較べても青臭い、と休之助は思った。その青臭さを、かつては自分も持っていた。それが消えていったのは、藩というものの中で、組織の原理をうんざりするほど叩きこまれたからだ。自分の心に付き合っていると、とても生きていくことはできなかった。だから、心の方を殺した。

「せっかく、金持ちの総三が奢《おご》ってくれるんだ。料理を愉しんじまおうぜ、親分。滅多に俺たちの口に入るもんじゃなさそうだ」

「いいね」

次郎長が笑った。つられたように、総三も笑った。

総三が外出したのは、深夜だった。

休之助は起きあがり、そっと尾行した。宿場をはずれ、丘陵の木立の中にむかっている。

小さな寺だった。崩れかけた山門を潜《くぐ》ると、総三はすぐに八人ほどの男たちに囲まれた。男たちは、殺気に似た気配を漂わせている。

宿場に入ったところで、総三は知り合いらしい男と二言三言立話をした。あの時、ここで会うことを決めたのだろう、と休之助は思った。男たちの半数は武士だが、残りの半数は刀を差しているようには見えない。

言い合いの声が聞えた。言葉までは、聞き取れない。激高している声も混じっている。しばらく、それが続いた。休之助は、崩れかけた山門のそばまで近づいた。そこからなら、境内の様子もほぼ見てとれる。

言い合いが、さらに激しくなった。総三の声も、はっきり聞き分けられた。

ひとりが、刀を抜いた。総三が、鞘《さや》ごと抜いた大刀を、地面に投げ出した。斬る、という叫びが二つ重なった。

出ていこうとした休之助の肩に、誰かが触れてきた。次郎長だった。

振りあげられた刀が、振り降ろされることはなかった。

やがて、総三の喋る声だけがまた聞えてきた。静かな、語るような口調だった。

「行こうか、益満さん。もう大丈夫だろう」

「あんたも、総三が心配で抜け出してきたのかい、親分？」

「宿場に入る時に会った連中、眼を血走らせていたからね」

「真忠組の生き残りだろう」

言って、休之助は次郎長と肩を並べて歩きはじめた。不思議に、この男が大丈夫だと言ったら、大丈夫だとしか思えなくなったのだ。次郎長は、長脇差を左手に持っていた。

「去年、総三は赤城山で決起しようとした。十一月十二日、慷慨組《こうがいぐみ》というものを作ってな。尊攘志士の集まりさ。ほかに、北武蔵《きたむさし》や下総でも、天朝組とか真忠組と称する連中が、同時に決起することになっていた。赤城山は、内報者があって潰された。それを知った天朝組も、決起を中止した。真忠組だけが、決起して九十九里で幕府の討伐軍と闘った」

「聞いても、俺にゃわからねえな」

「でかい一家との喧嘩で、いくつかがまとまってやろうとしたのに、ひとりだけが喧嘩する破目になっちまったのさ。それで、真忠組の生き残りは怒ってる」

「事情があったんだろうが」

「それでも、ひとりで喧嘩したやつにゃ、納得はできまいよ。斬り合いになると思ったが、総三のやつ、なんとか納得させたみたいだね。慷慨組が潰されたのは、総三の責任じゃなかった。それでも、あいつはここへ来た」

「俺にゃ、どうでもいいんだよ、益満さん」

「助けに来たじゃないか、親分は」

「やくざの助人にゃ、理由はひとつしかねえ。助《す》けなきゃならねえ相手だから助ける。それだけだよ」

「いいねえ」

休之助は、次郎長の方へちょっと眼をやった。次郎長は、空を仰いでいた。星が出ているが、月は見えない。

それ以上、休之助もなにも喋らなかった。

三

次郎長が清水に戻ったのは、秋になってからだった。

江戸は通らず、銚子から海路で直接清水へ戻った。

小政も大瀬の綱五郎も、久しぶりの清水に嬉しそうだった。大政が仕切っていた一家は、なんの変りもなかった。ただ、京都では長州と幕府が戦をしたようだ。その前に、新選組が池田屋という宿に斬りこみ、多くの浪士を殺したらしい。そういう噂も、次郎長は銚子で聞いていた。

「五郎蔵一家の方じゃなにも？」

大政が訊いてきた。

「なにもねえ。やくざより力のあるやつが、なんとなく守ってくれたって恰好でな。客分のまんま、のんびりしていられたよ」

下総には、相楽総三の家が所有している広大な土地があり、相楽の兄が網元などに相当の金を貸しているようだった。相楽の知り合いだというだけで、大親分の添書を持っている時より大事に扱われたのだ。

戻った翌日、駿府の安東の文吉のもとへ次郎長は挨拶に行った。

「旅はどうだったい、清水の？」

文吉は、もう六十二である。子分が三百人と言っているが、駿河から遠江《とおとうみ》にかけて、息のかかったやくざを集めると二千にはなるだろう。

「下総の方に、行っておりました」

「大政が時々顔を出して、それとなくあんたの消息を喋っていったんで、心配はしちゃいなかった」

「親分にゃ、いつも御迷惑をおかけして」

「なに、駿河が乱れねえようにするのが、俺の務めみてえなもんだからな。まあ、駿河や伊豆の者《もん》たちも、あんたの立場はわかってくれたようだ」

辰五郎とは、また違う味がある。暴れることが好きだった次郎長を、決して冷たい眼では見なかった。旅に添書を持たせてくれたことも、何度かある。

「伊勢の方とも、話はついている。いいか、次郎長、荒神山の縄張《しま》は、もう二束三文だ。おまえは意地を通した。伊勢とは、恨みっこなしだぜ」

「お言葉ですが親分、あっしは荒神山で弟分の吉良の仁吉を死なせております」

「そう言うとは思ってた」

「このまんまじゃ、死んだ弟分に申し訳が立ちません。もともと、縄張に手を出したのは穴太の徳で、丹波屋の大親分が公平な裁きをなさったわけじゃねえ、とあっしは思っております」

文吉が腕を組んだ。文吉と、親と子の盃を交わしているわけではない。貫禄《かんろく》も力もあるから、駿河の大親分と認めているだけだ。いざとなれば、文吉にも逆らう覚悟が次郎長にはあった。

「わかったよ、清水の」

文吉は、腕を組んだまま眼を閉じている。

「ただし、一年間は俺の顔を立ててちゃくれまいか」

「一年でござんすか」

「やっと、駿河もまとまった。またぞろ伊勢と大喧嘩じゃ、仕事《しのぎ》ができなくなる者《もん》も出る」

「一年ってのは、長いですよ、安東の大親分」

「そこを、俺の顔を立ててくれと頼んでるんだよ。わかっちゃくれねえかな」

文吉が眼を開く。今度は、次郎長が腕を組んだ。文吉の立場も、次郎長にはわかった。

「ようござんす。一年は、伊勢にゃ手を出しません」

「そうか。済まねえな。俺は老いぼれて、気が弱くなってるのかもしれねえ。いま、あんたと喋っていて、そう思った。だけどなあ、清水の。喧嘩ばかりがやくざじゃねえ。この御時世だ。ちったあ我慢することを、俺らも覚えなきゃならねえと思うぜ」

「ごもっともです」

「一年っての、俺とあんたの約束だぜ」

「へい」

文吉の表情が、ようやく綻《ほころ》んだ。

次郎長は、しばらく江戸の話などをして、文吉の家を辞した。これで、挨拶は済んだ。駿河のどこへ行こうと、勝手だった。

久能山《くのうざん》の近くに、馴染《なじ》んだ女がいる。

そこへひとりでむかった。村のそばまで来ると、遊んでいた童に四文ばかり渡し、次郎長が来ていると伝えさせた。いきなり訪ねて、男でも引っ張りこんでいると間が悪い。

待っていた茶店に、女はすぐに駈《か》けてきた。

「なんで、家へ来ないんですか、親分？」

三十を過ぎたばかりの婀娜《あだ》っぽい女である。下田へ行った時に出会って、そのままここへ連れてきた。次郎長も手当てを渡しているが、それだけで足りるはずもなく、縫いものなどをしているようだ。連れてきたのは三年前で、旅ばかりの次郎長は数えられるほどしか会っていない。ほかに男がいても、文句が言える立場ではないのだ。

「待たせるだけ人を待たせておいて、自分はこんなとこでお茶なんか飲んで」

「悪いな、お多江。俺は、久能山のお茶が好きでよ。酒は飲めねえし」

「なに言ってるんです。久能山のお茶なら、うちにもいくらでもあります。とにかく、行きましょ、親分」

多江に急かされるようにして、次郎長は腰をあげた。

多江を女房にしようかどうか、迷った時期がある。やくざの女房には悪くない女である。ただ、女房を持っていいのかどうか、悩まずにはいられなかった。お蝶のことがある。旅先で床に就き、医者にも診せられないまま死なせた。それが、やくざの生活なのだ。

多江のことを知っているのは、大政だけである。その気になった時に、女房に迎えればいい、と大政は言った。

村の老婆をひとり、下女に使っていた。それは、この間来た時と変りない。家に入ると、多江はすぐに次郎長の着物をどてらと着せ替えた。その方が、確かにくつろげる。

「婆《ばあ》や、お風呂の仕度をしたら、魚を買ってきて。浜には、新しい鯛《たい》なんかあがっているはずだから」

茶の用意をしながら、多江が言う。

次郎長は、煙草盆《たばこぼん》の煙管に手をのばした。長く使われた形跡がなかった。ほかにも、男の匂いのするものはなにも見当たらない。ほっとするような気分と、浅ましいと自嘲する気分が、同時にこみあげてくる。

旅先では、女が欲しくなれば女郎を買った。いつも女がそばにいなければ過せない、というようなところはない。むしろ、博奕をやっていた方がいいのだ。女を抱こうとすると、旅先で死んだお蝶を思い出す。

「親分が来てくれなくっちゃね、やっぱり。月に一遍、政さんが来るだけじゃ、なんだかつまらないわ。やることがない時は、縫物なんかして過すけど、毎月来る政さんをあたしの旦《だん》那《な》だと思ってる、村の人だっているんですからね。旦那にしちゃ、ちょっと顔を見ただけで帰っちまうって、不思議がられてるわ。政さんは、決して家に入ろうとしないし」

多江が政と呼ぶのは、大政のことだ。小政は知りもしない。

毎月、大政がなにがしかの金を届けているのだろう、と次郎長は思った。余計なことを、と言いたくなるが、大政がいてくれてよかったとも思う。

次郎長は煙管に煙草をつめ、火をつけた。久しぶりの煙草で、頭がくらりとする。

「しばらくは、清水にいることになる。もう、急ぎ旅って歳でもなくなってきたしな」

清水に来ないか、という言葉を、次郎長は呑《の》みこんだ。清水に来れば、一家の姐《あねご》である。それが、多江には似合っているとも思う。子分たちも、喜ぶだろう。しかし、自分にそんな資格があるのか。

いい女だった。小股《こまた》が切れあがっているというやつだ。鉄火なところもある。下田では芸者をしていて、いい客も多かったが、誰の世話にもなろうとしなかったという。妹芸者を庇《かば》って与太者とやり合っている時、次郎長が通りかかった。その妹芸者は、男と逃げようとしていたのだ。次郎長が間に入り、三人を駿河に連れてきた。妹芸者はそのまま三河で所帯を持ち、残った多江の面倒を次郎長がみることになったのだった。

「三年か、もう」

「そうですね。親分は旅ばかりで、半年もあたしと居ちゃくれなかったけど。恨み言じゃないのよ。消息は政さんが伝えてくれるし、ひとりだと思ったことはなかったから」

「俺も、勝手な男だとは思うよ」

「あら、そんなのは親分らしくない。やくざの囲われ者になったんだから、それぐらいで泣いたりゃしませんよ」

煙管を置き、次郎長は茶に手をのばした。

夕刻まで、まだいくらか間がある。早く陽が落ちればいい、と次郎長は思った。

清水へは、海沿いの道を通って帰った。

子分たちが、出迎えてくる。小政など、すぐに喧嘩に行きそうな顔をしていた。

「みんな、一年は稼業に精を出すぞ」

「親分、荒神山じゃ、法印の大五郎も死んでるんですぜ。伊勢をこのままにしとく手はねえでしょうが」

「誰にむかって口を利いてんだ、小政。俺が一年と言えば、一年だ。ちょっとばかし、清水で力をつけようじゃねえか」

大政が頷《うなず》いている。いくら大政がなんでもできると言っても、親のいない一家を守り通すのは大変なことなのだ。わずかな縄張りを守るのが精一杯で、それを拡げるなどということができるはずもない。

「わかったな、みんな」

全員が頭を下げた。

縄張りを拡げるといっても、駿府へむかえば安東の文吉がいる。東へむかえば、沼津にも三島にも、それなりの親分がいる。清水は、それだけでも閉じこめられているようなものなのだ。

ただ、次郎長も旅の空で考えたことはあった。

「久能山に、おまえいくら持っていってる？」

大政と二人きりになると、次郎長は訊いた。

「へい、月に二両でさ」

「二両か。うちじゃ、それだけ出すのも楽じゃなかったろうな。まず、三保の賭場をでかくするぞ、大政」

「清水港にゃ、金を持った船頭や水夫《かこ》がいっぱいいますからね。あれをちゃんとしたものにすりゃ、寺銭だけでもいまの二倍、三倍にゃなります」

「それだけじゃねえ。賭場の方は、綱五郎に任せる。おまえは、常と仙右衛門《せんえもん》を使って口入れ屋を作れ」

「口入れ屋ですか？」

「清水港じゃ、人足と船主がしょっちゅういざこざを起こしてら。その人足をまとめるのよ。船主との交渉は、うちでやる。代りに人足にゃ決していざこざは起こさせねえ。それで、いくらかうちにも入れるようにする。もう、博奕だけで稼ぐ時代じゃなくなってる。俺はそう思う」

「なるほど。港の人足は、清水一家が動かすってことですね」

「人足は荒くれと言っても、躰を使って働いてる堅気だ。あこぎはいけねえ。納得して働いて貰う。船主の方も、納得して使う。そのために、両方が少しずつ金を出す。それで両方のためにもなる」

「わかりました、親分」

「はじめのころは、文句を言う船主もいるだろうさ。やくざの知り合いもいて、喧嘩になるかもしれねえ。その覚悟もしとくんだ。船主じゃなく、人足の方を味方につけとくんだな。わかるか？」

「船主は、どうしたって荷を運ばなきゃなりませんからね。人足は、どこへ行ったたって仕事はできる」

「そういうことだ」

駿府には、駿府城がある。幕府の荷だけでもかなりの量だ。それに、江戸や上方にお茶を運ぶ。船は、毎日出入りしていた。

「口入れ屋に名前を通しておかなきゃ、港じゃ働けねえ。そんなふうにするまでに、一年かけていいんですね？」

「いいともよ。それで、駿河のほかの親分衆を凌《しの》いでいけるようになる。安東の大親分も、俺を認めねえわけにゃいかねえさ。それから、伊勢だ。仁吉や大五郎の弔いを、俺は忘れちゃいねえ」

「なんだか、大人になられましたね、親分」

「いままで、餓鬼だったたってことか？」

「いいえ。ただ俠客と言われたって、腰を据えてる場所がなきゃ、いずれどこかで果てるしかねえんだと思ってました。その時は、俺も一緒に果てるつもりでしたがね」

大政は、次郎長よりずっと大人だった。それでも、次郎長にすべてを預けたというところがある。やくざとは、そういうものでもあった。

「ところで親分、久能山のことですが」

「久能山か」

「一家にゃ、姐《あね》さんがいた方がいい、とあっしは思います。内側をきちんと仕切ってくれる姐さんがね。俺は、この三年、ずっと久能山を見てきました。親分は旅ばっかりだ。放っとかれると、女ってのは大抵ぐらぐらするもんですが、久能山は山みてえに動かねえですよ」

やくざの女房にはもってこいだ、と大政は言っている。いや、この三年月々の手当てを届けていたことで、すでに姐さんとして認めていると言ってもいい。

「しかしなあ、大政」

「わかってます。すぐにとは言いません。気持のどこかに、置いといてくださりゃいいんです」

穏やかに笑いながら、大政は部屋を出ていった。

四

侍の客人だと子分が知らせに来たので、次郎長は港から家へ戻った。

口入れ屋をやって港を仕切るという考えは、実際にやってみるとなかなかうまくいかなかった。実際はそうでもないのに、船主の方も人足の方も、余分に清水一家に金を払うという気分になるらしい。金のことで、しばしば揉《も》めた。清水一家が港へ入る前よりも、揉め事はむしろ多くなった、と船主たちからは苦情さえ出ている。

賭場の方も、三の日と六の日に開いていたものを、一日おきの開帳としたら、とたんに揉め事が増えた。もっとも、こちらは寺銭も多くなっている。

客人は、相楽総三だった。

「おや、旅の途中かね、相楽さん？」

「いや、なんとなく江戸にいると気が滅入ってきてね。親分は清水にいるという話だったし、顔も見たくなった」

屈託なく、相楽が笑った。こういう人懐こさが、相楽のいいところでもある。

「あがんなよ、相楽さん」

「いいのかね。ほら、仁義を切るとか、いろいろと作法があるじゃないか」

「やくざ同士のことだ。あんたはやくざじゃない。だから気にすることもない」

頷き、相楽はあがってきた。旅装というほどの身仕度もしていない。近所から、ふらりとやってきたという感じである。

「俺の客人だ。いつまでもゆっくりしていってくれ。子分どもに言っておくから、不自由があれば言ってくれ。それから、相楽さんな」

「親分、その相楽さんっての、やめてくれないか。総三と呼び捨てにしてくれ」

「呼び捨てってわけにもいくまいよ。それじゃ総三さん、うちは男所帯だ。めしひとつ、うまく炊けてねえこともある。ただ、清水にゃうまい飯屋はいくらでもあるよ」

子分をひとり呼んで、酒の仕度をさせた。

「悪いが、俺は茶で相手だ。酒の相手なら、大政ってのがいる。せいぜい気晴らしをするといいさ」

「酒を飲みたくて、清水へ来たんじゃない。なんとなく、親分に会いたかったのさ。俺は江戸で、嫁を貰っちまってね」

「ほう」

「もともと、俺に惚れてる女だった。両親も気に入っていてな。腑《ふ》抜《ぬ》けたようになっちまった時、うっかり抱いちまったのさ。俺は、腑抜けだよ。どうしようもない男だ」

総三は、銚子を傾けて、手酌でやりはじめた。

「夏に、長州と幕府が京で闘った。長州が負けたことで、尊王攘夷の勢いは止まっちまってね。俺の同志たちも、各地で死んだようになってる。夢が、遠くなったんだ」

「休之助さんは？」

「江戸じゃ会うよ。しかし、薩摩藩士だからね。いろいろと忙しいこともあって、京と江戸の往復だ」

総三の顔が、暗くなった。心の中が、すぐ顔に出る男だ。

「俺はね、親分、攘夷がどうのとか説いて回った。上州や信州の若いやつらにね。力を合わせれば、いまの幕府でさえ倒せる、と言って回った。それなのに、なにひとつしないうちに、腑抜けになっちまった。筑波山の天狗党にも加わった。しかし、一緒になりきれはしなかった。事情はいろいろあるがね。その天狗党も、山を越えて北陸から京へ回ろうとして、加賀藩領で力が尽きて降伏した。その知らせを聞いて、いたたまれなくなって、江戸を出てきたんだ」

「もういいよ、総三さん。ここは攘夷だなんだというのは、関係ねえ。ただの清水一家さ。

どうしても喋りてえんなら、大政と酒を飲みながらやるといい。大政は、うちじゃ一番学がある。読み書きもしっかりしている」

「喋って、どうなるものでもないな。俺は、なにか違う世界に入りたい。それで親分のところへ来たのだと思う。どんなに言葉を並べても、俺がやろうとしていることはできなかったんだよ。言葉より、大事なものがあったんだ」

「まあ、好きにしてろ」

「ありがたいな、そう言われるのが」

それから総三は、家の中を見回しはじめた。

清水一家と言っても、小さな家で、所帯を持っていない子分たちは雑魚寝《ざこね》である。奥に客人のための部屋が二つあるが、それもやくざの体裁のためにどうしても必要なのだった。

「ずいぶんと違うな、辰五郎親分のところとは」

「格が違う。辰五郎親分は、浅草寺境内のてき屋も仕切っている。それだけだって、大したものさ」

次郎長が笑うと、総三もおかしそうに笑った。襖《ふすま》など、破れが目立つ。出される酒も、銚子と盃が畳に置かれるだけである。総三は、そういうことを面白がっているようだった。

「抱いちまった女が、すぐに孕《はら》んだ。これも馬鹿みたいな話さ」

「男ってのは、まあそんなもんだ」

「ここにいて、俺はもう一度自分を見直してみたい」

次郎長は、煙管に煙草をつめた。自分を見直すなどということは、暮しに余裕があるからできることだろう。思ったが、言わなかった。育ちがいいのが、確かに総三のいいところではある。

五日ほど、総三は清水を歩き回っていた。夜は、大政と飲んでいることが多いようだ。もともと明るい性格なので、子分たちには好かれている。総三も大小を部屋に置き、長脇差を差して、まるでやくざのような恰好をしていた。髷まで変えてしまっている。

「総三さんのことですがね」

年の瀬の清水を歩きながら、大政が言った。

「港のやり方が、あれじゃ駄目だって言うんですよ。あれじゃ、いつまで経っても揉め事は続くってね」

確かに、港のことはうまくいっていなかった。揉め事が起きたら力で押さえつけてはいるが、それははじめに考えたやり方とはまるで違っているのだ。

「総三さんは、艀《はしけ》をみんな買えと言うんですよ。艀を全部清水一家のものにして、艀ごと船主に売るようにすりゃいいって」

「艀ったってよ、おまえ」

「二百両もありゃ足りる、と言ってました。大きな艀が十二、小せえのが八。港の艀は大体がそんなとこでさ。大きなのに五人、小せえのに三人、人足を乗せる。大きな艀が二つと船主から註文《ちゅうもん》が来たら、人足十人に艀の代金。人足にも全部同じ賃金を払うんじゃなく、五人の中から頭を選んで、それには少し多くやる。それで人足もまとまるし、動きも素速くなる。いまみてえに、人足を全部集めてどうのこうのってのは、使う方だってやりにくいと言うんでさ」

「なるほどな」

次郎長が、考えもしなかったことだった。五百石船と千石船では、当然積みこむ荷の量が違う。入っている船が一艘《そう》の時と二艘の時でも、必要な人足の数は違ってくる。

「しかし、二百両をどうやって都合するんだ、大政。入ってきた金は、右から左へ出ていっちまう。二十両だって、うちにたまったことはあるまいが」

「金は、あるところから借りてくるもんだそうです」

「誰が、やくざに金を貸すか」

「商人《あきんど》は、儲かるとわかれば、貸すそうですよ。だから、商人に儲かると納得させりゃいいんだそうです。総三さんと喋ってると、ほんとにできることみてえに思えちまって」

「解ねえ」

「総三さんは、目星をつけた商人と、自分が交渉してもいいと言ってます。勘定さえしっかりしてみせりゃ、商人は動くって」

「おまえ、どう思う？」

「解ってのは、いい考えだと思います。人足に、仕事を適当に割り振ってやれますしね。船主の方だって、確かに頼みやすい」

「おまえから話を聞いただけでも、それはよくわかった。いい考えであることは、間違いねえさ。だけどな」

「商人との交渉ってのを、一遍総三さんにやっちまって貰ったらどうでしょう。駄目でもともとってやつです」

「おまえ、総三さんにいかれちまったか。ありゃ、攘夷がどうのって叫んでる志士だぜ。攘夷って言えば、商人は金を出すのか。それじゃ、日本じゅうが攘夷、攘夷だ」

総三の家は金貸しだった、と言いながら次郎長は思った。大変な財をなしている家らしい。それなりの才覚があったということなのだろう。総三も、その血を受け継いでいるのかもしれない。

「やらしてみるか、総三さんに」

「いいんですかい？」

「俺らはやくざだ。いつも打つ博奕と較べれば、どうってことはねえやな」

「そうですね、俺ら、博徒だ」

「大政、総三さんと詳しい話をしてこい」

「わかりました」

大政が駈け出した。総三がどこにいるか、ちゃんと知っているらしい。

総三が次郎長を呼びにきたのは、翌日だった。

「なに、松本屋平《へい》右衛《え》門《もん》だと？」

清水本町《ほんまち》の廻船問屋だった。

「そうさ。船主の中ではまだ若く、新しい商売をしようという意欲もある。だから、これから親分と一緒に会いに行こう」

「待ちなよ、総三さん。確かに大政は松本屋の番頭と話したりしたことはあるだろうが、主人の方は知りはしねえよ」

「そんなことは、まあどうでもいいことだ。商売のことだから、俺に任せてみてはくれないか?」

「そりゃ、あんたに任せたんだが」

「じゃ、行こう」

大政も、戸惑いながらついてきた。

大きな構えの屋敷である。見ただけで、次郎長は敬遠したくなった。縁のない場所としか思えないのだ。声をかけると女中が出てきて、次に出てきたのは、大政の顔見知りの番頭のようだった。

「商売の話です。聞いて損はないはずです」

なにか言いかかった大政を制し、総三が口を開いた。

「それじゃ、私がお聞きしましょう」

「清水一家の親分さんが、直々に来ておられるんですよ。御主人が出てこられるのが筋ってものでしょう。聞いてくださるだけでいい。乗るかどうかは、それから決めてくださりゃいいことです」

「しかし」

番頭は初老の男で、明らかにやくざを警戒していた。

「別に、家の中に入れてくれとは申しません。玄関先ででも、聞いてくださりゃいい。商売の話以外はいたしません」

「一応、主人の意向を訊いてみませんと」

「空船を決して動かさないように、いろいろと工夫しておられる。それを見て相談する気になったと、お伝えください」

番頭は、頭を下げて家の奥へ消えた。

しばらくして戻ってきた番頭は、やはり強張《こわば》った表情のまま、三人を玄関脇の部屋に通した。玄関先では無礼だと考えたのか、それともやくざをこわがったのか、と次郎長は思った。

総三は、無邪気に喜んでいた。

松本屋平右衛門は、痩《や》せてひょろりとした男だった。まだ四十前だろう。番頭の方が、よほど恰幅がよかった。

「時だけは勿体《もったい》ないんで、すぐ商売の話にさせていただきますよ、松本屋さん」

愛想よく笑いながら総三が言った。

「清水一家が来たのでおわかりでしょうが、港の人足のことです。いままでのが、これ。こうすればいままでとどれほど違うか、というのがこっちの紙。二つの勘定を較べてみていただけますか？」

いつの間に書いてきたのか、総三は懐から二枚の紙を出した。松本屋は、畳に置かれたその紙を、女のように細い指でつまみあげた。読みはじめた松本屋の眼が、次第に大きく見開かれてくるのを、次郎長はただぼんやりと眺めていた。

「私が、空船を動かさないのを知って、相談に見えたそうですが」

「そう、江戸に荷を運んだ船が、空で帰ってきちゃならない。帰りがまったく無駄になる。それを考えている松本屋さんなら、いまの港の人足たちにも、さぞ歯痒い思いをされているでしょう」

「人足には人足の世界がありますからね。私どもがつべこべ言ってもはじまりません。昔から、あんなふうにして船の荷役をしていたと思うしかありません」

「昔と同じでいいはずはない。そうでしょうが、松本屋さん。船が入ればぞろぞろと人足が集まってきて、三十人で済むところを六十人も使わなければならなくなる。馬鹿げた話じゃありませんか」

「艀をひとつふたつと雇う、というのは確かに面白い。どれだけ無駄が省けるものかも、これを見ればわかります。しかし、肝心の人足が言うことを聞くかどうかが」

「そこが、力ですよ。清水一家には、金はないが力はある。とりあえず、力で人足にそれをやらせてみます。やってみれば、そっちの方が得だというのが、人足にもよくわかるはずですから」

松本屋は、また紙に見入りはじめた。番頭に算盤《そろばん》を持ってこさせ、三人の姿が眼にも入らないように、玉を弾《はじ》くのに熱中しはじめた。二度、三度と呻《うめ》くような声をあげている。

「お話を、承りましょう」

松本屋の眼に、覇気が満ちていた。

「なに、二百両ほどお借りできれば」

総三は、愛想よく笑いながら言った。

「それから？」

「それ以外には、なにも」

松本屋が頷いた。

眼の前に切餅《きりもち》が積まれても、次郎長には信じられなかった。総三が、無造作にそれを摑《つか》むと、懐に放りこんだ。

「半年でお返しできますよ、松本屋さん。利子が安ければですが」

「利子などと。その二百両は、お貸しするのではなく、差しあげます」

「それでは、次郎長親分の面子《メンツ》が立ちません。半年後に、耳を揃えてお返しいたします。ただし、利子はお言葉に甘えます」

それだけ言うと、総三は腰をあげた。

「大政、二百両で艀を全部買い占めろ。逆らうやつは、ひとり二人斬ってもいい」

外に出て、次郎長は言った。

「待ってください、親分。ここで急いじゃ、九仞《きゅうじん》の功を一簣《いっき》に虧《か》くってことになりますぜ」

「なんだ、そりゃ？」

「人足が働く気をなくしたら、元も子もないってことです。大政さんと二人で、人足の中で力を持っている男を、説いて回ります。全員を納得させられないにしろ、大勢は決めておかなくちゃなりません。なんでも力ずくってのは、やくざの悪いところですよ」

言われてみれば、そうだった。人足がよその土地に逃げてしまえば、港そのものが動かなくなる。相手はやくざではないのだ。

「わかった。話がまとまったところで、俺が出ていって頭を下げる」

「それでこそ、親分ですよ」

「それより、俺は驚いたね、総三さん。あんた、攘夷の志士をやってるより、商人になった方がいいんじゃねえのかい」

「人間は、才がある方へ行けばいいってもんでもないでしょう。俺は、志士としちゃ駄目な男だけど、それでも思想は捨てられない。捨てたら終りだという気がするんですよ」

「俺らのような、能なしにゃよくわからねえことだけどな」

「まったくです。二百両が眼の前に出てきた時は、手妻でも見てるような気分になりましたぜ、親分」

「惜しいな、志士にしとくのは」

「よしてくださいよ」

年の瀬で、通りには人が多かった。次郎長を見て、頭を下げる人間が何人もいる。

肩で風を切るんじゃねえぞ、と次郎長は自分に言い聞かせた。風が吹いている。しかし、江戸の冬よりは暖かかった。

第四章　志士の街

一

京には、まだ戦の名残りが漂っていた。

長州藩が幕軍と闘ったのは、もう半年近く前である。その前には池田屋で、尊攘《そんじょうは》派の志士が新選組によって多数斬《き》られた。池田屋も戦も、休之助は江戸で聞いただけだった。

薩摩藩の動きが、休之助にはどうしても納得できなかった。結局、各地で起きていた尊攘派の決起に、薩摩藩はあの戦でとどめを刺したことにはならないか。それも、幕府と組んでである。

指導したのは、西郷吉之助としか思えない。その西郷に京へ呼ばれ、藩邸詰めを命じられたのである。戦のあと京から再び追い出された長州を、幕府は討伐することに決め、全国二十一藩に出兵を命じた。西郷はその中で、総督参謀という地位に就き、討伐軍全体を動かした。

休之助は、その討伐軍にも加わらず、ずっと京の藩邸に詰めていた。討伐軍と長州のぶつかり合いは起きず、長州が謝罪することによって、長州征伐は一応の終りとなった。

なにを考えたのか、西郷は鹿児島に帰ったという。

休之助は、時の流れだけを見失うまいとしていた。外国は、日本がひとつにまとまったとしても、戦争はできないだろう。したがって、攘夷と叫ぶことは無謀にすぎないのだ。それは、西郷にもわかっていることだろう。長州さえ、わかっているかもしれない。

ただ攘夷《じょうい》と叫ぶことが、あまりにも無謀なことは、休之助にも見えてきた。外国は、日本よりもずっと強い。幕府も、どこの藩も、外国とまともに戦争はできない。いや、日本がひとつにまとまったとしても、戦争はできないだろう。したがって、攘夷と叫ぶことは無謀にすぎないのだ。それは、西郷にもわかっていることだろう。長州さえ、わかっているかもしれない。

ならば、西郷はなぜ長州を叩《たた》くようなことをしたのか。肚《はら》の底にあるものは、なんなのか。

徳川の幕府の代りに、薩摩の幕府を作ろうとしている、というようにしか考えられない。そのためには、第一の反幕勢力である長州が、邪魔な存在である。幕府と組みながら、次第に力をつけ、やがて幕府を凌《しの》ぐ力を持つ。その時、徳川と島津が入れ替る。

総三が言っていたことと同じだった。それをさせないために、藩とは関係のない勢力が必要なのだ、というのが総三の意見だった。休之助は、はじめから幕府を倒した方がいいという意見である。

西郷の、肚の底を見てみたかった。そこにあるのは、倒幕なのか、幕府権力の奪取なのか。直接訊《き》こうとしたこともあった。そのたびに、眼光に射竦《いすく》められたようになる。西郷とむかい合うと、自分は小物だとしみじみと思ってしまうのだ。

京では、浪士狩りが盛んだった。かつて天誅《てんちゅう》が横行した時とは、まるで逆の状態になっている。市中を歩いていて出会《でくわ》す新選組に、休之助は嫌悪しか感じなかった。時の流れを止めようとしている集団、というふうにしか見えない。それでも休之助が薩摩藩士であるというだけの理由で、新選組が斬りかかってくることはないのだった。

京都薩摩藩邸での三月ほどを、休之助は無為に過した。時勢の動きを見れば、無為としか言いようがなかったのだ。

ただ、藩邸の中の空気は、微妙に変ってきていた。長州などは叩き潰《つぶ》してしまえ、というような意見は耳にしなくなったのだ。藩全体の政策が、幕府に逆らいはしないものの、一歩も二歩も距離を置くというものになっているようだ。

新門辰五郎から藩邸に使いを貰《もら》ったのは、二月に入ってからだった。

「親分は、また京に来たのか。何度なんだ？」

「さあね。三度か四度だろう。一橋様が、時々俺を呼ばれる」

「京は、面白いと言えば面白い。つまらんと言えば、つまらん。薩摩藩邸の中にかぎって言えば、実につまらんな。刀を振り回すことしか知らんやつが、大きな顔をしている」

会ったのは、祇園《ぎおん》の茶屋だった。新選組や会津藩士も、よくここを利用している。

「坂本っていう、おかしなのがいてな。勝の殿様が気にしておられる。放っておくと、新選組にでも斬られかねないそうだ」

勝海舟は、神戸の海軍操練所の頭取を罷免《ひめん》されて、江戸に呼び戻されているはずだった。攘夷派の志士まで、操練所で訓練を受けさせたと疑われたという話だった。

「坂本様ってのはおかしな人でね。上から押さえつけられるのが、なによりも嫌いらしい。不思議に、勝の殿様の言うことはよく聞くんだが。その勝の殿様が、死なせちゃならない人間だと俺に言われた。なんとかしろってことなんだろう」

「親分にゃ、一橋公がついてるじゃないか」

「そういうのが、嫌いなんだよ、坂本様は。薩摩や長州だって、好きじゃねえんだな。つまり、藩みてえなものもくそくらえって男なのさ。それで、俺も考えた。益満さんとでも仲よくさせておくかってね」

「どうしてだね」

「あんたは薩摩藩士だが、薩摩藩からはみ出したところもある。なんせ、あのわからねえ薩摩弁を使わないものな。変り種同士で、ちょうどいいかと思ったのよ。そしていざとなりゃ、薩摩藩邸にでも逃げこみゃいい」

休之助は、料理の皿に箸《はし》をのばした。京の料理は、あまり好きではない。江戸前の鮨《すし》などが、自分の口には一番合うと思う。

「坂本ってのは、海軍操練所にいたんだな」

「土佐を脱藩してる。だいぶ前の話だ。なんでも、攘夷なんて言ってる連中が、嫌いなんだそうだよ。江戸の俺の家にも、時々来ていた。勝の殿様の書生みてえなもんだったからな」

「俺が、仲よくできると思うかね？」

「思うね。あんたや相楽さんに、どこか似ている。二人みたいに誠実な人柄じゃないが。なんて言うか、型破りなのさ。人間がでかいって気もする。俺も、この歳まで人を見てきてるからね」

「俺や総三の人物が小さい、と言っているようなもんだぜ」

「その分、あんたらは誠実なのさ」

辰五郎は、平然と笑っている。休之助も苦笑した。勝海舟がどういう人物なのかは、知らない。辰五郎が認めている。山岡も、認めるようなことを言っていたことがある。それだけでいい、と休之助は思った。

「江戸が恋しいかね、益満さん？」

「ああ、しかし、江戸は眠っているとも思う。京にいると、それがよく見える。総三なんか立派なものさ。江戸で育っても、ちゃんと眼は見開いていた。藩のお偉方が考えもしないことを考え、実際にやろうとした。力は足りなかったが、それは総三の責任じゃない」

「薩摩にも、とんでもない男がいる、と勝の殿様はおっしゃってた。西郷吉之助とかいう男さ。並の物差しじゃ測れない男だとよ」

西郷の名が出たので、休之助は箸の動きを止めた。勝海舟と西郷は、会ったことがあるということなのか。

「京へ来たって、俺にゃわからねえことが多い。江戸の方が気楽だね。ただ一橋様は、ずっと京でお淋《さび》しいのさ。時々、俺みてえな男の顔《つら》をご覧になりたくなるらしい」

辰五郎はそう言ったが、一橋慶喜《よしのぶ》の側室に出している娘のことが、ほんとうは気になっているのかもしれない。

「とにかく、坂本って人に会うよ」

「そうしてくれるかい。まあ、人の命なんてのは、どうなるかわからねえ。益満さんが先に死ぬかもしれんし、案外、坂本様はこの御時世をうまく渡っていかれるかもしれん。俺は、二人を引き合わせたら、江戸に帰ることにするよ」

「江戸か」

「東海道を行く。清水にも寄るぜ」

「ひとつ訊きたいんだがね、親分。次郎長ってのは、俺や総三と較べて大物かね？」

「学問があるとか、主義主張があるとか、そんなのが大物だとは俺は思わねえ。なにかしら、こっちに感じさせる。心の底を掻《か》き回す。それが大物だ。次郎長は、大物だね。馬鹿で、早死にするかもしれんが、大物だよ」

「心の底を掻き回すか。なるほどね」

辰五郎は、うまそうに盃《さかずき》を口に運んでいた。京の酒はうまい。それは休之助も感じていることだった。それ以外に、京にいいものはあまりない。江戸の女に魅かれるように、京の女に魅かれたこともない。

「行こうか、益満さん」

辰五郎が腰をあげた。どこでも、子分を連れ歩くという習慣が、辰五郎にはないらしい。いなせな老人の姿は、祇園では目立ったが、いやな感じではなかった。

辰五郎が案内したのは、伏見の木立に囲まれた小さな家だった。若い者が、四、五人出迎えた。玄関に出てきたのは、はっとするほどきれいな女だった。

「坂本様は、なにをはじめるかわからねえお人でな。だから若い者《もん》も一緒にいさせてる」

辰五郎がなにを言っているのか、休之助にははじめはわからなかった。女の挙措を見て、また首をひねった。

「坂本様を、お呼びしてこい」

どてらに着替えた辰五郎が言い、女が澄んだ声で返事をして腰をあげた。

「おい、これか、親分の？」

休之助は、小指を立てて突き出した。

「京女ははじめてでな。どんなもんだろうと、祇園から落籍《ひか》せて囲ってみた。家が欲しいというから、ここに建ててやった」

「呆《あき》れたなあ、まったく」

「京女の房事も、なかなかのもんだ。どこまでも恥しがりながら、どこまでも淫《みだ》らになっていく」

「もういいよ。やめてくれ」

「どこまでも淫らになる女ってのは、年寄りの躰《からだ》によくねえな」

「勝手にやって、女の腹の上でもくたばっちまえばいいんだ」

襖《ふすま》が開いた。おかしな総髪にした男が、ふらりと入ってきた。

「女の腹の上だって」

「坂本様だ」

「薩摩藩、益満休之助」

「薩摩芋には見えないねえ。ぼくは、坂本龍馬《りょうま》って者だ。いまのところ、新門辰五郎の居候さ」

山岡鉄舟と、それほど変らない歳に見えた。

「土佐勤王党の御出身ですか？」

「冗談じゃない。武市半平太《たけちはんぺいた》はよく知っているがね。どうでもいいが、幕府も薩摩も長州も、早いとこくたばってくれりゃいい。女の腹の上であろうが、京都御所であろうが、どこでもいいがね」

「無茶なことを言われますな」

「どこが無茶だね。国が潰れるかもしれん時に、そのほかのなにが潰れる話も無茶ではないな」

言われてみればそうだ、と休之助は思った。しかし誰も、国が潰れることは見ようとはせず、薩摩が力をのばした、長州が弱ったというようなことだけに眼をむけている。

「まあ、難しい話はお二人で。坂本様、あっしは明日江戸へ発ちます。ですからここを引き払っていただかなきゃなりません。あとのことは、益満さんと相談してください」

「辰五郎、おまえは度量が大きいなあ。一橋慶喜に娘を差し出したかと思うと、江戸っ子みたいな薩摩芋に、ぼくみたいな男を助けさせようとする」

「度量じゃありません。なにもわかってねえだけでさ」

「礼は言う。海軍操練所を追い出されたら、ぼくは飢えて死ぬのかと思っていたよ」

坂本は、辰五郎にむかってぺこりと頭を下げた。総髪の後ろに、小さな髷《まげ》がある。

辰五郎が腰をあげた。いそいそという感じで、奥へ消えていく。

「これから、二人で濡《ぬ》れようってのか」

吐き捨てるように休之助は言ったが、その時坂本はすでに別なことを考えていたらしく、ぼんやりした表情をしていた。

「西郷吉之助という男がいるな。一度、ぼくに会わせて貰えないかな、益満君？」

「西郷どんに？」

「おかしな男だ。征長軍の総督参謀でありながら、長州を二度と立ちあがれぬまでに叩こうとしなかった。それどころか、最新の銃器を長州に入れるのに、どうも薩摩が便宜をはかっている気配がある。琉球《りゅうきゅう》あたりでのことだと思うが」

「まさか、長州に？」

「海軍操練所の仲間が、いろんなところの船に乗っている。それで、ぼくには情報が集まるのだ。どう考えても、そうとしか思えないところがある」

「それを、西郷さんが？」

「わからん。もしそうだとしたら、大変な食わせ者だ。長州を片手で適当に叩きながら、もう片方の手で抱き起こそうとしているんだからな」

「なんのために？」

「倒幕」

休之助の肌に、不意に鳥肌が立ってきた。

坂本は、またぼんやりした眼で宙を眺めている。

尊王攘夷という空気は、長州の敗退によって完全に消えた。これからなにかあるとしても、燃え残りの小さな炎にすぎない。次に来る空気はなんなのか。藩主層が推進した公武合体も、すでに消えつつある。残るのは、倒幕だけなのか。

にわかにそうだと思うことが、休之助にはできなかった。西郷の動きは、複雑すぎる。しかし、藩邸に漂いはじめた空気はなんなのか。幕府も会津も盟友ではない、という空気ではないのか。

「とにかく、坂本さんのねぐらを京で捜す方が先ですね」

「おう、それは任せた。ぼくは世間知というものに欠けるところがあって、そんなことは人に任せるしかないのだ」

ほめられた、とは休之助は思わなかった。馬鹿にされたとも思えない。自分に見合った役が振られた。そんな気がしただけだ。

「ひとつお訊きしたいが、坂本さんはずっと倒幕を考えておられたのですか？」

「いや、必ずしも倒すことはない、と考えていた時期もあった。幕府が、きちんとした政府になってくれれば、それでいいとね。ぼくは、揺れたよ。倒幕をどこが考えるか、という眼で眺めはじめたのは、三年ほど前からだね」

「いまは、薩摩が倒幕を考えはじめた、と思っているのですか？」

「いや、薩摩一藩で倒幕などできん。長州しかり。他の雄藩もしかりだ。その中で、誰が最初に倒幕ということに眼をむけていくか。ぼくはいま、西郷がそうしていると思う。だから、雄藩の連合は西郷からはじまる」

「攘夷論者かどうかは別にしてですか？」

「当たり前だろう。攘夷など、もともと非現実的なものだ。そんなもので、国が動いてしまうわけはない。尊王でさえ、政事の道具に過ぎないではないか。利害は交錯する。体面がぶつかり合う。それでも倒幕というひとつの流れができあがる。時勢の流れとはそういうものだ、とぼくは思っている。それでいいのだ。新しいものを創り出すために、まず破壊しなければならない。いま、破壊とは倒幕さ」

「あたしは、ずっと前から倒幕論者ですよ」

「大した意味はないな。考えるだけなら誰でもできる。言うこともできる。しかし、時の流れの中でそれを作っていくこととは、無縁のことだ。倒幕とは、戦争だよ。必ず勝たなければならない戦争だ」

西郷吉之助が、それを作ろうとしている。しかし、薩摩と長州が連合できるのか。まして、西南雄藩が四つ五つと連合できるのか。この男は、とんでもない妄想を抱《いだ》いているだけではないのか。

「西郷さんには、折を見て話してみます」

「君は薩摩藩士だと名乗ったな、益満君。ならばぼくを西郷吉之助に会わせる義務がある。急ぐぞ。西郷でなければ、大久保でも、小松帯刀《たてわき》という男でもいい。西郷ひとりでなく、そのあたりが肚を合わせそうだからな」

休之助は、眼を閉じた。自分を倒幕論者だといままで言ってきたが、これほど明晰《めいせき》な倒幕論とはいままで出会ったことがない。

「もうひとついいですか、坂本さん？」

「なんだね？」

「私の友人に、決起を試みている尊攘派の志士がいます。その男は、どこの藩の人間でもない。しかし、決起すべきだと考えているのです。たったひとりであろうともね。それを見て、ほかの武士が集まる。農民も集まる。やがてそれが大きな流れになって、時代を作っていく。そう考えている男がいるのです」

「草莽《そうもう》の志士か」

「そうです」

「草莽は枯れ行く。そしてまた新しい草莽が芽吹く。それをくり返し、無数の草莽が、大地を豊かにしていく。やがていつか、その大地から大木の芽が出ることもある」

「いつ？」

「五十年先か、百年先か」

「そんな」

「ぼくも、土佐藩の後楯《うしろだて》があるわけではない。立場としては彼らと同じだ。しかしぼくは、無駄な決起をしようとは思わない」

「やる前から、無駄だとどうしてわかるのですか？」

「むきになるなよ。君も、どうやら理想に引っ張られていく男らしいな。いいか、彼は確かに立派だ。しかし、立派なだけで戦争はできない」

「その言い方も、おかしい」

「いや、よく考えてみたまえ。この国の混乱は、どこから起きてきたのだ。外国が来たからだよ。幕府がそれへの対応を間違った。幕府に対する、積年の不満もあった。それで、攘夷論などを引き起こした。しかし、攘夷を唱えるだけでは、拠《よ》って立つところがない。天皇を引っ張り出して、尊王だ。こうやって混乱ははじまり、拡がった」

「確かに、そうです」

「どこに、民草の声がある。どこに、虐げられた者の叫びがある。はじめから、政事の争いだったのだよ。民の中から湧《わ》きあがってきた声が、混乱を起こしたのではない。この国の民は、なんの声もあげていないのだ。どれほど大きな混乱になっても、国を揺り動かすような声は、どこからもあがってはこないじゃないか。だから、これは政事の争いと言っていい。この国の民は、それほど不幸だったのか。何代にもわたって、虐げられ続け、呻《うめ》きをあげるところまで追いつめられていたのか。否だ。だから、民草の蜂《ほう》起《き》は期待できない。せいぜい、百姓一《いっ》揆《き》や打ちこわしが、ぽつぽつと起きるだけだろう」

すぐに反論する言葉を、休之助は見つけ出せなかった。坂本は火鉢に手をかざしている。炭はもう白くなっていた。

「ほんとうに虐げられていたのは、武士だよ、益満君。身分は高いとされていても、人数が多い。格式にも縛られる。大名であれ、旗本、御家人《ごけにん》であれ、陪臣であれ、困窮をきわめていた。それも、代々だ。自分ではなにも作り出せず、金は商人《あきんど》に握られ、因習の中でのたうち回っていたのが武士さ。そうは思わないか？」

「そうですね」

「刀を持っている、というだけのことだ。憐《あわ》れなものだ」

坂本が、低い声で笑った。

ねぐらをどこにするか、休之助は考えはじめていた。

二

一年という、安東の文吉との約束を、次郎長は破る気はなかった。

だからといって、伊勢を放っておく気もない。喧嘩《けんか》は一年我慢するが、ほかの方法で伊勢を弱らせることはできる。

名古屋にしばらくいて、伊勢のことを調べた。丹波屋伝兵衛の羽振りは相変らずだが、どこかにまとまりを欠いたところがあった。子分が勝手に動いているという感じがあるのだ。荒神山の祭礼賭博が、また許されるという雲行ではないので、博徒にとって伊勢はおいしい場所ではなくなった。

それでも、まだ子分の千や二千は集められそうだ。穴太《あのう》の徳も、すっかり評判を落としているが、縄張りはしっかり守っていた。

調べるだけのことを調べると、次郎長は子分二人を清水に帰し、小政だけを残した。

もうひとり、連れがいる。相楽総三だった。

一月の終りごろ江戸に戻ったが、三月になるとまたやってきて、この旅にも付いてきたのだ。兇状旅ではないので、次郎長は止めなかった。

清水港の人足は、いまでは清水一家の下にいるようなもので、揉《も》め事などもまったく起きなくなった。かすりを取っても、人足の収入は前より多くなったのだ。清水一家の生計《たつき》も、ずいぶんと楽になっていた。

学問をした人間と、無学なやくざがどれほど違うのか、いやというほど次郎長は知った。

ただ、やくざが学問をやればいい、とは思わなかった。学のある人間を、何人か知っていればいいことなのだ。

「京まで、足をのばしてみるかね、総三さん。休之助さんとも会えるぞ」

「そうだな」

総三が京へ行きたがっているのは、わかっていた。ただ、理由がない。攘夷の志士が、いまの京では罪人だという話もあった。

「なに、見物がてらだ。京じゃ、公家《くげ》の屋敷で博奕《ばくち》をやっていたな。俺が、この間行った時のことだがね」

「せっかく、ここまで来たしな」

「俺も、兇状旅じゃねえってのは、久しぶりのことでね。京見物ってことなら、別に浪士狩りにもひっかからねえでしょう」

総三の家は、旗本との関係が深い。旗本の次男坊だという身分ぐらいなら、いつでも作れるらしい。この旅も、総三は旗本の次男で通していた。

「休之助さんも、京がだいぶ長くなってるしな。ここらで、江戸の風を吹きこんでやるのも、悪くないと思うよ」

「行こうか、京へ」

総三が言った。

このところ、ひどく元気がないのだ。加賀藩に降伏した水戸の天狗党が、二月に敦賀《つるが》で処刑されたからしい。藤田とかいう男が死んだと、酔って泣きながら語ったのだ。それは、酒の相手をした大政から聞かされたことだった。

天狗党と総三がどういう関係であろうと、次郎長には関係ないことだった。ただ、総三の眼が死にかかっている。それだけが、気になった。

「決めたら、さっさと京へ行っちまおうか。名古屋じゃ、東海道のやくざにいつ会わねえともかぎらねえ」

伊勢で気になっていたのは、黒駒の勝蔵がいるかどうかということだった。勝蔵は、桑名のあたりにいるらしい。場合によっては、そこに縄張りを作る気なのかもしれない。伊勢と本気でやることになれば、やはり黒駒の勝蔵とぶつかることになる。どこで喧嘩をしても、勝蔵がいるという感じだった。

「小政、おまえが先乗りして、宿をとっとけ。鴨川《かもがわ》のそばがいい。それから、賭場《とば》の場所も調べておくんだ」

小政が、頷《うなず》いて駈《か》け出していった。

「いいのかね、親分？」

総三は、小政の喧嘩っ早さを知っている。三尺の大刀を、抜刀術で見事に抜くことも知っている。ただ、この前の京では、新選組の沖田という男に、忘れられないようなこわい思いをさせられていた。

「小政も、所帯を持とうって相手がいる。いつまでも、喧嘩がすべてなんて言ってられねえさ」

「親分は、どうなんだね？」

「俺は、所帯を持つ資格なんてねえさ」

「姐《あね》さんがいてくれたら助かる、と大政が言ってた」

「実際のところ、俺は大政に苦労をかけ続けていてね。それだけは気になってるんだが」

「いい子分を持っているよ。清水一家で暮してみて、それがよくわかった」

「子分に支えられてるようなもんかな」

「親分がいいから、子分もいい、とみんな言っているね。松本屋なども、感心している」

「あれ以来、松本屋平右衛門とは親しくなってね。俺は、そういうことが苦手で、商人と付き合ったことがなかった。付き合えば、これまた面白い。商売ってのは、時には博奕みたいなこともあって、商人は胆《きも》が太くなきゃ大金を儲《もう》けられねえらしいって、わかってきた」

もう寒さもだいぶやわらいでいて、旅にはむしろ心地よい季節だった。

安東の文吉と約束した一年には、まだだいぶあった。あの時は、一年というのが不服だったが、いま考えるとそれはよかったのかもしれない。一年で、清水一家は大きく力をつけるだろう。

名古屋を出て、三日目には京に着いた。

途中まで出迎えに来た小政は、四条大橋の祇園のそばの宿に案内した。四条通りをそのまま行けば、京都薩摩藩邸である。小政なりに、気を遣ったのかもしれない。

四条通りを、薩摩藩邸を過ぎてさらに行けば、壬生寺のそばに出る。新選組屯所のあるところだ。次郎長は、そちらの方も考えた。

「ここは御所の近くなのか、親分？」

「京都がはじめてだってのは、ほんとらしいね、総三さん。御所はもっと北の方だ。近くにゃ、会津様の屋敷があってね。休之助さんに、案内でもして貰うんだな」

障子を開けると、鴨川が見えた。夕刻である。総三と一緒に風呂を使った。

次郎長には、刀傷が四つある。それに較べて、武士の総三の躰はきれいだった。

「背中には、傷がないね、親分」

「だからって、喧嘩相手に背中を見せなかったわけじゃねえよ。逃げ足が速いってだけのことさ」

「俺も、人を断ったことがある。人を斬る前と後じゃ、まるで違う人間になったような気がしたね」

「病みつきになる。そういうのもいるな。小政なんかがそうさ」

「俺は、刀を見ても肚が据わるようになったとは思う。だが、また斬りたいとは思わないよ。そういうものにはむいていない、という気がする」

「はなっからむいてる人間はいねえさ」

風呂を出てしばらくすると、休之助がやってきた。連れがいるようだ。

「懐しいね、親分」

「男にそんなこたあ言われたかねえな」

「おや、あたしは総三よりも、親分に会えるのを愉しみにしてたのに」

「変らねえじゃねえか、休之助さん。京に行きっ放しで、お公家さんみてえになっちまってるかと思ったのに」

後ろから入ってきた男を見て、次郎長は頭を下げた。

「よう、親分」

辰五郎の家で会った、坂本だった。顔見知りであったことに、休之助はいささか驚いたようだった。

「こっちが、相楽総三です。私とは、江戸の悪友みたいなものでしてね」

「坂本龍馬です。薩摩藩の居候をしておりましてね。だからぼくは、いまのところ薩摩芋の言うことを聞かなけりゃならない」

総三は戸惑っているようだった。手回しよく小政が頼んでおいたのか、料理が運ばれてきた。坂本が、はしゃいだような声をあげた。

「居候が言うのも気がひけるが、薩摩藩邸のめしは、ひどくまずい。京だけでなく、大坂の藩邸もだ。薩摩芋は、まずいものばかり食って、意地汚なくなったんだな。ぼくは、そう思っている。自分を守ることを、まず最初に考えるところなどな」

坂本が、酒を注《つ》ぎはじめた。次郎長にむけた銚子《ちょうし》をひっこめる。

「君は、酒は飲めないのだったな」

「坂本様は、ずいぶんと喋《しゃべ》り方が変られました。それが、京言葉ってやつなんですかい？」

休之助が、声をあげて笑った。

「この人は、新しいもの好きでね。京言葉なんてもんじゃない。長州人が、こんな言葉の使い方をする。それを、薩摩藩邸の中で真似《まね》ている、おかしな人なのさ」

「そうですか。坂本様は、土佐の御出身とおっしゃっておられましたな」

「土佐を脱藩してね。京で浪士狩りにひっかかったら、国へ帰される。国へ帰れば、まず斬《ざん》首《しゅ》だろうね。だから、薩摩藩邸からなかなか出られないのだ」

「俺も、止めたんだよ。相楽総三にどうしても会いたいと言われて、ここまで来るのに冷たい汗をかいちまった」

「なに、堂々と歩いておられりゃいいんですよ。あっしらの、兇状旅と同じようなもんでしょうね」

「兇状旅か。まったくそうだ」

坂本は、黙りこんでいる総三を、あまり気にしているようではなかった。休之助の方が、心配そうだった。

坂本が、汽船の話をはじめた。その話をはじめると、眼が少年のように輝いた。千石船の何倍も大きそうだ、と聞きながら次郎長は考えていた。

「坂本さんは、なぜ私に会いたいと思われたのですか？」

不意に、総三が顔をあげて言った。

「草莽の志士を、見てみたかった」

「見てみたい、ですか」

低い声で、総三が笑う。

「尊王攘夷運動を支えた。それなりに意味はあった、とぼくは思う」

「過去の話ではない。闘いは、まだ続いている」

「どうかな。もう攘夷などと口にする人間はいなくなった。時の流れの中では、すでに過去のものだと思う」

「いまは、なにが流れているというのです？」

「それは、ひとりひとりが摑《つか》み取るものだ。ぼくは、倒幕と、新政府樹立の流れになっていると思う」

「ならば、坂本さんはそのための運動をすればいい」

「これからは、運動じゃないな、もう。闘いだ。戦争なんだよ。そんなことは、力のある者に任せておけばいい」

「無責任な言い草だ」

「そうではない。民を戦に巻きこむべきではないのだ。武士だけで、結着をつければいいと思う。こういう事態を招いたのも、武士だからね」

「そして島津の幕府を作る。そんなふうになるわけですか」

総三が、また低い声で笑った。

「新しい政府さ。幕府ではないし、島津でもない」

「絵空事だ、それは。確かに、攘夷など実際にできはしないだろう。だが、志としてはあり得る。この国を思う志だ。私は、それまで捨ててしまうべきではないと思う」

「気持はわかる」

「わかるわけがない。何人もの同志が死んだ。その中で、私は生き残っているのだ」

「志は、生きている人間のためのもので、死者のためのものではないよ」

「死者の上に、生者は立っている。足の下の屍《しかばね》を、ただの土と思うことはできない」

なにが語られているのか、次郎長にはよくわからなかった。総三も坂本も、なにかに懸命なのだ、ということだけはわかった。

ひとしきり、低い話し声が続いた。

総三の声が、消え入るように小さくなった。坂本は、同じ調子で喋っている。

次郎長は、膳に載っている銚子を摑むと、酒を口に流しこんだ。休之助が、びっくりしたような声をあげた。

「おう、親分が飲んだぜよ。酔っ払うとどうなるか、知っとろうな、おまえら。わしは暴れるやつは苦手じゃきに」

「坂本さん、落ち着いてくださいよ」

「そうじゃのう。わしが相楽さんを苛《いじ》めたんが、親分の気に入らんかったんじゃろう」

なぜ酒を飲んだか、次郎長には自分でもわからなかった。手が、そう動いたのだ。銚子一本は、飲んでしまった。

「私を、これ以上惨《みじ》めにしたくなかったんですね、親分は」

「帰りましょう、坂本さん。親分、俺たちをぶった斬る代りに、酒を飲んじまったんだ」

「そうじゃのう。最後にひとつだけ相楽さんに言っておくが、わしはあんたを認めちょるぜよ。益満から聞いた通りじゃった」

「そうですか」

「これは認めた上で言うことじゃが、商売をせんかのう、わしと」

まだ酔いは回ってこない。次郎長は、背筋をのばして座っていた。

「金儲けなんぞ、蔑《さげす》まれちょる。徳川の時代は、米作りが一番尊いことじゃったきに。商人はいつも下に見られた。しかし、まっことそうかのう。将軍から下士まで、武士は商人に首根っ子を押さえられとるがや。わしは、金も国の力になると思うちょるぜよ」

「わかるところも、ありますよ」

「わしは、二、三日後に、鹿児島へ行くんじゃ。それから商売をはじめるきに、気がむいたら手伝《てつど》うてくれんかのう。戦争は、西郷とか大久保とか桂《かつら》とか、そんな連中に任せておけばいいんじゃ」

「考えてみますよ」

総三が商売をやるのは悪くない、と次郎長は考えていた。

「親分、今度会ったら、わしと博奕の勝負だぜよ。やくざの博奕っちゅうもんを、一遍見てみたいきに」

坂本が腰をあげたので、次郎長は頭を下げた。

それからどうなったのか、よくわからなくなった。気づくと、総三の顔が間近から覗《のぞ》きこんでいた。まだ背筋をのばして座ったままのようだ。

「厠《かわや》へ行こうか、親分」

総三が言った。

立とうと思ったが、次郎長は躰を動かせなかった。

三

足を止めた。
肌がひりひりとする。次郎長が止まったので、総三も休之助も止まった。
男がひとり。まだ遠いが、誰だかはすぐにわかった。小政が、長い刀の柄《つか》に手をやってい
る。やはり、なにか感じたのだろう。
不意に、三人が飛び出してきて、男の行手を塞《ふさ》いだ。白い光。すでに男たちは刀を抜いて
いる。斬られる。思ったが、襲われた方も躰を回転させながら刀を抜いていた。ひとりが、
ゆっくりと倒れた。二人。両側から男に迫る。両側からの、同時の攻撃だった。斬撃を送っ
てきた二人の間を、男の躰がするりと抜けたように見えた。ひとりが膝《ひざ》をつき、それから前
のめりに倒れた。残ったひとりが、駈け去っていく。
男は、それを追うでもなかった。
しばらくして、四、五人が駈けつけてきた。新選組のだんだらの羽織だ。倒れた二人が、
運ばれていく。なにもなかったように、男がこちらへ歩いてきた。
「京へ来ていたのか」
土方歳三は、口もとだけで笑っていた。とても、人を斬ったあととは思えなかった。
「お怪我《けが》は？」
「ないさ。罠《わな》に俺がひとりで飛びこんでいく、という罠を張った。それにひっかかる程度の
連中だった」

「それにしても、恐ろしいほどの太刀捌《たちさば》きでございました」

「われらは、これで」

休之助が言い、総三もそれについて歩きはじめた。土方は、冷たい一瞥《いちべつ》を送っただけだった。この前会った時とは、まるで印象が違っている。

「ひとり、逃げましたが」

「五人いるところに、飛びこんでいっただけさ。生け捕りにしているはずだ」

「土方の旦那《だんな》を、斬ろうなんて人間が、京にいるんですか」

「いるよ、俺も近藤さんも、よく狙《ねら》われる。尊攘派の生き残りが多いようだな」

「無謀でございますな、土方の旦那を斬ろうというのは。たとえ三十人でかかっても、無謀です」

「寿命が来れば、俺も死ぬさ」

返り血ひとつ、土方は浴びていなかった。それが、かえって凄愴《せいそう》な感じだった。新選組隊士の姿は、もう見えない。

「ところでさっきの連れは、薩藩の益満休之助だな」

「はい」

「もうひとりは」

「益満さんの連れです」

「次郎長」

「はい」

「ここで、おまえの躰を二つにしてやろうか」

小政が動いた。次郎長は、声を出してそれを止めた。土方の眼は、冷たく光っている。その気になれば、両断されるだろう、と次郎長は思った。受けるとかかわすとかの段階ではない。経験したことのない刃風が襲ってきた、と思ったら死んでいるはずだ。

「いい度胸だな、次郎長」

「お変りになりました、土方の旦那は」

「変りもするさ」

「なんかこう、勝負を投げちまったような、そんな感じがしますよ」

「そんなつもりはないが、どこかで投げているのかもしれん」

「お似合いにはなりませんよ」

土方の口もとが、笑っているとはっきりわかるほどに綻《ほころ》んだ。

小政が、そばで息を吐くのがわかった。

「伊勢での喧嘩、勝ったようだな」

「はい。小人数で小さくかたまって、一度相手を突き破りました。そのままもう一度ぶつかった時は、もう崩れておりましたね。旦那のおかげです」

「喧嘩は、やる人間の腕だけさ。いや、おまえに言わせると、度胸か」

「弟分が、ひとり死にました。鉄砲でございました」

「鉄砲か。いやな時代になったものだな。女子供でも、当たりさえすれば手練《てだ》れを倒せる。所詮《しょせん》、剣など鉄砲の前ではものの役に立たない時代なのだな」

「やくざの喧嘩まで、鉄砲でございますからね」

「俺も、鉄砲で死ぬのかな。斬られて死ぬことは、ないような気がする」

「旦那が、歩いてこられた。斬れはしねえが、鉄砲で狙うのは簡単だと思いましたよ」

「いやだな」

「旦那を斬れる男など、いないという気がいたします」

「薩藩に、中村半次郎という男がいる。鳥肌が立つほど、そいつはできる。斬り口を見ただけでよくわかる。兼定《かねさだ》を遣っていてな。俺のものと同じだ」

「薩摩は、敵ではないんじゃございませんか？」

「いずれ、敵になるよ」

「そうですか。益満さんも、なんとなく旦那を敬遠していたようです」

「嫌っていたさ。斬っておけばよかったかな」

また、土方が笑った。笑顔は、口もとから少しずつ顔に拡がっていくようだった。つまり、人を斬った自分が、少しずつ遠くなっているということなのだろう、という気がした。

「次郎長、屯所へ訪ねて来い。相手ができるかどうか、わからんがな」

「壬生へ行ったら、屯所は西本願寺の方へ移ったということでございました」

「そうだった。隊士の数も増えてきたのでな。俺は、壬生が好きだったが」

ようやく、笑みが顔全体に拡がった。冷たく凍っているのは、眼の光だけだ。

「また会おう」

土方が歩きはじめた。次郎長は道をあけ、頭を下げた。

「新選組ってのは、まったく」

土方の背中が見えなくなってから、小政が呟《つぶや》くように言った。

「まったくなんだ、小政？」

「みんな、あんな腕をしてるんですかね。敵に回したら、命がいくつあっても足りゃしませんや」

笑って、次郎長は歩きはじめた。

総三と休之助は宿で待っていたが、見知らぬ男がひとり加わっていた。

「伊牟《いむ》田尚平《たしょうへい》でごわす」

「こりゃ、どうも。次郎長でございます」

「心配して待ってたんだ。なにしろ、会った相手が相手だからな」

休之助が言う。総三も頷いた。このところ、死んでいた眼に、また光が戻ってきている。

「新選組の土方歳三を、俺ははじめてそばで見たよ。人を斬るところまで見ちまったんだからな。しばらく、躰がふるえていたよ」

「休之助さんのことを、知っていたよ」

「そうか。ぞっとしない話だな。新選組じゃ、長州の次は薩摩だって気があるだろうしな。早く、江戸へ帰りたい。あんな男とむき合ったら、俺は即座に一刀両断される」

「薩摩に、中村半次郎という男がいる、と言っていた。土方の旦那、斬り合ってみたそうだった」

「半次郎か。西郷さんにくっついて、楯にでもなろうって男さ。示現流《じげんりゅう》のほかに居合をやっていてね。雨だれが庇《ひさし》から地面に落ちる間に、三度刀を抜いては鞘《さや》に収められる、と言われた男だよ」

伊牟田は、その気になれば、きれいな江戸弁も喋れるようだった。

「新選組の土方ね。俺は、市中見回りの姿を何度か見かけたことがある。浪士隊として江戸から来た時から新選組を見ているが、近藤と土方が指導するようになって、ちょっとすごいものになった。幕府の旗本や御家人で作ったら、ああはならなかっただろう。事実、そういう構成で見廻組というのがあるが、あれほど徹底してはいない」

「手強《てごわ》いのはわかってるが」

休之助が言った。

「所詮は、時代に逆らおうとする人間の群れだろう」

「流れというのは、なんにも遮られずに流れていくものなのか。流れを二つに割る岩がある。せき止める堤がある。海に注ぎこむ前に池で止まってしまうかもしれん。確かに反幕が時の流れだが、俺は、それに乗っていればいいと安心してはいない」

総三が言った。毎日のように、薩摩藩の連中と喋っている間に、はっきりしたもの言いをするようになっていた。坂本龍馬と喋ったのがよかったのだ、と次郎長は思っていた。坂本には、なにかわけのわからない大きさのようなものがあった。そして、はっきり見えはしないが、やさしさがあったような気もする。

三人が時勢の話をはじめたので、次郎長は部屋の隅に横たわった。小政が、茶を運んでくる。京都逗留《とうりゅう》も、十日を超えていた。三度ばかり賭場にも顔を出してみたが、どこもさびれていた。いまの京には、博奕で遊ぼうなどという気配はない。

大政からの便りが届いていて、それに返事を書いた。次郎長は、漢字をあまり知らない。平仮名で指示だけ与える。

松本屋平右衛門の船が、嵐を避けて浜名湖に入った時に、地元のやくざにいやがらせを受けている。積荷を少し出さなければ、嵐の海に追い出されるという事態になったのだ。

「嵐の海に船を追い出そうってのは、どういう了簡《りょうけん》なんだ」

呟き、帰りに締めあげてやろう、という気になった。東海道で、でかい顔はさせられない。まして、松本屋の船に手を出したのだ。

「小政、竜山《たつやま》の幸太郎ってのは、天竜川の上流の方から出てきた山猿だったよな」

「へい、賭場が三ヶ日《みっかび》にひとつ。子分が二十人ほどの新顔でござんす」

「山猿だから、海のことはわかっちゃいねえんだな。おまえ、先にいって山猿をひっくくっておけ。清水からも、五、六人呼んでな」

「わかりました。俺がやっていいんですね」

「殺すな。ひっくくるだけでいい。嵐の日に、船の帆柱にぶらさげてやる」

喧嘩と聞くと、小政は嬉々とする。京には新選組などがいて、うっかり三尺の刀など抜けないと思っているだろうが、浜名湖なら名古屋と清水の中間ぐらいである。

「いつ、発ちましょうか？」

「明日にでも発て。旅に出なけりゃならねえような真似はするなよ。山猿をひっくくっておくだけでいい」

伊牟田と休之助が腰をあげたので、次郎長も起きあがった。

「伊牟田は、江戸と京の往復が多い。清水で厄介になることもあるかもしれないよ、親分」

「お好きな時に。茶のうまいところでござんすよ」

伊牟田が闊達《かったつ》に笑い、出ていった。

総三は、障子を開けて鴨川の方を眺めながら、なにか考えているようだった。小政がお茶を持っていく。

「人は、一回しか死ねないよな、親分」

「二回死んだって話は、聞いたことがねえな。あんた、二回死ぬ気かい、総三さん」

「何度も死ねたら、と考えたこともある」

笑って、総三は茶に手をのばした。

「藤田小四郎のことを考えると、暗い気分にばかりなっていたが、俺は江戸に帰ろうかと思う。伊牟田と一緒に帰るよ」

「そりゃいい。俺も、途中でやぼ用ができちまってね」

「俺は、関東の草莽だ。上州や信州には、同志がまだ多くいる。俺は、俺の道を行くしかないと、坂本さんを見ていて思ったよ」

「もう鹿児島に着いたかな、あの人」

「どちらにしろ、あの人にはあの人の道がある。時には、その道が交わることもあるかもしれない。俺が元気をなくしていて、親分は心配しただろうが、もう大丈夫だよ。江戸に戻ると、ひとつだけこわいことがあるがね」

「女房の腹から、子供が出てくるか」

「図星だ。どうしてわかる？」

「あんたのような男が、悩みそうなことだからね。いいじゃねえか。人生の賽《さい》の目が、そう出てるってことだ」

「賽の目か。一度、京でも運試しをしておきたいな。どこか、賭場へ連れていってくれないか」

「岩倉って、公家の屋敷がある」

「あんたは、丁目の一点張りか」

「いまさら、変えられねえさ」

総三は、まだ障子の外に眼をやっていた。

 人は死んだり生きたりする。しかし、ほんとうに死ねるのは一度きりだ。ぼんやりと、次郎長もそんなことを考えはじめた。

西本願寺の新選組屯所は、壬生よりもかなり広そうに見えた。きのうも一度来てみたが、土方は留守だった。今日は、京を発つ日である。

門番に訊いてみたが、屯所の中ではなにか行われていて、土方は出てこられないだろうという返事だった。

一応取りついでみようかと門番が言うのを断って、次郎長は少し離れたところで待った。会えるものなら、そうしていれば会えるだろう。そういうものだ。

十人ばかりの隊士が、駈け戻ってきた。

それ以外に、一刻《いっとき》ほど人の出入りはなかった。それから、五人単位で四組出ていった。全員が、羽織の下に胴丸をつけている。

肩を叩かれてふり返ると、土方が立っていた。ひとりだけで、制服の羽織ではなかった。

「これは、気づきませんで」

「旅仕度だな、親分」

「清水へ戻ろうかと思っております」

「一緒に別れの盃でも交わしたいところだが、また人を斬りにいかなくてはならん」

「いえ、旦那のお姿を遠くからでも拝めれば、と思っていただけでござんす。お手間をとらせちゃ、申し訳がございません」

「おまえとも、おかしな縁だな、次郎長」

土方の眼は、この間のように冷たくはなかった。人を斬ると、あんな眼になってしまうのだろうか。いまは、淋しそうな眼に見える。

「あっしも、不思議な御縁だと思っております。はじめてお目にかかったのは、小石川の旗本屋敷のある通りでございました。あっしの方が、見たと言った方がよろしゅうございますが」

「試衛館のころか。世に出たくて、鬱々《うつうつ》としていた。出てきた世は、血の海だったがね」

「また会おうって言葉は、やくざにゃねえんでございますがね。旦那とは、必ずまた会えるという気がいたします」

「俺もだよ、次郎長」

若い隊士が、ひとり駈け寄ってきた。沖田と呼ばれていた男だ。この間見た時より、痩《や》せていて顔色も悪い。

「一番隊、出発します、副長」

「わかった。俺は後ろをついていく。見廻組と会っても、相手にはするな」

「はい」

沖田が駈け去っていく。

「さて、人を斬りに行ってくるか」

「旦那」

踵《きびす》を返しかけた土方が、そのままの姿勢で顔だけ次郎長にむけた。

「あっしは、新選組が嫌いじゃありません」

土方が、白い歯を見せて笑った。

遠ざかっていく土方の背中を、次郎長はじっと見送っていた。

第五章　龍馬の海

一

竜山の幸太郎は、赤ら顔の大男だった。

子分たちはどこかに逃げてしまったらしく、ひとりきりで縄をかけられていた。額に大きな瘤《こぶ》ができて、割れた先端に血が固まってこびりついている。

長脇差を抜くまでもなく、棒かなにかで打ち倒したらしい。小政のほかに、子分たちが七人来ていた。

「おい、山猿。おめえ、なんでこんな目に遭っているかわかるか？」

「てめえは？」

「俺の顔も知らねえか。清水の松本屋の船が、嵐を避けて浜名湖に入った時、おめえ、積荷をちょっとばかりはねたんだってな。船は海の上で嵐に遭ったら、どこへ逃げこんだっていいことになってる。でなけりゃ、船なんて動かせねえさ。つまりよ、やくざが手を出しちゃなんねえとこさ」

「松本屋に雇われたのか、てめえら」

「馬鹿野郎。俺は誰にも雇われやしねえ。だからやくざさ。海道筋で、やくざがやっちゃならねえことをしてるってんで、俺が出張ってきた。いいか、山猿。海道じゃ、やくざはみんな分を心得てる」

「俺は、賭場《とば》を開く時に、安東の大親分に挨拶《あいさつ》は通した」

「わからねえやつだ。賭場を開いたことを言ってるんじゃねえ。嵐で逃げこんできた船の、積荷をはねようとしたってことを言ってる」

「あんた、次郎長さんか？」

「そうだ」

次郎長は、幸太郎のそばにかがみこんだ。眼が合う。幸太郎の方が、先にうつむいた。荒っぽさだけで、売ってきた男なのだろう。やくざの荒っぽさは、大抵は弱い者に向けられる。

「海が荒れはじめてる。ちょうどいい。連れて来い」

言って、次郎長は腰をあげた。

一年は大人しくしている、と安東の文吉と約束した。しかし、こういうのは別だ。松本屋に手を出したことになる。いわば、自分の身内に手を出されたようなものなのだ。

浜名湖には浅いところもあり、大船は奥まで入ってこない。幸太郎を艀《はしけ》に乗せ、外海への出口まで運んだ。五百石船に乗せる。船頭には、理由を話してあった。松本屋のことは、船頭も知っていて、すぐに次郎長の話に乗ってきたのだ。

「結構な荒れ方ですぜ、親分」

船頭が、黄色い歯をむき出して笑った。船に乗りこんだのは、次郎長と小政の二人だけだった。ほかの子分は、心配そうに見送っている。櫓《ろ》を漕ぐ水夫《かこ》が八人。声を揃《そろ》えて漕ぐと、船はゆっくりと動きはじめた。

ひどいうねりだった。沖へ出ると、船は速くなったり、停《と》まったようになったりする。その上、持ちあげられては沈み、横にも揺れる。次郎長は船に馴《な》れていたが、いささか気分がおかしくなってきた。

帆柱からぶらさげようと思っていたが、揺れる船の上ではとてもそんなことはできそうもなかった。小政と二人で、幸太郎の躰《からだ》を舳先《へさき》からぶらさげる。幸太郎は、泣き喚《わめ》いていた。それも、すぐに途切れた。気絶したようだ。しばらくすると、また叫び声が聞える。気絶しても、波を被《かぶ》ると眼を醒《さ》ますようだった。次郎長も小政も、甲板に寝てその声を聞いていた。起きあがると胸のむかつきを抑えられないのだ。

「そろそろ戻りますぜ、親分」

「そうか」

次郎長は、船頭の顔と空が重なるのを、ぼんやりと見ていた。さすがに、船頭に酔った気配はない。空だけ見ていたい、と次郎長は思った。

「野郎、いい加減、懲りたと思います」

「帰ろう、もう」

「あっしらも、これ以上の自信はありませんや。時化《しけ》に馴れたやつらばかりなんですが、顔に怯《おび》えが出てまさあ」

船頭の顔が視界から消えると、次郎長はほっとした。船が大きく横に傾き、躰が甲板を滑りそうになった。それでも次郎長は、空だけを見ていた。揺れ方が変った。持ちあげられては落ちていくが、固いものにぶつかる振動はなくなった。岸にむかっているのだろう、と思っただけで、起きあがろうという気にはならなかった。

船乗りというのは、えらいものだ、と次郎長は考えていた。こんな時化の中でも、声を合わせて櫓を漕いでいる。あの声が聞えている間は、船が転覆するという気もしない。やくざとは別のところで、躰を張って生きている男たちは、いくらでもいる。

不意に、揺れが小さくなった。浜名湖に入ったのだろう。次郎長は上体を起こした。櫓を漕ぐ水夫たちの肌が、濡《ぬ》れて光っていた。晴れている日でも、海が荒れることはめずらしくないのだ。

「ひどい時化だったのか、親方？」

「ま、船を出そうって気にゃなりませんが、出しちまった船がこういう時化に遭うのはよくあることで、逃げこめる港をいつも頭に入れておりまさ。その港で積荷をはねられるとなりゃ、無理をして死ぬ者も出かねません。竜山の幸太郎親分は、船のそういうところがわかっちゃいなかった」

「これで、わかったろうさ」

舳先に吊《つる》した幸太郎を、甲板に引きあげた。死んではいない。力のない眼を、じっと次郎長にむけてきただけだ。小政が、散々苦労して濡れた縄を解《ほど》いてやった。

「嵐の時は、海はもっと荒れてるぜ。人の力じゃ、どうにもならねえ。おまえ、そういうところから逃げこんできた船の、積荷をはねようとしたんだ。どういうことだったか、よくわかったろう」

　幸太郎は、甲板に大の字になって倒れたままだった。濡れているのでよくわからないが、泣いているようだ。

「泣くぐらいなら、はじめからやるな。やくざにもなるな」

「なんで、殺さねえんだ、次郎長。俺に恥をかかせて面白《おもし》れえのか？」

　寝たまま、幸太郎が言う。

「おまえは、人の道にはずれたことをした。だからちょっと懲《こら》しめただけよ」

「笑わせるな。やくざが人の道だと」

　幸太郎が、腕で顔を拭《ぬぐ》った。

「人の道にはずれてるから、やくざじゃねえのかよ。弱いやつからは、奪《と》れと言われて、俺は育ってきた。逃げこんできた野郎は、弱いやつよ」

　幸太郎が、また顔を拭った。涙が止まらなくなったようだ。

　人の道からはずれているから、やくざ。言われてみれば、その通りだった。次郎長は苦笑した。幸太郎が上体を起こし、また顔を擦《こす》るようにして拭った。よく見ると、まだ若い。二十二、三というところか。巨体と赤ら顔が、この男をちょっと歳上に見せている。

「どんなやくざ修業をしてきたんだ、おまえ？」

「修業？」

「礼儀作法も心得てなきゃ、やくざなんぞやっちゃいられねえ」

「俺は、夜鳥山の賭場で、やくざが挨拶してるのを見た。それをやりゃ、どこで賭場を開いてもいいんだと思った。それで安東の大親分に挨拶した。あとは、文句を並べるやつらは力で潰《つぶ》してやったよ」

ここは駿河ではなく、遠州だった。安東の文吉の名は通っていても、挨拶を通すべき大親分は、ほかにいるのだ。それすらも、幸太郎は知らなかったらしい。浜名湖のあたりは、大親分の勢力が入り組んでいて、それぞれが誰かの下にいるやくざだと思ったのかもしれなかった。安東の文吉にも、お見知りおきをぐらいの挨拶をしたのだろう。そういう時は、鷹揚《おうよう》に頷《うなず》く男だ。

「夜烏山ってのは？」

「飯田の近くだ。俺は夜烏山の村で生まれた。餓鬼の時分から、喧嘩《けんか》じゃ誰にも負けなかった。喧嘩して、負かしたやつは子分にしてきた」

飯田といえば、信州だった。遠江まで流れてきたということなのか。

「子分が十六人になった。一家を張ったって構わねえだろうが。俺が三ヶ日で賭場を開いても、誰も文句は言わなかった」

「運がいいな、おまえ。このあたりは、安東の大親分じゃねえお方が仕切っていなさる。賭場をやるなら、そこに上納も出さなきゃならねえのに。まあ、ぼうふらのようなもんだと思われたんだろう。もうちょっと目立てば、まとめて殺されてたな」

「気味が悪いほどうまくいく、と俺も思っていた。だから殴りこまれた時は、とうとう来たかと思った」

呟《つぶや》くように幸太郎が言ったので、次郎長はまた苦笑した。怯えながら、それを悟られまいと虚勢を張ってやってきたのだろう。どこへ行っても地元のやくざに追い払われ、三ヶ日に来た時に、はじめて誰も現われなかったということなのだ。

「幸太郎よ、おまえ子分と言ったが、どこにいる。親分、子分じゃ、子分が親分を躰を張って逃がすもんさ。それに、清水一家は、おまえのところに殴りこみをかけたわけじゃねえ。そうなら、長脇差を遣ってる。懲しめただけだ。おまえは、やっぱりぼうふらだ。何年かやって、死なねえで済んでも、所詮《しょせん》蚊にしかなれねえ」

「俺は十六人の子分を」

「ぼうふらの子分は、ぼうふらだ。こんな時に風を食らうとはな」

「ちくしょう」

「どこかで、修業をやり直せ。人の道にはずれてるのがやくざで、なにをやってもいいとおまえは思ってただろうが、それはやくざ同士のことだ。堅気の衆にゃ、迷惑はかけちゃならねえんだ。それで、世の中の隅っこで生きることを許される」

　幸太郎はうつむいている。まだ泣き続けているようだ。

「おまえが、松本屋の船を嵐の海に追い出そうとしたのは、絶対にやっちゃならねえことだった。俺は、やくざとしてそれを見過せなかった」

　幸太郎が、声をあげて泣きはじめた。ここまではやれる。そんな感じで、恐る恐る手をのばす。その手が、遮られずにどこまでものびて、不安になりながらもまたのばす。松本屋のことは、そんなふうにして起きたに違いなかった。

「やくざになるなら、修業しろ。それがいやなら、夜烏山に帰って畠を耕せ」

「殺せ。できねえなら、俺を一端《いっぱし》のやくざにしてくれ」

「おまえにゃ、十六人も子分がいたろうが」

「あんなやつら。逃げりゃ殺すと脅してた。逃げられる時になったら、みんな一緒に逃げやがった。子分なんかじゃねえさ」

「なら、殺してやろう。小政、やれ」

次郎長が言うと、小政は三尺の刀を腰に差した。次郎長は、二度頷いた。

小政の全身に、気が満ちる。幸太郎の顔が強張《こわば》った。甲板が、不意に静けさに包まれた。かすかな揺れすらも、止まってしまったようだ。息が洩《も》れる音と同時に、小政の太刀が鞘走《さやばし》った。白い光が迸《ほとばし》ったように見えた。

小政が息を吐いた時、刀はすでに鞘に収められていた。幸太郎は、甲板に両手をついた恰好《かっこう》で、ふるえていた。腰が抜けたようだ。京で、小政が新選組の沖田という若い隊士にやられたのと、同じことだった。あの時、さすがに小政は腰までは抜かさなかった。

「じゃ、行こうか」

次郎長は、下の艀に乗り移った。小政も、長い刀を負うようにして降りてくる。

「俺を、子分にしろ」

声が追ってきたのは、艀が船から離れてからだった。哮《ほ》えるような声だった。

岸では、子分たちが待っていた。

そこからすぐに、次郎長は清水にむかった。途中で、幸太郎が追いかけてきていることに気づいたが、放っておいた。陽が暮れたのは、藤枝の宿である。急ぎ旅ではなかった。宿場に宿をとった。

朝、出発し、一刻半《いっときはん》で駿府に入った。

「まだ、付いてきてますぜ、親分」

「よし、小政、追い払ってこい。怪我《けが》をさせることはねえ。ほかの者《もん》は、清水に帰れ。俺は、安東の親分に挨拶を通しておく」

安東の文吉への挨拶は一応の理由で、ほんとは多江に会おうと思ったのだ。幸い、文吉は留守だった。あとで、大政を代理で行かせればいい。すぐに久能山にむかい、子供をつかまえて多江に知らせに行かせ、茶店で待った。

いつものように、多江はちょっと腹を立てたような顔で、駈《か》けてきた。

多江を女房にしていいのかどうか、次郎長はまだ迷っていた。やくざが女房を持っていいのかどうか、やはり考えてしまうのである。大政は、それを待っている。大政はすでに所帯を持って、小さな家を構えているのだ。ただ、自分の女房が清水一家の姐《あね》さんのような役をするのは、頑《かたく》なに避けていた。

姐さんのいるやくざの一家には、どこか和んだものがある。そうでないこともあるが、いい姐さんだと感じることが、旅をしているとしばしばあった。

多江は、次郎長が来いと言えば、清水に来るだろう。

「親分、若い男が、家の周りをふらふら歩いてるんです。大きくて、おでこに瘤なんか作ってて、赤い顔をした人です。なにか、思い当たることあります？」

幸太郎だろう。小政に追っ払われたはずだが、どこかに隠れたのかもしれない。それにしても、しつこかった。次郎長は、どてらのまま腰をあげ、外に出た。

次郎長の姿を見ると、幸太郎は一目散に逃げ出した。舌打ちをするしかなかった。隙《すき》を見て、仕返しでもしようという気なのか。本気で、それができると考えているのか。

一刻ほどして外に出た多江が、また幸太郎の姿を見た。

「長脇差を持ってこい、お多江」

「待ってくださいよ、親分。お腹すかして、ふらふら歩いてるんだから。あたしに任しちゃくれませんか？」

「駄目だ。おまえが怪我でもしたら、どうする」

「そんなこと言っても、親分が出ていけば、また一目散に逃げますよ」

多分、そういうことになるだろう。次郎長は、また舌打ちをした。

多江は、なにかしている気配だった。次郎長は、煙管《きせる》に煙草《たばこ》をつめた。どうやれば幸太郎を捕まえられるか、煙を吐きながら考えた。次郎長は、ひとりで捕まえるのは、なかなか難しいだろう。小政も清水に帰したので、子分は誰もいない。幸太郎は図体の割りに脚は速く、ただ追いかけたのでは駄目だ。

考えているうちに馬鹿馬鹿しくなり、次郎長は肘枕《ひじまくら》で横になった。殺しておけばよかった、と思った。幸太郎という子分がいて、荒神山の喧嘩《でいり》で、法印の大五郎とともに死んだ。あの幸太郎と同じ名だったので、思わず手加減してしまったのかもしれない。

多江は、婆《ばあ》やと二人で料理をしていた。多江の料理は、うまい。うまいとしか言いようがなかった。久能山に来る愉しみのひとつに、その料理も入っている。

いつの間にか、幸太郎のことは気にならなくなった。うとうととしていた。多江が膳を運んでくる気配で、眼が醒めた。

「淋《さび》しかったんですよ、あの子」

多江が、ほほえみながら言った。

「あの子って、誰だ？」

「幸太郎ですよ。淋しかったんで、仲よくなろうとしても、力が強いんでつい殴ってしまう。そうやって、子分にしてしまって、縛りあげる。気持を、どう表わしたらいいのかわからなかったんですよ。そこに、親分が現われて、ぶちのめしてくれた。躰より、心になにか響いたんでしょうよ」

「淋しかったか」

「淋しいくせに、そう思われたくないから、つい暴れてしまう。親分も、若いころをふり返れば、似ていたんじゃありませんの？」

「おまえ、幸太郎と二人きりで話したのか？」

「あたしの前じゃ、猫みたいですよ、あの幸太郎。残り物の材料で作った煮物を、泣きながら食べてましたわ。あたしが親分にとりなしてあげると言いましたから、あとで会ってあげてくださいね」

「なんだって、俺が」

言って、次郎長は天井を見あげた。

「淋しかったか」

幸太郎の泣いている顔を、次郎長は思い浮かべた。

二

入ってきた顔を見て、次郎長は腰をあげた。

山岡鉄舟だった。次郎長と同年配の連れがいる。

「山岡様。あっしのことを、憶えていてくださったんで」

「総三や休之助から、親分のことはよく聞かされている。今日は、駿府からの帰りでな。ちょっとばかり、顔を見ていこうと思った。勝様も、おまえの話を松本屋から聞かれた」

「勝様。もしかすると、辰五郎親分が言っている、氷川町の殿様ですか？」

「殿様なんてもんじゃねえが、辰五郎が勝と言ってるなら、多分俺のことだろうよ」

勝海舟の名は、辰五郎だけでなく、坂本龍馬からも聞かされていた。その時に思い浮かべた感じとは、だいぶ違っていた。飄々《ひょうひょう》としているようで、どこか油断がならない。こういう男が、いかさまを遣うと厄介なのだ。

「ひと晩、厄介になろうと思ってな。おまえらの言葉で言うと、草鞋《わらじ》を脱ぐか」

「そりゃ、どうも。辰五郎親分のところと違って、むさくるしい部屋しかございませんが、お気が済むまで泊ってくだせえ」

「まあ、ひと晩さ。遊びに来ているわけじゃない」

山岡が笑った。大きな眼も、一緒に笑っている。

「大政、大切な御客人だ」

山岡も勝も、気軽にあがってきた。

客人のための部屋は二つあり、それがいまはきれいになっている。お蝶が来てから、どの部屋もきれいになった。食いものも、信じられないほどよくなった。

迷った末、久能山から多江を呼び、お蝶と名乗らせたのである。幸太郎の扱い方を見て、次郎長も決心がついた。幸太郎は、幸次郎と名前を変えて、子分に加えた。

「総三は、どうしてるかな、親分？」

「京で、元気になりましたよ。あっちへ行けば、話す相手もたくさんいるみたいです。薩摩屋敷にいるでしょう。休之助さんが、面倒看てるってとこですかね」

「あの二人、妙に気が合ったものだ。そういうのに出会うというのは、見ていて羨《うらや》ましい。俺など、まだないな」

「休之助さんを、かわいがっておられたでしょう」

「しかし、総三と休之助の間とは、どこか違う。俺は休之助が好きだし、休之助も多分俺を好きなんだろうと思うが」

「おまえは、剣に眼がむきすぎるのさ、山岡。自然体でいながら、自然体ではない」

「勝さん、私は禅問答は駄目なんですよ」

「禅問答ってのは、防具をつけた竹刀稽古《しないげいこ》のようなもんさ。まともに面を取られても、痛いと感じるやつと感じねえやつがいる」

「やっぱり、禅問答だ」

「この親分なんか、間違っても竹刀稽古はしねえだろうな。見てりゃわかる。真剣を抜くと、怖いよ。禅問答もろとも、二つに斬《き》っちまうね」

次郎長を見て、勝が笑った。幸次郎が、かしこまって膳を運んできた。雑巾《ぞうきん》がけからやらせているが、音はあげない。むしろ、嬉々としてやっている。これまで、そういう経験はなかったのだろう。

次郎長は銚子《ちょうし》を取り、二人に酒を注《つ》いだ。

「港の人足を、うまくまとめたそうだな、親分。松本屋の話じゃ、港の費用がほかより二割は安くなって、出入りする船も増えたって話じゃないか」

「松本屋を、山岡様は御存知で？」

「俺は知らん。勝さんが知っておられた。駿河の商人《あきんど》だし、駿府で動くものは幕府に関係あるからな」

勝は、なにかの奉行までやった旗本だと、辰五郎から聞いたことがある。なんの奉行か、次郎長は忘れていた。

「艀に人足をつけておいて、荷役の船はその艀を二艘《そう》、三艘と雇うというかたちですが、博徒の頭で考えられるようなことじゃございません。総三さんが考え、松本屋とも交渉したんですよ」

「商人になれば大成するだろう、と松本屋も言っていた。一番いけないものになっている、と思っているようだ」

志士になることが悪い、とは次郎長には思えなかった。やくざがなろうと思っても、なれるものではない。

「うまいな、この料理」

勝は箸《はし》を遣っていた。お蝶の料理をほめられると、次郎長は単純に嬉しかった。

「ここの一家はいいねえ、親分。山岡にはわからんだろうが、子分たちもこざっぱりした身なりで、気持がいい」

子分の身なりがきちんとしてきたのも、お蝶が来てからだった。やくざの一家の姐《あねご》の役が、お蝶にはぴったりと合った。子分たちにも慕われるので、大政の仕事《しのぎ》も楽になった。

こんなことができるのも、港から入ってくるものが大きくなったからである。

「人をまとめていくというのは、大変なことだ。幕府の馬鹿どもを見てると、親分の方がずっと偉いような気がしてくる」

「おや、勝さんが人をほめるのは、ずいぶんとめずらしい」

「なに、馳走《ちそう》になってる礼さ」

勝が笑った。やはり、どこかで大きないかさまをやりそうな男に見える。若いころ次郎長がやっていた、毛返しなどのような、けちないかさまではない。

大政がやってきて、酒の相手をはじめた。次郎長は、茶を飲んでいる。大政が喋《しゃべ》る人足と艀の使い方を、勝は興味深そうに聞いていた。細かいことになると次郎長もわからず、大政に任せていた。大政は、総三に教えられた通りにやっている。

「十日艀が動くと、十一日分の賃金が出るのか。そいつはいいね。人足たちも、働く気になろうってもんだ」

「月に二十日は出たがりますね。それで二十二日分ですんで。仕事をよくこなす艀から、そうするようにしています」

「俺も、船のことはよく考えてね。航海はうまくやっても、港で時を食っちゃ同じだ。それがなんとかならないか、いつも考える。清水一家の方法は、桟橋に着けた船の荷役でも使えるねえ。ただ、人足をまとめるやつが必要だ」

「はじめのころは、力ずくってこともありましたが、そのうち前より銭が入ってくると、人足どもにもわかりはじめたようで。もうちょっと儲《もう》けたら、船が入らない時にも、いくらかずつは払ってやろうと思っています。これも総三さんに言われたことで、力ずくだけじゃ人は働かねえってことが、あっしにもわかってきました」

「山岡、おまえが言った相楽総三っての、幕府で働く気はねえのかい?」

「そりゃ無理ですよ、勝さん。尊攘《そんじょう》の志士ですから」

「関係あるか、そんなこと。攘夷《じょうい》なんてことは、もう誰も本気で考えなくなってる。要は能力なんだ。それをうまく遣わなきゃ、幕府も藩も潰れるよ」

「潰れてもいい、というのが勝さんの意見だったんじゃありませんか?」

「いまのままなら、潰れてもいいね。幕府がきちんと人を遣えりゃ、いまのままの幕府でもいい。小栗《おぐり》みたいな男が、あと二人幕閣にいればな。無理だろうなあ。それなら幕府はやっぱり潰れた方がいい」

「それだ。そんなことを平気で言ってしまうから、狙《ねら》われるんですよ、勝さん」

「自分の意見と合わねえ奴《やつ》は斬る。いまの幕府にゃ、そんなやつしかいねえ。小栗もかわいそうなもんだ」

話しながら、勝は料理を食い続けていた。

「勝さんの護衛でね、俺は。自分で志願してるんだが。幕府も藩もないようなことを、この人は言っちまう。それで狙うやつが出てくる。鉄砲で狙われたら、俺もどうしようもないが」

次郎長を見て、山岡が言った。

「ひとりでも平気なんだ、この人は。江戸じゅうを歩き回るし、駿府へも京へも大坂へも、ひとりで行こうとする」

「あっしにはわかりませんが、御政道の中にもいろいろ意見があって、偉い方も喧嘩なさるんですね」

「喧嘩か。まったくそうだ」

勝が声をあげて笑った。

「そういえば、京はどうだったんだ、親分。総三は京が気に入ったようだし、休之助は行ったきりで、江戸にいる俺は淋しいぞ」

「山岡様も、京に行かれりゃいいです。腕の立つお侍は、みんな京に集まっておられるようですよ。浪士隊だった人たちで、新選組を作っておられますし」

「新選組か。もともとは上様をお護りするためだったものが、人斬りの狼《おおかみ》の群れになってしまった。俺も、近藤や土方と江戸から京まで旅をしたのだが、あんなふうになるとは思っていなかった」

「好きで斬っておられるわけではないと思いますよ、土方の旦那《だんな》も」

「そうか、土方を知っているのか。俺は、剣を遣う人間として、ああいうのは好きになれないな。それに浪士狩りは京都守護職の役目で、汚ない仕事だけ押しつけられている、という気もする」

「そうでなきゃ、世に出られない、と土方の旦那は考えておられるんじゃないでしょうか。覚悟としては見上げたものだ、とあっしなどは思います」

「やくざの喧嘩にゃ、やくざとしての道理や意地がある」

　勝が口を挟んできた。

「あいつが人を斬るのに、道理はねえな。世に出るってことは、どういうことなんだい、親分。なにをやってもいいってことかい。世に出るために人を斬ってるとしたら、あいつは屑《くず》だよ。国のためを考えてる人間を、次々に斬っていく。ああいう連中が、国を滅すのさ。いまは、外国に対抗するために、ひとりでも多くの人材が必要なんだ。あいつらが一日生き延びれば、国が滅びるのが一日早くなる」

「新選組は、幕府じゃないんですか。勝様がおっしゃることは、長州が言っていることのように聞えますが」

「幕府も長州もないね。幕府も馬鹿だが、長州の攘夷派も馬鹿だ。なにも考えずに人を斬っているやつらは、もっと馬鹿だ」

　次郎長は、いささかむっとした。勝海舟という男は、辰五郎が心服するような男ではないとも思った。他人を馬鹿という人間にかぎって、ほんとうは馬鹿なのだと次郎長は思っている。

「まあ、俺は勝さんとは意見が違うが、剣をあんなふうに遣うべきではないとは思う」

次郎長の気配を感じたのか、山岡がとりなすように言う。

「酒がないぞ」

次郎長は大政に眼をやった。大政は、汗をかいている。

「親分、なかなかだね、あんたは」

勝が、次郎長を見て笑っていた。どこかでいかさまにかけられたような気がしたが、次郎長にはわからなかった。

「京じゃ、坂本様にも会いました」

「ほう、龍馬か」

「総三さんに、一緒に商売をやろうとおっしゃっておられましたよ」

「なんだ、龍馬も見るところは見ているじゃあないか。山岡のような剣の遣手《つかいて》より、この国でこれから必要なのは、商売がなにか心得た人間の方だ。外国がこの国に手を出してくるのも、所詮は金が欲しいからだ。商売を心得たやつがいないと、金を吸い取られるだけだな」

「そういうものでございますか」

「博奕《ばくち》は、金のためにやるのか、親分？」

「いいえ。金だけのためなら、地道に働きます。なんだかよくわかりませんが、博奕は打ちたくなるんですよ。まるで女を抱きたくなるみたいにです」

「女か。それはいいな」

「商売は、金のためにやるものでございましょう？」

「博奕みたいに、商売をやれるやつがいる。龍馬がそうさ。金を儲けたいんじゃなく、女を抱きたくなってしまうように、商売がやりたくなってしまう男だ。相楽総三という男の中にも、同じようなものがあるんだろう」

「確かに、うちの港の仕事は、総三さんがいなけりゃできませんでした」

「親分は、達観しているね。人にはそれぞれ生きざまがあって、それは変えられはしないと思っているだろう。相楽総三も、土方も、この山岡も」

「あっしにゃ、人様のことはわかりません。あっしが変えられねえだけでございます」

「それも、達観だ」

どこかでいかさまを打たれている。そんな気分は、まだつきまとっていた。山岡は、およそ博奕に縁のなさそうな顔をしている。だから、いかさまもやらない。勝の眼は、博奕打ちの眼だ。

「去年、伊勢で大喧嘩をしたという話だったが、親分？」

「それほどのことじゃありません、山岡様。やくざ同士の喧嘩は、腰がひけておりますし」

「十倍の敵を打ち負かした、と聞いたぞ」

「喧嘩は数ではございません」

「なるほど。清水一家の方が、腰が引けていなかったということか」

山岡は、じっと次郎長を見つめてきた。山岡の眼は、すごい。土方の眼と、いい勝負だった。勝は、相変らずどこを見ているかわからない眼だ。

「どうか、ごゆっくりと。なんでも、この大政にお申しつけください。あっしは、酒が飲めませんので、これで失礼させていただきます」

「逃げるのかね、親分。らしくないぜ。山岡は、懐しがっていた」

「いえ。次郎長には所用がございまして、そちらも行かなきゃなりません。いつ腰をあげてくれるか、あっしははらはらしながら待っておりました」

大政が言い、次郎長は黙って頷き、頭を下げた。

「おまえさん」

通りへ出ると、お蝶が追ってきた。

「大事なお客人だってのに、出かけちまっていいのかい？」

「どうも、お侍の話は俺にゃよくわからねえ。ちょっと三保の賭場を覗《のぞ》いてくる。失礼のないようにしといてくれ」

それ以上なにも言わず、お蝶は頷いた。

三

走っていた。

面倒なことになったものだ。伊牟田尚平と二人で、歩いていただけなのだ。そこに、中村という薩摩藩士が駈けてきた。もうひとり連れていた。理由を訊く前に、十四、五人の武士が追ってきた。

逃げるぞ、相楽。伊牟田もそう叫んだので、総三は一緒に走った。

錦小路《にしきこうじ》の、薩摩藩邸にむかって走っている。その方向だけは、総三にもわかった。

酔って喧嘩をした、というようなことではない。追ってくる側は、明らかに統制がとれていた。見廻組なのか。それとも京都守護職の兵か。新選組でないらしいことだけが、いくらか安心させてくれる。斬り合いだけでなく、追跡のやり方も新選組は巧みだった。

前方を、黒い影が三つ塞《ふさ》いだ。刀は抜いている。中村という男は、そのまま走るのをやめなかった。構えられた刀の中に駈けこんでいく。そう見えた時、二人が倒れていた。唖然《あぜん》とするほどの、抜撃ちだった。残ったひとりが、中村に斬りかかる。示現流独特の構えで、中村は走り、相手の腕を斬り落としていた。

総三は、走りながらその光景を見ていた。中村の連れが遅れがちで、伊牟田と二人で挟むような恰好で走っていたのだ。

後ろからは、追ってくる。走り続けた。すぐに、薩摩藩邸だった。潜《くぐ》り門から中に飛びこんだ時、男は膝《ひざ》を打って座りこんだ。総三も伊牟田も荒い息をしていたが、中村はまるで歩いてでもきたように平然としている。

「ありがとう、助かった」

男が、中村を見上げて言った。薩摩弁ではなかった。

「助けたわけじゃなか。おはんが薩摩藩邸へ行くと言うから、おいは連れてきた。あとのことは知らん」

「それでも、助けられた」

「おいは、長州っぽを助けたりゃしもさん。薩摩藩邸の客人を助けもした。それだけでごわす」

言い捨てて、中村は立ち去った。

「中村半次郎か」

総三は、小声で言った。伊牟田が黙って頷いた。ほかの藩士が出てきて、男を両脇から抱えて連れていった。

「西郷さんに命じられて、あの男を迎えに行ったのだろう」

総三は、薩摩藩邸で暮していた。あてがわれているのは長屋の一室で、伊牟田も休之助も一緒だった。ほかの部屋にも、得体の知れない人間が、かなりの数いた。

「夏から、動きが急だな」

部屋へ行くと、休之助がひとりで寝転んでいた。

「おまえらみたいに歩き回らず、ここでじっと寝転んでいた方が、動きはむしろよくわかる。見廻組や新選組に追われて、少なくとも六人は藩邸に駈けこんできた。その中の二人、いまのも入れてだが、多分長州藩士だよ」

薩摩と長州の仲は、どうにもならないほど悪かった。特に痛い目に遭わされた長州の憎悪がひどい。ただ、長州征伐で、薩摩は本気で長州を叩《たた》こうとせず、むしろぶつかり合いを避ける方に動いた。

仲が悪い、と下の方では思っているが、上の方では、違う考えで動きはじめているのかもしれない。

「薩摩から長州に武器が流れている、という話があったが」

「あれは、もう半年も前のことで、わずかな量だろう」

休之助が上体を起こした。行燈《あんどん》には、弱い灯が入っている。伊牟田は、壁に背を凭《もた》せてなにか考えていた。

「休之助、坂本さんが長崎に亀山《かめやま》社中を作ったろう」

「俺も、いまそれを考えていたよ。長崎なら、外国製の武器弾薬も大量に購入できる。ただし、長崎奉行の監視下だ。長州にはできん。薩摩にはできる」

「南の海域での密貿易じゃ、量はたかが知れてる。しかし」

「長崎でなら、数百挺《ちょう》の単位で買うことができるだろうな」

しかし、薩摩藩が買ったものを、どうやって長州藩が手に入れるのか。いまだ、薩摩と長州は犬猿の仲である。南の海域での密貿易には眼をつぶっても、まさか長崎で長州に武器を売ることはできはしないだろう。

そこに、亀山社中がある。武器の購入は、薩摩藩の名儀を借りる。しかし、買った武器は亀山社中のもので、それをどこに売ろうと自由という取り決めをする。あり得ないことではなかった。名儀を借りる金を薩摩に払いさえすれば、立派な商売である。そして、亀山社中から、長州がそれを買う。

坂本が考えていたのは、そういう商売ではなかったのか。

たやすいようで、これは大変なことだった。商人は多くいるが、みんな幕府なり、薩摩なり、その他の藩なりに所属しているようなものだ。幕府の商人が外国と交渉して買ったものは、幕府に入る。薩摩の商人は、薩摩に物を入れる。藩と藩の間で物を動かせる商人など、存在はしないのである。

坂本は、それをやっているのか。

やっているにしても、物は武器である。敵である長州に渡ると知って、薩摩がたやすく名儀を貸すわけがない。ということは、敵でなくなったか、あるいは敵ではなくなろうと意図している人間が藩の上の方にいるということか。

薩摩と長州が手を組む。

そう考えた瞬間、総三の全身には鳥肌が立ってきた。この両藩が連合すれば、実力は幕府と拮抗《きっこう》するだろう。日本が、二つに分かれて大きな戦争をすることになる。

しかし、そんなことはあり得るか。

「なにを考えている、総三？」

「いや、ちょっとばかり突飛なことをな」

「長州藩士が二度、この藩邸に出入りした。それも西郷さんか大久保さんがいる時だ。おまえが考えていることは、別に突飛なことではないと思う」

「しかし」

「いま思い出しても、坂本龍馬ってのは、実にいかがわしい男だった。尊王も攘夷もない。どうやれば、商売ができるか。どうやれば、大きく物を動かせるか。それだけを考えていたような気がする」

「ひとりだぜ、坂本龍馬は。ひとりきりで、国が震駭《しんがい》するようなことを考え、実行しているというのか？」

「国が震駭しようがしまいが、どうでもいいんだ、あの男は。どうやって商売の環境を作っていくか。いまは、長州と薩摩を仲介するのが一番の商売だと、見抜いたのかもしれん。見抜けば、やる。そこがすごいところだ」

「どこから、見抜いた？」

「長州征伐の時の、西郷さんの動きさ。西郷さんは、京から敗退して這《は》いつくばっている長州に、さらに拳《こぶし》を振り降ろすことはしなかった。幕府の不満も、西郷さんが抑えた。あの男は、それがなにを意味するかを素速く摑《つか》んで、商売に結びつけたんだと思う」

「商売か」

「幕府であろうとどこであろうと、あの男が望むかたちの商売ができればいいんだ。それができることで、国が安定して発展にむかうというふうに考えているんじゃないか。あの男なりの、国家観だろう」

「どこの藩の後楯《うしろだて》もない」

総三は、呟くように言った。その点では、自分と同じなのだ。海軍操練所では幕府の勝海舟の世話になり、それが潰れると薩摩藩に身を寄せ、商売をはじめる時は、どことも関係のない独自の組織を、長崎に作って動き出す。そしてそれが、この国の命運を左右するようなことを、やがてやるかもしれない。

貧しい農民が蜂起《ほうき》し、それが全国に拡がって、やがて幕藩体制を崩す。そのための捨石になってもいいと考えている自分と較べて、あまりに違いすぎる。どちらが現実的で、どちらが大きい、というような較べ方ではなく、もともとがまるで違うという気がする。

「坂本さんは、幕府を倒そうということを考えているのだろうか？」

「わからんね。いまの幕府じゃ、まともな商売が無理だから倒そう、というような考え方をするのではないかな。幕府が自由に商売させてくれるということになれば、薩摩を潰すような商売だって、平気でやる」

「だろうな」

総三は、畳に大の字に寝た。行燈の明りで、天井がかすかに揺れているように見えた。

薩摩と長州が同盟しなければならない、という考えは、以前からあった。幕府に対するという点では、両藩とも単独では力不足だったのだ。しかし、薩長の間は、こじれにこじれていた。修復可能なものではない、と誰もが思っている。近づけるのさえ、難しい。どちらかが滅びるしかないのだ。

しかし坂本龍馬は、その二藩の間を、まず利というもので繫《つな》いだ。商売の利。つまり、物と金だ。金がどれほど人を動かすかは、総三はいやというほど知っている。旗本も大名も、威勢を張りながら、ほんとうのところでは金に屈してきた。金貸しだった自分の家は、ちょっとした大名の屋敷並みの大きさではないか。そして、心の底では蔑《さげす》みながらも、みんな辞を低くして金を借りに来た。

思想で結ぶのではなく、利で結ぶ。そんなことがあっていいのか。

正しいことかどうか、総三にはよく判断できなかった。効果がある。なによりも強い効果がある。それだけは間違いない。

「俺は、許せん」

壁に凭れて黙りこんでいた伊牟田が、不意に言った。

「何人が、いままで命を捨てていったと思う。長州の久坂玄瑞《くさかげんずい》まで、死んだのだ。そういう死を、坂本龍馬はなんだと思っているのだ」
「許せなかったら、どうする？」
休之助が、伊牟田にからかうような視線をむけた。
「斬る」
「おまえがかい。坂本さんは、あれでなかなかの腕らしい。中村半次郎あたりがやるのなら
ともかく、おまえや俺じゃ、嗤《わら》われておしまいだな」
「ふざけてるのか、益満？」
「いや、剣術の稽古にも熱を入れておけばよかったと、いま思っているよ」
「おまえも、坂本龍馬を斬りたいか？」
「俺は、斬りたくない。坂本さんの考えは坂本さんの考えで、面白いと思う。いがみ合って
いた薩長を、とにかく近づけたとなれば、それだけ倒幕が近づいたことになるしな。幕府を
倒して、坂本さんがその頂上に立つとも思えん」
「わからん。俺は、西郷さんがなにを考えているか、わからん」
西郷は、いまはもう倒幕しか考えていないのではないか、と二人の話を聞きながら総三は
思った。そのためには、薩長の連合が必要になる。だから、坂本龍馬はいま必要なのだ。尊
王がどうの、攘夷がどうのなどとは言わず、あっさりと利で結びつける。そういうことがで
きる男は、ほかにはいないだろう。
「亀山社中の船は、薩摩の胡蝶丸《こちょうまる》を貸しているのだったな、休之助？」

「そうだ。いずれ、あれは亀山社中が買い取ることになるんだろうな。一艘や二艘ではなく、十艘や二十艘の船を揃えて、外国とも商売をやるようになるんじゃないだろうか」

「けっ、金だけ儲けようというのか」

金を儲けることに、坂本はそれほどこだわってはいないだろう、と総三は思った。そんな気がする。金貸しとは違うのだ。

「明日、俺はこの藩邸を出る」

総三が言うと、伊牟田も休之助も顔をむけてきた。

「どこへ行く、総三？」

「さて、大坂か、江戸か。上州、信州も回って、いまのこの京の雰囲気を、同志に伝えたい気持もある」

「なるほどな」

休之助が、にやりと笑った。

「おまえの同志は、関東に散っているしな。それに、江戸へ戻れば、生まれたばかりの子供にも会える」

そう思いたければ、思わせておこうと総三は強く否定はしなかった。

会いたい人間がいる。それは間違いのないことなのだ。

四

大坂で、五日ほど待った。

大坂には、京のような緊迫した空気はなかった。といって、江戸のように眠っているわけでもない。物は動いている。それは神戸を見てもそうだった。物は、淀川《よどがわ》を使って京に動いているようだ。

幕府も薩摩も、かなりの人数を京に送りこんでいる。それで消費される物資だけでも、大変な量なのだ。

物が動くところには、活気がある。思想がぶつかり合うところにあるのは、なぜか殺気だ。攘夷とはなんだったのだ、と総三は宿に戻ると考えこんだ。これまでも考え続けてきたことだったが、いままでとは別の意味をそこに見つけ出したかった。

五日経ち、大坂湾に胡蝶丸が入った。薩摩の旗を立ててはいないが、あらかじめ聞いていた船の特徴でそれと知れた。

艀を雇い、総三は沖に錨泊《びょうはく》した胡蝶丸にむかった。

縄梯子《なわばしご》に艀を近づけると、船上から誰何《すいか》を受けた。相楽総三とだけ名乗った。要件は、問われてから言えばいい。

「おう、相楽さんか」

声が聞えた。

誰何した水夫が、あがってくるように手で合図した。揺れる縄梯子を、総三はよじ登った。

坂本は、甲板に腹這いになってなにか見ていた。

「よし、いいぞ。新しい米だ。艀と人足を動員して積みこめ。時々、俵の米を抜いて、これと較べてみろ。古い米を混ぜるような真似《まね》はしないだろうが、米だけで肥《ふと》った商人の倉のものだ。警戒はした方がいい」

甲板の人間が動きはじめた。

坂本は、総三をふり返ってにやりと笑った。

「薩摩に運ぶ米だ。長州が商人に集めさせたものでね。薩摩では、米が不足しているのだよ。金で払われるより、こちらの方を歓迎する。それに、薩摩は贋金《にせがね》を作ったことがあって、金を信用していないところもあるのだ」

なんのための払いか、総三は訊かなかった。長州が薩摩に払う。武器を購《あがな》う以外のことは考えられなかった。

「米を、御自分で調べるのですか？」

「この船で運ぶのは、亀山社中の物だ。どこからどうやって手に入れようと、一旦《いったん》受け取れば、亀山社中が責任を持つ」

長州に入れる武器の責任も、亀山社中が持ったのだろうか。

「ぼくの商売を手伝いに来たのか、相楽さん？」

「いいえ、坂本さんを見に。以前、坂本さんは草莽《そうもう》の志士がどんなものかと、私を見に来たじゃありませんか」

「そうだったな。いや、そのお返しか。味なことをするじゃないか」

「興味があるのですよ、いま坂本さんがやっていることに」

「見たいだけ、ぼくを見ればいい。ぼくはただ、自分がこうと思う商売をしているだけなのだ。商売ができる条件を整えるために、いろいろとやったりするが、それも最初は仕方がないと思っている」

「こうやって、日本じゅうで商売をしようということですか？」

「なにを言っている。日本で商売をして、なんになる。世界を相手にする。アメリカともイギリスともロシアともフランスとも、商売をしてやるのさ」

「世界を相手」

「そういう時代だと、ぼくは思う。日本に来ている外国船も、もともとは商売をしたがっているのだよ」

若い男が、船縁《ふなべり》からなにか言ってきた。坂本は、それに土佐弁で指示を出した。

「坂本さんは、土佐弁を遣う方が似合いますね。私はそう思う」

「土佐の商人と思われないために、こういう言葉を遣っている。いいぜよ、おぬしとは土佐弁で喋ろう」

「武士ですよね、坂本さんは？」

「さあ。わしは、武士だの町人だのと、あんまり考えたことはないきに。商人も、いままでとは違う商人だぜよ。倉に銭を溜《た》めこむのは、ありゃ商人とは言えんぜよ」

「なんとなく、言われている意味はわかりますがね」

「荷役の間、わしは暇じゃきに、船室にでも入らんかの」

「いいのですか？」

「船を降りちみ。わしはその場で斬られるかもしれんぜよ。長州に武器を入れたのが坂本だと、薄々気づいちょる者もおるきに。京なんぞへ行ったら、新選組に追い回されるぜよ」

坂本が案内した船室には、小さな丸い窓がひとつだけあった。机には、なにか書きつけた紙の束が積まれている。寝台と椅子《いす》がひとつ。坂本は総三に椅子を勧め、自分は寝台に腰を降ろした。それだけで、もう動き回る余地はなくなった。

「知っちょるか、これ」

寝台の下から、坂本が黒い靴を出した。編みあげの半長靴《はんちょうか》である。

「ええ」

「足が汚れんし、草鞋のように怪我することもないきに、便利なもんだと思うて買《こ》うたぜよ。ところが、半刻もこれで歩き回っちょると、締めつけられて痛《い》とうなる。皮も剝《む》けた。革じゃきに、のびると思うたが、いっかなのびんで、往生しておるんじゃ」

「革は、水を吸いますよ。その時にのびて、乾けば縮む。水で濡らして砂でも詰めてのばして、そのまま乾かしたらどうです？」

「なんで、砂なんじゃ」

「縮む時にぎゅっと締る。無理に木などを入れておくと、出なくなります。砂なら、少しずつ搔《か》き出せる」

坂本が、手を打って頷いた。

「相楽さん、わしがあんたを買うちょるのは、そういう頭が回るからだぜよ。人がなかなか思いつかんことを、あんたは思いつく。それが商売に役立つんじゃ」

「まさか、そんなことが」

「いや、わしは、あんたが清水の港でやったことを、ちゃんと辰五郎から聞いちょる。あれも、靴の中の砂と同じことよ。この国の商人は、三百年、同じやり方で商売してきた。新しいことは、なんも考えられはせんのじゃ。商人じゃない者が、商売のことを考えた方がいいと、わしは思っちょるきに」

「しかし、あんなことは」

「数の勘定ができるだけでは、駄目じゃ。思いつくだけでも、駄目じゃ。その二つが結びついて、はじめていい商売ができるんぜよ。違うかな、相楽さん。わしにゃ、思いつきしかない。その代り、誰ひとり考えんことを、思いついてみせる。それがわかるのは、やはり思いつきの力を持った者じゃきに。いい相棒を見つけた、とわしは思うちょる」

坂本の眼は、光を帯びて総三を圧倒しそうだった。

「あんたが、攘夷の志士だったなんぞ、わしにゃどうでもいいことじゃきに。あんたが自分の思想を守りたきゃ、そうすればいいんじゃ。それとは別に、わしと商売せんか」

「攘夷の運動に身を投じたことを、私は無駄だとは思っていません。それなりに意味があると、いまも思っている」

「攘夷運動には、確かに意味はあったきに。わしは、それを否定しようとは思わん。あの運動で、幕府に任しちゃおれんちゅう気運が、この国に生まれた。そして、いろんなものに拡がっていった。それはそれで、歴史が評価するぜよ。藩が動き出したんじゃ。もう、草莽の志士が、命を賭《か》けて闘うことはないと思わんかの」

「藩は、大木。大木には大木の役割りがあり、草莽には草莽の役割りがある。大木があって草莽があって、はじめてまことの大地でしょう」

「気持はわかる。気持はわかるぜよ、相楽さん」

「私も、坂本さんと話してみて、坂本さんの気持はわかるような気がします。確かに、倒幕の戦は、薩摩と長州が組めば闘えるかもしれない。しかし私はそこに、草莽が加わったという歴史を刻んでおきたいのです。ほんの小さなものでもいい。この国の変革に、間違いなく草莽の力があったということをね」

「相楽さん」

坂本は、弄《もてあそ》んでいた靴を寝台に放り出した。

「あんたの言うことは、正しいぜよ。しかし、正しいにもいろいろあるきに、それを考えてくれんかのう。このわしとて草莽よ。どこの藩の後楯もない。薩摩と長州の間を駈け回って、商売をしようとしちょる。草莽は、草莽の生きる場所ちゅうもんがある、とわしは思うぜよ。大木と一緒に雨や風に叩かれたら、草莽は枯れる。わしはそう思う。雨や風に叩かれるのは大木に任せ、わしらはわしらの生きる場所で生き延びればいいきに」

坂本は、寝台に胡座《あぐら》をかいていた。

「しばらく、この船に乗って、考えてみればいい。思想など、わしはほかの誰かに考えさせようと思うちょるぜよ。わしはただ、いつでもどこでも、自由に商売ができる国になればいいんじゃ。そういう国を作るためなら、労はいとわんきに。これも思想だとわしは思うぜよ」

それから坂本は、船を一艘買う話をはじめた。薩摩藩名儀で船を買い、それを長州に売り軍艦にするのだという。

荷役は続いていた。船は、かすかに揺れ続けている。

総三は、坂本と甲板に出て、荷役をしばらく眺めた。坂本は草莽だ。それは、坂本の言う通りだろう。坂本が自分に関心を示した理由が、総三にはようやく納得できる気持になった。

出航は、翌朝だった。荷の半分は神戸で積んでいたらしく、荷役は一日で終ったのだ。

朝陽を浴びながら大坂湾を出て、淡路島を右に見た。それも坂本が説明してくれたからわかったことで、そうでなければ四国だと思っただろう。

紀伊水道を出ると、海は荒れはじめた。風の具合がいいのか、帆もあげられ、船足は速くなった。

総三は、甲板でさまざまなことを考え続けた。草莽としてやるべきことが、決起以外にはないのか。考えるのが遅すぎた、という気もする。すでに、多数の同志が各地に散り、決起の時を待っている。

「あっちが四国じゃ。見えるかや、相楽さん」

「ああ」

「わしの指がむいている方が、土佐じゃきに。わしを育てた海がここよ」

坂本は眼を細め、遠い陸地《くがち》をじっと見つめていた。

「海はいいぜよ、相楽さん。どこにでも行ける。海はみんな、商売の道じゃ。昔から、そうじゃきに。わしは、ここを走り回りたいんじゃ。金など、儲けたいやつが儲けりゃいい。わしは、商売も国事じゃと思うちょるぜよ。米を作って、それを食う。そんなことを何百年も続けていた間に、この国は外国に遅れちまったきに、それを追いかけ追いこすのが、わしの仕事じゃと思うちょる」

「わかりますよ」

眼の前に拡がるのは、坂本の海だった。変革の、先の先まで坂本は見ているのかもしれない。そういう眼を育てたのが、この海なのか。

「薩摩の浜崎太平次のところから、次にどこへ行くのですか？」

「長崎、下関《しものせき》、そしてまた大坂じゃ」

「私は、長崎か下関で、船を降ります」

坂本は、見るからにがっかりしたようだった。

「坂本さんの考えは、よくわかりました。しかし私は、金を儲けることから、できるだけ離れていたいのです。いまある金は、すべて遣ってしまいたい」

「しかし、そんな金」

「二、三万両は、遣えるのです、私は」

「なんとまあ、豪気な話だぜよ。二、三万両だと」

「私の家は、代々金貸しでしてね。幼いころから、私はその金を憎んで暮してきた。言ってみれば、草莽の志士たる私を育てたのは、その金なのですよ」

「そうか。わしも、無理にあんたに商売を押しつけちょったようだのう」

「そんなことはない。ただ私が、商売の方へ踏みこんでいけないだけのことです。二、三万両で、少なくとも何百人かの私と同じような草莽に、思うさまの闘いをさせてやることができる。私も、その中のひとりとして闘うことができる」

坂本は、さっき指さした方にじっと眼をやっていた。

「志を、掲げたのです。私はやはり、それに生きるべきなのです」

「つらいぜよ、相楽さん」

坂本が、ちらりと総三に眼をくれた。

「幕府も藩も、組織じゃきに。組織っちゅうは、人であって人でないきに」

「わかっています。私も、もう少ししたたかになって、その組織を利用してやるぐらいのことを考えます」

「死ぬな、相楽。死んじゃいかんぜよ。これから先、草莽が生きる場所と時は、いくらでもあるきに」

坂本が笑った。

遠い陸地が、波の中で見え隠れしている。

第六章　空　喧　嘩

一

上州から信州を回って、総三が江戸に入ったのは、師走《しわす》になってからだった。

江戸は眠っている。京と較べてではなく、上州や信州と較べても眠っている。攘夷《じょうい》も、長州征伐も、江戸から遠く離れた場所での出来事であり、将軍家の膝下《ひざもと》にまで及んでくるとは、誰も考えていないのだ。

それは、赤坂の屋敷にいる父も同じだった。総三が攘夷運動をはじめたころから、異国へ出て暴れようとする息子を励ます、というようなところがあった。いまも、旗本や大名に盛んに金を貸しているようだ。

新たに一万五千両の金を、総三は父親から引き出した。赤坂の屋敷の庭には、深い池が掘ってある。いま総三が入っても、背は立たないだろう。湧水《わきみず》を引いているので、水量はいつも豊かだった。子供のころ、浮かべてあった舟でよく遊んだものだ。

その池に、人がひとり入れる瓶《かめ》が沈めてある。いくつ沈めてあるか、父親自身も知らないと言ったが、その中身が全部銭なのである。小判や一分銀などで、銭倉に入りきれないものを、そうやって沈めたらしい。

一万五千両という金は、父親にとってはそれほど大きなものではない。いままでにほぼ一万両は引き出しているが、小遣いでも渡すような感じだった。

一万五千両は、風間進吾と諸橋六郎の三人で、まず湯島の井野屋の倉に移した。薬種問屋である。薬臭い銭になりそうだった。

五百両ずつ持たせて、二人を信州へやった。それから千五百両を持って、三人で上州へ行った。関東の尊攘派《そんじょうは》の志士たちの組織は、潰《つぶ》すべきではなかった。最低でもそれぐらいの銭が必要だった。それ以上のものは、それぞれが集めるべきである。尊攘派に十両なり二十両なりの資金を出そうという商人は、上州にも信州にもいないわけではない。

資金の手当てをすると同時に、京の情勢の説明もして回った。全体に、倒幕という傾向は出はじめている。それが、関東に波及してくるほど強い傾向ではないのだ。一旦《いったん》倒幕の動きが表面に出てくれば、あっという間にそれは奔流になるかもしれない。そこから、関東の志士をこぼれ落ちさせるべきではなかった。

幕府が、長州出兵を命じている。つまり二回目の長州征伐の動きだが、各藩の反応は鈍いようだった。江戸で見るかぎり、旗本たちに切迫したものはなにも感じられなかった。

「俺は京と江戸をよく往復しているが、御政道の方は見ねえことにしてる。志がどうのなんての、火消しにゃ遠い話でね」

新門辰五郎を訪ねると、いささか暗い表情でそう言った。山岡鉄舟と、辰五郎の屋敷で会うことにしたのである。山岡とは会いたいが、直参《じきさん》の屋敷に行くのもはばかられ、辰五郎の屋敷を選んだのだった。山岡は先に来ていて、辰五郎と飲んでいた。

「休之助は、やはり町人のように京を歩き回っているのか？」

山岡も、どこか沈みこんだ口調だった。

「薩摩藩士として、京を歩いていますよ。いまのところ、それが無難でしてね。町人のなりなどが、かえって怪しまれるようです」

「京へ行った浪士隊の一部が新選組になり、人を斬《き》って歩いている。それはそれで、時勢に対する信念があるのだろう。その前は、攘夷派が天誅《てんちゅう》などと称して同じことをしていた。休之助のやつ、あの調子で軽くやっていたら、いずれどこかで斬られかねん」

「大丈夫でしょう。京では、立派な薩摩藩士ですよ」

「江戸にいる俺が、心配してもはじまらん。おまえのこともだよ、相楽。それでも気になる。心配にもなる。京の修羅場に足を踏みこもうとしない俺は、もしかすると卑怯《ひきょう》なのかもしれない、と思ったりもする」

「山岡さんは、いまの山岡さんでいていただきたいと思います。私の勝手な言い草ですが。幕臣であるとか、そんなことより、やはり山岡さんなのですよ」

「わかるような、わからないようなことを言うじゃないか」

「あっしには、わかりますよ、山岡様。総三さんも休之助さんも、ただ男と思えるような人に会いてえんでさ。そういう人間に、飢えててんですよ」

「京には、いろんな男がいるはずだ」

「躰《からだ》を張っている男は、いくらでもいるでしょうよ。だけど、なにかおかしなものがくっついてんですよ。理屈みてえなもんがね。こう、肚《はら》を割ってすきっとっていうわけにゃいかねえんです。京に行ってみると、それがよくわかります」

「江戸は駄目ってことかね、親分？」

「理屈を吹っ飛ばす、江戸っ子の心意気ってやつはありまさ。あっしは、そのつもりです」

「町人には、あるということだろうな。旗本はみんな、腰抜けだよ。幕臣である俺が、腹立たしくなってくる」

「まあ、いいじゃねえですか。せっかく総三さんが来てんだ。愉しく飲むことにしましょうや」

「それなら、親分の女の話が一番だな」

山岡が言ったので、総三は声をあげて笑った。倒幕だなんだという話は、しばらくやめにしたかった。上州と信州で、いやというほどそういう話をしてきた。そういう話をする人間だけが正義だ、という思いを拭《ぬぐ》いきれない連中ばかりで、何度もそれに接するとどこか本物ではないように思えてしまうのだ。

自分自身がそう見えることもあるのだろう、と総三は思った。思想で、なにができるのか。国を動かすのは、ほんとうに思想なのか。

「この間、俺は勝さんのお供で駿府へ行ってな。帰りに、清水一家に寄った。驚くなよ、総三。次郎長に女房がいた」

「ほう」

次郎長から、女の話など聞かされたことはなかった。大政は、姐《あね》さんが欲しいとよく総三に言っていたが、次郎長が女房を欲しがっているとは思えなかった。

ただ、理屈で動く男ではない。次郎長を見ていると、羨《うらや》ましいほど理屈がないのだ。いきなり女房がいたとしても、それはそれでありそうなことだと思えてくる。

「どんな女房でした？」

「これがまた、婀娜《あだ》っぽい、いい女なのさ。俺が言ったんじゃなく、勝さんがそう言ったんだぜ。あれで、あの人はなかなかのもんだからな」

「勝の殿様がねえ。あっしも、今度見に行ってやろうと思います」

「お蝶という名なのだ」

聞いたことはある。名古屋かどこかで、そういう名の女房を死なせたのだ、と大政が言っていた。兇状旅の途中で、医者にも診せてやれなかったと、次郎長は時々大政にだけは悔み言を聞かせることもあるという。

「昔の、女房の名だ。いまだに、忘れられないんだろうよ。新しい女房にゃ、かわいそうな話だと俺は思うが」

「まあ、それが次郎長って男でさ。純なところをなくしていねえ。あっしが買うのもそこですよ、山岡様。やくざは、汚れるもんです。金を稼ごうと思ったり、のしあがろうと思ったりしたら、堅気の人間の汚れ方なんてもんじゃねえ、汚れ方をするんです。それが、あの野郎にゃありません」

「次郎長さんが、姐さんをですか」

「悪いことじゃないだろう、総三」

「特に、あの一家の子供たちにとっちゃ、いいことでしょうね」

「姐さんだの、子供だの、総三は明日からでもやくざができるな」

「冗談じゃございません、山岡様。やくざってえのは、命を捨てる前に、なにかを捨ててまさあ。総三さんは、そのなにかを、多分死ぬまで捨てきれませんね。だから、決してやくざにゃなれません」

「これは、親分に説教されたな」

山岡が笑った。辰五郎は、生真面目《きまじめ》な表情を崩さなかった。洒脱《しゃだつ》で粋な老人だが、時折こういう表情も見せるのが、総三はきらいではなかった。

「次郎長のところは、大繁盛だ。繁盛と言っていいのかどうかわからんが、とにかく、いままでのやくざとは違う仕事もしている。総三がいたからできたことだが」

「俺はただ、知恵を貸しただけですよ。そういう知恵は子供のころから、よく回りました。商人《あきんど》がどういうものかというのも、ほかの人よりは知っているでしょうし」

「勝さんも、そこに眼をつけられた。坂本龍馬と組めば、補い合うものが多い、と言っておられたよ。人間は、そういう相手を見つけられるかどうかだと、あの人は思ってる。薩摩の西郷を買うのも、大久保一蔵だとか小松帯刀だとか、西郷に足りないものを補う人物がいるからさ」

「総三さんが、商売ってのは、あっしは賛成できません。山岡様が商売をなさるのと同じようなことですよ」

「俺には、剣がある」

「総三さんにも、山岡様の剣に代るなにかが、あるんですよ。だから、無理強いはいけませんや」

「そうだなあ。人ってのは、いろいろあるからなあ。勝さんは次郎長を気に入られたようだが、次郎長の方は必ずしもそうじゃなかったようだし。勝さんは、人を怒らせて正体を見きわめようとするところがある。それで、勝を斬るなどという人間も現われるのだ」

次郎長は、どういう女を女房にしたのか、と総三は考えていた。総三が女房にしたのは、評判の美人である。しかし、総三は惚《ほ》れたわけではなかった。その女が産んだ子は、正直かわいいという気はする。親と子は、それが当たり前だとも思う。

女房、子供は、赤坂の屋敷だった。あそこにいるかぎり、なに不自由のない生活ができるはずだった。総三には、やらなければならないことがある。

「次郎長さんの、女房か」

「おい、総三。次郎長はお蝶さんのところには、ずっと前から通っていたらしいんだ。これは、お蝶さん自身から聞いたことだがね。あの男、どんなふうに通ってたと思う？」

「さあ、夜中にそっとってのも、次郎長さんにゃ似合いませんしね」

「お蝶さんの家の近くで、茶を飲みながら待ってるんだそうだ。男でもいると気まずいという考えだったらしい。見くびりやがったもんだ、とお蝶さんは笑いながら言ってた。近くの子供に銭をやって、次郎長が来ていると言いにいかせるんで、子供たちは次郎長の姿を見ると早い者勝ちで駈《か》けたそうだ」

「それが次郎長ですよ、山岡様」

「確かに、そうだな。しかし、女には通じないところがある」

「いい女には、通じません、そりゃ。あたしを馬鹿にしてってことになります。しかし、ほんとにいい女は、それも許します。いまの話を聞いただけで、お蝶というのがほんとうにいい女だとわかりますよ。笑って許していますものね。こりゃ、次郎長はいい姐さんを迎えた」

「そうか、親分ほど女を見てくると、俺の話を聞いただけでわかるか」

山岡が、にやにやしながら言った。

「悪い女に苦しめられる。そんなことをくり返してりゃ、他人の女を見る時はわかったりするんです。てめえの女の時はそれが見えなくなる。不思議なもんです」

「まさに、達人だな。総三、おまえの女房はどうなんだ？」

「俺に惚れて、子を産んで、その子をしっかり育てている、大人しい女ですよ。美人という評判でしたが、まあそうかな、と思う程度です」

「おまえは、別の女房を持ってしまったからなあ。男というのは、なかなか女房を二人は持てないものらしいな」

山岡は、攘夷運動のことを言っているのだろう、と総三は思った。もう攘夷ではなく倒幕だ、と総三は考えている。しかし、攘夷こそが、自分の反幕思想のとっかかりだったことも確かだ。

「まあ、こうやって総三と飲むのも、久しぶりだ。俺はこのところ、あまり愉快ではない酒が多くてな」

「あっしもです、山岡様。俺みたいな男に、御政道がどうのと言ったところで、はじまらねえと思うんですがね。総三さんもいることだし、休之助さんや次郎長を肴《さかな》にして、愉しくやりましょうや」

総三も、山岡や辰五郎に追いつくように、盃を重ねていた。

年が明けたらすぐに、京へ行こうと思っていた。幕府が出兵を命じたことにより、長州はさらに過激になっているという噂《うわさ》だ。しかし、幕軍が本格的に出動すれば、長州はやはり潰される。薩摩は、それを黙視しようとするのか。

頼みは、坂本龍馬の動きだった。いま、長州と薩摩を繋《つな》ぐことができるのは、坂本をおいてほかになかった。

「飲みましょう、山岡さん」

「おお」

山岡が、盃を差し出した。

京に戻れば、修羅場だと総三は思った。

二

小政が、駈けこんできた。

西へむかっている、と大声をあげた。大政が、たしなめるように座れと言った。

黒駒の勝蔵らしい男が、清水の港を覗《のぞ》いていたという知らせが入ったのは、今朝だった。

大政が、方々に人を走らせた。

伊勢の丹波屋伝兵衛が、盛んに喧嘩仕度《でいりじたく》をしている、という話は入っていた。勝蔵が、先乗りで来たことも考えられる。しかし、二人だったという。勝蔵かどうか、次郎長はまだ半信半疑だった。

二人だけというのなら、喧嘩《けんか》の先乗りであるはずはない。様子を見に来たというところだろう。港の請負いの荷役が、一家に金をもたらしていることが気になったのか。

次郎長は、腕を組んだ。伊勢の丹波屋伝兵衛とは、いずれやり合わなければならない。仁吉が死んだのだ。それはしてやる。安東の文吉と約束した一年も、もう過ぎていた。

「小政、五人ばかり連れて、追え。見つけたら、斬っていいが、駿河から出たら手を出すな。わかったか」

「駿河から出たら、手は出しちゃなんねえんですね」

「駿河の外じゃ、こっちから売った喧嘩になる。いろいろと面倒になるのは避けてえ。こっちは、仁吉の弔いに、丹波屋伝兵衛とやり合わなくちゃならねえんだ」

「わかりました。追うだけ、追ってみます」

三尺の長い刀を担ぐようにして、小政が飛び出していった。

「大政は、ここにいろ。ほかの者《もん》は、港へ行け。なにがあっても、港で騒ぎを起こしちゃなんねえ。なにか起きそうだったら、すぐに大政に知らせろ。幸次郎だけは、残れ」

大政が、ここにいればいい。

子分たちが出かけてしまうと、次郎長は長脇差を握った。

「付いてきな、幸次郎」

「親分、どちらへ？」

「裏道が気になる。俺にとっちゃ、庭みてえなとこだ。裏道を辿《たど》ってるんなら、すぐに追いつけるだろう」

「幸次郎ひとりじゃ」

「ここは清水だぜ、大政。勝蔵に会って、子分の数で脅したくはねえ。わかるだろう？」

「裏道だ、と親分は思ってるんですね？」

「俺なら、そうする」

「わかりました。じゃ、あっしがお供を」

「おまえがここにいなきゃ、もし港で騒ぎが起きたらどうすりゃいいんだい。心配いらねえよ。俺も、このところかっとすることは少なくなってら」

心配そうに見送る大政を残して、次郎長は一本の道を辿った。清水には、裏道が多い。箱根を避けて山越えをしようという人間が、少なくないのだ。

「急ぐぞ、幸次郎」

次郎長は、何度か道筋を変えた。逃げる自分を追う。そんな感じで行けば、勝蔵の道筋も自然に見分けがつく。

一刻《いっとき》ほど歩いた時、二つの道が交わっている場所に着いた。そこから先は、また道がいくつにも分かれ、ちょっと追うのは難しくなる。ここまで来られれば、勝蔵もなかなかのものだった。

「しばらく待つぞ。姿は晒《さら》すんじゃねえ。林の中で待っていよう」

次郎長は、ひと抱えほどある木の根方に腰を降ろした。幸次郎も、大人しく長脇差を脇に置いて胡座《あぐら》をかいた。

煙管《きせる》を一度使っただけだった。待つというほどの間もなく、人の気配が近づいてきた。次郎長の様子を見ていた幸次郎が、長脇差を引き寄せた。

笠で顔は見えないが、勝蔵だった。

次郎長が道に出ていくと、勝蔵は足を止めた。

「清水に来るとは、いい度胸じゃねえか、黒駒の」

「わかっちまったか。わかるだろうって気はしてた。港のあの様子を見りゃ、縄張内《しまうち》をぴしっと締めているだろうってことは、見当がついたよ。だけど、自分で来るとはな、清水の」

「縄張をひとりで歩けねえで、一家が張れるか。おまえがひとり連れてるって話だったから、俺も連れてきた」

「黙って通そうって気はねえんだろうな、清水の？」

「なら、俺はここで待ったりはしねえよ」

「そりゃ、そうだ」

勝蔵が、笠をとって笑った。幸次郎が、長脇差の柄《つか》に手をかけている。次郎長は、それを制し、二歩前へ出た。勝蔵の連れも、勝蔵に言われて退《さ》がった。

「差しでやり合えるとは、嬉しいね、清水の？」

「ひとつだけ訊《き》いておく。おまえ、丹波屋に言われて、清水へ来たのか？」

「いいや。清水一家が力をつけている、と伊勢にも聞えてきた。どんな具合なのか、俺が知りたかっただけだ。感心したぜ、港の商いは。ただ、博徒がやることじゃねえな」

「流れ歩くのだけが博徒じゃねえよ、黒駒の。子分どものことも、考えてやらなくちゃな。おまえ、俺の若いころによく似てる。だから気になるのかもしれねえが、もう兇状旅を面白がる歳でもねえだろうが」

「俺はまだ、流れ歩くさ。そう決めてる。ただ、丹波屋の大親分にゃ恩を受けた。それは返さなきゃならねえ。ここでおまえを斬っちまえば、喧嘩の手間は省けるな」

「黒駒の。丹波屋が、いまの俺にゃ勝てねえと思ってるな」

「伊勢の大親分だぜ、清水の。おまえを相手にするのは、俺ひとりでいいってことよ」

勝蔵が、長脇差を抜いた。本気でやり合う気だ、と次郎長は思った。その覚悟もして、清水に入ったのだろう。

勝蔵が斬りこんできた時に、次郎長は抜き合わせた。むかい合う恰好《かっこう》になった。さすがに、そこらの武士よりはずっと度胸が決まった構えだった。

久しぶりだ、と次郎長は思った。一歩。それで死ぬかどうか。そういう喧嘩は、このところしていない。一歩、踏みこめるかどうか。それがやくざだ、と次郎長は思っていた。

勝蔵が、額に汗を浮かべていた。自分も汗をかいているだろう、と次郎長は思った。踏みこんだ。刀。勝蔵も踏みこんできたので、刀と刀が音をたててぶつかった。

勝蔵が、息を吐いた。次郎長も、肩で息をしていた。次の踏みこみで、斬れるかどうか。

勝負は、そこだろう。勝蔵。同じことを考えている。眼を見れば、それがよくわかる。

顎《あご》の先から、汗が滴り落ちた。息が苦しくなってくる。それを通り過ぎれば、息をしているかどうかも、感じなくなるはずだ。

「待てよ、おまえら」

不意に、声がかけられた。

武士がひとり立っていた。二人とも、同時に飛び退《すさ》った。武士が放つ気配が、尋常ではなかったのだ。ほとんど斬られたような気分が、次郎長を襲っていた。

「渡世人同士の喧嘩だと思ったが、おまえらは二人ともできる。どっちを死なせるのも、惜しいという気がするな」

武士は、旅仕度で、笠を手に持っていた。刀を抜いているわけでもないのに、次郎長は汗が冷たいものに変っていくのを感じた。

「やめろ、二人とも。どっちかが勝てばまだいいが、相討ちになりそうだ」

次郎長も勝蔵も、口を開け、肩を激しく上下させていた。

「ここは、ともに刀を引いてくれ。旅仕度の方が、立ち去ればよい。早くしろ」

勝蔵の表情が動いた。刀を鞘《さや》に収めることもせず、身を翻して駈け去っていく。次郎長は、全身の力を抜いた。

「つまらぬ喧嘩だとは、思ってはおらん。それぞれに、命を賭《か》けた斬り合いだった。おまえたちほどの腕の者がそうするのは、大きな理由があるからだろう」

理由などない、と次郎長は言おうとしたが、まだ声が出なかった。刀を鞘に収めただけだ。

「俺が通りかかった。幸運だったのか不運だったのかは別として、あの男とはここで殺し合う縁ではなかった、と思ってくれ」

「わかりました」

次郎長は、ちょっと頭を下げた。武士はかすかに頷《うなず》き、立ち去っていった。

「なんだろうな、あのお侍」

幸次郎にむかって言う。幸次郎は、大きな躰を縮めるようにして、躰をふるわせていた。まだ斬り合いが続いているような表情をしている。喧嘩などというものは、やっている方より、見ている方がずっと固くなるのだ。

「行くぞ、幸次郎」

次郎長が歩きはじめると、幸次郎は慌てて付いてきた。

「俺、勝蔵の野郎を後ろから斬った方がよかったんでしょうか、親分？」

「馬鹿野郎。差しの喧嘩に横から手を出すのは、男のすることじゃねえ。幸次郎、やくざが男でなくなったら、ただの屑《くず》だぞ。勝蔵には会わなかった。帰っても、そういうことにしておけ。小政たちがまた騒ぎはじめる」

「わかりました」

帰りは、急ぐことはなかった。清水に入ってからも、町内をぶらついた。顔見知りに出会《でくわ》すたびに、次郎長は道の端に避《よ》け、頭を下げた。

それから三日ばかり、大政は港にいつもより多い人数を出した。騒ぎは起きず、ふだんの清水港だった。

次郎長が喧嘩仕度をはじめたのは、年が明けてからだった。駿河の博徒で、貸しのある者たちには声をかけた。五百人は集まりそうだった。しかし、安東文吉の制止が入り、すぐに伊勢にむかうということはできなかった。こういう時勢の中では、何百人ものやくざが徒党を組んで旅をするのは、好ましくないと言うのだ。

文吉の言うことも、もっともだった。それに、伊勢は京に近い。京はやくざの喧嘩どころではないといっても、五百の人間が喧嘩仕度で東海道を上れば、やはり大きな事件になるだろう。

お蝶がいるだけで、子分たちもずいぶんと穏やかになって、次郎長をせっつくようなことはない。お蝶は、喧嘩をする子分から、事情をよく訊いて、叱《しか》ったり、たしなめたりする。しかし、やくざに喧嘩がつきものだということもよくわかっているのだ。やるなら半端な喧嘩はするな。それまでは我慢しろ、と幸次郎などはよく言われていた。

客人です、と帳場の次郎長に子分が告げに来たのは、そういう時だった。

表に出てみると、相楽総三らが立っていて、大政と笑いながら話していた。

「おう、これは誰かと思ったら、総三さんか。また、うちの客人でいてくれるのかな」

「いや、次郎長さん。旅の途中で、顔を見たいから寄ってみたんだ」

「どっちにしても、早く入ってくんな。そうだ、総三さんはまだお蝶と会ってなかったな」

「俺が寄った目的のひとつが、姐さんがどんな人か見るためさ」

総三が笑った。いい顔になった、と次郎長は思った。闊達《かったつ》さが、表情に出ている。

お蝶が現われると、総三は居住いを正した。緊張している様子が、次郎長にはおかしかった。問われるままに、総三は息子の話などをしている。

「総三さん、やっぱり攘夷の志士を続けていく気かい？」

夕方、二人で港に出た時に、次郎長は訊いた。

「もう攘夷の時代ではなくなった。倒幕というものに移っているんだよ。俺は、倒幕のために多少は働けると思う。これからまた、京へ行く。あっちには、休之助もいるしね」

はっきりと、土方歳三の敵になるのだろう、と次郎長は思った。次郎長が京に行ったころ、薩摩はまだ新選組の敵というわけではなかった。

時代は動いている。それはやくざである次郎長にもわかる。どう動くのか、しっかり見ていようという気もある。しかし、自分のような人間が、動かす力そのものになれるとは、考えたことがなかった。どんな時代になろうと、やくざは片隅で生きていくだけである。

「総三さん。俺は京の様子も少しは知ってる。考えと考えのぶつかり合いだ。ぶつかり合いを悪いとは言えねえ。最後は、自分の考えを押し通すために、殺し合わなきゃならねえこともわかる。ただ、俺が好きな人間に、そうやって死なれたくはねえな」

「わかるが、仕方のないことだと思う」

「そうさ。総三さんが死んだら、線香の一本もあげてやるよ。ただ、できるかぎり生きのびることだ。生きのびて、生きのびて、そこで死ぬなら仕方ねえ。俺らやくざは、生きのびることを恥だと考えるが、それは総三さんみてえに、大きな考えがねえからさ。生きのびて守るもんじゃなく、てめえの命ひとつを落として守るもんしか持ってねえ。総三さんは、生きのびて守らなきゃならねえものを、持ってるよ」

「自分が、そんな御大層なもんじゃない、ということはわかってるよ。やっとわかってきたというところかな。そこから出発して、自分になにができるのか、いま考えている」

「俺が言ってるのは、つまり、生きのびるためにはいつでも清水へ来いってことよ。匿《かくま》ってやるぐらいのことはできる」

「ありがとう。俺も無駄死にはしたくないから、いつか清水一家へ駈けこむかもしれない」

総三の眼は澄んでいた。それは好ましくはあったが、どこか不吉なものも孕《はら》んでいる、と次郎長は思った。

三

薩摩と長州の同盟が、すでに一月二十一日に成立していることを、京へ行ってすぐに総三は益満休之助に聞かされた。坂本龍馬の仲介だったという。

商売ということを考えれば、薩長がしっかりと手を結んだ方がいい。そしてそれが、倒幕という考えとも一致していた。倒幕のためにも、薩長の連携は必要なのだ。

坂本龍馬が、そこまで考えてやったのかどうかはわからない。商売を考えていくと、それは時勢を考えたり政事を考えたりすることと、最後には一致する。総三には、そう思えた。

商売を、ただの金儲《かねもう》けの観点からだけ考えず、人の営みを豊かにするものというふうに考えていけば、真理に行き着くのだ。坂本龍馬は、はじめからそれを考えることができる男だったと、いまにして思う。

同盟は密約であり、薩摩藩は表面上はまだ幕府と連携していた。長州征伐のための出兵の要請も、しばしば藩邸に届いているようだった。

「密約のことは、洩《も》れてはいないはずだが、新選組などかなり強硬になっている。いずれ薩摩が幕府から離反するだろう、と読んでいるのさ。だんだらの羽織には気をつけろよ、総三」

「いつまでも、密約のままというわけにはいくまい。いずれ明らかにする必要があるぞ、休之助」

「西郷さんとしては、できるかぎりそれをのばしたいらしい。まず、長州への出兵拒否ということからはじまるだろう。それも、長州征伐は理にかなっていないということで、幕府に再考を求めるというかたちでだ」

政事の原理が動いている。政事は、いつもすべての先を行こうとする。さまざまな思想と人と組織を守るために、最も活発に動く。それも、総三が京へ来るようになって、はじめて身にしみたことだった。

「俺たちの働く場所は、どこにある？」

「焦るな、総三。倒幕は、やっとひそかにはじまったばかりだ。これから、さまざまなことがあるだろう。そして薩摩が、おまえを必要とする時が、必ず来る」

「薩摩藩士のおまえには悪いが、俺は薩摩の幕府のために働こうという気はない。薩摩や長州が倒幕にむかうかぎり、力は合わせられる。それから先、俺は薩摩を支持するとは決めてはおらん」

「わかってるさ、そんなことは。ただ、総三、考えてもみろ。倒幕と言えば、江戸を攻めるのだぞ。その時、薩摩や長州だけで、なんとかなると思うのか。どうしても、関東で力が必要になる。その時、関東草莽《そうもう》の果す役割りは、間違いなく貴重なものになるはずだ」

休之助が言ったことは、総三自身が、上州や信州を回った時に言ったことでもあった。休之助が相手だと、愚痴に似たことも言ってしまう。

「いま大坂にいる伊牟田が、近いうちに江戸へ行く。旗本たちの戦意を探るように、西郷さんに命じられたのだ。ふた月ばかりはいることになる。おまえと入れ替りだな」

「旗本に、戦意はないな。大部分の旗本の話だが。そんなことは、討伐軍を起こしてみればすぐにわかる」

「それは、西郷さんに言った方がいい」

西郷と言われて、総三はかすかな怯《ひる》みを覚えた。そういう自分が、歯ぎしりをしたいほどいやでもあった。西郷は、常に薩摩という雄藩の力を後楯《うしろだて》にしている。藩の力などに、自分が気後れをしなければならない理由は、なにもない。

「いま、藩邸にいる。会ってみるか？」

「しかし」

「関東草莽の中心人物として、おまえのことは西郷さんも大久保さんも知っている」

「よし、会おう。俺も、薩摩に対して言いたいことがいくつかある」

言っていた。西郷に会って、とりこまれてなるものか、という気持はある。自分の肩には、関東草莽の命運がかかっている。

休之助は気軽に腰をあげ、しばらくして戻ってくると、総三を呼んだ。

案内されたのは、藩邸の奥だった。

西郷と大久保と小松の三人が、難しい顔で話しこんでいた。三人とも、遠くから見たことはある。

「君が、相楽君か」

小松が、総三の方へ顔をむけて言った。

「旗本には、戦意などまるでない、と言っているようだが。君は、旗本ではあるまい」

小松には薩摩訛《なま》りはなかった。西郷の大きな眼と、対照的に細くて切れ長の大久保の眼が、同時に総三にむいてきた。

「まず、大部分の旗本には、戦意はありません。装備がいいわけでもない。若い旗本の中には、戦意だけは持っている者もいるでしょうが」

「根拠は？」

「旗本は、よほど大身《たいしん》の者を除けば、領地などは持っておりません。幕府から何石分というように米を支給されますが、それはかたちだけのことで、銭を支給されているのと同じことです」

「それは、わかっている。米と銭を換える商人が力を持つのは、どこの藩でも変りはないな」

「藩には、藩政改革というものがあります。藩士を減らすこともできる。しかし旗本、御家《ごけ》人《にん》は、減らすこともできないのですよ。禄高《ろくだか》があがることも、普通ではあり得ない。つまり、百年も二百年も、その銭で生計《たつき》を立ててきたのです。武士ということを忘れている。闘う人間だということをです。ある者は、商売のようなことをやり、ある者は借金の重荷に喘《あえ》ぎ、ある者は家そのものを売ってしまう。金を出せば、旗本にもなれるのですよ」

「そういう話も、聞いたことはあるが、しかしみんな武士なのだろうが」

「武士だから、手柄を立てれば禄高が増える。これも大きな間違いです。幕府に、その余力はありません。たとえ禄高があがったところで、焼け石に水ですね。十年、二十年先の俸禄までかたにして、金を借りているのが実情ですから」

「十年先、二十年先まで、商人は貸すのか？」

「貸しますよ。潰れられたら元も子もない、という考えは通用しないほど、商人は儲けているのです。そこは、うまいものです」

「信じられんな」

「伊牟田さんが戻ってくれれば、そういう報告をしてくるはずです。商人の力というのは、いまは大変なものです」

自分の家が、金貸しである。それは言わなかった。恥じるような思いが、どこかにある。ただ、旗本の内情は、いやというほど知っていた。戦だと言われて、すぐに仕度ができる旗本が、どれほどの数いるのか。その意味で、幕府の体制は硬直し、潰《つい》えかかっていると言ってもいいのだ。

「話は変るが、関東の志士は、全部集まるとどれぐらいいるのだ？」

「信州から上州、下総、上総にかけて、およそ二、三百というところですか」

「それは少ない。そんなはずはあるまい」

「薩摩に、一万いようが二万いようが、ほとんどは志士ではありますまい。本物の志士は、四十名か五十名。いや、もっと少ないかもしれない」

「では、薩摩に五十名もいないものが、関東には二、三百名はいるというのか？」

「藩と、関東の草莽たちを混同されては困ります。藩はその四、五十名が、一万二万の兵を動かしますが、草莽はただひとりなるがゆえの草莽。三百は、三百のままです。ただ、農民層を動かそうという意志を、みんな持っています。この国の変革は、そこから起きなければ意味はない、と考えているからです。その農民層は、決起するかもしれず、しないかもしれず。これまでの決起は、すべて失敗しています」

「なるほどな。言われてみれば、そうだ。それなら、二、三百はなにをやるのだ。決起も、すべて失敗しているのだろう」

「これまでの決起は、すべて失敗しています。関東にかぎらず、どこの決起もです。長州という藩の決起でさえ、失敗した。しかし、志は消えていません。この国を、変えなければならないという、志です」

「志だけではな、相楽君」

「そこで藩の力なのです。藩が倒幕に動いた時、関東に散る草莽たちにどういう働きができるか。これは、私自身が考えることではありますが、藩もそれを考えるべきです。三百いて、ひとりが十人の農民を動かせば、三千になる。単純な勘定だけでなく、関東の人間が倒幕に動くということは、それなりに意味があると私は思います」

「それで、君はなにを望む、相楽君？」

「どういう意味ですか？」

「倒幕のあと、それなりの地位なりが欲しいと思っているだろう。それを言ってみたまえ」

総三は、かっとした。立ちあがりそうになる自分を、かろうじて抑えた。

「薩摩というのは、この程度のものか。失望しました。私が師と仰いでいた桃井可堂先生は、門下生が何人か死んだだけで、食を断たれ、そのまま死んで行かれた。それがいいか悪いかは別として、関東草莽の姿はそれに尽きます。草が、大木になろうとは思わない。草は草でいいが、思想があり、夢もある。そして、草であることの誇りも」

頭を下げ、立ちあがろうとした総三を止めたのは、ひと言も発しなかった西郷の、大きな手だった。

「相楽さんのことは、坂本さんから聞いちょりもす。草莽の方々のお気持は、ようわかりもした。これからは、なにかと頼み事も増えもそう。薩摩は、草莽の方々のこれまでの活動を、無駄とは思っちょりもさん。今後も、薩摩を見捨てんで欲しか」

西郷の大きな眼は、ほとんど動かなかった。怪物だな、と総三は思った。直接話しかけられて、最初に感じたのはそれだった。

「こん西郷は、愚鈍でごわすが、人の心までわからん馬鹿じゃなか。相楽さんには、よか仕事ばして欲しか」

かすかに、西郷が頷いた。総三も頷き返した。

長屋の部屋へ戻ると、休之助の方がいくらか興奮気味だった。やり取りを、ずっと後ろで聞いていたのである。

「西郷さんは、おまえを認めたぞ、総三。いろんな藩の人間や浪士がよく訪ねてくるが、あの人はあんな言い方をふだんはしないぜ」

「俺は、試されたのか、休之助？」

「西郷さんたちはおまえを試し、おまえは薩摩の指導者を試した。そういうことだろう。会わせてよかった、と俺は思っている」

「俺も、会ってよかったような気がする」

それでも、坂本龍馬と会った時のような、不思議な心の動きはなかった。西郷は、それなりに人を魅きつける男なのだろう、と思っただけである。

京に潜入した長州藩士とも、総三はしばしば会いはじめた。薩摩に対する敵対心は、長州藩士からは消えつつある。ただ、倒幕を指導するのは自分たちだという、自負心のようなものが強すぎる。それが、考えを狭くしているような気がした。西郷のような大きさが、あまり感じられない。

京にも、賭場《とば》があった。

岩倉という公家《くげ》の屋敷である。そこへも、総三はよく出かけていった。もとより、勝とう気はあまりない。岩倉が、倒幕派の公家である、という話を耳にしたからだった。いつも丁目に張り、半刻ほどで一両は負けてしまう。

ある日、よく出会う浪人ふうの男と一緒に、奥の部屋に案内された。

「岩倉です」

出てきた男が、そう名乗った。直観的に、総三はいかがわしさを感じた。いかさまに気をつけろ、と次郎長なら言うだろう。

「君らは、博奕《ばくち》をやりにここへ来ているわけではないね」

一緒に案内された浪人が、堰《せき》を切ったように喋《しゃべ》りはじめた。総三は黙ってそれを聞いていた。岩倉は、時々口を挟んでいる。

「ところで、相楽君、君の名は関東草莽の志士として聞いているが」

「倒幕の戦の時に、江戸近辺にいる志士たちがなにができるのかを測るために、私は京にいます。すぐになにかをやるという気は、毛頭ありません。京でなにかやることも、多分ないでしょう」

「そうか」

岩倉は、別に失望したふうも見せず、博奕で負けた分を補えと、二両の包みをくれた。

公家というものにはじめて会ったが、やはり心は動かなかった。むしろ、陰湿な感じだけが残った。

江戸へ戻り、関東の組織を強化した方がいいのではないか、とよく考えた。京に留まって、時勢を見失いたくない、という気持もあった。

藩邸の長屋で、関東草莽の志を、少しずつ書きはじめた。攘夷がなんだったのか、どういうものを自分たちの中に触発したのか、書き残すだけは残そうと思った。

四

次郎長が、安東文吉の制止を振り切ったのは、四月になってからだった。丹波屋伝兵衛との喧嘩の肚を決めたのである。伊勢の博徒が、しばしば駿河まで来て、賭場荒しなどをやっていたので、安東文吉としても、強い制止はしなかった。

ただ、何百人もの博徒が東海道を上ることは、やはり事が大き過ぎた。必ず、幕府の代官に道中を止められるだろう。それに、伊勢は、数百人の旅となると、近いようで遠い。宿場宿場のかかりも、半端なものではなくなる。いくら港からあがる利で潤っているとはいえ、清水一家にそれだけの蓄えはなかった。

「船ってのは、どうですかね、親分」

次郎長が思い悩んでいた時、不意に幸次郎が言った。

「船だと？」

「俺は山育ちで、船なんてもんを、よく知らなかったです。十人も乗ればそれまでだ、と思ってました。ところが、百人でも二百人でも乗せられる船が、港にゃ入ってくるじゃねえですか。正直なところ、はじめは眼を丸くしてました」

「俺たち、いつも見てるから、案外に思いつかねえのかもしれねえ。そりゃいい考えだぞ、幸次郎」

次郎長に言われて、幸次郎は嬉しそうに顔を綻《ほころば》せた。このところ、ようやくやくざの若い衆らしくなってきた。もともと水が合っていたのか、本人は嬉々としていることが多い。みんなでなにかをやるということが、たとえそれが喧嘩でも愉しくて仕方がないのだ。やくざはひとりで死んでいくものだ、ということは、この渡世を続けていれば、そのうちにわかってくる。

次郎長は、早速大政とはかり、船を捜しはじめた。何百人も乗せられる船となると、千石船である。たやすくは、見つからない。千石船が二艘《そう》あれば、伊勢へ二日で五百人は運べる。

「ちくしょう。いい考えだと思ったんだがな。伊勢へ行く船じゃなくてもいい。大坂へ行くやつに、ちょっと伊勢に寄って貰《もら》えりゃいいんだ。金は払うのによ」

「空船ってやつが、俺らが思っているほどねえんですよ。まさか、長脇差で船頭を脅すわけにゃいきませんし」

「そりゃそうだ。清水一家は、船のやつらにゃ信用がある。一度なくした信用は、取り戻すのに倍も三倍も手間がいるってことは、俺にもよくわかる」

仁吉の弔いを早くしたいのに、できない。それが次郎長を苛立《いらだ》たせた。相手は、大親分である。伊勢の博徒を、千人も集めてくるかもしれない。一世一代の大喧嘩だ、と次郎長は思っていた。

松本屋平右衛門が訪ねてきたのは、次郎長がお蝶に当たり散らしている時だった。ふだんなら伝法に言い返してくるお蝶も、次郎長の苛立ちを知っていて、大人しく受けとめている。

「これは親分、御機嫌が悪いようですね」

「松本屋さんか。港でなにか起きたってわけじゃねえだろう。こっちは、いろいろと取りこんでる。話なら」

あとにしてくれと言おうとして、松本屋がここへ訪ねてきたのははじめてだ、と次郎長は気づいた。次郎長が松本屋を訪ねることもなく、会うのはいつも港である。

「話なら、早いとこ済ましちまってくれ、松本屋さん」

「いやね、親分が船を捜してる、と耳にしたもんで」

「どこ捜したって、ありゃしねえよ、千石船二艘なんて」

「水臭いねえ。うちに船があるじゃないですか」

「そりゃ、松本屋さんに商売の船があるのは知ってる。しかし、貸せなんて言えるか」

「そこですよ、水臭いと言ってるのは。うちの船を使えばいいでしょう」

「俺が、なんのために船を捜してるのか、松本屋さん、知ってるのかね？」

「喧嘩でしょう。そういう噂だ」

「それでも、俺に船を貸すってのかい？」

「船頭はうちの者をつけますよ、沈んだら大変だから。船賃も、いただくことにします。なにしろ、商売だから」

「いくらだ？」

「一艘につき、一両」

「なんだと？」

「浜名湖に、いつでも入れるようにしてくれたのは、親分ですよね。これは私の借りだ。借りは返さなきゃならないんで、一両ってことにしました」

「松本屋さん、そりゃいくらなんでも」

「決めてるんですよ、私は。何日後に御入用ですか？」

「ありがとうございます、松本屋さん。うちの人も、これで念願が果せます。仁吉さんという兄弟分の仇《あだ》を、どうしても討ちたいらしくて、仁吉待ってろよ、と寝言でも言うんですよ」

「お蝶、てめえ」

「借りは、また返せばいいでしょう、おまえさん。いまを逃しちゃ、いつまでも弔いなんかできゃしませんよ」

言われればそうだった。これだけ捜しても、船はどこにもないのだ。

「五日後」

次郎長は叫んでいた。

五日の間、江尻の宿場の宿を、五軒借りた。喧嘩仕度の博徒たちが、駿河じゅうから集まってくる。三日で二百人になり、四日で五百人になった。みんな、借りを返しに来たというところだ。

長い間に、自分はかなりのことをやってきたのだ、と次郎長は思った。安東の文吉からも、酒樽《さかだる》がいくつか届いた。

五月六日に、二艘の千石船は、五百人の博徒を乗せて、清水港を出た。次郎長は前の船、大政は後ろの船である。

船に弱い者もいて、すぐに甲板は修羅場のようになった。海が凪《な》いでいても、酔う者は酔うのである。

八日に、伊勢に着いた。五百人を上陸させると、船はすぐに引き返した。帰りも、と松本屋は言ったが、それは次郎長が固辞した。帰りは、まとまらず三々五々に東海道を下っても、なんの問題もないのである。遠江や三河から来ている者もいるので、むしろその方がいいのである。

仁吉はいい男だった、と次郎長は五百人を前にして武者震いしながら考えた。自分のためなら、死ぬのもいといはしなかっただろう。それを死なせた。一緒にやった喧嘩だ。生き残った者には、当然やらなければならないことがある。

いくらか酔いが残っていて、躰が揺れているような感じだったが、次郎長はいい気分だった。人間は、やるべきことができるとなると、なんの悩みもなくなってしまう、と思った。

「野郎ども、鉄砲も長槍《ながやり》も、先頭に出して見せてやれ。丹波屋だからって、遠慮することぁねえ。俺が、ぶった斬ってやる」

五百人を、大雑把に三つに分けて進ませたが、丹波屋が迎え撃ってくる気配はなかった。

「おかしいぞ。不意討ちを食らわせる気かもしれねえ。みんな油断するな」

五百人の喧嘩となると、どうまとめていいか次郎長にもわからない。油断するな、と大声をあげるだけである。

様子を窺《うかが》いに出していた者が、二人、三人と戻ってきた。丹波屋伝兵衛は、二十人ばかりの子分と、家に籠《こも》っているという。まさかと思ったが、降参するという使いがすぐにやってきた。

実際、丹波屋伝兵衛は、長脇差も持たず、しおれて次郎長の前に出てきたのである。

「勝蔵を捜せ。黒駒の勝蔵が、どこかにいるはずだ」

「出ていっちまったよ、黒駒のは。俺がやり合う気がねえってわかったんでな。ずいぶんと腹を立てていたが」

「本気で降参かい、丹波屋の親分？」

「ああ。荒神山の祭礼賭博を駄目にしちまったのは俺だってことで、伊勢の親分衆はみんなそっぽをむいちまった。それで、俺の子分にも逃げ出す野郎がいてな。このまんまじゃ、とても喧嘩にゃならねえ」

「どうするね、これから?」

「隠居する。伊勢の元締は、清水の、あんたにやって貰うしかねえな」

丹波屋にそっぽをむいても、とって代ろうという親分衆が伊勢にはいなかったのだろう。

次郎長は、気抜けした。振りあげた拳《こぶし》を、どこに振り降ろせばいいかわからなくなった、という感じだ。

大政が、てきぱきといろいろなことをやりはじめた。まず、伊勢の親分衆八人を集め、丹波屋の引退を伝えた。それから丹波屋に代って次郎長が伊勢の大親分を兼ねると言ったが、反対する者は誰もいなかった。

「俺が伊勢を引き受けるのは、せいぜい一年か二年だぜ。それも、誰かをここに置くという恰好で、そのうち大親分を選べばいい」

「まあ、親分はそうおっしゃるだろう、とあっしは思ってました」

「俺はな、大政。大親分になんかなりたくもねえ。縁があって、清水一家に三十人ばかりの子分がいるが、そいつらと一緒に世の中の片隅で生かして貰えりゃ、それでいいんだ。これ以上、一家をでかくして、どうするってんだ」

「そうですねえ。でかくなろうと小さくかたまってようと、やくざはやくざです」

「大政。おまえが、しばらく伊勢に残って、次の大親分の目星をつけろ。俺がいいと思ったら、そいつに譲ろう」

「それでも、伊勢は親分のものですよ。伊勢の大親分を決めるのは、清水の次郎長ってことなんですから」

「仕方ねえな。できるだけ、間違いのない野郎を選ぶことだ」

黒駒の勝蔵と結着をつけられなかった。その思いもある。いつまでも、結着がつけられないのではないか、という気がする。

そして、仁吉の仇は討てたのかどうか、よくわからない。かたちとしては討ったが、ひとりも斬ってはいないのだ。

「なんでえ」

ひとりになると、次郎長は呟《つぶや》いた。世の中は、こんなものか、という気もする。

伊勢に十日ほどいただけで、次郎長は清水へ帰った。東海道では、親分衆が出迎えに出ていたし、駿河に入ると安東文吉の名代が祝いを伝えにきた。

「なんでえ」

自分が自分でなくなったような気がして、次郎長はまた呟いていた。

第七章　暗殺の朝

一

長州を包囲するかたちで布陣していた幕府軍が、攻撃を開始したのは六月七日だった。

薩摩は参戦せず、長州征伐そのものに対しても、幕府に異議を唱え続けている。それを無視しての攻撃は、幕府中枢が明らかに長州を甘く見ていることだった。

総三は、薩摩藩邸にいて、戦況の推移を見守っていた。ここで長州が潰《つぶ》れれば、倒幕の動きは大きく停滞することになるだろう。薩摩が長州を助けて決起すべきだと思ったが、西郷はまだ時にあらずと考えているようだった。

ただ、長州への兵器輸送については、亀山社中を通じて活発に行ってきたようだ。

「長州を楯《たて》に、幕軍の力を測っている。おまけに、装備の実験までしようとしている。俺には、そう見えるな」

「総三なら、そう思うだろうなあ。なにしろ、数十人、数百人での決起に、命を賭《か》けてきた男だから」

休之助が、そう言った。命を賭けるところまではいかなかった、と総三は思っている。その前に潰《つい》えるということを、くり返してきたのだ。関東草莽《そうもう》は、いつも肝心な時にまとまりきれない。新田俊純のように、いざとなると腰が定まらない男が多いのだ。新田俊純は、それで桃井可堂ほか多数の同志を犠牲にしている。

　休之助も、いまが倒幕の機と考えているようだ。伊牟田尚平も、幕軍に士気なしと上に報告している。それでも、藩論は事を急ぐなというものだった。

「長州が潰れれば、また公武合体派の力が強くなる。幕府に切れ者がいれば、それを機に公武合体に走ることもあると思う」

「俺も、それは考えてる。西郷さんだって、多分そうだろう。ただ、西郷さんは軍人さ。長州が潰えることはない、と読んでいるのだと思う」

「すると、幕府が負けるということか、休之助？」

「さあ、どちらかが大きく勝つことはない、と見ているのではないかな。長州に兵器を運ぶのには、ひどく熱心だったようだし」

「疲れきった長州を子分にして、力を蓄えた薩摩が幕府を倒すか。いやだな」

「もしそうなったとしても、長州の先走りのせいだ。俺も、いまが倒幕の機だとは思うが、長州は何度も先走りをしたとも思う」

　総三は、このところ京に潜伏する長州藩士と親しくなっていた。『華夷弁《かいべん》』という、ここふた月ばかりで書いたものを、京にいる反幕派の浪士に配った。現実の攘夷《じょうい》が無理だとしても、攘夷の志が倒幕の思想を生んだのだと、自分なりに考えたことを書いたのだ。それに賛同してきたのが、長州出身の浪士たちだった。土佐出身もいるが、長州が最も多い。そして、すぐに倒幕論に結びつけてくる。

長州人の考えることは、どこか狭い。以前からそう思っていたが、いきなり倒幕の方法論をぶっつけ返されると、改めてそう感じざるを得なかった。性急なのである。しかしその性急さがあったからこそ、時勢は激しい流れになったとも言える。

「薩摩というのは、要するに狡《ずる》いのだな。いつも狙《ねら》うのは漁夫の利だ」

「薩摩が漁夫の利を狙っているかどうかは別として、いざ幕府を倒そうという時の力は、どこかになければならん。そのためには、幕府の力を測ることも必要だ」

議論をくり返しても、どうにもならないことだった。

やがて、戦況が聞えてきた。

幕府軍は、山陽道、山陰道、九州、四国と、四方面からの完全な包囲作戦をとっていたが、最初の戦端は瀬戸内海で開かれた。やがて、次々にぶつかり合いがはじまったが、山陽道以外では、幕府軍は総崩れとなっていた。山陽道の主力だけが、かろうじて踏み留まり、睨《にら》み合いが続いている。

「このままでは、やがて幕府の兵糧《ひょうろう》が切れる。そう長くはかからんぞ、総三」

「そんなふうだな」

長州にも、幕府軍を完全に追い返すだけの力がない。それで、幕府軍の兵糧が切れるのを待つしかない、と休之助は考えているようだ。四方から大軍が攻めながらも、ひと揉《も》みにできなかった。それだけでも、幕府軍の敗北である。膠着《こうちゃく》に入ってからも、なにひとつ頽勢《たいせい》を挽回できずにいる。いまはただ、幕府軍という面子《メンツ》のためだけに、山陽道に留まっているように見えた。

「ここで、薩摩が動けば」

「待てよ、総三。いまは長州の戦だ。京を、あるいは江戸を攻めるとなると、幕府も本腰を入れる。簡単にゃいかないぜ」

幕府軍には、厭戦《えんせん》気分もあるという風評があった。そのひとつに、薩摩と長州が組んでいるという疑いを、兵たちが持っていることがあるのだという。実際にぶつかってみたら、自分たちよりはるかにいい装備を長州軍は備えていた。その背後を考えれば、当然薩摩の名が浮かんでくる。

京には、夏が来ようとしていた。ひどい蒸暑さを、総三は感じ続けていた。この蒸暑さに、火がつくことがあるのか。炎が燃えあがることがあるのか。

そうなった時は、即座に江戸へ戻ろうと思った。江戸を背後から攪乱《かくらん》する。それこそ、関東草莽の働きどころなのである。

しかし、山陽道の膠着は続いていた。

藩邸に使いが来た。京に来ている次郎長からだった。

「俺も、久しぶりに次郎長さんに会いたい」

休之助がそう言い、伊牟田尚平とともに外出する総三についてきた。

休之助も伊牟田も薩摩藩士であり、まだ幕府と決定的な対立に到っていない。ただ京を歩いていたというだけで、新選組に斬《き》られたりはしないのだ。しかし総三は、『華夷弁』を配布してから、新選組にも見廻組にも眼をつけられている。ひとりだけの外出を、休之助は危ぶんだようだった。

新選組に狙われるほどの大物ではない、と総三は自分のことを考えていた。

次郎長は、三条小橋近くの、小さな宿にいた。幸次郎という、若い子分を連れているだけである。どうも、ここを定宿にしたようだった。

「京は、変ったと言えば変った。変らねえと言えば、変らねえか。山陽道じゃ、戦だって話じゃねえか」

「次郎長さんは、いっそう緊迫した京の見物にでも来たのかね？」

「まあね。伊勢で空喧嘩《からげんか》をした。それ以来、なんだかんだと伊勢に用事が増えちまってね。伊勢まで来たら、京、大坂の見物もしたくなる」

それだけではなさそうだ、と総三は思ったが、訊《き》きはしなかった。薩摩藩士とはのべつ一緒だし、長州や土佐を中心とした浪士たちとも、しばしば会っている。すべてが政事の話だった。次郎長に、政事の話があるわけがない。そういう時間が、懐しいものに感じられた。

政事の話だけを続けていると、どこか貧しくなったような気がする。

「どうも、うっかり総三さんを呼び出しちゃまずいんじゃないか、と思ってたところでね。あっという間に、京の情勢は変る。薩摩藩邸にいるからって、必ずしも安全じゃねえようだね」

「京に来て、次郎長さんも情勢が変ったのがわかったかな」

休之助が言った。伊牟田はじっと黙りこんでいる。酒が運ばれてきて、次郎長が三人に注《つ》いだ。次郎長の茶は、幸次郎が運んできた。このところ、ゆっくり酒を酌み交わすことはほとんどなかった。

休之助と次郎長が、港の仕事の話をはじめた。勝海舟が評価したということが、休之助の関心を惹《ひ》いたようだ。江戸では休之助とのべつ一緒にいた山岡鉄舟が、勝海舟に心酔しているのだという。新門辰五郎も、氷川町の殿様と呼んで、ほかの武士とは明らかに違う扱いをしている。

「次郎長さん、伊勢の大親分になったそうだな」

不意に、伊牟田が口を挟んだ。

「大親分なんて、とんでもねえ。伊勢をまとめる者《もん》が育つまで、成行で出張ったりしてるだけです。そっちの方は、誰に任せりゃいいか、そろそろ目星がついてきましたんでね」

「岩倉という公家《くげ》の屋敷、知ってるかね？」

「ええ、まあ」

「伊勢の大親分として、あそこで博奕《ばくち》をやってくれないか。大親分なら、五百両張ろうが不思議はない。そして、勝ってくれ。いかさまがあるんなら、それを暴くのだっていい」

伊牟田は、冗談を言っているような口調ではなかった。休之助は、逆に黙りこんでいる。

「なんのためだ？」

総三が、次郎長の代りに訊いていた。

「岩倉卿が、倒幕に加わるのか、公武合体に加わるのか、俺にははっきり見えん。屋敷じゃ、相変らず賭場《とば》を開いてるし。実に複雑でいかがわしい人物だ。俺が次郎長さんにこんなことを頼むのは、ただ、その眼で岩倉卿という男を見て欲しいからさ」

「博奕打ちの眼は、ああいう男の本質を見抜くような気がする。それを聞きたい」

「意味はないぞ、伊牟田。俺も、あの賭場に行き、岩倉とも会った。平気でいかさまを使う。そういう男だと感じた」

「それは、聞いたよ」

「岩倉卿が、倒幕と公武合体の両方に足をかけていることぐらい、誰もが疑っていることじゃないか」

「世の中には、死んだ方がいい男がいる。それは、動きで判断できることもある。死んだ方がいいと、ただ漠然と判断されることもある。そんなのは、俺たちじゃ無理だ」

「しかし、次郎長さんに、それがなぜできる？」

「なんとなく、そういう眼を信じてみたい気がしている」

「伊牟田は、場合によっては岩倉卿を斬れ、と言われているのだよ、総三」

休之助が言う。

「誰に？」

「それは、言えん。倒幕派の総意を、伊牟田が受けている、と思えばいい」

西郷か大久保か、と総三は思った。薩摩のやり方は、これまでもきれいとは言えなかった。

「賽《さい》を転がすように、公家をひとり斬るかどうか決めようというのか、薩摩は？」

「伊牟田は、迷っている。この件を預けられたのだからな。斬るかどうか。斬るならいつ斬るか。迷いに迷って、賽を転がすしかなくなったってことだ」

「それなら、伊牟田の賽を転がすべきだろう。次郎長さんの賽を借りるというのが、俺には気に食わん。第一、この人は、丁目にしか張らないんだよ」

「だからだ。俺は、岩倉卿の運を知りたい」

「それより、西郷さんの運を測れよ。大久保さんでもいい」

「いいですよ」

次郎長が言った。

「ちょっとばかり出かけてきて、俺の運を試してきましょう。なに、どの道、俺は賭場には行ってみるつもりだったんだし。岩倉邸の賭場は、あんまり評判はよくないがね」

「頼むよ。それですべてを決めるわけではないし」

総三が遮る前に、伊牟田が言っていた。

次郎長は、笑っている。止めても行くだろう、と総三は思った。なにか決めれば、意味などは考えない。それが、次郎長という男だ。

また、酒が酌み交わされた。冷えてしまった次郎長の茶を、幸次郎が取り替えに出てきた。休之助と伊牟田が議論をはじめた時、次郎長がちょっと眼配せをするのに総三は気づいた。厠《かわや》に立つ素ぶりで総三が立つと、次郎長も付いてきた。

「実は、お照さんから預りものをしてきてね。京に来たって、総三さんを呼び出しちゃならねえことぐらい知ってたが、とにかく直《じか》に頼まれた」

「お照が」

赤坂の屋敷で、父母と一緒に暮している。息子の河次郎もだ。

「あんたの女房が、清水まで来て、俺に頼んだ。断るわけにゃいかなかった。ほかにいくらでも頼む相手もいただろうし、自分で来ることもできたはずだ」

「次郎長さんに、お照が頼んだのか」

廊下の端だった。見張るように、幸次郎が立っている。

「まず、これだ」

次郎長が言うと、幸次郎が風呂敷包みを差し出してきた。

「あんたに、着て欲しいそうだ。お照さんが縫った、単衣《ひとえ》と袷《あわせ》だよ。ちらりと見たが、いい着物だった」

「そうか。済まんな」

うっとうしいという思いと、心のどこかが熱くなるような思いが、同時にあった。

お照を次郎長に引き合わせたのは、一度だけだった。自分で縫いあげた着物を、お照がなぜ次郎長に託したかは、よくわからなかった。お照に、次郎長の話は何度もしたような気がする。

「河次郎坊やも一緒だった。俺に見せるというより、ほんとは総三さんに見せたかったんだと思うがね」

「次郎長さん、俺は」

「わかってるよ」

次郎長が、お照になにを頼まれたか、およそ見当はついた。江戸へ連れ戻せないか、と相談を受けたのだろう。やるだけやってみる、と次郎長なら答えたに決まっている。そして着物だけ手渡して、江戸へ戻りお照に頭を下げるのだ。

そうするしかない、と次郎長は考えただろう。自分が、京と江戸を往復すれば、それでお照の気持はいくらか楽になる、と読んだのだ。

「これを」

総三は、『華夷弁』の一冊を出し、幸次郎に筆を借りてくるように頼んだ。

「江戸に届けて貰《もら》いたいんだ。それからお照に、いつか夫婦《めおと》らしく暮せる時が来る、とも伝えて欲しい。俺は、この時勢の流れを見きわめ、死んでいった者たちのために、自分がなすべきだと思うことをなし終えたら、お照のもとに戻る。いつまでも、政事に関っているつもりはないのだ」

「お照さんに、そう伝えていいんだね？」

「ああ。河次郎を、それまでしっかり育ててくれとも」

幸次郎が持ってきた筆で、小島河次郎君、と総三は書いた。それから、小島四郎という本名を書くべきか、相楽総三と書くべきか、しばらく迷った。どちらも、書かなかった。父より、とだけ書いた。

二

将軍家茂が、大坂城で死んだという噂《うわさ》が流れたのは、七月も終りに入ってからだった。

単なる風説ではなさそうで、明らかに山陽道の幕府軍には動揺が出ているという。二条城にも、京都守護職の屋敷にも、慌しさがあった。

ここで、薩摩が決起すれば、間違いなく山陽道の幕府軍は潰滅《かいめつ》させられる。そう思ったが、薩摩藩邸《もんた》には西郷も大久保も、小松帯刀さえいなかった。

井上聞多、大村益次郎《ますじろう》、高杉晋作、山県狂介など、長州軍を指揮している武士の名も伝わってきた。総三が長州へ行った時に、会って話した人間の名もある。

開戦前から、将軍滞陣中の大坂で打ちこわしがしばしば起きていたが、それが江戸でも起きているようだった。そのほかにも、各地で百姓一揆《いっき》が頻発しているという噂もあった。

総三は、焦りはじめていた。京、大坂に潜伏している浪士たちも、いまが時だと思いつめはじめている。しかし、総三は耐えていた。総三に耐えさせたのは、関東での決起がことごとく潰えてきたという経験だった。大きな流れになるには、いまひとつなにかが足りない。

将軍家茂が大坂城中で死んだのは、七月二十日だったということなど、詳しいこともわかりはじめた。後継は、一橋慶喜となるらしい。すでに、徳川宗家を相続する意志は示したと、八月の半ばには伝わってきた。

山陽道は、相変らず膠着である。九州ではしばしばぶつかり合いもあるという噂だったが、戦況は大きく動いていない。

やがて、徳川宗家を継ぐことを承知した慶喜が、旗本に大号令をかけ、あくまで武力で長州を潰すと言いはじめた。

時勢の底で、まだなにか蠢《うごめ》いている、と総三は思った。倒幕はたやすいことではなく、さまざまな駈《か》け引きが行われ、外国勢力の動きも測られている。

京は、蒸暑い空気が覆ったままだった。

新選組に追われている武士を、休之助と伊牟田が藩邸に連れてきたのは、そういう時だった。しばらく、同じ長屋で暮すことになった。土佐藩士である。

「坂本さんが、亀山社中の船を動かして、土佐藩の物資を長州に入れている。どう攻められようと、長州が干上がることはないな」

乾《いぬい》退助という男は、総三に得意げに言った。なかなか肚《はら》の据わった男だ、と休之助は言っていたが、藩邸の中ではよくわからない。ただ、いやな感じではなかった。

「土佐藩に坂本龍馬あり、と言えないのがぼくは残念だ。藩論は、公武合体が優勢で、倒幕派の声は小さい。薩長が結び、それに土佐が加わる。それで流れは倒幕に動くに違いないのだが。わが藩は、どうも殿様の意向を大事にする武士が多すぎる」

「藩士である以上、仕方あるまい」

「坂本さんが脱藩したのは、そういうものに縛られたくなかったからだ、とも思える。ぼくには、その勇気が出ない。藩を後楯にしていないと、声もあげられないのだ」

「坂本龍馬か」

「ぼくは、何度か坂本さんに会った。大きな人だ。藩など、利用すればいいと思っている。幕府や藩がなくなったあとのこの国の姿まで、きちんと頭に描いているのは、あの人ぐらいのものではないかな」

「薩摩には、西郷、大久保といるがね」

「まあ、傑物ではあるんだろう。しかし、藩にしがみついている。藩の持つ力をよく知っているとも言えるが。そういう傑物とは、坂本さんはまた違うのだな。藩というものを背負っている分だけ、西郷さんや大久保さんは冷たいよ。長州に武器だけ渡して喧嘩は自分でやらないところなど、狡いと言ってもいいと思う」

「おい、乾君。ここは薩摩藩邸だぜ」

「どこであろうと、言いたいことは言ってやる。薩摩も、血を流すべきさ。君は、関東の勤王党として、名が知れている。なぜ、薩摩藩邸などで逼塞《ひっそく》しているのだ？」

「薩摩が、時勢の動きの鍵《かぎ》を握っているような気がする。薩摩が動いた時に、ほんとうにすべてが動き出すとね。ぼくは、それを見きわめようとしている。関東にいる、草莽の志士たちのためにも、ぼくがそれをやるしかない」

「うむ」

乾は、低い唸《うな》り声をあげ、腕を組んだ。

「薩摩は、そういうふうに自分を持っていった。うまく立ち回ったし、いまもそうだ。これは、どうしようもないことかな。長州は、ひとりで闘って、満身創痍《そうい》だ。わが藩は、薩摩ほど狡くもなれん」

「水戸天狗党の、藤田小四郎を、ぼくはいまでも時々思い出す。無理をして立てば、必ず藩内の争いになる。まして、薩摩は国父が公武合体派だ。西郷さんは、耐えることを知っていると思うね」

「君も、西郷に幻惑された男か」

「幻惑は、されていないつもりだ。西郷というのは、周到な男なのだよ。坂本さんを、この藩邸に匿《かくま》ったのも、あの人の指示だろう。それで、薩長は、曲がりなりにも手を結べたのだ。

坂本がいなかったらと言っても、意味はないと思う。坂本も西郷もいて、みんななにかを測りながら、崖《がけ》の縁を歩いている。歩きながら、彼らが時勢を作る」

「われらは、傑物が歩いた跡を辿《たど》るか。まあ、その程度のものかもしれん、としばしば思う。しかし、君は見あげたものだ。志士だということだけに酔っている者も多いのに、君はその先を見ている。もうちょっと、関東だと大声をあげてもいいような気もするが」

乾とは、どこか通じ合うところがあった。乾も同じように感じたらしく、それからしばしば総三のところへ話しに来るようになった。

藩邸に現われた西郷の表情が、曇っていた。あまり表情が出ない男だが、そばに付いている中村半次郎を見ていると、それがよくわかる。

「徳川慶喜というのは、なかなか手強《てごわ》いらしいぞ。前将軍とは違うそうだ」

伊牟田が、西郷となにか話してきて言った。伊牟田は、岩倉卿の暗殺に動いていた。ああいう男は、いない方がいい。次郎長がそう伝えてきたのだ。暗殺の機会は何度かあったが、難しそうではあった。京の岩倉邸にいることもあれば、郊外の岩倉村にいることもある。京に住むことは禁じられているはずだが、お構いなしだった。総三が会ったのも、岩倉邸だった。おまけに、ひどく要心深いのだという。

「徳川慶喜は、長州を討つと刀を振りあげているのではないのか？」

「そういう恰好《かっこう》をしているが、同時に朝廷も動かしている。将軍の死を利用して、停戦の勅命を出させようとしているのさ。これで、本腰を入れて討とうとしたが、勅命で停戦したという名分はできる」

「なるほど」

「西郷さんは、ひどくやりにくそうだった。俺もいろいろ仕事を押しつけられて、岩倉卿の暗殺どころではなくなった」

もともと、ほんとうに殺せとは言われていないのだろう。暗殺の構えを見せることで、倒幕か公武合体か、どちらにつくか見きわめようという、大久保あたりの考えかもしれない。薩摩の人間は、人を試すのが好きだと総三は思っていた。

「明日、徳川宗家を継ぎ、ただちに前将軍の喪を発し、明後日には停戦の勅命も出るらしい。小倉《こくら》にいた老中の小笠原長行が逃げ出したので、あまり時はかけられないと踏んだのだろう。山陽道が破られることになれば、それこそ幕府の完全な敗北になるし」

長州にとっても、助かったということになるのだろう、と総三は思った。勅命による停戦と言っても、幕府軍はほとんど長州に足を踏み入れてはいない。事実上の勝利で、停戦を迎えることができる。

「天皇の権威を将軍がうまく利用するようになれば、相当に面倒なことになる。おまけに、フランスの力を借りようというのだ」

「そうなれば、こっちはイギリスか」

植民地の奪い合いに似てくる。外国の介入は、西郷としても絶対に避けたいところだろう。

総三の、攘夷の志も、まさにこの国の変革から、外国の力を排除するということだった。攘夷は、そういうかたちで志だけは生き続けるべきなのだ。

やがて、停戦になった。

倒幕の機は、まだ熟していなかったということなのか。徳川慶喜は、徳川家を継ぎはしたものの、将軍職を継いではいない。つまり将軍不在だが、潜在的には慶喜が将軍と言ってよく、動きも活発だという。正式の就任さえも、慶喜は幕府をまとめるための手段にしている気配があった。

京の動きも、停戦と同時に活発になった。

朝廷は、孝明天皇以下、どちらかというと佐幕的傾向が強い。追い落とされていた反幕派が、長州の事実上の勝利を機に、巻き返しを図っている気配だった。その中心に、岩倉卿がいるという。

伊牟田尚平も、藩邸から姿を消していた。まさか、岩倉卿の暗殺に行ったわけではあるまい。岩倉卿が寝返らないための、見張りなのかもしれなかった。

休之助も、忙しそうに動き回っている。藩士ではない総三も、それらを黙って眺めていたわけではなかった。鷲尾隆聚《わしのおたかつむ》という公家がいて、畿内の草莽を集め、決起を画策していた。それについての、手助けをやった。在地の勤王党の連絡網を作り、最終的には、それが京と繋《つな》がるようにもした。

しかし鷲尾卿の動きは、迅速を欠いていた。自分が必要なのは、そんな公家の遊びではない、とも思った。まだ密勅さえも受けていない決起に、畿内の勤王党も賛同のしようがないのだ。ひと月ほどで、総三はその連絡網を作り終えていた。鷲尾卿は、このまま自分のもとに留まるように総三に勧めたが、固辞して薩摩藩邸に戻った。

秋が深まっていた。

薩摩藩邸に戻って数日後に、伊牟田尚平がやってきた。はっとするほど、面貌《めんぼう》が変っていた。休之助と中村半次郎が一緒である。

「助かった。総三、おまえも手伝ってくれ。薩摩訛《なま》りのある人間では、どうしてもまずいのだ」

休之助が言う。

なにも訊かず、総三は腰をあげた。

もうひとり別の武士が加わり、一行は五人になった。着いたところは、岩倉邸だった。会津藩の警護があった。警護というより、監視なのかもしれない。訪問の理由を執拗《しつよう》に訊かれ、宴会に招かれたと、休之助と総三が江戸弁でまくし立てた。宴会とはなんの宴会かまで、執拗に訊いてくる。

「遊びてえってことよ。これ以上、つべこべ言わねえでくれ。遊ぶったって、こっちは必死なんだよ。なけなしの銭を、なんとか二倍三倍にしてえんだから。それとも、あんたらが払ってくれるかね？」

伊牟田が最後にそうまくし立てると、監視の武士は根負けをしたように道をあけた。

それほど大きな屋敷ではない。ここの賭場には、総三も何度か出入りしていた。

総三は、休之助や中村半次郎と、別室でしばらく待った。賭場は、開帳されているらしい。かすかにその気配も伝わってくる。ここには、京都守護職も、町方も、手を入れられないのである。

半刻ほどで伊牟田は戻ってきた。刀がなく、もうひとりも脇差だけだった。

そのまま、外へ出た。入る時に、けちをつけられたからな。遊びってのは、最初が肝心なんだよ。監視の武士に聞えるように、伊牟田が大声で言う。五人で、負けて出てきたという恰好である。

二本松にも、薩摩藩邸がある。御所のすぐ裏手だった。道筋から言うと、そっちへむかっていた。

「ここでいい。あとは、俺と中村で行く」

伊牟田が言った。もうひとりの連れ。顔がちらりと見えた。岩倉具視《ともみ》。はっきりとわかったが、総三はなにも言わなかった。

別れたのは、堀川である。

「伊牟田も、このところ大変でな」

休之助が歩きながら呟《つぶや》いた。中村半次郎は、岩倉卿を斬るためにいたのか。それとも、護るためめか。その両方なのかもしれない。岩倉の動きひとつで、中村半次郎の居合がなにかを両断させるのだ。

「西郷さんのそばから、中村半次郎が離れるとはね」

庇《ひさし》から落ちた雫《しずく》が地面に達するまでに、大刀を抜いては鞘《さや》に収めることが、三度できるという噂の男である。居合だけでなく、示現流でも薩摩一の遣手《つかいて》だろう。

三人が、どこへむかったのか、総三も休之助も口にしなかった。

時勢の底では、まだわけのわからないものが蠢いている。そう感じただけだった。

三

港は、忙しい日が続いていた。

長州征伐のために、大坂に幕府の大軍が集まった。その兵糧だけでも、大変な量なのだろう。清水の港からも、かなりの米が積みこまれていく。薪《たきぎ》と水を補給するための汽船も、しばしば入ってきた。

廻船問屋の儲《もう》けどころなのか、松本屋平右衛門は、大坂に行ったり江戸に行ったりと、ひどく忙しそうだった。眺めていると、忙しい時の商人も、悪いものではなかった。喧嘩の時のやくざと似ている。

港が忙しくなれば、清水一家は潤う。人足たちの懐も暖かくなるので、賭場の寺銭のあがりも大きくなった。しかし贅沢《ぜいたく》はしなかった。お蝶がしっかりと締めていて、無駄なことはさせないのだ。

やくざが、銭などを貯めこむものか。次郎長はそう思っていたが、お蝶と言い争うこともしなかった。子分たちの中で、やくざから足を洗いたいと言う者がいたら、手助けをしてやらなければならない、というのがお蝶の考えだと知ったからだ。

親分だなんだと慕われても、ざまはないと次郎長は思う。自分のこと以上に、子分のことを考えたりはしていないのだ。

ほかの一家との争いは、まったくなくなった。子分の数を増やしてはいないが、海道では清水一家で通るようになった。安東の文吉でさえ、下には見なくなった。それが出世だと、次郎長は思っていない。それでも、大政などは喜んでいた。

秋になり、海は荒れはじめた。

荒い波から逃げるように、軍艦が一艘《そう》港に入ってきた。港は、外海から完全に遮られた湾にある。三保の松原が、天然の堤防になっているのだ。

台風の前で、三日は荒れそうだった。

軍艦から降りた武士がひとり、清水一家へやってきた。

「俺だよ、次郎長」

勝海舟だった。まるで、自宅にでも戻ってきた、というような気軽さだった。油断はできないという感じを、やはり次郎長は勝の小柄な躰《からだ》から感じた。うっかりすると、いかさまの中に取りこまれそうだ。

「親分が俺を嫌ってるのは知ってるが、湾の中でも船は揺れる。それで、ちょっとばかり世話になろうと思ってな」

「嫌ってるなんてことは、ございません、勝の殿様。とにかく、おあがりになってください」

入ってきた時と同じように気軽に、勝は奥の座敷に行き、酒をくれと言った。

「俺は、船に弱くてな、親分」

「御冗談を。アメリカまで行かれたって話を、新門の親分から聞いております」

「動かす人間がいるかぎり、寝てたってアメリカには着くさ。俺は、ずっと酔って寝てただけでね」

「そうおっしゃられても、この時化《しけ》の中を来られたのでしょう？」

「大坂からさ。なんとか江戸まで行けると思ってたんだが、追い波が船の中に打ちこみはじめた。どうも、半端な台風じゃなさそうだな」

「まあ、三日は荒れそうでございます」

「三日ねえ。もっと荒れてくれると、江戸へ戻らずに済むんだがな」

幸次郎が、酒を運んできた。

黙って勝が盃《さかずき》を差し出し、次郎長も黙って注いだ。大政は、子分たちを連れて港へ行っていた。艀《はしけ》が流されでもすると、人足たちが仕事を失うことになる。

「済まないね、いきなり来ちまって」

お蝶が肴《さかな》を運んできた時、勝はようやく口を開いた。

「次郎長と二人きりじゃ、気詰りでいけねえ。嫌われてると思うと、俺も喋《しゃべ》れなくなる」

「次郎長は、やくざでございます、お殿様」

お蝶は、勝に酒を注ぎながら言った。

「人様を嫌うなんてこと、できるはずがございません。相手もやくざならば、別でございますが」

「ところが、俺もやくざみてえなもんでね。次郎長も、いついかさまにかけられるかと、心の中じゃ警戒してる」

「そんな」

「いや、わかるよ、俺にゃ。まあ、当たり前だ。ひと昔前なら、貧乏旗本で、俺も山岡みてえなもんだったろうさ。しかし、この御時世で、旗本も博奕を打てるようになった。いろいろと博奕を打って、お役も貰えるようになった。前に打った博奕が、いかさまだったんじゃねえかと、いまになって時々考える。自分でもいかさまかどうかわからねえってとこが、やくざの博奕と違うとこだが」

勝が笑った。笑う顔を、はじめて見たような気がした。

「あっしら、いかさまが商売のようなものでございます」

「商売となりゃ、いっそ清々する。てめえでいかさまかどうかわからねえとこが、なんとも鼻持ちならなくてな」

「御政道にも、いかさまがあるんでございますか？」

「あるよ。民を騙《だま》すいかさまだから、たちが悪い。幕府と藩とか、藩と藩とか、そんなものはいくらでも騙し合えばいいが」

「殿様は、どちらを騙すんですか。幕府とか藩とか、それとも民とか？」

「どっちを騙すか、わからねえ。第一、騙してるつもりもねえ。そのくせ、結果として騙しちまってたりするんだ」

言っていることは、ほんとうだろう、と次郎長は思った。俺と付き合うと、いついかさまにかけるかわからないぞ、とも言っているような気がした。

つまり、いかさまがうまい相手だと、はじめから思っていればいいのだ。それでいかさまにかけられたら、それは自分を嗤《わら》えばいいだけのことだった。そう考えると、勝の相手をしていても、それほど気分は重たくならなかった。

外は風が強くなっていた。

勝が、銚子《ちょうし》を四、五本空けたころ、松本屋平右衛門が駈けこんできた。港でなにか起きたのかと、次郎長は腰をあげかかったが、勝に会いに来たようだった。

「お役目、御苦労様でございます」

松本屋が、丁寧に頭を下げる。

「役目なんかじゃねえよ、松本屋。海が荒れたんで、逃げこんできただけさ。清水は、いい港だ。そしてイギリスやフランスの狼《おおかみ》どもも、ここは知らねえ」

「幕府の御使者として、広島へも行かれたではございませんか」

「ずいぶんと前の話だねえ。やめときゃいいのに、長州と喧嘩して負けた。その尻拭《しりぬぐ》いを、させられただけのことさ」

「大変なお役目でございますよ」

「喧嘩は退《ひ》き際だ。なあ、次郎長、そうだろう。それが悪かった。喧嘩のやり方を、忘れちまってるな」

肴を運んできたお蝶に、松本屋は丁寧な挨拶《あいさつ》をした。

「このところ、清水一家の若い衆も、お行儀がよくなりました。おかみさんが、よく躾《しつけ》ておられるからでございましょうね」

「ほう、前は荒っぽいのが多かったか」

勝が言った。いささか、酔いはじめているようだ。

「若い衆は、元気の出しどころを間違えることがよくあります。それが清水一家じゃなくなってきた、と私は思っております。うちの船の者たちも、そう申しておりますよ」

「元気の出しどころか」

呟くように、勝が言った。

「上から下まで、元気の出しどころを間違ってるよな」

お蝶は、客の席に長居をすることはない。港に行っている大政たちにも、めしを運んでやらなければならない。次郎長より、ずっと忙しく暮していた。

「おまえ、新選組の近藤や土方を知っていたな、次郎長」

「近藤という方とは、一度も。土方様なら存じあげております。殿様は、ただ人を斬っている馬鹿だとおっしゃいました。ただ斬っているのではなく、幕府に命令されて斬っているのでございましょう。あっしに言わせりゃ、命令する方が馬鹿でございますね」

「親分、いけませんよ、そんなおっしゃりようは」

「いや、次郎長の言う通りさ。少なくとも新選組のやつらは、躰を張っているだけ、幕閣の老いぼれどもよりましだ」

「この間とは、おっしゃり方が違います」

「時が経って、見えてくるものもある。俺は、やつらの一途さが、かわいそうに見えてきた。元気の出しどころってやつを、ほんとうに考えてやれるやつがいねえのさ」

「お会いになりましたか」

次郎長は、ふた月ほど前に会っていた。屯所を訪ねると、気軽に出てきたのだ。前に会った土方より、どこか明るかった。その明るさが、ひどくむなしいものにも次郎長には感じられた。総三も休之助もどこか変ってはいたが、その変り方とはまるで違っていた。

「場合によっては、俺を斬るというつもりで、会いに来たようだった。斬られてやってもい
い、と思わせるものを持ってたよ。土方ひとりだったがね」

「しかし、斬らなかった。斬ろうと思えば、土方様は相手が誰であろうと、斬っておしまいになりますよ」

「だろうなあ。俺は土方を見ていて、こんな気概で俺が老中や若年寄とむき合ったことがあっただろうか、と思った。情ねえもんよ。馬鹿だと思っても、俺は平蜘蛛《ひらぐも》のように這《は》いつくばったこともある。土方は、間違ってもそんな真似《まね》はするめえな。攘夷、攘夷って言ってた連中も、あんな眼をしていた。それに較べて、先の先まで見てるやつあ駄目だね。保身に走る。攘夷だって、先の見えねえやつらが言ってたことだが、人間はその方がいいんだよ。攘夷って言って、外国とやり合ってみると、叩《たた》き潰される。潰されて、攘夷ってのはどうも無理だと思った時、その先が見えてくる。躰で見てるのさ。はじめから先を見てるやつは、頭で見てる」

「わかるような、わからないような」

言いながら、次郎長はまた土方の顔を思い浮かべた。表情は、よく変る。人を斬ったあとの顔は、まるで別人のようだ。はっとするほど、やさしい眼をすることもある。

「次郎長は、土方みたいな男は好きなんだろうねえ」

「そりゃもう、好きでございますね。殿様は、意味もなく人を斬る馬鹿だと言われましたし、山岡様は、剣の腕をああいうところに遣ってはならんとも言われました。しかし、失礼な言

い方でございますが、お二人とも土方様の立場に立って言われているわけではございません」

「まったくだ。おめえの言う通りだよ、次郎長。俺は、どこか狭いんだよ。自分が広いつもりでいるところが、狭い。このごろ、そう思うようになった」

どこかでいかさまにかけられそうな感じ。それは消えていないが、勝と喋っているのが苦痛ではなくなっていた。

独酌を重ねていた松本屋が、不意に頭をあげた。

「幕府は、薩長に勝てますか、勝様?」

酔うと眼が据わるという話だが、まだそこまでは行っていないようだ。

「長州だけにも、負けたじゃねえか」

「しかし、江戸が攻められるとなると」

「そうじゃねえんだ、松本屋。大きく言って攻めと守りの問題なのさ。幕府は長州を攻めたが、しかしほんとは攻めたんじゃなく、守ろうとしたんだ。わかるかい。時勢の流れを大きく見りゃ、幕府は守りで、薩長は攻めだ。幕府が守りに入ったら強い、と薩長は思ってるだろうよ」

「強いんですか?」

「わかるもんかい、そんなこたあ。喧嘩は、やってみるまでわからねえよ。そんなのは、次郎長がよく心得ているだろう」

外の風は、さらに激しくなっていた。時折、雨も叩きつけてきている。

「勝様は、御自分で喧嘩はなさいませんか。たとえば、軍勢を率いて三度長州を攻めるとか」

「喧嘩のやり方を知らねえなんて悪口並べねえで、てめえでやれってことかい、松本屋？」

「そうすれば、勝てるのでは？」

「いやあなことを言うね、おまえ。はたで眺めていて、喧嘩のやり方が悪いってのは簡単だ。実際にやるとなると、そううまくは行かねえもんだろう」

勝が、どういうところでいかさまを仕掛けるかということが、ちらりと見えたような気がした。刀を抜かないで、勝とうとする男なのだ。そう思うと、勝と喋っているのが、いっそう楽になってきた。

「俺の一番弱いところを、ひん剝《む》いて、突っつき回すのはやめてくんな。戦なんてもんになったら、俺は真っ先に逃げ出すくちさ」

それはそれで、喧嘩を知っていることだ、と次郎長は思った。イギリスがどうの、フランスがどうの、と松本屋が喋りはじめ、勝はうるさそうにしながら、それに答えていた。そういう話になると、次郎長はわからなかった。わからないものを、無理にわかろうという生き方は、してこなかった。

次郎長は、何杯目かの茶を啜《すす》りながら、江戸と京のことを思い浮かべた。

総三は、京で悲壮な覚悟をしているように見えた。京という街全体が、そういう悲壮感に包まれている、というように次郎長には思えた。

それに較べて、江戸はやはりのんびりしている。赤坂にある総三の実家は、大名屋敷のように立派で、そこで暮しているお照は、心配しながらも、どこか幸せそうだった。人間というのは、幸せだと心配をするおかしなところがある、と次郎長はこのところ感じることが多かった。お蝶もそうだ。

総三から託されたものを届け、伝言も伝えたのは、ひと月ちょっと前のことになる。お照は、河次郎の手を引いて、門の外まで見送りに出てきた。

ほんとうは、次郎長が総三を連れ戻してくれるかもしれない、と期待していたことがはっきりわかった。だから、次郎長はあまり喋らなかった。

帰りに、新門辰五郎のところへ寄り、赤坂へ行ってきたと言った。黙って、辰五郎は頷《うなず》いた。それから、女でも買いに行くか、と呟くように言った。買いには行かなかったが、辰五郎はやっぱりいい男だ、と次郎長は思った。

風雨が、さらにひどくなってきた。夜から明け方にかけてが、一番ひどいだろう。そして、台風が通り過ぎる。

それでも、すぐに静かになるわけではなかった。風の向きが変るだけで、まだしばらくは荒れ続けるのだ。

四

徳川宗家だけを継いでいた慶喜が、正式に十五代将軍に就任したのは、十二月のはじめだった。就任するとすぐに、慶喜は幕閣の人事に手をつけはじめた。

これまでよりずっと手強い布陣で、慶喜は時局に臨もうとしていた。幕府権力は、それだけで強化されたように見えた。

西郷や大久保は、次に打つ手に窮しているようだ。

軍制の改革にも着手し、フランスとの連携も強め、数カ月すれば幕府軍の装備もずっとよくなるだろう。まだ、幕府には底力があったと見るしかなかった。朝廷への工作は、将軍就任前から、活発になっている。

「前将軍より、はるかに押さえるところを押さえてくる。将軍がそうなら、下の者も力をつける。小栗忠順《ただまさ》などがいま以上の力を持つと厄介だ、と西郷さんは考えているようだ」

休之助は、大坂と京を往復していた。倒幕軍を組織した場合、大坂がひとつの拠点になるという考えで、大坂の薩摩藩邸を強化しているようだ。

「どうも、慶喜の考え方は二段構えのようだ。とりあえず、幕権の強化に全力をあげる。それでも反幕が鎮まらない場合は、天子を頂点に仰ぎ、諸藩で合議体を作る。その合議体を握るのは、当然徳川家ということになる。これは厄介だぞ、総三。倒幕に傾きつつある藩の藩主も、しかるべき地位を与えられるとなると、合議体に参画しようと思うだろう」

倒幕に傾きつつある藩主と休之助は言ったが、薩摩藩主のことを言っているのだろう、と総三は思った。倒幕という動きの中では、藩主は棚あげにされるおそれもある。慶喜が出してくる合議体の案には、喜んで乗る万能性があった。

「関東からも、ずいぶんと人が来ているようだな」

「ああ。いつ倒幕軍が来るのかと、心待ちにしているようなところがある。我慢しきれずに、上洛してくる者もいる」

三、四人がひと組になり、七組が来ていた。そのすべてを、総三が説得して帰した。江戸を攻める時の先鋒《せんぽう》、と総三は思い定めている。薩摩や長州からの兵は、江戸までの情勢を把握しているとは思えないのだ。その時こそが、関東草莽の出番だと説き続けた。みんな、京の奇妙な緊迫に圧倒され、関東での再会を約して帰っていく。

そういう者たちの京での費用は、すべて総三が持ってやった。実家から引き出した金は、まだ残っているし、薩摩藩の機密費も多少は総三に回されてくる。

二回目の長州征伐が、幕府の敗退という恰好で終ってから、長州や土佐の志士がまた続々と上洛しはじめていた。しかし京は、京都守護職が押さえ、その支配下の新選組などは、長州藩士と見ると引き立てるどころか、その場で斬ってしまうこともある。

総三は、そういう人間をできるだけ薩摩藩邸に入れ、大坂の藩邸を経由して逃がす、という仕事をしていた。新選組に追われ、二度斬り合いになったことがあるが、薩摩藩士の救援が入って、難を逃れた。

京の実力者は、まだ幕府だった。

「伊牟田は、まだつらい仕事をしているようだな、休之助」

「俺も気にしているが、仕事の内容は決して洩《も》らそうとしないんだ。西郷さんか大久保さんの密命だろうと思う」

伊牟田尚平は、時々藩邸に戻ってくるが、憔悴《しようすい》しきっていた。顔を合わせても、短い言葉を交わすだけである。

十二月のある夜、総三は今出川通りにある商家から、救援の依頼を受けた。新選組に狙われている武士をひとり匿っているというのである。

今出川通りなら、二本松の薩摩藩邸に入れ、薩摩藩士に紛れこませて、大坂に逃がすのが通常のやり方である。そういう志士の対応を、ひとつひとつ細かくはこなせない、というのが薩摩藩の上層部の考えで、総三は自分が都合よく使われていることはわかっていた。総三ならば、捕縛されても、浪士であって薩摩藩士ではないのである。

町人に変装して、昼間出かけていった。夜の方が、新選組の眼はずっと厳しい。

今出川通りから少し入ったところにある、沢口屋という酒屋だった。二階だと言われ、店の奥から二階へ昇った。京の商家は、間口が狭く、奥行がある。

「名乗れ」

襖《ふすま》のむこうから、声がした。

「四条の薩摩藩邸にいる、相楽総三という」

いきなり、襖が開いた。

「なんだ、君だったのか」

乾退助だった。

「われわれに救援を求めなくても、土佐藩邸に逃げこめばいいことだろう」

「相楽か。手間をかけさせて済まん。藩には内密で京へ入った。実は使命があって、京を出なければならん。君なら、ちょうどいい。薩摩藩邸にも入らず、鳥羽《とば》の方へ出たいのだ。できれば、薩摩にも内密にして貰いたい。もし訊かれるようなら、乾は新選組に追われて洛外に逃げたと」

沢口屋の周辺に、新選組の気配はなかったが、乾退助も憔悴しきっていた。

「いいだろう。いつ？」

なにも訊かず、総三は言った。京では、さまざまな動きがある。総三の動きも、知らぬ者が見れば、相当におかしく見えるはずだ。まして、土佐藩は、藩論が倒幕に傾いているというわけではなかった。

「今夜だ。昨夜来てくれるかと思って、じりじりしながら待っていた」

「そうたやすくはいかない。一応は、この付近のことも調べさせるし」

総三は、小者を二人使っていた。ともに、賭場で知り合った、渡り中間《ちゅうげん》である。江戸には多いこういう男たちが、京にも増えはじめていた。信用はできないが、払った銭の分だけは働く。

「乾、君は夜までに、町人のなりをしていてくれ。着物などは届けさせる。ぼくはその間に、いろいろと準備をする」

準備と言っても、鳥羽までの道が安全であることを、小者に確かめさせるだけだ。

「恩に着る、相楽」

「こんなことで恩に着ていたら、そのうち肩が重たくなって身動きできなくなるぞ」

総三が言うと、乾は口のあたりに皺《しわ》を寄せて笑った。

乾の京からの脱出は、なにほどのこともなかった。ただ、乾は眼に見えないものにでも追われているように、始終躰を硬くしていて、怯《おび》えも隠そうとしなかった。新選組に追われても、こんなふうになる男ではなかった。いつもは据わっているはずの胆《きも》が、消し飛んでしまっている。幽霊に追われると、こんなになってしまうのか、と総三は思った。

「ぼくがなぜ京を逃げるか、君にもいずれわかると思う。御所で、なにかが起きる。明日の夜だ。ぼくは、それだけには関りたくなかった」

それだけ言い、乾退助は闇《やみ》の中に消えていった。

総三は、京の郊外で夜を明かし、翌日、藩邸へ戻った。伊牟田も休之助もおらず、中村半次郎の姿も見えなかった。

総三は武士の身なりに戻り、二本松の薩摩藩邸に移った。御所は、眼と鼻の先である。

乾退助が言ったことが、気になっていた。

御所で、なにかが起こる。考えられるのは、軍勢が力ずくで天子を奪うことぐらいだ。あるいは、潜伏中の長州藩士が集まって、火でも放とうというのか。とにかく、各所を会津、桑名の藩兵が警備している。ひとり二人なら別だが、徒党を組んでは門にも近づけないだろう。

夜になった。冷えこんでいるが、静かだった。火を放つにしても、風さえもない。藩邸も、いつもより静かで、人は少ないような気がした。

いやな予感が全身を襲って、総三は身ぶるいをした。寒さのせいだ、と思った。

南で騒ぎが起きた、と藩士同士が喋っているのを耳にしたのは、夜半だった。新選組も出動しているという。南と言っても、七条あたりのことらしい。

御所でなにかが起きた、という気配はなかった。藩邸から、人が出ていくという様子もない。

総三が外へ出たのは、明け方近くなってからだった。二本松の藩邸は、今出川通りに面している。この通りは、桑名の藩兵が巡回していた。一度巡回してくると、半刻《はんとき》は誰もやってこない。

潜門《くぐりもん》のところで桑名藩兵をやり過した。

今出川通りから、烏丸通《からすまどお》りの方へ出てみる。少し行けば、京都守護職屋敷である。人の動きはなかった。

半刻で、藩邸に一度戻った。

巡回をやり過す。定時に巡回しているということは、なにも起きていないということだ。夜は明けかかっていた。いやな予感は気のせいだろうと思った。なにか事を起こすつもりの浪士がいたとしても、御所よりずっと南で新選組か見廻組とぶつかっている。つまり、なにも起こすことはできなかったのだ。

女が、歩いていた。巡回と巡回の間隙《かんげき》を縫ってきたという感じで、御所の方からこちらへむかっている。女官《にょかん》だということは、袴《はかま》を穿《は》いていることでわかった。

早朝、女官がこんな場所を歩いているものかどうか、総三にはよくわからなかった。歩いていると言われれば、そうだろうという気もする。ただ、女の様子はいくらかおかしかった。三歩か四歩進むと、立ち止まっている。右脚を引き摺《ず》っているようだ、ということがなんとか見てとれた。

女は、今出川通りを横切ると、薩摩藩邸とは逆の方へ歩き、路地に入っていった。右脚は、やはり引き摺っている。

総三は、女を追った。ただごとではない、という様子が女にはあったのだ。

路地へ入ると、被《かず》きものが見えた。走って追いすがる総三に、女はようやく気づいたようだ。走り出そうとして、前のめりに倒れた。総三は駈け寄り、女の肩に手をかけた。

異様なものに触れた。そういう気分だった。華奢《きゃしゃ》な骨格だが、女らしいやわらかさはまるでなかった。不意に突き出されてきた短刀を、総三は身をよじってかわし、手首を摑《つか》んだ。強くはないが、女の力でもなかった。

「岩倉卿」

横顔を見て、総三は思わず声をあげた。

女の身なりをしているが、間違いなく岩倉具視だった。

「どうなされたのです、このような身なりで」

「相楽か」

岩倉は、大きく息を吐いたようだった。白い息は、続けざまに吐き出されてきた。

「とにかく、もう少し進みましょう。ここでは、今出川を巡回する桑名藩兵に見られないともかぎりません」

岩倉はなにも言わず、総三の手にすがるようにして立った。裸足《はだし》だった。角を曲がって、今出川通りからは死角になるところへ入ると、総三は背中を差し出した。岩倉の腕が、首に絡みついてくる。

「二本松の、薩摩藩邸へお連れします」

「いや、岩倉村へ」

「それは駕籠《かご》なりと用意させますが、とりあえず脚の怪我《けが》を」

「挫《くじ》いただけだ。私は女のなりで屋敷から抜け出したのだが、見張りの者とぶつかった。いまは岩倉村にいることになっているので、できるだけ早く戻らなければならぬ」

二里というところだろう。岩倉村は、洛北郊外の、鞍馬山《くらまやま》の麓《ふもと》にある。岩倉を背負ったまま、総三は駈け足になった。

霜柱を踏んで、総三は駈け続けた。揺れると痛むのか、岩倉は時々呻《うめ》きをあげたが、停《とま》れとは言わなかった。

半刻ほどで、岩倉村に着いた。総三は、全身汗にまみれていた。夜は明けていたが、まだ早朝で、人の姿はない。

「御苦労だった」

村の入口で、岩倉はそう言った。

「君はなぜ、夜明けにあんなところにいた？」

「あんなところと言われても、二本松の藩邸から出てきて、岩倉卿をお見かけしたのです。もっとも岩倉卿とは思わず、怪しげな女だと思ったので、追ったのですが」

「どこへ行くつもりだった？」

「三条小橋そばの旅籠《はたご》へ。そこにいる潜伏中の長州藩士を、大坂へやる仕事がありましたので」

嘘《うそ》を言った。その方がいいような気がした。岩倉は、かすかに頷いた。

「私は、ずっと岩倉村にいた。よいな。そうでなければ、また京への立入りを禁じられる。

足さえ挫かなければ、夜のうちにここへ帰って来られたのだが。世話をかけたが、旅籠にいる長州藩士が心配だ。遅れても大丈夫なのか、相楽？」

「仕方ありません。七条あたりで、大きな騒ぎがあったことは知っているでしょう。私が行くまで、動かずに待っているはずです」

「それならいいが」

岩倉の眼が、瞬間、射るように総三を見つめてきた。それだけだった。総三は一礼し、踵《きびす》を返した。霜柱が、蹠《あしうら》でさくっと音をたてた。

錦小路の藩邸へ戻った。

二本松ではなく錦小路の方に、総三が住んでいる長屋があったからだ。京には人が出ていたが、大きな騒ぎが起きた気配はなかった。

長屋の部屋では、伊牟田がひとり、泥のように眠っていた。ここ数カ月で、面貌が変った。ひどく歳をとったように見える。

午《ひる》を過ぎたころ、休之助も戻ってきた。

昨夜、東本願寺のあたりで、藩士がひとり斬られたという知らせが入ったのだという。駈けつけたが、屍体《したい》はなく、新選組がやってきた。見廻組も現われたらしい。薩摩藩士十数名との睨み合いになったが、よく考えてみると、なにも起きていない。かろうじて、斬り合いにならずに済んだという。

なんだったのかは、わからずじまいだ。

夕刻近くなってから、藩邸の中は騒々しくなった。西郷も、大久保もいた。小松帯刀が、大声でなにか指示している。

孝明天皇の崩御《ほうぎょ》。

耳にした時、総三の躰はふるえた。

長屋の部屋では、伊牟田がまだ眠っていた。なにかがあった。そう思ったが、総三の頭の中はまとまらなかった。

第八章　水　面

一

おかしなことが多かった。

幕府を倒して新しい国を作ろうというのだから、いろいろなことが起きるだろう。自分が理解できないことも多いに違いない、と休之助は思った。しかしそれは上の方の動きのことで、友だちまで理解できなくなるとは考えていなかった。

伊牟田尚平が、錦小路の藩邸の長屋で、塞《ふさ》ぎこんでいた。それも、もうふた月近くになる。総三は総三で、年が明けるとすぐに、信濃《しなの》に出かけていった。その時の総三の表情も、なぜか暗かった。昔からの同志に会いに行くのになぜだ、と休之助は言いそうになった。

孝明帝が急死し、十六歳の明治帝が践祚《せんそ》していた。それは、倒幕には都合のいいことのはずだった。孝明帝は、倒幕ということは頭になく、幕府と朝廷が協調することを望んでいた、と休之助は考えている。総三とも、そういう話はしたが、めずらしく総三はあまり意見を言わなかった。

倒幕派による、孝明帝の暗殺という噂《うわさ》があることを、休之助は知らないわけではなかった。

都合よく死んだから、そういうことが囁《ささや》かれるのだ。

伊牟田は、暗殺の仕事もやった。休之助より、ずっと剣の腕も立つ。しかし、伊牟田が御所に入って天皇を殺したなど、ちょっと考えられることではなかった。それに伊牟田は、岩倉卿の暗殺を大久保に命じられた、と言っていた。岩倉卿が、倒幕の邪魔になるようならばである。伊牟田は岩倉卿に密着し、殺すほどの邪魔にはならない、と判断したのだ。だから、岩倉卿は、京郊外の岩倉村にいまもいて、時々忍んで京へやってくる。

西郷や大久保は、孝明帝の死を内心では北叟笑《ほくそえ》んでいるだろう。天皇を摑《つか》んでおくべきだというのは大久保の持論で、それは身柄を押さえておくだけでなく、心も倒幕にむけさせるという意味があったはずだ。孝明帝では難しく、明治帝ではそれほど難しいことではないだろうということは、休之助にもわかる。孝明帝は、やはり幕府との協調の姿勢を変えなかっただろう。

倒幕派には、都合のいいことだった。だから、暗殺などと囁く者も出てくる。

孝明帝崩御《ほうぎょ》の前夜は、京の南で新選組と悶着《もんちやく》があった。長州藩士数名が、京に入ってくるという話があったのだ。新選組がそれに気づいたから、薩摩藩士が間に入る。それで休之助は駆り出されたが、結局長州藩士が入ってくることはなく、睨《にら》み合いだけで終った。あの時も、伊牟田に駆り出されたのだ。

伊牟田は病いかもしれない、と休之助は考えはじめていた。一度、藩邸の医者に診せようとしたが、伊牟田は頑強に拒んだ。

暇だから余計なことを考えるのだ、と休之助は思った。年が明けてひと月ほど経つが、やることはなにもなかった。一応、総三がやっていたことを受け継いだ恰好《かっこう》にはなっている。倒幕派の浪士を、京で保護する仕事だ。それも、土佐藩士をひとり京から出してやっただけだった。

西郷や大久保は、孝明帝の死を機に、朝廷での力を拡大しようとしているのだろう。ほとんど、錦小路ではなく二本松の藩邸の方にいた。その方が、ずっと御所に近い。

江戸では幕臣とも交わっていたが、さすがに京ではそれはできなかった。京の緊張は、江戸とは較べものにならないのだ。

次郎長からの使いが藩邸に来たのは、二月に入ってからだった。総三が信濃に行っていることは知っているらしく、休之助に対する使いだった。

三条小橋そばの、川田屋というのが、次郎長の定宿だった。

「また、伊勢でなにか起きたのかい、親分？」

顔を合わせると、休之助は言った。このところ薩摩弁ばかり喋《しゃべ》っているので、江戸弁を遣うのが単純に嬉しかった。

「まあ、俺も清水じゃ退屈でね。子分たちがまともに働いてるし、こんな御時世じゃ、大喧《おおげん》嘩《か》はできねえし」

「そうだよな。国じゅうで、大喧嘩をしてるようなもんだし。俺は、江戸が懐しいよ」

「京の女は、美人じゃないか」

「いや、田舎者を馬鹿にするね。薩摩っぽという意味じゃなく、京の女にとっちゃ江戸の男も田舎者さ」

「それじゃ、その田舎者が一緒に来てるよ。もうすぐ帰って来る」

「へえ、誰かな」

休之助は、運ばれてきた酒を飲みはじめた。次郎長は、相変らず茶を啜《すす》っている。

「総三が信州だってことは、知ってるんだね、次郎長さん」

「ああ。江戸にいる総三さんの仲間も、信州へ行った。先走って、なにかやらかす気じゃないだろうか？」

「やくざの喧嘩は、先手必勝じゃないのかね。もっとも、総三は信州あたりの暴発を抑えに行ったのだと思うが。実は、このひと月、俺は総三とじっくり話をしてない。あいつが、どこか避ける気配でね。ひとりで思い悩まなければならないことが、あるらしいんだ」

「総三さんがかい？」

伊牟田尚平もそうだ、と休之助は言いそうになった。伊牟田が塞《ふさ》ぎこんでいるのは、ありそうだという気もする。総三は、もともとそういう性格ではなかった。

総三と伊牟田が、二人きりで喋ったという気配もない。伊牟田は、しばしば二本松の藩邸に呼ばれていたが、総三と一緒だというのは見かけてもいなかった。

二人の様子の変化は、やはり孝明帝の崩御からだ。あれに、なにか関っていたのか。関るとして、どういう関り方があるというのだ。

孝明帝の暗殺というのは、風評に過ぎなかった。年齢から言っても、そんな風評が流れることは、ありそうだという気がする。

「休之助さん。なにか、時代の流れが前より急なものになってないかね。俺は清水にいて、日ごろは暢気《のんき》に暮してる。だから、京の変りようが、京にいる人間よりよく見えることがあるって気もする。なに、御大層なことを言ってるんじゃねえよ。休之助さんや総三さんが、それに押し流されなきゃいい、と願ってるだけでね」

次郎長が、茶を啜りながら笑った。穏やかな表情の中で、眼だけがはっとするほど厳しい。やくざなのだ、と思うが、そう見えることは少ない。時代の激流の中で生き抜いている男の眼。休之助には、いつもそんなふうに見えた。生き抜くだけで、出世も栄達も考えていない。だから、厳しい眼なのだ。

こういう眼をしている男を、ほかにも知っている。休之助がそう思った時、襖《ふすま》が開き、その当人が入ってきた。休之助は、足音ひとつ聞かなかった。

「休之助、京で暮してるってのに、ちっとも垢抜《あかぬ》けてないな。見栄っ張りのただの江戸っ子としか見えないぜ」

山岡鉄舟は、休之助の肩を軽く叩《たた》くと、むき合って腰を降ろした。

「なんだ、次郎長さんも意地が悪いな。連れってのは、山岡さんだったのか」

山岡が、口もとだけで笑った。相変らず姿勢がいい。じっと休之助を見つめてくる視線に、思わずたじろぎそうになった。

「変ってないな」

「変りようもありませんや」

「いや、こういう時勢の中で、変らずにいるというのは大変なことさ。みんな変る。変らざるを得ないからだ。あの勝さんでさえ、変ったと俺は思う」

「勝海舟がですか」

「あの人の変り方は、栄達を求めるというようなものじゃないがね。時の流れを、徳川に有利に導こうとは考えはじめたようだ」

「そりゃ、幕臣で、おまけに山岡さんのような冷や飯食いじゃないんだから」

「まったくだ。こうなると、俺みたいな男は、なんの役にも立たないな。忠節というのがなんなのか、俺はしばしば考えるよ」

休之助は、山岡に酒を注《つ》いだ。江戸の藩邸にいたころが、休之助はただ懐しかった。

「あっしは、ちょっと」

次郎長が腰をあげる。山岡が頷《うなず》いたので、休之助も止めなかった。

「西郷や大久保は、どうしている？」

二人きりになると、山岡が呟《つぶや》くように言った。

「どうって、忙しく動き回ってますよ。なにしろ、国を背負った二人ですからね」

「狡《ずる》い背負い方だ。重たいものは長州に背負わせて、へたりこむと手を差しのべる。まあそれが利口というもんなんだろうが。弱りに弱った幕府を攻めたてて、最後に江戸を火の海にするのは、薩摩だって気がするな」

「俺も、そう思います」

「それはそれで、時の定めだろう。西郷や大久保が、不忠を働いているわけではない。それぞれが、自分のできることをやろうとしている。長州の桂などもな」

山岡が、こんな話をしに京まで来たとは、休之助には思えなかった。動くものは、動け。

踊る者は、踊れ。山岡はいつもそう思っていたはずだ。そして、剣をきわめようとしていた。それは、逃げているようにも休之助には見えたが、山岡に言ったことはない。時勢の中で自分を見失わない方法だ、と休之助も思わざるを得なかったからだ。

「山岡さんが京へ来られたのは、浪士隊の旅に同道されて以来ではないんですか」

「そうだな」

「なにをしに、京へ来られたのです？」

「これはまた、いきなり訊《き》いてくるな、休之助。なんとなく探りを入れるというのが、おまえのやり方だったが」

「京は、なんでもいきなりってことになってますよ、いまは。いきなり暗闇《くらやみ》から白刃が襲ってくることだってありまっせ」

「俺は、先帝の弔いに来たのだよ、休之助」

「ほう、帝《みかど》のねえ。山岡さんが勤王家であることは知ってますが、また弔いのため霊前まで行かなきゃならないと考えはしない人でもある。わざわざ京に来た理由にゃなりませんな」

「しかし、弔いなのだよ、休之助。俺のやり方で、弔いをしようと思う」

「山岡さんのやり方？」

「おまえには、言っておこうと思ってな。京にいる間、俺に近づくな」

「風評に惑わされていますね。あんなおかしな風評に。山岡さんともあろう人が」

「そうかな」

山岡が、休之助を見据えてきた。

「そんな風評なら、先の将軍家の時もあったじゃないですか」

「それは、ただの風評だ」

「そして、先の帝の場合は風評じゃないってんですね？」

「俺が、風評でないと感じた」

「もしそうなら、倒幕派がやったことかな。俺も総三も、倒幕派のひとりですが」

「とにかく、俺には近づくな」

「斬《き》るのですね？」

「俺には、深いところまでは見えん。見たくもない。斬るべきは、ひとりだ」

西郷を斬ろうとしているのかもしれない、と休之助は思った。それは、止めなければならない。あっていいことではない。いまこの国に西郷が必要だということを、理屈ではなく休之助は感じていた。

「心配するな。西郷も大久保も斬らんよ。たとえ先の帝の暗殺の背後に、あの二人がいたとしてもだ。暗殺を考えても、手が下せるわけがないからな。手が下されたのは、手を下した人間がいるからだ」

「誰です？」

「岩倉という公家《くげ》だよ」

「しかし」

「風評だってことは、俺も知ってる。こんなに血が流れている世の中だ。公家ひとりと俺の血が加わったぐらいで、なにほどのこともあるまい」

岩倉卿を斬って、切腹するつもりなのだろう。奇妙なことだが、岩倉卿が死ぬことより山岡が死ぬことが重大だ、と休之助は思った。たとえ相手が西郷であったとしても、そう思ったかもしれない。

「やめましょうよ、山岡さん」

「岩倉ひとりが死んでも、世の趨勢《すうせい》が変るとは思えんさ。それでも、俺は斬ろうと思って京へ来た。俺の忠節というだけのことさ」

「山岡さんは、幕臣でしょうが」

「同時に、この国の民のひとりでもある」

岩倉卿が暗殺に関った、ということはありそうな気がする。その前に、伊牟田尚平が、岩倉を斬ると言って張りついていたことがあった。あれが岩倉卿に対する威《おど》しだったとしたら、やはり背後に西郷か大久保がいるのか。伊牟田は、よく中村半次郎とも一緒だった。半次郎は、薩摩の人斬りと言われている男だ。

しかし、岩倉卿がというのは、風評だった。証拠など、どこにもないのだ。

山岡にそう言ったところで、それはそれでいいと言うだろう。斬ろうと思った人間を斬り、自分も死ぬ。山岡がそれでよしと思えば、それまでのことなのだ。

「簡単に、幕臣が岩倉卿に会えると思ってるんですか、山岡さん？」

「だから、次郎長に来て貰《もら》った。次郎長は、千三百両ほど、岩倉に貸しがあるそうだ。返せと言えば、岩倉は出てくる。なにしろ博奕《ばくち》の借りだ。清水一家が殴りこんでくることも考えられるからな」

　伊牟田に人物を見て欲しいと頼まれて、次郎長は岩倉邸の賭場《とば》へ行ったのだ。そして、殺した方がいい男だ、と言った。しかし、千三百両も勝ったとは、休之助は知らなかった。それぐらい勝つことで、岩倉の性根が次郎長には見えたということなのか。

　休之助は、焦るような気分に襲われた。次郎長が黙って出ていったのは、岩倉を探るためだったのかもしれない。

「止めるなよ、休之助」

「好きにしてください。山岡さんを止められるなんて、思っちゃいません」

　次郎長なら止められるかもしれない、と休之助は思った。それから、別のことを考えた。次郎長なら、自分でやるかもしれない。

「山岡さん、次郎長さんには、斬るって話もしたんでしょう？」

「頼まなきゃならんことがあるしな」

「おかしなことになってきやがった。次郎長さん、黙って頼まれるかな？」

「どういうことだ？」

「次郎長ですよ」

「自分でやるか？」

　呟くように、山岡が言った。

「しかし、そこまで」

「やくざですよ、あの人。すぱっと決めたら、それ以上なにも考えない人です」

「戻ってきたら、言い聞かせる」

「遅いな。会った瞬間に斬る。やるとしたら、そうだろうと思います」

山岡が、右脇に置いた刀を摑んだ。

「行くぞ、休之助」

いやな予感が、休之助を包みこんでいた。

二

京から北へ行く人の数は、それほど多くなかった。

岩倉村となると、街道からもはずれている。細い道が一本あるきりで、両側は竹林や雑木林や畠《はたけ》だった。岩倉村の半里ほど手前で、次郎長は足を止めた。

「俺、村を探ってきましょうか？」

「いや、いい。おまえみてえな図体のやくざが歩き回ってりゃ、いやでも目立つ。ここで待つ方がいいだろう。おまえは、そこの高見に登って、村の方を見張れ、幸次郎。人が来たら、そのたびに知らせるんだ」

「わかりました。喧嘩は、すぐにはじめねえでくだせえよ。親分になにかあったら、俺の首を飛ばすって、大政の兄貴に言われてんです。親分に、怪我《けが》ひとつさせちゃならねえって」

「俺たちゃ、喧嘩に来たわけじゃねえぞ、幸次郎。山岡様のお手伝いさ。ここは、岩倉って公家と山岡様を会わせりゃ、それで終りだ。京にいねえってのは、好都合さ。ここは、目立たねえ」

「だけど親分、自分で喧嘩しそうな顔をしてます」

「見逃しちゃならねえ。そう思ってるのが顔に出るんだろうよ」

それから次郎長は、片手を振ったら、そのまま三条小橋の川田屋へ飛んで行って、山岡を呼んでくるようにと言い含めた。

岩倉具視というのは、公家である。屋敷で賭場などを開いているが、博徒ではない。それでも、博徒より博徒らしい、と会って次郎長は思った。だから、伊牟田には、斬った方がいい人間だと言った。いかさまを使うとすると、とんでもないいかさまを使うかもしれないのだ。同じいかさまでも、勝海舟よりずっと汚れたいかさまを使うだろう、ということも次郎長は感じた。

岩倉村から来ると、雑木林を抜けたところの石仏の前で、次郎長は待った。今日、来なければ、明日でも明後日でもいい。とにかく、岩倉村から京の屋敷にむかう、岩倉具視をここで待つ。

幸次郎は、すぐに山岡に知らせに行くだろうが、次郎長はその前に自分で斬るつもりでいた。千三百両の貸しがある。斬る理由は、それで充分だった。山岡は、斬って自分も死ぬつもりだった。それなら、やくざである自分が斬って、兇状旅にでも出ればいいことだった。山岡との命のやり取りをさせるには、つまらない男だと次郎長には思えた。俺の命が役に立つ。そう思った時、次郎長は決めていた。

喧嘩は、手を抜かない。死んでもいい、という気持でやる。いままで、ずっとそうしてきた。生きているのは、たまたま運がよかっただけだ。

なぜ山岡が岩倉を斬らなければならないのか、次郎長は考えなかった。山岡も、岩倉を斬るとはっきり言ったわけではない。次郎長に、それがわかっただけだ。

山岡だったら、自分の命を役に立ててもいい。新門辰五郎のためにも、総三のためにも、休之助のためにも、それはできると次郎長は思っていた。

できる男であればいい。それがやくざだ。

何日前に降ったのか、畠にはまばらに雪があった。清水と較べると、ひどく寒い。そして静かだ。海がないと、空気さえ張りつめたまま動かないような気がした。こういう時、酒が飲めればいいのだろう、と次郎長は思った。徳利をぶらさげてきてもいいと幸次郎には言ったが、遠慮した。それに山育ちの幸次郎は、こういう寒さには馴《な》れているようだ。

若くはなくなった。

次郎長は、苦笑するような気分で、そう思った。兇状旅を重ねていたころは、ひと晩もふた晩も、雪の山を歩いた。それがつらいとも思わなかった。一緒に旅をしている子分を叱咤《しった》することはあっても、心配されることはなかった。

いまは、幸次郎の方が、次郎長のことを心配している。合羽も、裏にもう一枚布を張ったものを、次郎長のために用意していた。それを、ありがたいとも思ってしまう。

旅籠《はたご》に泊り、ゆっくり風呂にも入る旅をしてきた。ここで岩倉を待ちはじめて、まだ一刻《いっとき》も経っていないのに、頭ではもう風呂のことを思い浮かべたりしている。

やくざとして、落ちぶれたという気分がある。斬り殺されようと、旅先の野で朽ち果てようと、打首になろうと、男として生きたという思いさえあれば、やくざは落ちぶれはしない。

腹の中が腐りはじめた時、やくざはやくざではなくなるのだ。

清水一家は、順調だった。港の仕事《しのぎ》が、一家の生計《たつき》を助けて余りある。おまけに、女房まで貰った。清水にいると、これでやくざかという思いにしばしば襲われる。待ちはじめて、二刻が過ぎた。もう少しで、陽が落ちて暗くなる。それでも、待つのをやめようとは思っていなかった。岩倉が京へ行くなら、多分、暗闇に紛れてだろう。

小高い丘にいた幸次郎が、途中まで降りてきて、親分、と声をかけてきた。次郎長は、雑木林の間の道を走った。見通しのいいところで、林の中に身を隠す。すぐに現われた。二人。ひとりは武士で、もうひとりは岩倉だった。

駈《か》け戻り、次郎長は大きく片手を振った。幸次郎が、京の方へ走っていく。

次郎長は、石仏の前で待った。合羽は脱ぎ、草鞋《わらじ》を確かめた。

大きく、息をする。二人の気配が近づいてきた。立ち塞がるように、次郎長は道の真中に出た。

二人が、立ち止まる。武士が、じっと次郎長に眼をむけてきた。自分が死ぬことが、次郎長にははっきりわかった。半端な腕の武士ではない。近づいてくる姿を見ただけで、全身に鳥肌が立ってくる。

こういうこともある。投げ出すような気分で、次郎長は呟いた。死ぬにしても、岩倉を殺してからにしたい。その算段はしようと思った。

「これは、岩倉様」

次郎長は、膝《ひざ》に手を当て、頭を下げた。岩倉は、次郎長のことがすぐにはわからなかったようだ。連れの武士は、いささかの歩調の乱れも見せず、近づいてくる。このままでは、擦れ違って歩み去り、自分の屍体《したい》だけが道に転がっていることになる、と次郎長は思った。どうすればいいかは、わからない。

「岩倉様。お貸ししてある千三百両を、受け取りに参りました」

「次郎長か」

岩倉が、かん高い女のような声で言った。

「その次郎長でございます」

連れの武士は、岩倉が声を発したと同時に、足を止めていた。

「まさか、あの借金をお忘れになったわけじゃございませんでしょうね？」

「忘れてはおらぬ。しかし、千三百両も持ち歩く者がいると思うのか」

「そりゃ、いまここでとは思っておりません。お屋敷までお供いたしますので、そこで払っていただければ」

「なにを馬鹿なことを言っている。屋敷にも、そのような金はあるものか」

「それでは、お払いくださいませんのでしょうか、岩倉様？」

「いつ払うか、言ってはいなかった。おまえは待つと言った。だから、もう少し待て」

「待てません」

「なに？」

「博奕の借金は、その場で払うものです。遅らせれば、あっという間に利子がつきます。あっしの勘定じゃ、千三百両が、もう二千両にもなってまさ。いつという話がなかったんなら、返せと言われた時が返す時、というのも博奕の世界じゃ当たり前のことです」

「二千両だと申すのか？」

「いえ、千三百両。利子は、一文もつけちゃおりません」

あの時、次郎長ははっきりと賽《さい》の目を読めた。丁目に半刻ほど張った。半目が出たのは四度だけで、その時は張らなかった。勝負にこだわらなければ、賽の目は自然に見えてくる。一刻足らずで、千三百両勝っていたのだ。岩倉が出てきたのは、その時だった。

下手《へた》をすると、賭場荒しとして斬られかねない額だった。百両でも二百両でも、斬られる時は斬られる。すぐに払って貰おうとは思っていない、と次郎長は言った。証文もいらない。身につけているものを、ひとつだけ預けてくれればいい。それだけ言うと、岩倉はほっとしたようだった。帯に差した扇を、畳に放り出した。それだけ受け取り、次郎長は賭場を出たのだった。

「証文など、あるまい」

「あるわけがございません」

「そのような借金はない、と申したら？」

「御冗談を。博奕の借金でございます。あっしら渡世人は、証文なんてものを信用もいたしません。岩倉様にお預けいただいた、扇がひとつございますよ」

「そんなもの」

「そんなもの、ではございません。扇ひとつで命を張る。それが、やくざでございまして」

「おはん」

連れの武士が、はじめて口を開いた。

「殺気を発しちょる。ないごて、そげな殺気を見せ申す？」

「どなたかは存じませんが、岩倉様とあっしの間だけのことでございまして。岩倉様が払わねえとおっしゃられりゃ、借金の代りにお命を頂戴《ちょうだい》する。ただそれだけのことでございます」

「中村、この男を斬れ。言いがかりをつけて、私を脅かしている」

「言いがかりとおっしゃいますか、岩倉様」

岩倉に近づく隙《すき》を、次郎長はずっと窺《うかが》っていた。中村と呼ばれた武士は、指一本動かそうとしない。居合だ、と次郎長は思った。小政がやっているので、見ていてよくわかる。そして、小政よりずっと腕は上だ。

「この扇、紋が入っているわけでもなんでもございませんが、間違いなく岩倉様のものでございます。御白洲《おしらす》の上で申し述べることじゃございません。岩倉様とあっしが知ってりゃいいことで」

次郎長は、懐から扇を出した。差し出すような恰好で、岩倉に近づいた。霜柱が、別のものが壊れるような音をたてた。

跳んだ。それも横へ跳び、勢いで畠の中に転がりこんだ。霜柱が、別のものが壊れるような音をたてた。

抜撃ちのすごさは、眼よりも肌が捉《とら》えていた。ふるえた肌が、ようやく粒を立てはじめている。武士はもう刀を鞘《さや》に収めていて、抜いたことさえ岩倉は気づいていないようだった。

この抜撃ちから、逃げる道はないだろう。どこをどう突いても、岩倉まで近づけはしない。この武士の刀が届くところに踏みこんだ時、躰《からだ》は両断されているだろう。死ぬしかなさそうだ、と次郎長は思った。岩倉を斬ることで、自分の命を役に立てられないのが、ちょっとばかり口惜《くや》しい。しかし、やくざの死にざまとしては、別に悪くないのかもしれない。やくざの命が、なにかの役には立たないというのも、当たり前のことだった。

次郎長は、躰を起こした。刀を抜き、右手でぶらさげた。

「おはん、かわしたな」

無表情に、武士が言う。

「おいの居合をかわせる男は、京の中にも何人もおらん。たまげ申したぞ。ここで斬り合いをするこたあなか。去《い》ね」

「そうはいかねえよ」

次郎長は、二歩武士に近づいた。まだ畠の中で、あと五、六歩の距離はある。とっさだったが、ずいぶんと跳んだのだ。そんなことを、奇妙に感心した。

「やくざがここでできるのは、死ぬことか、借金を取り立てることでね。逃げるって法は、やくざにゃねえんでさ」

男の表情が、ちょっと動いたように見えた。

「斬り捨てろ、中村」

「なかなかに、難しかことでごわすぞ、御前《ごぜん》。こん男は、腕が立ち申す。御前を斬れば、死んでよかとも思っちょり申す」

「おまえは、人斬りと言われた男だろう。やくざのひとりも、斬れぬのか」

「斬れと言われるなら、次の一刀で斬り申す。しかし、死骸《しがい》が、御前に食らいついてくるかもしれません」

びっくりしたように、岩倉は二、三歩退《さ》がった。次郎長は、岩倉にだけ眼をむけた。一歩。次の一歩で道に入った。そのまま、岩倉に近づいていく。地獄の入口あたりか、と次郎長は思った。笑いたくなるような気分だった。こんなふうに、死ぬことに近づいていったことはない。

「おいどんは、御前を護らにゃならん。そいが仕事でごわす。次においの手が柄《つか》にかかったら、おはん生きちゃおり申さんぞ」

わかりきったことを言うな、と次郎長は思った。こんなばけものの剣など、かわせる者は誰もいないだろう。

男が、不意に跳んだ。岩倉の方へだった。

「親分」

声が飛んできた。庇《かば》うように次郎長の前に立った幸次郎の躰から、湯気があがっている。息も荒かった。

「こちらへむかっておられる山岡様と、途中で出会いました」

山岡が来てしまったのか、と次郎長は思った。結局、やくざ者の命はなんの役にも立たない。

武士は、刀の柄に手をかけていた。山岡が次郎長のそばに立った。

「悪かったな、親分。俺がおかしなことを頼んだので、死ぬ気にさせちまったか。それにしても、やくざってのはすぱっとしたもんだね。ちょっと感心したよ」

「出過ぎたことをいたしました、山岡様」

山岡は、もう武士の方に眼をやっていた。

「大変な腕だな。よく生きていてくれたよ。次郎長」

「薩藩、中村半次郎でごわす」

「なるほどね。薩摩の人斬り半次郎か。俺は、山岡鉄舟という。一応幕臣だがね。あんたの後ろでふるえている人に、用がある」

「山岡先生でごわすか。御前をお護りするのが、おいどんの務めでごわす。山岡先生の名は、おいも聞いちょり申す。立合いを所望したか」

「岩倉卿を護るためかね。それとも？」

「おいどんも、剣に男の一生を賭《か》けちょり申す。それがいま、たまたま御前をお護りしちょるだけでごわす」

「なるほどね。居合で来るか？」

「示現流を、いささか遣い申す」

中村が、大刀を抜き放った。山岡も、静かに抜刀した。

奇妙な構えだった。中村は、頭の横まで両手をあげ、剣先を空に突き立てるような恰好をしている。いかにも窮屈そうだが、しばらくするとその感じもなくなった。ただ立っているだけのように見える。山岡は、正眼で静かに構えていた。

薄闇が、濃くなってきている。次郎長は、動けなかった。どうということもないのに、空気が躰を縛りつけているような気がする。不思議な感じだった。幸次郎がふるえている。

どれほどの時が経ったのか。

二人が同時に動いた。その瞬間、次郎長の全身は硬直した。抗《あらが》い難いなにかに、打たれたような気分が襲ってきた。

二人の位置は、入れ替っている。構えは同じだった。山岡の着物の袖《そで》が、ぶらさがっている。二人とも、汗を滴らせているようだ。

幸次郎が、腰を抜かして小便を垂れ流していた。

次郎長も立っていられないような気分だったが、膝は硬直して折れもしなかった。

二人の吐く息が、時々聞える。月があるのか、暗くはなかった。刀身が、いっそう冴《さ》えた光を放っている。

次郎長は、なんとか躰を動かそうとした。いまならば、岩倉を斬れる。しかし、足は前へ出ていかなかった。度胸を決めれば、腰など抜けるはずもない。いま岩倉を斬るのは、中村という武士に対して、卑怯《ひきょう》になる。そう思うと、足が動かなくなるのだ。

馬蹄《ばてい》の響きがした。

「両名とも、刀をひけ」

声が響いた。

「薩摩藩、小松帯刀である。岩倉卿の前で私闘とは、何事か」

中村の方が、先に退がった。山岡も、刀を鞘に収めた。岩倉が、道に座りこんでいる。次郎長は、幸次郎の背中を蹴《け》りつけた。幸次郎が跳ね起きる。

馬は四頭で、一頭には休之助が乗っていた。

「何者だ？」

　馬を降り、小松が山岡に言った。休之助が、次郎長に眼配せをしている。ほかの二人は、小松の後ろで、いつでも斬り合いができるという態勢だった。

「あっしの喧嘩でさ」

　次郎長は、山岡の前に出ていった。

「そちらの殿様と、ちょっとばかり金のことでね。そしたら、そこのお侍に斬られそうになって、それをこちらのお侍が助けてくださって、お侍同士の斬り合いになったんでさ」

「おまえは？」

「清水に一家を構える、次郎長と申します。けちな博徒でございます」

「それが、なぜ？」

「そちらのお殿様は、京の屋敷で賭場を開いておられまして、あっしはそこでいくらか勝ちました。その払いを頂戴しようといたしましたんで」

　小松が、ちょっと困ったような表情をした。休之助は、そ知らぬ素ぶりで横をむいている。

「てめえは、博奕で負けておいて、そのまま逃げようってのか。賭場を開くなら、守らなけりゃならねえことは、ちゃんと守りやがれってんだよ。腕の一本や二本じゃ済まねえぞ、こら」

　喚《わめ》くように言った幸次郎を、次郎長は後ろに退がらせた。

「中村、おはんどう説明しようちゅうか？」

　中村半次郎という男がなにか言い、小松が重ねてなにか訊く。薩摩弁だけのやり取りは、なにひとつ次郎長にはわからなかった。

「ここでは、なにもなかった」

しばらくして、小松が山岡に言った。

「細い道を、人が擦れ違っただけ、ということにしたいが」

山岡が、無表情に頷く。軽く頭を下げ、小松は岩倉のそばにいった。なにか囁いている。頷き、岩倉は中村と一緒に村の方へ引き返して行った。それを見送り、小松はなにも言わず、京の方へ駈け去った。

「俺たちも、宿に戻ろうか、親分」

「あっしのせいで、とんだことになっちまいまして、申し訳ございません」

「いや、親分と幸次郎がいてくれたんで、大事にならなかった。よかったよ」

京への道を、ゆっくり歩いた。小便を垂れ流したことを忘れたように、幸次郎が先導していく。月が明るかった。畠に残った雪の照り返しもあるのかもしれない。

「強いやつでございましたね、山岡様」

「大変な遣手《つかいて》だ。親分、よく生きていたものだよ。俺は、そちらの方にも感心したね」

「死んでましたよ、山岡様が来てくださらなきゃ」

「中村半次郎は、いままで出会ったことのない人間と出会った。その戸惑いが、剣に出ていた。それで、俺も斬り損った」

「まさか、山岡様が斬られるなどと」

「いい腕だ。ただ、汚れた剣でもある。まともにやり合えるのは、新選組の土方ぐらいのものかもしれん」

土方の名が出たので、次郎長は黙りこんだ。京へ来ても、屯所は訪ねていない。相変らず、浪士狩りを続けているのだろうか。

「山岡さん、気づいてるくせにまた黙って通り過ぎるんだから」

休之助だった。

「おまえ、一緒に帰らなくてもよかったのか？」

「小松帯刀ってのは、西郷や大久保とはまた違う切れ者でしてね。山岡さんの名前なんか、とっくにお見通しでしたぜ。俺が山岡さんと親しいことも知ってて、冷や汗ものでしたな。ただ、止める側に回っていたことで、一応は評価されたようです。山岡さんが、まだやるつもりなのか探ってこい、と言われました」

「なぜ、俺が岩倉卿を斬ろうとしたかは、見当をつけているのか？」

「まあね」

「浮かぬ顔をしているな」

「この暗いのに、顔が見えるんですかい。まあ、俺が止めたのは、岩倉に中村半次郎が付いてると知ってたからで、よく二人とも生きてたと思いますよ。だけど」

「なんなのだ、休之助？」

「小松と話してて、ふと思ったんですが、岩倉が孝明帝を暗殺したという風評は、事実がどうであれ、西郷、大久保、小松の三人から出たものかもしれません」

「どういうことだ？」

「はじめは、岩倉の護衛は中村半次郎じゃなかったようなんです。岩倉が直接西郷さんに頼んで、半次郎を付けさせたんですよ。とすると、誰かが岩倉を斬りに来て、ほんとうは黙って斬らせるつもりだったのかもしれません」

「そうしたら、幕臣が公家を斬ったということか。新選組も遠慮してやらなかったことを、幕臣がやってしまったと」

「開戦の口実にはなりますね」

「ぞっとすることを言うな、休之助。俺ひとりが死ねばいい、ということではなくなる。俺は、誰の命を受けたわけでもない」

「そこが山岡さんの単純なとこでね」

「世の中、妖怪が横行しているのだな。なあ、親分。俺たちのような男は、生きにくいのではないだろうか」

言われても、次郎長には返す言葉がなかった。政事のことなど、とんとわからない。わかることに、意味があるとも思えない。

「京は、妖怪の巣みたいなとこですよ。単純に、人を斬ろうと思っても、妖怪がその刀に絡みついてくるんですよ。総三なんかも、それにゃびっくりしたでしょう。やつには、まあ思想ってやつがありますからね。妖怪に利用されるようなことにゃ、ならないと思いますが」

総三も、どこか一本気だった。次郎長に心配があるとすれば、それだ。信州へ行ったというのは、妖怪の巣から逃げたということで、いいことだったのかもしれない。

「薩摩と岩倉と、どっちの貸しが大きいのだ、休之助？」

「わかりませんよ、あたしなんざにゃ。岩倉が、ほんとうにやったかどうかで、貸し借りは大きく変るでしょう」

「そうだな」

「誰がどうしたなんて、山岡さんもあまり考えないようにするんですね」

「いまになって、なんという馬鹿だと思えてきたよ。おまけに、親分まで死なせちまうところだった」

「よく生きてましたよ。小松でさえ、びっくりしてました。半次郎を相手に生きていた男が二人もいたってね」

「小松は、躰がよくないな」

「そういう話も、聞きますが」

「早く、宿へ帰って飲もう。おまえ、相手ができるのか、休之助？」

「なにしろ、山岡さんがまだやるかどうか、探らなきゃなりませんのでね」

休之助が、くぐもった笑い声をあげた。

三

雪が解けたころ、総三は信州から上州に移った。信州の攘夷《じょうい》派《は》は攘夷派のままで、すでに攘夷が時流から遅れていることをわからせるだけでも、ひと苦労だった。攘夷派を倒幕派に変えることは果したが、山に閉ざされているとこんなものか、と総三は驚かざるを得なかった。やはり、京に出てみることは、自分にとって必要だったのだ。

上州には金井之恭がいて、しばしば書簡の交換もしていたので、さすがに攘夷派が攘夷派のままであることはなかった。

金井とは、ともに兵を募ろうとしたことがある。あのころの挙兵の計画が、いかに小さなものだったかということについて、総三は金井と何日も喋り続けた。江戸から来た、諸橋六郎や風間進吾なども加わり、倒幕軍が組織された時の、上州の役割りまでも話し合うことができた。

「藤田小四郎が生きていれば、いまごろは相楽さんと二人で、関東倒幕派の頭目になっていただろうにな」

金井が、感慨深げに言う。赤城山麓《さんろく》の、小さな小屋である。寝るのは藁《わら》の上、躰を洗うのは川、というような生活を、総三はしていた。やはり、代官所の眼も厳しくなっているのだ。

「金井君が、信州に見切りをつけて上州に来たのは、やはり攘夷派を説得できなかったからなのか？」

「それもありましたが、なぜか上州の方が組織を作りやすい。理由はよくわかりませんが、信州は頑固なのですよ」

「それでも、信州は大事だよ。倒幕軍の東下は、東海道より中山道を来る、とぼくは読んでいる」

「それは、なぜ？」

「幕府が、諸藩よりも強いものはなにか、と考えてみたまえ。海軍の装備だよ。優秀な軍艦《かい》が揃《そろ》っている。その軍艦が、東海道を往く軍隊にむかって砲撃したら、どうなると思う。潰滅《めつ》だよ。それぐらいの海軍力が、幕府にはある」

「薩摩にも長州にも、軍艦はあるでしょう」

「幕府の海軍と較べると、見劣りがするね。陸上の装備は、諸藩の方がいいかもしれないが」

「そうか、信州は通り道か」

「だから、君のような男にいてもらいたいのだ。組織として応じていかなければ、倒幕軍も相手にしてくれないだろうから」

　金井には、居心地のいい方を選ぶという傾向が、以前からあった。上州の方が、居心地がよかったのだろう。

「上州は、より江戸に近い、と思ったんですがね」

　信州がまとまっていなければ、上州も力を発揮はできない。そんなこともわからないのか、という言葉を、総三は呑《の》みこんだ。人に頼るべきではないのだ。いざとなれば、自分がまず信州に出て行けばいい。

　総三が出した軍資金は、信州でも上州でもほとんど底をついていた。父親からこれ以上の金を引き出すのは難しそうなので、資金の面では耐えろと言うしかなかった。

「薩長の同盟は、間違いなく成立しているのですね、相楽さん？」

「間違いはない。そう遠くない時期に、土佐も加わるだろうとぼくは思っている」

「それでも、幕府と較べると小さいな」

「幕府は、長州一藩をも、制圧することはできなかったのだ。孝明帝が崩御され、明治帝が即位されてから、倒幕派の力は徐々に強くなっている。幕府も、一橋慶喜が将軍職に就いてからは、動きがかなり活発になっているようだが」

京の薩摩藩邸にいると、ある程度の動きはわかる。しかし、ほんとうのところは見定め難い。それでも、関東では誰もがはっきりした答を求めてくる。総三も、断定的なもの言いにならざるを得なかった。

上州から甲斐《かい》を抜けて駿河に出たのは、もう六月だった。江戸のお照や河次郎のことが気になりはしたが、寄っている余裕はなかった。

山を歩きながら、しばしば岩倉具視のことを考えた。いや、孝明帝の死を考えた、と言うべきか。岩倉が孝明帝を暗殺したという風評は、まだ関東にまでは届いていない。

実際に帝の暗殺ということが行われたとしたら、この国はどういう人間たちの手によって、夜明けを迎えようとしているのか。

考えれば考えるほど、総三の心の中の恐怖に似た感じは強くなっていくが、そんなことがあるわけはない、と否定する思いもまた出てくるのだった。

伊牟田が関っている。それは感じた。ほとんど総三や休之助にはなにも伝えずに外出ばかりしていた伊牟田が、あの日を境にぱたりと外出しなくなった。藩邸の長屋の部屋で、塞ぎこんでいたのだ。

伊牟田も、勤王を標榜《ひょうぼう》した倒幕派である。帝の暗殺に関って、いくらなんでも平静でいられるわけはなかった。しかし京へ戻っても、伊牟田にそれを訊いてみる勇気は出ないだろう、と総三は思った。帝の暗殺が行われたのが事実としたら、この国は拠《よ》って立つなにかを確実に失っている。

清水では、次郎長のところへ宿をとった。

清水から、大坂までの船に乗るのが、京への早道である。

「また、いきなり訪ねてくるんだな、総三さんは。俺は、総三さんがいない京都へ、一度行ってきたんだよ」

「俺に会いに？」

「まさか。山岡様のお供をしてだ。薩摩の、中村半次郎という男に会った」

「人斬りだよ」

「生きてるから、斬られはしなかったのさ。まあ、俺は政事の話なんかできねえ。しばらく、清水でゆっくりしていくといい」

「いや、急いでいる。松本屋の船に乗せて貰えるだろうか？」

「そりゃ、総三さんが乗ると言えばね」

「いつ、乗れるだろう？」

「定期便は、二日後だが、このところよく大坂へ臨時便を出してるよ。松本屋の屋敷より、港で訊いてみる方が早いな。どうだい、久しぶりに一緒に港へ行ってみるか」

「いいね、みんなあっちだろうし」

大政に、会いたかった。一家のみんなに、会いたかった。信州や上州で同志に会うのとはまるで違う、心の和みのようなものがある。自分のような人間は、それを求めてはいけないのだ、という思いもある。せめて、束《つか》の間。清水を通ると、そう自分に言い聞かせる。

「政事のこたあ、俺にはよくわからねえがね、総三さん。あんた、妖怪の顔をしちゃいねえよ。俺はね、京で妖怪を見てきた。山岡様が妖怪だとおっしゃったが、ほんとうだ。あんな妖怪の中で、総三さんや休之助さんがなんとか自分を失うまいとしている。無茶だがね、俺にゃなんとなくそれがわかった」

「だから？」

「死ぬなよ。男だから、やりてえことはやらずにゃいられねえ。だが、いま死んだら、国のためじゃなく、妖怪のためだ」

「わかったよ」

通りで出会う人間で、次郎長に挨拶《あいさつ》するものがいる。次郎長は、丁寧に頭を下げている。押しも押されもせぬ大親分になったのだ、と総三は思った。

「次郎長さん、畳の上で死ぬかな？」

「よしてくれ」

「次郎長さんが、そう思うのと同じだ。俺はしばらくは、妖怪の中で生きなきゃならない」

「そうだよな」

「こんなこと、頼む気なんかなかったんだが、次郎長さんと話をしていたら、別に恥しいとも思わなくなった。だから、言うが」

次郎長は、ちょっと総三の顔を見たようだった。総三が見返した時、次郎長の眼はもう真っ直ぐ前をむいていた。

「江戸に行く折があったら、赤坂へも行ってくれ。お照と河次郎がどうしているか見て貰いたいんだ。そして、それを俺に知らせてくれないか。ひと言でいい。元気だったとか、泣いていたとか、怒っていたとか」

「わかった」

「こんなことを頼んで、なにが国事だと言われても仕方がないが」

「総三さん」

次郎長が、束の間、足を止めた。

「それが、人間だよ」

「俺も、そう思う。しかし、そう思うなどと、同志には言えない。言って、死んだ同志に顔むけができるのか、と思ってしまう」

「それも、人間さ」

「ひとつじゃないよな」

「俺の背中にゃ、傷がない。だから、喧嘩相手にゃ絶対に背中を見せないやつだ、とみんなに思われている。とんでもねえ。負けそうな時は、喧嘩になる前に逃げてるから、傷がねえのさ」

次郎長が、声をあげて笑った。賭場では、丁目にしか張らない男。はじめてその姿を見た時から、総三はどこか魅かれていた。博奕には、運、不運も出るが、それよりはっきり出るのが、その人間の生き方だ、と総三は思っていた。次郎長の博奕は、男の中の男の博奕だ。

大坂へ行く臨時便は、明日出ることになっていた。それには、すぐに乗せて貰えるように、次郎長が口を利いてくれた。

清水港の建物の一室に、清水一家は詰めていた。大政が、穏やかな笑顔で迎えてくる。小政も、ちょっとはにかんだように笑う。すぐに酒になった。

やくざ者は、余計なことは喋らない。酔って、政事のことを喋ったりもしない。みんな、生きたいように生きている、という思いを持っている。それでも死なないで生きていられることを、幸福だとも思っている。

賭場に出入りはするが、次郎長の子分以外のやくざを知っているわけではなかった。清水一家を見て、やくざとはこういうものだ、と総三は考えている。

「男ってのは、ひとりじゃ駄目さ」

いくらか酔ったらしい小政が言う。

「気の合う野郎でまとまってねえと、すぐにつまらねえことをしたがる。仲間に、いやな思いをさせちゃならねえ。そんなことを考えるんで、男でいられるんだ」

人が喋っている時、大政は大抵は黙ってほほえんでいるだけだ。若い者で、飲み過ぎて乱れたりすると、声を荒らげて叱《しか》ったりもするが、そのあと、肩を抱いて歩いている姿などをよく見かけたものだ。

次郎長は、茶で相手をしていたが、陽が落ちる前に、帰ろうと言った。総三も、お蝶が作る夕めしを食いたいと思った。

「岩倉というの、斬らなかったんだね、伊牟田さんは」

二人になった時、次郎長が言った。

「俺が最初に見た時は、小悪党の顔《つら》をしていた。この間見た時は、妖怪に育ってたよ。京の水ってやつは、あんな妖怪も育てるんだね。坂本様も、勝様も妖怪だが、岩倉のような悪相じゃねえ。ま、俺がそう思っただけで、別に人相がわかるわけじゃねえが」

「次郎長さんの眼は、多分正しいよ」

「妖怪に近づかなきゃならねえなら、いい相の妖怪に近づくことだね」

「この動乱は、いずれ終る。その時、俺はもう一度坂本さんを訪ねてみるつもりだよ。坂本さんも、そのころには俺が必要になるはずさ。いまは、海援隊で、藩と藩を繋《つな》いでいればいい。外国と日本を、もっと太い綱で繋げようという時、俺はあの人の下で汗をかこうと思っているんだ」

いまは、倒幕がある。その先のことは、なにも見えないし、見る気もない。倒幕ののち、まだこの命があったら、どんなことにも使える、と総三は思った。

夜更けまで、とりとめのない話をし、次郎長は自分の部屋に戻っていった。

自分はどこかで、道を踏み違えていないか。天井を眺めながら、総三はしばし考え、結論が出る前に眠ってしまっていた。

翌朝、ひとりで港へ行くと、大政が見送りに出ていた。松本屋の船は機帆船で、二日で大坂に着くという。お蝶からだ、という弁当も貰った。

船の上では、ひたすら眠っていた。そうしていれば酔わないことを、いつの間にか躰が覚えたらしい。

大坂に着くと、淀川を別の船で溯《さかのぼ》り、錦小路の藩邸に入った。

長屋の部屋には、伊牟田がひとりでいた。相変らず、塞ぎこんでいたらしい。

「とにかく、幕府は兵庫開港の勅許を受けた。あの勅許は、敗北だったと思う。ひとり、徳川慶喜に振り回されている。倒幕派の巨頭と言っても、西郷さんも大久保さんも、大したことはない」

総三が、留守の間の京の情勢を質問すると、伊牟田はぽつぽつとそんなことを言った。

徳川慶喜は、当初心配した通り、前将軍よりはるかに活発に動き、西郷や大久保をてこずらせているようだ。それでも、倒幕論は弱まってはいない。

朝廷のことについては、伊牟田はほとんど喋らなかった。

岩倉具視が朝廷の中で倒幕派の主柱になっているらしいことは、二日後に戻ってきた休之助から聞いた。

「将軍家の目論見《もくろみ》が、ほぼ見えてきたような気がするぜ、俺は。諸侯会議だ。幕閣ではなく、諸侯の会議が、すべてを決めることになる。親藩、譜代、外様《とざま》を問わず、大名が集まってなにかを決める。それには薩摩も長州も入る。一見、幕府が潰《つぶ》れたように見えるが、諸侯会議を仕切るのは、徳川慶喜さ。結局、かたちは変るが、徳川家が頂点という構図は変らない。徳川慶喜ってのは、頭がいい男だと思うな。西郷さんたちも、四侯会議を作って、将軍を罷《ひ》免《めん》しようと試みた。これが、とんだ茶番でね」

休之助の言い方は、まるで自嘲《じちょう》するように聞えた。大名が四人集まってもなにも決められず、結局は解散した。それを機に、慶喜が押しまくり、朝議の方向を強引に決めた。つまり、兵庫開港の勅許がそれだという。

「めまぐるしい動きになってきたぞ、総三。いまは幕府が優勢だが、将軍罷免などというなまやさしい倒幕論ではなく、武力倒幕論も方々で芽を出しはじめている。俺やおまえの考えが、現実に動くということもこれからは充分にあり得る」

「しかし、諸侯の会議がこの国を動かす、ということにもなりかねんのだろう？」

「西郷さんや大久保さんの、踏ん張りどころさ。これで、公武合体派に心を寄せていた帝の崩御がなかったら、かなりのところまで幕府に押しこまれたろうが、帝はいまのところこちらの手の中だ。大久保さんも、玉だけはなにがあっても放すな、とことあるごとに言っている」

休之助は、西郷の特命を受けて、京市中で動いているらしい。時には、大坂や兵庫にも行くという。

「伊牟田が、元気をなくしてるな」

「放っておけ、総三」

「なぜ？」

「俺に、なぜと訊くのか。そりゃ、むごいぜ。口にできないことはあるだろう。伊牟田には、もっとあるはずだ」

休之助も、総三と同じ疑いを抱《いだ》いているのだろう。そして総三は、当の岩倉を背負って、京を脱けたのだ。休之助よりも、むしろ伊牟田に近いと言えるが、それは岩倉しか知らないことだった。

「山岡さんが、京へ来たそうだな？」

「おう、清水へ寄って、次郎長さんに会ってきたな。俺は、あの二人が、半次郎に斬られるかもしれないと、本気で心配した。二人とも、大変なもんだ。あの半次郎が、結局は斬れなかったのだから」

「大変だったな、おまえも」

「肝心な時に、おまえがいない。山岡さんを扱いかねたよ。それでも、山岡さんも、京の底なし沼を垣間見て、純粋な思いだけで動いてはならないと、心の底からわかったようだった」

「底なし沼か」

「俺たちは、所詮《しょせん》、その水面《みなも》を動きまわっている、みずすましみたいなもんだ。底へ行けば行くほど、化け物がいる」

みずすましとして、倒幕に加わる。それならいっそう、すっきりすると総三は思った。化け物は化け物で、水面の下で動けばいい。

「関東は、どうなのだ、総三？」

「倒幕軍が東下すれば、役に立つ。いまは、それしか言えん。単独の決起など、できる情勢ではないな」

「倒幕軍に、どれぐらいの数が加わってくるだろうか？」

「最低でも、二百か三百。それを中核として、二千か三千は見込めるかもしれん。人数だけの話だが」

「それを、西郷さんに話してみないか？」

「いずれ、折を見て」

「じゃ、俺から言っておこう。信州と上州と上総というところか？」

「信州だな、集めるとしたら。同志にも、そうなるだろうと伝えてある」

「わかった」

そろそろ、なにかが顔を出す。その予感は、京へ戻ってきて強くなっていた。

錦小路の藩邸に匿《かくま》われるために入ってきた土佐藩士が、総三に会いたがっているという話を、長屋の下男が伝えに来た。

「板垣という名に、憶えはないがな」

それでも、総三はその土佐藩士と会った。土佐の脱藩浪士の面倒は、ずいぶんと看たのだ。京を逃がしてやった武士の中に、そういう人間がいたのかもしれない。

「いつぞやは、世話になった」

乾退助だった。

「名を変えたのだ。いまは、土佐藩士の板垣退助。土佐藩も、藩主は別として、藩論は倒幕に傾きつつある。後藤象二郎などという、藩主の側近が、坂本さんに会ったりもしているのだ」

「なるほどね。板垣退助か」

あの時のことを、板垣は喋ろうとしなかった。御所で、なにかが起きる。板垣はそう言い残して、京を出たのだ。そして帝の崩御だった。

板垣は、あの日の朝、総三が岩倉を背負って京を出たことは知らない。

「後藤が、坂本さんのぺてんにかけられて、いろいろ動きはじめた。気に食わないやつだったが、役に立つと思えば、斬ることもできん」

「坂本さんのぺてんは、大きく言えばぺてんではなくなる。そういう人だ」

「とにかく、ぼくもいろいろと薩摩と話し合わなくてはならなくなった。君にも、礼を言う機会ができたというわけだ」

板垣が笑う。笑顔に、屈託はなかった。

第九章　やくざの理由

一

　いやな空気が、しばしば清水《しみず》を通り過ぎていった。

　東海道を上るのも下るのも、清水にいればよく見える。人の顔に、不吉な翳《かげ》がさしているのだ。幕府とか朝廷とか、関係はなかった。人々の表情だけが、陽が落ちかかった時のように暗くなり、その後ろの景色などはもとのままの明るさという感じなのだ。

「これが、時の流れってやつなんだろうな、大政」

「これがって、どれがです？」

「いま、俺たちの眼の前を通りすぎていってるものがさ。やけに急で、おかしな流れになってやがる」

「時がどう流れようと、やくざはやくざじゃねえんですかい？」

「当たりめえだ」

　言ったが、次郎長《じろちよう》にはやはりその流れが気になった。

　博奕《ばくち》にも、時はある。その時だけを待って、賭《か》けているのだ。しっかりと自分の時さえ摑《つか》めば、負けることはまずない。しかし、盆の上が異様に賑《にぎ》わうことが、稀《まれ》にある。その場にいる者がみんな、自分の時だと思いこんでしまうのだ。胴元がよほどしっかりしていないと、誰が勝ち誰が負けたのかわからなくなってしまう。ひとりが暴れると、賭場《とば》全部が潰《つぶ》れるような騒ぎになる。

東海道の動きを見ているだけでも、次郎長はその匂いを嗅《か》ぎとった。

一年前まで、喧嘩《けんか》に明け暮れていた。それが、遠い昔のことであるような気がする。黒駒《くろこま》の勝蔵《かつぞう》の顔も、思い浮かべることはほとんどない。

「親分、博奕の貸しを、京に取り立てに行かなきゃならねえんじゃねえんですか？」

「なんだと？」

「結構大きな貸しなんで、親分が直々《じきじき》に取り立てた方がいいだろうって、俺は若い者《もん》には言ってるんですがね。親分がいいってんなら、そりゃいいんですが」

次郎長が、京へ行きたがっている、と大政は思っているようだった。大政のこういう気の遣い方は、ありがたい時もあればうるさい時もある。いまは、どっちなのかよくわからなかった。

「そりゃ、博奕の貸しは取り立てるさ。払わなけりゃ、別の落とし前をつけてくら。だけどな、大政」

「あっしが言うことじゃなかったです。親分がその気になられた時に、行かれりゃいい。ただ、清水港の船の出入りが、ようやく落ち着いたところでしてね」

港の荷役を仕切るようになって、清水一家は正業についているとしか思えなくなっていた。

賭場は相変らず三保にあるが、そっちの規模はあまり拡げていない。代官所から、十手を預からないかという話まで来ていた。安東の文吉の領分を侵すことになりかねないので断っているが、お蝶《ちょう》は子分たちのためにそれを受けろと言った。張り倒した。はじめてのことだった。女に手をあげたことなどない。

お蝶は、やくざをよくわかっていないところがある。女房のためにも、子分のためにも、やくざは生きない。男。それを守るために、生きる。死ぬ。子分たちも、やくざなのだ。そして自分の男は、自分で守る。親分が子分たちのために生きたら、その時からやくざではなくなるのだ。

「港が、落ち着いてるか」

次郎長は呟《つぶや》いた。清水よりも、京の方がずっとやくざにふさわしい町だと思えた。人が斬《き》られる。大きな喧嘩がある。大博奕を打っている人間で、溢《あふ》れかえっているのだ。

血が騒いだ。それでも、次郎長は京へ行く思いを抑えた。血が騒ぐというだけの理由で、行っていい場所ではないのだ。あの町を歩くには、多分志というやつが必要なのだろう。

山岡が、勝海舟《かいしゅう》と一緒に現われたのは、大政とそういう会話を交わした四日後だった。

二人は幕府の軍艦に乗っていて、清水でなにかを積みこむために寄港したようだった。その荷役に丸一日はかかるので、次郎長の家に泊ろうというのである。

「この間、人斬り半次郎とやり合ったんだってな、次郎長」

部屋に落ち着いて酒になると、勝は笑いながら言った。

「博奕の貸しを取り立てようとしたら、出てきやがっただけのことです。山岡様が来てくださらなかったら、首は飛んでいたでございましょうね」

「博奕の貸しか」

「やくざの仕事《しのぎ》でございましてね」

「博奕の貸しなど、誰も払わん。そういう時代になってきているのにな」

「時代は変っても、貸しは貸しでございますよ、勝様。やくざが、やくざでしかねえのと同じことです」

「大抵のやつが、やくざ以下になっちまってるってことかね、親分」

勝が笑った。なにかを諦《あきら》めたような笑顔だ、と次郎長は思った。それでも、いかさまはやるだろう。誰にもいかさまだとわからないほどの、大仕掛けのいかさまだ。

お蝶が入ってきて、挨拶《あいさつ》した。お蝶が入ってくるのは、ひと通り料理などを出してからである。

「勝さんが、意外に船に弱くてね。清水へ寄ると必ず降りたがる。いや、お蝶さんの手料理に惚《ほ》れているのかな」

山岡が言った。

「俺は、次郎長の顔《つら》が会うたびに変っていくのを、見てえんだよ、山岡」

「ほう、次郎長の顔がね」

「おもしろい顔になってきている。それでもやくざのまんまだ。そこんところが、どうも俺にゃわからなくてな」

「生まれながらのやくざでございますから、変りようはございません」

「それなら、顔も変らねえ。俺が会ってからでも変ってんだ。次郎長は、昔はまるで違う顔をしていたんじゃねえかな。どうだね、お蝶さん」

「変りませんよ、昔から。子供のまんまでございますね。子供が少し大きくなった。それぐらいの変り方でございましょうか」

「なるほど、子供か。そう言われてみると、わかるような気もする」

勝は、どこか変っていた。それがどこなのかはっきりとはわからないが、人に警戒心を起こさせるようなところが消えた、と次郎長は思った。つまり、いかさまの名人に近づいていると言える。

「あっしも、また京に行こうと思ってたところです。博奕の貸しも取り立てなきゃならねえんで。あの中村って侍と、もう一度会いたいとは思いませんが」

「なら、大坂まで船に乗っていけ。幕府の軍艦だが、遠慮することあねえぞ、次郎長」

「あっしみてえなやくざが、立派な軍艦に乗るもんじゃありませんや」

「いや、勝さんがそう言ってるんだ。構わんぞ、次郎長。軍艦に乗ってみるのも、また悪くないと思わないか？」

「山岡様にもそう言っていただくと、乗ってもいいような気分になりますが」

「よし、決まりだ。賽《さい》を持ってこい、次郎長。船の上の退屈しのぎに、博奕でもやろうじゃねえか」

「そんな、勝様」

「いや、俺は本物の博徒の腕を見てみたい。ついでに、いかさまも見せてくれ」

「見てもわからねえから、いかさまなんです。見てわかるようないかさまは、やりません」

「なるほどな。誰にもわからなけりゃ、そりゃいかさまじゃねえ。そういうことか」

次郎長が頷《うなず》くと、勝が笑った。

山岡が、新門辰五郎《しんもんたつごろう》の話をはじめた。大坂にいるらしい。将軍がそばに置いておきたがる人間が何人かいて、新門辰五郎はそのうちのひとりだという。

辰五郎には、会いたかった。それでなんとなく、勧められるまま、幕府の軍艦に乗って大坂に行く気になった。

出航は明日である。供の子分は、幸次郎。新しい子分は、その性根がよく見えてくるまでは、そばに置いておく。清水一家に加えてから、幸次郎はちゃんとしたやくざになりつつある。

お蝶が用意した弁当を幸次郎に持たせ、次郎長は勝や山岡より先に港へ行って二人を待った。

「おまえ」

黒い制服を着た男に話しかけられた。袖口《そでぐち》に何本も金筋が入っているところを見ると、こいつが艦長のようだった。はじめは制服に眼がいったが、顔に見憶えがある。声も聞いたことがある。

「あの時の」

言って、次郎長は頭を下げた。会ったのが、海ではなく山の中だったのだ。黒駒の勝蔵が、駿河《するが》に入ってきた。山越えの間道で待伏せをし、一対一でやり合うことになった。その時、通りがかりの武士が止めに入ったのだ。

「いつぞやは、どうも。こんなところでお目にかかると思っていなかったものですから。あっしは、清水のやくざで、次郎長と呼ばれております」

「清水の次郎長というのが、おまえか。聞いたことはある。なるほどな。ただのやくざの喧嘩だとは思えなかったが、ようやくわかった。次郎長の喧嘩だったわけだ」

「お恥しいかぎりで。やくざ渡世じゃ、顔を合わせたら斬り合わなきゃならねえ相手というのもいますんで」

「止めたのは、余計なことだったのかな」

「とんでもございません。見苦しいものをお見せしたと思っております」

「なかなかな腕の者同士の喧嘩だった。それで、つい止めてしまった。どちらを死なせるのも惜しい、と思ったのだという気がする」

「恐れ入ります」

「大鳥圭介《おおとりけいすけ》という者だ。いまは幕臣だが、おまえと会った時は、まだ幕臣ではなかった」

「軍艦の艦長をなさっていらっしゃるんで？」

「まさか。大坂へ配置されるために、運ばれているところさ。歩兵だよ」

「そうでございますか。あっしも、軍艦に乗せていただいて、大坂に行こうってとこで」

「勝さんか」

大鳥の口もとが、ちょっと歪《ゆが》んだような気がした。

「どうも、海軍の人間とは、俺は合わん。それでなくても、勝海舟という人は食わせ者のような気がしてな。まあ、何日かこらえていればいいことなんだが」

大鳥が笑った。歩兵の中では偉い方なのだろう。制服は、そんなふうだ。山岡と勝の姿が見えると、大鳥は姿を消した。

軍艦には、艀《はしけ》で渡った。これまで、松本屋の船には何度か乗ったが、軍艦は遠くで眺めるだけだった。いかにも重そうな船のように思えたが、動きはじめると速かった。

蒸気船に乗るのも、あまり難しいことではなくなった。江戸と大坂を蒸気船が結ぶようになり、それには誰でも乗れるのだという。そんな時代になったのだ。

「大鳥と話していたな」

船縁《ふなべり》で、離れていく陸地《くがち》を見ていると、山岡がそばに来て言った。

「前に、喧嘩を止められたことがありましてね。いま思い出しても、圧倒してくるような殺気を持った人でしたね。あっしも黒駒の勝蔵も、黙って頷くしかなかったですよ」

「最近、幕臣になったばかりの、もの好きだ。こんな時代に、望んで幕臣になるぐらいだから、どこか狭い。狭いのは構わんが、同じ幕臣を斬るなどと言いはじめる。困ったもんだよ」

「勝様を斬る、と大鳥様が言っておられる。それを心配して、山岡様は御一緒におられるんですね」

「勝さんが、こわがってね。俺に護衛を頼んできた」

「へえ、あの勝様が」

「なんとなく、そんなことには無頓着《むとんちゃく》に見えるだろう。ところが、あれでなかなかのこわがりでね。夜、ひとりで歩いていて武士と擦れ違うと、緊張して小便が洩《も》れそうになるんだそうだ。俺は、そんなところがなんとなくかわいげがあって好きだが」

「小便なんて、冗談でおっしゃられてるんでしょう、勝様は？」

「存外、正直なところもある人でな。俺は冗談ではないと思ってるよ」

山岡が、いかさまにかけられているとは思えなかった。勝も、そういうところでいかさまを使う男ではないだろう。臆病《おくびょう》な人間を、馬鹿にしたことはない。臆病が身を助けることもあるのだ。

「俺は、勝さんがいくらこわがりでもいいと思っている。いまの幕府には、人がいない。あの人は、大事な人さ。俺などには見えないものが、見えている」

「そういうもんですか」

「そうさ。なにもかも臆病というわけじゃない。老中には言いたいことを言うし、堂々と薩《さつ》摩《ま》や長州の要人ともわたり合える。そういうことができるから、斬るなどと言う人間も増えてくる」

「そりゃそうなんでしょうね。薩摩の中村半次郎なんて男に、臆病って言葉はないでしょうが、役に立つのは人を斬る時だけでしょうし」

「耳が痛《い》てえことを言うな、次郎長」

「まさか。山岡様は、御立派な方です」

「そう言われると、どこかこそばゆくなるがね。とにかく、勝さんが犬死にするようなことだけは、避けたいと思ってる。それに俺が役立つなら、いくらでも働くさ」

船は、いくらか揺れはじめている。秋で、天気が変りやすい時季になっているのだ。十人ばかりが、甲板でうずくまっていた。大鳥圭介はいないようだ。

「幕府じゃ、新しくフランス式の歩兵を組織した。なかなかのもんらしいが、船にはからきしだな。そのうちに、吐きはじめるぜ」

「船の上ってのも、大変ですね。もっと揺れる時も、軍艦は動いてるんでしょう？」

「勝さんは、これよりずっと小さい船でアメリカに渡ったが、航海の半分は波に揉《も》まれに揉まれたって話だ」

船の揺れが、これ以上大きくなる気配はなかった。富士山も、だいぶ遠くなっている。

「総三《そうぞう》や休之助《きゅうのすけ》は、どうしているかなあ。この間、京へ行ってから、もう半年以上経っている。休之助に説教されたのが、ついこの間のような気がするが」

「あの二人は、大丈夫でしょう。理由はありませんが、そんな気がします」

「河次郎が、大きくなっていてな。それに利発に育っている。それを、早く総三に知らせてやりたいが、薩摩藩邸にいる総三とは、幕臣の俺が気軽に会うこともできん」

山岡は、赤坂の総三の実家にも、時々顔を出しているのだろう。お照や河次郎が息災だということを、総三に知らせたいと山岡は思っているのかもしれない。だから、こういう話をしているに違いなかった。

「総三さんには、あっしが言っておきますよ、山岡様」

「頼む。総三の悪いところは、思いつめることだ。そうなると、ほかのことがなにも見えなくなる。息子の話でも聞かせてやれば、少しは冷静になるかもしれん」

「総三さんは、かっとするような男じゃありませんがね」

「いや、するよ。つまらんことは無視できる男だが、志に関ってくると思うと、あいつはかっとする。そこが、いいところでもあるがね」

飛沫《しぶき》が、顔に降りかかってきた。山岡は、それを拭《ぬぐ》おうともしない。次郎長も、涙のように頰《ほお》に流れる飛沫を、拭わずそのままにしていた。

二

総三は、休之助や板垣退助と、祇園《ぎおん》の小さな料理屋で酒を飲んでいた。

明日は、板垣が土佐《とさ》へ戻るという日だった。土佐へ戻れば、板垣はまず陸軍の改編に手をつけるのだという。藩命のようだったが、板垣はそれをはっきりとは言わなかった。

ここ数カ月の、板垣の動きは目まぐるしかった。脱藩していた坂本龍馬《りょうま》や中岡慎太郎が土佐藩に戻ったことで、藩内の倒幕派は勢いを得た。藩主側近の後藤象二郎は、その動きに片足を載せている。もう片方の足は、藩主の意向である。

板垣は藩論を倒幕にむけるために動き、中岡とともに、西郷《さいごう》、小松との会談に成功した。そこで語られたことは明らかにならなかったが、ひと月後には薩土盟約が結ばれた気配がある。その下工作だったのだろう、と総三は思っていた。

薩土の盟約が結ばれたとはいえ、土佐は独自の動き方を探ってもいる。藩主が藩論に従うというより、藩主が受け入れることができる藩論を作っていこうという傾向が強いのだ。だから、後藤象二郎などは二枚舌を使っているところがあり、倒幕派はそれをうまく利用していると言ってもいい。

「坂本さんが後藤を誑《たぶら》かしたというのはわかったが、それが動きにつながるのか。もしそうなら、どういう動きにつながる。ぼくは、たやすく倒幕の動きにつながるとは思えないのだがな」

坂本龍馬は、長崎から大坂にむかう船の中で、『船中八策』なるものを後藤象二郎に示したのだという。西欧型の進んだ合議政体が示されていたようだ。つまり、倒幕論ではなく、改革論である。

「坂本さんがほんとうに誑かしたのは、後藤ではなくて、わが藩主なのかもしれんよ」

「山内容堂《やまのうちようどう》が、どう誑かされた？」

「後藤の意見に基づいた、なんらかの建白書を幕府に提出することになるだろう、いずれ。幕府はそれを、そのまま鵜《う》呑みにするとはかぎらん」

「そこで、また動きが出るか」

黙って聞いていた休之助が、盃《さかずき》に酒を注《つ》ぎながら言った。

「土佐藩からの建白が、どういうかたちでか幕府を動かす。それが薩摩や長州が呑み難いものだったら、いまの膠着《こうちゃく》を破る動きをせざるを得ないだろう」

いまの京は、膠着の中で緊張だけが高まるという状態にあった。水面下では、激しい駈《か》け引きが行われているだろうが、表面に出てくるものは列侯会議のようなものばかりである。

新将軍の動きは、就任前から活発だった。徳川宗家の力をどうやって維持するか、ということに腐心しているように見えた。諸藩どころか、イギリス、フランスなどの外国勢力も巻きこんだ動きで、幕府と倒幕派という対立が鮮明にならない。いまのところ、朝廷は薩摩と長州がなんとか抑えているが、それも孝明帝から明治帝に代ったからだと言えた。孝明帝が続いていれば、公武合体に進んだと思える。

長州征伐の失敗でその弱体ぶりを晒《さら》していた幕府は、かなり巻き返しているのだ。

「この緊張が破れるとしたら、どんなかたちでなのだ、板垣君？」

「それは、まだ読めんのだよ、相楽《さがら》君。ぼくは、坂本さんが後藤を誑かすことで、わが藩主を誑かしただけとは思えん。幕府を誑かしたのかもしれんし、もしかすると西郷や大久保を誑かしたのかもしれんと思っている。そんなところまで読んで、石を投げてみる人だよ、坂本さんは」

幕府や藩など、どうでもいい、と坂本は考えている。この国全体を、脱皮させたがっているのだ。それは総三にはよく理解できた。土佐藩に脱藩を許されたといっても、坂本龍馬は巨大な草莽《そうもう》だった。藩の力を背景にものを考えている人間とは、根本から発想が違っている。

「西郷さんや大久保さんは、幕府との開戦をほんとうに考えているのだろうか、休之助？」

「当たり前だ」

「それにしては、動きがいまひとつはっきりしない。いまなら、帝《みかど》を擁して立ちあがることも難しくない、と思える。それをやらないというのは、どこかで幕府と取引きをしようとしているのではないかな」

「そうやっているうちに、開戦の口実がなくなってきた。いまの緊張の持続はそれではないか、と実はぼくも思っている」

板垣が、呟くように言った。

「西郷という人を、ぼくは心の底から信用しようという気にはなれないのだ。薩摩藩士である益満《ますみつ》君には悪いが」

「どこが、信用できない？」

「人を、ただの道具としてしか使わない。だから手段も選ばない。使った人間が駄目になれば、弊履のごとく捨てる」

「板垣君、それは西郷さんが、口数が少ないからそう思えるのだ」

「いや、口数が少なく、茫洋《ぼうよう》とした風貌《ふうぼう》に、人は騙《だま》されるのではないだろうか。ぼくは、土佐藩と薩摩藩が手を結ぶための下工作を、ずいぶんとやった。その過程で、ずっと西郷という人を見ていた。右手と左手を遣い分けている。ある時、ふっとそういう気がしたのだよ」

「違う。あの人は、確執のある藩父をも巻きこまなければ、薩摩は動けないと思っている。だから、やることが複雑になる。第一次の長州征伐の時、あの人が本気で幕府について闘っていれば、いま長州はなくなっているね。軍の動きから戦後処理まで、あの人は長州を存続させるという立場で動いた。いまになって、はっきりと見えることだが」

「益満君、それは長州を存続させて、幕府との間の楯《たて》にするつもりだったからだ、とは考えられないか。つまり、薩摩のためにそれをやったと」

「うがち過ぎだ。長州は現実にあれで救われている」

「そうだな。ぼくのような凡庸な頭では、あの人にはついていけない。陸軍の改編の仕事もしなければならないし、京を離れる潮時かとぼくは思っている。土佐から、もう一度、日本という国を見直してみることにするよ。いい機会だと思う」

「暢気《のんき》だぜ、板垣君」

「確かに。しかし、陸軍の力をつけることもまた、急務なんだ」

板垣は、それ以上西郷についての議論を避けたように、総三には思えた。

去年の暮、京から出してやった時の板垣は、なにかに怯《おび》えきっていた。そして、孝明帝の死を予言するような言葉を、総三に残して去った。

板垣に、あの時の怯えの色はない。

「狂犬だ」

板垣が言った。新選組の隊士が四人、店に入ってきた。総三も休之助も、眼を合わせないようにした。薩摩も土佐も、表面上は幕府の敵ではない。尊攘《そんじょう》を叫んでなにかをやろうという浪士もいなくなった。緊張の高まりとは裏腹に、京では血が流れることは少なくなっていた。白昼に新選組隊士と会っても、いきなり斬りつけてくることはない。

それでも、なにかひとつきっかけがあれば、斬り合いになる。

「行こうか」

低い声で、休之助が言った。板垣も総三も、黙って席を立った。新選組の四人は、執拗《しつよう》な視線をこちらにむけていたが、店を出てもなにも言わなかった。

河原町《かわらまち》の土佐藩邸の近くに来るまで、板垣はなにも言おうとしなかった。また二人の新選組隊士と出会ったが、なにも起きなかった。むこうも、こちらを見ないようにしていたようだ。

「使うだけ使われて、駄目になりかかっている男がいる」

土佐藩邸が見えてきたころ、板垣がぽつりと言った。

「両君がそばにいてやれば、なんとか立ち直れるかもしれん。ぼくは、あの男にちょっとだが負い目があってね」

「伊牟田《いむた》のことか、それは？」

総三が言うと、板垣が頷いた。それから、ちょっと笑顔を見せ、土佐藩邸の方へ歩み去った。

「疲れて塞《ふさ》ぎこんでしまうような人間は、時勢に合わん。それだけのことだろう。いま、伊牟田に構っている暇などないぞ、われわれには。立ち直るには、伊牟田が自分で立ち直るしかない、と俺は思ってる」

「おまえは放っておけと言っていたな、休之助」

「中村半次郎のように、人を斬る仕事をしている男もいる。伊牟田がどんな仕事をさせられ、どれほど疲れたとしても、自分で立ち直るしかないだろう。俺はこのところ、あいつの仏頂面を見ていると、誰だって苦しいんだと言ってやりたくなる」

休之助は、孝明帝の暗殺に伊牟田が関ったと、どの程度まで想像しているのか。疑ってはみても、そんなことはあり得ないと半分以上は否定しているのではないのか。岩倉卿と伊牟田が、いまもどこかで接点を持っているという気配はないのだ。第一、帝の暗殺そのものが、風評に過ぎない。

錦小路《にしきこうじ》の薩摩藩邸へ戻った。

伊牟田尚平《しょうへい》は、平五郎という藩邸の小者を相手に、長屋の部屋で酒を呑んでいた。一緒に覗《のぞ》いた休之助は舌打ちをしてどこかへ行き、総三だけが部屋に入った。

平五郎は、伊牟田がよく使っていた。あまり好きになれない男だが、すばしっこいし、面倒な使いなどもこなすので、総三も時々使っている。西郷をはじめとする大物が詰めている二本松の藩邸でも、しばしば使われているようだ。

「相楽様、高野山からの使いが二本松に参りました」

「鷲尾卿《わしのおきょう》が、またぞろ決起を促してこられたのだろうよ」

「小松様がお会いになられました。一応の話はして帰すと、相楽様にお伝えするようにと言われてきました」

平五郎は、きれいな江戸弁を話す。京言葉も話すし、おかしな男だった。小松の使いで来て、伊牟田につかまったのだろう、と総三は思った。

決起の時を待つ各地の浪士の多くは、薩摩藩を頼ってくる。上の方では、それにひとつひとつ対応していられない。総三などが対応するしかなかった。ただ、鷲尾隆聚《たかつむ》は公家《くげ》である。しかも畿内で挙兵しようとしている。薩摩藩でも、別格に扱っていた。

決起を抑えるための説得に、総三は高野山を訪れ、何度も会っていた。公家の中の武力倒幕派だが、視野が狭く、戦のことしか考えていない。

「平五郎はこのところ、二本松にばかりいるなあ」

「ここにいろとおっしゃるなら、ここにいますが、日に何度も二本松に呼び出されるでしょう。このところ、二本松のお使いを命じられることが多いのです」

「確かにな。西郷さんにもかわいがられているようだし」

「よしてください、相楽様。あちらのお方は、私の名さえ憶えておられません」

「謙遜《けんそん》するな。いずれは武士になって出世しようと思っているのだろうが」

平五郎をからかったつもりだが、伊牟田は笑おうとさえしなかった。

「さて、私は二本松に戻ります」

平五郎が腰をあげ、出ていった。三十をいくつか超えているだろうが、後姿は少年に見えるほど小柄だった。

伊牟田と二人きりになると、喋《しゃべ》る言葉は見つからなかった。

「いけすかねえ野郎だ、あの平五郎ってのは」

「気に入って、よく使ってたじゃないか、おまえは」

「ふん」

伊牟田は仰むけに倒れ、そのまま眠ったように眼を閉じていた。

次郎長からの使いが来たのは、それから四日後だった。総三は、平五郎を連れて藩邸を出ようとしているところだった。

三条小橋の川田屋へ、平五郎も伴った。

九州から京へ入った浪士をひとり、捜させていた。見つかれば、総三か平五郎のどちらかが、藩邸へ連れていくことになっている。厄介事を起こしそうな浪士だ、というだけの理由だった。西郷は、京での反幕派の厄介事を、極力抑えようとしている。

次郎長は、相変らずだった。この男と会うとほっとするのはなぜだろう、と総三は考えた。誰と会った時よりも、ほっとする。いつまでも、一緒にいたいという気分になる。

平五郎がいるので、次郎長は多くを語らなかった。ただ、次郎長の腰の低い態度を見て、平五郎に好感を持っていないことはわかった。

川田屋へ入って半刻《はんとき》ほどで、浪士が見つかったという知らせが入った。

二人とも、元気だ。別れ際に、次郎長はそう囁《ささや》いた。お照と河次郎のことだということは、すぐにわかった。

見つけた浪士は、島原の近くの宿に潜んでいた。まだ若く、澄んだ眼をしていて、岩倉具《とも》視《み》を斬りに来た、と言った。風評が、九州にまで流れたのだろうか。

総三はその武士を藩邸へ伴い、二日かけて説得した。昔の自分に、語りかけているような気分になった。こういう仕事は、大抵は総三のところへ回ってくる。薩摩藩士が説得するよりも、関東草莽の志士として名が売れはじめた総三の方が、適役と言えないこともなかった。

「斬りたけりゃ、斬らしてやればいいだろう。斬れればの話だが」

説得を聞いていた伊牟田が、不機嫌な声で言った。反幕派の内輪揉めになる、という言葉を、総三は呑みこんだ。常にはない嫌悪の響きが、伊牟田の声にあったからだ。

「あの日」

総三は伊牟田とむかい合って座り、言った。

「孝明帝が崩御《ほうぎょ》されたあの日の、早朝だ」

総三を見る伊牟田の眼が、異様なほどの光を帯びた。久しく見せなかった眼の光だが、以前と較べるとずっと暗いものが湛《たた》えられている。

「俺は、二本松の藩邸から出たところで、女官《にょかん》の装束をしたある人物と会った。足を挫《くじ》いていてな。俺はその人物を背負い、岩倉村まで運んだ」

「岩倉村だと」

「そうだ、岩倉村だ。そう命じられた」

伊牟田が、総三を見つめたまま黙りこんだ。

「なにを見たのか、俺は忘れない。しかし、いましばし、心の隅に押しやっておこうと思う。いまは、別にやらなければならないことがある」

伊牟田が、不意に横をむいた。

「運が悪かったな、相楽」

「俺は京から岩倉村まで、ある人物を背負って走っただけだ。そのことは、いまはじめて人に喋ることだ」

「なぜ？」

「おまえは、同志だからだ」

「ほかにも、同志はいる」

「元気をなくしている同志は、おまえだけさ」

しばらく、黙っていた。藩邸の庭には、秋の風が吹いている。葉の擦《こす》れ合うような、かすかな音がした。その音がどの樹から出ているのかと総三は眼をやったが、わからなかった。

伊牟田が、低い呻《うめ》きを洩らした。うつむいているのではっきりわからなかったが、涙を流しているようだ。

「屈託がないなあ、相楽。おまえはいい。おまえのような男に、俺は生まれて来ればよかった」

「いまは、屈託がどうのと言っている時ではない」

「まったくだ」

伊牟田は、もう泣いていなかった。

二本松の藩邸に呼ばれたのは、その翌日だった。休之助と一緒である。

小松だけではなく、西郷も大久保も待っていた。

「相楽さん、頼みがあり申す」

いつもは黙っている西郷が、口を開いた。

「死んでくれ申さんか、休之助どんもな」

「どういうことです？」

「江戸で口実を、作りたか」

なんの口実か、西郷は言わなかった。じっと総三を見つめてくるだけだ。

「倒幕のためなら、いつでも」

総三が言うと、西郷が頷いた。

要するに、江戸へ行けと言っているのだ。江戸で、ひと暴れして、薩摩藩邸を幕府に攻撃させる。なんのためかは、訊《き》かなくてもわかった。

「わかりました」

そう言わせるところが、西郷のすごいところだとわかっていながら、総三は言った。

「伊牟田尚平も、伴ってよろしいですか。江戸弁を喋れる男ですから」

「元気がなかと聞いちょり申すが」

「江戸で、元気にさせます」

西郷の眼は、動かなかった。しばらくして、首だけがかすかに縦に動いた。

三

伏見に家を買っていたのが、役に立った。

小さな家だったので、長屋を一棟造り、子分たちや客が泊れる場所にした。孝は客が増えるのをむしろ愉しんでいるというふうに、辰五郎には見えた。いまも、山岡鉄舟《てっしゅう》が長屋の一室にいる。数日前までは、次郎長もいた。六人雇っている下女を使って、孝はなにくれとなく面倒を看ている。

慶喜《よしのぶ》は、将軍になっても江戸にいることは滅多になかった。二条城にいることがほとんどで、たまには大坂城にいることもある。そのどちらへ呼ばれても、伏見は便利な場所だった。

このところ心労は重なっているようだが、慶喜の機嫌は悪くない。朝廷を舞台に、いろいろと駈け引きをしなければならないのだろう。将軍が、江戸でふんぞり返っていればいい、という時代ではなくなっている。

山岡の話によると、大政奉還ということを、慶喜はやったらしい。つまり、将軍の持っていた力を、朝廷に返したのだ。その話には裏があり、大政奉還をしたのは、それを迫ろうとしていた勢力の先手を打ったということだった。まさかと思っていたことをされたので、幕府を追いつめようとしていた連中は、振りあげた拳《こぶし》をどこに降ろしていいか困っているのだという。

政事の話は、酒を飲んでいる時に、山岡から聞かされるだけである。慶喜と会っていても、そういう話が出ることはない。とりとめのない話を慶喜はし、辰五郎は江戸の昔話をしたりするぐらいだ。

六十七年生きてきた間に、江戸はずいぶんと変った。昔なら、一介の火消しが将軍と二人で、庭を眺めながら話をすることなど、考えられもしなかった。娘を側《そば》にあげた。その時は慶喜は将軍ではなく、一橋家の当主だった。徳川の一族とはいえ、一橋家は要するに将軍家の部屋住みのようなもので、大きな旗本の家にでも娘をあげたつもりだった。

慶喜が将軍になってしまったのは、時がそういうふうに動いたからだ、としか辰五郎は思わなかった。前将軍が若くして死ぬなどということは、考えていなかった。たとえ死んでも、一度将軍になり損ねた慶喜にまた機会があるわけはなく、将軍の補佐をする旗本のようなもので終るのだろうと思っていた。

こんな時代に将軍になってしまって、運には恵まれていないとしか辰五郎には思えなかった。

娘をあげた先がどうなろうと、自分は浅草で火消しとてき屋をやっている、ただのはぐれ者にすぎないのだ。それだけは忘れまい、と辰五郎は心に決めていた。それでも、お呼びがかかる。辰五郎は、慶喜を好きなのだった。

山岡が母屋に現われたのは、辰五郎が大坂城から戻った日だった。慶喜は京、大坂と目まぐるしく動き回っているようだ。大政奉還とやらの後の、駈け引きなのかもしれない。

辰五郎は、孝に躰《からだ》を揉ませていた時で、山岡の声を聞くとすぐに身を起こした。こういうことを、山岡はいやがる。というより、恥しそうに眼をそらす。

とりあえず、孝に酒を命じた。山岡の用件の見当はつく。

「上様が、また二条城に移られる。大政奉還をされても、朝廷だけではなにもできず、細かいことまで上様の指示を仰いでくるらしいのだ。つまり、朝廷に請われて、また二条城へ戻られるのだろう」

「ということは、あっしもまた二条城へお呼びがかかるということになりますね」

「俺は二条城には入れん。自分で勝手に京へ来ている旗本にすぎないんでな。次郎長のいる川田屋へでも泊ろうと思う」

孝が、酒を運んできた。切餅《きりもち》も、二つ持ってこさせた。黙って、山岡に差し出す。

「いや、二十五両で充分だ。済まんな」

「五十両、お持ちください。金は、あって困るものではございませんので」

「しかし」

「幕府が、山岡様のような方には金を出すべきなのです。何度も上様に申しあげようといたしましたが、山岡様にはそれはならぬときつく言われておりますし、せめてこれぐらいはさせていただかねば」

率直に頷き、律義に頭を下げ、山岡は切餅を二つ懐に入れた。

「お孝、お酌を」

山岡がさらに頭を下げそうだったので、遮るように辰五郎は言った。山岡にあるのは、忠誠だけだ。帝に対する忠誠。将軍に対する忠誠。帝と将軍が争うかたちになれば、山岡はどうすればいいのか。いずれにしても、こういう武士が困窮の中にあるのは、辰五郎には理不尽としか思えなかった。

「山岡様は、いつ京へ？」

「明日の朝」

「総三さんも休之助さんも、江戸だそうですね。代りに次郎長がいるわけですか」

「代りというわけでもないだろうが、次郎長は京に惹《ひ》かれているようだ」

「わかりますよ。喧嘩場には、やくざは顔を出したくなるものです。血が呼ぶんでございましょうね。京は、いまこの国で最大の喧嘩場でございますから」

「喧嘩場か」

山岡に、そんな言葉は言ってはいけなかったのかもしれない、と辰五郎は思った。

下女が、肴《さかな》の膳を運んできた。

「俺は、いやな気がするよ、辰五郎親分。なにがってことじゃないんだが、大政奉還も、上様がまた二条城に行かれるということも、総三や休之助が江戸へ行ったというのも、みんないやな感じで絡まって、そのうちなにも見えなくなるのではないか、と思ってしまう。見えないものが見えてきた時は、この国は違う国になっているというような、ぼんやりした不安があるのだ」

「人は、生きておりましょう、山岡様？」

「そうだな。俺はどうかわからんが、民は生きている。民が生きるかぎり、この国は続くと思うべきかな」

「あっしなど、無学でなにもわかりませんが、国は国、人は人だと、なんとなく思っております。国がどうなろうと、人は生きてるもんだろうとね。これは、政事をなさっているお偉い方々とは違う考えでしょうが」

「今日のめしのことを考えなければならない人間には、そうだってことかな。思えば、政事というのもむなしいもんだ」

山岡が、口もとにかすかな笑みを浮かべた。

それ以上政事の話はせず、半刻ばかり他愛《たわい》ない話をして、山岡は長屋に戻っていった。

辰五郎は、孝の躰に手をのばした。

「まだ明るいのに」

孝が言うのも構わず、押し倒した。六十を過ぎてからも、十日に一度は女の躰に触れている。しかし、こんなかたちは若いころに覚えがあるだけだった。内側から衝《つ》きあげてくる欲情がなんなのか訝《いぶか》りながら、辰五郎の手は孝の帯を解《ほど》きはじめていた。

辰五郎が京へ行ったのは、山岡の翌日だった。慶喜からお呼びがかかったわけではない。いたたまれないような気分になった、としか言えなかった。

川田屋に宿をとった。山岡も次郎長もおらず、夕刻になって山岡だけが戻ってきた。

「早耳だね、親分」

山岡の口調で、なにかが起きたのだということがわかった。最初に浮かんだのは、慶喜の顔だった。しかし、京が特に騒がしいという感じはない。

「坂本さんの世話を、親分はずいぶんとしていたものな」

「坂本様が？」

「それを聞いて、駈けつけてきたわけではなかったのか。昨夜、坂本龍馬と中岡慎太郎の二名が、斬殺《ざんさつ》された」

「誰が？」

「それはわからん。新選組だという噂《うわさ》も流れているが、どうも違うようだ。いまのところわかっているのは、二人が殺されたということだけだね。土佐藩はいきり立っているようだが、相手がわからんのじゃな」

総三が、がっかりするだろうと、辰五郎は思った。勝も、肩を落とすだろう。思い出せば、おかしな男だった。どこか野放図なところがあったが、誰にも嫌われてはいなかったという気がする。

「次郎長は、どうしています？」

「今朝、出ていったきりだ」

「坂本様が死なれたということを聞いてから、出ていったのでございますか？」

「ああ、一緒に聞いた」

だからといって、次郎長が坂本のためになにかをやるとは、考えられなかった。二人は、それほど親しくはなかったはずだ。

次郎長が戻ってきた気配があったのは、深夜だった。

寝巻の上にどてらを着こみ、辰五郎は廊下に出た。次郎長の部屋には、明りがあった。

「辰五郎だ。入るぜ」

襖《ふすま》を開けると、慌てて次郎長が座り直した。寝巻は着ていない。

「冷えるな。酒をとっておいた。一緒に飲もうと思ったが、おまえさん酒は駄目だったな。悪いが、しばらく付き合ってくれねえか。一度眼が醒《さ》めちまうと、年寄りはなかなか寝つけなくてな」

「そりゃ、もう。火鉢に火を入れたところですんで、ここで燗《かん》でもいたしましょうか？」

「いやいい。寒くなってきた晩に、冷やってのも乙なもんさ」

次郎長が出した座蒲団《ざぶとん》に、辰五郎は腰を降ろした。徳利だけだったので、次郎長が湯呑み茶碗を差し出してくる。

「幸次郎は、どうした？」

「あの野郎、夜遊びしてましてね」

幸次郎が、親分を放り出して夜遊びをするような若い者には思えなかった。それに次郎長の顔は腹を立てているようではなく、嘆いているようでもなかった。ほとんど無表情と言っていい。

やくざが、喧嘩《でいり》に出かける時の顔だ。

「坂本様が命を落としなすった。すぐに死ぬ人のようにゃ、俺には見えなかったが」

「まったくで。総三さんからもよく話を聞きましたが、斬り合いなんかとは別の世界で生きておられるという口ぶりでした」

「それでも、先年、襲われておられる。手に怪我《けが》をされたようだ」

「一番危ないところにおられて、それをあまり気にされなかった方だろう、と山岡様はおっしゃっておいでででした。勝様もかわいがっておられたようで」

「勝の殿様は、ほんとうにかわいがっておられた。知らせを聞かれたら、気落ちなさるだろう。この国は、龍馬がいれば大丈夫だ、と言われていたほどなんだぜ」

　喋りながら、自分がほんとうに言いたいことは別にある、と辰五郎は思い続けていた。ただ、それがうまく言葉にならない。

　酒を呷《あお》った。酔いが回らないのは、冷や酒のせいばかりではなさそうだった。

「なあ、次郎長。俺は、変ったかな？」

「新門の親分がですか。御冗談を。あっしがはじめてお目にかかった時と、同じ親分でさ。変ったといいや、この次郎長の方が、すっかり変っちまいました」

「どこが？」

「妙な具合でございましてね。一家が、うまくいっております。港の仕事《しのぎ》がありまして、まるで堅気のように子分どもも働けます。すると、あっしはやわになってきたんですよ。旅籠《はたご》に泊りたいとか、毎日風呂に入りてえとか、兇状旅はきついとか、そんなことばっかり考えてるてめえが見えるんです」

「悪いことじゃねえさ」

「だけど、やくざが考えていいことでもありませんや」

根っからのやくざ。次郎長のいいところだった。それが、喧嘩に出かける時の顔をしている。

「次郎長、おまえはなんでいつまでも京に留まってるんだ？」

「てめえでも、よくわかりません。ただ、いまの京にいると、清水にいる時よりもやくざという気分になれるんです」

「因果な性分じゃねえか、なあ」

次郎長が笑い、頭を掻《か》いた。

幸次郎が戻ってきたのは、翌朝だった。

その日も、次郎長は出て行き、夕刻に戻ってきた。山岡も交えて三人で夕餉《ゆうげ》をとり、しばらく話しこんだ。鼾《いびき》をかいて眠っていた幸次郎は、次郎長が戻る半刻ほど前に出た。宵の口は、帰ってきていなかった。

再び次郎長が出かけたのは、深夜だった。幸次郎が呼びにきたという恰好《かっこう》だった。

四

走るほどのことはなかった。

一度入ってしまえば、一刻や二刻は出てこないはずだ、と次郎長は思った。冷えこんでいる。そばを歩く幸次郎の息が白い。

五条大橋近くの、小さな家だった。

次郎長は、幸次郎と肩を寄せ合って、ものかげにしゃがみこんだ。その家の木戸は見通せる。静かだった。一度野良犬が前を通った。次郎長たちに気づいて立ち止まったが、吠えはしなかった。それ以外、人も通らない。

この前も、こんなふうに寒かった、と次郎長は思った。岩倉村の手前で、岩倉具視がやってくるのを待っていた時だ。あの時から、何カ月経っているのか。

幸次郎は、ひと言も喋らない。ただ、次郎長が寒がらないかは、気にしている様子だった。内側に布を張った合羽を躰に巻きつけていれば、それほど寒くはない。

幸次郎も、大人になったものだった。

一刻ほど待った時、家の明りがついた。次郎長は腰をあげた。すぐに木戸が開き、男がひとり出てきた。

小走りで駈けてくる眼の前に、次郎長は踏み出して道を塞《ふさ》いだ。

「なんだあ、てめえ」

男の口から出たのは、江戸弁だった。この間会った時は、京言葉だった。とっさの時に江戸弁が出るというのは、江戸育ちということだろうか。

「俺を忘れたのか、平五郎？」

「てめえ、相楽総三様と一緒にいた、次郎長だな」

闇《やみ》を透かすようにして見つめ、平五郎が言った。武士ではない。腰には、やくざが遣うような長脇差を落としこんでいる。

「なんだってんだね、こんな場所で？」

「おまえに死んでもらおうと思って、ここで待っていた」

「なんだと。てめえは、相楽様の知り合いだろうが？」

「だから、おまえを斬っておくのさ。俺の後ろにいるでかいのは、気にすることたあねえ。手出しはしねえよ」

「次郎長、理由を言え」

「胸に手を当てて、考えてみなよ」

「清水のやくざなんかに、恨まれることはしてないぜ」

「別に、恨んじゃいねえ。死ななきゃならねえことをやっただろう、と言ってるのさ」

「おかしな男だな。俺が女の家から出てきたのが、気に食わないのか？」

「女の家から出てくるのはいい。新選組の屯所から出てきたりすることが、気に食わねえ。ここしばらくは、見廻組に出入りしていたしな」

平五郎の気配が、はっきりと変った。全身から、殺気が放たれてくる。

「薩摩藩邸の小者であるおまえが、なんだってそんなところに出入りするのかね。いくらなんでも、おかしなことだろうが」

「俺は、そんなところには」

「出入りしたさ。ひと月ほど前には、新選組の屯所にいた。二日ばかり続けて顔を出したな」

次郎長は、新選組の屯所に土方歳三《ひじかたとしぞう》を訪ねた。座敷に通され、大石という隊士と会い、土方は江戸だと言われた。その時、庭にいた平五郎の姿を見たのだ。変だと思い、翌日は薩摩藩邸を見張って、尾行し、また新選組の屯所に入るのを見た。すぐに出てきた。平五郎が、誰に会いに行ったのかはわからなかった。

それから次郎長は、伏見にある新門辰五郎の妾の家に行き、しばらく留まった。辰五郎に呼ばれたのだが、特に用事があったというわけではなかった。

京に戻った時、また気になって平五郎を尾行《つけ》た。新選組ではなく、見廻組の方へ出入りしていた。いくら京の情勢にうとい次郎長でも、薩摩と幕府の関係ぐらいはわかっていた。それでも、平五郎が総三と一緒だったのを見ていなかったら、尾行たりはしなかっただろう。自分には関係のないことだと、見ないふりをしたはずだ。

「俺が、新選組の屯所に使いにいったからといって、それがどうした。薩摩藩が、新選組に抗議したりすることは、しょっちゅうだ」

「おまえは、十五日の夜も、見廻組に駈けこんだよ。見張っていてよかった。でなけりゃ、ただおかしいと思っていただけだったろう。十五日になにがあったか、知らねえはずはねえよな」

平五郎の躰が、不意に跳躍した。刀が、次郎長の鼻先を、空気を裂きながら通りすぎた。次郎長はその斬撃に合わせるように、抜き撃っていた。平五郎の、襟のあたりをちょっと斬ったたけのようだ。

睨《にら》み合った。小者の剣法とは思えなかった。ちょっとしたやくざというところだ。しばらく、むかい合ったまま動かなかった。平五郎が、口を開けて息をしはじめた。てめえとは年季が違う。心の中で呟いた。平五郎が、口を閉じる。次の瞬間、擦れ違っていた。次郎長の刀は、平五郎の腹から背中まで突き抜いていた。手応えは、小さなものだった。平五郎が、自分から突っこんできた恰好になったのだ。

平五郎の腿を足で蹴《け》り、同時に刀を引いた。仰むけに倒れた平五郎は、一度だけ起きあがろうとし、躰を折るようにして動かなくなった。次郎長は、息も乱していなかった。

「いい腕だな、おい」

声をかけられた。武士がひとり。ほとんどすぐそばに立っているのに、声を聞くまで気づきもしなかった。見た瞬間に、勝てないと次郎長にはわかった。中村半次郎と、同じような匂いを漂わせている。

「武士ではないが、町人でもない。平五郎も意外にいい腕だったが、歯牙《しが》にもかけなかったじゃないか」

きれいな江戸弁だった。男が刀を抜く気でいることは、はっきりわかった。それを隠そうともしていない。次郎長は、顎《あご》を引いた。

「待っていただけませんかね、佐々木様」

別の声がした。新門辰五郎だったので、次郎長は啞然《あぜん》とした。

「おまえ」

「はい。新門の辰五郎でございます。佐々木様がなぜここにおられるのか存じませんが、この男はあっしの身内のようなものでございまして。どうか、この場は」

「新門の身内だと。どういうことだ。ここに転がっている屍体《したい》を、どう説明する？」

「なにも、見えませんが」

「ほう、なにも見えんか」

男の躰から、また殺気が漂い出してきた。次郎長は、辰五郎を押しのけて男の前に出ようとした。

「出しゃばるな、若造」

肚《はら》に響くような声だった。次郎長は動きを止めたが、気は男にむけたままでいた。

「佐々木様」

辰五郎の声が、穏やかなものに戻った。

「なにもない、という方がよろしいのではございませんか？」

「俺は、京都見廻組を束ねている男だ。路地に屍体が転がっているのを見て、黙っていられると思うか？」

「河原町の近江屋《おうみや》にも、屍体が転がっていたのではありませんか。確か、二日前です。そちらの方は、黙っておられるおつもりでございましょう？」

「新門辰五郎。俺に、なにを言いたいのだ？」

「京には、よく屍体が転がっている、と申しあげただけでございます」

辰五郎の声は、相変らず穏やかだった。

「あんたの負けだな、佐々木さん」

聞き憶えのある声だった。土方歳三が、新選組隊士二人を連れて近づいてきた。

「藩邸にいる、平五郎か」

屍体を覗きこみ、土方が言う。闇が、硬く感じられるほど張りつめた。それが、すぐに緩んでいく。土方が、にやりと笑った。次郎長の知らない土方だった。

「屍体の始末ぐらいしておけよ、土方君」

言うと、佐々木は踵《きびす》を返した。

「旦那《だんな》、江戸に行かれてたんじゃ？」

「おまえが屯所を訪ねてくれた時は、江戸だった。新しい隊士を連れてきたのさ」

「あっしは、斬っちゃならねえ男を、斬っちまったんでございましょうか？」

「なんの。坂本龍馬を誰が斬ったか。さらには、誰が斬らせるための狂言回しをしたか。そんなことが、わからなくなっただけだ」

「それは」

「よかったか悪かったか、俺にはわからん。新門の親分にでも訊いてみろ」

それだけ言うと、土方も立ち去っていった。

辰五郎に促され、次郎長は歩きはじめた。まだ躰を固くしたままの幸次郎が、慌てて先に立った。なにがどうなっていたのか、次郎長は考えはじめた。偶然など、ひとつもなかったはずだ。

次郎長と幸次郎は、交替で平五郎を張った。総三と一緒だった男というのが、次郎長が動く気になった大きな理由だった。坂本龍馬がどこに潜伏しているか、見廻組に密告した男だとも思っていた。

そして、女の家へ行った平五郎を、斬ろうと思った。生かしておけない。ただそう思ったのだ。それ以上の理由はない。

見廻組の佐々木という男も、平五郎が女の家に行ったことを摑み、斬ろうとしてやってきた。次郎長が斬ったので、自分で手を出さずに済んだに違いない。そして辰五郎は、川田屋を出るところから、次郎長を尾行していたし、土方は佐々木を尾行していたのだろう。

死んだのは、平五郎ひとりだった。坂本龍馬を誰が殺したのか、これでわからなくなった、と土方は言った。平五郎は、薩摩藩邸の人間である。総三も休之助も、平五郎を使っていた。ほかにも、使っていた人間はいるだろう。そして、薩摩藩の上の方にいる人間なら、坂本龍馬がどこに潜伏していたかも知っていたはずだ。

「土方歳三か」

辰五郎が、呟くように言った。

「佐々木唯三郎《ただざぶろう》など、問題にゃならねえな」

「坂本様を斬ったのは」

「やめな、次郎長」

辰五郎が、前を見たまま言った。

「京で、おまえはいろいろと知ることがあったんだろう。薩邸にも、新選組にも顔が利くようだしな。だけどな、おまえが知ったことは、おまえだけが知ったことさ」

「そうです。まったく、親分の言われる通りでござんす」

「頭の中をこねくり回すのも、やめるんだ。おまえはやくざだから、やくざの理由で平五郎って男を斬った。それだけのことさ」

辰五郎の言うことは、痛いほど身にしみた。やくざには、やくざの理由しかない。誰がどうしたかもしれないなどと考えるぐらいなら、はじめからなにもしなければいい。

「喧嘩だけは、さすがだな、次郎長。あの平五郎って男は、五人や六人は殺してる男だったぞ。それを問題にもしなかった」

「とんでもありません。親分まで巻きこんじまって、詫《わ》びの入れようもございません。まったく、この次郎長って野郎は、救い難い馬鹿で、親分が死ねと言われりゃ、死んでごらんにいれるぐらいしか能のねえ男で」

「そうじゃねえよ、次郎長」

辰五郎が、次郎長の方を見て笑った。

「なにかあったら、俺にも嚙《か》ませろ。いいか、俺を爺扱《じじいあつか》いするな」

「そんな」

「京を見て、おまえの血が騒いでる。同じように、俺の血も騒いでるんだ」

次郎長は、足もとに眼を落とした。この男にはかなわない。以前から思っていたことを、改めてもう一度思い直した。

ふり返りふり返り先を歩く幸次郎の吐く息が、闇の中でかなしいほど白くはっきりと見えた。

第十章　薩邸浪士隊

一

三田の薩摩藩邸に参集した浪士は、多い時で六百名ほどになった。一度は藩邸に入ったが、数日で去って行く者も少なくない。

最終日には、ほぼ五百の兵力だろうと総三は考えていた。総三が信州あたりから呼び寄せた同志も、百を超えている。

江戸で騒ぎを起こすには、充分だった。ただ、総三は関東全域の混乱を狙《ねら》っていた。それには、やはり少なすぎる。同志百名の結束は固くても、残りは食いつめ者も多いのだ。

総三自身が総裁となり、隊規は厳しくした。それに従いきれずに去っていく者を、止めることはしていない。

休之助と伊牟田と総三の三名で藩邸に入った時は、屋敷には三十名ほどの留守居の藩士がいるだけだった。大抵のものはすでに運び出されていて、がらんどうという状態だった。西郷の指示が届いていたのだろう。

薩摩は、武力倒幕に踏み出そうとしている。慶喜が十五代将軍に就いてから、京の政争では反幕派は明らかに押され気味だった。西郷は、さらになにか手を打つだろう。

時勢は時勢であり、誰が思う通りにも流れてはいないのだ。思わぬ方向に流れたとしても、最後にそれが倒幕の流れになるのかどうか。それが大事なことだと、総三は思っていた。公武合体の流れで行けば、この国は変りはしないのだと、改めて江戸を見つめ直すとよくわかる。とりあえずは、これまでの支配のすべてを根底から変える必要があるのだ。そのためには、雄藩の持つ力がやはり不可欠だった。草莽《そうもう》の決起と考えていた数年前の自分の青臭さが、まるで他人の心の中のようにさえ思える。

上州、信州の同志は、半分以上はそれぞれの土地に残らせている。江戸では、命を落とす危険も多いのだ。倒幕軍が中山道を下ってきた時、総三の同志がほとんどいないという状態にはしたくなかった。

ただ、金井之恭《かないゆきやす》には、何度も書状を出して呼びかけた。最も古い同志のひとりであり、熱心な武力倒幕論者でもあったからだ。

その金井が、動かなかった。金井を動かすことで、新田俊純《にったとしずみ》を動かしたかった。かつて、桃井可堂《もものいかどう》の決起を潰《つぶ》した張本人で、一時は斬《き》ってやろうと思ったが、いまは利用するべきだという気持が強い。上州勤王党の主柱だと言っても、いまの総三には小物にしか見えない。ただ、かなりの数の志士を動かせる、名家の声望は持っているのだ。

金井は、変節したのか。新田俊純のそばに置いておいたのが悪かったのか。

薩摩藩邸に集まった五百は、何隊かに分けて組織し、命令系統も明確にした。倒幕戦の軍勢にもなるのだ、と総三は思っている。薩摩藩邸の長屋は、ほとんど兵舎のような趣きになっていた。

浪士隊を統率したのは総三で、伊牟田は残っている薩摩藩士の中から数名を選び、別の謀略に取りかかっていた。江戸へ入ってから、気持を立て直したようだった。休之助は、藩邸から出て、八官町《はちかんちょう》の女のところにいる。町人のなりで、江戸市中の様子を探るのが役目だった。

浪士隊を維持していくには、資金が要る。それは、江戸の大店《おおだな》から徴発することに決めていた。幕府寄りの大店を、休之助が調べあげてくる。そこに五名ほどの隊士を送り、軍用金を出させるのである。十一月も十日を過ぎたころには、すでに一万両ほどの蓄えはできた。

隊士の金の着服は死罪とし、乱暴も禁じたが、実際に商家に押し入る事件の数は、浪士隊の徴発の二倍を超えていた。浪士隊を騙《かた》る者がかなりいて、その中には旗本すらも含まれているという話だった。御用盗などと呼ばれているらしい。

江戸の混乱が大きくなるのは、悪いことではなかった。

土佐藩邸の板垣退助から使いが来たのは、十一月も終りに近づいたころだった。板垣は、総三と同じ目的で江戸に入っていたが、土佐藩の藩論が思うようにいかず、手足を押さえられたという恰好《かっこう》だった。

愛宕下《あたごした》の居酒屋で、休之助も含めた三人で会った。

「坂本さんが、殺された」

板垣が、最初に発した言葉はそれだった。やはり時勢は思うようには流れない、と総三は思った。誰の手による暗殺かは、諸説があるという。

坂本龍馬が死んだ、というのが実感としてわかってきたのは、しばらく話しこんでからだった。坂本が死ぬようなことはない。なんとなく、そう思っていた。倒幕が終ったあとは、坂本の下で汗をかいてみよう、とも思っていた。考えていることが大きすぎて、野放図とさえ思えたほどだった。

「西郷さんとは、また違う大きさのある人だった。西郷さんには、残酷なところもある、とぼくは思っている。薩藩の益満君には悪いがね」

「西郷さんは、そういう立場にいるんだ。坂本さんは、そういう立場に立とうとはしなかった。その違いだと思うな」

休之助が言った。総三は黙っていた。西郷と坂本を較べてみたことはない。ただ、坂本の方がずっと好きだった。

「坂本さんは、危険にひとり身を置いた。それも、西郷さんとは違うな。そして、西郷さんに利用もされなかった。利用しようとしても、できない大きさを持っていた」

「利用するしないという間柄ではないだろう、板垣君。俺も、坂本って人は知ってるが」

「よせよ、二人とも。いま、西郷、坂本を較べてなんになる」

総三がそう言うと、二人は同時に盃《さかずき》に手をのばした。しばらく、黙って飲み続けた。

「これから、どうするんだ、板垣君」

「ぼくは、京へ戻る。後藤象二郎という男が、藩主の公武合体論と、倒幕派に二股《ふたまた》かけて、藩論がまとまらん。したがって、君のように浪士を糾合することも難しい。坂本さんが生きていれば、江戸にいるぼくの使い道も考えてくれたと思うが」

「陸軍を育てあげると言っていたことは？」

「改編はした。あとは、武装だ。それは、土佐にいたのではどうしようもない。坂本さんがいなくなったので、情勢はもっと厳しくなった。それもあって、京へ戻ろうかという気になったのだ」

「別れの宴《うたげ》か、これは」

「また会える。東征軍の先鋒《せんぽう》であるぼくを、君が迎えるということになるかもしれんし」

「後藤を斬る、などと考えるなよ、板垣君」

休之助が口を挟んだ。

「人を利用しているつもりが、利用されている男さ。腹も立たん」

「いまは、どうやって長州を京に復帰させるかだろう。山内容堂公が反対したりすると、面倒になるな」

「それについては、ぼくも殿に言うべきことは言うつもりだ」

それから、話は公議政体論に移った。この論でいけば、頂点に立つのはやはり徳川慶喜である。大政は奉還し、将軍職を辞す申し出までしても、徳川は大きい。大木は根こそぎ倒さなければ、幹のどこかから必ず新しい枝をのばす。それについては、板垣も休之助も同じ意見だった。倒幕派に立てば、当たり前のことと言ってもいい。

総三は、坂本龍馬のことを思い浮かべていた。大きなものを失った、という思いが益々《ますます》募ってくる。自分にとって大きなものであると同時に、この国にとっても大きなものだ。坂本に代りうる人間が、果しているのか。

西郷が、坂本の代りまでできるとは思えなかった。西郷は、軍人である。戦争をさせるとうまいのかもしれないが、貿易など駄目だろう。貿易だけの男となると、これはいるだろうが、坂本ほど先を見通せるとは思えなかった。

死ぬ時は死ぬ、か。総三は、低い声で呟《つぶや》いた。坂本は、そう考えていただろう。それだけはわかる。

「なにか言ったのか、相楽君？」

「いや」

「坂本さんのことを、考えているのだな」

「なんとなく、頭がぼんやりしている。両君の意見は、あまり聞いていなかった」

「別に、君に聞かせようといって、議論をしているわけではない。ぼくは、政事のことでも話していなければ、いまはやりきれないのだ。土佐は、不幸だよ。土佐勤王党が潰された時も、そう思った。大事の前に、人材を失うことが多い」

「よそう、やはり。なにを言っても、坂本さんは死んでいるのだ」

「そうだな」

板垣が、手を打って新しい銚子《ちょうし》を頼んだ。休之助は、膝《ひざ》を抱えるようにしてうつむいた。

「ひとつだけ、言い忘れていたことがある。坂本さんの暗殺に関係があるのかどうかわからないが、薩摩藩邸にいた平五郎という小者が、二、三日あとに殺されたらしい」

「平五郎か」

総三は、その小者を何度か使ったことがあった。敏捷《びんしょう》な男だった。抜け目がない、と言った方がいいという感じだ。それでも、便利だから使っていた。

「つまり、そんなことも京では起きている、ということだ」

「わかった」

京で誰かが死ぬのは、めずらしいことではない。先の孝明天皇も、殺されたかもしれないのだ。板垣も休之助も、それは感じているだろう。

「誰が坂本さんを殺したかなど、わかりはしないのだな」

「見廻組と言っている者がいるらしい。新選組という噂《うわさ》もある。両方とも、京でならありそうなことさ。京都所司代など、調べようともしていない」

「だろうな」

新しい銚子が運ばれてきた。休之助が一本とって、総三の盃に注《つ》いだ。

「俺らのような愚物は、なかなか死なん。しかし、これからは愚物が働く時だという気もする。とにかく、今夜は飲もう。板垣君は京へ行くし、総三は命を賭《か》けなければならない仕事が待っているのだし」

いくら飲んでも、酔えそうにはなかった。

それでも、総三は盃を空けていた。

二

京からは、いろいろなことが伝えられてきた。政争の中心は京で、江戸はまだのんびりしていて、総三の率いる浪士隊が商人から軍資金を調達しているぐらいだ。浪士隊の名を騙って徴発に行く人間の方が、むしろ騒ぎを起こすことが多かった。

休之助は八官町の旅籠《はたご》にいて、京からの情報をひねり回していた。西郷は、京の政争で最も効果があがる機会を衝《つ》いての、江戸の混乱を狙っている。その機会を測るのは、総三ではなく、休之助と伊牟田の仕事だった。総三を、混乱のための道具に使おうという西郷の意図に、休之助はかすかな不安を感じたが、言っても仕方がないことだった。こういう時代では、多かれ少なかれ、誰もが道具であることには変りない。道具であることを拒否すれば、坂本龍馬のように、死ぬ。

三人が、京都三条の旗亭で西郷、大久保と別れの宴を張った時、総三は死を覚悟していた。関東草莽の役割りは、倒幕の捨石という総三の考えは、江戸へ来てからも変ってはいない。五百の浪士隊を率いた総三は、静かな気力を漲《みなぎ》らせていた。

それでも、ただ死ぬために働くのではないということは、三人で話し合って一致している。江戸の騒乱で生き残れば、京へ行く。浪士隊全員は無理だとしても、半数は京へ逃れ、倒幕軍に加わる。

生き延びてこその草莽の志だと総三に説いたのは、意外にも休之助ではなく伊牟田だった。伊牟田は、江戸にむかうころから、本来の自分を取り戻したように見えた。

八官町の旅籠は、休之助の女の家である。江戸全体の情勢を把握するには、薩摩藩邸にいるより、市中にいる方が好都合だった。動きやすいのだ。伊牟田も総三も、話し合わなければならない時は、ここへ来ることが多い。特に伊牟田は、町人のなりで、二日に一度はここへ来ていた。

師走《しわす》に入っていた。江戸の御用盗騒ぎは、益々大きくなっている。

「上州と甲州へむかった挙兵隊が、そろそろ到着するはずだ」

伊牟田が、風呂敷包みを背負ってやってきて言った。中身は反物で、行商人になっているのだ。伊牟田と喋《しゃべ》る時も、決して薩摩弁は使わなかった。

「いま、藩邸には三百というところか」

上州と甲州へ挙兵隊を送るというのは、総三が主張したことだった。それにより、関東草莽の決起が促せるというのだ。江戸の薩邸に屯集する浪士は、三百で充分だと総三は言った。攻められたら、そこで腰を据えた戦などはやらず、とにかく血路を拓《ひら》いて逃げられるだけ逃げる。もともと、藩邸は戦のために造られたものではない。

「成功すると思うか、やつら？」

「失敗してもいい、と相楽は思っている。特に上州の新田俊純には、これが関東草莽の姿だと見せてやりたいのだろう」

関東勤王党の首魁《しゅかい》は、新田俊純だった。新田義貞《よしさだ》の流れを汲《く》む関東の名家として、声望だけは高い。しかし、決断力はなさそうだった。

京の倒幕派の声価は、圧倒的に総三の方が高い。

「桃井可堂の決起が潰れたのも、新田俊純が優柔不断だからだ、と相楽は考えている。細かいことは気にするなと、俺は何度も言ったのだが。死んで行った者たちを忘れたくない、という思いがどこかにあるのだな」

「そこが、総三のいいところさ」

「まあ、大局を見失ったようには見えんが」

関東全域に争乱を拡げるという総三の考えは、戦略としては誤っていなかった。江戸の幕府勢力は、そちらにも力を割かざるを得なくなる。

水戸藩《みとはん》勤王党が力を残していれば、と総三が言っていたことがあった。天狗党《てんぐとう》の乱で、水戸藩勤王党は力を失っている。

「京は、相変らず押し合いか」

「諸侯会議というものが、やはり大勢を占めつつあるようだ。外様《とざま》の藩主などは、どうしてもそれに魅かれるだろうしな」

「山内容堂か」

諸侯会議の頂点に慶喜が立てば、実質的に幕府の勢力は温存される。公武合体の延長から出た考えで、藩主層はそれに魅かれている。西郷と大久保は、その阻止に回っているが、薩摩でも藩主はやはり諸侯会議に魅かれるだろう。倒幕を主張し続けているのは、長州だけである。

「例の、倒幕の密勅《みっちょく》は、益満？」

「真偽定かならず、と見ている者の方が多いようだ」

「まあ、真偽が定かでないゆえに、密勅なのだろうが」

「岩倉卿が絡むと、いろいろ面倒になるようだが、徳川家が大政奉還だけでなく、所領のすべても返上するということになれば、勝負はつくと西郷さんは考えているようだ」

「その先まで考えているさ、西郷と岩倉は。あの二人は、深いよ。人間の闇《やみ》の部分にまで手をのばす」

実際、徳川家が所領を返上すれば、旗本、御家人《ごけにん》は拠《よ》って立つところを失う。いくら旗本の腰が抜けているといっても、それを黙って受け入れはしないだろう。当然、戦ということになる。

「おまえの方は、どうなのだ、伊牟田？」

「なんとか、うまくいくかもしれんという目途《めど》はついてきた」

「どの程度まで？」

「本丸は無理だ」

「二の丸か、三の丸か。それにしても、目途がついたというのは、幕府がいかに駄目になっているかだな」

「精鋭は、京、大坂だし、まさか城内でなにか起きるとは考えていないし」

「しかし、まだ弱いな」

「あとは、相楽がいる」

江戸市中は、御用盗の騒ぎがあるだけで、京と較べると著しく緊張は欠いていた。幕府が倒れることなど、誰も考えてみないのである。

ただ、幕閣は御用盗に対して、なんらかの手を打とうとしていた。小栗忠順《おぐりただまさ》が厳重な取締りを主張しているという。それに対し、勝海舟などは、放っておけという意見らしい。勝も小栗も、西郷の挑発だというのはわかっているのだろうが、幕府の立場の取り方では二つに割れている。

放っておかれて困るのは、総三だろう。さらに過激なことをやらざるを得なくなる。そのために、上州、甲州を乱そうとしているのなら、総三もかなり先を読んでいるということだ。

「浪士隊は、心配ないだろう。隊規も厳しくて、結束もいい。このまま藩邸に留めておいても、倒幕軍が東下する時の先鋒の役は充分に果すはずだ」

「それじゃ、事は起きん。倒幕軍を東下させるための、呼び水の役が浪士隊だぞ」

「それは、忘れていないが」

各藩の軍勢が、すでに京に集まっている。幕府の精鋭も然《しか》りである。京の情勢は一触即発だが、朝廷の力関係によっては不発に終ってしまうのだ。そうなれば、はじめの発火は江戸でやるしかない。

「総三は、戦をしない方がいい、と考えてるのか、伊牟田？」

「心の底では、そう考えてる。あの男は、純粋すぎるのだ。薄汚れた政争の道具にされるのは、かわいそうだという気がするよ。俺など、とうに汚れた手になっちまってるが」

「西郷さんが、嫌いか、おまえ？」

「好きとか嫌いとかいうのと、ちょっと違う気がする。わからんのだよ、あの人が。大久保さんの方が、ずっとわかりやすいね」

「西郷、岩倉は、わからんか」

「岩倉はわかる。野心家さ。自分の野心のためなら、どんなことでもやる。節も曲げる。そんな男だ」

伊牟田は、淡々と喋っていた。伊牟田が西郷になにをやらされてきたのか、休之助は考えないようにした。自分も、江戸の間諜《かんちょう》をやってきた。決して、きれい事では済まない仕事だった。だからといって、それを西郷のせいにする気はない。そういう仕事も、必要なのだ。

「西郷さんは西郷さんで、俺たちには思いも及ばないつらさの中にいるのかもしれない。あの人の立場では、それを誰のせいにもすることはできないんだ」

「そうだな」

「俺に、なにか隠していないだろうな、伊牟田？」

「なにを？」

「わからんから、訊《き》いてるのさ。俺とおまえは、長い。肚《はら》の底まで知り尽しているというわけではないが、何度も生死をともにした仲だと思っている」

「俺は、なにも隠してはいないぞ、益満。ただ、考えこんでしまうところはある。それが、おまえにはおかしく見えるのだろう」

それ以上、伊牟田はなにも言わなかった。

三

赤坂三分坂《さんぶざか》の屋敷である。

ちょっとした大名屋敷と較べても、遜色《そんしょく》はない。総三が育った家でもあった。

従者をひとりだけ連れて、馬で来た。江戸にいるのに、一度も帰らないというのも、堅苦しすぎると思ったのだ。父が出してくれた金で、関東の同志のかなりの部分を養えた。大名や旗本に貸した金で儲《もう》けたといっても、金は金である。

門外に従者と馬を待たせ、ひとりで入った。

勝手はわかっているが、心が底の方からふるえはじめた。長屋がある。使用人たちが暮しているところだ。その先に、母屋の玄関がある。

「若旦那《わかだんな》様だ」

長屋から声があがり、誰かが母屋の奥に駈《か》けこんでいく気配もあった。

出てきたのは、父の兵馬《ひょうま》自身だった。眼を見開き、総三を睨《にら》み据えるように見つめている。

数年会っていないだけで、ずいぶんと歳をとったように見えた。

「いま、江戸で、仕事をしております。志に従った仕事を」

兵馬は、無言だった。髪が白くなっている。それで歳をとって見えるのだ、と総三は思った。ほかのところは、変りのない父だった。

「小島四郎ではなく、相楽総三と名乗っております。父上の名に恥じるようなことは、いたしておりません」

「わかっておる」

兵馬が、はじめて口を開いた。

「おまえを見れば、それぐらいはわかる」

「御息災でおられましたか？」

「おう、変りはない。わしは変りないが、おまえはまたずいぶんと変った」

「一年で、三つも四つも歳を重ねていくような気がいたします」

「なにをしている。あがれ」

「いや、ここで。父上にお目にかかれただけで、充分でございます。やらなければならないことが、待っています。ひとりきりではなく、何百もの同志がいます」

「それはわかっているが、ここまで来てあがらんということもあるまいが」

「ここで。ここ一年、いや半年の間に、私は相楽総三から小島四郎に戻ります。その時は、私がしてきたことを、父上と語り合うこともできましょう」

「この小島の家を継ぐのはおまえだぞ、四郎。そのことは忘れるな。兄たちは、それぞれの道を歩いている。おまえは、この家を継げ。家産を賭けて、なにかをやってみろ。わしは隠居して、それを見ていたい」

「家産はともかくとして、私はいつまでも政事に関っているつもりはありません。しかしいまは、それにすべてを賭けています」

「おまえに学問をさせたのは、誤りであったと思ったこともある。しかし、もういい。立派な男に育っている。こうしてむかい合っていると、よくわかるぞ」

童がひとり、駈けてきて兵馬の背後に立った。

「河次郎か？」

童が頷《うなず》く。四つになっているはずだ。

「わからぬであろうな、私を見ても。おまえの父だ。父らしいことはなにもしてやれぬが、いずれともに暮せる日が来る。それは、もう遠くない」

河次郎は、じっと総三を見つめていた。悲しくなるほど澄んだ瞳《ひとみ》だ、と総三は思った。

「母者《ははじや》の申されることは、よく聞いているか？」

河次郎が、かすかに頷いた。

「書は、読んでおるか。読み書きは、もうできるのであろう?」

「できます」

「そうか。できるのか」

不意にこみあげてきた涙を、総三はなんとか抑えこんだ。

「父上がくださった『華夷弁《かいべん》』を、早く読めるようになれ、と母上に言われています」

河次郎は、兵馬の脇に立ったままである。手をのばして抱きあげたい衝動も、総三は抑えた。会えただけでも、幸福なのだ。家族に会うこともなく死んで行った者も、少なくない。自分だけが恵まれることなど、望むべきではない。

「この国は、これから変る。大きく変るぞ、河次郎。その中で生きていくには、自分の考えをしっかり持つことだ。書を多く読め。やりたいと思ったことは、やってみろ」

「気持のやさしい、いい子だぞ、四郎」

兵馬が言った。そうだろう、と総三は思った。照は、気持のやさしい女だった。そういう女を、母親に持ったのだ。

「男は、決めたことはやり通さなければならん。そのために、いまはおまえとともに暮すことはできん。それを悔んではならんぞ。おまえの父は、精一杯生きている。それだけは言える」

もう帰った方がいい、と総三は思った。これ以上いると、情を抑えきれなくなりそうだった。

「父上も、おすこやかに」

「待て、四郎。いま、お照を呼びに行かせた。半刻《はんとき》もせずに戻るであろう。せめて、お照にだけは会ってやれ」

「戻らなければなりません。今日会えぬのも、明日会えるのも縁。そう思っております」

「情の強《こわ》いことを申すな。おまえに会えなかったとなると、お照は何日も嘆くぞ」

「行きます」

「なんというやつだ、おまえは」

「お照が嘆くのなら、私が来たことは伝えないでください」

「馬鹿、もう遅いわ。迎えの者がそう言うであろう」

「河次郎、母上が泣いたら、そばにいてやるのだぞ」

それだけ言い、総三は頭を下げた。踵《きびす》を返した総三の背に兵馬の声が追ってきたが、ふり返らなかった。

門の外で、従者は立って待っていた。

「藩邸へ戻る。駈けるぞ」

馬に乗り、総三はそれだけを言った。

藩邸まで、あっという間だった。駈けてきた従者が、荒い息をしている。

「総裁、われらの名を騙って商家に押し入った者を、二名捕えています」

馬を降りると、副総裁の水原二郎が駈け寄ってきて言った。あまりおかしな評判は立てたくないので、騙り者を捕えろと命じていたことを、総三は思い出した。赤坂から三田までの馬上では、なにも考えていなかったのだ。

「君に任せます、水原君」

水原は、すでに四十を超えていたが、総三に心酔して、門人三名とともに浪士隊に加わってきた国学者である。何度か、夜を徹して話したことがある。

「多分、旗本の次男坊かなにかと思うのですが」

「それなら、そう明記した札を首から下げて、どこかに晒《さら》してやればいい。御用盗の正体がこれだと」

「わかりました。浪士隊は、幕府に力を貸す商家に反省を促しているだけだと、少しは江戸の民に納得させられるかもしれません」

「大監察の苅田君を。いま藩邸にある火器の数を、正確に摑《つか》んでおきたいのです」

「苅田は、五人を率いて市中に出ています。上州組と甲州組が持ち出した火器が多いので、いま藩邸にあるのはわずかだと思いますが」

「風間《かざま》、諸橋《もろばし》に命じて、集めさせた分があるのです。それをひとつにして、苅田君に管理させたい」

「そう、苅田に伝えます」

総三は、長屋の端にある総裁室に入り、しばらく江戸の地図を見つめた。赤坂三分坂も、地図には記されている。それを見ると、いくらか気が咎《とが》めた。

「相楽総裁、幕府からと庄内藩からと、しきりに抗議の使者が参っており申す」

篠崎《しのざき》彦十郎が入ってきた。薩摩藩の留守居の筆頭である。藩邸を代表するのはこの男で、従って抗議もそこへ集中してくるのだ。

「これから、まだまだ来ますよ、篠崎さん。京の情勢がわかり次第、次の段階に移ろうと思っていますからね。益満からの連絡が入るまで、抗議は受け流してください」

「それは、わかっちょり申すが」

篠崎は主戦論者だった。だから江戸に残されたと言える。しかし、すぐに次の段階に移るという情勢ではなかった。京での押し合いに、結着はついていないのだ。

「伊牟田は、来ませんでしたか？」

「うちの若いのを、五人ばかり連れていったきりでごわす。五人で、戦などでき申さん。いずれ、なんかの謀略でごわそうな」

問題は、次々に起きてきた。じっとしている暇もないほどである。隊士同士の争いもあった。藩邸を出て、戦をしたがる人間も少なくない。上野《こうずけ》、下野《しもつけ》方面へむかった同志は、かなり激しい戦闘を展開していると伝わってきて、それが主戦論者たちの気負いを増幅させた。

上野、下野へ出かけた部隊は、健闘している。しかし、いまひとつ拡がりに欠けた。現地の同志の参集が少ないのである。

新田俊純を動かせるかどうか。総三は、部隊を率いていた竹内啓《たけのうちひらく》に、金井之恭と連絡を取るようにひそかに命じていた。金井は、最も古い総三の同志であると言っていい。

そして、金井が新田擁立に動いている、という知らせも竹内から入っていた。新田の決起に関係なく、竹内には戦闘を開始するようにも伝えていた。新田には、これまでどれほど苦い思いをさせられたか知れず、斬ってもあき足らないという思いが総三にあったのである。

栃木の宿あたりでの戦闘が激しくなったという知らせが入ったころ、総三はさらに二十名ほどの部隊を甲州と相州に出した。そちらの動きは、活発にならなかったからである。

結局、新田俊純は決起せず、金井之恭ひとりが捕えられたという知らせが入ったのは、十二月の中旬だった。栃木の宿、出流山《いずるさん》を中心とした部隊も、潰走《かいそう》しはじめていた。甲州、相州では、ほとんど戦闘らしい戦闘もなく押さえこまれている。

休之助が藩邸に現われたのは、十六日の深夜だった。

「京で、大きな政変があった。藩主らの意見を押さえ、徳川家に所領を返上させることが決まった。実に鮮やかに、西郷さんは勝負に勝った。朝廷の警備から、会津、桑名の藩兵を追い出し、薩摩を中心とする倒幕派の兵が固めたのだ」

「それでは？」

「しかし、そう甘くはないらしい。山内容堂を中心とする藩主側が、また少しずつ、巻き返し、流れが諸侯会議の方にむきはじめているのだ。開戦の機は、今年じゅうにやってくる、と西郷さんは読んでいる。今年じゅうに開戦に持ちこまなければ、完全に諸侯会議が主流になるとな」

開戦の機を、江戸で作る。総三の使命はそれだった。ただ、浪士隊が江戸市中で暴れ回ったり、幕閣を襲ったりしたところで、開戦にはならない。浪士隊には薩摩の人間はおらず、不逞《ふてい》の輩《やから》の暴挙として扱われる可能性が大きいのだ。

「伊牟田が、江戸城のどこかを炎上させる。本丸は無理だとしても、二の丸かどこかではできると言うのだ。それで、幕閣は強硬になるだろう。あとは、おまえにかかっているんだよ、総三」

幕府軍が、薩摩藩邸を襲う。それがあってはじめて、京での開戦の理由も成り立つ。

「任せておけ、休之助」

浪士隊は、ただ暴れていたわけではない。江戸市中の警備をしている新徴組や新整組の神経に触ることを、ことさら選んでやってきた。

「俺は、八官町に戻る。うまく開戦となれば、京へ行く。死ぬなよ、総三」

上野、下野で敗走した隊士が、二人三人と藩邸に戻ってきている。死んだ者、捕えられた者も、かなりの数になっていた。

翌朝、総三は副総裁以下の幹部を集め、臨戦態勢を取るように命じた。

四

寒い夜だった。

走ってきたためか、諸橋六郎の頰《ほお》は赤い。まだ息も乱れていた。諸橋は、十五名を率いる小隊長である。

「全員が戻りました」

「よし、休め」

赤羽橋際《あかばねばし》にある、新徴組の屯所に、小銃を撃ちこませていた。庄内藩士が中心になった、浪士隊に対する強硬派の集まりである。諸橋は、うまく隊をまとめて追跡をかわしていた。浪士隊のやったことだという、証拠を摑ませてはならない。

翌日、江戸城二の丸から火が出た。それほどの火勢になる前に消しとめられたが、江戸市民を驚かすには充分だった。夜になると、風間進吾が率いる小隊が、春日《かすが》神社の前にある新整組の屯所に小銃を撃ちこんできた。これもうまく追跡をかわした。

新徴組からも新整組からも、次々に犯人の引き渡しを申し入れてきたが、篠崎彦十郎がことごとく応対したあと追い返した。証拠は摑まれていないのである。

十二月二十四日から、動きは急になった。新徴組、新整組の隊士だけではない。幕府が動きはじめたという感じだった。午後に入ると、三田界隈《かいわい》の交通は遮断されはじめた。

総三は、総裁室で地図に見入っていた。報告が入るたびに、幕府軍の配置を書きこんでいく。かなりの大部隊が動いているようだ。庄内藩を中心にして、上山《かみのやま》、鯖江《さばえ》、岩槻《いわつき》の四藩の兵が出ていることがわかってきた。さらにその外側に、数千の幕兵も集まりはじめているという。

藩邸の門はすべて閉鎖し、それぞれに警備をつけた。火器は、正門の部隊に集めてある。いきなり攻撃してくることはない、と総三は読んでいた。まず、犯人を渡せという談判である。それが決裂したあと、どうなるかは読めなかった。浪士隊の士気はあがっているが、こちらから手を出すということは、できることなら避けたい。

陽が落ち、夜になった。

篝《かがり》は充分に燃やした。兵糧《ひょうろう》もたっぷりとある。ただ、砦《とりで》や城ではなく、藩邸である。戦を考えて、造られてはいない。

「三田通りの備えが手薄のように思えます、総裁」

水原二郎と二人で地図に見入っていた、大監察の科野《しなの》東一郎が言った。総三も、それに気づいていた。脱出するなら、そこである。退路に罠《わな》を仕掛けるほど、各藩の連携はとれていないだろう。

「幹部を集めろ、科野君」

いよいよ戦闘か、という表情を水原がした。科野は、大監察以下の幹部二十八名をすぐに集めてきた。

「ひとりでも多くの同志を、生き延びさせたい。ここで玉砕することに、意味はない」

総三が口を開いた。

「ここまで来て、戦を避けるわけにはいかないが、勝つために闘う必要はないのだ。それぞれが生き延びるために闘い、第二の使命のために、京を目指して欲しいと思う。京の集合地は東寺。藩邸に蓄えた金は、各人に平等に分配する。生き延び、京を目指すための金だ。くれぐれも言っておくが、死ぬための闘いはするな。それが使命だと思え」

全員が、黙って聞き入っていた。

「品川沖には、薩摩の翔鳳丸《しょうほうまる》が錨泊《びょうはく》している。できれば、それを目指せ。乱戦になるであろうから、品川にむかえない者も出てくるだろう。時がかかってもいい。どこかに潜伏し、機を見て京にむかうのだ。江戸で藩邸を襲撃させることで、われらの第一の使命は達したのだ。しかし、すべてが終ったわけではない。第二、第三の使命のために命を使おうではないか」

「総裁が言われたことを、全員に伝えろ。金の分配は、手早くやれ。敵は多勢だ。一旦《いったん》戦闘がはじまると、命令の伝達も難しくなる。これを、最後の命令だと思え」

水原二郎が、総三の横に立って言った。西郷や大久保や岩倉が動かす歴史ではなく、自分がいま歴史を動かせる、と総三は思った。

「諸君、武運を祈る。京で、また会おう」

総三が言うと、全員が立ちあがった。

長屋では炊き出しがはじまり、総三も握り飯をいくつか腹に押しこんだ。藩邸を包囲した恰好の軍勢には、まだ大きな動きは見えない。

「総裁、どう思われますか、いまの敵の構えを？」

水原がそばへ来て言った。国学者で、戦の経験はもとより、刀を抜き合わせたこともないのだという。ただ、統率力はあった。

「浪士隊の、半数近くは生き延びられるのではないかと思う。前線には、庄内藩の兵など出しているのが、いい証拠ですよ。幕府が本腰を入れてわれらを全滅させようとするなら、幕兵が前線に立つでしょうから」

「私も、そう思います」

「小栗忠順がいくら自信を持っていても、下は腰抜けだな。ここは江戸ですよ。それなのに、幕兵は遠巻きにしているだけだ。やはり幕府は潰し、新しい政府を作らなければ、この国は外国とまともに付き合えはしないとぼくは思う」

「『華夷弁』に書かれていた主旨も、そういうことでしたね。攘夷《じょうい》とは、外国の助力を受けずに、自らの脚で立つことだと」

「あれを読んだのですか、水原君」

「感銘いたしました」

「あれを書いた時からでも、ずいぶんと時が経った。情勢も変ったし、ぼく自身も変りましたよ。そうやって人は成長していくとも言えるが、成長の過程で大きな間違いをすることもある」

「総裁は、間違われなかったと思います」

「まだ、わかりませんよ。倒幕戦は、これからはじまるのですから」

風間と諸橋の小隊が、総三のそばにいた。桃井可堂門下の二人は、出発からの同志だと言っても過言ではない。

「関東草莽に、相楽総三ありです。関東の同志は、総裁がおられたことで救われました」

「買い被《かぶ》りですよ、それは。草莽は、ひとりひとりが、地に足をついていなければやっていけなかった。寄るべき大樹などなかったのですから」

「しかし総裁がおられた。京にいて、いつも関東の同志に眼をむけておられた」

「偶然、そういうことになったのだと思います。しかし、倒幕の戦に勝ったとしても」

「薩摩の幕府ができますか？」

「多分ね。長州と薩摩かな。そう考えると、土佐の坂本さんが亡くなったのが、いかにも痛い」

「坂本龍馬の代りは、出ませんか？」

「天才でしたからね、あの人は」

藩邸の中は、静かだった。みんなが、じっと朝を待っている。

周囲が白みはじめたころ、正門が叩《たた》かれているという注進が入った。

談判の使者である。篠崎彦十郎が応対することになっていた。藩邸の代表者は、あくまで薩摩藩士でなければならない。

談判の使者は、庄内藩士一名のようだった。

幕府は、すでに大政を奉還している。いかなる幕命も、かたちとしては他藩に及ぶものではなかった。篠崎は、そのあたりを談判の要諦《ようたい》にするだろう。発砲事件も、江戸城二の丸炎上も、薩摩とは一切の関りはない。幕府は、大政奉還したのなら、薩摩と同別の一藩に過ぎない。そう言って、押し返そうとするはずだ。

決裂せざるを得ない。決裂して、すぐに開戦になるのか、まだ時がかかるのか、いまのところわからない。こちらから、使者を斬ったりはしないことは、申し合わせてあった。

談判は、半刻も続かなかった。

「篠崎殿が」

注進が入った。

使者を送って出た篠崎が、門から顔を出したところで、いきなり庄内兵に槍《やり》で突き殺されたのだという。

「よし、やれ」

総三は叫んだ。

すぐに、銃声が起きた。どちらからともわからなかった。総三の周囲には、風間と諸橋の小隊、それに水原二郎がいる。

さすがに、鉄砲の数からして違った。大軍である。こちらは二百五十ほどで、広大な藩邸を守りきれはしない。

「長屋に、火をかけろ。各人で、退路を探るように伝えろ」

諸橋の小隊が、伝令に走った。

「三田通りに出ます。敵の攻撃が弱くなったらです。私が先導しますから、総裁はついてきてください」

「ぼくは、最後まで藩邸に残るつもりだ。全員が逃げたのを見定めてから、逃げることにする」

「それは、できません。総裁を死なせるわけにはいきませんよ」

「死ぬものか」

「ならば」

「ほかの隊士より先に逃げて、生き延びることもできん。水原君は、早く逃げたまえ」

「私も、総裁に付き合います。乱戦になったら、その時は逃げていただきますよ。乱戦じゃ、隊士の誰が残っているのかも、見定められませんから」

銃撃が続いていた。庄内藩と上山藩の攻撃が激烈だが、突っこんでくるような真似《まね》はしようとしない。

長屋が燃えあがり、その熱が総三のところまで伝わってきた。

五

水原が先導して、走った。

木戸などは、押し破っている。二十五、六人が続いていた。諸橋と風間の小隊である。屋敷を出て、乱戦になり、どう闘ったか総三はよく憶えていなかった。二人か三人は斬ったし、浅傷《あさで》もいくつか受けていた。遮る敵は、百人ほどの時もあった。しかし、三十人が小さく固まっていると、なにがなんでも討とうとはしてこなかった。二、三十人の敵なら、蹴《け》散《ち》らすという感じだ。

どこを走っているのだ、と総三は思った。品川方面にむかっていることは確かだが、町並みに見憶えはなかった。

二十人ばかりが、走ってくるのが見えた。

敵だと思い、総三は前へ出た。総裁だ、という声が聞えた。

「科野大監察です」

ひとりが言った。

「この先に、百五十名ほどの幕兵がおります。われらだけでは突破は無理と見て引き返していたところですが」

「背後には、庄内の藩兵が押し寄せてきているぞ。一緒に突破しよう」

「わかりました」

科野が言う。返り血と煤《すす》で、科野の顔は赤黒かった。

「総裁を通すために、われらが先駈けする。死に場所が見つかったぞ」

言ったのは、上州から藩邸まで逃れてきた同志たちだった。四人いる。竹内啓以下の上州派遣隊は、そのほとんどが捕えられたり死んだりしている。自分たちだけが生き残った、と思い詰めていたのかもしれない。

「全員で突破する。先駈けは許さん」

総三は声をあげた。

「小さく固まって、ぶつかっていく。少々の手負いには怯《ひる》むな。散り散りにもなるな。品川は、もうすぐだ」

総三が先頭に立った。すぐに、さっきの四人が並んでくる。駈けた。小さく固まって、みんなついてくる。

百四、五十。見えた。鉄砲を備えた部隊ではないらしい。刀を抜き、眼を血走らせていた。

「斬るより、突破することを考えろ」

叫んだ。敵。数歩の距離。上段の刀を振り降ろしてくる。かわした。次の瞬間、擦れ違いざまに、胴を抜いていた。斬りかかってこようとしていた、もうひとりの敵が、それを見て立ち竦《すく》んだ。左一文字に斬りつけた。返り血を浴びながら、総三は走っていた。

無我夢中というのではない。人を斬っているという手応えを、はっきりと感じている。見事に刀を遣っている、と冷静に感心したりもしている。

繰り出されてきた槍をかわし、けら首を摑んで斬り倒した。それで、ほぼ突破だった。

「よし、水原君、先導だ」

欠けた者は、いないように見えた。それを確かめる間もなく、駈け続けた。品川には、どれほどの数の同志がむかったのか。藩邸から逃げ出せなかった同志はいるのか。総三の頭に、いろいろな思いが駈けめぐった。

「敵」

声を聞いた瞬間、総三は前へ出ていた。七、八十人。戦意があるのは、前列に出ている三十人ばかりだろう。それを見てとった時、総三は斬りこんでいた。ひとりの斬撃《ざんげき》をかわし、次の者を袈裟《けさ》に斬り落とした。自分がこれほど刀を遣えることが、やはり総三には驚きだった。

総三に引っ張られるようにして、みんな突っこんできている。つまり踏みこみがいいのだ。たやすく、斬り抜けられた。

「もうすぐ、品川だ。遅れるなよ」

科野の叱咤《しった》する声が聞える。ひとりが、血を噴きながら走っていた。

品川のそばまで来た。風景で、ようやくそれとわかった。船を捜せ、と水原が叫んでいる。

翔鳳丸は、沖である。泳いで行き着ける距離ではない。

「討手が迫っています」

二十人ほどだ。全員で迎え討てば、追い返せる。しかし、討手の数は次々に増えていくだろう。

「水原君、とにかく船を捜せ。それに全員乗せるのだ。その間、諸橋、風間の小隊で、ぼくが食い止める」

「総裁、それはなりません」

「いまのは、命令だ」

水原がなにか言おうとしたが、総三は諸橋と風間に合図を送っていた。踏み留まった。討手も、すぐには仕掛けてこない。睨み合い。いまは、時が稼げればいい。

総三は、ひとりで討手の方へ五、六歩近づいた。挑発に乗ってきた。三人ばかりが飛び出してくる。上段に刀を構えたまま、総三は後退していった。そういうことを、二度くり返した。討手の数が増え、三十人近くになっている。さらに増え続けそうだ。

「総裁、船へ」

水原自身がやってきて言った。みんな船へ行け、と誰かが叫んだ。全員が後退しはじめる。不意に、その中から四人だけが踏み出した。上州での戦闘から生き残って戻ってきた者たちだった。

「副総裁、相楽総裁を頼みましたぞ。総裁を死なせたら、あの世で竹内隊長に合わせる顔がない」

四人が討手の中に突っこみ、すさまじい斬り合いをはじめた。その光景が遠ざかっていく。気づくと、総三は両脇を抱えられていた。

四人のうちのひとりが倒れ、二人目が倒れた。見えたのは、そこまでだった。

舟に乗せられていた。三艘《そう》ある。全員が乗れたようだ。

「漕ぎ出せ」

水原が叫んだ。四人は、死んだだろう。仕方のないことだった。生き残ったことを、恥だと考えていたのだ。

「幕府の軍艦もいるな」

「薩摩屋敷が燃えているのも、よく見えていたでしょうね、あそこからは」

科野だった。

幕府の軍艦は、幕府側と薩摩が火蓋《ひぶた》を切ったと思っているだろう。ならば、翔鳳丸に砲撃を加えてくると考えた方がいい。

「急げ。力のかぎりに漕げ」

水原が、舳先《へさき》に立って叫んでいた。並んでいた三艘のうちで、総三が乗った舟が次第に先に出はじめた。

幕府軍艦が、黒煙をあげはじめている。二艘いるが、一艘は動けないようだ。翔鳳丸も黒黒とした煙をあげていた。

甲板の人影が見える距離になった。甲板に立った数人が急《せ》かすように手招きしている。翔鳳丸の錨《いかり》が巻きあげられているのがわかった。幕府軍艦から、大砲が撃たれた。三発続いている。水柱が三つ立った。狙いは、かなりはずれていた。

翔鳳丸の舷側《げんそく》から、綱が何本も垂らされていた。ほかに梯子《はしご》が二つ。

急げ。総三は、心の中で念じた。残りの二艘が、かなり遅れはじめている。翔鳳丸まで、あとどれぐらいかかるのか。幕府軍艦が動きはじめるまでに、間に合うのか。翔鳳丸よりは、ふた回りは大きな船だ。

また、砲撃だった。翔鳳丸も撃ち返している。水柱がいくつもあがった。急げ。総三は念じ続けた。翔鳳丸はかなり大きくなっていたが、二艘は遠い。漕ぎ手が駄目なのだろう。品川も、沖へ出るとかなり潮流が強い。

「よし、翔鳳丸が動きはじめた」

声があがった。煙突から黒煙を吐きながら、翔鳳丸が徐々にこちらに近づいている。舷側からは、綱という綱がぶらさげられているようだ。

舳先の水原が立ちあがった。すぐに、綱の一本を摑んだ。次々に手が出て、隊士が舷側をよじ登っていく。

「総三」

頭上から声をかけられた。

伊牟田尚平だった。伊牟田が投げた綱を摑み、総三は翔鳳丸の舷側に足をかけた。よじ登る。ほかの隊士たちは、ほとんど甲板にあがっていた。

「生きていたか、総三」

甲板に転がった総三に駈け寄ってきて、伊牟田が言った。

「翔鳳丸にいたのか、尚平」

「ああ。江戸城に火をつけたのだ。陸《おか》の上は探索が厳しいだろうと思ってな。それに、翔鳳丸が勝手に出航しても困る」

砲弾が、頭上を飛んでいった。もう一発は、すぐそばで水柱を立て、船を揺らした。まだ錨を打ったままの船も、砲撃だけはしている。両側から撃たれる恰好になっていた。

「船を回す」

尚平が言った。

隊士たちが乗った二艘の小舟は、まだ遠かった。ほとんど絶望的な遠さに思える。

「仕方がないぞ、総三。おまえだけでも拾いあげられて、運がよかったと思う」

唇を嚙《か》みしめた。それ以外に、なにもできなかった。翔鳳丸が、ゆるやかに船首を回しはじめる。陽が落ちはじめていた。

「回天丸が、こちらへむかってくる。このままじゃ、この船もやられる。回天丸にぶっつけるぞ、総三。おまえは、部下を率いて斬りこんでくれ。咸臨丸《かんりんまる》は修理中で動けん。回天丸さえ制圧すれば」

「心得た。尚平、つべこべ言わずに、すぐにぶっつけろ」

回天丸が、大きくなってきた。船首を回そうとしているようだが、すぐには舵《かじ》が利かないようだった。回天丸の甲板の兵たちが、動揺しているのがはっきりわかった。

総三は、抜き身を回天丸にむけていた。

「浪士隊、斬り込み用意」

総三が声を出すと、水原と科野が続いて復唱した。翔鳳丸の舵がさらに利いてきて、船体をやや傾《かし》げながら右へ曲がっていった。翔鳳丸の甲板の、四門の大砲が火を噴いた。そのうちの二発が、回天丸の甲板に命中したようだった。両船は、ぎりぎりのところでかわして、擦れ違う恰好になった。翔鳳丸の舳先が沖にむきはじめる。

尚平が、大きく息を吐いた。海は、すでに闇に包まれつつあった。

「ひとまず、難を逃れた。しかし船体がかなり損傷を受けているので、このまま大坂まで航海するというわけにはいくまいな」

「どこかで、修理か？」

「それも、目立たぬところでな。船大工が何人かいれば、かなりのところまで修理できると思う」

「清水へ行け、尚平」

総三の頭に浮かんだのは、清水一家の面々だった。松本屋平右衛門《へいえもん》もいる。船大工の三人や四人は、手配できるだろう。

「清水だな」

「とにかく、江戸の薩摩藩邸は焼討ちに遭った。これで、西郷さんが欲しがっていた理由というやつは、充分にできただろう」

「そうだな。知らせは、この船より先に京へ着くだろう。あっちじゃ、ほんとの戦の火蓋が切られるというわけだ。俺たちが京に入った時は、戦は終ってるかもしれんぜ」

「まさか」

「いや、銃の戦は意外に早く結着がつく。俺は、そう思う」

炊き出しが行われ、粥《かゆ》が一椀《わん》ずつ配られた。総三も尚平も、黙ってそれを腹に流しこんだ。早朝から、なにも食っていなかった。

「しかし、よく死ななかったもんだよ、総三。陸《おか》からの知らせでは、幕軍六千ということだったからな。万にひとつも、藩邸を逃れ出る方法はないと思っていた」

「戦意がない。中心になって闘ったのは、上山藩兵と庄内藩兵ぐらいだ。旗本など、まるで腰抜けであったな」

「戦を忘れた武士か。やはり、幕府は倒すしかないのだな。このままでは、外国の食い物にされるのは、眼に見えている」

総三が、感じたことと同じだった。諸侯会議などができてしまえば、それぞれの有力な藩が違う外国と結び、やがて外国の勢力争いのような内戦が起きるだろう。

西郷の判断は正しい、と認めざるを得なかった。諸侯会議の案があるなら、武力で潰すしかないのだ。そして武力を行使するのは、諸侯が認めるかたちでなければならない。幕府が先に手を出してこそ、諸侯もそれを認めざるを得なくなるのだ。

海は、かなり荒れていた。船体に損傷を抱えた翔鳳丸の進みは、ひどく遅いようだ。

「清水までは、到底行けません。浸水もかなりのものですから」

副船長の伊地知八郎という男が、尚平に報告に来た。船長は上陸したままで、江戸に置き去りにしたという恰好らしい。

「下田が考えられますが、幕府軍艦もそちらを捜すでしょう。石廊崎《いろうざき》を回ったところに、子浦という目立たない港があります。そこで一日修理させて貰《もら》えれば」

「船については、君が責任者だ。任せる」

尚平は、それだけを言った。

「船長が乗っていなくて、かえってよかった。あの伊地知は、船長よりずっと肚が据わっている。回天丸にぶっつけて斬り込むと言った時も、まったく躊躇《ちゆうちよ》しなかった」

「俺は、できるかぎり早く、京へ入りたい」

「俺もさ、総三。しかし、ここは船乗りに任せるしかなさそうだぜ」

尚平の言う通りだった。船は、彼らが操っているのだ。

総三は、甲板に仰むけに寝ると、夜空を見あげた。星の多い、冬の空だ。船の揺れが、星空の揺れのように感じられた。

子浦港で丸一日修理し、翔鳳丸は再び出航した。駿河湾を進んでいる間に、すさまじい暴風雨が襲ってきた。総三には、なにをなすすべもなかった。尚平も同じだ。伊地知以下の乗組員が、懸命に動き回るのを、ただ見ているしかなかった。

暴風雨は二日続き、三日目にようやく凪《なぎ》になった。

「すごいものだな、冬の時化《しけ》というやつは」

尚平が、感心したように言った。浪士隊の面々は、船酔いで半死半生である。総三も、甲板に出たが立っていられず、すぐに横たわった。

暴風雨で、船はまた傷んでいた。どこかの港に寄り、修理をし、出航したが、また暴風雨に遭った。運が悪いと総三は思ったが、冬の海ではめずらしいことではなさそうだった。船体の傷みがなければ、それほどの苦労もなく乗り切れる波だ、と伊地知は言った。

それやこれやで、総三が浪士隊を率いて京に入ったのは、正月の五日だった。

鳥羽《とば》、伏見、淀《よど》のあたりで戦があったばかりで、薩摩藩は本陣を藩邸ではなく東寺に置いていた。戦は、兵力の少ない倒幕軍の方が優勢に展開しているという。

総三は、薩摩の本陣に入ると、すぐに西郷のもとに案内された。

黒い軍服を着た西郷が、床几《しょうぎ》から立ちあがり、大きな眼を総三にむけてきた。

「ただいま、戻りました」

「相楽さあ」

西郷はそれだけ言い、しばらく黙って総三を見つめた。

「嬉しかでごわす。生きた相楽さあに、会え申した」

「たやすくは、死ねませんよ。関東の同志がいます。働きどころを、西郷さんに考えていただかねば」

「働きどころは、どこにでもあり申す。おいどんに考えがあり申すが、相楽さあはそれでよごわすか」

「働ければ、どこででも」

「わかり申した。とにかく、今日は休んでくんやんせ。明日からは、いやでも働いて貰い申す」

それから、西郷は大声で笑った。総三に近づき、肩に手を置き、また笑い声をあげた。総三も、笑った。

第十一章　官軍一番隊

一

逃げ惑ってきた、という感じではなかった。闘った者とそうでないものの差が、大きすぎるような気もした。三倍の軍勢が負けたというが、実際には闘わずに大坂に逃げてきた兵が多いのではないか、と次郎長は思った。

「賊軍になっちまった、と笑いながら言ってるやつらがいましたぜ、親分」

幸次郎も、大坂や京ではひとり歩きすることが多くなっていた。次郎長に付いている間に、喧嘩《けんか》っ早さはすっかり消えた。小政などの方がずっと興奮しやすく、ひとり歩きをさせるのは不安だった。

「賊軍ってこたあ、官軍が攻めてくるということだなあ。なんかおかしな具合じゃねえか。この間まで、将軍様が侍の中で一番偉いとばかり思ってたのに、いまじゃ寄ってたかって叩《たた》き潰《つぶ》そうとしてら。侍にゃ、仁義もくそもねえな」

政事のことはよくわからないが、京の動きはよく見ていた。何度も、京へやってきているのだ。やらなければならないことがあるわけではなく、そこに渦巻いている熱気のようなものに惹《ひ》きつけられていた、という気がする。男の血が燃えている、と総三や休之助を見ても思った。

二人とも、いまは江戸なのか。江戸の薩摩藩邸が、焼討ちされたという噂《うわさ》は耳にした。それがきっかけで、京でも戦が起きたのだという。やくざの喧嘩《でいり》と同じで、仕掛けた者と仕掛けられた者がいるのだろうが、敵と味方がきれいにわかる喧嘩とも思えなかった。

「新門の大親分は、まだお城から戻られねえんですかい？」

「若い衆が、気にして迎えに行っちゃいるがな」

辰五郎が、大坂城の慶喜のところへ行ったのは、鳥羽や伏見の戦がはじまったばかりの時だった。幕府が負けると思っている人間は、あまりいなかった。一万五千と五千の戦だったのである。

人数などは、当てにならない。荒神山《こうじんやま》の喧嘩で、次郎長はそのことをはっきりと知った。やる気のある方が、勝つ。

慶喜が先頭に立って、これから盛り返していくだろう、という噂もあった。慶喜にやる気があるかどうかだろう、と次郎長は思っていた。辰五郎の話だと、喧嘩とはすっぱり割りきれる男ではなく、いつも考え過ぎてしまうのだということだった。

次郎長が大坂に来たのは、辰五郎に誘われたからだった。めずらしく、辰五郎は気弱な表情で誘ったのである。来いというひと言で済むものを、来てみねえかなどという言い方をした。頼んでいるような響きもあった。

辰五郎を気弱にさせているものがなにか、次郎長は知りたいような気持になったのだった。

大坂に来て、なんとなくわかった。京にいる会津や桑名の藩兵には、なにか気概のようなものが感じられた。しかし、江戸から来た軍勢は、ただ連れてこられたという感じしかしなかったのだ。

次郎長は、喧嘩をやろうという人間の放つ、独特の気がない。

遅れてくる兵の方が、旅籠《はたご》から出て、城下を歩き回った。京からは、まだ兵が戻ってきているようだ。ずっと喧嘩の匂いをさせていた。血で汚れている者もいれば、戸板で運ばれている者もいる。

三十人ほどの一隊が、路傍で休んでいる。遅れてくる者を待っているようだ。近づくと、旗が見えた。誠。新選組だった。思わず、次郎長は近づいていった。

「おい、親分」

声をかけられ、ふりむくと、腰を降ろした土方歳三の姿があった。

「これは、旦那《だんな》。怪我《けが》をしておられますね」

土方は、足首のところに、血の滲《にじ》んだ晒《さらし》を巻きつけている。鉢巻から髪が垂れかかり、顔も血や泥で汚れていた。

「鉄砲玉にやられた。無様なものさ」

「喧嘩は、まあ、その時の運もあります」

「こっちは武士だぜ。敵は、人を斬《き》ったこともないような農兵ばかりだ。それでも、負けた。人は斬れなくても、鉄砲は撃てる。それが、よくわかったよ」

土方が手招きしたので、次郎長はそばに腰を降ろした。新選組のほかの隊士も、煤《すす》や泥で汚れ、疲れきったように見えた。次郎長は、足もとに眼を落とした。

「喧嘩には、やり方ってやつもあるだろう、親分」

「それは、旦那がよく御存知で」

「新選組は、京市中で浪士狩りをしていた。つまり、鉄砲を撃ち合うような喧嘩はしてこなかった。必要もないだろうと思っていた。ところが、鉄砲だ。大砲まで撃ってくる。刀が届かないところじゃ、勝負にもならんのだな」

「鉄砲ですか」

「いまの喧嘩は、全部そうさ。鉄砲を多く持っている方が勝つ。幕府が、敵を凌《しの》いでいるのは、海軍力ぐらいでな」

「負けるとわかってるのに、旦那は喧嘩場に出られたんですか？」

「仕方ないだろう。俺たちは、死ぬために雇われているようなもんだからな」

雇われている、という言葉が、妙に生々しいものとして次郎長の胸に響いた。京で、最も危ないことをしていたのが、新選組だ。人斬りの集まりとまで、人には言われていた。

「雇われているからだけですか？」

「意地もある」

「あっしなどにはよくわかりませんが、いろいろな考えのぶつかり合いでもあるんでしょう？」

「どういう？」

「新しい考えと、古い考えみてえな。あっしには、そんなふうに見えました」

「そうだな。そして、俺は古いものに賭《か》けたんだよ。大木だが、腐っていて、風が吹けばすぐ倒れるような木を、支えているってわけさ」

「旦那らしくもねえことを、おっしゃいます」

「そうかね？」

「負けたあとに言うことじゃねえ、とあっしは思いますね」

「まったくだ。あまりに鉄砲玉が飛んできたんで、俺もおかしくなったのかな。腐った大木だが、まだ倒れちゃいない。いずれ倒れるなと、俺は鉄砲玉の中で思ったがね」

土方の眼に、殺気などはなかった。京で会った時より、むしろやさしい眼差しをしている。それが、淋《さび》しいことのような気もした。尻の穴が縮みあがるような眼差しの方が、土方には似合っている。

「田舎者が世に出るために、なんでもいいという感じで幕府に賭けた。俺たちはみんな、そう言われるだろうな」

戸板が二つ、道を進んでいく。そして、人を斬り続けたと次郎長は、そっちに眼をやった。

「違うんだよ、次郎長。俺たちは、京に上った時、ここが生きる場所だと思った。流れに抗《あらが》いながらも、ここでなら生ききれるとな。生き延びるんじゃないぜ。生ききったと思って死ねるってことさ。実際、俺は生ききっていると感じかけていた。水の流れってのは時勢で、それに抗っているわけだから、いつまでもつかとは思っていたよ。しかし、生ききって死ねるとも思っていた」

土方がこれほど喋《しやべ》るのを、次郎長ははじめて眼にした。いつも、ぽつりぽつりと喋っていたものだ。

「なあ、次郎長、あの旗が見えるか。誠の旗が」

「ええ」

「勤王だ佐幕だというより、俺はあの旗のために生きてきた。あの旗に誇りを持ち、隊士にもそうさせようとしてきた。男ってのは、大袈裟《おおげさ》なことで生きるだけじゃない。田舎者であろうと、それほど学がなかろうと、あの旗に誇りを持って生ききれば、それでいいのだと思っていたよ」

新選組の旗は、汚れ、破れかけていた。それでも、誠の一字ははっきりと読める。

「旦那は、これからどうなされるんです？」

「まだ、負けたわけじゃない。つまり、俺は生きているのだからな。大坂から、もう一度京を攻めることになるだろう。俺が磨いてきた剣の腕が、役に立つ喧嘩ではないが。兵力は、まだこちらが多い。銃器も、敵より集められるはずだ。軍艦もある」

「また、喧嘩ですかい？」

「生きてるんでな。生きてるかぎり、おまえが言う喧嘩を、俺はやめるつもりはない」

「そりゃ、死ぬために生きるってことですかい？」

「死ぬために生きるか。まったくそうだな。しかし次郎長、おまえはなぜ、戦場になるかもしれぬところを動き回っている？」

「わかりません。清水にいても、京のことがやたらに気になったりしましてね。やくざの仕事《しのぎ》ができるようなとこじゃねえのに、足がむいちまうんですよ。喧嘩場だからでしょうかね」

「喧嘩場か」

「そこで命を張っている人にゃ、申しわけねえ言い方になるんでしょうが、やくざの眼から見ると、そんな具合なんでさ」

「刀一本に自分を賭けた。俺も、似たようなものだったのだろう」

「ただ、京の喧嘩は、どこかおかしなところがございましてね。藩同士とか、幕府と藩の喧嘩なら、大がかりなやくざの喧嘩とそれほど変りませんが、帝《みかど》がいらっしゃいますんでね。それで、あっしらにはわからなくなっちまいます。高貴なお方なのに、みんなが利用しているようにも思えるし、帝のためにと、命を捧《ささ》げちまう人もいる」

「この国の、大規模な喧嘩は、昔から必ず帝が関っていたんだよ、次郎長。それで、ややこしくなったり、うまくまとまったりを繰り返してきた」

また戸板の怪我人が運ばれていった。新選組のほかの隊士も、ほとんどが座りこんでいる。

帝以外の魔物も、京にはいた。男の夢というやつ。志というやつ。それにとりつかれて、死んでいった者も少なくないだろう。総三も休之助も、まだとりつかれたままだ。土方もまた、その魔物にとりつかれていたのだろうか。それとも、もっと別のものを京に見ていたのだろうか。

「次郎長、やくざはいいな」

「なにをおっしゃいます。人間の屑《くず》が、どうしようもなくてやくざになるんでございますよ、旦那」

「時がどう流れようと、やくざはやくざであろう」

「それより、堕《お》ちようはございませんので」

「そこまで肚《はら》を決めていれば、死に方を誤ることはあるまいな。羨《うらや》ましい話だ」

土方が、口もとだけで笑った。尻の穴が縮みあがるような鋭さは、やはりなかった。

二百名ほどが、隊伍《たいご》を組んで通りすぎていった。闘った様子はなかった。土方は、じっとそれに眼を注いでいる。諦《あきら》めたような眼差しだった。次郎長は、また足もとの草に眼をやった。

「来ました」

隊士の中から、声があがった。数名が弾《はじ》かれたように腰をあげた。新選組の隊士が、二十名ほどやってくるところだった。これを待っていたようだ。

「半分に減っているな。やはり、鉄砲でやられたか」

土方が呟《つぶや》いた。

「よし、隊伍を整えろ。局長は城中だ。われらも城中へ入る。胸を張れ。負けてはいない。戦は、これからだと思え」

立ちあがり、隊士を見回しながら土方が言った。次郎長は、土方の後ろに退《さ》がった。背後には、冬の田が拡がっている。

「見ていろ、次郎長。俺の生きざまをな」

ふりかえり、かすかに笑みを浮かべて土方が言う。生きざまは、つまり死にざまなのだ。

死ぬつもりなのだろう、と次郎長は思った。ひとりが、土方に駈《か》け寄って嗚咽《おえつ》して
二十名が追いついてきて、隊伍の後方に加わった。

いる。その肩を、土方が軽く叩いた。

「局長は、上様とともに城中だ。われらは局長を戴《いただ》き、全軍は上様を戴く。ここではじめて、わが軍のかたちは整うのだ。みんな気力を取り戻せ。新選組隊士であることを、思い出せ」

土方の声は、よく透った。次郎長は、隊列が動きはじめると、頭を下げた。

土方は、もう次郎長の方を見ていなかった。

二

幸次郎が、息を切らせて旅籠に戻ってきた。

一月七日の、午《ひる》を過ぎたころである。

「新門の大親分が、また城中に飛びこんでいかれました」

辰五郎は、六日には城から出てきていた。慶喜のそばには、辰五郎の娘の芳がそのまま残ったらしい。それが心配になったのか、と次郎長は思った。

六日は、慶喜が先頭に立って反攻に出るという触れが出され、城内外の幕兵は喜び勇んでいた。これまでの戦では、総大将がいなかったのである。夜からの動きは、慌しかった。その勢いが、今朝になってなんとなくおかしくなっているのを、次郎長は見てきていた。

「それで、誰かついていったのか？」

「若い衆が三人だけです。あとの二十人ばかりは、追っても城には入れて貰《もら》えなかったみてえで」

「行くぞ」

次郎長は腰をあげた。

辰五郎の宿舎まで、大した距離ではない。走っている間も、ぼんやりと立ったままの幕兵を、方々で見かけた。なにか様子がおかしかった。

「あっ、清水の親分」

新門の若い衆が、四、五人駈け寄ってくる。

「戦だろうが。それなのに、親分は城の中に行っちまったのか？」

「それが、戦はねえんだそうで」

「なんでだ。夜は、あんなに騒いでたじゃねえか」

「なんでも、将軍様がどこかへ行っちまったって話で。大将がいなけりゃ戦にならねえ、とみんなそんなふうなことを言ってます」

「どこかへ行ったって、将軍様はひとりじゃねえんだろうが。それが、どうしてわからねえんだ？」

「逃げたって話です、上の連中はみんな」

「それで、親分はなにしに城へ入った？」

「わかりません。なにしろこんなに広い城なんで、どこへ行ったか見当もつきません。それに、親分が一緒なら入れますが、俺たちだけでは入れて貰えなくて」

「そうか」

次郎長は、腕を組んだ。待つしかなさそうだと思った。城からは、出てきている兵隊はいるが、入って行く者は見当たらない。

「二、三人で、出てくる兵隊に、なにがあったのか訊《き》いてこい。できりゃ、親分を見かけたかどうかもな。ここには三人残して、あとは宿舎で待つ」

「大丈夫でしょうか、清水の親分。殺気立ってるやつらもおります」

「そりゃ、戦の前だ」

「それが、将軍様の悪口を言ったり、老中を斬ると言ったりしてやがるんで」

「ここで心配しても、はじまらねえ。ほかの者《もん》は、とにかく宿舎で親分を待とう。無理に城に入りこんで、その間に親分が出てきちまったら、行き違いになる」

辰五郎の大坂での宿舎は、城の近くの商家だった。母屋の奥に長屋があり、そこに子分とともに寝泊りしていた。

次郎長を中心にして、全員が一室に集まった。すぐに、様子を訊きに行っていた者のうちのひとりが戻った。

「将軍様は、やはり昨夜のうちに逃げちまったみてえです。だから、兵隊は気が抜けちまってんです。親分を見かけたってやつにゃ、会っておりません」

すぐに、あとのひとりも戻ってきた。

将軍は、先頭に立って反攻する、という言葉の舌の根も乾かないうちに、側近の侍を連れて逃げ出したらしい。夜の闇《やみ》に紛れてとは、夜逃げと同じだった。

とっさに次郎長が頭に浮かべたのは、生きざまを見ろと言った土方の顔だった。将軍を戴いて、もうひと戦するつもりだったはずだ。そしてそこが、死に場所と決めていたのかもしれない。

次に考えたのは、辰五郎の娘の芳が、城中に取り残されているのではないか、ということだった。将軍が夜逃げしたのなら、それはあり得ることで、心配でいても立ってもいられなくなったのかもしれない。

「将軍様が逃げちまうなんてことが、ほんとうにあるんでしょうかね、清水の親分？」

「わからねえ」

「侍の中で、一番偉いのが将軍様でしょう？」

「そういうことになっちゃいるがな」

「負けるはずだよな。親分が喧嘩の最中に逃げ出したのと同じだ」

「とにかく、待つんだ。新門の親分は、逃げ出したんじゃなく、逆なんだからな。いつでも動けるように、仕度だけはしておけ」

辰五郎のことは、それほど心配にはならなかった。将軍の側室の父である。城中にも何度も行っていて、様子もわかっているはずだ。そのうち、娘を連れてひょっこり戻ってきそうな気がする。

時が、どう動いているのか。次郎長は、それを考えはじめた。徳川の世が終り、新しい世が来ようとしているということなのか。薩摩や長州が、徳川に代るということなのか。

やはり、土方を思い出した。

将軍がいなくても、土方は闘うことができるのか。なんのために闘い、死のうというのか。夜逃げをするような将軍のために、いままで人斬りなどをやっていたのか。生きざまか。次郎長は呟いた。

なんだというように幸次郎が覗《のぞ》きこんできたので、次郎長はかすかに首を振った。

辰五郎が、六人の子分に守られて戻ってきたのは、夜半だった。

「なんですか、これは。見たことのねえもんだな」

辰五郎が子分に担がせていたものを、次郎長は覗きこんだ。火消しの纏《まとい》のようだが、それともだいぶ違う。

「徳川将軍家の、馬印だよ、次郎長。俺は、情ねえ。こりゃ、いつも上様のそばに立っていなけりゃならないもんなんだ。それを、側《そば》にいるやつらが忘れていきやがった」

「忘れて？」

「主君の馬印だ。はっきり言えば、刀より大事なもんさ。上様が江戸へ戻られることについても、いろいろ言われるだろうが、それも側にいるやつらが悪いってことだ。江戸へ帰るという上様のお気持なんか、わかっているやつは誰ひとりいねえ。ただ戦から遠くなるから、喜んでみんなついていきやがった。挙句の果てに、馬印を忘れてだ」

辰五郎のもの言いは、静かだった。それだけ、肚の底で燃える怒りの強さが逆に次郎長には感じられる。

「それで、親分がこれを持ってこられたってことですか？」

「手間取った。馬回りの衆が持っていけばいいようなもんだが、小姓が三人、おろおろしてるだけだった。そいつらは、どうしていいかわからず、ただ馬印から離れまいとしていやがるだけなんだ。だから俺は、そいつら三人、馬印を持って上様を追いかけろと言ったんだ。敵に追われたら、最初に討取られるなんて言いやがるのさ。そのくせ、離れようとしねえ。

しまいにゃ、そいつら怒鳴りつけて、俺が持ってきた」

「じゃ、将軍様を追いかけて、親分が届けに行かれるんですね」

「そうなんだが、間に合わねえな。上様は、船に乗って帰られる。船は出ちまってるかもしれねえ」

「とにかく、行ってみますか。この次郎長が、先駆けをいたしますよ。親分は、しっかりとその馬印を守られて」

「薩摩や長州の兵隊に見つかったら、ここぞとばかりに討取られるぜ、次郎長。わかって言ってんのかい」

「わかりません。あっしは、親分の先駆けをしようってだけです。船に間に合わなけりゃ、その馬印を押し立てて東海道を駈け抜ける。親分は、そう考えておられるでしょう？」

「俺が、上様のためにそうしたい、と思ってるだけさ。おまえにゃ関係ねえ」

「まあ、やらせていただきますよ。清水一家は、俺と幸次郎の二人ですが、いねえよりましでしょう」

辰五郎は、しばらく黙って次郎長を見つめていた。

馬印に対する思いが、次郎長にあるわけではなかった。ただ、辰五郎にはある。それでよかった。辰五郎のために、躰《からだ》を張ることもできるかもしれない。

「京から、こっちへむかってる敵もいるって話だ。ただ旅の先駆けをするってだけじゃ、済まねえんだぜ」

「そんなこたあ」

「わかってるって言うのか。おまえ、一家を構えている親分だろうが。自分の立場を、よく考えてみろ」

「俺も子分どもも、みんなやくざでさ」

「なるほど」

辰五郎が、次郎長を見てにやりと笑った。

「なら、俺の借りにしておくか」

辰五郎も、どこか燃えている。それを、どこにむければいいか、わからないだけなのだ、と次郎長は思った。いままで慶喜のそばにいて、溜《たま》りに溜ったものはあるはずなのだ。

「旅の仕度はできております。親分さえよろしけりゃ、すぐにでも」

「おう、わかった。おまえの心意気に応えようじゃねえか。野郎ども、すぐに発つぞ。馬印を、てめえの命より大事なものだと思え」

おう、と答えて、子分たちが頭を下げた。

宿舎を出たのは、夜明け前だった。

次郎長が先導し、その後ろに二十名ほどに守られて辰五郎がいる。馬印は、隠しはせずに、その二十名の中に押し立てられていた。

夜が明けるころ、大坂の港についた。

「開陽丸だ。いるか、次郎長？」

「見えませんね。軍艦は沖にいるようですが、ありゃ開陽丸じゃねえ」

清水に寄港した開陽丸を、次郎長は二度ほど見ていた。どれも開陽丸ほど大きくはない。

「城にゃ、海軍奉行の榎本《えのもと》様がいた。馬印より、金蔵の小判の方が大事らしくてな。それを運び出してたよ」

「艀《はしけ》が沖にむかう姿も、ありませんね」

「仕方ねえ。開陽丸は出ちまったんだろう。こうなりゃ、おまえが言う通り、東海道を馬印を押し立てて突っ走るしかねえな」

次郎長は頷《うなず》き、先導しはじめた。方々に幕兵が残っていて、馬印に驚きの眼をむけている。武士ではない集団が押し立てた馬印を、奪おうとする者はなかった。立ち塞《ふさ》がって、問いかけようとする者はいたが、次郎長が大喝して追い払った。

同じ方向に、逃げていく幕兵もいた。みんな疲れきったように歩き、ひとりとして背筋をのばしていない。指揮をする者さえ、いないようだ。

何百人も、そういう兵隊を追い越しながら、丸一日進んだ。休んだのは、小さな農家の軒下だった。そこで、次郎長は、食い物を集める係を三人決めた。金はあるので、それほど苦労しなくても、食い物は集まりそうだった。

翌朝も、日の出前に出発した。

東海道に出る。そのためには、薩摩、長州の兵隊がいるところも通らなければならなかった。まだ、街道が塞がれ、通行ができないという状態ではない。勝った方も、もう一度準備をし直さなければならない、というところなのだろう。

武士ではないせいなのか、それほど厳しい詮議《せんぎ》は受けなかった。将軍の馬印を、渡世人ふうの集団が、堂々と押し立てて進むということも、考えてはいないようだ。

「どけっ、江戸の町火消しだ。新門辰五郎の一行だ。急いでる。道をあけてくれ」

百名ほどの兵隊の中に、次郎長はそう叫んで突っこんでいった。斬られるなら、自分が最初である。将軍の馬印を、やましいものででもあるように、隠して運びたくはない。辰五郎は、そう思っているだろう。ならば、刀にも銃口にも、まず自分が身を晒《さら》せばいいのだ、と次郎長は思った。

同じような集団の中を、いくつか通り過ぎた。止めようとした者もいるが、先頭に立つ次郎長に気圧《けお》されたように、どこの何者かと道をあけながら訊くだけだった。

「新門辰五郎の一行だ」

それだけを、次郎長は叫び続けた。山越えをしている者が多いのか、さすがに幕兵の姿はない。

歩きながら、握りめしを食った。陽のあるうちだけでなく、陽が落ちてからも二刻《ふたとき》は歩き続けた。二日目には、名古屋を通り過ぎた。幸次郎を、先に走らせる。街道の親分衆に話を通しておけば、食い物の心配も、辰五郎を休ませる場所の心配もなくなる。

「親分、ここまで来たら、俺の庭とまではいかなくても、少々の顔は利きます。どうか御安心を」

辰五郎は、歳のせいかさすがに疲れを見せていた。しかし、眼の光は衰えていない。

「次郎長、できるだけ早く、上様に馬印をお届けしたい」

「わかってます。おつらいでしょうが、まだ歩いていただかなくちゃなりません。清水には幸次郎が一日早く着くはずですから、駕籠《かご》の用意もできます」

「駕籠はいらねえ。上様の馬印は、てめえの足でお届けする」

「そうですか」

「だが、いい度胸だ、次郎長。兵隊の中に突っこむ時は、鬼みてえな顔《つら》をしてやがった。みんな気を呑《の》まれてたぜ。こんなことで、命を張れる。やくざだあな、おまえは」

それほど危ないところを擦り抜けてきた、という気はしなかった。とにかく進む。そう思っていたら、自然に道が開いたのだ。

どうってことはねえな。そう思いながら、次郎長は歩き続けた。

三

総三は、駈け続けていた。愛知川《えちがわ》そばの松ノ尾村から、従者一名を連れて出てきたのだ。綾小路俊実《あやのこうじとしざね》、滋野井公寿《しげのいきみひさ》という二名の公家《くげ》が、戦の前に京を脱走していた。高野山における鷲尾隆聚と同様に、畿内の兵を集めるためだったが、幕府軍の敗北ということになり、そのまま東征軍の先鋒《せんぽう》たらんとしていたのだった。

総三は、江戸からの同志を連れて、近江坂本でその二人の公家と合流した。二人の公家が、京の外で兵を募るというのは西郷の発案らしく、総三がそこに合流するようにというのも西郷の意向だった。

総三の江戸からの同志も含めて、三百人ほどが集まっていた。しかし、戦の組織はできていない。二人の公家が、京を脱走した状態のままというのも、恰好《かっこう》がつかない。なにより、東征軍の先鋒だという、明確な証《あかし》しがない。

そのすべてを、ひとりで片付けるのは無理だった。とりあえず、組織の組替えと、武器の調達を、科野東一郎に命じて出てきたのだ。

綾小路俊実も、滋野井公寿も、気概だけはなかなかのものだったが、実際に隊を動かす時は、邪魔にしかならなかった。高野山の鷲尾隆聚の方が、まだ戦のやり方などは知っていた。ただ、公家を戴くことは必要だった。そうしなければ、集団の性格がはっきりしない。

二人の公家をうまく操ってくれ、という依頼も西郷はこめていたのだろう、と総三は解釈した。幕府を倒したあと、新政府を主導するのはやはり西郷だろうという気がする。

公家の面倒ぐらいは看てもいいが、総三にも西郷に妥協できないところはあった。関東草《そう》莽《もう》の扱い方で、これだけはきっちりとしたかった。関東草莽は、尊王攘《じょう》夷《い》運動のころから、幕府権力の支配地域の中で、耐えながら反幕を貫き通してきたのである。それが、東征してくる薩摩や長州を中心とした、藩勢力の中で、埋没し消えてしまうのだけは容認できない。

京は、騒然としていた。

戦の前なら、京は静かで、軍兵《ぐんぴょう》の動きだけが激しい。いまは、別の世がやってくるという期待に満ちた騒々しさで、やがてこれは京だけではなくなるだろう、と総三は思った。東へ移り、やがて江戸にも達するはずである。その先頭を駈けるのは、関東草莽の同志たちであっていいはずだ。

二本松や錦小路の藩邸で、西郷はつかまらなかった。東寺の、薩摩藩本陣も移動しているようだ。顔見知りの藩士には何度も出会ったが、西郷の居所は知らない。

難しい問題があるわけではなく、東征軍の編制に忙しいのだ、と総三は思った。

錦小路の藩邸で、一日待った。西郷がつかまらなければ、小松でも大久保でもよかった。とにかく、朝廷を動かせる人間を見つけることだ。

「藩邸は、留守居だけという状態に思えますが」

従者として連れてきた金輪五郎が、不安そうに言った。二本松も同じだという。

「長州も土佐も、東征軍に加わるのだろう。部隊をどうするのか、どういう進路をとるのか、公家は誰を戴くのか、決めなければならないことが山積している。同時に、軍の編制もはじまっているはずだ」

「確かにそうですが、このままでは東征軍が出発してしまうのではありませんか？」

「京の空気に呑まれるな、金輪君。東征軍の相手は、幕府の本隊だぞ。京へ来ていた幕軍が逃げたからといって、すぐに追いかけられるものではない」

なにより、軍費の問題が大きいだろう、と総三は思っていた。大坂城にあった二十万両ほどは、幕府海軍奉行の榎本という男が運び出したという。どうやって軍費を捻出《ねんしゅつ》するか。これも、西郷の腕だった。

藩邸で待っていた一日の間に、総三は朝廷に提出する建白書と歎願書《たんがんしょ》を認《したた》めた。

松ノ尾山に滞陣している草莽の軍勢に、官軍たる印を頂戴《ちょうだい》したいという主旨である。同時に、東征軍の行先の民に対して、年貢の減免を乞うた。

幕軍が総崩れで敗走したあとは、朝廷の決定がいままで以上の意味を持つ。このままただ先駆けをしていけば、草莽の働きはやがて大藩の動きの中で忘れられていく。そうさせないためには、草莽が正式の官軍としての働きをすることだった。

西郷や大久保は別として、薩摩や長州から、ただ倒幕のために出てきた兵も多いのだ。そういう者にかぎって、藩の名で他者を踏みつけかねない。

一月十日は藩邸で待った。十一日に、伊牟田尚平がやってきた。相楽総三が藩邸にいると、顔見知りの藩士には言っておいた。それが伝わったようだった。

「江戸の藩邸に集まった浪士は、みんな先触れの隊に合流したと聞いていたがな、総三。なぜ、京へ舞い戻ってきた？」

「先触れの隊などと言うが、誰がそれを認めてくれる。いまの状態じゃ、江戸へ逃げていく幕軍とも間違えられかねん」

「なんとかいう侍従を二人、担いでいたのではなかったのか？」

「その二人も、京を脱走したという恰好のままだ。なんとか、勅定《ちょくじょう》を頂きたい。そのための建白書も書いた」

「勅定をか」

尚平が、腕を組んで難しそうな顔をした。

「それは、西郷さんか大久保さんの力がなければ駄目だぜ」

「わかってる。だから待ってるのさ」

「そうか。西郷さんは、東征全体の戦略を練るのに忙しいという話を聞いた。朝廷との関係があり、長州や土佐とも組まなければならん」

「尚平、ここは俺の勝負どころだ。俺個人のことなどどうでもいいが、同志たちのためには俺が動かなければならん。京にいた時を、無駄にしたくないのだ」

「まあ、わかるがな、おまえの気持」

尚平が、にやりと笑った。

「なんとか、おまえが西郷さんに会えるように、俺も動いてみる」

ほかにも、方法はあった。たとえば、岩倉卿を通して、建白書を提出してもいい。しかし、総三はそれをどこかで避けていて、尚平も勧めはしなかった。

「ところで、休之助が捕えられているという話は聞いたか？」

「いや」

幕府が、江戸藩邸を焼討ちしてきた時、休之助は藩邸にいなかった。京との連絡と、江戸市中の情勢の探索が仕事だったのだ。

「あの日は、女の家にいたはずだが」

「それが、藩邸の近くで捕えられている。藩邸に来ようとしていたのかもしれんな。とにかく、こういうことになったら、いつ斬られたとしてもおかしくない」

「そうだな」

どう気遣っても、休之助は江戸である。休之助の運が、いい方に転ぶことを祈るしかなかった。それぞれが、それぞれの場所で死を賭《と》して闘っている。

「おまえはまた、謀略の仕事か、尚平？」

「いや、もう謀略など必要ではなくなっている。力で押し切る時期だ。そういう時は、俺など大して役に立たん。商家を回って、軍資金集めなどをしている」

「東征軍には？」

「多分、加わるだろう。西郷さんには、そう言われている」

「江戸で、また会えるな」

「おまえはいいなあ。京にいても、汚なさに染まらなかった。江戸で会おうなどと、明るい顔をして言っていられる」

「また、塞ぎの虫か、尚平」

「そんなことはない。俺も、おまえと江戸で会いたいと思うよ。できれば、休之助も一緒にな。薩摩とか、朝廷とか考えるのが、面倒になってきた」

「新しい政府ができたら、俺はやろうと思っていることがある」

「おまえなら、結構いいところに行けるぜ。どうせ、薩摩と長州で官《つかさ》の奪い合いだろうが、薩長の幕府という非難を避けるためには、おまえのような草莽を加えるのがいい、と誰もが思うだろう」

藩を後楯《うしろだて》にしているわけではないから、扱いやすい。そんなことは、総三にはわかっていた。総三がやろうと思っているのは、新政府での仕事ではないのだ。

商売をやってみる。たとえば、清水には松本屋平右衛門という廻船問屋がいる。清水には幕府の米が集められ、駿府《すんぷ》に運ばれている。幕府が倒れれば、その米がなくなる。つまり、船が余るのだ。

薩摩や長州や土佐の商人は、政商になっていくのが眼に見えていた。そうではない道を、松本屋とならば探れる。政商ではない者の強さも、どこかにあるはずだ。

それに、清水には次郎長がいた。あの男も、政事がどうなろうと、自分の生き方しかしようとしないだろう。権力などとは、およそ無縁な男だ。

松本屋と次郎長と自分で、清水からなにかをはじめることはできないか。はじめは、茶を売るような小さな商売でもいい。少しずつ力をつけ、外洋船を買い入れ、外国との商売もはじめる。

十年続ければ、かたちになるだろうと総三は思っていた。

そういうことの方が、自分にむいているといまは自覚できる。志を持ったがために、いまは戦や政事の中で駈け回らなければならない。新しい政府ができたら、志を政事とは違うかたちで実現していけばいいのだ。

「俺が、新政府に加わるなどとは思うなよ、尚平。そんなものは、薩長の藩士がやればいい」

「坂本龍馬の遺業を継ぐ、などと言っていたことがあるな」

「坂本さんの遺業の、ごく一部をさ。俺には、半分も継げる力はない。俺は俺なりにと考えているが、まだ新政府ができたわけじゃないしな」

「疲れたよ、俺は。おまえのように、次の夢を抱《いだ》くことなどできず、新政府で出世したいとも思っていない。手が汚れすぎたのかな」

「そんなことを言って、なんになる。いまは幕府を倒すことだ。倒してから、また先のことを考えればいいのさ」

「やっぱりいいなあ、総三は。おまえを見ていると、俺もなんとなく明るい気持になってくる」

「休之助のことは、祈るしかない」

「わかってる。とにかく、できるだけ早く、おまえと西郷さんを会わせよう」

それだけ言い、尚平は腰をあげた。

十二日も、総三は錦小路の藩邸で待った。

二本松の藩邸まで来い、と尚平から使いが来たのは、夕刻近くなってからだった。

西郷がいた。

総三を見ると、黙って頷き、眼を閉じて話を聞きはじめた。関東草莽が官軍に加わることの意義を述べ、その志を述べ、最後に総三は建白書と歎願書を読みあげた。

一緒に聞いていたのは、小松帯刀と、見知らぬ男の三名だった。尚平の姿はない。

「わかり申した」

眼を閉じたまま、西郷が言った。

「太政官《だじょうかん》から、勅定書を出していただき申そう。京から旧幕軍を追い、新政府ができ申したが、関東はまだ遠か。官軍が江戸に到るまで、民を敵とするは、まこと愚かなことでごわす。明日、相楽さあは参内《さんだい》されるとよか」

「年貢の減免も？」

「それも、わかり申した。西郷が頷いた、と思って貰ってよか」

「ありがたい」

「江戸で、会い申そう、相楽さん」

それだけ言い、西郷と小松は腰をあげた。

ひとり残った男に見送られて、総三は二本松の藩邸を出た。

「岩倉卿が、また反対されるだろうな。新政府の中で、できるかぎりいい位置を占めたいと、西郷さんと押し合いの毎日だからな」

男の喋り方に、薩摩訛《なま》りはまったくなかった。武士の喋り方とも、いくらか違う。公家かもしれない、と総三は思った。名乗ろうとしない不愉快さはあるが、それを抑えて総三は頭を下げた。

「おかしな野郎だろう」

しばらく歩いたところで、背後から声をかけられた。

「尚平か。なぜ、同席しなかった？」

「俺がいる必要はなかっただろう。西郷さんは、おまえの話に同意するさ」

「二つ返事という感じだったな」

「まあ、そういう男だ。だが、おまえの建白書のことは、すぐにあの野郎が注進するだろうな」

「どこへ？」

「公家の一派が送ってきた野郎だ。公家の間でも押し合いがあるらしくてな。藩でも、あいつが監視に来るのを、断りきれなかったらしい」

西郷も小松も、まるで相手にしている様子がなかった。

「俺は行くぜ、総三。西郷さんがうんと言ったんなら、もういいだろうから」

総三の返事も待たず、尚平は早足で去っていった。

西郷が引き受けた。それを、総三は疑いはしなかった。明日、参内すればいい。しかし、その前にもうひとつ念を押しておこうか、という気になった。

岩倉具視。西郷とどういう関係になっているのかは、わからない。はじめから倒幕派だった岩倉は、幕府が京から追い払われたいまは、公家随一の権勢家になりつつあるのかもしれない。

岩倉の屋敷に回った。あまり会いたい相手ではなかったが、いまはそんなことを気にするより、勅定書が出るためにできることをすべてやっておく時だ。明日は、確実に勅定書を手にしたかった。

岩倉は、まだ戻っていなかった。屋敷の外で、総三は待った。

岩倉が戻ってきたのは、陽が落ちてからだった。

「岩倉卿、お久しぶりです」

声をかけると、従者が四人、楯になるようにして立ち塞がった。

「お見忘れですか。相楽総三です」

「おう、相楽か」

女のような声は、変っていなかった。躰も、華奢《きやしや》である。

「関東にむけて、先駆けをいたすことになりました」

総三は、松ノ尾山に滞陣している軍勢のことを、かいつまんで喋った。出てくる時は軍勢とも言えなかったが、いまは組織は整い、武器も集まっているはずだ。

「なるほどの。東征軍の先駆けか」

「われら草莽の、使命と心得ております。明日は、勅定書を頂戴することになっておりますので、その前に岩倉卿に御報告だけでもと思いまして」

「坊城大納言《ぼうじょうだいなごん》が出すのであろうな」

「岩倉卿には、この相楽総三自身が、御挨拶《ごあいさつ》に参りました」

勅定書に横槍《よこやり》を入れるな、と言外に伝えたつもりだった。岩倉は、かん高い声を出しただけである。返事のようにも、そうでないようにも聞えた。月の光はあるが、岩倉の表情は見てとれない。

「相楽、今後も大きくなれよ。新政府の中で、薩摩や長州の者どもの顔ばかりを見たくはない。おまえのような男が大きくなってくれると、私も嬉しい」

「先駈けの任だけを全うしたく、それ以上の望みは持っておりません」

嘘《うそ》ではなかった。いままで耐え続けてきた同志のために、これだけはやり遂げるしかないのだ。

「なんの。新政府が動きはじめれば、田舎者ではなく、おまえのような男が必要になってくる。これからも、遠慮などせずに私のもとに来るがいい」

総三は頭を下げた。その間に、岩倉は背をむけていた。

錦小路の藩邸の長屋に戻ると、金輪五郎が緊張した面持ちで待っていた。

「勅定書は、明日出るだろう。いや、必ず出る」

「そうですか」

「立派な官軍だよ、金輪君」

「さすがに、相楽さんです。われわれには思いつきもしなかったことでした」

勅定書が要る、と思ったのは、清河《きよかわ》八郎のことを思い出したからだった。

将軍警固の浪人隊を江戸で募り、京まで旅をすると、すぐに勅許を得て江戸に引き返した。わずかに残った浪士が、新選組を作ったのである。

勅許というものが、この国でどれほどの力を持っているか、あの時にまざまざと見たのだ。勅許は無理でも、勅定書となれば新政府の正式の命令書である。志を叫んでも相手にされないが、勅許なり勅定書なりがあれば、中身を問う前に信用されるというところが、この国にはあるのだ。

「みんなが、喜ぶでしょう。どこの藩の後楯もない人間ばかりですから。それが、立派な官軍として認められるのですから」

金輪は、眼を潤ませていた。

京にいて、人との関りを多く作ってきた。それが生きた。倒幕派だけでなく、公家や商人とまで関ってきたのだ。

「金輪君、しばらくひとりにしてくれ。ぼくの書いた建白書を、もう一度じっくりと読み返したいのだ」

「わかります、そのお気持は」

金輪が、にこりと笑った。

読み返す必要など、ほんとうはなかった。すべて諳《そら》んじている。

総三は、ただひとりになりたかっただけだった。数年間思い描いていたことが、現実になりつつある。自分が嬉しいのかどうか、よくわからなかった。

夢ではなくなっている。それがわかるだけだ。

夢ではないことの意味を、考えてみようと総三は思った。

四

十五日。

松ノ尾山の陣へ、総三は帰った。

綾小路、滋野井の二人の公家は、さすがに勅定書の重みをよく理解していて、涙を流しながら喜んだ。

「われらは、正式な官軍となった」

集まった者全員にむかって、総三は言った。およそ三百五十というところである。三隊に分けられ、その一番隊が総三の隊で、江戸からの同志を中心にした百名余だった。

「使命は東征軍の先駆け。戦になった時は、先鋒をつとめることになる。心して聞け。われらが、この国の夜明けを告げながら進むのだ。目指すは江戸。赤心《せきしん》をもって事に当たれ。これより、われらは赤報隊《せきほうたい》と名乗る」

声があがった。それが拡がる。波のように、くりかえされる。

「いまより、ただちに出発する。ふりむくな。江戸を見続けよ」

総三は、黒い馬に乗った。総三の隊は、騎乗が八名である。

総三は、酔いはしなかった。進みながら、科野から自分が留守だった間の報告を聞いた。

綾小路と滋野井の二人の公家は、うまくいっていない。対立しているというより、戦ということを考えると、二人とも神経が過敏になるようだった。滋野井は、一隊を率いるべきだが、後方から小人数で進んでくることになっていた。一隊を率いるのは、やはり武士の役目のようだ。綾小路も、全軍の大将という位置に祭りあげてある。

五人ひと組の斥候は、交替で出した。数多くの藩領を通っていかなければならない。自領を守ろうとする者も出てくるだろう。しかし、戦より、まずは新政府への帰順を説くことなのである。ひと組にひとりは、弁の立つ者を加えた。

三百五十の隊士を、飢えさせるわけにもいかない。食物と多少の金も必要になる。それを調達するために、数人を選び出した。

松ノ尾山に滞陣中の様子を聞くと、前途は悲観するようなものではなかった。松ノ尾山にも、かなりの武器が届けられているのだ。親藩、譜代であろうと、徳川を見放しているところが多い。かたちだけであろうと、新政府に帰順する態度を示す。はじめは、それだけでもよかった。やがては、時の流れの中でほんとうの帰順にならざるを得なくなってくる。

勅定書のことと、年貢半減のことを、各地でどう伝えていくかも、総三は進みながら考えた。

その夜は、高宮《たかみや》、十六日が番場、十七日が柏原《かしわばら》と、近江を泊りながら進んだ。

やり方も、ようやくできてきた。先行している斥候が、高札《こうさつ》も立ててくる。年貢半減を大大的に打ち出した。それが、最も切実な問題だからである。

反応は、悪くなかった。まだ半信半疑のところがあるが、根気強く説き続けていけば、もっと信用するようになるだろう。そのためには、高札の言葉を変えないこと、説く内容も変えないことだった。

「江戸へ戻ろうとしている幕兵が、まだ方々に潜んでいるようですが」

監察の風間進吾が報告に来た。風間と諸橋という、もっとも古い同志は、それぞれに小隊長格で、十人ほどの部下がつけてある。

「捕える必要はないが、武器は接収しろ。刀を除いた武器だ」

「まだ、鉄砲などを持った者もいますよ」

「それは、大事な客だからな。殺し合う前に、武器だけ残して行けと説くのだ」

「わかっています」

いまのところ、宿の心配はなかった。食料も、充分ではないが集まってくる。

柏原で、先頭に立てる旗を作った。赤報隊と大書したもの、官軍先鋒嚮導《きょうどう》と書いたもの、その二つを並べることにした。先鋒嚮導は、勅定書の中にある言葉である。

街道筋だけでなく、二里三里離れたところまで斥候を出した。かなりの幕兵が、街道から離れた場所で見つかったからだ。武器を接収するだけで、殺しはしない。その鉄則は守らせた。そうしておけば、むこうから武器を差し出してくる者も現われるはずだ。

十八日には、関ヶ原まで進んだ。雪であった。この先に、岩手村《いわでむら》がある。竹中重固《たけなかしげかた》の陣屋が、戦仕度をして待ち構えているかもしれない。

竹中重固は、鳥羽、伏見の戦の時の、旧幕軍の総指揮者である。若年寄並の陸軍奉行だった。多少の意地は見せるだろう、と誰もが思っていた。進軍をはじめて、最初に血を見る場所になるかもしれない。

斥候から、おかしな報告が入った。

松ノ尾山滞陣のころから、赤報隊はしばしば強奪をくり返しているという噂が流れているのだ。幹部が集まり、すぐに京へ弁明の使者を出した。

「こういう噂は、意図的に流されることが多い。あるいは、竹中の家中あたりから流れているのかもしれない。隊規を厳しくする。それだけでなく、各村々に布達《ふたつ》を出す。私の名で出すことだから、両卿には関係ないことと思っていただいていい」

無償で労役をさせた者、物の代金を払わぬ者。それらは偽者であるので、それぞれに竹槍等を用意し、見つけ次第遠慮なく突き殺していい、という布達だった。年貢半減の布達と一緒に、官軍一番隊、相楽総三の名で出させた。

竹槍等を用意していい、ということに関して異議が出たが、総三は自分の意見を押し通した。噂の出はじめの時に、徹底するのが大事なのだと思った。両卿の下に集まった隊士たちも、京で勅定書を手に入れてきた総三の力量を、目の当たりにしている。異議は、それほど強いものではなかった。

岩手村へ入る時は、一番隊だけには陣形を組ませた。鉄砲もすぐ撃てるようにしていた。二番隊、三番隊とは、いくらか距離をあけ、旗を先頭に村に入った。

陣屋の前で、十数名の武士が待っていた。

帰順である。家老が、家臣の妄動を抑えたようだった。帰順だけではなく、家臣の中の十名以上が、赤報隊に加わるという申し入れもしてきた。藩主の竹中重固は、慶喜とともに江戸にいる。

「科野君、鳥羽、伏見では、幕府は負けるべくして負けたのだな」

「まさしく、そうですな。総大将の家臣が、赤報隊に加わりたいとは」

「竹中家から供出された兵糧《ひょうろう》の一部を、困窮している村に与えてくれ。それで、悪い噂もいくらかは消えるだろう」

噂のもとが竹中家ではないとすると、どこから出たものなのかと総三は考えた。噂だといって、馬鹿にはできない。水戸天狗党は、自分たちがやった徴発以上の、強奪の噂を流され、民意を次第に失った。天狗党の潰滅《かいめつ》はそれが直接の原因ではなかったが、もっと民意を惹きつけておけば、藩論も違う方へ傾いたかもしれないのだ。

岩手村に滞陣して、多少様子を見た方がいいと総三は思った。綾小路、滋野井の二人の公家も、すでに疲れを見せはじめている。

各隊から選び出した五十名を、四方に走らせた。赤報隊がなんなのか、徹底して知らしめることと、噂を集めてくるのが任務である。二日、それにかければ充分だろう。

かつての夢が、実現している。官軍の先頭に立って、自分は進んでいる。喜びよりも、別の思いの方が大きかった。夢が、こんなふうに実現してもいいのか。どこかに、落とし穴があるのではないのか。いま流れている噂が、あるいはそれではないのか。

岩手村に滞陣した理由の中に、わずかだが自分の怯懦《きょうだ》があることに、総三は気づいていた。

連日、幹部が十名ほど集まって、これから先の道筋の分析をした。竹中家がこんな具合では、あとは高が知れている。尾張藩《おわりはん》などは、すでに新政府に帰順する意志を示しているのだ。

「東海道で問題なのは、桑名藩だけか」

山科能登ノ介《やましなのとのすけ》が言った。綾小路の側近で、もともと公家二人を担ぎ出したのが、この男だった。勤王の志士としては、総三は知らなかった。もとからの志士というわけではなく、時代の流れを巧みに読んだのかもしれない。一応の能力は示しているが、こういう手合は実際に戦が起きるまで、その正体ははっきりしない。

「桑名藩の情勢は、詳しく探ってくるはずですよ、山科さん」

「相楽さん、桑名藩の情勢によっては、中山道を進むというのはどうなのだろうか？」

「それは、私も考えていますが」

赤報隊は、一応東海道鎮撫使《ちんぶし》の指揮を受ける、ということになっていた。しかし、指揮の受けようはないのだ。先頭を進んでいるのが、赤報隊だからである。

状況を京に報告し、命令を受けてはまた進む。それでは、どう考えても遅すぎた。

「どうだろう、相楽さん。両卿の許しを得て、場合によっては中山道を進むというのは」

「桑名に行った者の、報告を待ってからにしましょう、山科さん」

総三は、まだ噂の出所を気にしていた。そういう噂を流布されるような行動を、赤報隊はしていない。なにか、いやな感じだった。

二日後に、斥候が戻ってきた。

桑名藩の情勢は、硬軟がぶつかり合っているというところらしいが、兵にはすでに戦意などないという。赤報隊が来れば、城を閉じて動かず、官軍の本隊が来れば降伏する。それしか動きようがないだろう、と二隊の斥候がともに報告した。

噂も、ほとんど消えていた。総三が出した布達が、徐々に効きはじめている。

「中山道だ、相楽さん。そちらの方が、ずっと不穏ではないか」

「そうですね」

「相楽さんが、隊長のようなものなのだ。最後は、相楽さんが決めてくれ」

総三は、ほぼ肚を決めていた。

中山道を行くべきなのである。東海道には、なんの脅威もない。信州と甲州を押さえるべきだった。逆に考えると、江戸の旧幕軍の一部が、甲府や碓氷峠《うすいとうげ》を扼《やく》してしまうと、江戸を攻めるのが非常に難しくなる。

「両卿の御許可をいただきましょう」

「そうか、肚を決めたか」

軍令には、違反することになる。しかし、京からの軍令で、同じ戦場からの軍令ではないのだ。

二人の公家の許可を得るというのは、あくまで形式だった。どうしても許可しないという
ことになれば、一番隊だけでもいい。肚を決めた時から、総三はそうするつもりだった。

二人の公家は、気圧されたように、総三に許可を与えた。

「一番隊の出発が、二十二日。二番隊、三番隊は二十三日。先鋒が進み、一日遅れで本隊が来る。そうした方が、噂などは出にくい。赤報隊に加わり損ねたという者も、後ろから本隊が来れば加わりやすくなる」

「しかし、それは」

「山科さん、私はそう決めた。一番隊は、街道だけを受け持つ。二番隊、三番隊は、街道をはずれた村々を担当して欲しい」

「なるほど。一日遅れていた方が、やりやすいかもしれんな」

山科は、もとは医者だったという。戦の駈け引きは、児戯に等しいものしか持っていなかった。

一番隊は、小銃三十挺《ちょう》と弾薬の荷駄を加え、総勢で百二十ほどになった。

二十二日、両卿や二番隊、三番隊に見送られて出発した。騎乗が十名。その中には、風間進吾や諸橋六郎もいる。江戸以来の同志も、半数以上占めていた。全員が誇らしげである。

「心がふるえます、相楽さん」

諸橋が、馬を寄せてきて言った。

「信州には、昔からの同志が数多くいます。彼らと会い、手を取り合うことができる。そんな日が来るとは、正直なところ思ってはいませんでしたよ」

「俺もだ」

「死ぬものじゃありませんね。生きていれば、こういう思いをすることもできる。死んでいった師や同志には、申し訳ないですが」

「いいのさ、六郎。死んでいった者たちの分まで、心をふるわせろよ」

総三の心もふるえていた。

信州は、尊王攘夷論者であった自分が、最初に同志を得た土地でもあるのだ。

「一番隊、隊伍を乱すな」

声をあげ、総三は晴れた空を仰いだ。

第十二章　帰洛せよ

一

面白いものが、江戸にはなくなっていた。

町を歩くと、腹の立つことばかりが見えてくる。賭場《とば》に顔を出しても、客におかしな侍が増えている。江戸はどうなってしまったのだ、と次郎長は思った。

徳川家の馬印を押し立て、東海道を突っ走ってきた。六十八になろうとする新門辰五郎の心意気に、応えようとする人間が江戸にはいなかった。旗本八万騎など、どこにいるのかと思う。

清水を通った時、小政も連れてきたので、幸次郎も入れて親子三人で辰五郎に厄介になっているという恰好《かっこう》だった。辰五郎は、次郎長を客分として扱い、下にも置かない。嬉しいことは嬉しいが、窮屈な時もあった。

一月も下旬になると、清水へ帰ろうかとしばしば思った。一家は大政が支えていて、なんの心配もない。縄張《しま》を拡げようなどという気はないから、よその土地のやくざとの揉《も》め事もない。これまでの恨み、貸しや借りというようなものも、時代の流れの中で消えてしまっている。やくざも、決して時代の流れと無縁ではない、と次郎長はこのごろ思う。

赤坂三分坂にある、総三の実家を一度訪ねた。河次郎が、祖父の兵馬と遊んでいた。小島家の屋敷は広大で、使用人も多かった。それでも総三の妻の照は働き回っているらしく、出てきた時は慌てて襷《たすき》をはずしていた。

変りはなかった。一家で、総三の帰りを待っている、という感じだけがあった。時勢は兵馬にも照にも見えているらしく、総三が間違った道を走っているとはまったく思っていないようだった。

暮に、総三がひょっこり現われて、河次郎に会っていったという。照だけは、会えなかったようだ。その話をした時の照は、ちょっと涙ぐんでいた。

訪ねたことを、次郎長は後悔した。やくざが、他人の心配などするものではないのだ。そういう資格はない。総三とは男と男の付き合いでも、父の兵馬や妻の照や息子の河次郎とは無縁でいるべきだった。それが、やくざの分というものだ。

「幸次郎、清水へ帰ろうか」

下谷《したや》広小路のあたりを歩きながら、次郎長は言った。小政はともかく、幸次郎はずっと旅である。そばに置いていただけ、ひとり前のやくざに成長するのも早かった。

「江戸へ来てから、親分はつまらなそうですもんね」

「江戸の侍は、死んでら。こんなんで、まともな戦になると思うか」

「親分は、将軍様に味方して、戦でもしようと思ってんですか？」

「馬鹿野郎、やくざがそんなことを考えるか。腐った魚の中にいるのが、いやなだけよ」

「新門の大親分も、腐った魚なんですか？」

「侍と言ったろう。旗本八万騎。十人のうち九人は腐ってやがるよ。ほれ、あれを見ろ」

五人ほどの武士が、大店《おおだな》に入っていくところだった。軍用金と称して商人から金をせびるのが、このところ江戸で流行《はや》っている。

五人は、すぐに出てきた。一両か二両の端金《はしたがね》をせしめて、喜んでいるのだろう。得意そうな笑みがあった。

「まったく、商人《あきんど》もあんなのを追っ払うのに、小さな包みをいくつも作ってるって話だ。これじゃ、新門の親分がいきり立つのもわかるな。人の心は、将軍様から離れるに決まってら」

五人横に並んだまま、武士たちは歩いてきた。ふだんなら、次郎長は道の端によける。わけのわからないものが、肚《はら》の底に溜《たま》っていた。

「親分」

幸次郎が、びっくりしたような声を出した。さっきからひと言も喋《しゃべ》っていない小政は、黙ってついてきている。

武士たちとむかい合う恰好になった。

「なんだ、道をあけろ」

ひとりが言う。昼間から、酔っているようだ。

「俺はやくざだから、人には道をあける」

「どういう意味だ」

中央にいる酔った男は、面倒臭そうな口調だった。

「人には、道をあけると言ってるだろうが。人以下のものにゃ、道はあけねえ。そんなのが道を塞《ふさ》いでたら、蹴《け》っ飛ばすよ」

「なんだと」

「愚弄しているのか」

声があがった。小政が、素速く次郎長の前に出た。三尺余の長い刀の柄《つか》に手をかけている。ひとりが、それを見て笑い声をあげた。まともに抜けるなどとは、思っていないのだろう。

「どけ。薩長が、やがて江戸に攻めてくる。われわれは、その戦に備えなければならんのだ。やくざ風情《ふぜい》を相手にはできん」

「刀を抜いて人を斬《き》ったこともない腰抜けに、戦なんかができるのかね」

「そこまで言うのか、おまえら」

激高したひとりが、小政に抜き撃ちを浴びせた。いきなりだったが、難なく小政はそれをかわしていた。

ほかの四人が、つられたように抜刀した。

上等じゃねえか。次郎長は呟《つぶや》いた。ここで五人を斬れば、また兇状旅になる。それもいいという気がした。畳の上ばかりで寝ているのは、やくざではない。

二人が、同時に小政に斬りかかった。小政の三尺の刀が、光を放った。ひとりが腕を、もうひとりが鼻を斬られていた。しばらくして、悲鳴があがった。次郎長も幸次郎も、長脇差を抜いた。

「それぐらいにしておけ、次郎長」

声。聞き憶えがある。山岡鉄舟だった。

山岡は、無造作に小政に近づくと、手首を摑《つか》んだ。小政の表情が、ちょっと動いた。

「なんだ、おぬし」

「俺も幕臣でね。商人にたかって歩くのは、見苦しくないか。こいつらがやらなかったら、俺が腕の一本も折ってやったところだった」

「貴様、幕臣だと言うなら、そこまで来ている戦のことを考えろ」

「その科白《せりふ》は、そっくりそっちへ返そう。商人にたかって、戦ができるとは俺は思わん」

山岡は、小政の手首を摑んだままだった。小政の表情が、少しずつ歪《ゆが》んできた。

「去《い》ね。腐れ旗本が」

山岡の声は、相手を威圧するのに充分なだけの気に満ちていた。しゃがみこんでいる二人を助け起こし、五人は駈《か》け去っていった。

「これは、山岡様に御迷惑をおかけいたしました」

「なんの。俺が出なければ、俺の連れが連中を断ってしまいかねなかったんでね」

小さな人垣ができかかっていたが、それはすぐに崩れた。次郎長は、ひとりだけ立ち止まって動かない武士を見て、声をあげた。

土方歳三だった。

「旦那《だんな》、やっぱり江戸におられたんですね」

次郎長が歩み寄ると、土方は口もとに笑みを浮かべた。

「おまえ、自分を放り出すところがあるんだな、次郎長。おまえが連中を斬ったら、やっぱり面倒になったぞ」

「やくざってのは、こんなもんでございますよ。自分はやくざだと気持を決めた時から、自分なんてもんは放り出してます」

「そんな覚悟ができるのは、やくざだけか。武士にはほとんどおらんよ」

土方が、小政の方に眼をむけた。小政は、長い刀を鞘《さや》に収めようとしているところだった。

「おい、居合の名人。俺を憶えているか？」

「そりゃもう。一緒におられた若い方も」

「沖田総司《そうし》。胸を病んでいてな。千駄谷《せんだがや》の植木屋の離れで養生している」

「そうでしたか」

「はじめて京でおまえに会った時、沖田は本気で刀を抜いてみせた。あいつを本気にさせるだけのなにかを、おまえは持っていたのだな」

「いまも、あの時の躰《からだ》のふるえを、思い出します」

軽く頷《うなず》き、土方は次郎長に眼を戻した。

「生きざまを見ろなどと言ったが、俺は江戸で半分死んでいるよ、次郎長」

「新選組の羽織は、お脱ぎになったんですか、旦那？」

「あの羽織には、同志の思いがしみついている。旗にもな。新選組は、こんな江戸では場所を得ない。だから、新選組の名も出さん」

「旦那には、あの羽織がお似合いでした」

「これだけの腰抜けが江戸に揃《そろ》っているとは、俺は考えていなかった。生きざまを見せられんということは、死にざまも見せられんということだな」

「戦でございましょう？」

「どうかな。山岡先生などは、戦になるとは思っておられないだろう。俺は、戦になるというより、戦ができると思っていない」

「土方さん、なによりも上様の御意志が大事だ。上様が戦と決められたら、俺も一命は捧《ささ》げる」

山岡が口を挟んだ。土方の眼が、じっと山岡を見据えた。京で見た、あの冷たい射るような眼だった。

「旗本が、山岡先生ほどの覚悟を持っていたら、鳥羽、伏見でもあんな負け方はしなかったと思います。私はいま、覚悟を持った旗本だけを集めようと思っています」

「また、新選組を作るのかね？」

「それは、無理でしょう。あの新選組が、もう一度できるはずはない。それに、刀の時代ではなくなってしまっていますよ」

「土方さん、生き延びようとは考えないのか。ひと時の恥をしのんでも、生き延びようとは。それが、上様への忠節にもなる」

「私は、生き延びます。どこまでもね」

冷たい眼のまま、土方が口もとで笑った。

「寛永寺で、山岡先生に偶然お目にかかれたのは、幸いでした。江戸で会いたいお方のひとりでしたから」

土方が、次郎長に眼をむけたまま笑った。心なしか、眼も笑ったように思えた。

「また会えるかな、おまえとは」

次郎長は、頭を下げた。土方が踵《きびす》を返すのがわかった。旦那、と声をかけようとしたが、なにも言えず頭を下げ続けていた。

「行こうか」

山岡が言った。

どこへとも言わず山岡は歩きはじめ、池之端《いけのはた》の小さな料理屋に次郎長たちを導いた。小政も幸次郎もかしこまっている。

酒が運ばれてきた。次郎長の前には茶が置かれる。

「いつまで、江戸にいるのだ、次郎長?」

「そろそろ、清水に戻ろうかと考えていたところです」

「その方がいい。いまの江戸にゃ、おまえの腹の立つことしかないだろう」

「旗本は、みんなあんなふうなんですかい。あっしは江戸へ来て、ああいう侍しか見ておりません」

「みんながみんな、そうじゃないさ。ああいう手合は目立つ。しかし、やくざにたしなめられるようじゃ、終りだな。土方さんは、本気で斬ろうとしていた」

「どこへ、行かれるんでしょうね、土方の旦那は」

「あの人は、どこまでも行くだろう。決して諦《あきら》めもしない。とうに死ぬ気になっているが、命を投げ出すような死に方もしないと思う。なにか、業《ごう》を背負っているという感じだ。あっさり死んで済まそうというやつより、俺は好きだがな」

「あっしもです。前から、あの旦那は好きでしたよ」

山岡の盃《さかずき》に、次郎長は酒を注《つ》いだ。

「ところで、休之助が捕えられているらしいが、知っているか？」

「やっぱり、そうなんですか」

「薩邸の騒ぎは、明らかに挑発だった。そんなものに乗る馬鹿、と勝さんは言っていたがな。総三や伊牟田は、なんとか逃げのびたらしいが、休之助だけは捕えられた」

「どうなるんでしょう？」

「わからんな。俺は、幕府の上の方の人間とは、口も利いたことがない。なんとかできるなら、勝さんがそうするはずだ」

「敵でございましょう、勝様にとっても山岡様にとっても」

「敵ねえ」

山岡が、苦笑して盃を口に運んだ。

「日本人同士が、敵、味方になるのか。なるのだろうなあ。つまらん話だと、俺は思う。この国には帝《みかど》がいて、その下に政事を行う人間がいて、民が安らかに暮す。それだけでいいのに、なぜ戦などをする」

「続いてきたものを、ぶち毀《こわ》そうとするからですよ。いつかは、毀れるんです。どんなものでも毀れます」

「毀れるたびに、戦かね」

「うまくやりゃ、戦にならずに済むものを、とあっしは思います。やくざの喧嘩《けんか》だって、そんなもんでございますよ」

小政が、小さな声をあげ、笑ったようだった。そちらに眼をくれ、山岡が銚子《ちょうし》を差し出す。両手で盃を持って、小政はそれを受けた。幸次郎も、同じようにした。

「山岡様、戦になったら、新門の親分はやはり巻きこまれますか？」

「おまえが気になってるのは、それか。辰五郎は巻きこまれないよ」

「言いきれるんですかい？」

「馬印を押し立てて、東海道を下ってくるような男だからな。しかし、あれは上様の馬印だからだ。辰五郎は、常に上様とともにいるはずだ」

将軍は戦をしない、ということなのか、と次郎長は思った。京からの逃げ方を見ていると、はじめから戦などする気がないというふうにも思える。

「辰五郎が戦に巻きこまれるなら、清水に帰るわけにはいかない。そう思っているならとんだ見当違いだ。もし辰五郎が巻きこまれる戦があるとしたら、この大江戸が火の海になる時だな。その時は、誰も辰五郎の助けにはならん。清水へ帰りたいという気持があるなら、帰った方がいいな」

辰五郎を戦の場に残していくことになるかもしれない、という気持を、次郎長はやはり拭《ぬぐ》いきれなかった。

一度、辰五郎と話した方がいいのかもしれない。

「それにしても、小政の抜刀術の腕は大したものだな。それなら、武士との斬り合いでも怕《こわ》くはなかろう」

「とんでもねえです。新選組の沖田って方に抜き撃ちを浴びせられた時は、正直、腰が抜けそうになりました。侍はやっぱり侍なんだって、あの時思いました」

「沖田総司か。世が世なら、別の生き方があったろうにな」

山岡は、ひどく疲れているように見えた。なにかを思い悩んでいる、という感じもある。自分などにはわからない苦しみがあるのだろう、と次郎長は思った。

「酒が進みませんね、山岡様」

次郎長は、それだけを言った。

二

官軍一番隊は、大久手《おおくて》に達した。

一月二十五日である。本隊は、鵜沼《うぬま》に進んでいるはずだ。

総三が出した布達が効いたのか、おかしな噂《うわさ》は消えていた。隊規も厳しくしている。着衣も、袴《はかま》までは手が回らないが、上は黒い筒袖《つつそで》というのはほぼ揃ってきた。

一番隊、百三十名。百名は、江戸薩摩藩邸からの同志である。総三は黒い筒袖に緋《ひ》の陣羽織を着ていた。ほかに、同じものを二名が着ている。影だった。総三はそれを拒んだが、科野が強引に躰つきが似ている二名を、影武者に仕立てたのだった。これから先の道中でも、恭順派ばかりとはかぎらない。まともなぶつかり合いならともかく、暗殺も考えられるという科野の配慮からだった。

いまのところ、なにも起きていない。

「旧幕領に関しては、年貢半減というのは、まことでございますか？」

大久手で挨拶《あいさつ》に出向いてきた、宿場の代表が訊《き》いてきた。三名いて、一名は郷士《ごうし》らしい。

「太政官より出された、勅定書《ちょくじょうしょ》がここにあります。これは写しではなく、本物です。街道の人々の協力がなければ、東征軍の進撃にも滞りが出ます。それ以上に、新政府は民のことをまず考えるということです」

「幕府は、なくなるのでございますか？」

「すでに、なくなっています。いまはもう、新政府の時代です。ただ、実体としてはまだ残っています。徳川家があるのですから。だから、東征軍があるのですよ」

「勝てるのでございましょうか？」

「正直、戦は終ってみるまで勝敗はわかりません。ただ、鳥羽、伏見では、三倍もいた徳川軍を、たやすく撃破しました。徳川慶喜は、そのまま江戸へ逃げ帰り、徳川軍の残兵はわれわれに武器を渡し、東へ落ちています。時の流れは、もう止めようもないものになっている、と私は思います」

必ず勝つ、などという言い方を、総三はしなかった。戦なのである。ただ、時の流れは説いた。新しいものの意味も説いた。

加納でも鵜沼でも、それは受け入れられたと感じた。供出された米や武器は、恐怖によるものとはとても思えなかったのだ。武器はすべて受け取ったが、米は預り証を出させるだけにした。いまのところ、一番隊の兵糧《ひょうろう》は不足していない。二番隊、三番隊、そして東征軍本隊の兵糧に充てることができる。

「赤報隊に加わりたいという者が、この宿場にも五、六名いるようですが」

科野が、嬉しさを押し殺して報告に来た。加納でも鵜沼でも、そういう者が二、三名いた。それが五、六名に増えたのは、いい傾向と言える。

ただ、一番隊は先鋒《せんぽう》である。精鋭を集めたと言ってもいい。加わりたい者は、二番隊、三番隊に回すことにしていた。

「このままでは、百三十名があっという間に二百を超え、三百、四百になっていきますな、総裁」

科野は、江戸薩摩藩邸でそう呼ばれていたように、総三を総裁と呼ぶ。

「喜んでばかりはいられないぞ。科野君。信濃《しなの》に入れば、かなりの抵抗があるとぼくは見ている。このまま関東まで楽に進めると思うのは、甘いな」

「碓氷峠と甲府。この二つを押さえれば、東征軍の進撃は容易になるという、総裁のお考えがどれほど確かか、私にもようやくわかってきました」

「とにかく、信濃に入るまで、失敗は許されない。決めたことは、徹底してくれたまえ」

供出され、受け取ったものは、必ず書きつけを作り、供出した者にも署名させる。余ったものは、預り証を出させて保管させる。隊員が、個々に軍用金その他の要請を行うことは、厳禁する。

すでに、大砲が二門供出されていた。小銃も四十挺《ちょう》にはなっている。弾薬を運ぶ荷駄も増やさなければならない。

隊の組織も、十名ずつの小隊に分けた。小隊単位で行動させ、銃器の管理もさせた。大人数を動かさなければならない時は、小隊を三つ四つと合体させ、それを指揮する監察も決めてある。

一番隊さえきちんと進んでいけば、と総三は考えていた。二番隊、三番隊は、一番隊のやり方で進むしかなくなる。

兵糧は充分だった。武器弾薬も集まりつつある。これで碓氷峠と甲府を押さえれば、旧幕軍は動きがとれなくなる。信濃に入れば、兵は集まるはずだ。二千の兵があれば、碓氷峠と甲府を押さえられるだろう。

陣屋では、総三は信濃や甲斐《かい》の地図を見ていることの方が多かった。

陣屋に入っても、隊員を遊ばせることはしない。勿論《もちろん》、酒なども飲ませない。諸橋と風間が中心になって、少なくとも一刻《いっとき》は戦の調練をやる。

斥候に出ていた小隊が、戻ってきた。

「布達は行き届いています。年貢半減については半信半疑ですが、一番隊が到着すれば、それもなくなるでしょう」

二番隊、三番隊は、街道筋から一里二里はずれた村々にも、布達を出して行く。

東山道総督府は、一月二十一日に京を出て、いまは近江を進軍中のはずだ。総督は岩倉具視の子で具定《ともさだ》、副総督がその弟の八千丸と、岩倉兄弟が推戴《すいたい》されていた。

東海道総督府の方は、まだ京を出発していない。中山道よりも楽な道程《みちのり》ということもあるが、軍資金に窮しているのだろう、と総三は思っていた。官軍総勢五万だという。しかも、西国から出てきているのだ。

軍資金は、京、大坂に残った人間たちが、なんとか集めるしかなかった。赤報隊に関してのみは、その不足はない。

「鵜沼からの使者です」

二番隊、三番隊には、綾小路卿はいるが、滋野井卿はいない。公家《くげ》の弱さで、松ノ尾山を出発した時から、滋野井卿とその側近だけが遅れている。なにかあるとすぐに涙を見せる公家で、京を脱走して兵を挙げたのも、一時の激情としか思えなかった。悪い噂が流れれば悲観し、意見の対立があると、すぐに姿を消してしまう。

赤報隊が、いくつにも分散してしまうのは、好ましくなかった。場合によっては、滋野井卿だけどこかに留まり、後から来る総督府に加わらせるということも、総三は考えていた。総督府では、挙兵の先鞭《せんべん》をつけた公家として大事にされるだろうが、決定する立場には立たなくていい。

「綾小路卿の使者か、それとも山科能登ノ介殿からか？」

使者は二名だった。

「はっ、本営からです」

「本営とは？」

使者が、言葉に詰った。指揮系統が、しっかりしていない。二番隊、三番隊は寄せ集めで、一番隊の後をついてくればいい、というところがある。

「それで、なんの使者だ？」

「はい、総督府より、帰洛命令が出ましたので、速やかに帰洛せよと」

「なにを言っている。どういうことだ？」

「赤報隊は、東海道総督府の命令下にあるもので、東山道総督府の先駆けは軍令違反であると」

「わかった」

「引き返されますか？」

「なにを言っている。東海道は、まだ出発もしていない。その先駆けをどうやってつとめる。赤報隊は、あくまで官軍の先鋒である。速やかに進軍して、関東を押さえる拠点を作るのが使命」

「しかしそれでは」

「いいのだ。責めは、すべてこの相楽が負う。このまま、進軍するしか、赤報隊の道はないと思う」

京も混乱しているのだろう、と総三は思った。東海道には、まだ兵を進められずにいるのだ。

東征大総督が誰かも、決定していない。

「綾小路卿と山科殿に伝えてくれ。この相楽は、名誉も栄達も求めてはいない。いまは、関東をどう押さえこむかが肝要。それが徳川軍との戦を小さなもので終らせ、この国を早く立ち直らせる最上の方法だと信ずるから、赤報隊は進む」

「しかし、京からは」

「ここは、戦場だ。東征軍を出さないというなら別だが、東山道総督府はすでに出発している。ここは断固進撃すべきだと、綾小路卿に伝えてくれ」

「実は、綾小路卿も山科様も、どうすべきか迷っておられます」

「赤報隊の動きが、なんの役に立ってもいないというなら、帰洛命令も仕方がなかろう。街道筋の民心を鎮め、武器を集め、あまつさえ兵糧まで道々に蓄えている。誰が見ても、先鋒の役割りは充分に果しているのだ。なにを迷われることがある」

赤報隊が帰洛しても、京の混乱は増しこそすれ、収まるわけがなかった。

使者は、鵜沼に戻っていった。

総三は、いくらか綾小路卿に腹を立てていた。帰洛命令といっても、誰から出た命令かさえ確かめていないのだ。文書があるわけでもない。これで帰洛すれば、西郷など驚くどころか怒りはじめるだろう。

鵜沼の二番隊、三番隊とは、何度か使者のやり取りをした。何度やり取りをしても、帰洛命令がどこから出ているのか、結局はっきりしなかった。

綾小路卿は、進むとも帰洛するとも決めかねているらしい。二十七日になって、桑名藩の動きが心配なので、一度引き返し、小牧に出て名古屋にむかうという知らせが入った。

迷っている。それは総三にはよくわかった。引き返すだけなら、近江愛知川にいる東山道総督府へむかうだろう。

「一番隊は、このまま進軍する。出発は明朝。再度、銃器の点検をしろ。斥候は諸橋君の隊。

整然と東へむかう」

帰洛命令があったことは伝えてあるが、それについては全員が憤慨していた。京はなにをうろたえているのだ、という声が強い。二番隊、三番隊も強引に引っ張ってくるべきだと、強調する者もいた。

夜が更けてから、総三は自室に金輪五郎を呼んだ。

「京に行って貰《もら》いたい。先日京へ行った時、君はぼくに同道してくれた。薩摩藩の中でも顔を知られている」

「京へ行って、なにをやるのです」

金輪は不服そうだった。

「なぜ帰洛命令などが出たのか、どうもぼくには腑《ふ》に落ちん。薩摩の誰かと会い、京の真意を確かめて欲しい」

「薩摩の、誰に会えばいいのです？」

「西郷、もしくは小松か大久保」

「そんな。隊長ならばともかく、私ごときが会えるとは思いません」

「無理だったら、伊牟田尚平に会え。西郷に会うために手間をかけることはない。駄目だと思ったら、すぐに伊牟田だ」

「帰洛命令の真意を確かめるのですね」

「それから、どこからその命令が出ているかということを」

「わかりました」

「済まぬが、すぐに発ってくれ。意外になんでもないことかもしれんが、重大事に繫《つな》がる可能性も否定できない。これは大事な役目なのだ、金輪君」

金輪が出ていってからも、総三は眠らず考えこんでいた。赤報隊が各地で強奪をしているという噂があった。それは、旧幕府側から出たものではなかった。強奪をする者は、竹槍《たけやり》で突き殺せ、という布達を出して、その噂は消えた。あれは、ただの流言飛語だったのか。それなら、京に届く前に斥候が摑んでくるはずだ。噂を最初に聞きつけたのは京だ、という感じがある。

曖昧《あいまい》な帰洛命令にしてもそうだった。東海道ではなく、東山道の先鋒をしているというだけの理由だ。東海道がずっと先行しているというならまだしも、まだ京を出発してもいないのだ。

いやな予感が、総三を襲っていた。それがなにか、はっきりとは見えてこない。

いまは、とにかく進むしかなかった。進めるのだ。進む先で、民の歓喜の声が待っているのだ。その声は、京へは聞えていないのだろう。

翌朝、赤報隊は出発した。

先頭は、二流の旗である。白地に赤報隊と墨書してある。官軍先鋒嚮導《きょうどう》とも書いてある。

われこそは、官軍の先鋒である、という誇りが総三にはある。信濃では同志が待っている、という思いもある。関東草莽《そうもう》こそが、先鋒をつとめるべきなのだ。それで潰《つい》えたとしても、本望ではないか。

「どこまで進みますか、総裁？」

科野が馬を寄せてきた。

「中津川だ。諸橋君には、そう命じてある。行軍は厳しいぞ」

「なんの、中津川までなら、ひとりの落伍者《らくごしゃ》もなく進めます」

「中津川で、武器がいくらか供出されるだろう。大砲が、あと二、三門は欲しい。小銃の数は、かなり揃ってきたが」

「任せてください。どこの藩も、大砲の一門や二門は供出できるはずです」

科野は、まだなにか言いたそうだった。

「ほかに、なにか？」

「後方の、東山道総督府に、進軍中という使者を送らなくてもよいのですか？」

「それは考えたが、総督府からの命令はなにも届いていない。帰洛命令も京からで、総督府が知っているかどうかも疑問なのだ」

「そうですね」

科野も、いやな感じを持っているのかもしれない。口調に滲《にじ》み出ていた。

「赤報隊は、一切の強奪などとは無縁です。これだけ軍規を厳しくして進んでいるのです。なにか言われる筋合はないと思います。自信を持って、進軍しましょう。民は、われわれを待っています」

科野の言葉は、自分に言い聞かせているようでもあった。

三

尚平は、京の商家を回る仕事をしていた。

京が終れば、大坂の商家を回る。つまりは、軍用金の調達である。自分に合った仕事だとは思わなかった。西郷から直々に言われたのでなければ、断っていただろう。

東征軍の、薩摩藩部隊のどこかに入れてくれと、はじめは志願した。ここまで来れば、あとは戦しかないと思ったのだ。銃を撃てる兵はいくらでもいるが、謀略に携われる人間はほかにいないのだ、と説得された。

軍費の調達は、西郷の大きな仕事のひとつである。いずれ、一律に税を課すというような、思い切った方法を西郷はとろうというのだろう。そのためには、下調べが必要である。しかし尚平は、そういうことを命じられもしなかった。どの商家がどういう取引を続けていて、どれぐらいの金があるか。西郷には、いまのところそれを調べるつもりはないらしい。

毎日、商家を回って、軍用金供出の話をしてくるのが、尚平のやらなければならないすべてだった。直接、金を受け取るのは避けた。預り証を出させ、必要な時に取り立てるということにした。それでもひとりで回るのには限界があり、一千数百両しか集まっていなかった。

すでに進発した東山道総督府の軍勢は、三井の番頭が加わっていて、三千両の軍資金は持っているという。三千両など、あっという間に消えてしまうだろう。

三井の番頭が加わったのは、岩倉の関係だという噂もあった。事実、東山道総督は、岩倉の息子である。

東征軍全体で五万。各藩で出せるだけのものを出してなお、十万両から十五万両は不足するだろう、と尚平は見ていた。商家一軒ごとに数十両集めてくる自分の仕事は、つまり焼け石に水なのだ。

東征大総督を誰にするかで、西郷と岩倉の間で押し合いがあるという。誰であろうと同じだ、と尚平は思っていた。主力は薩摩と長州で、だからこの戦は、薩長と旧幕府の戦なのだ。実戦の局面に入れば、薩長の意見が通る。

総三は、勅定を手にして、東征軍の先鋒として東へむかっている。尚平にとっては、羨《うらや》ましい話だった。

ただ、赤報隊と名付けられたその先鋒隊が出発してすぐに、おかしな噂が流れはじめた。各地で強奪をしながら進軍しているというのである。先鋒で、勿論金などはないので、必要なものの徴発は認められているはずだが、噂では悪どい強奪ということになっていた。

総三が、赤報隊を押さえきれていない、などということは考えられなかった。江戸薩摩藩邸では、屯集した五、六百の浪士を、自在に操っていたのだ。人をまとめる力はある。人を魅きつける力もある。

実際、総三は官軍一番隊隊長の名で、強奪をなす者など竹槍で突き殺してもお構いなしという、思い切った布達を街道筋に出した。それで、噂は消えたのである。

次に流れはじめたのが、軍規違反の噂だった。これは、事実と言えば言える。東海道の先鋒だったはずの赤報隊が、中山道を進んでいるのだ。しかし、東海道はまだ進発の日途《めど》が立たず、中山道は進発している。先鋒を命じられた赤報隊が、中山道を選んだことを誰も責められはしないはずだ。

赤報隊は偽官軍という、取るに足りない噂も流れていた。

噂そのものは、あまり尚平の気にはならなかった。ひっかかるのは、その流れ方である。どうも、京での噂が早すぎるのだ。

これまで、尚平は噂を流すという仕事もしてきた。だから、噂の流れ方はおよそ読める。いまの流れ方は、出所は京としか思えなかった。それが、赤報隊にまで伝わった時、総三は布達を出したり、弁明の使者を寄越したりしているのだろう。偽官軍などという噂は、まだ総三まで届いていないかもしれない。

「酒をくれ」

三条と烏丸通りが交差するところから、ちょっと路地を入った目立たない場所にある小料理屋の座敷に、尚平はあがった。一日、商家を回り、すでに陽は暮れている。一日の収穫が、九両の預り証だった。

若い藩士が二名、同じ仕事をしていて、藩邸ではなく、ここで待合わせをしているのである。部下というほどではないが、なんとなく尚平が指図する恰好になっていた。その二名は、二本松の藩邸にいて、尚平は錦小路の藩邸にいる。二本松は、好きではなかった。つまらない仕事をさせられている、という気持はある。西郷の仕事は、不愉快なものが多かったが、つまらないものはなかった。西郷は、いま自分を使いあぐねているのかもしれない。しかし、使う時期はあると考えたから、京に残れと言っているのだろう。

薩摩軍は、京と大坂に集結している。ほかには、長州兵と土州兵を見かけるぐらいだ。敵がいなくなったので、謀略の必要も当面はないということなのか。

二人が、連れ立って入ってきた。折尾と牧之内という名で、藩士といっても郷士のようだ。

折尾が、預り証を三枚差し出した。それが二人分らしい。六両だった。

「飲め」

尚平は、暗い表情の二人に言った。薩摩には、ほとんど帰っていない。この二人も、京ではじめて顔を合わせた。

「東征軍は、いつ出発し申す、伊牟田さあ?」

「おいにもわかり申さん。西郷どんの胸ひとつじゃろう」

「東征軍の名で、徴発はでき申さんかのう。商人どもは、おいどんらをたかり扱いし申す。口惜しごわす」

「飲まんか。おはんら、もうしばらく耐えてくんやんせ。おいもつらか。おいも、耐えちょり申す」

かすかに頷き、二人とも盃を口に運んだ。

三人で十五両。こんなものでなにになる、と尚平は思った。ただ、商家の微妙な変化は感じ取っていた。はじめのころは十両単位で出していたものが、いまはひと桁《けた》になっている。財布の紐《ひも》が締ったというだけでなく、近いうちに大きく取られることを、なんとなく覚悟しはじめたように思えるのだ。

西郷が、そろそろなにかをはじめるのかもしれない。

二人と別れると、尚平は錦小路の藩邸に戻った。

客だ、と留守居の藩士のひとりが教えてくれた。長屋の縁に、男がひとり座っている。そばに立って、それが総三が連れていた男であることに気づいた。

「金輪五郎と言います」

「憶えてるよ。入れ。そこじゃ、寒くてやりきれなかっただろう」

酒はある。徳利から茶碗に注いで出した。金輪は、頭を下げて手を出した。

「西郷吉之助《きちのすけ》、もしくは小松か大久保か。その三人の誰かに会ってくるように、隊長には命じられたのですが」

「会えないよ、その三人にゃ。よほどのことがなけりゃな。総三だって、この間会うのに苦労していたろうが」

「時間がない、と隊長には言われています。三人が無理な場合は、伊牟田さんに会えと言われまして」

「話はわかった。京を走り回っても、西郷さんがどこにいるか、わかりもしなかっただろうな」

「一日、潰《つぶ》しました」

「それで、総三の用事というのは？」

「帰洛命令です」

「帰洛？」

「そういう命令が届き、綾小路卿は決断がつかずに名古屋へ行かれました」

「名古屋に行って、なにをやる。東海道の軍は、まだ進発していないんだぜ」

「決断がつかないために、そういうことになったのだと思います」

つまり、腰の定まらない公家でさえ、すぐに従うような命令ではなかった、ということになる。しかし、迷うぐらいだから、それなりに説得力のある命令でもあったのだろう。本能的に、尚平はいやな臭《にお》いを嗅《か》いだ。

「帰洛命令がどこから出たのか。隊長は、それを気にしておられます」

「俺に、それを調べろというのだな」

難しかった。命令の類《たぐ》いは、一日に数十と出ている。太政官からの命令なら、綾小路卿はすぐに従っただろう。官軍の、どこからか出た命令なのだ。

「時は、どれぐらいある？」

「できるだけ早く、としか申しあげられません」

「調べてみよう。その間、君は俺の客だ。この部屋を好きに使っていろ」

赤報隊を、潰そうという動きがあるのかもしれない。噂の流れ方にも、それが感じられる。丹念に手繰れば、どこが大もとかわかるかもしれなかった。

官軍の先鋒を、関東草莽がつとめるのが気に食わない、と思っている連中がいることはあり得ないことではない。

やり甲斐のある仕事が転がりこんできたのかもしれない、と尚平は思った。

酒を飲みながら、赤報隊のことを訊いた。

二番隊、三番隊の烏合《うごう》の衆はともかく、一番隊は精鋭揃いで、総三の指揮権も絶対だという。街道筋では、大きな歓迎も受けているらしい。新しい時代を告げる、先駆けなのだ。束《つか》の間、尚平は総三にある妬《ねた》ましさを感じた。尚平でさえそうなのだから、憎しみを感じている者もいるかもしれない。

「武器も、集まっているのか」

「隊長は、碓氷峠と甲府、この二つを目標にしておられます。そこを扼《やく》すれば、徳川軍は動きがとれなくなると」

確かに、そうだった。旧幕軍と本格的にぶつかるとなった時は、その二つが要衝となる。そこを押さえれば、軍功第一ということになるかもしれない。総三はそんなことを考えてはいないだろうが、はたから見ると、そういうことなのだ。

しかし、だからといって総三の足を引っ張ろうとする人間が、ほんとうに官軍の中にいるのか。総三はまだ出発したばかりで、軍功と呼ぶほどのものをあげたわけではないのだ。軍功を潰すなら、もっとあとからでいい。第一、東征軍の戦はまだはじまっていない。

金輪が、眠りこみそうになっていた。酒が回ったらしい。疲れきってもいるのだろう。尚平は、蒲団《ふとん》を出してやった。火鉢の炭も足した。

「われら関東の浪士が、官軍の先鋒をつとめてはいけないのでしょうか、伊牟田さん？」

「なにを、馬鹿なことを言ってるんだ」

「われらは、耐え続けてきました。決起をした者もいますが、潰されました。決起が何度もくり返されるようなら、幕府も警戒心を強くしたでしょう。関東でさえこれだけ決起が起きるなら、薩長は必ず立つだろうと思ったはずです。もしそうしていたら、幕閣の気持も引き締《しま》っていて、鳥羽、伏見でも、あれほどたやすくは勝てなかったかもしれません」

「それは、そうだな」

江戸薩摩藩邸に浪士を集めて、はじめて幕府は焼討ちをかけてきた。関東で決起が続発していれば、幕府はもっと早くから戦の準備をしたかもしれない。

「私が、考えていることです。立つべききっかけがなかった、と思っている人間もいるでしょう。薩摩や長州の人たちから見れば、自分たちが出てくるまで手も出せなかったくせに、と思うかもしれません。しかし、志は失いませんでした。志を抱いて耐えよ、と説いた隊長が間違っている、とも思いません」

青臭いことを言う、と嗤《わら》う気にはなれなかった。総三と親しくなったからだろうか。

関東草莽は、藩の利益のために動いたわけではない。志のために動いたのだ。それだけ純粋だとも言える。汚れた自分の手を、見直すような気分に、尚平はなった。一度は脱藩した倒幕論者だったが、薩摩藩のために手を汚してきたと言ってもいい。それがいま、結果として倒幕につながったというだけのことだ。

倒幕のために、多少の手の汚れは仕方がないと思っていた。思いこもうとしていた。

不意に、尚平は金輪に憎しみに似たものを感じた。

「違うでしょうか、伊牟田さん？」

「もう、寝ろよ」

憎しみに似た感情が、尚平を戸惑わせていた。大人気ないという気持と、金輪に対する疎ましさが交錯している。

「私は、伊牟田さんの考えが聞きたい」

「なぜ、俺なのかね？」

「あなたは、薩摩藩士だ」

「いま、そんなことに意味があるのか？」

「東征軍を牛耳るのは、薩摩でしょう」

確かに、東征軍全体の指導は、西郷がやるだろう。西郷は、薩摩のことを考えているのか。それとも、徳川を潰したあとの日本のことを考えているのか。

何度も西郷の密命を帯びて動いたが、尚平にはいまだにあの男の本質がわからなかった。それだけ大きい、と時には思う。巧妙に本心を隠す男だ、という気がする時もある。

「寝ろよ、金輪君。俺に議論をふっかけてなんになる」

「そうですね」

「赤報隊への帰洛命令がどのあたりから出たのかは、俺が調べておく」

「申し訳ありませんでした」

金輪が、居住いを正した。

「なぜ、謝る？」

「釈然としないものが心の底にあって、伊牟田さんに議論を吹っかけてしまいました」

つまらないことで苦労させられている。金輪にとっては、そういう気持なのだろう。旧幕府側の人間とぶつかり合うならともかく、帰洛命令などの出所を探らなければならないのだ。

馬鹿げた命令だったが、いやな臭いもした。こういう混乱の中では、馬鹿げたものを、ただ馬鹿げていると済ませることはできないような気がする。どんなことでも起こり得る状態なのだ。

「俺も寝るよ、金輪君」

なにも言わず、金輪はただ頷いた。

二日か三日に一度、西郷は二本松の藩邸に現われるという話だった。

尚平は、しばらく西郷に会っていない。総三を西郷に会わせた時以来だ。自分の働きどころがあれば、西郷が呼び出すだろうと思っていた。いままで、そうだったのだ。

二本松に、やはり西郷はいなかった。軍資金の調達に奔走しているのだろう。藩邸に残っている者たちの話では、そうだった。

四

東征軍の軍資金は、京や大坂の商人に頼るしかなかった。そして、軍資金をどこが握るかで、その後の力関係も変ってくるのだ。

西郷にとっての強敵は、長州や土佐ではないのかもしれない。長州は長く京を追われていたし、土佐は主流とは言えない。むしろ、岩倉をはじめとする公家の方が、手強《てごわ》いのかもしれなかった。

事実、岩倉の子息が総督である東山道軍は、三井の軍資金を得て、すでに進発している。いまのところ、三井は薩摩ではなく、岩倉に金を出したという恰好だった。

兵がなくても、公家の立場がいまは強い。朝命が第一だからだ。その公家が、軍資金を握ることだけは、西郷は避けたいに違いなかった。

商人を相手の駈け引きは、政事の駈け引きとはまた違うのだろう。威圧するだけでは駄目で、懐柔もしにくい。商人には、金という絶対の基準がある。いずれは儲《もう》けられる。そう思わせないかぎり、商人が財布の紐を緩めるとは思えなかった。

京と大坂の往復をくり返しているというが、やはり西郷の苦衷がそこには見えた。口約束だけで、商人を動かさなければならないのだ。政事では、西郷はそれをやってきた。

「保証を欲しがるのが、商人だな」

小松帯刀《たてわき》が、そう言った。小松は、商人との駈け引きを西郷に任せているようだ。二本松の藩邸にいることも多いという。

「新政府で、税をかければいいだけの話ではないのですか?」

「そうもいかん。まだ足腰がしっかりはしておらんからな。やつらの天秤《てんびん》には、まだ徳川家が載っているのだ」

小松は、鮮やかな江戸弁も喋る。あまり聞くことはないが、伊牟田に対する時は、江戸弁だった。それが、よそよそしく聞えることも多かった。西郷や大久保と違って、家柄がいい。商人に頭を下げようという気持に、なかなかなれないようだ。

「十万両は、集めなければならないのでしょうね?」

「十五万両。江戸へ入れば、江戸の商人から徴発はできるのだが」

軍資金集めは、江戸までが勝負だろう。江戸を押さえてしまえば、新政府というかたちで徴収できる。新政府は、その程度のものにはなるはずだった。

「東山道軍に三井から金が出た、というのは問題ではないのですか?」

「問題ではあるが、三井が自発的に出したということであれば、責めることもできん。岩倉卿には、大久保さんが釘を刺した。三井には、正式の軍資金の供出とは認めない、という話もしたはずだ」

「それにしても、岩倉卿は勝手だ」

「伊牟田、おまえは東征軍の非をあげつらうために、二本松へ来たのか？」

「まさか。俺は俺で、心配もしているのですよ」

帰洛命令の出所を探る、という目的を、尚平は小松にも明かさなかった。薩摩藩にも、いやな臭いはしている。

翌日も、翌々日も、尚平は二本松の藩邸に顔を出した。大久保にも会ったが、軍資金のことについては、ほとんど喋らなかった。大久保の方が、小松よりずっと猜疑心《さいぎしん》が強いと尚平は思っていた。少なくとも、薩摩藩士というだけでは信用しないところが、大久保にはある。その点、小松はやはり育ちがいいのだ。

「どういう風の吹き回しだ。このところ、毎日、こっちに顔を出しているそうじゃないか。なにか気になることでもあるのか？」

三日目に、小松にそう訊かれた。

「俺の働きどころが、こっちにありそうな気がしていましてね」

「西郷さんから、命じられていることがあるのだろう。それは終ったのか？」

「毎日、二両三両と商人から徴発してくる仕事に、終りは見えませんや」

「そっちは、折尾と牧之内に任せているのだろうが」

小松が洩《も》らした言葉で、尚平は肌に針でも刺されたような気分になった。小松は、尚平が西郷から密命を受けている、と思いこんでいるようだ。いままでの尚平の使われ方からいうと、当然だった。

西郷は、なぜ自分になにも命じようとしないのか。小松や大久保には、なにかを命じたと言っているのか。

西郷の肚の中を考えると、尚平はいつも混乱する。しかし、今度は違った。混乱する前に、肌が痺《しび》れたようになった。

「赤報隊のことですがね、小松さん」

思いきって、尚平は口に出した。

「心配するな。西郷さんが商人の要求を呑《の》んだりはしないさ」

「ほんとうですかね」

言いながら、尚平は懸命に頭を働かせていた。商人の要求とは、なんなのだ。それが、赤報隊にどういう関りがあるのか。おぼろに、見えているものがある。

それ以上、具体的なことは訊けなかった。小松は、尚平が知っているという前提で喋っているのだ。

ひとりになってからも、尚平は頭を働かせ続けた。

赤報隊と商人の要求の間に、どういう関係があるのか。次第に、見えてきた。赤報隊は、官軍の先鋒であるという勅定と、年貢減免の勅定を持っている。

赤報隊が官軍の先鋒であろうと、捨石の斬り込み隊であろうと、商人は困りはしない。しかし、年貢減免を触れながら進むのは、困るのではないのか。経済の基礎は米であり、その中でも特に年貢として動く米だ。旧幕領の年貢を半減するのが、どれほど商人たちの損失になるのか、尚平にはすぐには勘定ができなかった。思いつくだけでも、米を扱う商人が困る。それを運ぶ、廻船問屋も困る。つまり、商人は損をするのだ。

そういう損を新政府が押しつけたとなれば、損の分だけ供出したという理屈も成り立つ。西郷としては、苦しいところだろう。勅定が下されることに力を貸して、いまごろは後悔しているのかもしれない。

逆に、総三はいい時に勅定を受けた。もう数日遅れていれば、年貢減免の勅定は出なかったかもしれないのだ。

機会を待っていた総三が、西郷に勝ったという恰好だった。それでいい、とも尚平は思った。西郷は、江戸薩摩藩邸で死ぬことを、総三に求めたのだ。総三が、その同志が、そして自分が、いま生きているのはきわどいところを擦り抜けたからだった。

西郷が、商人たちの要求をどう捌《さば》くかが、見ものだった。いままでよく見えなかった西郷が、そこでは見えるかもしれない。

なんとなく、尚平は愉快になった。西郷と面とむかうと、言いたいことが言えなくなる。巨軀《きょく》の上に、こちらを吸いこむような大きな眼をしている。西郷に命じられれば、眼をつぶってなんでもやった。その西郷が、いま商人たちにふり回されている。

徳川の世では、商人は力を持っていた。商人の力が、しばしば政事を動かした。新政府でも、商人に力を持たせるのか。

尚平は、陽が暮れてから、いつもの小料理屋に行った。待っているのは、折尾と牧之内ではない。金輪である。

「金輪君、また飲まずに待っていたのか？」

「当たり前です。私がこうしている間も、赤報隊は進軍しているのですよ。早く追いつきたい、という思いしかありません」

「もうしばらく、待ってくれ」

帰洛命令だけではなく、いろいろな噂の出所を、尚平は探らせていた。諜諜《ぼうちょう》の仕事をしていたころから、金で雇って使っている人間が何人かいた。そのほとんどの存在を、西郷も大久保も知らない。知る必要はなく、目論《もくろ》んだことがうまく運べば、あの二人はそれでよしとしてきた。小松は切れ者だが、諜諜をあまり好んでいないように思える。

「赤報隊は偽官軍、というとんでもない噂を私は聞きました」

「おいおい、外を歩き回っているのか、君は。まあ、危険ということはないが」

「毎夜、私をここに呼び出しているのは、伊牟田さんです」

「それで、君は噂を聞いてどうした？」

「斬ろうかと思いましたが、やめました。耳を塞《ふさ》いだだけです。斬れば、隊長に迷惑がかかるかもしれません」

「まあ、そうしてくれてよかった。君のためにも、相楽総三のためにもな」

銚子を三本ほど空け、二人で錦小路の藩邸へ戻った。金輪は、ほとんど飲もうとしなかった。

あやがやってきたのは、翌日だった。

三十ほどの女で、漬物の行商をしている。四年ほど前、尚平は酒の肴《さかな》に漬物を買ってやった。それからの縁で、躰の交わりもある。あやが、京市中の情報を尚平に運んできた。頼むたびに、二分の礼金を出している。あやはそれを欲しがっているが、尚平に会いたがっている気配もある。なにも頼んでいない時もやってくるので、どこかで抱いてやるのだ。裸にすると、意外に豊かな躰をしていた。荒れているのは手だけで、肌もきれいだった。抱かれる時は手の荒れを恥しそうに隠し、そういう仕草が尚平は気に入っていた。

「男二人か」

尚平が呟くと、あやが頷く。二人組の男が、市中で噂を撒《ま》いているというのだ。特に、赤報隊が偽官軍である、という噂が多いらしい。どこかで会うと、旧友のような口ぶりで喋りはじめ、その中に偽官軍の話が入る。それが、一日に十二、三度はくり返されているという。

「どこに住んでいるかも、確かめてきただろうな。案内してくれ」

尚平は、あやに一両渡そうとした。いつもの倍である。

「今日は、抱けない。明日、人のいないところで会おう」

あやを抱くのは、市中からはずれた、小さな小屋などである。寺の境内というのもあった。茶屋などには行かない。

「気をつけてください」

「おまえが、そんなことを言うのは、めずらしいな」

「お侍です、多分。刀を差して歩いているのも、見かけました」

「わかった」

差し出した一両を、あやはようやく受け取った。尚平が手に触れると、慌ててひっこめる。

あやが恥しがる手を、尚平は気に入っていた。気がいきそうになった時、はじめてあやの手が尚平の背中に回ってくる。荒れている感じが、背中に触れられてもよくわかる。

「釣りはいらん。二分で、なにか身を飾るものでも買うといい」

あやに感じたかすかな情欲を抑えこんで、尚平は言った。

あやが案内したのは、五条大橋のそばの、瀬戸物屋だった。手代のひとりに、あやが漬物を買ってくれとせがんだので、それとわかった。

尚平はそこを張ったが、それほど待つことはなかった。遊び人ふうに衣装を替えた手代が、すぐに駈け出してきた。主人と、もうひとり小僧がいるが、三人とも武士だろうと尚平は身のこなしを見て思った。

男が廃寺のそばを通った時、尚平は声をかけた。薩摩弁である。錦小路の薩邸への道を訊いたのだ。男の表情に、かすかに侮蔑《ぶべつ》するような色が浮かんだのを、尚平は見逃さなかった。

「おはん、おいを嗤っちょり申すな」

「とんでもない。ずいぶん見当違いのところへ来られたものだと思いまして。官軍のお侍様を嗤うなど、とんでもないことです」

「よか。錦小路の薩摩藩邸はどこでごわす？」

男が道筋を説明したが、尚平はわからないふりをした。男がしゃがみこみ、小石で路面に線を引いた。顔をあげてなにか言おうとした男の首筋に、尚平は鞘ごと刀を叩《たた》きつけた。

廃寺の境内の、枯れた草の中に男の躰を引っ張りこむ。後手に、下緒《さげお》で縛りあげた。眼を開いても、男は喋ろうとしなかった。すぐに喋らせる気も、尚平にはなかった。懐のものを調べ、顔に指を当てて面擦れも調べた。竹刀胼胝《しないだこ》もある。口に手拭《てぬぐ》いを突っこみ、尚平は男を責めた。脂汗をかいていた男が、脇差の峰で脛《すね》を叩き折った時は、さすがに身をよじらせた。

口の手拭いを引き抜いても、男は喋らなかった。尚平も汗をかいた。男は何度か気を絶ち、そのたびに尚平は脇差の先で突いた。

岩倉という名を男が口にしたのは、半刻《はんとき》ほど責め続けた時だった。

「岩倉家の、家人《けにん》か?」

男はまた口を噤《つぐ》んだ。岩倉と口にした瞬間、尚平の全身には鳥肌が立った。公家の家にも、武士はいる。大名の家臣とは、ちょっと違う感じで、どこかに真似《まね》をしきれないものがあった。公家ふうの武士というのだろうか。

そんなことより、尚平にとっては、岩倉という名が問題だった。しかし男は、それ以上は喋ろうとしなかった。

気づくと、男は死んでいた。死なせない程度の責め方は、知っている。岩倉と聞いて、つい度を過してしまったのだ。

止《とど》めのように、男の心の臓に脇差を突き立てたが、血も噴き出してこなかった。

尚平の肌に、また鳥肌が立っただけである。

第十三章　汚　名

一

眼が燃えていた。

木曾馬籠宿《きそまごめじゅく》で、代々旅籠《はたご》をやっているという。いままで、総三がよく見てきた眼だった。信州にも上州にも、そんな眼の男たちが多くいた。その中のかなりの数が死に、残った者たちのほとんどは、いま赤報隊の進軍を待っているはずだ。

時の流れを見つめ、その中の新しい息吹きに血を沸かせた男の眼。総三は、不意に懐しさに似た感情を覚えた。かつての、自分の眼でもあるのだろう。

「島崎さんと言いましたね。二十両を供出してくださった、大きな宿の御主人だ」

「宿の主人ではいけませんか？」

二月三日だった。山本に入っている。橋場で道は二つに分かれ、総三は右をとった。後続の本隊が左を進む予定だったのだが、いまその姿はない。

山本、飯田、宮田《みやだ》と進み、下諏訪《しもすわ》で道はまたひとつになる。東山道総督府はまだずっと後方で、大垣あたりに滞陣しているはずだ。

「宿の主人といえど」

「待ってください」

総三は、ちょっと笑みを浮かべて遮った。

「付いてくるなと言ったことを、島崎さんはそういう意味で取られたのかもしれない。事実、そういう意味もこめています。われわれは官軍の先鋒《せんぽう》であり、戦になったらはじめに刀を抜き、銃を撃たなければならないのです。生還を考えてもいません。島崎さんは、刀や銃を遣ったことがおありですか？」

「いいえ」

「戦をすることだけが闘うことだと、ぼくは思いません。中山道にも、遠からず大軍がやってきます。その兵たちは、どこかで眠らなければならない。腹も満たさなければならない。街道に宿を構えている島崎さんは、大きな仕事ができるではありませんか」

「そんな仕事は、使用人たちにやらせます」

「気持は、わかります。わかりすぎるぐらい、わかりますよ」

島崎正樹というこの男は、馬籠から山本まで、従軍を断っても付いてきていた。どこまでも付いてきそうなので、総三が自身で会ってみたのである。赤報隊に加わりたいという、よほど強い気持を持っているようだ。

会ってみて心は動いたが、頷《うなず》こうとは思わなかった。赤報隊に加えることは、死なせることになりかねない。戦になれば、まずこういう男から死んで行く。

「相楽総三さんですね、隊長の？」

「そうです」

「あなたは、関東草莽《そうもう》の士だと聞きました。どこかの藩士というわけではない」

「確かに。ここにいる者のほとんどは、そうです」

「私も、ただ一個の人間です。そして、志を持っている」

「われわれは、託されているのですよ」

「新政府に？」

「いや、これまでの闘いで死んで行った、同志たちに、倒幕軍の先鋒に立てと託されていると思っています。新政府に命じられたというかたちで動いてはいますが、心の中には死んだ同志の思いがあります」

「死んだ同志」

「この日を、夢見て死んだ同志です」

島崎はもう一度、死んだ同志と呟《つぶや》くと、じっとうつむいた。

死んで行った同志に託されているというのが、島崎には理不尽な言い分であり、しかも反論しにくいのが、総三にはよくわかっていた。おまえはいままで闘ってもいなかったではないか、と言っていることと同じなのだ。

「関東草莽の闘いも、私はいままで見てきました。尊王攘夷《じょうい》であろうが倒幕であろうが、夢を背景にした運動より、ずっと純粋なのだと思ってもいました。間違いではなかったのですね。死んだ同志に託されているという思いは、草莽の士だからこそ抱《いだ》けるものなのでしょう」

「あなたも、草莽のひとりですよ。自分を恥じられることはない。同時に、戦はそれに馴《な》れた者に任せる、という気持も持ってください。志を抱くという点において、ぼくもあなたも同じです」

島崎が、口もとだけで淋《さび》しそうに笑った。

「志を抱くことと、志のために闘うことは違う、と相楽さんの言葉で思い知らされたばかりですよ」

「もうやめませんか、島崎さん」

「そうですね。ただの宿の主人ですから」

「そういうことを、言ってはいない。ぼくも、もともと金貸しの伜《せがれ》です。うまくは言えませんが、ぼくは島崎さんに会えて嬉しかったし、いつかまた語り合う機会はあると思っています。人の縁とは、そんなものじゃありませんか」

「やさしい人だな、相楽さんは」

島崎が、また力なく笑った。それから、旅籠の商いについて、ぽつぽつと語りはじめた。客を迎え、送り出す。それだけのことだが、外では考えられないほど、いろいろなことがあるらしい。

「熱に浮かされていたのでしょう。木曾の山の中で、ふだんは静かなものです。それでも街道沿いの宿場となれば、時代が眼の前を通り過ぎていくのですよ。時代の激しい部分だけが、通り過ぎていく。宿場の住人は、黙ってそれを見ているだけです」

「新政府の世になっても、草莽は草莽だとぼくは思っています。そして、あなたのような草莽の働きどころかもしれないのですよ」

「ありがとう、相楽さん。あなたと話ができて、私はいくらか落ち着きました。自分の生きる道を、もう一度考えてみようと思います。そしていつか、またお目にかかりたいですね」

総三は頷いた。

島崎の眼は、やはりまだ燃えていた。付いてこいと言えば、そうするだろう。死ねといえば、死ぬだろう。そして、その瞬間に悔いはない。それも、男の生き方なのかもしれなかった。

島崎が出ていくと、総三はすぐに地図に見入りはじめた。明日は飯田の予定で、このまま進めば、六日には下諏訪に入る。東山道総督府の進み具合と較べて、いかにも速すぎた。下諏訪にしばらく滞陣し、信州の同志を募る方がいいかもしれない、と総三は思った。

総三が声をかければ、まず四、五百名は集まるはずだ。それだけの人数になれば、碓氷にも甲府にも人を割ける。

檄文《げきぶん》を書いておこう、と総三は思った。もう陽は落ちかかっているが、外は騒々しい。斥候に出ていた隊が、戻ってきたようだった。

二月四日が飯田、二月五日が宮田で、二月六日に予定通り下諏訪に入った。

総三は、すぐには檄文を出さなかった。

赤報隊は偽官軍であるという噂《うわさ》が、下諏訪にも流れていたのだ。出所がどこかもわからない、いい加減な噂である。それでも、ちょっとしつこすぎるという気がした。

しばらく腰を落ち着けてみるべきだ、と総三は思った。科野などは、さらなる進撃を主張しているが、東山道総督府はまだ大垣を出発していない。

金輪五郎が、伊牟田尚平の手紙を持って戻ってきたのは、七日の夕刻だった。

すぐに総督府へ引き返せ、と尚平は言っていた。心の底のどこかで、尚平がそう言ってくるのを予想していたような気もする。帰洛命令といい、偽官軍の噂といい、赤報隊を潰《つぶ》そうという動きが、新政府の内部にあるという気配なのだ。

尚平は、赤報隊本隊の綾小路、滋野井両卿が、一度東山道総督府に戻り、改めて会津攻めの総督になるというから、君もその下に入るべきだと書いてきている。ただ、両卿が総督府に戻ったという知らせは、総三には入っていなかった。総督府からも、なんの命令も届いていない。

とにかく、なにも言わずに帰ってこいということで、手紙を見ただけでも尚平の切迫した気持が伝わってきた。動じている、とさえ感じられる。

「伊牟田は、ほかに口頭でなにか言わなかったか、金輪君?」

「はい、寺銭稼ぎの公家《くげ》が、いやな動きをしていると」

総三は、背中に冷たいものが走るのを感じた。寺銭稼ぎの公家なら、岩倉具視ということである。いやな動きとは、なんなのか。

東山道総督は、岩倉の子息である。つまり、岩倉の意志は総督府に直接伝わっているだろう。総督府の沈黙も、岩倉の意志と考えた方がいい。

薩摩藩との軋轢《あつれき》があるのか。それでも直接はぶつかりにくいので、西郷に近い総三を潰そうとしているのか。

岩倉邸の前で、勅定書《ちよくじようしよ》に横槍《よこやり》を入れるなと釘を刺したのが、ずっと昔だったような気がした。ほんとうは、まだひと月も経っていない。女のもののように高い岩倉の声を、総三ははっきりと思い浮かべられた。

「帰洛命令の出所は？」

「それは、はっきりはわからないので、これからまた探ってみるということです。とりあえず、手紙だけ届けろと伊牟田さんは言われました」

「そうか」

帰洛命令も、赤報隊は偽官軍という噂も、岩倉具視から出ていると考えると、辻褄《つじつま》が合うところはある。出所の定かではない命令でも、命令として通用しているところ、どういう布達を出しても噂が流れ続けるところ。岩倉具視から出ていると考えると、頷けるものはあるのだ。

「伊牟田さんは、突然暗い顔になって、毎夜遅くまで出歩いておられました。私とも、最初のころのように喋《しやべ》ったりはされなくなり」

「もういい。御苦労だった、金輪君」

総三は、居室に手紙を持って戻った。

宿営は、下諏訪の本陣亀屋である。脇本陣の丸屋、桔梗屋《ききようや》にも、六十名ほどの隊士が入っている。檄は飛ばさなかったが、下諏訪で待っていた者もいて、人数は二百名を超えていた。

銃器も、大砲六門に小銃が七十挺《ちよう》ほどになっていた。荷駄の数もさらに必要になった。それを調えるために、滞陣をするという命令を総三は出していた。

岩倉具視は、なにをしようとしているのか。

居室でひとりになると、総三はそれを考えはじめた。一昨年の、孝明帝の死。それまで、岩倉に影のように付いていた尚平。あの日の明け方の岩倉。

孝明帝の死が暗殺である、という噂が流れたのは、数日経ってからだった。総三は、岩倉の姿を目撃している。足を挫《くじ》いた岩倉を背負って、京を出たのだ。

岩倉にとっては、見られたくないことだったのだろう。しかし総三がいなければ、人目につかずに京を出ることもできなかったはずだ。

岩倉のことを、これ以上深く考えても、どうなるものでもなかった。これから赤報隊がどう動いていくのか。どう動けるのか。すべては、それだった。帰洛命令に反したとあとで責められようと、申し開きをする自信はある。しかし、悪い噂ばかりが流れる中で、進軍を続けてもいいのか。官軍の先鋒として、なぜ悪い噂の中で進まなければならないのか。中山道をともに進んできた同志の、名誉を守るのもまた自分の仕事ではないのか。

岩倉に対する怒りは肚《はら》の底にわだかまっているが、総三はそれを抑えつけていた。怒りは、私事にすぎない。

眠れなかった。あれこれと考え、一睡もしないまま夜明けを迎えた。

隊士が起き出している気配がある。総三も身を起こし、風間と諸橋を呼んだ。

「両君は、隊士の調練に入ってくれ。軍規がしっかりしていることを、一度見せておく必要がある。噂には惑わされるな。官軍の先鋒として誇りを持て。それを、隊士に言い聞かせるのだ」

「わかりましたが」

「下諏訪に、しばらく滞陣することになる。本隊と、あまりに離れすぎてしまっているからだ」

「それだけですか？」

風間が、膝《ひざ》を乗り出して言う。

二人とも、桃井可堂の挙兵以来の同志だった。同志という言葉が、総三の胸の中で切ないほどの響きを持った。赤報隊の中核は、江戸薩摩藩邸に屯集した、浪士隊の同志だった。

「別に、考えていることがある。それは、午後からの軍議で述べよう」

「わかりました」

風間と諸橋は、すぐに隊士の調練に入った。

総三は、考え続けていた。同志の名誉を守るために、自分はなにをやるべきなのか。それを守り通してこそ、さらなる檄を放って、信州、上州の同志を募ることもできる。

「先遣隊を出そうと思う。碓氷にだ。碓氷峠だけは、速やかに扼《やく》したい」

軍監を集めた午後の軍議で、総三は切り出した。

「先遣隊とは、どういうことです。全軍で進むべきではないのですか？」

大監察、つまり副隊長格の科野が言った。ほかの軍監の意見も代表しているような言い方だった。

「進みたい気持は、同じだ。しかし、あえて本隊はここに滞陣する。東山道総督府と、あまりに離れてしまったことがひとつ。このままでは、孤立する危険がある」

先鋒だけが、確かに突出してはいる。それは、全員がわかっていることだった。

「これまでの道中で、あまりに悪い噂が流れすぎていることがひとつ」

「根も葉もないことではありませんか」

「確かにそうだ。しかし、噂はこわい。ぼくは、われわれが官軍の先鋒だということを、いま一度総督府に確認する必要があると思っている。できれば、どこに所属するのかも、はっきりさせたい。官軍である以上、どこかに所属しなければならない。そうなってこそ、命令も受けやすく、またなにかあればすぐ上にも通せる」

総三自身が、総督府に行ってみるつもりだった。弁明を自分でやり、赤報隊が官軍先鋒であることも、はっきりさせたい。下諏訪の滞陣は、そのための時間稼ぎと言ってもよかった。

しばらく議論が続いたが、すべては総三に任せるということで落ち着いた。総三自身はそうなることを避けているつもりだったが、隊長の言うことは絶対だという感じが、江戸薩摩藩邸に集まったころからできている。

「よし、先遣隊は七十名。隊長は金原忠蔵君。七十名の人選は、科野君と金原君に任せる。夕刻までに編制を終え、明朝には出発して欲しい。動きの速さが求められる隊だから、大砲は一門だけ。小銃は三十」

「同志を、募らないのですか、隊長？」

竹貫三郎だった。監察で、科野を補佐する立場にいる。

「先鋒である、ということを確認してからだ。檄はいつでも飛ばせる。われわれは、微妙なところまで進軍してきた。軽々しく同志を募ったりすべきではない。同時に、果敢に碓氷峠は扼して、関八州の袋の口は閉ざしておくべきだ。両面の作戦だと考えてくれ」

総三自身が総督府に出かけていくことについて、多少の論議があった。しかし、東山道、東海道両総督府と、ちゃんと話ができる人間は総三しかいない、ということは全員が認めた。薩摩の西郷や大久保とも、総三ならば会える。

「ぼくが留守の間は、科野君が隊長代理をつとめる。それも了解して貰《もら》いたい」

ほんとうは、金原忠蔵を代理にしておきたいところだった。そうなると、先遣隊を任せていいと思える人物がいない。

「できるだけ、速やかに帰隊する」

総三は、そう言っただけだった。

二

尚平は、毎日あやと逢《あ》っていた。

逢えば、抱く。女体に溺《おぼ》れているわけではなかった。のどもとに白刃を突きつけられたような気分が、どうしても払拭《ふっしょく》できないのだ。

西郷が、密命を与えてくることはなかった。相変らず軍用金の調達に飛び回っているようだが、裏から突くという得意なやり方を取るつもりはないらしい。したがって、尚平の出番もないことになる。

商人たちと、正面から対峙《たいじ》することが悪いとは、尚平には思えなかった。ただ、東海道総督府の進発は、遅れに遅れている。

西郷は、徳川慶喜を討った、その後の新政府のありようまで考えて、商人たちと正攻法でむかい合っているのかもしれない、と尚平は思っていた。視野は広い。遠くまで見通す眼も持っている。尚平が西郷の前で萎縮《いしゅく》してしまうのは、それをいやというほど感じさせられてきたためであり、汚ない仕事に手を出すのを肯《がえん》じたのも、同じ理由からだった。

あやの躰《からだ》を抱きながら、尚平は西郷の視線と自分の視線を合わせようということばかりを考えていた。総三には、戻ってくるようにという手紙を託したが、あの男が戻ってくることはないだろうと、心の底のどこかでは思っていた。ここで戻るぐらいなら、総三ははじめから赤報隊などを組織したりはしなかったはずだ。赤報隊が必要だと考えたのは、西郷自身なのである。ただ、岩倉具視が絡んでいた。それで、尚平はどう考えていいかわからなくなる。

岩倉具視を、どうにもならなくなるまで追いつめろ、と密命を出したのは西郷だった。それで、尚平はふた月岩倉から離れなかった。時には、中村半次郎まで伴って、斬《き》られるかもしれないという恐怖を岩倉に与えた。

なんのために、西郷が岩倉を追いつめようとしていたのか、わからなかった。それを考えないのが、すでに習い性ともなっていたのだ。

ある日、岩倉は宮中に入った。孝明帝の崩御《ほうぎょ》は、その翌日だった。なにかが行われたということを、尚平は考えないようにしたが、気持は沈みこんだ。再び立ちあがれないかもしれない、と思うほどだった。

総三が西郷に江戸の攪乱《かくらん》を依頼されたのは、そういう時だった。総三は、益満休之助だけでなく、尚平もそれに加えた。総三を大事な友だと思うようになったのは、多分あのころからだろう。尚平、総三と呼び合うようにもなった。

岩倉が、総三を狙《ねら》っている。次第にそれが見えてきた。倒幕派の公家の首魁《しゅかい》ともいうべき岩倉に、草莽の士の集まりである赤報隊を潰さなければならない理由は、なにもない。むしろ、藩勢力に対抗するために、赤報隊を自分の傘下に取りこもうと、岩倉のような男なら考えるはずだ。それが、潰しにかかっている。執拗《しつよう》にだ。総三を狙ったものとしか考えられなかった。

やはり、総三があのことを知っている、と岩倉は考えているのか。知っている人間は、消さなければならないということなのか。それなら、尚平も狙われるはずだが、薩摩という後楯《うしろだて》がある。岩倉が孝明帝を暗殺したとして、それが西郷の考えから出ているのだとしたら、岩倉と薩摩は一体と言ってもいい。知られて困るのは、岩倉ばかりでなく、薩摩も同じなのだ。

藩の後楯をなにも持たない総三が、なにか勘づいていると考えれば、岩倉としては落ち着きが悪いだろう。岩倉の性格なら、総三を殺そうと考えても不思議はない。

すぐに斬った方がいい、と次郎長が言っていたことを、尚平は思い出した。博奕打《ばくちう》ちの眼で岩倉を見るために、次郎長に会わせた時だった。理由はあまり言わず、それだけを次郎長は尚平に告げたが、なにかわかったような気分になったものだ。尚平は、暗殺の気配を岩倉の周囲に漂わせただけで、結局斬りはしなかった。動乱の中では、岩倉のようないかさま遣いが役に立つかもしれないと思えたし、よほどのことがないかぎり斬らなくてもいいと西郷には言われていたのだ。

あの時、斬っておけば。いまは、そんな気分がある。悔んでも、意味のないことだった。

「あの瀬戸物屋に、倒幕のためには必要な公家だ、と思うことができたのだ。武士が二人入ったというのか」

見張りは、あやにやらせていた。尚平は、薩摩藩内や朝廷の動きを探っていたのである。夕刻になるとあやと落ち合い、瀬戸物屋の様子を訊《き》く。あやは漬物の行商だから、ずっと張りついているというわけにはいかない。それでも、様子はなんとなく知れた。尚平が殺してしまった手代が戻ってこなくても、特に大騒ぎをしたという気配はない。

尚平は、あやの乳房に手をのばした。意外なほど豊かでやわらかく、乳首の色は薄い。乳房を摑《つか》んだ時から、あやは話などできない状態になる。

明日は、早朝から瀬戸物屋を張ってみようか、と尚平は考えていた。西郷にはなかなか会えないし、朝廷の様子もいまひとつわからない。少なくとも、赤報隊を罰せよという空気が、朝廷にあるとは思えなかった。多分、岩倉の肚の中にだけ、それがあるのだ。

西郷が、岩倉を止められるかどうか、よくわからなかった。西郷にとって、いま一番大事なのは、いかにして商人たちから軍資金を獲得するかだろう。西郷の眼を盗んで、岩倉が動く余地はありそうなのだ。

その夜、あやは遅くなってから身繕いをし、抱き合っていた小屋を出ていった。泊れない理由はあるのだろうが、尚平は無理にそれを訊き出そうとは思わなかった。ただ、江戸へ行く時は、連れていこうと思っている。それはまだ、あやに話していなかった。

ひとりの女に長く親しむ方ではなかった。そういうところが、益満休之助とは違った。休之助には、女房のような女が江戸にいる。

あやに出会って、三年ほどだろうか。京にいる時にだけ、会っている。いや、いままではなにか仕事をさせたい時だけ、会っていた。仕事が、特にできるというわけではなかったが、仕事にかこつけて会えるという思いがあったのかもしれない。

小屋で眠り、早朝京の市内に戻った。

瀬戸物屋を張ってみる。店が開いたのは、張りはじめてしばらくしてからだった。ただの瀬戸物屋である。ただ、あの手代の姿がないだけだ。

一刻《いっとき》近く経って、武士が二人出てきた。

見知った顔だった。尚平は二人を尾行《つけ》た。できることならば、あまり人に見られないところで声をかけたい。

「水原君に苅田君ではないか」

東本願寺のそばまで来た時に、尚平は背後から声をかけた。ふり返った二人の顔が、しばらくして綻《ほころ》んだ。

「伊牟田君か。西郷さんと一緒ではないのか。君は謀略に関しては、西郷さんの片腕だという印象があるが」

「まあな、いろいろとやってはいるさ」

水原二郎と苅田積穂は、江戸薩摩藩邸に屯集した浪士で、総三の下でそれぞれ副総裁と大監察をつとめていた。

「ぼくはいま、落合源一郎という本名を使っている。苅田君もそうで、権田《ごんだ》直助というのだ」

「なるほど。それで、赤報隊には入らなかったのか、両君は？」

「京に戻れたら、岩倉卿のところへ行くことになっていた。相楽総裁がいやだというのではなく、もともと決めていたことだったのだ。それより、赤報隊の噂がひどく悪くて、ぼくも権田君も心配しているのだが、君はなにか聞いていないか？」

尚平に対して、二人は無警戒だった。

「商人《あきんど》に金を出させる仕事で、忙しくてな。相楽君が赤報隊を作り、江戸以来の同志を率いて官軍の先鋒となっている、ということは知っている」

「薩摩藩でもなんとかしてやれ。偽官軍などという噂が流れているぞ」

「勅定書を持っている、という話だったが」

「そのはずだとぼくも思うし、第一相楽総裁が偽官軍などと、どこを叩《たた》いたら出てくるのだ。それでも、岩倉卿などは、噂を本気にされている口ぶりだった」

噂を流しているのが岩倉だ、という言葉を尚平は呑《の》みこんだ。二人が、それほど岩倉と近くはない、ということがわかっただけでもいい。岩倉は、二人を利用できる存在だと考えただけだろう。

「われわれは、岩倉卿の密命で、関東の探索にむかう。明日にでも出発だ。相楽総裁には会うつもりでいるが」

「東山道を行くのか？」

「そういう命令だ」

東山道総督府の息子たちに、少しでもなにか嗅《か》ぎ出してくればいい、と岩倉は考えたのかもしれない。急ぐのなら、東海道を行かせるはずだ。

しばらく話をして、尚平は二人と別れた。人はそれぞれである。特に草莽の志士は、頼るべき藩がない。公家であれ藩であれ、声をかけてくれたところに頼るというのは、尚平にも理解はできた。かすかな不快さのつきまとう理解だ。相楽総三を見よ、と言いたくなったが、それも口にしなかった。

岩倉をどう扱うか、西郷と一度話し合っておいた方がいい、と尚平は思った。しつこすぎるのだ。やり方も、蛇のように陰湿だという気がする。

錦小路の藩邸に戻ったら、二本松藩邸の方から使いが来ていた。源助という小者である。尚平は、あまり好きではなかった。平五郎という小者と源助の二人を、尚平は汚ない仕事によく使った。平五郎は殺されている。坂本龍馬の潜伏先を、京都見廻組に密告したのが平五郎ではないか、と尚平は思っていた。しかし、平五郎が自分の意志で動くはずはなかった。誰かの意を受けたはずだが、平五郎が死んだいまは、それもわからない。あえて知ろうとも、尚平はしなかった。

「きのうから待っていただと、源助？」

「へい。いらっしゃらねえと二本松に戻って申しあげたんですが、戻られるのを待って連れてこい、と言われました」

「なんの用事なのだ、西郷さんが？」

「そんな。私なんぞにわかるわけありませんや」

源助も、死んだ平五郎と同じように、江戸弁を流暢《りゅうちょう》に喋る。休之助や尚平の喋り方とはどこか違い、いかにも懸命に身につけたという感じだった。

「わかった。それじゃ、行こうか」

二本松の藩邸まで、それほど遠いわけではない。

「なあ、源助。平五郎は、なぜ殺されたのかな？」

「そんなことは、私には」

「手を汚しすぎたのかな」

源助は黙っていた。手の汚れなら、俺の方がずっと上だ、と尚平はなんとなく考えた。西郷は、残酷な男だ。まわりにそう感じさせない、茫洋《ぼうよう》としたものを持っているが、命令されたことを思い返してみると、残酷としか言えなかった。

「おまえの手はどうなんだ、源助？」

尚平の脇を、源助は黙って歩き続けている。

すべてが、必要なことだった。それは、尚平にもわかる。倒幕のために必要だったのか、薩摩藩のために必要だったのか。それとも、西郷のためだったのか。

「俺は、疲れたよ、源助」

「伊牟田様が、そのようなことをおっしゃってはいけません。西郷様は、もっと疲れておられましょう。大久保様も」

「贅沢《ぜいたく》は言うな、か。確かに、あの二人がいなければ、いまこの国はどうなっていたのか、とも思う。俺は、単純な倒幕主義者でね。倒幕ということを考えれば、あの二人は大事だね。

いなかったら、というふうに考えると、倒幕は十年遅れたという気がする」

「もう、幕府は倒れております」

「おまえは、志があればよいと、自分を納得させているのか、源助？」

「私は、命じられたことを、ただやっていく。そういう人生なのでございましょう。考えて、よかったためしはなにもありませんので」

「いいのか、それで？」

「気は楽でございますよ」

「平五郎のように、死んでもか？」

「戦で死んだり、斬り合いで死んだり、殺されたり。死ぬ時は死ぬのだ、と思わなければ、なかなか生きていけません」

「いくつだ、源助？」

「三十二です」

源助のことを、いままで人として見てきたのだろうか、と尚平はふと思った。気づかぬまま、人をただ道具として使ってきた。西郷や大久保がそうだからといって、責める資格が自分にあるのか。

「もうしばらくだな、源助。江戸を陥《お》とせば、ほんとうに新政府の世だ。そうなったら、お互いにきれいな仕事をしたいもんだ」

「伊牟田様は、よく働かれました。そう思います」

尚平は、別のことを考えはじめた。

人らしい生き方。あやを女房にして、市井の片隅でひっそりと暮す。難しいことではないだろう。それが、なぜか夢のようなことに思える。

「伊牟田様は、変られました」

「そうかな」

源助にちょっと眼をくれ、尚平は足を速めた。総三のことを片づけたら、しばらくどこかに潜もうと思った。そこで、考えるべきことを、ゆっくり考えたい。清水の次郎長のところなど、恰好《かっこう》の場所かもしれない。

人は多かった。戦が東に移った。その実感があるのだろう。表情は明るいような気がする。

潜《くぐ》り戸から、二本松藩邸に入った。

ずっと脇にいた源助が、いつの間にか消えた。二本松の方も、錦小路と同じように人は少ない。ほとんどが、東征軍に入っているのだ。

中村半次郎が、庭の方からやってきた。

「西郷さんは庭か、半次郎？」

「折尾と牧之内が、商家を脅し申した。軍用金の着服でごわす」

「そうは見えなかったがな、あの二人」

「二人はもとより、伊牟田さあにも責めはあり申そう。死んでくんやんせ」

「待てよ、半次郎。なにを言っている？」

「伊牟田さあには死んで貰いたか。西郷さあの命令でごわす」

「馬鹿を言うな」

白い光を、尚平は感じた。中村半次郎の佩刀《はいとう》は、新選組の土方歳三のものと同じ刀工のものだ、という話を聞いたことがあった。それを、なんとなく尚平は思い出した。居合だろう。もう、半次郎の刀は鞘《さや》の中だった。首筋から血が噴き出しているのを感じた。全身の力が抜けていく。躰が頽《くず》れていくようだった。

手が汚れすぎている。尚平は、そう感じていた。なんでもいい、なにか見ようとしたが、なにひとつ見えはしなかった。

三

先遣隊の出発を見送った直後、大垣の総督府から呼び出しの使者が来た。

総三は、金輪五郎だけを連れて、これまで進軍してきた道を戻った。

「大垣にそのまま出頭ですか、隊長？」

「いや」

「じゃ、京へ？」

「西郷に会わなければ、話にならん。西郷の保証さえとりつけたら、官軍では絶対だろう。大垣には、岩倉卿の倅がいるだけだ」

「西郷は、京でしょうか？」

「大垣かもしれん。とにかく、西郷に会うことが先だ。大垣の総督府は、どうにでもなるとぼくは見ている」

替えの馬が途中で見つかるとは思えないので、並足で進んだ。黒い筒袖《つつそで》に緋《ひ》の陣羽織である。どこへ行こうが、着る物を替えようとは思わなかった。

大垣の総督府だけ間道を使って迂回《うかい》し、京に入ったのは二月十一日だった。錦小路の薩摩藩邸に行ったが、尚平はいなかった。二、三日、藩邸には戻っていないのだという。二本松の藩邸にもいなかった。

三条小橋そばの、川田屋に宿をとった。次郎長が京へきた時の、定宿である。羽織、袴《はかま》に着替えると、京の通りを歩き回った。戦が遠ざかったと思っているのか、人の表情は明るい。西南各藩の、兵の姿もほとんど見かけない。

赤報隊は、公卿《くぎよう》を戴《いただ》いていると称しているが、実は偽官軍である、という噂は町人の間には確かにあった。二人ほど問い詰めてみたが、根拠ははっきりしていない。略奪だとか、酒を飲んだ上での暴行だとか、あるはずのないことばかりで、訂正するのも馬鹿馬鹿しいとしか思えなかった。それでも京の人間は、赤報隊という偽官軍がいる、となんとなく思いこんでいるようだった。

執拗に、噂を意図的に流し続けたのだろう。

岩倉の顔を思い浮かべ、肚の底から怒りがこみあげてきた。岩倉邸へ乗りこんで、斬って捨てる。そうしたいという思いを、なんとか抑えこんだ。

翌日は、大坂にむかった。

鳥羽、伏見あたりでは、もう赤報隊の噂はなかった。京市中が噂の出所としか思えなかった。それに対する新たな怒りも、総三は肚の底に抑えこんだ。

伏見あたりから、滞陣している官軍の軍営がいくつか見えるようになった。それぞれ二百ほどの小部隊で、編制を待っているのだろう。土州兵が多いようだった。

総三は黒い筒袖に陣羽織という恰好に戻っていた。騎乗である。検問は二、三あったが、赤報隊相楽総三で通った。通行手形なども、まだ整備されていないのだろう。旗竿《はたざお》を作っている兵士もいた。

大坂の、薩摩の本営では、さすがに止められた。

「官軍先鋒嚮導《きょうどう》、赤報隊相楽総三」

そう名乗りをあげても、行手を塞《ふさ》いだ十名ほどの兵は道を開けない。背後で、金輪が身を硬くしているのがわかった。

「道を開けろ。下諏訪から駈《か》けてきたのだ」

静かに、総三はそう言った。怒鳴りつけるよりも威圧する感じがあったのか、半数の兵士が刀の柄《つか》に手をかけた。

「西郷さんに緊急の用事だ。通せないのなら、速やかに取り次げ。西郷さんがいないなら、大久保、小松の両君のどちらでもいい」

「ここは、手形を持つ者しか、通行でき申さん」

「下諏訪にいて、どうやって手形を手に入れろというのだ。とにかく、取り次ぐか、上の者を出すかしろ」

薩摩から出てきた兵なのだろう。大坂、京の薩摩藩邸にいた者なら、総三の顔は大抵知っているはずだ。

二人が、陣内に駈けこんでいった。しばらくして、隊長らしき男が五、六名連れてやってきた。

「やっ、これは相楽先生でごわすか。官軍の先鋒をつとめちょらるると聞き申したが」

「先鋒は、すでに信州下諏訪に達している。そこから急いで戻ってきた」

藩邸で、二、三度口をきいたことがある男だった。名前は憶えていない。

「困り申した。西郷どんは、ここにはおわし申さん」

「大久保さんでも、小松さんでもいい」

「待ってくんやんせえ。小松どんは、さきほど見かけ申した」

その男は一度陣内に引き返し、戻ってくると、総三と金輪を導き入れた。

五千ほどの陣営なのか。小銃は揃《そろ》っているようだった。活気にも満ちている。

「やあ、相楽さんか。東海道軍の尻でも叩きに来られましたかな」

小松は、きれいな江戸弁を喋った。

「西郷さんに会いたいのです、至急」

「ほう、それはなぜ？」

「赤報隊が、偽官軍の汚名を着せられている。それは噂で放っておくこともできますが、意味不明の帰洛命令が届いたりもする。赤報隊はいま下諏訪で、檄を飛ばせばたちどころに二千、三千の関東の志士が集まります。しかし、檄を飛ばす前に、西郷さんともう一度話し合っておきたい」

「偽官軍ですか」

小松が、眉《まゆ》の根をちょっと寄せた。

「私も、小耳に挟んだことはあったが、信州までその噂が流れているのですか」

「噂はいいのです。帰洛命令などを、たやすく出されたら困る。しかも、誰から出たかはっきりしない命令です。確かに、赤報隊は東海道を進むはずでした。東山道を進むのが命令違反と言われればその通りですが」

「いや、東山道軍はすでに進み、東海道軍はまだ出発の目途《めど》が立っていません。前線にいた相楽さんが、東山道を選ばれたことが、それほど重大な軍規違反だとは私は思いません。先鋒の指揮官の判断が第一でしょう」

「それを、確認したい。もともと、官軍の先鋒を先に進めるというのは、西郷さんの発案であるし、ぼくは西郷さんの命令に従ったと思っていますから」

「わかりました」

小松が腕を組んだ。

「西郷はいま、大坂の藩邸です。軍費の調達がままならないのですよ」

年貢を半減するということに、商人が反撥《はんぱつ》しているのだろうということは、総三にも想像できた。時代がどう動こうと、商人にとっては利が第一なのだ。

 利だけを求める商人に、西郷が屈するとは思えなかった。それは、新政府が商人の力に屈するのと同じことなのだ。

「相楽さんになら、会える時間はとれると思います。ひとり付けてやりますから、大坂の藩邸へ行ってください。ただし、明後日になるはずです」

「いま、西郷さんは？」

「近江のはずです。大坂の周辺の商人を、まずこちらに取りこもうというのでしょう。大久保さんは、明石《あかし》です」

「それほどに、軍費が？」

「一度進発したら、江戸攻撃まで休まずに進み続ける。江戸を陥としたら、旧幕府寄りの東北諸藩も速やかに征討する。そこまで西郷さんは思い描いています。そのためには、そここの軍費では足りない」

「旧幕府勢力は、根こそぎ倒そうということですか」

「のんびりと、内戦をやっていられる状態じゃありませんよ、この国は」

「そうですね。確かにそうだ」

総三の視野には、関東しかなかった。江戸を陥とせば、あとはなんとかなると考えている。西郷は、確実に幕府勢力のすべてを潰すことを考えている。つまり視野が大きいのだろう、と総三は思った。一年先どころか、五年先、十年先のことまで考えて動いているのかもしれない。

小松が付けてくれた薩摩藩士も、騎乗だった。大坂の薩摩藩邸まですぐで、総三と金輪はそこではじめてゆっくりした。待つしかないのだ。

藩邸に、人は少なかった。藩士たちは、兵糧《ひょうろう》をどうやって江戸まで運ぶか、というようなことばかりを話し合っている。当座の兵糧は陸路で。あとは船で。それが一番いいだろうと総三は思ったが、口には出さなかった。いまはまだ、少しずつ兵糧が集まりつつあるところらしい。

十三日は、大坂を歩き回った。薩摩、長州を中心とした兵が約二万、と総三は読んだ。大坂以外に滞陣している兵も合わせると、三万にはなるのか。

火器は揃っているという感じに見えた。大砲より、やはり小銃の数が勝敗を決めるだろう。小松が出してくれた通行手形があるので、道ならどこでも通ることができたが、陣内を覗《のぞ》こうとすると遮られた。

「どこも、まだ藩ですね。新政府軍と言うより、藩兵の集まりだな」

金輪が言った。確かに、その通りだった。下手《へた》をすると、江戸を陥としたあとに、分裂しかねない。藩の利益が表面に出てきたら、そういうことになる。

そのための帝《みかど》か。総三は、そう思った。この国がひとつにまとまるためには、どうしても帝という存在が必要だった。帝を意のままに動かせる者が、天下も動かす。徳川が鳥羽、伏見で負けたのも、帝に敵対するという恰好になったからなのかもしれない。徳川は、せいぜい三百年だった。帝は、古代から続いているこの国の秩序の中心で、高が三百年の覇者とは根もとのところから違うのだ。

港へ行ってみた。

薩摩、長州、土佐の船が、十数艘錨《そういかり》を入れていた。神戸にも、かなりの数がいるだろう。多分、ひと月以上、こうして錨を入れて待っているのだ。

龍馬がいれば、と総三はふと考えた。この船団を、遊ばせてはおかないだろう。荷を運ぶために動き回らせる。とんでもない荷を、龍馬なら思いつくだろう。そして荷が動けば、商人は焦る。焦らせたら、どんなふうにでも扱えるのだ。

「内戦は、馬鹿げたことだな、金輪君？」

「はっ？」

「いや、早く戦が終るといい。古いものを毀《こわ》すために、もう充分すぎるほどの人が死んだ、とぼくは思う」

船も、藩ごとにまとまって投錨《とうびょう》しているようだった。

戦が終ったら、商人になろう、と改めて総三は思った。はじめは、艀《はしけ》のような船でもいい。才覚ひとつで、大きな船に替えていける。やがて、外国まで航海できる船も手に入る。それで、思いきり荷を動かせる。動かした先になにがあるかも、やがて見えてくるはずだ。坂本龍馬の十分の一であろうと、自分にはできそうな気がした。藩を頼ってやってきた連中とは違い、どんな風の中でもひとりで立っていたのだ。

「戻りましょう、隊長。そろそろ陽が暮れます。これは、二、三日の間に出発という気配ではありませんよ」

「そうだな」

東海道総督府が進発しないかぎり、東山道総督府もある程度以上は進めない。だから、赤報隊は意味があるとも言えた。進発までの時を、無駄に使うべきではないのだ。

「まだ時間はあるな、金輪君。ここで赤報隊の性格をはっきりさせられるのは、逆にいいことかもしれん。旧幕軍と闘っている時に、後ろから弾を食らったのではたまらんからな」

総三が言うと、金輪は強張《こわば》った笑みを浮かべた。

十四日は、一日藩邸で西郷を待った。

夜になっても、西郷は藩邸へ来なかった。金輪が苛立《いらだ》っている。総三は、黙って待ち続けた。いま赤報隊に必要なのは、官軍の、薩摩の、つまり西郷の保証だった。きのう一日大坂を歩き回ってみたが、主力はやはり薩摩藩である。東山道の軍も、編制を見るとやはり薩摩が主力だった。官軍と言えば、すなわち薩摩なのだ。

小松からの伝令が来たのは、十五日の朝だった。西郷は、藩邸から二里ほど離れた、薩摩の本営へ戻る予定だという。

すぐに馬を飛ばした。

十五日も夕刻近くなって、西郷の一隊らしい三十名ほどが本営に入った。本営の奥へ導かれたのは、それからさらに一刻ほど経ってからだった。

「相楽さあ」

大きな眼を剝《む》いて、西郷はそう言った。ほかには、小松がいるだけである。

「赤報隊は官軍の先鋒である、という保証が欲しくて、下諏訪から参りました」

「下諏訪？」

「東山道軍は、まだ大垣ですが、赤報隊は下諏訪に達しています」

「なら、そいが先鋒でごわそう。いまさら保証などと。相楽さあが、勅定を奉じて進めばよかだけのことじゃ」

「ぼくも、はじめはそう思っていましたよ。軍規違反と言われる。帰洛命令は出る。おまけに偽官軍とまで言われる。檄を飛ばして同志を糾合することを、いま控えています。二千、三千になってしまうと、ぼくも身動きがとれなくなる」

総三は、これまでの経緯をかいつまんで話した。西郷は眼を閉じて聞いている。供出の兵糧については、預り証だけを持っていることを話した時は、小松が小さく頷いた。

「そうでごわすか。赤報隊は、もう下諏訪まで。こん西郷の眼の届かんこともあり申す。相楽さあには、申し訳なかことをし申した」

「赤報隊は、官軍の先鋒ですか？」

「当たり前でごわんそ。なにかあるとしても、東山道総督府のことでごわす。こん西郷の約《やく》定書《じょうしょ》より、東山道総督府におる者の約定書の方がよか。池上四郎右衛門ちう者がおり申す。その者に、約定書を書かせ申そう。先鋒として粉骨砕身して死をもって奉公すべし。食穀は、すべて総督府から下さるので、安堵《あんど》すべし。その約定で、よごわすか？」

「充分です。略奪の汚名なども、それで着せられなくて済む」

「苦労をかけ申す。相楽さあ」

「とんでもない。ぼくは同志に汚名を着せたくなかっただけです。守ってくれる藩もないので、西郷さんに頼るしかありませんでした。西郷さんこそ、商人たちとの交渉で苦労されているとか」

「なんの。相楽さあは、江戸藩邸の時から、ずっと死地に立っておられ申す。おいどんの苦労など、つまらんものでごわんそ」

「江戸で、うまい酒を飲みたいものです」

「それはよか。いまから愉しみができ申した」

西郷が、大きく頷いた。

これくらいまでだろう、と総三は考えていた。ここまで西郷の保証を取りつけたら、東山道総督府は充分に押さえられる。岩倉具視がなにを画策しようと、赤報隊を潰すことなどできるはずがない。

西郷には、次の来客があった。

金輪を連れて、宿舎になっている薩摩藩邸へ総三は戻った。金輪の表情は、ようやく明るくなっている。

「伊牟田尚平に会えなかったのは残念だが、一応の目的は果した。あとは、東山道総督府を黙らせればいい」

「隊長はすごい。西郷隆盛も小松帯刀も、隊長のおっしゃる通りになりました」

「これは、戦の前の膿出《うみだ》しのようなものだ。金輪君。膿を出さなければならないというのが、悲しいがね」

「いまごろ、みんなどうしているでしょう。下諏訪は、雪かな」

今夜は眠れそうだ、と総三は考えていた。

四

大垣の総督府の空気は、大坂の薩摩の本営とはまるで違っていた。

総三を止めたのが、どこの藩の兵かはわからなかったが、明らかに敵意に似たものを持っていた。馬から降り、刀も預けろと言うのだ。

「官軍先鋒の勅定を奉じて進む、赤報隊の相楽総三から、刀を取りあげようというのか」

馬上で、総三は大声をあげた。

総督府の本営はちょっとした騒ぎになったが、しばらくして総督付きの公家らしい男が、慇懃《いんぎん》に本営内へ案内した。

「すぐに、総督にお目にかかりたい」

「お待ちいただきたい。総督は、軍費の調達のために、美濃《みの》の商人たちと会っておられます。今夜のところは、軍議は開かれません」

「では、ひとつ訊いておきたい。この相楽を捕えよという総督府命令が二月十日に出されたというのは、まことですか？」

「そのような命令は」

命令が出ていることは、大垣に来るまでの道中で聞いた。

「出ていないのですな」

「いや」

「それなら、出ているのか。ならば、この場で捕えて京へ送られればよい。先鋒隊の隊長を捕えるなどということを、総督が本気で考えられるとは思えませんが」

「帰洛命令に従わなかった。そういう意見が、軍議で出たのです」

「ほう、誰が出しました？」

「それは」

「帰洛命令が誰から出たのかさえ、総督府は返答してこなかった。何度も、使者は寄越したはずです。まあいい。軍議は、いつ開かれるのです」

総督付きの公家は、総三が睨《にら》みつけると落ち着きなく眼を動かした。

「明日、十八日に」

「誰が、出席する軍議です？」

「薩、長、因、土の各藩の隊長が揃います。それから、勿論《もちろん》総督閣下も」

「わかった。私は、そこで話をしよう。いま、どれほど馬鹿げたことが行われているかということについてだ」

「宿舎は」

「宿舎などいらん。明日また出頭すると、総督にお伝えいただきたい」

総三は腰をあげた。

いま無理矢理総督に会うことは、避けた方がいいだろう。東山道軍も主力が薩摩で、こちらは落ち着いてかかればいいのだ。捕縛命令をどうするか、総督に考えさせる時間も必要だと総三は思った。

本営から一里ほど離れた農家の、小さな倉を借りた。金輪が見つけてきたものだ。

「申し訳ありません。こんなところで」

「本営より、ずっと居心地はいい」

「それにしても、東山道軍は」

「言うな、金輪君。すべては、明日の軍議でいい」

金輪が、藁《わら》を捜してきて地面に敷いた。冷えこんでいる。火はなかった。総三は、藁の上に横たわった。

眼は閉じていたが、眠れなかった。金輪がしばしば身動《みじろ》ぎをする。総三は、頑《かたくな》になにも言わなかった。

軍議が開かれたのは、十八日の午過《ひるす》ぎだった。集まったのは、二十名ほどである。

「相楽君」

陣幕をくぐって入ってきた男が、大きな声を出した。

「板垣君か」

「こんなところで会おうとはな。君は先鋒で、すでに下諏訪に達していると聞いたが」

「いろいろあって、引き返してきた」

総督の岩倉具定が、苦りきった表情をしている。周囲にいるのは、みんな公家らしい。同じように苦い表情をしていた。

「軍議と言っても、すぐに進発するわけではなさそうだ。赤報隊のことを、取りあげていただけませんか、総督？」

「もとより、そのつもりである」

顔は似ていないが、声は女のように高く、親父にそっくりだった。

「そちらから、この相楽に訊きたいことがおありでしょう。まず、それに答えたいと思います」

具定が、そばの老人と顔を見合わせた。

老人が、書いたものを読みあげはじめる。松ノ尾山を進発してから、道中で行ったという略奪についてだった。

ひとつずつ、総三は否定していった。供出されたものについての記録は、すべて持っている。余分なものは、すべて預り証を取るというかたちで、現地に置いてあった。証拠として、それを出すことができた。総督側は、ただの風評をあげつらっているだけである。

「事実無根だと言われるのか、相楽殿？」

「当然です。武器以外の供出のほとんどは、預り証があります。強奪をなす者は官軍ではないので、打ち殺してもお咎《とが》めはなし、という布達も出してあります」

「なにを、つまらんことを言っている」

板垣が、いきなり怒鳴りはじめた。

「相楽総三が指揮するかぎり、赤報隊に誤りがあるはずはない。こんなことで、先鋒の隊長を呼び戻したのですか、総督？」

「真実を確かめたいという、みなの要望があった」

「みんなとは、どなたとどなたです。この板垣は、なにも聞いておりませんぞ」

「板垣君、待て。まず、私についての捕縛命令について、説明していただきたい」

「捕縛命令だと？」

「二月十日付の、総督府命令だ」

「そげなもん、知り申さんぞ」

薩摩藩士が言った。具定も老人も公家たちも、明らかに慌てていた。具定の顔色は青白くなっている。

「取り消されておる。相楽殿が出頭してきたので、もう必要がなくなった」

「取り消されたのですね。軍議に揃っておられる方々の前で確認します。相楽総三の捕縛命令は、取り消されたのですね」

「取り消した」

具定が、弱々しい声で言った。

「進軍中の強奪についての嫌疑は？」

「それも、晴れた。釈明に出頭してくれてよかったと思うぞ、相楽」

「恐れ入ります」

板垣が、舌打ちしてなにか言おうとした。総三は、それを押し止《とど》めた。

「もうひとつ、確認させていただきたい。赤報隊は、東山道軍の先鋒でありますか？」

「待ってくんやんせ。先鋒は、薩摩が受け申す。赤報隊は、どこの藩でもなか。先鋒の任は、薩摩以外にごわはんど」

「この際、藩はあまり関係ありません。赤報隊は、勅定を奉じております。それに隊士のほとんどは、江戸ですでに一度闘っている」

「じゃっどん、薩摩は先鋒をつとめるために、ここにおり申す。勅定があるとは、初耳でごわんど」

「勅定はある。それは、総督が御存知です」

「ぼくも知っている。官軍先鋒というだけでなく、年貢減免の勅定も持っているだろう、相楽君」

板垣が口を挟んだ。

「君らは、江戸薩摩藩邸を、旧幕軍に焼討ちさせた功労者だ。先鋒の資格は充分だと、ぼくは思っていた」

「徳川は、甘くなか。たった数百人で、なにができ申すか」

「赤報隊は、関東草莽の集まりです。関東については、なにもかもわかっています。檄を飛ばせば、二千、三千と集まって来ます。先鋒と言っても、われらが役目は、甲府と碓氷峠を押さえるだけであり、江戸突入の先鋒は、薩摩なり土佐なり、強力なところがおやりになればよい。とりあえず、甲府と碓氷だけは押さえたいのです」

「関東を攻めるなら、それが定石」

また、板垣が口を挟んだ。

「総督に申しあげる。赤報隊は、東山道軍の先鋒でありますか？」

具定の眼が動いた。そばにいる老人は、無表情だった。ほかの公家たちは、うつむいている。

「先鋒でありますか？」

「先鋒である」

具定が言うと、老人が息を吐いた。

「粉骨砕身、先鋒をつかまつります」

総三は、頭を下げた。岩倉具視との押し合いに勝った、と思った。また押し返してくるかもしれない。しかしその時は、もう戦は終っている。そして自分は、岩倉とは接点もないところにいるはずだ。

「先鋒であるが、攻撃は総督府の命令を待つように」

老人が、のどにひっかかるような声で言った。

それで、軍議は終りだった。

「池上四郎右衛門殿ですか？」

具定が退席してから、総三は薩摩藩士のそばで言った。京では見かけたことがないので、薩摩からやってきた藩士なのだろう。

「近日中に、西郷さんからなにか言ってくるはずです」

「なにっ、西郷どんじゃと」

「いろいろと、お世話にならなければなりません。どうか、よろしく」

総三が頭を下げたので、池上はちょっと戸惑ったようだった。

「いや、おいどんも、薩摩から出てきて、公家には負けられんと思うちょり申した。気負いでごわんそ。赤報隊の相楽総三さあ。頭に入れ申したど。しっかり、碓氷峠と甲府を押さえてくんやんせ」

「ありがとう、池上さん」

「相楽君、土佐も忘れるな。ぼくは二千の兵を率いている」

板垣がそばに来て肩を叩いた。

「赤報隊とは較べものにならない、果敢な闘いをしてみせる」

板垣にも助けられた。赤報隊のどこが悪い、という空気を軍議の中に作ってくれたのだ。

「いろいろと、苦労しているようだな、赤報隊は。いま、はじめて知ったが」

「なに、それもすぐ終る」

雪が落ちてきていた。積もりそうな雪ではない。

そのうち、風も出てくるだろう、と総三は思った。

第十四章　時の裂け目

一

総三が下諏訪に帰陣したのは、二月二十三日の夕刻だった。ひとりである。金輪五郎は、大垣から京へ引き返させた。

西郷の保証は取りつけたものの、岩倉の動きはやはり気になる。どこでどういうことをやるか、予想がつきにくいという思いに、総三はとらわれたのだ。

金輪だけでは心もとなく、科野東一郎を自分と入れ替りに京へ急がせた。江戸の戦が終るまで、岩倉を牽制《けんせい》できればいい。科野と金輪の二名しか、人数は割けなかった。

下諏訪に戻ってみると、赤報隊はかなり危機的な状況に立たされていたのだ。

碓氷峠への先遣隊が、各地で抵抗に遭い、撤退を余儀無くされていた。小諸藩《こもろはん》、高島藩、岩村田藩などの小藩が連合して、抵抗した気配だった。碓氷峠の分遣隊にとっては四面楚歌《しめんそか》で、ついに支えられず撤退する途中で、金原忠蔵ほか十数名が戦死していた。捕えられたと思える数は、さらにその倍に達している。ようやく逃れた兵が、ひとり二人と本陣に辿《たど》り着くという状況だった。

戦闘では最も頼りにしていた金原忠蔵の死は痛憤のきわみだが、総三はそれほど慌てはしなかった。つまり、戦がはじまったということなのだ。下諏訪までの進軍中に、抵抗らしい抵抗に遭わなかったという方が、幸運だったと言っていい。

つまらない噂《うわさ》や、京からの陰謀の指示で赤報隊が躍らされるより、まともな戦闘がはじまった方が、ずっと落ち着いていられる。赤報隊は戦に出てきたのであり、しかも先鋒《せんぽう》だった。

総三は、戦闘の状況を、まず後方の総督府に報告するために、伝令を出した。同時に、先遣隊とぶつかった小諸藩を討つために、軍を動かす許可も求めた。

下諏訪の本陣に対しては、高島藩と上田藩が備えている気配がある。動いてくればすぐに応戦できるように、本陣のほかに遊軍を編制した。銃器の数は少なくなっているが、まだ充分に闘える。ここで抵抗を突き破れば、後方の総督府の進軍は楽になるのだ。

ようやく、本来の戦がはじまった。

斥候を出し、状況を分析することをくり返した。高島藩と上田藩は、少なくとも進んで恭順してくるという態度ではなかった。といって、すぐにこちらを攻撃してくる気配でもない。攻撃されれば、必然的に戦闘は発生するが、いまの状態では睨《にら》み合うほかはなかった。

総督府の攻撃命令があれば、別である。これまでの総三なら、命令を待たずに攻撃したところだが、いまは総督府との摩擦は避けたかった。

三度、総督府に使者を出し、状況を説明し攻撃の許可を求めた。その間も、斥候は出し続け、いざという場合は下諏訪でも迎え撃てるように、陣備えも怠らなかった。

総督府から、南部静太郎と原保太郎という二人の軍使が到着したのは、二十六日だった。

斥候命令を伝えに来たのである。

なにを馬鹿な、と総三は思ったが、黙って受けた。斥候なら、怠らずに続けているのだ。総督府の認識はその程度のものか、と嗤《わら》いたくなるような気分だった。それでも総三は、隊士二名を南部と原に付け、安全な場所に斥候に出した。佐久方面である。

南部と原は、赤報隊に明るいものもたらしはしたのだ。薩摩藩、総督府連名の約定書《やくじょうしょ》である。西郷が約束したことが、そのまま書かれていて、池上四郎右衛門の署名もあった。とにかく天朝のために闘え。兵糧《ひょうろう》その他はすべて総督府で面倒を看る、という内容である。勅定《ちょくじょう》があり、約定書があり、総督府の軍議で確認したこともある。赤報隊が官軍の先鋒であることは、誰にも否定し得ない事実となっていた。

隊士にはそう告げ、歓声も聞いたが、総三には一抹の不安は残っている。相手が、岩倉だからである。

それは京にやった科野と金輪が、伊牟田尚平となんとかするはずだ。二人では不安だが、伊牟田がいればと総三は自分に言い聞かせた。

二十七日になって、総三は陣を樋橋《とよはし》に移した。二十八日には総督岩倉具定が下諏訪に入るというからである。樋橋を選んだのは、上田藩が人数を出している笠取峠《かさとりとうげ》から、六、七里しか離れていないところだからだった。言わば、前線である。先鋒が陣を取るところだと、総三は判断した。陣備えも、臨戦態勢である。

総三が欲しいのは、攻撃命令だった。何度催促の使者を出しても、梨《なし》のつぶてだった。軍議にあげられているのかどうか、わからない。あげられていないとしたら、岩倉具定の周囲が握り潰《つぶ》している。

二十八日になっても、総督府の下諏訪入りはなかった。

総三は樋橋の本陣の自室で、陳情書を書いた。いまは目前の強敵に当たるのが第一であり、私論を述べるべき時ではないから、なにか問題があるなら、戦争に勝利したあとで取調べを受け、赤報隊に間違いがあるなら、どのような厳罰でも甘んじて受ける、という内容である。

二十九日に、総三はそれを薩摩の池上四郎右衛門に持たせてやった。池上からなら、軍議にあがるだろうと思ったからである。板垣退助は、気心も知れていて安心だとも考えたが、ここは官軍の主力である薩摩の頭越しにやるべきではない、という結論に達したのである。

俺も、世間知に躍らされるようになったのか、という思いが総三にはあった。自分にできる、最大の譲歩だとも思った。いまは赤報隊の隊士に、官軍先鋒の任を全うさせるのが第一である。

その日の夜になって、総督府の使者二名が、樋橋の本陣に現われた。召状も持参している。

「大音《おおと》竜太郎です。軍議のために、即刻総督府へ出頭するように、という命令を相楽さんに伝えに来ました」

召状の内容も同じだった。

「即刻、出頭します」

岩倉総督も、下諏訪にすでに入っているという。いよいよ先鋒を命じられる時が来た、と総三は思った。生殺しのような状態から脱することができるのだ。信州、上州で待つ同志にも、檄《げき》を飛ばして集結を呼びかけることができる。

総三は、すぐに下諏訪行の準備をはじめた。下諏訪まで、ほぼ二里というところである。

「お供します」

竹貫三郎が言った。科野が京へ行ったあと、大監察の役目を担っている。

「君には、やることがあるだろう」

「それでは、大木四郎を伴ってください」

大木は、赤報隊随一の剣の遣手《つかいて》である。

「ひそかに出発するので、途中の心配はない。いまは、ここから一名も割きたくない時だ」

「いや、どうしても私はお供します」

下諏訪までの道で、暗殺者に出会うことを心配しているのではなさそうだった。総督府そのものに、不信感を持っている。そういう口調だと、総三には感じられた。

「わかった」

それ以上、総三は言う言葉を持たなかった。

騎乗で、大木が轡《くつわ》を取った。闇夜《やみよ》である。冷えていて、雪でも降りそうだった。

人家が途切れるところまで来ると、人の潜んでいる気配があった。

「小諸藩か上田藩の者だろうと思います」

「よせ、大木君。こんなところで斬《き》り合いをする暇はない。軍議に急ぐのだ」

「しかし」

「襲われたら、やり返せばいい」

人の気配はところどころにあったが、襲ってくることはなかった。様子を窺《うかが》っているだけだろう、と総三は思った。

下諏訪の本陣に着いた。

まだ本格的な陣は敷かれていない。ところどころに、二十名ほどの兵を見るだけで、みんな殺気立っているような気配だった。

「赤報隊相楽総三、樋橋の陣より参った。軍議の場所はどこだ？」

下馬して、総三は声をあげた。本陣の前には、篝《かがり》が二つあるだけである。門は閉じていた。

「こちらです」

声をかけられた。潜《くぐ》り戸である。

大木が先に入った。玄関にむかって歩いていく。中へ入ると、不意に人の気配が動いた。三、四人が、襖《ふすま》を開けていきなり飛び出してくると、総三に襲いかかってきた。その瞬間、大木がひとりを蹴《け》り倒し、もうひとりを投げ飛ばしていた。

「よせ、大木君」

抜刀した大木を、総三はとっさに止めた。ここで斬り合いをすれば、赤報隊を潰《つぶ》す口実を岩倉に与えることになる。一度捕縛されたとしても、軍議での申し開きは充分に立つはずだ。そういう思いがあった。なにがなんでも岩倉が赤報隊を潰す気なら、抵抗は無駄かもしれないという諦《あきら》めに似たものも、かすかだがある。

「ここは、味方の本陣だぞ、大木君」

「しかし、隊長」

人数は、増えていた。十名以上はいる。それがわかる自分は冷静なのだ、と総三は思った。

外にも、この数倍はいるだろう。

「抵抗してはならん。われらになんの咎《とが》もないのだ」

「ならばなぜ、こいつらは」

「弁明をしよう。堂々と弁明をし、官軍の中で岩倉卿の非を、ぼくは明らかにしてみせる。だからここは、耐えるのだ」

総三は、大小を畳に置いた。ふり返った大木が、唇を嚙《か》み、涙を流しながら刀を放り出した。十数名が、一斉に襲いかかってきた。神妙にしている者になにを、と思ったが、上から何人ものしかかってきて、畳に押しつけられた総三は息ができなかった。

何度か、気が遠くなりそうになった。いくらか大きく息を吸えた時、総三は後手にこれでもかというほど縛りあげられていた。大木も同じである。

庭に引き立てられた。篝の数も増えていた。地面に座らせられたことに、総三ははじめて怒りを覚えた。罪人の扱いである。

「不条理」

叫んで立ちあがろうとしたが、膝《ひざ》を六尺棒でしたたかに打たれた。

「これが、官軍先鋒に対する扱いか。話のわかる者を誰か出せ。この方は、赤報隊の相楽隊長だぞ。わかっているのか」

叫んだ大木も、口のあたりを六尺棒で打たれて血を噴き出した。立っている者たちは、無言である。総三は、唇を引き結んで、背筋をのばした。

明け方近くになって、さらに二人引き立てられてきた。竹貫三郎と小松三郎である。心配してついてきていたものらしい。かなりの格闘をしたのか、着物の方々が千切れ、竹貫は額から血を流していた。

「隊長、これは」

言おうとした竹貫に、また六尺棒が打ちつけられた。周囲に立っている者たちは、五十名を超えているだろうか。闇の中で篝の火を受け、眼ばかりが光っていた。

夜明けを待つしかない、と総三は思った。

眼を閉じた。申し開きが、いつできるのか。懐には、勅定書も、薩摩藩と総督府が連署した約定書もある。つまりこれは、朝廷と総督府に対する暴虐と言ってもいい。

霙《みぞれ》が降った。それは夜が明けてもやまなかった。竹貫や大木が時々叫び声をあげたが、そのたびに六尺棒で打たれ、いまはぐったりしている。

総三は、姿勢を変えなかった。縄が全身に食いこんで痛んだが、いつかそれも忘れた。寒さも、もう遠いものになっている。

どう申し開きをするか、申し開きをしたあと、赤報隊をどうするか、ということを総三は考え続けていた。場合によっては、薩摩藩の中に組みこまれる、という方法も肯《がえん》ぜざるを得なくなるかもしれない。西郷の約束や、それにもとづいた約定書まであるのに、さらに岩倉が押してくるというのは、西郷との対立が決定的になっているからだとも考えられた。岩倉としては、薩摩に直接手を出せなければ、赤報隊あたりが狙《ねら》うのに最も適当なのだろう。

赤報隊を薩摩に組みこむとなると、上州や信州で待つ同志はどうすればいいのか。西郷が、赤報隊の処遇をきちんとしてくれた時点で、自分だけ離脱し、関東草莽《そうもう》の義兵を募るべきなのか。

思いが乱れることはなかった。まずは、軍議での申し開きである。それが終ったあと、状況を見て事を進めて行けばいい。

どれほど時が経ったのか、よくわからなかった。食物も、湯さえも与えられていない。顔にふりかかってくる霙を、時々舐《な》めることで渇きをいやすだけだ。

岩倉具定の、その父親のできる嫌がらせは、この程度のものだろうと総三は思った。申し開きを終えたあと、岩倉に構う気などなかった。こういう男が頂点に立つ新政府と、関りを持つ気もない。自分は自分の場所で、新政府を見つめていけばいいだけの話だ。

ふと、江戸にいる河次郎や照のことを思い出した。この間河次郎に会ってから、大して時は経っていなかった。照には、やはり会わなくてよかったのか。

風が吹き、雨が横殴りになっていた。ひとしきり激しくなった雨も、すぐにまた小降りになった。竹貫の叫び声が聞えたが、総三は閉じた眼を開かなかった。

二

人が近づいてくる気配があった。

暗くなってから、まだそれほど時は経っていない。篝も焚《た》かれたが、見張りの兵たちは庇《ひさし》の下にいる。相変らず、霙が降っていた。

「相楽さあ」

声をかけられて、総三は静かに眼を開いた。池上四郎右衛門だった。

「私に、申し開きの時が来ましたか？」

「いや」

池上が横をむいた。霙に濡《ぬ》れた軍服を、篝の火が照らしている。池上は、二、三度なにかを嚙むように、顎《あご》の骨を動かしたようだった。

「おまんさあのことは、板垣さあからよう聞き申した。草莽の志士が関東におると、板垣さあは何度もくり返され申した」

「板垣君は、どこに？」

「ここには、おり申さん。おれば、こげな真似《まね》許すはずはなか。総督も、それをお考えだったと、おいは思い申す。官軍の中で、仲間割れはよくなか。板垣さあは、きのう甲府へむかわれ申したぞ」

「甲府へ」

「土州兵を率いて、むかわれ申した。総督の命令でごわす」

躰《からだ》の芯が、痺《しび》れたようになった。岩倉は、ここで自分を殺そうという気なのか。

「私は、官軍の先鋒の隊長です。それは確認したはずだ」

「おいには、わかり申さん。ただ、おいも侍でごわす。約定書を違《たが》えることになったのを、恥じとり申す。なにもわかり申さんが、約定書を書いたのはおいでごわす」

「京に、科野と金輪という者がいる。多分、伊牟田尚平と一緒です」

「伊牟田さあは、二本松の藩邸で腹を切られ申した。だいぶ前の話でごわす。商人《あきんど》から軍用金と称して金を取ったちゅうことで」

西郷に会った時には、すでに尚平は死んでいた、ということになるのか。しかも、腹を切らされてだ。ひと言も、西郷はそれを総三には言わなかった。

「おいは、恥じちょり申す」

それだけ言い、池上は屈《かが》めていた躰を起こした。

総三は、眼を閉じた。そうすると、いままで見えなかったものが、はっきり見えはじめてきた。

岩倉具視と、西郷吉之助の顔。

こみあげてきた憤怒《ふんぬ》が、すぐに凍った。なにを、どうしようもないのだ、と総三は思った。はじめて会った時、西郷を怪物だと感じた。その怪物が、いま自分を食おうとしているだけなのだ。

凍った憤怒が再び沸き立ち、また凍る。総三の心の中で、それが何度もくり返された。寒ささえも、遠いものになっている。

日本という国にとって、自分はなんだったのか。小さな虫にすぎなかったのか。大を生かすために、小を殺すと西郷は考えたのか。しかし、自分が生きることで死ぬ大が、果してあるのか。

自問も湧《わ》き出してきたが、心が乱れるということはなかった。こうして縛りあげられるまで、なにもわからなかった自分が、この激しい時流の中で生きていくには甘かったということだ。

夜が明けていた。

雪になっている。それが霙に変った。

死んだ同志がいた。あれは、犬死にだったのか。自分の死は、犬死にになるのか。偽官軍の汚名を着たまま、いつまでもこの名が残ってしまうのか。

手や足の感覚はなくなっていた。すでに屍体《したい》だ、と総三は思った。屍体が騒いだところで、生き返れるはずはない。手や足も、必要はない。

顔が、いくらか動いた。自分が笑っているのだということが、総三にはわかった。一番危険な男を、最後まで信じ続けた。つまり、自分のせいなのだ。

大木と竹貫と小松も、ともに殺されることになるのか。彼らは彼らで、愚か者の自分を信じたために、死んで行くことになる。

立たされた。

両脇から抱えるようにして、立たされたことだけがわかった。立っているとは思えないが、立っていた。六尺棒で背を突かれると、足は前に出ていた。大木も竹貫も小松も、立たされて歩いている。

本陣を出て、明神《みょうじん》の並木のところまで引き立てられた。下諏訪の人々が、道に出て眺めていた。

明神まで来た時、総三は眼を見開いた。赤報隊の、ほかの隊士たちがいるのだ。みんな同じように縛られていた。眼を見開いていたのは束《つか》の間で、そのまま総三は眼を閉じた。

あらゆることが、赤報隊の犠牲で片付けられようとしているのだ。東海道総督府軍もすでに進発し、徳川討伐の態勢はすべて整っている。つまり、商人たちが軍費も出した。赤報隊が触れ回ってきた年貢減免など、当然反故《ほご》なのだ。それは赤報隊を偽官軍にし、勅定書も約定書もすべて偽物にしてしまうのが一番いい。

ありふれた死。総三はそう思った。

伊牟田尚平と自分が死ぬことで、孝明帝の暗殺も、完全に隠蔽《いんぺい》できる。

あらゆる理由で、志を叩《たた》き潰され、汚名を着せられ、叫びひとつなく死んで行く。この時代は、そういう死の集積でもあった。死を平然と積みあげて、その上に座ることができる者だけが、正義という顔をして生き延びる。

総三は、眼を閉じた。矢来が組んであるとはいえ、見物人の眼には晒《さら》されている。それも、総三にとっては糞ほどのものでもなかった。

誰かが、叫んでいる。すでにのどが潰れ、それは叫びにすらなっていないが、心の底の底から、理不尽という言葉をしぼり出している。

総三は、瞑目《めいもく》を続けた。

一緒に汚名を着て、糞に打たれている同志たちに、なにひとつとして、してやることができない。その死に、志や国のためだという思いすら、抱《いだ》かせてやることはできない。

総三の気持の底には、早く死にたいという思いがあるだけだった。死ねば、すべての理不尽から逃れられる。ただの、人形《でく》のような屍体になれる。

夜になり、いつか夜が明けた。

雨がひどくなっていた。総督府から使者が来て、総三の前に立った。使者と言うより、検使役だろう、と総三は思った。

なにか、紙を見せた。読みさえもしなかった。

「大木四郎」

名が呼ばれ、大木が立たされていた。大木は、まだ二十歳だった、と総三は思った。

雨の中を、刀が振られるような気配が貫いた。血が匂うような気がする。押し潰してくるもの。それがまだ、総三の前には来ない。次に呼ばれたのは、小松三郎だった。

七人が、次々に斬首《ざんしゅ》されるのを、総三はただ待っていた。ほかの同志も、別の場所で斬首されているのだろう。

「相楽総三」

名を呼ばれた。自力で、総三は立った。

なにかを、思い出しかけた。

父の兵馬が立っている。怒った時の形相だった。苛《いじ》められて、帰ってきた。泣いていた。泣いていることを、父は怒っているのだ。

金貸しの子。そう言われた。旗本の子弟たちだった。斬る、と言った者がいた。子供でも、脇差は佩《は》いていた。その柄《つか》に手をかけて、何度も叫んだのだ。四郎、斬るぞ。総三は、四郎という名だった。父は、確かに旗本相手に金貸しをやっていた。

斬られると思った。小便を洩《も》らしていた。それを、指さして嗤《わら》われた。涙が出てきたのは、ひとりになってからだった。

苛めた者の名を言えと迫られ、総三は父にその名を言った。その旗本の家が、借金の取り立てに遭い、ついに返済することができず、閉門ということになった。名を口に出してしまったことを、総三は長い間恥じていた。

自分を強くしたのは、学問だったのだと思う。軍学より、国学を熱心に学んだ。剣道の稽《けい》古《こ》にも打ちこんだ。父は赤坂三分坂に広大な屋敷を買い、旗本酒井家の下屋敷だと称した。住む場所も暮しも、すべて武士のものになった。

それでも、告げ口のように口にした名を、総三は忘れられなかった。男ならば、黙っているべきだった。その思いが、二十歳を過ぎても、まだあった。

自分を勤王の志士にしたのは、そういうものだったのではないのか。自分が弱いと思う裏返しで、ここまで来たのではないのか。

死ぬというのは、どういうことだろう、とよく考えた。

ただの、人形《でく》のようなものになることだ。そして、いくらか時をかけて土に還るということだ。そう思い定められるようになったのは、諸国を歩きはじめてからだろう。その思いは、いまも続いている。

雨が、顔を打った。

いま、死のうとしているのだ、と総三は思った。人形になることでも、土に還ることでもない、と総三は思った。もっと別のことだ。別だということがわかるだけで、それ以上のことは見えてこない。

見えるのは、首のない七人の同志の屍体だけだった。

俺は、こわがっているのか。そう思った。

どこまで甘い男なのか、とも思った。

「相楽総三」

また、名を呼ばれた。

示された場所には、莚《むしろ》さえも敷かれていなかった。水溜《みずたま》りのなかに、総三は座った。

三

伊牟田尚平が、なぜ死ななければならなかったのか、休之助は考え続けていた。

氷川町《ひかわちょう》の、勝海舟の屋敷である。

去年の暮の、三田薩摩藩邸焼討ちの時、藩邸の近くで捕えられた。ほんとうは総三や尚平と一緒に藩邸に籠《こも》り、旧幕軍と闘うつもりだった。幕府に先に手を出させれば役目は終りだったから、休之助の計算では充分に生き延びられるはずだった。

事実、総三も尚平も、うまく品川沖の薩摩船に乗り、京で西郷と合流している。捕えられた浪士たちは、それぞれ厳しい処分をされたが、休之助の処分は留保され、やがて勝の屋敷に預けられた。休之助が捕えられていることを勝が知り、勝手に屋敷に連れてきた、という感じもある。

屋敷に連れてはきたものの、勝は休之助になにをやらせるでもなかった。ほとんど不在で、一応は禁足を命じてある休之助が出かけたのを知っても、なにも訊《き》かず、叱《しか》りさえもしなかった。

休之助は、新門辰五郎のところに出かけることが多かった。そうではない時は、八官町で旅籠《はたご》をやっている女の家へ行った。長い馴染《なじ》みで、女房のようなものであるが、そこに居着けば女に迷惑がかかることはわかっていた。

その間に、徳川慶喜が江戸へ戻り、戦の気配も濃くなってきた。上方での戦では、まだ江戸からは遠いと誰もが思っていたようだ。

そうなると、幕閣の肚《はら》の据え方が問われるのだろう。勝の意見などが、強い力を持つようになったようだ。

「伊牟田尚平ってのは、同じ薩摩人で、おまえの知り人だろう」

ある日、勝にそう言われた。

「京の二本松の藩邸で、腹を切らされたっていうことだが、どうも斬られたようだな」

勝は、ただ肚が据わっているだけの男ではなかった。緻密《ちみつ》で周到なところが確かにあり、それを見せないところが西郷に似ている、と休之助は思っていた。考えつかないようなところにまで、情報網を巡らせている。それも、西郷と似ていた。

尚平が死んだということは、西郷が殺したということだ。尚平を殺す決断ができる人間は、西郷しかいない。理由は、商家からの金の強奪ということになっていたが、そうでないことは西郷が最もよく知っているはずだった。

尚平が役に立たなくなった、と西郷が判断したとは思えなかった。徳川家が潰れ、新政府の世になったとしても、公家《くげ》の中で力を持った者とも、それはあるだろう。長州や土佐とのせめぎ合いはあるはずだ。というわけにはいかないだけに、謀諜戦《ぼうちょうせん》にたけた尚平は、西郷には使い道があったはずだ。最後は武力、むしろ、これまでよりも能力を発揮する、と考えても不思議はない。

それならば、孝明帝の暗殺が関りがあるのか。尚平の人柄が変ったようになったのは、あの時からだった。

岩倉具視が、暗殺に関ったという噂があった。その岩倉にぴたりと付いていたのが、尚平と中村半次郎だった。中村半次郎は、なにかあると斬るぞ、という脅しの道具のためだろう。尚平が、どういう役割りを果したのか、定かではない。

ただ、もし岩倉が暗殺に関っていたとしたら、尚平はそれをさせるために岩倉に圧力をかける仕事をしていた、と考えられた。西郷の命令によってである。

その疑念を、心の底にずっと抱き続けてきたが、休之助は深く知ろうとはせず、できるかぎり頭の隅に押しやろうとしてきた。

思うだけでも、危険な匂いがたちのぼっているのを感じたからである。

総三と同じ秘密を共有していると、一度だけ尚平が言ったことがあった。

しかしその総三は、官軍の先鋒として、勅定を受け、東山道を下りつつあるのだという。官軍の先鋒も勅定も、西郷の意志がなければできることではない。

わからないことが、多すぎた。

特に、入牢《じゅろう》している間に、鳥羽、伏見の戦をはじめ、めまぐるしい変化が次々と起こった。それはほとんど知らされることはなく、牢から出ても、ずっと江戸にいるのだ。

「おかしくて、やってられねえよな」

辰五郎の家で、若い者を相手に博奕《ばくち》をやりながら、しばしば休之助は呟《つぶや》いた。薩摩人なのに江戸にいなければならない。それを自嘲《じちょう》して言っているのだ、と辰五郎は思ったようだ。

適当に、若い者に博奕の相手をさせてくれた。

総三が、官軍先鋒というのは、わかる。羨《うらや》ましいが、わかりすぎるほどわかる。一緒に京に逃げていれば、薩摩の軍制に入れられるより、総三が組織したという赤報隊に自分も加わっていただろう。勅定を受けた先鋒嚮導《きょうどう》とは、いかにも総三らしい晴れ舞台ではないか。

尚平が、なぜそれに加わらなかったか。それからして、休之助には疑問だった。西郷の密命が、なにかあったのか。それにしては、京に留まったまま、二本松藩邸で死ぬとはどうしたことなのだ。

なにか、いやな感じがあった。自分の関り知らないところで、時代が動いていくという苛《いら》立《だ》ちもあった。酒を飲む日が多い。氷川町の勝の屋敷は、酒どころか米にも事欠くありさまだったので、辰五郎の家へ行くことになる。辰五郎は、顔には出さないが、慶喜のことでいろいろ心痛があり、うまい酒の相手にはなってくれない。

第一、こんな時に酒を飲んで暮そうと考える自分が、情無かった。

東山道だけでなく、東海道の官軍の本隊も進発したという噂が流れ、江戸は騒然としていた。このところ、そういう噂はほとんど間違っていない。

官軍総勢五万と言うが、装備、士気、訓練の点で、徳川軍に十万結集したとしても、充分に勝てることは休之助にはわかっていた。江戸にいれば、腐った旗本の姿もいやというほどわかる。

東海道の官軍本隊は、進軍が速かった。進発が滞っていた分だけ、抵抗もなくなったという感じだ。

「おまえの朋輩《ほうばい》の、相楽総三のことだがな、休之助」

めずらしく昼間から屋敷にいた勝が、休之助を呼んで言った。

「よくねえ噂を流されてるな。偽官軍だとよ。官軍を騙《かた》って、道中で強奪をやってるってんだ」

「悪質な噂です」

「俺も、そう思う。ただ、おかしなことに、京からその噂が出て、消えていく。消えたと思うと、また京から出るようだ」

「京から？」

その地名で、休之助の頭にまず浮かぶのは、公家ということだった。

「しかし、勝先生は、そんなことにまで通暁しておられるのですか？」

「いろんなところに、耳を張っつけておいた。そこから聞えてくるだけさ」

「東海道軍も、進軍中だそうですが？」

「軍費の問題が、片付いたんだろうよ」

東海道の官軍本隊の進発が滞るというのが、主に軍費の問題であることは、休之助にも想像がついていた。

「いやなことにならなきゃいい、と俺は思ってるんだがな。相楽って野郎を、俺はあんまり嫌いじゃねえんだ。青臭い野郎だが、感じの悪い青臭さじゃなかった」

京の噂。片付いた軍費の問題。

休之助の頭が、いやになるほど激しく回転しはじめた。総三が持っているのは、官軍先鋒嚮導としての任を果せという勅定で、それには年貢減免の一項があるという。そして軍費を要求された商人たちがこぞって抵抗したのが、年貢減免の一項だったという。

その軍費の問題が、解決している。

「いやなことってのは、なんでしょう、勝先生？」

「いやあなことは、いやあなことだ」

それ以上、勝はなにも言わなかった。

休之助は、勝が苦手だった。嫌いというわけではないが、肚の底まで読みきれないところがある。むしろ、謹厳実直の山岡鉄舟の方が、わかりやすいし、好きでもあった。

年貢減免の約束を反故にしたからこそ、商人たちも軍費を供出したと考えるのが自然だった。とすると、総三が持っている勅定は、どういうことになるのか。

ここでどうしても頭に浮かんでくるのが、消しても消しても京から出てくる、赤報隊は偽官軍という噂である。偽官軍ならば、勅定も偽ものだったと強引に決めつけることができる。

意外なほど強引に、事を処してきたのが西郷という男だった。暴れ回る長州を押さえつけて京から追い出し、しかし息の根は断たなかった。それも、西郷のある強引さがあったからできたことだ。薩長同盟もまた同じで、坂本龍馬の画策に乗ったような顔をしながら、独断で強引に決めたというところがある。

休之助は、西郷が好きでも嫌いでもなかった。ただ、この国のために必要な男なのだ、とは思い続けてきた。その思いが、西郷に対する疑心をきれいに拭《ぬぐ》ってきたことも確かだ。大きな男と言われるが、大きいのは躰と目玉だけだと、京にいるころは思ったこともある。茫《ぼう》洋《よう》とした風貌《ふうぼう》の裏に隠された怜悧《れいり》さも、よく知っているつもりだった。

赤報隊が偽官軍ということになると、総三はどうなるのか。偽官軍で金品の強奪をしたのならば、ただの盗賊よりずっと悪質である。当然、処断するということになる。

まさかそんなことはない、と休之助は思った。総三は、同志である。西郷は、総三に命を賭《か》けさせるようなことを、同志の名のもとにやらせ続けてきたのだ。だからこそ、総三を官軍の先鋒にするということもやったのだ。各藩が先鋒を望むのは当たり前で、それを抑えて、関東草莽を先鋒に起用するというのは、やはり西郷らしい強引さだった。

その強引さが、総三を処断するところまで行くとは、休之助には思えない。

しかし、伊牟田尚平は死んだ。それも、西郷の強引さではなかったのか。

考える時間だけが、充分にあった。江戸は騒然としていたが、休之助は薩摩藩士なのである。

「勝先生は、徳川軍が勝てると考えておられますか？」

「そんなことを、誰が考える。いいか、益満。幕府軍は負け続けてる。長州征伐のころからだ。長州一藩さえどうにもならなかったもんが、束になってかかってこられて、勝てるわけはねえだろうが」

「じゃ、幕府のあとに、どういう政府ができると考えておられます？」

「なにも変りゃしねえさ。年貢の減免なんかを、商人を敵に回しても本気でできたかどうか。そこまでのことを官軍がやりゃ、これまでとは違った政府ができるだろうよ。民が味方ってことでな。しかし官軍は、商人どもを味方につけたじゃねえか。幕府や藩を廃して、藩主層の合議体を作り、その頂点に上様が立たれたとしても、同じだ。田舎者《いなかもん》がでかい顔《つら》をする政府になるだろうが、本質はどこも変らねえよ」

「そうですか」

「ただ、古いものは毀《こわ》れるよな。古いものを毀すぐらいで、外国の力なんぞ借りるなどというのが俺の意見だ。幕閣の中にゃ、フランスに助けて貰《もら》えと言う者もいるが、そうしたら官軍はイギリスに頼って、この国はおしめえってことだ」

その愚を、いまのところ徳川家が犯すとは考えられなかった。したがって、官軍と徳川軍の戦だけで済むだろう。

「俺は、江戸を出ちゃいけませんか？」

「駄目だ。俺の家にいな。それがいやなら、牢に叩きこむぞ」

江戸を出て、官軍に合流したいと思っているわけではなかった。といって、特に行きたいところもない。赤報隊に合流する理由もなかった。

「女のところは、いいんですね？」

「おめえもつまらねえことを言うやつだな。女のところなんか、うちへ連れてきた翌日から、おまえは通ってるじゃねえか」

「大っぴらにやっちゃいません」

「大っぴらにやられて、たまるかよ」

「女の膝枕だと、俺の頭は回るんですよ。じっくり考えたいことがあります」

「おまえがなにを考えようと、この国の大勢には関係ねえ。無駄ってもんだ。それより、庭の枯葉でも掃いてろ」

「もう、枯葉なんかねえけどな。この屋敷じゃ、枯葉まで薪《たきぎ》代りに使っちまうんだから」

江戸に官軍が迫っているが、勝には悲壮感も切迫した感じもなかった。そのあたりは、さすがだ。ただ、疲れてはいるようだった。

「龍馬の野郎がいりゃあな。こんな時は、あの男だ。頭ん中にゃ、俺や西郷とはまるで別のもんがあった。勝負の決まった戦なんて、どこかへ吹き飛ばしたと思うがな」

「死んじまった人です」

「そうだよな。まったくだ。俺も焼きが回ったのかな。死んじまった野郎が、このところ懐しくて仕方がねえ」

勝と坂本龍馬の間に、どういうものが流れていたのか、休之助は知らない。いまさら知っても、どうなるものでもなかった。

その日の夕刻から、勝の姿は屋敷から消えた。

休之助は、一日おきに辰五郎の家と女の家を訪ねはじめた。

考え続けてはいたが、休之助にはまだなにも見えてこない。尚平はなぜ死んだのか。総三はどうなるのか。官軍が江戸へ入って来た時は、自分は薩摩の陣営へ行けばいいのか。この国がどうなるのかということは、なぜかあまり考えなかった。

三月に入ると、突然辰五郎は忙しくなったようだ。家に火消しの頭を呼び集めたり、外出したりすることが多くなった。子分たちも、ほとんど出払ってしまっている。

そうなると、休之助はむしろ辰五郎の家に行くことが多くなった。留守番の代りぐらいはできるし、動いている空気の中にいる方が心地よかったのだ。

考えあぐねた時は、賽《さい》を振る稽古をした。賽の目に、なにかを託している。自分でもわからないなにか。無聊《ぶりょう》を慰めるというのではなく、どこか切実でもあった。

「おう、休之助さん。侍をやめて、博奕打ちにでもなる気かね」

辰五郎が、賽の目を覗《のぞ》きこんで言った。三月四日になっていた。忙しく走り回っていた辰五郎が、寛《くつろ》いだ恰好《かっこう》をしている。

「侍なんて、いなくなるよ、親分。俺はそんな気がする」

「その前に、この江戸がなくなっちまうさ」

「どういうことだい？」

官軍は、すでに遠江《とおとうみ》から駿河に入っているという噂だった。徳川家に、抗戦の準備があるとは思えない。旗本八万騎などと言っても、せいぜい三千ばかりが、桜田門のあたりに集まっているだけだった。城内には、数万の兵力があるのかもしれないが、臨戦態勢がとられているとは思えなかった。

「徳川家が恭順の意を示すかぎり、官軍だって無法なことはしないさ」

「江戸が、灰になる」

「まともな戦になればだよ、親分。いまのままじゃ、徳川家の腰はすぐ抜けると思うね」

「江戸を燃やすのは、官軍じゃねえ。氷川町の殿様さ」

「なぜ、勝先生が？」

「わからねえが、それが上様のためだと殿様は言うんだ。江戸を灰にしちまう。ただ、人はみんな大川のむこうに逃がす。火消しは火事を消すんじゃなく、人が逃げるのを助けるんだそうだ」

徳川軍を北で立て直そうと、勝は考えているのか。確かに、水戸藩を拠点に闘うことはできる。徳川家に対する思いを捨てていない東北諸藩の兵も、集まりやすい。

しかし、そんな抵抗をして、なにか意味があるのか。徳川は勝てない、と勝は断言さえしているのだ。

「親分が駈《か》け回っていたのは、そのためか」

「上様をお助けするためなら、なんでもやろうと俺は思っている」

「しかし、江戸が燃えちまうんじゃな」

慶喜に切腹させるというのが、西郷の狙いだろう。それができなければ、江戸を力攻めにする。それに対して、勝は江戸を焼いてしまおうというのか。

また、休之助にはわからなくなった。勝は、この国のことを考えているのか。それとも、徳川家のことを考えているのか。

その夜は、久しぶりに辰五郎と飲んだが、二人とも終始無口だった。

翌五日には、東征大総督の有栖川宮《ありすがわのみや》が駿府城に入るという噂が流れた。もしほんとうなら、先頭の部隊はもう相模《さがみ》だろう。

さすがに、休之助も賽を振ってばかりはいられなかった。

氷川町の屋敷に帰って神妙にしていると、夜更けに勝が戻ってきて休之助を呼んだ。

「おまえにゃ、いやな知らせになるだろうがな」

勝は着流しで、髭《ひげ》を剃《そ》っていないせいか、頰《ほお》に影が見えた。

「官軍が、すぐそばまで来たということがですか？」

「相楽総三が、首を刎《は》ねられた」

「なぜ？」

どこかで予想していたような気もするが、聞くと、ほんとうに起きたことのようには思えなかった。賽など振るのではなかった、となんとなく休之助は思った。

「なぜです？」

「偽官軍だからさ」

「馬鹿なことを」

「しかし、偽官軍として首を刎ねられた。いろいろとあったんだろうがな」

「そうですか」

休之助は、自分の声がかすかなふるえを帯びていることに気づいた。

「男にゃ、いろいろあらあな。惜しいのを死なせたって気はするが」

勝は、遠くを見るような眼をしていた。

西郷を、どこか疑いきれなかった、と休之助は思った。総三も同じだったのかもしれない。

あの、総三が死んだ。何度も思ったが、やはり実感は湧かない。

「しゃんとしやがれ、益満」

勝の声が、不意に厳しいものになった。

「薩摩っぽであるおめえが、やっと役に立つ時が来た。駿府の西郷のところへ使者を出す。

講和のためだ。ただ、相模あたりにゃ官軍がうようよいやがるだろう。おめえが道案内をしろ。薩摩弁を喋《しゃべ》ってりゃ、通れるだろう。知り合いもいるに違《ちげ》えねえ」

「江戸を、燃やすのではなかったんですか、勝先生？」

「燃やすよ。こちらの出す条件で講和ができなけりゃ、本気で燃やす。相手は西郷だ。それぐらいの肚は、俺も決めてら」

「俺が、道案内ですか」

「俺はこれから手紙を書くが、どうしてもそれを西郷に届けたい。十五日に江戸総攻撃と決まってるそうだが、それをやめさせる」

「徳川慶喜の首が要るでしょう」

「べらぼうめ。そんな真似が、俺にできるかよ。とにかく、西郷もいまは苦しい。民心が離れてるのさ。相楽総三にゃ悪いが、死んでくれて助かった。信州、上州で打ちこわしが起きてたのを、おまえ知ってるだろう。はじめは幕府に対する打ちこわしだったが、いまは官軍に対する暴動になりつつある。相楽の息のかかったのが、騒ぎはじめていてな。それに、年貢の減免も白紙になったし」

「その上、江戸が灰になりゃ、勝っても西郷は苦しいってとこですね」

男と男の、肚を据えたぶつかり合いだった。自分には無縁のことだ、とも休之助は思った。狸《たぬき》同士で、騙《だま》し合いをやればいい。

「どうしても行って貰うぜ、益満」

「俺は、薩摩藩士ですよ。途中で裏切るかもしれない」

「裏切れるか、おめえに。そんな肚は据わっちゃいねえよ。おまえは道案内をするさ。使者は、山岡にすることにした」

「山岡さんを」

「な、裏切れやしねえだろう」

言って、勝は眼を閉じた。笑っているのかと思ったが、表情は動いていない。

四

六郷川《ろくごうがわ》を渡ると、官軍の姿が多くなった。

黒い服に黒い笠で、銃の装備は徳川軍より進んでいた。山岡と二人で近づくと、その銃口が一斉にむけられてくる。

「待っちゃんせ。薩摩の先鋒はいずこでごわすか。おいどんらは薩摩の者で、駿府の本営へ急いじょり申す」

銃口はむけられたままだった。山岡は、平然と休之助と並んで立っている。

「銃を下げてくれもはんか。いつ弾が飛んでくるか、胆《きも》が冷え申す。こちらは二人でごわすぞ。薩摩の益満休之助。長州人なら、何人か知っちょり申す。通せんなら、隊長さあに会いたか」

声が起き、銃口が下げられた。

「益満君か、やはり」

指揮者らしい男がひとり出てきて、兵を数歩退《さ》がらせながら言った。見憶えがあるような気がするが、名までは思い出せない。

「君は、去年の薩摩藩邸焼討ちの折に、徳川方に捕えられたという話だったが」

「こうして、出てきちょり申す」

「江戸弁は、どうした？」

「こんなところで江戸弁なんぞ喋ろうもんなら、あっという間に蜂《はち》の巣だ。ごめんだね。それより、薩摩の陣営を教えてくれ。西郷さんに、火急の伝令なのだ」

「おう。ここから半里後方が、薩摩軍だ。およそ三千ほどの部隊がいる。小田原からこっち、いるのはわれら一千とその三千だけだ」

「すまん、陣営を通過させてくれ」

「君らは、東から来たからな。不審を抱く者もいる。ぼくが案内しよう」

「ありがたいな」

休之助は、まだ長州藩士の名を思い出せずにいた。むこうが、よく知っているという素ぶりなので、訊きにくいのだ。

京にいたころは、長州や土州から潜入してきた者を、よく匿《かくま》ったり逃がしたりした。その中のひとりなのだろう。総三の名が出たので、休之助はぎょっとした。

「江戸で会えると思っている。あの人は、潜伏中のぼくと三日も付き合ってくれて、新選組の手から逃がしてくれた。国家論などを交わしたが、立派な人だった」

総三も薩摩藩邸にいて、よく浪人を逃がす仕事をしていた。だから総三の名が出たのだろう。赤報隊が、偽官軍として処断されたことなど、知らないらしい。

長州軍でも先頭にいるだけあって、新式の銃を備えていた。軍規もしっかりしているようだ。陣営そのものに、隙《すき》がない。

薩摩の陣営が見えるところまで、案内してくれた。手を握り、別れた。休之助は、やはり名を思い出せない。そのまま、ふりむかずに歩いた。

丸十の、薩摩の旗が近づいてくる。

長州軍の隊長のひとりに案内されてきたのを見ているから、いきなり銃をむけてきたりはしない。誰なのか、見きわめようとしているという感じだ。

「おいじゃ、益満休之助。おいを知っちょる者はおらんか。西郷さあへ火急の用でごわす」

「休之助、なにしちょり申す」

「益満、おはん生きちょったか」

方々で声があがった。

「話はあとだ。とにかく、火急に西郷さんに会わなければならん。通るぞ」

「おう、おはんには江戸弁が似おうちょる。馴れん薩摩弁は、益満の偽者と間違われ申すぞ」

ひとりが言うと、方々で笑い声が起きた。

薩摩の陣営も、最新の装備でしっかりしていた。ただ休之助を知っている者は多く、通り抜けるまで方々から声がかかった。

陽が落ちかかっている。すぐに暗くなった。無灯で闇の中を進み、その夜は小田原で泊ることにした。

「総三の名を、言っていたな、あの長州の隊長は」

「長州人でさえ会いたがっているあの男を、薩摩は平然と汚名を着せて殺した」

小田原の、小さな宿だ。風呂にも入らず、めしをかきこんだだけだった。

「なにも、薩摩が殺したわけじゃあるまい」

「いや、薩摩ですね。実際の命令を誰が出したのかは知らんが、止めなかったというのは殺したのと同じことだ」

「しかしな」

「官軍の主力は、薩摩なのですよ。その頂点にいるのは、西郷吉之助だ。官軍の意志は、薩摩の意志であり、西郷の意志ということになる。尚平も、殺されたんですよ」

「なに、伊牟田尚平も？」

「切腹しろと言えるのは、西郷さんだけだ。切腹じゃなく、斬られたんだと俺は思いますがね。尚平は、そういうことで切腹しちまうような男じゃない」

「俺には、わからんな。理由がない、という気もするが」

「ありますよ、大いにね。山岡さん、ひとりで岩倉具視を斬ろうと、京へ行ったことがあったでしょう。あの時、岩倉を斬ってしまっていてくれればよかった」

「俺は斬るつもりだったが、中村半次郎という男がいた。それに、岩倉を斬ることで、どれほど政事が混乱し、上様にも迷惑がかかるかというのがわかった」

「いいや、斬っちまうべきでした」

山岡が黙りこんだ。

これから西郷と会い、大事な談判をしなければならない男だった。その男に、あまり西郷のことをあげつらいたくはない。

勝海舟は、なにかを賭けている。そして、山岡になにかを託した。講和と言ったが、どういう講和か、休之助にはわからない。ただ勝が賭けた姿を見て、新門辰五郎も、火消したちも動いた。

大きな動きがある。そして自分はいま、その渦中にいる。そう思っても、心は動かなかった。すべてが、嘘《うそ》。そんな気もしてくる。志も、闘いも、なにもかもが、夢の中のできごとではないのか。

「総三は、俺のいい友達でした」

「それは、よく知っている」

「きのうの晩は、俺が総三を殺しちまったような気がしていましたよ」

「いまは、忘れろ、休之助。動乱の中で生きてきたおまえは、幾多の惜しい死にも出会っただろう」

「そうですね」

いままでとは違う、という気がした。

浅く眠り、陽の出とともに出発した。小田原からすぐに、箱根の関所である。軍事的な意味からも、官軍は関所をしっかり押さえているはずだ。山岡が通れないとすれば、まずここだった。

門は開いていたが、やはり兵が固めている。ひとりひとりの通行手形を確認しているようだ。旧幕府のものは、当然通用しない。

行くぞと山岡に眼で知らせ、休之助は歩きはじめた。

「なんか？」

「手形を出っしゃんせ」

声をかけられたが、休之助は構わなかった。

「待て、おはんら。なんの真似か？」

「俺の顔が、通行手形だ。俺が誰か知らなきゃ、隊長を呼んでこい」

兵たちが、殺気立った。そういう言い方を、休之助はしたのである。

「なんか？」

赤熊《しゃぐま》をつけた隊長が出てきた。

「鈴木武五郎か。俺を止めるとは、偉くなったもんだな」

去年まで江戸にいて、藩邸が焼討ちに遭う前に京へ戻っている。

「益満さあ、益満さあではごわはんか」

「幽霊でも見たような顔だな。俺はたやすくは死なんぜ」

「捕われたと、聞いちょり申した」

「まあ、逃げるのにちょっとばかり手間取ったがな。おまえのように、敵が来る前にいなくなれば、こんな苦労もしなかった」

「そん言い方はひどか。おいが京へ戻ったは藩命ごわすぞ」

「わかってるよ。冗談さ。ところで、ここから先はどうなってる？」

「沼津から駿府まで、街道は官軍で埋まっちょり申す」

「そうか。俺はとにかく、至急西郷さんに会わなきゃならん。報告をし、指示を仰がねばならんのだ。西郷さんは、駿府城だな」

「そうでごわす。大総督とともに、駿府の本営でごわす。三月十五日に江戸総攻撃という軍使が、きのう来申した。二、三日は駿府城でも、本営はすぐに進み申す」

「わかった。急ぐ」

「大事でごわすか？」

「そうよ。西郷さんに会えないと、とんでもないことになる」

鈴木が、先に立って案内するように走りはじめた。長州や土州の兵もいたが、ただ休之助と山岡に視線を送ってくるだけである。

夕刻近くには、三島に出た。

「江戸を灰にするか」

休之助は呟いた。怪物は、大胆なことを考える。勝が怪物なら、西郷も怪物だった。江戸を灰にするという脅しに、西郷はどう応じるのか。

「何者だ？」

長州の陣営だった。

「薩藩の益満休之助でごわす。駿府城に急いじょり申す。通してくんやんせ」

「薩摩の兵とも思えんが」

「おいどんらは、先鋒のその先を進んじょり申す。つまりは、斥候でごわす。六郷川のむこうの様子を、至急総督府に伝えたか。西郷さあは、首を長くしておいどんらを待っておられ申す」

「斥候が通るとは、聞いていない」

「はじめから、通るとは決めており申さん。物見じゃなか。諜諜でごわすぞ。二月のはじめから、江戸に潜入しちょり申した」

「通行手形がなくては、通せん」

「箱根の関所に、鈴木武五郎ちゅうもんがおり申す。益満休之助が、薩摩藩士かどうか、すぐに誰かを走らせて訊いてくんやんせ。ただ、時がなか。一刻を争い申す」

どうしようかと、話し合っている。いくらか殺気立ってもいて、軍規を押し通すつもりのようだ。当たり前と言えば、当たり前だった。

「どうした？」

隊長らしい男が出てきた。

「長州藩で、京に潜入したお人はおりもはんか。そんお人なら、この益満を見ればわかり申す」

「益満さん。おお、益満さんだ」

隊長は、休之助を知っていた。今度は、休之助は顔にすら見憶えがない。

「益満さんが総督府に行かれるのに、止める理由はない。さあ、通られよ」

「ありがたい。ついでに、もうひとつ頼みがある。この調子で止められていたんでは、間に合わん。三月十五日までに、西郷さんは片付けなければならんことがあるのだ。東征軍全体の問題だ。君のところから、誰か兵を付けて貰えないだろうか」

わざと、江戸弁を喋った。山岡は、まったく動じることがなく、休之助と並んで立っている。

「おう、益満さんは江戸弁を使われたのでしたな。どこかおかしいと思っていたが、言葉だったのだ」

「長く、江戸で仕事をしてきたのでね」

「沼津までなら、うちの兵を五名。それから先は、ぼくの判断では決められない」

「それでも、ありがたい」

殺気立っている部隊と、そうでない部隊がある。夜は、進むのをやめた方がよさそうだ。殺気だった連中に出会《でくわ》すと、いきなり発砲されかねなかった。

沼津までなら、宵の口に着ける。

長州兵が五名付き、沼津まで歩いた。

「落ち着いていますね、山岡さん」

宿に入ると、めしをかきこみ、休之助は言った。自分は、たとえ捕えられたとしても、薩摩藩士であることは、すぐに証明できる。しかし、山岡は幕臣なのだ。

「俺は、駿府に着けると確信している。どうしても通さんという者がいたら、斬ってでも通る」

「おかしなところで、無茶な人だからな、山岡さんは。それでも、そばにいて殺気なんか感じたことはありませんでしたよ」

「気は、内に秘めている。それに、いまはおまえが懸命にやってくれているではないか。俺が、どうこうすることはなにもないので、胸を張って堂々としているのだ」

「まあ、それも山岡さんらしいか」

休之助は、駿府城まで行く気はなかった。西郷と会えば、なにを言うかわからない。そして、言った時が自分の最後だろう。

「俺は、ちょっと偵察に出ますよ」

「ひとりでか？」

「薩摩藩士ですからね。これまでで、薩摩の陣営を通るのは難しくないことがわかりました。しかし、長州や土州の陣営は、そうはいかないでしょう。薩摩の通行手形を手に入れられればそうしたいが、手形を出しているのは多分本営でしょうね。そんなことも含めて、偵察してきます」

「わかった」

休之助は、駿府城まで行く気はないと、山岡には言えずにいた。言わなくてもいいようにすればいいのだ。

休之助は、薩摩の陣営がある方ではなく、港の方へ歩きはじめた。

第十五章　戦にはならず

一

夜明け前だった。

さすがに、通りに人の姿はない。官軍の屯所のあるあたりからは、人の声が聞えてくる。火もあるようだ。

そういう場所を、慎重に避けた。屯所は避けられるが、巡邏隊《じゅんらたい》は避けようがなかった。

なんとか、港まで辿《たど》り着いた。

「これです」

舫《もや》ってある小舟を、休之助は指さした。山岡を先に乗せ、舫いを解き、綱を波止場の杭《くい》にぐるりと回して舟に戻した。これで、舟の上から綱をはずすだけで、舫いを解いたことになる。

櫓《ろ》も、櫓床につけ、脚は水に入れ、柄《つか》には櫓綱をかけた。しかしまだ暗く、岩礁もなにも見えない。艫《とも》に腰を降ろし、休之助は明るくなるのを待った。港の出入口が見える薄明になれば、いつでも漕ぎ出せる態勢である。

「舟で、駿府まで行く気なのか、益満？」

「仕方ありませんよ。これから先、俺は通れても、山岡さんは通れはしません。途中で捕えられる。訊問《じんもん》される。俺は俺で、薩摩の陣営の中を駈《か》け回る。ようやく釈放された時にゃ、四日や五日は経ってますぜ」

「捕えられるわけにはいかん。斬《き》り開くしかない」

「何万って官軍を相手にですか。それにむこうは銃なんですよ」

昨夜、沼津の街を歩き回り、薩摩の陣営にも顔を出した。通行手形が出るかどうか、確かめたかったのだ。自分はともかく、山岡の分まではちょっと無理だと思えた。

港では、船があるかどうか確かめた。大きな船はなかったが、櫓で漕ぐ小舟は一艘《そう》見つかった。どうせ、帆を張る船など動かせはしないのだ。櫓ならば、そこそこ遣える。

宿に戻り、夜明け前に出発する、と山岡に告げた。山岡は、駿府までは休之助に任せたと決めているのか、なにも訊《き》かなかった。

舟なのか、という問いが、最初の質問である。

沼津から駿府まで、櫓で行けるのかどうか、休之助は不安だった。とにかく、行けるところまでは、行くしかない。途中で陸《おか》にあがったとしても、当てはあるのだ。進めるだけ、西へ進むことだった。

「それにしても、西に来るにしたがって、殺気立った連中が多かった。やはり、総攻撃を目前に控えている、と思っているのだな」

休之助には、どうでもいいことのように思えた。これまで、倒幕のためにいささかの働きはしてきた。命を賭《か》けてもいい、とも思った。倒幕は、夢でもあったのだ。それが、江戸攻撃直前になって、色褪《いろあ》せている。

「おまえ、まだ赤報隊のことを考えているのか？」

「そんなものもありましたね。官軍の先鋒《せんぽう》を命じながら、官軍が処断した関東草莽《そうもう》の志士の部隊が」

「よせよ、そんな言い方は」

待っていると、夜はなかなか明けなかった。官軍の巡邏隊は、港にも来るかもしれない。見つかりそうだったら、闇《やみ》の中に漕ぎ出していくしかなかった。

「まったく、胆《きも》が太いな、山岡さんという人は。官軍の中を歩いても、平然としているし」

舟の中央に端座した山岡に、休之助は言った。こういう胆の太さが、自分にはない。総三にも、伊牟田尚平にもなかった。

やがて、東の空がかすかに白んできたように見えた。陸と海の区別も、ぼんやりだがついているような気がする。

「行きますよ、山岡さん。こんなところで、巡邏隊に見つかりたくはない」

舫いを解いた。漕ぐと、櫓は軋《きし》むような音をたてた。まだ消えてしまわない闇の中で、それは妙に耳障りだった。

とりあえず、沖へむかう。うねりがあった。舟が、持ちあげられては、落ちていく。それに、潮流に逆らっているようだった。舳先《へさき》がやたらに飛沫《しぶき》をあげるだけで、あまり進んでいるような気がしない。

「晴れていれば、富士が見えるんでしょうがね」

　雲は、厚くはないが空全体にかかっている。一刻《いっとき》ほど漕いで、休之助は汗をかきはじめていた。うねりの底に入った時は、陸などまったく見えない。舟の両側に、山のような波があるだけだ。しばらくすると、その頂上に持ちあげられていく。その時ふり返ってみても、沼津はすぐ後ろにあった。

「こりゃ、歩いてるよりものろいかもしれないな。それに、もう息が切れはじめている」

　言っても、端座したまま山岡はふりむこうとしなかった。

　さらに、一刻ほど漕いだ。手の豆が潰《つぶ》れ、血が出はじめている。

「休之助、そろそろ俺が代ろう」

　山岡が、大刀を底板に置き、羽織も脱いだ。

「できるんですか、山岡さん？」

「漁師ほどではないにしても、おまえよりはましだろう。毎日素振りをしているので、掌《てのひら》の皮も厚くなっている」

「なら、はじめからそう言ってくれりゃいいのに。まったくもう、いまいましい櫓ですよ。放り出したくなった」

「舟を選んだのは、おまえじゃないか」

　山岡は、なにも摑《つか》まらずに艫の方へやってきた。舟の中央に移ろうとした休之助は、腰を落とし、船縁《ふなべり》を摑んだ。

「まったく、こんなところにも剣の修業が出るんだな。俺は、まともに立ってもいられません」

「いや、おまえの方が舟には強そうだ。俺は吐きたくなってきた」

山岡は、艫から海にむかって、盛大に腹の中のものを吐き出した。それでも、櫓はしっかりと遣っている。舟が、いくらか速くなったような気がした。

それきり、山岡は吐かなかった。休之助の方が、おかしな気分になってきた。吐きたくはないが、頭の芯が痺《しび》れたような感じなのだ。これも酔いだろう。総三のことも、伊牟田のことも、名前が浮かんでくるだけで、深くは考えられなかった。

二刻漕いでも、山岡の掌からは血も滲《にじ》み出してこなかった。

「あと、どれぐらい頑張れますか、山岡さん？」

「それは大丈夫だ。潮流があるので、それほど進んでいないような気もする。とにかく、暗くなるまでは漕ごう」

「腹が減りましたね。それにのども渇いた。弁当と水を持ってくればよかった」

「なにを食っても、吐いてしまうな」

山岡の顔の汗が、傾きかけた陽光を照り返した。陽が落ちるのは早そうだった。風は、あまりない。

山岡が、舳先《へさき》を陸にむけた。追い波になり、飛沫はあまりあがらなくなった。ただ、陸に近づくにしたがって細かい波が多くなり、櫓は遣いにくそうだった。

舳先の底が砂を嚙《か》み、舟が動かなくなった。打ち寄せた波が引く時を狙《ねら》って、休之助と山岡は舳先から砂の上に飛び降りた。

「私が様子を見てきますので、山岡さんは松林の中で待っていてください」

言って、休之助は村のある方へ歩いていった。村の入口のところで、老人に会った。場所を訊くと、由比宿《ゆいじゅく》の近くだという。

沼津から、かなり進んできたことになる。

ほっとして、休之助は街道の方へ出た。巡邏隊に出会ったが、薩摩兵だった。殺気立っていて、銃を突きつけられ、そのまま陣営に連行された。

「益満さあ」

「休之助どん」

いくつか、見知りの顔に会った。銃を突きつけていた巡邏隊の兵も、びっくりして銃口を下げた。

「このあたり、ずっと薩摩の陣営か？」

若い兵に訊いた。兵はうつむいて答えない。

「俺は、駿府へ行って西郷さんに会わなければならん。ところが通行証がないので、他藩の陣営が通りにくい」

「江戸弁な。誰《だい》か？」

出てきた男は、大山格之助だった。

「あっ、益満」

休之助は、西郷の腰巾着《こしぎんちゃく》のようだったこの男が、あまり好きではなかった。西郷より年長のくせに、京二本松の藩邸ではいつも阿《おもね》っているようにしか見えなかった。

頭を下げた休之助に、大山はちょっとだけ頷《うなず》いた。陽が落ち、陣営では篝《かがり》が焚《た》かれている。

「西郷さんに、会わなければなりません。できるだけ早く」

「行けばよか。駿府まで、長州、土州の陣営があるが、薩摩の益満と名乗ればよか」

「大山さんは、なぜここに。駿府の本営ではなかったのですか？」

「相変らず、江戸弁な、益満。おいは、先鋒の兵の指揮に行くところで、いまこの陣営を見回っており申した。民間からの略奪には眼を配れと、西郷さあの命令でごわしてな」

「略奪は、ないようですよ。巡邏隊が熱心に回っていますからね」

「じゃっどん、総攻撃を目前に控えちょる。気が立った者《もん》もおってな」

大山は、酒の匂いをさせていた。酔っ払いが歩き回るのもやめた方がいい、と言いかけて休之助は口を噤《つぐ》んだ。自分ひとりではなく、山岡を連れているのだ。

「大山さん、俺は腹が減っていましてね。食料と酒と水を分けて貰《もら》えませんかね？」

「陣屋にあり申す。好きにしやんせ」

「大山さんに口を利いていただかないと、駄目でしょう。益満と名乗っても、知らない者ばかりで、私はここに連行されてきたのですから」

「よか。おいが同行し申そう。握り飯でよかな」

陣屋へ行き、竹の皮に握り飯を四つ包んでもらった。竹筒の酒も一緒に貰った。

大山に礼を言い、休之助は山岡が待っている松林に急いだ。途中で巡邏隊に会ったが、今度はなにも言われなかった。

山岡と、握り飯を二つずつ食った。すでに陽は落ちていて、星がいくつか見えていた。朝は曇っていた、と休之助は思った。いつから晴れはじめたのか、よくわからない。

「由比宿の近くだそうです。ちょっと行ったところに、薩埵峠《さったとうげ》というのがあって、そこに俺が知っている男がいます」

「あまり、人に迷惑はかけられんぞ、休之助」

望嶽亭《ぼうがくてい》という茶屋があり、主人の七郎平とは旧知だった。網元もやっている。

「とにかく、その男に相談してみます。駿府まではまだあるし、官軍のいない間道を知っているかもしれませんから」

「わかった。俺は、ここで待とう」

竹筒に入った酒を山岡に渡し、休之助は海べりを歩いていった。夜になって、海は穏やかになったようにも思える。

望嶽亭では、七郎平に会うことができた。

休之助の依頼を、七郎平は胸を叩《たた》いて引き受けた。帰りには、船頭をひとり付けてくれた。船頭の栄蔵をその場に留まらせ、松林まで戻ってきた時、休之助は異様な気配に打たれて足を止めた。山岡が待っている松林の中に入っていく。松林を抜けた海際の砂浜で、二人の男が対峙《たいじ》していた。

白刃が、月の明りを冷たく照り返している。ひとりは示現流《じげんりゅう》だった。中天にむけて立てられた剣は、微動だにしていない。山岡は、正眼だった。二人とも動かないので、浜辺は妙な静けさに包まれている。

中村半次郎。官軍の軍服に陣羽織という恰好《かっこう》だが、見違えようがなかった。

踏み出そうとした足が、どうしても動かなかった。全身には、粟《あわ》が立っている。なぜ半次郎が、と考えるよりさきに、休之助は二人の対峙に引きこまれていた。

いま踏み出して自分が出ていくことは、ぶつかり合い、拮抗《きっこう》している二人の気を乱すことになるだろう。それが、どちらに有利に働くかはわからない。それぐらいのことは、休之助にもわかった。

波が、崩れて月の光を照り返す。海が生きもののように動く。それでも、静かだった。自分が息をしているのさえ、休之助にはわからなかった。

砂。舞った。白い光。二人の位置が、入れ替っている。交錯したのはわかったが、互いの刀がどう動いたのか、休之助には見てとれなかった。位置が入れ替っただけで、二人の構えは同じである。先に肩で息をしたのは、半次郎の方だった。

膠着《こうちゃく》。破ったのは半次郎だ。交錯はしなかった。半次郎の斬撃《ざんげき》を、山岡は後ろへ跳んでかわしていた。

「半次郎、おはん負けたぞ」

思わず、休之助は叫んでいた。

「示現流の打ちこみが、二度かわされた。おはんの負けだ」

休之助は、砂浜に出た。半次郎が、すさまじい眼光で睨《にら》みつけてきた。

「負けだ。去《い》ね」

もう一度言った。抜身を持ったまま、半次郎は松林の中に駈けこんでいった。しばらくして、馬蹄《ばてい》が響いてくる。

「助かった」

山岡が、喘《あえ》ぐような口調で言った。荒い息をしている。

「俺には、使命があった。ここでは決して死ねん、と思っていた」

「山岡さん、勝ちですよ。示現流の最初の打ちこみをしのぎ、次の打ちこみもかわしたんですから」

「打ちこむたびに鋭さを増す。それが中村半次郎の剣だ。あの打ちこみが次々に来ていたら、どうなったかわからん」

「しかし、半次郎はひとりだったんですか？」

「そうだ。松林に入ってきた時、浜一帯がすさまじい剣気に包まれた」

半次郎は、ほんとうは自分を狙っていたのではないか。このあたりに自分がいると聞いて、馬を駈って来たのではないか。休之助は、ふとそう考えた。半次郎を動かせるのは、西郷ひとりしかいない。

つまり、俺もついでに抹殺されるということか。そう思ったが、山岡には言わなかった。考えれば考えるほど、休之助を斬りに来て、山岡に出会《でくわ》してしまったというのが、一番ありそうなことだと思えてくる。

「手筈が整っています。こんなところにいたら危険ですから、海上で夜明けを待ちましょう」

思い出して、休之助は松林の中に残してきた、船頭の栄蔵を呼んだ。

三人で、舟に乗った。栄蔵の櫓捌《ろさば》きはさすがで、海は沼津を出た時よりずっと静かだった。

二

小舟が見えた。

闇の中をゆっくり進んできたのだが、ようやく明るくなりはじめている。

「三人、乗っているな」

舳先に立っていた次郎長は、船頭にむかって言った。船頭も、三人の人影を認めたようだ。

松本屋の、十二挺《ちょう》櫓の船である。帆も張れるし、風に逆らう時は、櫓を遣っても進める。闇の中なので、四挺の櫓でゆっくりと進んできた。

小舟の方も、こちらへ近づいてきた。

縄梯子《なわばしご》を降ろした。はじめに休之助が、そして山岡が甲板に登ってきた。

「おお、次郎長か」

「大変なお役目の途中とか。あっしで役に立つことでありゃ、なんでもやらせていただきます。それにしても、七郎平の使いが真夜中に飛びこんできた時にゃ、なにが起きたのかと思いました」

「済まんな。このお役目だけは、命を賭けてもやり遂げなければならんのだ」

「なんでも、命がけってのは、やくざは大好きでございましてね」

「山岡さん。清水から駿府までは、次郎長さんに案内してもらいます。私は、一緒に行きませんから」

休之助の口調の、妙な屈託が、次郎長の心にひっかかった。

小舟は離れ、船頭はもう船のむきを変えている。小政と幸次郎が、挨拶《あいさつ》に出てきた。山岡は、甲板に座りこんでそれを受けた。

「休之助さんは、江戸で捕まってるものだとばかり思ってたんで、びっくりしちまったぜ。まあ、元気でなによりだった」

休之助は頷いたが、やはりどこかで屈託を見せた。官軍に入っていないから、そうなのかもしれない、と次郎長は思った。総三が、官軍の中で重い任務を与えられている、という噂《うわさ》は聞いていた。

「総三さんを捜したんだが、通り過ぎた隊の中にゃ見つからなかったな」

「ここには、いないんだ」

休之助が、船縁の方へ行った。ずっと小舟の上で待っていたようだから、酔ったのかもしれない。

「山岡様、駿府へ入るのは、急ぐんでございましょう？」

「十五日までには、なんとしても」

八日だった。まだ日数はある。

「あっしが駿府城の前までお連れいたしますが、出発は明日でよろしいですか。いやね、あっしらと同じ稼業の、安東の文吉という大親分にも話を通して、駿府までを絶対安全な道にしたいんでさ。安東の親分が人数を出してくれりゃ、なんの心配もありませんのでね。より確かな道になります」

「名の通った親分だな」

「安東の親分もあっしも、官軍の御用を言いつけられましてね。柄じゃありませんが、若い兵隊が酔って乱暴したりするのは、止めていいそうなんです」

「そうか。官軍も、道中には気をつけているというわけか」

「酔って騒ぐぐらいはどうってことありませんが、民家に押し入ったりすると、やはりこれは大変なことですから」

「官軍の中にも、人を見る眼を持っている者がいるな。次郎長にそれをやらせるとは」

「とにかく、明日、駿府へ行きます。清水まで八里ほどありますんで、船が着くのは午過《ひるす》ぎでしょう。船倉でお休みになりますか？」

「いや、ここでいい。真水を一杯貰えないか」

幸次郎が、素速く杓《ひしゃく》を差し出した。山岡は、うまそうにのどを鳴らして飲んだ。

山岡はいい顔をしている、と次郎長は思った。侍は、命を賭けられるような仕事を与えられた時、はじめてほんとうに生きるのかもしれない、という気もしてくる。

海は荒れていないが、それだけ風もなく、船足はゆっくりとしていた。休之助は、船縁に寄りかかったまま、半分眠っているようだった。山岡は、座禅でも組んだような恰好で座り、動かなかった。

次郎長が予測した通り、午過ぎに船は清水の港に着いた。

波止場に、一家の若い者が二人迎えに出ていた。

とにかく、山岡と休之助を家へ案内《あんない》した。お蝶が、風呂をたてて待っていた。

「大事ということで、とにかく若い者を見張りに立てます。あっしは安東の親分のところへ行って参りますが、その間は、大政になんでも言ってやってください」

次郎長は、幸次郎だけを伴って、駿府へ急いだ。途中に、関所のようなものが一カ所設けてあったが、番人は安東一家の若い衆で、官軍の兵隊が五人付いているだけだ。

安東の文吉と話をして清水に戻った時は、夕方になっていた。

山岡も休之助も、客間にいた。次郎長の家は建て替えて、若い衆のために長屋を一棟造ってあった。新門の辰五郎の家がそうなっていたのを、真似《まね》たのである。

やくざが立派な家などに住むべきではないと思っているから、次郎長とお蝶の部屋は、北向の狭い一室である。玄関の土間と帳場は広い。

「家のまわりには、若い者《もん》を立たせております。街道沿いには、明日の早朝から、安東の親分が人を出してくれるそうです。山岡様が進まれる前を、うちの若い者が行きます。それで、危ないことはなにもないはずですから。それより、山岡様は酒を召しあがっていませんね」

「うむ、役目が終るまでは、と思ったのだが」

「願をかけた、なんてことじゃねえんでしょう？」

「それほど殊勝な男ではない。願をかけるというのは、日ごろなにもしていない人間がやることでもある」

「また、難しいことを言われる」

「ほんとうは、次郎長の顔を見たら飲みたくなったというところかな」

「そりゃ申し訳ねえことで。お相手は大政にやらせますんで」

次郎長が手を叩くと、すぐにお蝶が酒を運んできた。休之助は、まだ黙りがちで、盃《さかずき》だけ重ねている。大政は、上手に酒を勧めていた。それにお蝶も加わると、山岡も盃を重ねはじめた。

茶しか飲めない次郎長の、出る幕ではなかった。幸次郎を連れて、家のまわりを見回った。なにがあったのかもわからぬまま、若い者たちは長脇差の鯉口《こいぐち》を切って立っていた。これから喧嘩《でいり》だと思っているのかもしれない。とにかく、山岡が命を賭けた役目だと言っているのだ。やれることはすべて、やってやるつもりだった。

お蝶も炊き出しをし、幸次郎を使って握り飯を配った。

翌朝、山岡が起き出してくるのを、次郎長は帳場で待った。

山岡ひとりだった。髭《ひげ》もきれいに剃《そ》っていて、着物も昨夜お蝶が手入れしたせいか、いくらかちゃんとして見えた。

「益満は、ここに残るそうだ。それにしても、お蝶さんにはずいぶん世話になってしまったと思っている」

律儀に、山岡はお蝶に頭を下げた。

大政、小政と幸次郎を連れ、次郎長は山岡のそばを歩いた。若い者が、たえず先行している。なにかあったら、すぐに知らせが来るはずだ。

街道のところどころに立っている若い者が、なにもないことをそれとなく眼で知らせてくる。その姿が、途中から安東の文吉の身内の若い者になった。さすがに眼で知らせるだけでなく、次郎長にむかって頭を下げた。

「御大層な警備だな、次郎長」

「いつもの街道なら、猫の仔《こ》一匹捨ててあったってわかるんですが、いまは官軍のものになっていますんで」

清水から駿府まで、三里ちょっとである。男の脚なら、一日で二往復はできる。

「休之助さんは、ほかのお役目ですか？」

「いや、あいつの仕事は、俺を駿府へ送り届けることだった。清水からは、次郎長に任せた方がいい、と考えたんだろう」

「それにしても、一緒に来ればいいのに」

「益満は、やはりなにも言っていないのか。あいつには、ちょっとばかりこたえることがあってな。実は、相楽総三が死んだ」

「そうですか」

人は死ぬ。やくざなら、なおさらだ。どこでどんな死に方をしてもいい覚悟はできているし、子分たちにもいつも言い聞かせている。やくざでなくとも死ぬ。それも、当たり前のことだった。

「益満は、次郎長に言うのがつらいのかもしれん。だから、俺が言っておく」

「お気遣いを、ありがとうございます」

「さすがに、動じたりはせんな」

総三は、やくざではない。幕府を倒すことを夢見ていた。それなら、いまが晴れ舞台というやつではないか。その舞台を踏まずに、死んだのか。

すでに、駿府城下に入っていた。官軍の屯所が二つあるが、城に近すぎるせいか、逆に通行手形などいらないのだという噂を、次郎長は聞いていた。

一応呼び止められたが、そこには安東の文吉が来ていて、通してくれた。

「城でございますよ、山岡様。あっしらは、ここで待たせていただきます」

山岡が頷き、城門の方へ歩いていった。

次郎長は、まだ芽を出したばかりの柳の木の下に、三人の子分と一緒に腰を降ろした。

「親分、総三さんが死んだってのの、ほんとのことなんでしょうか?」

大政だった。

「こんな時代だよ、大政」

「そうですね。だけど、あの人が死んじまうなんてな。俺はあの人と、港の仕事《しのぎ》を一緒にやった時から」

「やめな、大政。いまは、山岡様が城から無事に出てこられることだけを考えてりゃいい」

「そうですね。まったくだ」

城内には兵がいるのだろうが、城のそばにはほとんど兵の姿も見えなかった。いつもの駿府城と変ったところは、どこにもない。

一刻半ほど待った。

山岡は、入った時と同じように、ひとりで出てきた。表情も変っていない。

「御苦労様でした」

次郎長は、それだけ言った。かすかに、山岡が頷いた。

帰り道にも、やはり安東の若い者が立っていた。

「次郎長、俺を守るために人を割くことはもうないぞ。役目は終ったし、通行手形も貰った」

「江戸に戻られて、はじめてお役目は終るんじゃありませんか？」

「まあ、それはそうだが」

山岡が苦笑した。

清水に戻った。次郎長の家の帳場に、休之助が座っていた。なんとなく似合う。やさ男だが、堅気ではない、という感じがあった。

「お風呂をたててありますわ」

お蝶が出てきて言う。いつもの清水一家に戻っていた。大政が、急き立《せ》てるように、子分たちを仕事に戻した。

「世話になった」

山岡が次郎長にも頭を下げた。

休之助に、総三のことを訊こうとしたが、すぐに言葉は出てこなかった。余計な話をしているうちに、客が来た。休之助も、次郎長と喋《しゃべ》ることが、どこかつらそうだった。

客と喋っている間に、休之助は山岡と飲みはじめていた。

小政が、居合用の長い刀を持って、出かけようとしているのが見えた。呼び止めると、小政は明らかに慌てたような表情をした。

居合用の刀は、清水では差すなと言ってある。それを持ち出そうとしているからには、喧《けん》嘩《か》なのだ。いま清水に、よそのやくざとの揉《も》め事はない。というより、このところまるでないのだ。

伊勢の大親分、丹波屋伝兵衛《たんばやでんべえ》との喧嘩のあとからは、誰も次郎長に喧嘩を売らなくなったのだ。縄張りを拡げようという気のない次郎長の方から、喧嘩を売る理由はない。

「俺に内緒ってことかい、小政」

「そんなわけじゃねえんですが、親分は関らねえ方がいいだろうって、俺が勝手にそう思ったんです」

「おまえ、なに考えてやがんだ。このところ大人しくしてると思ったが、またぞろ血が騒ぎ出しやがったか」

「こんな御時世ですから、親分はじっとしていてください」

「喧嘩に、御時世もくそもあるかよ」

「官軍の御用をしている身ですよ、親分は」

「それがどうした。幸次郎が、さっきから見えねえな。おまえ、幸次郎とつるんで喧嘩をやろうってのか？」

小政は、困ったような表情をしていた。

大政は、山岡と休之助の相手をしている。ほかの子分たちは、ちゃんといるようだ。

「小政」

次郎長が腰をあげると、小政は長い刀を上がり框《かまち》に置き、次郎長のそばに来て耳もとで囁《ささや》いた。

「馬鹿な」

言った時、次郎長は立ちあがっていた。

長脇差を摑む。

待ってください、とでも言うように、小政が腰にしがみついた。

「俺が、斬ってきます。官軍の軍服を着てんですぜ。まずいですよ。俺が、親分の知らないうちに斬っちまったってことにするのが、一番だと思います」

「うるせえぞ、小政。やくざが喧嘩もできねえようになったら、おしまいだろうが」

「わかりました。ただ、ちょっと待ってくだせえ。大政の兄貴の耳にも、一応入れときてえんで」

「山岡様と休之助さんの相手だ。いいから、おまえひとり付いてこい」

次郎長は、長脇差を差した。

どういう喧嘩になるのか、見当はつかなかった。

三

幸次郎が、大きな躰《からだ》を丸めて座りこんでいた。

官軍の営舎になっている、旅籠《はたご》の前である。玄関には、官兵が二人立っていた。まだ、この街で官軍が暴れたという話は聞かなかった。統制はとれているのだ。

「間違いなく、黒駒の勝蔵なんだな、小政？」

「俺も幸次郎も、そう見ました。勝蔵だけじゃなく、顔を知ってる子分も何人かいましたよ」

「そうか」

黒駒の勝蔵が、軍服を着て官軍の中にいるというのである。最初は、そういう恰好で官軍に紛れて、清水に殴りこみをかけてきた、と小政は思ったようだ。それなら、偽官軍として斬ったところで、お咎《とが》めはない。しかし、勝蔵はちゃんとした部隊の中にいたというのだ。

「池田勝馬と名乗ってます。四条なんとかという、公家《くげ》が大将の部隊でさ」

このところ、勝蔵の噂を耳にすることはなかった。喧嘩で死ねば、やくざの間にはたちどころに噂が流れる。

「いくら公家でも、やくざをそのまま雇ったりゃしねえでしょう、親分。なにか魂胆があって、勝蔵は公家の家来になったんですぜ。ここで斬っておかなきゃ、面倒になるかもしれません」

「どう面倒になるってんだ?」

「そりゃわかりませんが」

官軍は、これから戦を控えている。その中にいるということは、戦の覚悟をしているということでもある。

すでに陽は暮れていて、人の姿も少なくなっていた。というより、いまは旅人などいない。いるのは、官軍ばかりである。

「幸次郎、そこの旅籠へ行って、池田勝馬を呼び出してこい。本物の勝蔵なら、必ず出てくる。こっちは、俺とおまえと小政の三人だってことも、ちゃんと伝えてやれ」

「しかし、親分」

立ちあがりかけた幸次郎を制し、小政が言った。

「心配ねえ。勝蔵は憎い野郎だが、卑怯《ひきょう》な真似はしねえ。会い方が違っていたら、義兄弟の盃を交わしたかもしれねえってほどの男だ。認めるところは、認めてやれ」

「わかりました」

小政が言った。幸次郎が立ちあがり、確かめるように次郎長の顔を見た。次郎長は、一度だけ頷いて見せた。

幸次郎の大きな躰が、旅籠の前に立った。番兵となにか話をしている。しばらくして、三人出てきた。勝蔵。間違いはなかった。勝蔵は、幸次郎に連れられて、次郎長がいる路地へ入ってきた。

次郎長は黙って路地の奥へ進み、そこを抜けて畠《はたけ》のある場所に出た。

「黒駒の、久しぶりじゃねえか」

「清水を、まともに通れるとは思っていなかったよ、次郎長さん」

「当たりめえだ。おまえ、でかい顔《つら》で俺の縄張《しま》に入ってきたの、二度目だな」

「一度だ」

「二度だよ。忘れちゃいめえが」

「いまここにいるのは、池田勝馬っていう官兵だ。そう思っちゃくれねえか、次郎長さん。子分たちも、みんな官兵にした」

「勝蔵は勝蔵だぜ」

「そうかもしれねえな。いや、まだその通りさ。ただ、俺は黒駒の勝蔵じゃなくなろうとしてはいる」

「どういうことだ？」

「一度、京で会ったよな。あれからも、俺はずっと京にいた。京にいるうちに、やくざをやっちゃいられねえ、と思うようになったんだ。それで、四条様とおっしゃる公家様に御奉公することにした。こうやって、官軍の軍服を着てるのも、そのせいさ」

「来たくて来たんじゃねえ、と言ってるつもりか？」

「実際に、そうなんだ」

勝蔵の視線は、動かなかった。二人の子分は、ちょっと怯《おび》えている感じがある。

「おまえと俺の間にゃ、結着《けり》がついていないことがあるはずだな、勝蔵」

「そんなもの、時代が流しちまった、と俺は思っている。黒駒の勝蔵は、もういないんだよ、次郎長さん。そう思うわけにゃいかないかな」

「逆の立場だったら、おまえはそうできるかい？」

勝蔵は、次郎長から視線をそらさない。それは、勝蔵の眼以外の、なんでもなかった。

「やくざをやめたと言って、長脇差を捨てて、官軍の軍服なんかを着こんだら、やくざじゃねえってことになるのかい、黒駒の」

「黒駒の勝蔵はもういないってのは、確かにこっちの勝手な言い草だな。俺は俺だ。都合のいいことを言ってるって、わかっちゃいるよ」

「じゃ、黒駒の勝蔵に戻れよ。そういうもんだろう」

「やくざをやめた。それはほんとうだ。子分にも、足を洗わせた。待てよ。逃げを打っててじゃない。これは俺とあんたのことで、子分にゃ関係ねえ」

「二人、連れてきたじゃねえか」

「心配して、付いてきた。それだけのことでね。あそこで、付いてくるななんていう押問答はできなかったんだ。あと六人ばかり、子分だった連中がいる」

営舎で、確かに押問答などできそうではなかった。

「な、次郎長さん。あんたと俺のことだけにしちゃ貰えないか？」

「いいさ、それは。黒駒の勝蔵と清水の次郎長。どこかで会ったら、ただで済む相手じゃねえんだ。子分を絡ませたくなかったら、それでいい。差しでやり合おうじゃねえか」

「礼を、言うべきなんだろうな」

勝蔵は、次郎長からちょっと眼をそらした。刀も、やくざの長脇差ではなく、侍と同じ大刀である。

「軍服を脱ぐ。待ってくれ。これを着てたんじゃ、どっちが斬られてもまずいことになる。下は褌《ふんどし》だが、勘弁してくれ」

勝蔵が、軍服を脱ぎはじめる。

「待ってくだせえ、清水の親分さん」

勝蔵の子分のひとりが、次郎長の前で土下座した。

「俺を、斬ってくだせえ。俺が斬られるのが、当然なんです。俺が死ぬことで、親分を池田勝馬として、通してやってくだせえ」

必死の眼だった。それは、小気味よくさえある。勝蔵が、男の肩に軽く手を置いた。

「やめな、千次。これは、俺と次郎長さんの間のことだ」

「いいや、違います。親分は、俺たちのためにしたくもねえ奉公をして、着たくもねえ軍服を着てんです。俺、それはよくわかってます。だから、俺はここで死にます。どうせ、戦なんです。戦で死のうが、ここで死のうが同じようなもんです」

「違うぞ、千次。戦じゃ官軍の兵として死ぬんだ。堅気も堅気、大堅気さ。ここで次郎長さんに斬られたら、ただやくざが斬られたってことだ」

「黒駒の、面倒なこたあやめようじゃねえか。俺とおまえが斬り合えば、それですぱっと終る。どちらが死んでも、子分どもは恨みっこなし。男が最後にやる喧嘩ってのは、そんなもんだろうが」

「わかってるよ、清水の」

「待ってくだせえ、清水の親分さん。なにもかも、俺らが堅気になりてえって親分に言ったことから、はじまったんです」

千次の声が、悲痛な響きを帯びてきた。

「いまは兇状もねえんです。時代も、動いてます。御新政になってもやくざじゃねえだろう、と思って、親分に頼んだんです。俺はおふくろがいるし、ほかのやつも商売をしてえとかいろいろあって、並んで親分に頼んだんです」

地面に両手をついた千次の顔が、涙で濡《ぬ》れている。ふっと、次郎長は投げ出すような気分になった。きれいごとを並べやがって。そう思う。この三ン下を斬れば、それであっさりと喧嘩がはじまる。

「やくざが、ただで足を洗おうと思うな、と親分に言われました。命を賭けて、みそぎってやつをしろと。それで、四条様に奉公にあがって、官軍に加えてもらって、矢弾の中でみそぎってやつをしようということになったんです。親分は、それを認めてくれて、俺たちが堅気になるのを見届けるって」

次郎長は、長脇差の柄に手をかけようとした。黒駒の勝蔵とは、殺し合うということしか考えられない。眼の前にいる三ン下も、黒駒の勝蔵の一部だ。

「俺はやくざだぜ、黒駒の」

「わかっている」

「おまえとの縁は、やくざとしての縁だ。決めようじゃねえか、ここで」

「最初に頼んだように、差しにしてくれ」

「いいとも」

頷いた勝蔵が、軍服を脱ぎかかった。

人影が三つ四つ、いきなり畠の方へ出てきた。暗くて、顔ははっきりわからない。どっちにしても、邪魔だ。止めるなら斬ってやる、と次郎長は思った。

「清水の、ここは、おまえさんが退《ひ》くべきじゃねえかな」

「安東の親分」

安東の文吉だった。山岡も大政もいる。

「池田勝馬なんだよ、この男は。黒駒の勝蔵じゃねえ」

「勝蔵ですよ」

「そうかなあ。俺にゃどうしても、黒駒の勝蔵にゃ見えねえな。官軍の兵隊さんだ。なあ清水の、男ってのは、変る時がある。やくざも堅気もだ。生まれ変っちまうのよ。ここにいるのは、生まれ変った男ってわけだ」

「そいつを、俺に呑みこめって言われるんですかい、安東の親分」

「呑みこめるかどうかも、男の器量だぜ、清水の」

山岡は、大政と並んで立っていた。

生まれ変る。そんなことがあるか、と次郎長は思う。やくざは、やくざだ。やくざだからこそ、命を賭けているものもある。

しかし眼の前にいる勝蔵は、次郎長の知っている勝蔵ではなかった。それも、よくわかった。

大政が歩み寄ってこようとする。次郎長は、それを眼で制した。

「昔、俺と張り合っていたやくざがいた。どこでなにをやっても、そいつとぶつかるって気がしたもんさ。胆が太くて、叩き斬っても死なねえんじゃねえかと思った。あんな男、もう俺のやくざ渡世じゃ会えねえのかな」

次郎長は、泣いている千次に眼をやり、それから勝蔵を見た。

「黒駒の勝蔵ってやつでね」

「次郎長さん」

「池田勝馬さんとかいったね。あんた、あの勝蔵に顔が似ているよ」

次郎長は、安東の文吉に頭を下げた。それから、大政のいる方へ歩いていった。

「恩に着るよ、次郎長さん」

勝蔵の声が追ってきた。

「なにかの間違いだろう。池田勝馬って官軍の兵隊さんに、恩なんか売る筋合じゃねえしな」

山岡に頭を下げ、歩きはじめた。

「安東の親分がいきなり来られて、それで親分を捜したら、長脇差持って飛び出していったっていうじゃねえですか。なんで知らせねえんだって、若い者を張り倒しちまいましたよ」

清水では、長脇差など持ち歩かなかった。子分たちにも、持ち歩く時は目立たないようになにかに包ませている。

「安東の親分は、勝蔵からの挨拶状で、官軍の中にいるってことを知られたそうです。それで、清水まで早駕籠《はやかご》を飛ばしてこられたってわけで」

「人は、生まれ変るか」

「親分、そう思われましたか？」

「いや。しかし、勝蔵は変っていた。卑屈になって清水を通してくれと、俺に頼んだりもしなかった。ここで死んでいいって顔《つら》をしてやがったが、不思議にそれがやくざの顔じゃねえんだ」

「山岡様も、心配して来てくださったんです」

「大事なお役目の途中で、申し訳ないことをいたしました」

「なに。酒を飲んでいただけだ」

山岡は、次郎長よりちょっと先を歩いていた。立ち止まった山岡が、一度次郎長をふり返った。

「千次とかいう、あの若い衆を、斬ってしまおうと思ったな、次郎長」

「お見通しでございましたか」

「その時だけ、おまえらしくない、という気がしたよ」

再び、山岡は歩きはじめた。

「らしくない、ですか」

なにか、心を荒《すさ》ませるものがあった。それを抑えようとも思わなかった。やくざだから。なんでも、それで片付けてきた。考えなければならない時も、途中でやめてしまう。それが、やくざだからだ。

家に戻ると、お蝶が飛び出してきた。

「喧嘩なら喧嘩と、言ってくださいな、おまえさん。喧嘩に連れていってもらえない子供たちを宥《なだ》めて、納得させるのはあたしの仕事なんですから」

「喧嘩じゃねえよ」

お蝶は、久能山《くのうざん》から清水へ来て、姐《あね》さんをやるようになってから、時々こういうもの言いをする。どこかはずれているような気もするが、お蝶もやくざになったのだ、と次郎長は思っていた。こういうもの言いで、若い者が安心することも確かだった。

「山岡様、飲み直してください。あっしも、茶でも飲むことにいたします」

「俺も、茶がいいな」

客間に入ると、休之助が酔い潰れていた。気持よく酔った、という感じではなかった。卓に頭を載せ、それでもとろんとした眼は開いていて、時々なにか呟《つぶや》いている。

「らしくないのが、もうひとりいたな」

山岡が呟いた。

「休之助さんは、寝床へ運んでやれ、大政。そっとな」

大政が抱き起こそうとすると、休之助は卓にしがみついた。

なにか言うのかと思ったが、眼から涙を流しはじめただけだった。

四

官軍の総督が清水を通った。

一万ほどの軍勢で、清水の者は街道に出て迎え、見送った。次郎長もそうしたが、最後尾が見えなくなると、すぐに家に帰った。

山岡が清水を発って、三日になる。もう江戸に着いているはずだ。前将軍の命を助けてくれれば、江戸を焼かない。そういう交渉を、山岡はしたらしい。

実際、勝海舟が江戸を焼く準備をしていて、それをちらつかせながらの交渉だったようだ。それも、酔った休之助が喋ったことだった。あの夜から、休之助の酒は一度も切れていなかった。

休之助の酔いの言葉の中から、次郎長は次第に総三の死にざまをとらえていった。偽官軍として、問答無用に首を刎《は》ねられたらしい。なぜ偽官軍とされたのかも、休之助は喋った。要するに、新政府ははじめに民と約束したことを守れなかったのだ。守れないから、その約束をして進むのが任務だった総三を殺した。

それが、理由のひとつだった。

もうひとつ大きな理由があり、先帝を岩倉具視が暗殺した、ということを知っていたのが、総三と伊牟田尚平だったのだという。

ほんとうかどうかは、わからなかった。

岩倉という男なら、どんなことでもするだろう、と次郎長は思った。いかさまでも、半端はやらない。華奢《きゃしゃ》な男だが、そういうところはあった。いかさまを、いかさまと思わない。博徒にも、そういうのがいる。岩倉は似ていた。

総三がなにをやったかというと、それだけなのだった。

つまり、少数の人間の都合のために、殺されたのだ。殺しただけでなく、汚名も着せた。やくざでもやらないことだ、と次郎長は思った。喧嘩は勝負。終れば、汚ないことはしない。なにがなんでもというのは、長脇差を抜いている間だけのことだ。

幕府が潰れようと、新政府ができようと、次郎長にはどうでもいいことだった。ただ、あれほど倒幕というものにすべてを捧《ささ》げた、総三を殺したのだ。それも、偽ものとして殺したのだ。筋が通る通らないの問題ではなかった。

すべて西郷が悪いのだ。休之助は、正体もない酔いに浸った時に、そうも言った。坂本龍馬を殺したのも、孝明帝を殺したのも、総三を殺したのも、すべて西郷が仕組んだことだと言った。

　それは、次郎長にはよくわからなかった。ただ、京の薩摩藩邸の小者で、平五郎という男が、新選組や見廻組の屯所に出入りしていた。そして、坂本龍馬が殺された。それは次郎長も知っている。平五郎を殺したのは、次郎長だった。

　その平五郎が、西郷に使われていたのかどうかは、知らない。幕府方の間者だったのだろう、と次郎長などは考えてしまう。死ぬだけのことをしたから、殺した。いや、放っておくと、総三になにかしかねない、という気持の方が強かったのかもしれない。

　休之助の言うことでは、岩倉の方がずっとわかりやすかった。ああいうのは、生かしておけない、と次郎長に思わせたのだ。西郷のことは、やはりよくわからない。

　総督が清水を通り過ぎていったあとも、次郎長は考え続けた。酒を飲めればいいと思い、実際に飲んでみたりしたが、苦しくなるだけだった。

「江戸に行こうと思うんだがな、休之助さん」

「江戸だって？」

「ちょっとばかり、見てきたいものがある」

　総三の家族がどうしているのか。それは、考えるよりも見に行った方が早い。それに、ほかにもやりたいことがあった。

「清水の次郎長が、江戸へ行って戦でもやるのかい？」

「戦にゃならねえことになった。山岡様の働きらしいが」

「知ってるよ、そんなこたあ」

「酔って、忘れたのかと思ってね」

「江戸は、こわいぞ、次郎長さん」

「どこが？」

休之助は、酔っている。いまは正体をなくしているようではないが、これから夜にかけて飲むと、また正体をなくす。

「西郷が、俺を殺そうとするさ」

「そこんところが、よくわからねえ。西郷っての、要するに休之助さんの親分じゃないのかね？」

「親分が、子分を殺しちゃおかしいかい」

「酔ってるね。もう、何日酔い続けていると思う？」

「総三の分も、酔っているんだよ、俺は。それから伊牟田の分も。これぐらいじゃ、まだ飲み足りないさ」

「躰にゃよくない。三人分飲んじゃな」

「清水の次郎長の言うことかい、それが。俺はどうせ、西郷に殺される。躰にいいも悪いもあるもんかい」

江戸に行くと、次郎長は休之助に伝えただけだった。自分も酒を飲みたくなったのだ。飲める休之助が、いつまでも酔っていようとするのは、当たり前だと思った。

休之助は、ひとりで飲んでいるか、大政が相手をするかだった。

「江戸へ行ってくる」

大政にも、伝えた。

「それじゃ、益満さんと一緒に行かれちゃどうです」

「そうもいくまいよ。飲む気持もわかる」

「山岡様から、言われています。あっしがここまでと思ったら、そこで酒を取りあげてくれってね」

「ここまでか？」

「ここまでですね。死にますよ、あの人。いや、死ぬ気で飲んでる」

冗談を言っているのかもしれないと思ったが、大政の眼は真剣だった。酒が人を殺すのかどうか、次郎長にはよくわからない。

「任せる、おまえに」

言って、次郎長は外へ出た。

理由もなく、港のあたりを動き回ることが多くなっていた。暇があると、港の方へ行って海を見ている。

なぜ総三のような男が、汚名の中で死ななければならないのか。

次郎長が考えているのは、そればかりだった。休之助の酔った口から聞いたことだけでなく、赤報隊という偽官軍が信州下諏訪で捕まり、全員が首を刎ねられた、という噂も流れてきた。

いくらなんでも、総三を偽官軍というのは間違っていないか。やはり、岩倉という男のいかさまにひっかかったのだ。

その夜、大政が次郎長の部屋にやってきた。

「益満さんは、強引に酒を飲もうとしていましてね。いま、幸次郎に押さえさせています。切ないですよ。幸次郎に押さえつけられると、あの人は声もあげず、ただ涙だけ流すんです」

「それで？」

「明日になりゃ、酒は抜けます。しかし、苦しくて動けないでしょう」

「おまえに任せたはずだ、大政」

「わかってます。ちょっとお願いがあってきたんです。親分、明日の出立を、明後日にのばしていただけませんか」

「休之助さんを、江戸へ連れていけってのか、大政？」

「ええ」

「ひどくこわがってるぜ。西郷に殺されるって言ってな」

「さっき、江戸へ行きたい、と御自分で言われました。涙を流しながらです。江戸に行かせてあげたい、とあっしは思うんですが」

「そうか、わかった。松本屋の船で、米を積んで出るのが、明後日にある。それに休之助さんと一緒に乗ろう」

「ありがとうございます、親分」

「おまえが礼を言うこたあねえよ」

大政は、明日の朝まで休之助と付き合うつもりのようだった。

翌日になると、休之助は呻《うめ》き声をあげるようになった。苦しいのかもしれないし、別のことがあるのかもしれない。

それを聞くのがいやで、次郎長は外出し、戻ってきたのは夕刻だった。

休之助は、客間でぼんやりと座りこんでいた。そばには、幸次郎が付いている。

「江戸だろう、親分？」

「明日の朝だね。船に乗れるかね？」

「連れていってくれるのか？」

「いまのあんたなら、ひとりでも行けるよ」

「生まれつき、胆が据わっていないらしい。こわいんだ。せめて江戸まで親分がいてくれりゃ、あとはどうにでもなる」

気分はひどく悪そうだが、もとの休之助に戻っていた。

「よく眠れよ。それから、なにか食った方がいい」

「わかってる。できるだけ、そうする」

「幸次郎、おまえも付いてこいよ」

はい、と返事をし、幸次郎は大きく頷いた。

夜になると、大政がまた部屋に顔を出した。

「親分が留守の間の清水一家は、あっしが守ります」

「どうしたんだ、大政。旅に出るのは、毎度のことだぜ」

「江戸で、なにかやろうと考えておられませんか、親分？」

なにかやる。やらなければ、気がおさまらない。そんな感じはあった。しかし、なにをやるか、決めているわけではなかった。

「済まねえな。おまえにゃ、苦労をかける」

「そういうことじゃなく、生きて清水に戻ってください。清水にさえ戻ってくりゃ、親分にこわいものなんかありませんや。それを、忘れねえでください」

黙って、次郎長は頷いた。

翌朝、起き出した時は、旅の仕度をした幸次郎が待っていた。

休之助も、ずいぶんと気分がよくなったように見えた。月代《さかやき》や髭を剃ったからなのかもしれない。いくらか、めしも食ったのだという。

港までは、大政ひとりが見送りに来た。

次郎長と幸次郎が船に乗りこんでも、休之助はまだ波止場で大政と話していた。それも、顔を寄せてひそひそとやっている。

「なんの話をしたんだ、大政と？」

船が港を出てから、次郎長は訊いた。

「それが、大政の兄貴もおかしなことを言い出してね、親分」

「ほう」

「侍がいやになったら、清水一家に来いと言ってくれた。侍なんかはもういなくなると思うんだが、侍の代りは出てくるだろう。そんな中に、俺がいても似合わないそうだ」

「まったくだ」

「親分も、そう思うのか」

休之助が、笑った。笑顔を見たのは久しぶりだという気がした。

「ところで、俺は江戸じゃ新門の親分のところに草鞋《わらじ》を脱ごうと思ってる。休之助さんも、そうするんだろうね」

「いや、俺は、薩摩藩邸へ行く」

「西郷に殺される、と喚《わめ》いていたじゃないか」

「多分、殺されるだろう。それがこわかったんだ。だが、俺は薩摩藩邸へ行くよ。いまなら、俺を知っている人間が、何十人、何百人といる。西郷だって、よほどの理由がなけりゃ、手を出せはしないね。だから藩邸へ行って、俺がどういう扱いをされるのか、確かめてみたい」

「西郷ってのは、そんなに悪か？」

「それが、よくわからないんだ。悪だとは思うが、この国には絶対に必要な男だとも思える。つまり、そんな男さ」

「まあ、好きにするさ。俺が、新門の親分のところにいることだけは、憶えといてくれ」

休之助が頷いた。

海はいくらか荒れ気味で、時々飛沫が頭に降りかかってくる。この季節の海は、静かな時の方が少ない。米を満載しているので、船足も重たかった。

「親分、赤坂三分坂には？」

「行くつもりでいる」

総三の実家だった。親父も、女房も、そして息子もいる。汚名を着て死んだ総三を、いまどう思っているのか。

「俺は」

休之助が、海の方に眼をやった。

「俺は、行くつもりはないんだ。女房や息子がどうしているかも、教えてくれなくていいよ。知りたくない」

ほんとうは教えろということだろう、と次郎長は思った。

休之助は、海に眼をむけたままだった。

揺れる船の上で、幸次郎が茶を持ってきた。どこかで、湯を沸かしてはいるらしい。

「酒じゃないな」

笑いながら言って、休之助がそれを受け取っている。

総三は海が好きだった、と次郎長は思った。松本屋が大きくなり、清水一家の家計が楽になったのも、総三のおかげだった。いつまでも志士ではなく、いずれは海で商売をやる、とぽつりと次郎長に洩《も》らしたこともある。

次郎長は茶を飲み干し、空を仰いだ。海は荒れ気味だが、空はきれいに晴れている。多分、総三はこんな海が好きだったのだ。

「なあ、休之助さん。総三さんに、死ななけりゃならねえ理由なんて、なかったよな？」

「ない。断じて、ない」

「当たり前だよな」

「無念だっただろう。どうにもならないほど、無念だっただろう、と思う」

次郎長は、荒れてところどころ白波が立った海に、ぼんやりと眼をやった。休之助が搾り出すように言った、無念という言葉が、胸を衝いた。

第十六章　江戸のけじめ

一

江戸は、騒然としていた。

戦はなかったわけだから、荒れ果てているというのとは違った。人は活気づいていた。そこに官軍が入ってきたのである。官軍の兵士も、戦にならなかったことでかえって軍規が緩み、料理屋で飲んで騒いだり、隊伍《たいご》も組まずに往来を闊歩《かっぽ》したりしていた。

抗戦意識の強い若い旗本たちは、上野寛永寺に屯所を置き、市中に出ては官軍の兵と争いを起こしていた。幕府の機構はなくなり、新しく入ってきた官軍は、無血の勝利に浮かれている。

上野に集まって、彰義隊と称している旗本たちの数は、四千を超えているという噂《うわさ》だった。官軍は、それに対してなにもなし得ていない。断固として押さえこむ、というほどひとつにまとまりきれていないのだ。戦をしなくて済んだ軍隊は、それだけでたが緩むものらしかった。

松本屋の船を品川で降りた休之助は、次郎長と一緒に、とりあえず新門辰五郎の家に入った。すぐに官軍に合流するつもりだったが、品川あたりの官軍の浮かれようを見て、気が変ったのだ。

西郷がこの混乱にどう対処するか、外から眺めていたいという気分が強くなった。

しかし西郷は、なんの対処もなし得ないでいるようだった。彰義隊をなんとかしてくれと、勝海舟が頼まれているらしいことも、辰五郎の話で知った。

江戸の治安の責任は、いまは官軍にある。その官軍が、ただ浮かれ騒ぐだけでなく、彰義隊の者たちと、しばしば騒動を起こしている。西郷は、軍人だと自分では言っているが、腐臭を放つ策謀家に過ぎなかった。少なくとも、休之助の眼にはそう見えた。

しかし自分には、西郷と面とむかうだけの度胸は欠けているのかもしれない、とも思った。時の流れをふり返ると、西郷にも浮沈はある。しかしやはり、時代が西郷を必要とした。そういう男の手が、何人かの人間を無情に殺したという汚れ方をしていても、当たり前という気もどこかにある。

相楽総三を殺した。伊牟田尚平を殺した。だからその汚れが特別なものに思えてしまう。そう思い切ることも、休之助にはできなかった。

「毎日、なにを考えこんでいるんだね、益満さん？」

辰五郎が、酒を持ってきて言った。清水では飲み続けたが、江戸に来てからは時々飲むだけで、酔う前に切りあげていた。

「山岡様と一緒に、いい役目を果してくれた、と氷川町の殿様はおっしゃってたが」

「なにもしちゃいねえよ、親分。俺になにかできるような、そんな甘いことじゃなかった。

山岡さんは、そりゃ立派な仕事をした。男としてね。俺は、途中まで道案内をしただけなんだ」

「その先は、次郎長か」

「次郎長さんの方が、ずっと大変だっただろう」

「どうだかね。あいつ、毎日江戸をほっつき歩いていやがる。なんのつもりなんだか。どうも、あいつの眼が気に入らなくてね、俺は。人でも殺しそうな眼をしてる」

「親分、総三が死んだの、知ってるよな?」

総三の名を口に出したのは、江戸へ来てはじめてだった。

「あれほど官軍のために働いた男が、なんだって偽官軍なのかって、俺は思ってるよ。死なせなきゃならねえにしても、もうちょっとやりようはあっただろうに」

「死なせなきゃならないか」

「幕府の方にだって、私心もなにもなく働いた人で、死ぬしかなかった男が何人かいるよ。そんなもんだろう。それが、時代が変るってやつだね」

「時代が変るか」

「俺は、上様さえなんとか御無事ならとしか、いまは考えてねえ。ほかに眼をむけると、考えることが多過ぎる」

徳川慶喜が、今後どうこうということはないだろう、と休之助は思った。西郷と勝の間で、話がまとまったのだ。

全体の流れを見ると、この国は間違ったところにむかっている、とは思えない。旧幕府も、フランスに頼ってまで体制を維持するという方法は取らなかった。だから倒幕派も、イギリスに頼らなくて済んだ。この国の中だけで、体制の変革がなされようとしている。外国が加わった戦争になるのが、最悪の道だったのだ。

しかし、なにかが違う。夢に見ていたものとは、明らかに異質のものの中にいる、という実感しかない。

「相楽さんとも、おかしな縁だったな。そう思う。時代が、あの人を殺したってことになるんだろうな」

「俺は、なかなかそう達観できなくってね」

「いろんなところで、人は死んでいくよ、益満さん。くやしさに身をふるわせながら、悲しさに泣きながら、現世に心を残しながら。生きている人間が、なにかしてやろうったって、なにもできやしねえ。なにかやるとすりゃ、そりゃ生きてる人間が自分のためにやることさ」

自分に言っているのか、それとも次郎長にそう言ってやれと言っているのか、休之助にはよくわからなかった。ただ、辰五郎が言っていることは、間違いではなかった。間違いではないことが積み重なって、いまのこの国もある。

「彰義隊は、いつまで暴れ続ける気なのかね、親分？」

「さあな。どう暴れようと、なにも変らねえって気はするが」

去年の暮に、藩邸に集まった浪士隊がやったのと同じことを、いま彰義隊がやっている。あの時は、相楽総三という指揮官がいて、西郷の意を受けた一種の軍事作戦だった。江戸の薩摩藩邸を幕府側に攻撃させ、開戦の口実を作るという、大きな目的があったのだ。

彰義隊は、先の見通しもなく、ただ絶望的に暴れているだけのように思えた。

休之助が薩摩藩邸や官軍の陣営に出かけていかないことについて、辰五郎はなにも言わなかった。もともと、八官町の女の家にいることが多かったのも、知っているのだ。身なりも、町人姿だった。

「親分は、これからどうするんだい？」

「俺は、いつだって上様のおそばにいるつもりでね。いずれ、駿府に行かれることになりそうだ。そうなったら、俺も駿府へ行く」

「いいね、次郎長さんと近くなる」

「まあ、行けば世話にはなるだろうよ。新門の辰五郎なんて言っても、江戸でしか通用しねえ名前だろうしな」

「どこへ行ったって、通用するさ。ただ、次郎長さんがいれば、心強いよな」

「その次郎長だが、江戸でなにをやるつもりなんだね？」

「わからんよ」

「俺はね、益満さん。相楽さんだけでたくさんだな。これ以上、人に死なれたくねえ。せっかく、戦にもならなかったんだしよ」

辰五郎の頭は、もうほとんど白くなっていた。それが、辰五郎をさらにいなせな感じにしている。一年前、辰五郎の頭はこんなに白かっただろうか、と休之助は思った。

まだ人は死ぬのかな、と休之助はぼんやりと考えた。それが、自分であってもなんの不思議もない。むしろ、自分が死ぬ番が来ているのだという気さえしてくる。

思い出すのは、中村半次郎のことだ。

単騎でやってきて、山岡と立ち合った。しかし、山岡がいることなど、半次郎は知りはしなかったはずだ。そして、休之助がいることは、いくらでも知り得た。

俺を斬《き》りに来たのだろう。休之助はそう思っている。それは、西郷の命令である。半次郎が、独断でそんなことをやろうとするはずがない。

官軍の陣営に行けば、必ず斬られる。それはほとんど確信に近かったが、ほんのわずかなところで、そうではないという気が残っていた。それが自分の甘さだということも、わかっている。

「とにかく、次郎長さんも俺も、江戸でなにをやったらいいか、わからないんだよ。もっとも、次郎長さんの場合は、なにかやらなきゃならんということじゃないがね」

「あいつは、根っからのやくざだ」

辰五郎が、盃《さかずき》を口に運んだ。客を泊めたりする長屋の方で、こちらで辰五郎が酒を飲むことは滅多にない。

「やくざはな、益満さん、堅気にゃ信じられねえような理由で、動くよ。躰《からだ》を張る。それでいいと思ったら、あっさりと死ねるのが、本物のやくざでね」

「俺も、次郎長さんと付き合って、そのあたりのところはわかってる。男らしいやつらじゃねえかって気もある。だけど、次郎長さんはいま、ひとりでなにもできはしないよ」

むかい合っているものが、大きすぎる。正体さえ、はっきり見えない。そこまでは、休之助は言わなかった。

「なんでも、すっきりとはいかねえもんだな、益満さん。氷川町の殿様も、いろいろ御苦労なさってるみたいだ。彰義隊のことだけじゃなく、海の上には軍艦がいて、官軍にゃ降伏しねえってことらしいしな」

彰義隊を討伐しないのは、そういう要素もあるからなのか。海上からの攻撃を防ぐだけの海軍力が、いまの官軍にはない。

それに、西郷は自信がないのかもしれなかった。失敗すれば、彰義隊に加わろうという旧幕臣は、さらに増えるかもしれない。抵抗の姿勢を示している東北諸藩にも、勢いはつく。たかだか数千の彰義隊なら、勝つことは決まっている。一日で片をつける必要があるのだ。薩摩全軍をもってしても、その自信はないのだろう。士気が緩んだ、というだけでなく、西郷には実戦を指揮した経験がほとんどないはずだった。

無血開城を決めたのが西郷なら、ここで長州や土佐に命令はしにくく、薩摩がやるしかないことになる。

いずれ、動きは出てくる。誰かが彰義隊を討伐すると言い出すのを、西郷はじっと待っているのかもしれない。

動きが出る寸前を狙《ねら》えばいい、と休之助は考えていた。その時に、西郷の前に姿を現わす。多分、西郷の指導力が一番弱くなっているのが、その時なのだ。

「氷川町の殿様が、江戸を焼いちまったらどうなったんだろう、と俺は時々思うよ。殿様は本気だったからね」

徳川慶喜の命と引き換えだった。徳川家を存続させても問題はない、というのは山岡の交渉で決まったのか。それとも、大きな戦は避けようという気が、官軍の上層部にはすでにあったのか。

「飲もうよ、親分」

「めずらしいな。清水じゃ酒に溺《おぼ》れてたっていうが、うちへ戻ってからは、ほとんど飲んじゃいねえだろう」

「考えることが、いっぱいあったんだが、考えてもわかりはしないことがわかった」

「おかしな話だな」

「だから、飲むのさ。酔えば、おかしな話もおかしくなくなる」

辰五郎が笑った。皺《しわ》が深くなり、束《つか》の間、好々爺《こうこうや》の顔になった。

二

江戸の官軍は、思ったほどの数ではなかった。江戸城のまわりを歩き回ってみたが、せいぜい三千か四千というところだろう、と思えた。清水を通り過ぎた官軍は、五万ほどはいた。その大部分は、関東の各地に散っているようだ。

官軍の数を調べたくて、次郎長は毎日のように江戸を歩き回ったわけではなかった。行きたいところへ、行けずにいたのだ。せめて岩倉の首ぐらいは取ってやりたいと思ったが、岩倉は江戸にいないこともわかった。岩倉が江戸にいると思いこんだのは、間抜けな話だった。中山道を行く岩倉総督という話を聞いたが、それが息子の方であることは江戸に入ってから知った。

「そそっかしいんだよ、馬鹿野郎」

自分に言ったつもりだったが、後ろを歩いていた幸次郎が聞いたらしく、なにを叱《しか》られたのかしばらく悩んでいたという。ふだんなら笑っただろうが、笑う気力も湧《わ》いてこなかった。

「親分、ちょっと。あのお侍は、大鳥と申されるお方じゃねえですか？」

神田を歩いている時に、幸次郎が後ろから声をかけてきた。ふり返り、幸次郎が指さす方を見ると、確かに大鳥圭介だった。

歩み寄り、頭を下げると、大鳥もすぐに気づいたようだった。

「清水の博奕打《ばくちう》ちが、江戸でひと勝負しようというのか？」

大鳥は笑っていた。このあたりを歩いているのは、彰義隊の荒っぽい連中が多いが、大鳥はかなり様子が変っていた。黒い羽織を、きちんと着ている。

大鳥に会うのは、これで三度目になる。最初は、黒駒の勝蔵との差しの喧嘩《けんか》を止められた。二度目は、勝海舟に誘われて、軍艦に乗ろうとしている時だった。

「御無事でいらっしゃったんですね」

「死ぬほどの戦など、なかったからな」

「そりゃまあ、大鳥様にはいろいろな思いがございましょうね」

「ほう、俺の気持がわかるのか、次郎長」

「いえ、あっしはやくざでございますから、やりかけの喧嘩を止められるのが、一番つらいことでございまして」

「なるほどな。俺が止めた喧嘩は、おまえにつらい思いをさせたか」

「いえ、あの時は、止めていただいた方がよかったようです。なにがなんでもって喧嘩じゃなく、相手がこっちの縄張《しま》に入ったことを知って、仕方なしにやろうとしていたことだったんで。やめられない喧嘩なら、旦那《だんな》に斬られたって、死ぬまで続けてます」

「やくざも、そこまで肚《はら》を据えるか。較べれば、徳川家の武士など、女が腐ったようなものだな」

大鳥が笑った。

「俺も、徳川家の武士だがね。骨を抜かれちまったのかな。江戸から出もせずに、大人しくしているよ」

また、大鳥が笑う。喧嘩をやめた、という眼の光ではなかった。すぐにでも刀を抜きそうな、そんな気配を漂わせている。

「勝海舟とは知り合いだったな、次郎長。あの人がやったことも、ひとつの方法だったと思う。だから、斬ろうとは思わんよ。たとえ負けでも、闘いを選ばなかった。それはいずれ、賢明だったかどうか知れるだろう」

「そういうものでございますか」

「不満そうだな」

「あっしは、官軍ってやつが、ついこの間からですが、気に入らなくなりましてね」

「ふうん、ついこの間か」

「やりたいことを、やりたいようにやっていいってことはねえ、と思ってるんでございます」

「官兵に、いやな目にでも遭わされたか？」

「いえ、なにも」

「喧嘩もせずに勝ったから、気に入らんのかな？」

「まあ、そんなところでございましょうか。どうも、まともな喧嘩をしてねえんじゃあるまいか、と思う時があるんでございます」

「まともな喧嘩をしてないのは、徳川家の方なんだがな」

大鳥が、困ったような表情をした。

「これは、やくざ風情《ふぜい》が、らしくもねえことを申しあげました」

「いいさ。しかし次郎長、喧嘩《でいり》でもはじめそうな眼をしているぜ」

「とんでもございません。こんな時は、やくざの出る幕なんざ、ありゃしません」

「ならいいが、海道一の大親分が、官兵と斬り合いをしたとなると、いろいろ面倒だろうからな」

海道一といわれることが、しばしばある。伊勢の喧嘩に勝ったころからだ。海道の親分衆の中では、まだ若造だと次郎長は思っていた。縄張りも、清水だけだ。

「こんな御時世です。旦那もどうか、お命だけは大事になさって」

「俺も、喧嘩しそうに見えるかね」

笑った大鳥に、次郎長は頭を下げた。

江戸の町に、大きな変化はなかった。特に、神田あたりはそうだ。しばらく歩き、次郎長は幸次郎の方をふり返った。

「死のうと思ってる人の眼だな、幸次郎」

「あの、大鳥様がですかい？」

「そこらで会う、彰義隊の侍より、ずっと死のうとしている眼だ。幸次郎、これからもやくざを続けていくとしたら、ああいう澄んだ眼をした相手との喧嘩は、避けることだ」

「なんとなく、わかるような気もしますが」

大鳥圭介に会ったことで、踏ん切れなかったことに次郎長は決心がついていた。なぜだかは、わからない。多分、そういうものだろう、という気がするだけだ。

「赤坂へ行くぞ、幸次郎」

次郎長は歩きはじめた。

幸次郎は、黙ってついてくる。赤坂へ行けないで、これまで方々歩き回っていた。赤坂へ行くために江戸にやってきたのではない、と何度も自分に言い聞かせたが、あまり説得力はなかった。昔から、こういう気の弱いところがある。人には、言ったことがない。言っても、信用してもらえないだろう。

幸次郎が、息を弾ませている。小走りのような速さで歩いていることに、次郎長ははじめて気づいた。そのくせ、心のどこかでは赤坂が近すぎると思っている。

三分坂。長い塀がある。武家の屋敷が並んだあたりだ。

「おまえは、ここで待ってろ」

門の前で、幸次郎に言った。門前に立つと、さすがに肚は決まっていて、幸次郎に訪《おとな》いを入れさせようとも思わなかった。

ひっそりとしていた。

門を入ったところは使用人の家で、奥に母屋の玄関が見える。

「どうも。清水の、次郎長と申す者でございます」

姿が見えた老人に、次郎長は声をかけた。

「相楽総三さんとは縁故《ゆかり》の者です。お照さんにお目にかかりたいと思って、やってきたんでございます」

老人は、ぼんやりと立ち尽して、次郎長を見ているだけだった。

「もし、お取次を」

老人が、かすかに首を振った。

「お照さんは、いらっしゃらねえんで？」

「若奥様は、お目にかかることはできませんでね。申し訳ありませんが」

「そうですか。御心痛でいらっしゃるんでしょうね。お父上や河次郎坊やは、元気にしておられますか？」

「ああ、思い出した。次郎長親分ですね。あまり大変なことが起きたので、人の顔や名がよく思い出せなくなっておりましてね」

「そうでしょうね」

老人は、まだぼんやりと立ったまま、次郎長を見ていた。

「あっしも、無理にお目にかかろうなんて、思っちゃおりません。一応、ちゃんとしておられる。そんなところがわかればいいんでございます」

「御存知ないんですね、次郎長親分。このお屋敷は、渡り者の私のようなものに、よくしてくださいました。特に若奥様が。だけども、もうどうしようもありません。若奥様は、短刀で自害なされましたよ」

「自害」

全身に鳥肌が立ってくるのを、次郎長は感じた。

「十日ほど前でしたか。遺髪を届けてくださった方がおられましてね。そう、若旦那様の遺髪ですよ。偽官軍ということで、処刑されたとか、おっしゃいました。下諏訪だったそうです。なにかの間違いだと旦那様はおっしゃいましたが、それが若旦那様の遺髪だと、若奥様にはすぐにわかられたようで」

「それで、自害を？」

「翌朝に、河次郎様が見つけられたんでございますよ。遺書はございました。それにしても、若旦那様を偽官軍とは、あまりのおっしゃりようではございませんか。戦で死んだのなら、若奥様もまだ諦《あきら》めがついたでしょう。いや、若旦那様も、戦で死ぬなら本望というところがございましたでしょう。あれほど官軍のために身を捧《ささ》げた方が、偽官軍として首を刎《は》ねられるとは、私でさえも納得できませんです。ひとりで死んでいかれた若旦那様を、若奥様は黙って見ていられなかったんでございますよ。せめて、自分だけは一緒に死んでやろう、と思われたに違いありません」

「そうでございましたか」

「官軍が江戸に入れば、それで若旦那様はこの屋敷に戻られる。旦那様も若奥様も、そう信じておられて、河次郎様にそうおっしゃっておりました。官軍が江戸に入れば、家族で暮せるようになるのだと。河次郎様は、一所懸命に官軍の応援をされていました」

河次郎はいくつになったのだろう、と次郎長は思った。四歳か五歳。かわいい盛りではなかったか。

老人は、ぼんやりと立ったままだった。

「若奥様が自害されて、この屋敷の使用人はみんな出ていってしまいました。偽官軍なら、官軍がやってきた時に、ひどい目に遭わされると思ったのでございますよ。私は、そんなことはない、と思いました。官軍は、もう江戸に入っておりますでしょう。誰も、咎《とが》めにも参りません。偽官軍というのは、やっぱり嘘《うそ》だったんでございましょう？」

「嘘に決まってらあ」

叫ぶように、次郎長は言っていた。

「総三さんの、どこが偽官軍だってんだ。つまらねえことをぬかしやがって。どれだけ官軍のために身を粉にして働いたか、この次郎長がよく知ってら。御政道ってのはよ、いったいどこに眼をつけてやがる。総三さんこそ、官軍の中の官軍だったじゃねえか」

子供がひとり、母屋の玄関から門の方を見ていた。

「河次郎坊や」

次郎長は、母屋の玄関あたりが、ぼんやりしか見えなくなるのを感じた。涙が溢《あふ》れ出てきている。それはとめどなく、止まることがなかった。

「おまえの父はよ、立派な男だったぞ。男の中の男だったぞ。それは、俺が一番よく知っているぞ」

河次郎が、玄関から駈《か》け出してきて、次郎長に抱きついた。小さな躰だった。次郎長の腕の中で、消えてしまいそうな躰のように感じられた。

「すまねえよお、河次郎。半端者《はんぱもん》のやくざの俺にゃ、なんにもしちゃやれなかったよ。くやしいなあ。どんなにくやしがっても、総三さんのくやしさの、万分の一にもなってねえだろうなあ」

河次郎の小さな躰が、次郎長の腕の中でふるえていた。

「泣くんじゃねえぞ、おまえ。父の子だろう。男の中の男だった、相楽総三の子だろう」

母親もなくしたのだ、と次郎長は思った。しかも、総三が着た汚名が晴れることは、新政府が続くかぎりないだろう。偽官軍の子。この子は、そう呼ばれ続けるのか。

中年の女がひとり、玄関に立っているのに気づいた。次郎長は手拭《てぬぐ》いで顔を拭《ふ》き、お辞儀をした。女が近づいてくる。

「木村はま、と申します。次郎長さんですね。弟がよくその名を申していたと、河次郎から聞かされました」

「それでは、総三さんの姉さまでございますか」

「わたくしにとっては、小島四郎でございます。偽官軍とかなんとか、おかしなことを言われておりますが、それは相楽総三のことで、四郎ではございません」

姉がそう言いたい気持が、わからないわけではなかった。はまの表情は、ほとんど動いていない。次郎長は、ただ頭を下げた。

「お父上の、小島兵馬様は、どうしておられるのでしょう？」

「酒に溺れております。ですから、お会わせするわけには参りません。四郎が死んだことさえ、よくわからないのでございます」

「さようで」

「きついことを申すようでございますが、河次郎は、木村の家で育てます。お照の遺書にもそうございましたし。今後、やくざをなさっているお方とは、あまり会わせたくないのでございます」

「それは、ごもっともなことで」

「申し訳ございません。主人も、知ればそう考えるだろうと思います」

「会いたいと思って、こらえきれずに来ちまったあっしが、浅墓でございます。二度と、こんな真似《まね》はいたしません」

言われる通りだった。まだ次郎長の足にしがみついている河次郎の肩を、次郎長はそっと押した。河次郎と眼が合う。ただ次郎長を見あげていた。なにかを言おうとしているなどと、次郎長は考えなかった。

「行きな、河次郎。俺は、ちょっとばかりおまえの父と知り合いだったたんで、ここへ来てみただけなんだ。今後、会うこともねえだろう。早く大きくなんな。人のためになる大人になるんだ」

らしくねえことを、言うんじゃねえ。次郎長は、自分を叱りつけた。河次郎の肩を押し、さらにはまの方へ押しやる。

次郎長は、頭を下げた。

「見事な最期でございました。武家の娘らしく、潔く果てました。四郎とは、ともに着ることのなかった晴着をまといまして」

それだけ言い、はまは無表情の顔に涙だけ流しはじめた。

次郎長は、もう一度頭を下げ、踵《きびす》を返そうとした。

「相楽総三は、お世話になったのでございましょう。ただ、河次郎は、相楽総三ではなく、四郎の子として育てなければなりません。御無礼は、なにとぞお許しくださいませ」

「とんでもねえことで。あっしのようなものと、相楽総三という方は親しくしてくださいましたが、小島四郎様の方はまったく存じません。つまらねえ者が、御門内をお騒がせいたしまして、申し訳ねえことでございます」

河次郎の方は見ず、はまと、まだぼんやり立っている老人にだけ、次郎長は頭を下げ、踵を返した。

門の外に、幸次郎が立っていた。泣いている幸次郎の頬《ほお》を、次郎長は一度張った。

「親分」

「泣きたいだけ、泣きやがれ、ちくしょう。だがな、三分坂から離れてからだぞ。それまでは、涙を呑《の》みこんでろ」

「わかりました」

しばらく歩いてから、幸次郎は嗚咽《おえつ》をはじめた。力士のような大男が、泣きじゃくっている。通行人は、みんなふり返ったが、次郎長は構わなかった。

京に、お照が縫った単衣《ひとえ》と袷《あわせ》を届けた。それをしっかり抱いてきたのは、幸次郎だった。総三が書いた『華夷弁』というものを、江戸に届けるまで持っていたのも、幸次郎だった。大政と幸次郎は、清水一家の中でも、最も総三と親しくしていたのだ。総三が死んだと聞いても、幸次郎はいままで涙を見せなかった。それが、堰《せき》を切ったという感じだった。

「もうよせ」

次郎長が声をかけたのは、日本橋の近くまで来た時だった。幸次郎は手拭いで顔を拭き、洟《はな》をかんだ。

「親分、俺は命はいりません」

「どうした、幸次郎？」

「総三兄貴のためだったら、真っ先に俺を死なせてください」

「兄貴だと」

「そう呼ぶと、総三兄貴は喜んでくれたんですよ。親分の前じゃ駄目だと言われましたが、親分がいらっしゃらねえ時は、兄貴と呼べって。読み書きも、俺は総三兄貴に教えられたんです」

総三には、そんなところがあった。次郎長はそう思った。

「俺は、好きでした。偽官軍だなんて、俺は腹が立って、官軍の中に斬りこんでやろうかと思いました。大政の兄貴が、親分に従うのがやくざだと言ったんで、こらえてたんですよ。大政の兄貴も、俺にそれを言った時は泣いてました」

「わかったよ、幸次郎」

次郎長は歩きはじめた。

「だがな、死ぬことだけが、総三さんのためじゃねえ。それは忘れるな」

「俺みてえな男、命を投げ出すしかできませんから」

「やくざは、みんな同じさ。そして、命を投げ出すのはそれほど難しくねえ。やさしいことばっかりやるから、やくざとも言えるんだ。これからどうするかは、二人で考えようじゃねえか」

「二人でですか。俺は、親分に従います」

「まあいい」

江戸を歩き回るのが、馬鹿らしくなってきた。

辰五郎の家へむかった。

三

浅草寺裏の小さな寺で、次郎長は賭場《とば》を開いた。ほんとうなら、できるはずもないことだったが、辰五郎の名があることと、官軍の兵士だけを相手にするということで、黙認された恰好《かっこう》だった。官軍には軍票のようなものが出回っていて、それで張れるようにしたのである。

もとより、小さな賭場だった。

「ほんの十日ばかりの開帳で、寺銭はすべて総督府に上納いたします」

おかしなことをはじめるじゃないか、と言った辰五郎に、次郎長はそう答えた。官軍の慰問のようなものである。ほかのことも考えているのだろうと、辰五郎は勘繰るふうだったが、しつこく訊《き》こうとはしなかった。

大きな博奕は打てない。そんなふうに、上限も決めた。遊びの域を出ていないので、官軍でも歓迎するようだった。

「あっしは十日ばかりですが、あっしがやめても、ほかの親分衆の盆になさっちゃいかがでしょうか。それで、あっしも江戸を荒らしたなんて言われなくて済みます」

「そうだな。それがいい。十日で誰かに引き継ぐってことになれば、文句も出ねえや」

辰五郎は、そう言って笑った。よくはわからないが、勝海舟の口添えもあったようだ。

壺は、幸次郎が振った。ほかに、辰五郎の若い衆を三人借りた。町人姿の休之助も加わりたがったが、薩摩兵が多いというので諦めたようだ。

江戸にいる官軍がいつ動き出し、いつ彰義隊の討伐をはじめるのか、次郎長は休之助に頼まれて、探ろうとしているのだった。

岩倉がいない江戸にいたところで、あまり意味はなかった。清水へ帰って、頭を冷やす。その前に、休之助に持ちかけられたことだけ、済ませておこうと考えたのだ。

賭場は、立てたその日から繁盛した。軍票を使える賭場など、どこを捜してもないからだ。人数をかぎり、勝負の時間もひとり一刻《いっとき》ということにした。

揉《も》め事はほとんど起きず、次郎長は並んでいる官兵の整理をするだけだった。

実際、賭場を立てているという気はしなかった。小さな紙を賭《か》けているだけなのである。休之助は軍票と言ったが、やがてそれは銭ということになるらしい。火をつければ、燃えてしまう銭だ。

三日目に、おかしな噂を耳にした。

彰義隊とは関係のない噂で、新選組の近藤勇《いさみ》が捕えられたというのである。近藤といえば局長で、副長の土方歳三とともに新選組を動かしていた。

捕えられたのは、下総流山《しもうさながれやま》だったという。江戸では彰義隊が暴れるのを黙認しているという恰好だが、江戸近郊では小さな戦はしばしば起きているようだった。

賭場を辰五郎の若い衆と幸次郎に任せ、次郎長はまた江戸を歩き回りはじめた。次郎長がいなければならないほど、賭場は緊迫したものではなかったのだ。官兵は純朴な者が多かったし、賭けているのはただの紙っぺらなのだ。

当てもなく、江戸を歩き回るということはしなかった。鼻を利かせる。しばらく江戸にいて、しかも辰五郎などとよく喋《しゃべ》っていれば、自然に上の方のことも耳に入る。たとえば徳川慶喜は駿府へ行くだろうと言われていたが、近いうちに水戸へむかうらしいこともわかった。そんなことは、官兵同士の噂にはなかったが、多分間違いはないと次郎長は思っていた。

「おい、次郎長」

背後から、声をかけられた。勝海舟で、供も連れずにひとりで歩いていた。

「どうしたんだい。その様子じゃ、俺の家のまわりをうろついてやがったな。なんで入らねえ？」

「うろつくだなんて、殿様」

「このところ、俺を斬ろうなんてやつらが多くてな。歩き方を見てるとそれがわかる。おまえ、やつらと同じような歩き方をしてやがった」

「御冗談を。あっしがなんで、殿様を。そりゃ、殿様のお屋敷のまわりを、歩き回っちゃおりましたが」

「賭場を放り出してまでかい、次郎長？」

「賭場と申しましたところで、紙っぺらを賭けているだけでございましてね」

「あの紙っぺら、やがて紙幣というものになるらしい。つまり、小判や一分銀が、ああいうものになるのさ」

「紙っぺらです、ありゃ」

「まあ、新政府の腰がしっかりするまでは、誰もあれを銭とは認めねえだろうが」

勝は、屋敷へ入れとも言わなかった。じっと次郎長を見つめている。

「清水の次郎長ってえやくざは、いま江戸になにを見てるんだい？」

「こう世の中が変ってきますと、新しいやくざの仕事《しのぎ》が江戸あたりに転がってるんじゃねえかと、浅墓なことを考えたりいたします」

「おまえに狸《たぬき》は似合わねえぜ、次郎長」

「あっしなんぞが、なにを見ようと、思いつくのは官軍公認の賭場でも立てられねえかということぐらいで」

「賭場の話をしてるんじゃない。なにを見てるのかって訊いてるんだ」

「はあ」

「なにか、見てるよな、おまえ」

「なんでございましょうね。男の死に方ってやつを、もうちょっとしっかり見ようってことでございますかね」

「死に方か。やくざがそんなことを考えるかね？」

「やくざだから、それだけは考えます」

「やくざだからね。死に方を考えるのは、武士のやることだったはずだが」

嘘を言った気はなかった。いまは、休之助が死に方を考えている。考えているから、すぐに死ぬともかぎらない。死に方を考えた先に、なにか別の、生き方のようなものがあるのだ、と次郎長は思っている。

「ところで、内藤隼人《はやと》って幕臣を知ってるかい、次郎長？」

「いえ」

「もともと江戸の近在の生まれだが、京で働いた幕臣さ。いまも、幕臣のまんまだね。三縁山の瑞見寺《ずいけんじ》って寺にいるはずだ」

不意に、勝がなにを教えてくれたか、次郎長は理解した。

「ありがとうございます、殿様」

頭を下げた。その時、勝はもう次郎長に背をむけていた。鼻は利いた。嗅《か》ぎ当てたいものを、ちゃんと嗅ぎ当てた。勝の背中を見送りながら、次郎長はそう思った。

三縁山といえば、増上寺だった。瑞見寺というのは、その末寺のひとつだろう。

俺は、なにを見ようとしているのだ、と次郎長は歩きながら考えた。いつからか、なにかを見ようとして、動き回るようになった。総三と親しくなったころからなのか。なにかを見たいという思いが心の底にあって、京へ行った。江戸にもしばしばやってきた。黒駒の勝蔵と張り合ったり、伊勢で大喧嘩をしたりしていたころは、やくざの意地で動いていた。いまも、それは失っていない。しかし、意地とは別のところで、なにかを見たがっている。

男の死に方。勝海舟にはそう言ったが、自分の死に方を考えているような気が、次郎長はしてきた。死んだところで、惜しくもないほど長く生きてきた。やくざとしては、長生きしすぎているほどだ。

そろそろ、死ぬころじゃないか。心の底には、そういう思いがある。それなのに、死ぬべきではない総三が死に、いま休之助も死に方などを考えている。

なんだって、長生きしちまってんだ。その思いは、ほとんど理不尽とさえ言ってよかった。ある時から、やくざとしての喧嘩をしなくなった。というより、自分に喧嘩をしかけてくるやくざがいなくなった。

こっちから吹っかけた喧嘩で死ぬ、というのはどうもしっくりこない。こんな時代だから、死ぬ場所はいくらでもあるのだ、という気もしてくる。

増上寺のそばを歩いていた。

瑞見寺という寺は、増上寺の裏手にあった。塀も崩れ、古い本堂と庫裡《くり》があるだけの、小さな寺である。境内に墓もないようだった。

次郎長は、しばらく山門の前で待っていた。境内に、ひとり二人ではない気配があったからである。殺気立ったものではなかった。

半刻ほどして、武士が四人出てきた。

「次郎長か」

むかいの塀に顔をむけてやり過そうとしていたら、声をかけられた。大鳥圭介だった。次郎長は頭を下げ、うつむいた。ほかの三人の武士は、いくらか気を立てている様子もあり、こういう時はあまり眼を合わせない方がいいと思ったのだ。

「ここを訪ねてきたのか。もしあの男に会いに来たのだとしたら、おまえはなにか旧幕臣の動きに関っているのではないのか？」

「いえ、あっしはただ、ここにおられる内藤隼人様って方と、いささか御縁がございまして、それで挨拶《あいさつ》をしなけりゃと思って」

「やっぱり、あの男か」

「御挨拶以外の用は、なにもございません。ただ江戸にいらっしゃるとわかったからには、お顔だけは拝見してえと思って」

「江戸にいるということが、わかった。当たり前の人間には、それはわからんことだ」

「昔から、鼻だけは自慢でございまして」

大鳥が、口もとだけで笑った。斬る気かもしれない、と次郎長は思った。ほかの三人は、さりげなく間合を詰めてきている。

「通してやってくれ、大鳥さん。その男は、人を売ったりはしない」

低い、よく透る声だった。境内の奥で、土方歳三が腕を組んで立っていた。

黙って、大鳥は歩み去っていった。

山門のところに立って頭を下げた次郎長に、土方は軽く手招きをした。

「まだ死んでいない、と嗤《わら》っているんだろうな、次郎長」

「なにをおっしゃいます。近藤勇様が流山で捕えられたという噂を耳にしましたので、もしや旦那も、と思ったんでございます。つきまとうようで、おかしな野郎だとお思いでしょうが、無性に気になりまして」

「勝さんか？」

「氷川町のお屋敷を張っていたあっしを、見咎められまして」

「ちょっと、遅かったな。俺があそこへ行ったのは、きのうの夜だった」

「近藤勇様は、自ら縛についたというふうに聞きましたが」

「根気というか執念というか、そんなものをなくしてしまったのだな、あの人は」

「そうでございましたか。旦那が江戸へ斬りこんでこられる。そんな気がしたもんですから」

近藤が江戸に連れてこられたら、土方はそれを助けようとするだろう。次郎長でなくても、考えつきそうなことだ。

「近藤さんが、長く生きていることはないだろう。そんな気がする。薩長のやつらが、長く生かし続けるはずもない」

「切腹させられますか？」

「切腹など、許されるはずもない。近藤さんは、自ら投降すれば、切腹ぐらいは許されると思っただろうが、薩長は新選組を憎みきっている。斬首《ざんしゅ》さ。首を刎ねられる」

切腹と斬首では大きく違うのだ、ということは土方の口調でわかった。

「俺はな、次郎長。死ぬためだけの闘いなど、したくないのだ。勝てるかもしれない。心のどこかで、それを考えていたい。勝つための闘いをするのが、死んでいった者たちに対するつとめではないか」

それでも土方は、死にたがっている。死にたくても、自分の望んだかたちで死ねない。そういうことなのだろう。それであがく。もっと深い沼の中に、追いやられることになる。

「死ぬのは難しいな、次郎長。近藤さんを見ていると、つくづくそう思う。見事に腹を切りたかったのに、斬首だ。甘い自分を、矢来の中で嗤うだろう」

突き放したような言い方の中に、やりきれないような哀切な響きがあった。淋《さび》しいのかもしれない。近藤勇と一緒に死にたい、と土方は考えていたのかもしれない。

「旦那、まだ生きられますか？」

「まともに斬りこんでくるじゃないか、次郎長。俺は、まだ生きるよ」

「近藤様より、もっとひどいところに追いつめられても？」

「厳しいことを言うね。そこがひどいところかどうかは、俺が自分で決める。俺が死に場所を見失ったと思っているだろうが、ここが死に場所と見えたことはまだない」

「旦那の行く先には、死ぬことしかねえんじゃありませんか。いたるところ死に場所、ともあっしには思えます」

「いたるところ、闘いの場であり、生きる場でもある。もういいよ、次郎長。こんな話はやめにしよう。おまえが俺を挑発して、生気を吹きこもうとしていることはよくわかる。されるだけ、俺は惨《みじ》めになる」

出かかった言葉を、次郎長は呑みこんだ。惨めという言葉が、胸を衝《つ》いた。

「ひでえ男かもしれません、あっしは」

「やくざは、人間の屑《くず》だな」

「まったくです」

「それでも、人間じゃあるな。屑は屑なり、立派に生きちゃいる」

「屑は、死に方を考えることで、屑にとどまっていられるんです。それを忘れたら、人間じゃなくなります」

それから、他愛《たわい》ない話をいくつかした。土方の眼は、いつまでもやさしかった。別れる時も、特別なことはなにも口にしなかった。これが最後だろうという思いはあるが、いつも土方とはそういう思いを抱《いだ》いて会っていたという気もした。

浅草に戻る間に、次郎長は土方より休之助のことを考えるように自分をしむけた。

辰五郎の身内の若い衆が、動き回っていた。

徳川慶喜が水戸へ行くことが本決まりになり、辰五郎も二十人ほどの若い衆を連れて一緒に行くつもりらしい。

「なに、水戸は上様の御実家なんでさあ。心配いりませんや」

若い衆は、不安そうな表情をしながら、次郎長にはそう言った。

四

奥州《おうしゅう》で、旧幕府軍の抵抗が次第に顕著になってきた。中心は会津藩で、二十藩以上が列藩同盟を結成したという。

官軍の主力は、これから奥羽《おうう》にむかうことになるだろう。西郷は、当然ながらそれを指揮する立場にある。

いつ薩摩の軍営に入るか、休之助は測っていた。

結局、西郷は彰義隊に対してなにもなし得ていない。とるに足りないと思ったのか、自信がないのか、休之助はよくわからなくなった。

噂は、次郎長が立てた賭場を通して流れてくる。ここまで彰義隊を放置していられるというのは、ただ自信がないだけでは考えられないことだった。官兵の間に、西郷に対する悪口もない。

長州から大村益次郎《ますじろう》という男がやってきて、彰義隊に憤慨しているという噂も流れてきた。つまり、薩摩以外のところで彰義隊を討とうという空気が出てきた、ということだった。特に、大村は西洋軍学の専門家だという。

これを待っていたのかもしれない、と休之助は思った。だとしたら、いつものように狡猾《こうかつ》なものだ。しかも西郷の風貌《ふうぼう》は、それを狡猾とは感じさせない。

潮時か、と休之助は思った。

「それなら、俺も賭場は辰五郎親分の身内に譲ることにするよ」

次郎長に言うと、そういう返事が返ってきた。自分が動く気になるのを、次郎長はずっと待っていたのかもしれない、と休之助は思った。

「次郎長さんから見りゃ、愚図愚図してる男に見えただろうが、俺もやっと肚が決まったよ。ここ十年ばかり、薩摩藩士として動いてきた。その結着を、そろそろつけるべき時だろうと思う」

「なにをやろうと、俺は止めねえよ、休之助さん」

それだけ言い、次郎長はなにも訊こうとしなかった。

決めると、休之助はすぐに動いた。誰にも、別れの挨拶などはしなかった。武士の身なりに改め、二本差して、薩摩の陣営に行っただけである。

「益満さあ」

方々で、声があがった。江戸にいる薩軍兵士は、知っている顔が多かった。

それほど手間もかからず、西郷に会うことができた。

「休之助、生きちょることは、知っちょり申した。解き放たれ申したか」

山岡を駿府の途中まで案内したのが、休之助だということはわかっているはずだった。それからまた、旧幕府側に拘束されたと考えていたのか。

言葉だけで、この男はわからない、と休之助は思った。

「いろいろあって、いまようやく復帰しました。戦がなかったんで、ほっとしています。間に合ったという気分ですかね。これから、彰義隊との戦、奥羽諸藩との戦でしょう。それには、兵卒として加わりたいと思います」

「おはんには、苦労をかけ申した。それなりの場を用意し申そう」

幕僚が、十名ほど集まっている場所だ。中には頷《うなず》いている者もいる。

「いや、いま私にできるのは、兵卒だけでしょう。それなら、隊長の命令に従っていればいいことです。私にもできます。それ以後のことは、奥羽諸藩も平定して、政府が動きはじめてから考えようと思います。とにかくいまは、一兵卒として働かせてください」

「よかど、休之助。おはんの気持はわかり申した。これを着て、戦に出るとよか。一兵卒でも、こん西郷が着ることを許し申そう」

西郷が脱いで渡してくれたのは、錦《にしき》の陣羽織だった。幕僚たちが、手を叩《たた》いている。すぐに隊長に引き合わされた。

配属された隊は、九州諸藩の兵とともに、大村益次郎の指揮下に入っていた。西郷の陣羽織の話はすでに知れ渡っていて、同じ小隊の兵卒たちはみんな着てもらいたがっていた。西洋軍学を掲げている大村が、そんなことを許すはずはないと思ったので、眼の届かないところだけで、休之助はそれを着ていた。

同じ小隊には、薩摩から出てきた郷士《ごうし》が多く、知らない者ばかりだった。小隊長の田中だけは、京二本松の藩邸で何度かすれ違ったことがある。

官軍の、黒い制服に身を包んだ。制服の中に、うまく逃げこめた、と休之助は思った。いくら中村半次郎でも、ここまで来て自分を斬ることはできないだろう。

大村流の訓練を、しばらく受けた。大砲と銃を効果的に遣うために、集団がいかにまとまって動くか。訓練のほとんどは、それに費された。

さすがに長州軍の動きがいいが、大村はそれも抑えさせた。全軍が同じように動かなければ意味はない、というのが大村の考えのようだ。

合理的という言葉を、大村は何度も口にした。理にかなっているというより、無駄がないということだ、と休之助は思った。何日か訓練を受けてみると、それが全体の精強さにつながるということが、よくわかった。

全軍で、二千足らずである。装備は充実していた。特に、弾薬の量が多かった。彰義隊は三千はいるといわれているが、二千で充分だと大村は豪語したらしい。西郷はいさ大砲、銃で相手を叩けるだけ叩き、最後に白兵戦で殲滅《せんめつ》させるということだった。江戸城西の丸が大総督府で、作戦会議でも誰にも口を挟ませなかったらしい。西郷はいささか影が薄くなった感じだが、こういう男が現われるのを待っていたとしたら、やはり底知れない不気味さはある。

彰義隊討伐の噂が流れはじめると、上野の陣営からは脱落する者が続出してきたらしい。あくまで敵は三千と聞かされていたが、千五百には減るだろうと休之助は見当をつけた。ただし、攻城戦に似ている。上野の山に籠《こも》った彰義隊を討つのだ。少なくとも五千は必要だ、と休之助は思った。足りない三千が、大村の西洋軍学の力というわけだった。

待機命令が出、大村が姿を現わしたのは五月十五日の早朝だった。

すぐに出動だった。大砲を曳《ひ》いて、休之助は駈けた。戦闘が上野の山と限定されているので、見物に出てきている人間は多かった。

全体の配置は、一兵卒には聞かされていない。自分たちの持場を教えられただけである。大砲を据えつけ、銃の準備をすると、開戦の合図を待った。休之助は、陣羽織を着こんだ。休之助の隊は側面からの砲撃、銃撃、斬りこみで、正面で指揮をしている大村には見えないだろうと思ったのだ。

開戦の合図があった。

はじめは、ただ砲撃をくり返した。一発ごとに、監視が着弾の位置を確認した。上野の山が、すぐに土煙に包まれた。

銃を持ち、休之助のいる隊が前進した。ほかの隊も合わせて、およそ二百である。膝立《ひざだ》ちになり、山裾《やますそ》に銃口をむけて待った。

半刻ほど砲撃が続いた時、五十人ばかりがぱらぱらと山裾に出てきた。撃ての命令があがる。つるべ撃ちである。二、三十人が倒れた。

これは軍学の差ではなく、装備の差だ、と休之助は思った。彰義隊も撃ち返してくるが、銃器は半数にも満たないようだ。しかも大砲はほとんど撃ってこない。

何度か同じことがくり返され、前進の命令が出た。近づくと、銃の撃ち合いになった。相手の顔が、見てとれるほどの距離だ。ここからの銃撃戦は、互角だった。彰義隊は籠っていて、遮蔽物《しゃへいぶつ》を持っている。攻める方には、それがない。弾に当たる者が出はじめた。

おかしな感じがした。後方から、弾が飛んできたような気がしたのだ。転がりながら、後方を見てみた。小隊長の田中がいるだけだ。そのさらに後方から、大砲が近づいてきている。

そういうことか、と休之助は思った。肚は据わっていて、慌てもしなかった。銃を撃ちながらも、たえず後方に気を配った。それに、転がって移動することで、躰を動かし続けた。わかっただけで二度、後方から弾が来た。

やがて大砲が来て、前方の遮蔽物を吹き飛ばした。彰義隊が退《さ》がる。前進、と田中が叫んでいる。休之助は、田中と並ぶようにして進んだ。

「やりにくいな。俺が背中を撃たれていたら、後ろにいたおまえが問題にされる。おまえが胸を撃たれていても、敵の弾に当たっただけで問題にはならん。難しいぜ、これは」

「なんか。戦の最中ごわすぞ、益満さあ」

「せいぜい、うまくやれ。でなけりゃ、おまえが死ぬことになる」

砲弾が、頭上を飛んでいった。二百人ほどが、斬りこんでくる。銃だけでは間に合わなかった。退がる。大砲のところまで、押された。混戦になりはじめている。二百人は、なんとか銃で食い止めているが、すぐにまた斬りこんでくるだろう。大砲が、さらに三門到着した。着弾ごとに、数人が吹き飛ばされるのが見えた。斬りこみ。銃撃を加える。間に合わなくなった。退がれという合図は来なかった。

「突っこめ」

後方の大隊長からの命令が届く。銃を持ったまま、突っこんだ。斜面を転がるふりをする。後ろ。刀を振りあげた田中の腹に、一発撃ちこんだ。そのまま転がる。

彰義隊が押してきた。白兵戦になると、追いつめられた者が力を出す。

呻《うめ》きをあげている田中を、休之助は担ぎあげ、藪《やぶ》の中に転げこみながら、脇差で体重をかけ、首を落とした。首のない田中の屍体《したい》に、陣羽織だけ着せた。

方々で、火もあがっている。首をそこまでぶらさげて走り、炎の中に放りこんだ。

彰義隊が、また斬りこんできた。

「伝令」

休之助は、叫んだ。銃は放り出していた。血は浴びているが、黒い制服ではほとんど目立たない。味方の兵。ひとつにまとまろうとしている。その間、砲撃で敵を止めている。

「伝令」

休之助は、また叫んだ。

味方の脇を駆け抜ける。砲列のところまで駆け、また伝令、と叫んだ。

それで、上野の包囲の外に出た。

見物人が集まっているのが、遠くに見えた。

「どけっ、伝令だ。邪魔をするな」

叫び続けた。途中で、笑いはじめていた。制服の上は脱ぎ、脇に抱えて走った。

江戸は、庭のようなものである。官軍には見つけられないような場所なら、いくらでも知っている。そこに駆けこんだ。彰義隊も、逃げては来られない方向にある。

火は燃えていたが、銃声は夕刻には熄《や》んだ。

ひとりでにやにや笑いながら、休之助は夜半まで火除地《ひよけち》の湿地の中にいた。丈の高い草が、全身を隠している。

西郷を、出し抜いてやった。

戦後の混乱では、陣羽織を着た屍体は、休之助として扱われるだろう。首がないのは、陣羽織のせいで、大将と思われたからだ。やがて西郷は、田中がいないことを知る。いや、田中は死んでいて、休之助が消えていることを知る。

ざまを見ろ。

また笑いがこみあげてくる。これで、新政府にも、薩摩藩にも、西郷にも、なんの未練もなくなった。尻を叩き、舌を出して逃げている自分の姿を想像して、あの西郷もくやしい顔をするだろうか。

夜半には、火も消えた。

休之助は、八官町の女の家に駈けこんだ。旅籠《はたご》なので、風呂もある。ゆっくりと風呂につかった。女は、もう長く、女房のようなものだ。久しぶりなので、女も風呂に入ってきた。

「おめえを女房にしようと思ったが、やめた。俺にゃ、修業しなけりゃならねえことができたんだ」

「おやまあ、女房にされて、吸いとられるのかと思ってたよ、あたしゃ」

「そのうち、そうするかもしれねえぜ。とにかく、俺の大小を売っ払って、長脇差に換えてきてくれ」

「そんなの、やくざが遣うもんじゃないのかい？」

「そうよ。俺は、やくざになるのよ」

「冗談はおよしよ。またなにかの仕事だね。ほんとは薩摩の藩士だって言ってたけど、それだって怪しい」

「ああ、怪しいな」

「大泥棒かい？」

「なに言ってる。そんなら、おまえの前に小判の山を積んでら。俺は、やくざになる。それも厳しい親分のところだからな。子分にしてもらえるかどうか、まずそこからはじめなきゃならねえ」

「いいよ、なんになろうと。町人だったり、侍だったり、官軍の兵隊だったり、あたしゃなんになられようと驚きゃしないよ」

「そうかい。おまえ、いいやくざの女房になれるかもしれねえな。とにかく、旅仕度だ。間《ま》違《ちげ》えるなよ。合羽も揃《そろ》えた、やくざの旅仕度だ」

次郎長は、休之助が官軍の陣営に行く時、清水に帰ると言っていた。

「まず、休之助って名を、変えなきゃならねえ」

言って、休之助は声をあげて笑った。

第十七章　丁目しかなく

一

兇状旅。いまの御時世で、そういう旅をしている者は、多くはなかった。やくざがどうの、という時ではないのだ。

次郎長は、その旅人《たびにん》の姿を遠くから見ていた。清水一家に草鞋《わらじ》を脱ぐなら、それはそれでよかった。いまのところ、気になる廻状も回ってきていない。自分が旅が多かったせいか、次郎長は旅人には冷たくなかった。

「どこか、おかしかねえですか、親分」

そばを歩いていた大政が言う。

見えるのは、旅人の後姿だけで、笠で顔を隠すように、左手をあてがっている。右手は、合羽の前を合わせるようにしていた。よほど顔を見られたくないのだろうと思えたが、かえって目立つ姿だった。

往来の端を歩き、通行人とはぶつからないように気をつけているのもわかった。

「俺も、さっきからずっと見ているんだがな。なにか板についてねえって感じはあるな。俺の縄張《しま》だということは、知ってるだろう。あれじゃ、俺から顔を隠してるとしか思えねえなあ」

「そのくせ、昼間の往来ですからね」

清水は、以前よりいくらか賑《にぎ》やかになっていた。徳川家が、駿河で七十万石の大名として残ることが決まったからである。城代が駿府城にいるのとは、武士の数からして違ってくる。当然ながら、清水の港への物の出入りも活発になる。

前将軍の慶喜も、一度は水戸に移ったが、駿河へ来ることになったようだ。多分、新門辰五郎もそれに付いてくるだろう。

「どうやら、清水一家に草鞋を脱ぐ気のようです、あいつは」

「なら、それでもいいさ」

お蝶が、うまく扱うだろう。先回りして、仁義を受ける気にもならなかった。

「これから、清水も変るだろうな、大政」

「まったくです。どう変るかはわかりませんが、やくざもやり方を変えるべきなんですかね」

「いつの世も、やくざはやくざさ。俺は、お上の御用をおおせつかってる。落ち着いたら、それもお返しするつもりだ。やくざが、いつまでもそんな真似《まね》をしてるのは、みっともねえ」

「まあ、親分ならそうおっしゃるでしょう。官軍が通っていって、次に徳川家のお侍が入ってきて、どっちがお上なのかも、俺らにゃよくわかりませんし」

「官軍が、お上さ」

「やっぱりね」

「俺は、官軍の手先だなんて、言われたくねえ。やつらだって、やくざを手先にしときたくはあるめえよ」

偽官軍。そういう汚名を着せて、平然と総三の首を刎《は》ねた。それは、忘れていない。やくざが忘れないのは、そういうことだ。友だちを殺された。裏切られた。いかさまにかけられた。それを忘れず、きっちり結着《かた》をつけるのが、やくざというものだ。

「やっぱり、うちですね、親分」

旅人が、清水一家に入っていくのが見えた。次郎長は、また首を傾《かし》げた。入り方が、妙にぞんざいだったような気がしたのだ。殴りこみとも見えるが、そういう殺気もない。

ちょっと気になったが、港の商人のひとりに呼び止められた。茶を扱う商人で、そろそろ荷が増えているのに、船がうまく動かないというのだ。荷役人足ならなんとかなるが、船までは次郎長にはどうしようもなかった。それもわかっていて、愚痴をこぼしているだけらしい。

少し腰を屈《かが》め、次郎長は神妙に聞いていた。堅気の衆に声をかけられることが、いいのか悪いのかよくわからない。ただ、自分がやくざらしくなくなったのだろう、とは思う。焼きが回った。そういうことだ。ただ、まだ取り戻せるとは思っている。やくざらしく命を張ることはできるのだ。

大政と一緒に、家へ帰った。

旅人の姿は見当たらず、帳場にお蝶の姿もなかった。奥から笑い声が聞える。次郎長は大政と顔を見合わせた。幸次郎の大きな躰《からだ》が、転がるようにして出てきた。幸次郎は、しゃがみこんで笑っている。

「どうした？」

次郎長の声に、幸次郎は弾《はじ》かれたように顔をあげた。

「親分、実はいま客人がありまして」

「そりゃわかってる。なにがそんなにおかしいんだ？」

「その客人ってのが」

幸次郎が、また笑いはじめた。お蝶が出てきたが、やはり笑っていた。

次郎長は、奥の客間を覗《のぞ》いた。いたのは、休之助だった。

「まったく、おかしいったらありゃしないよ。入ってくるなり、休之助さんが仁義を切りはじめて、それが様になっちゃいるんだけど、やっぱりおかしいの」

お蝶が、躰を折り曲げながら言う。

「休之助さんが、またそれを部屋でもくり返すもんだから」

「わかったよ」

次郎長が入っていくと、休之助は畳に両手をついた。

「なんだね、休之助さん。どうしたのかと思っちゃいたが、立派に生きてたじゃねえか」

「彰義隊との戦が終りましてね。俺にゃもう、薩摩になんの未練も残っちゃいません。それで、渡世人になったんです。だから益満休之助じゃありませんよ。だけど、名前はないんです。それで、仁義を切るのもおかしな具合になっちまって」

「どういうことなんだね、休之助さん？」

「だから、上野の山の戦で、薩摩にゃ義理を果したんです。もういいんですよ。益満休之助は、あの戦で死んじまった。俺は薩摩と関りのないところで、これからはやくざとして生きていきます。ついては、清水一家の端に加えてもらおうと思って、やってきたところなんです。名前も、親分からいただこうと思って」

大政も、笑いはじめた。この前は、この部屋で酔い潰《つぶ》れていたのだ。江戸へ行って、戻ってくるとこうなっていた。身なりからなにから、どう見てもやくざで、片肌を脱ぐと刺青《いれずみ》ぐらいはありそうな感じだった。

「やくざも、甘かねえよ」

「雑巾《ぞうきん》がけから、やりまさあ」

やくざが甘くないと言ってみても、休之助がいままでいたところは、もっと非情な世界だった。それと較べると、やくざには情というやつはある。ただ、大義などはありはしないのだ。意地。それに命を賭《か》ける。

それもまた、休之助には難しいことではないように思えた。

「江戸でなにがあったかは、訊《き》かねえでくだせえ。とにかく、益満休之助は死んだんです。ここにいるのは、生き返ってみてえと考えてる、名なしです」

「わかった」

休之助のような男が、やくざになる。当たり前のことなのかもしれない。この世に、やくざというものがいてよかった、と休之助は思ったはずだ。

「お蝶、盃《さかずき》を持ってきな。それから幸次郎、手の空いたやつを集めろ」

二人が、立ちあがって出ていった。

「親と子になる前に、言っておくことがあるかね、休之助さん」

「友達《ダチ》は友達でよろしいんですかい？」

「ほう、友達ね」

「俺には、ひとりしかいませんが」

総三のことを言っているのだろう、と次郎長は思った。友達は友達でいい。それを捨てるのがやくざの場合もあれば、捨てたくないからやくざになることもある。

「構わねえよ」

「わかりました。ほかに言うことは、なんにもありません」

お蝶が、酒と盃を運んできた。家にいた若い者が四人、幸次郎に呼ばれてやってきた。みんなが並んでいる前で、次郎長は盃に口をつけ、休之助に渡した。休之助はそれを飲み干し、盃を捧《ささ》げるようにした。

「いまからは、親と子だ、芋屋の総五郎」

「芋屋、ですか？」

「薩摩芋だからな。名は、親が付けるもんだ。子供に文句は言わせねえぞ」

「わかってます。親分の名も、いただいたわけですね。長五郎の五郎と」

総三の総とは、言わなかった。言う必要もないことだ。

「芋屋の総五郎ですね」

「しばらく、大政についてろ、総五郎。一家の仕事《しのぎ》は覚えてもらわなくちゃならねえ。命は預かってる。おまえの命をどう使おうと、俺の勝手だ」

「いつでも、使ってください。それでも死ななかった時、俺はほんとに清水一家の身内になれた気がすると思います」

「とにかく、仕事だ。大政、甘くするなよ。それから、寝るところなんかは、幸次郎が面倒を看てやれ」

「よろしく頼みます。幸次郎兄貴」

「やめてください。総五郎兄貴です。やくざの年季なんかじゃねえなにかが、兄貴にはあります。兄か弟か、そんなんで決まると俺は思ってます」

「いいさな、総五郎。雑巾がけからやっちゃもらうが、おまえは若い者《もん》の上に立て。それだけのことはしてきた男だ。その分、役に立ってもらおうじゃねえか」

「それじゃ、幸次郎さんとは五分の兄弟ってことで」

「総五郎は、そこそこに壺も振れるぞ。三保の賭場《とば》にも、時々連れていって、下働きの仕事を教えてやれ」

子分がひとり増えた。それだけのことだ、と次郎長は自分に言い聞かせた。

「なにがあったんでしょうね、あの子」

みんなが出ていくと、お蝶がぽつりと言った。

「もうすぐ、俺は旅に出るぜ、お蝶」

「そうですか。新門の大親分が、近いうちに駿府へ来られるって話でしたが」

「うちの一家で役に立つことは、なんでもやる。大政にそう言いつけておくさ」

「総五郎は、連れていくんですね？」

「ああ」

お蝶は、なにか感じているようだった。それでも、しつこく訊いてきたりはしない。やくざの女房。なりきっていた。お蝶と大政がいれば、清水一家が困ることはないはずだ。

「総五郎の仁義ってやつ、聞いておくんだったな」

「語り草になりますよ。心が籠《こも》ってて、それでいておかしくて」

「本気でやろうとすると、そんなふうになっちまうもんだ。やくざも年季を入れると、仁義だけで相手を睨《にら》み倒したりするが、そんなのは野良犬の睨み合いでな」

「笑っちまいましたけどね、小気味のいいやくざだとあたしは思いましたよ」

「修羅場をくぐってきた男だ、総五郎は。俺なんかに想像できねえような修羅場をな。だけど、そりゃやくざとしてじゃねえ。やくざにゃやくざで、別の修羅場がある」

俺も、つまらないことを言うようになった、と次郎長は思った。御託は並べない。捨てる気もなく、命を捨てる。それが、やくざというものだ。

「茶を淹《い》れてくれ、お蝶。どうも、酔っ払ったみてえだ」

「あれだけのお酒で？」

「どうもな。酒が躰に合わねえってのも、因果なもんさ。固めの盃を、水ってわけにもいかねえしな。まあ、しょっちゅうあることでもねえやな」

お蝶が笑った。

なにもかもが、やくざらしくない、と次郎長は思った。

二

港での人足の手配や管理をし、それから三保の賭場へむかう。戻ると、家の床の雑巾がけをし、薪《たきぎ》を割ったりもする。ほかに、町内の道の掃除や、街道の見張りなどの仕事もあった。

十日ほどで、全部要領は覚えた。人足と艀《はしけ》をうまく組み合わせる仕事を、大政以外はみんな苦手としていた。総五郎にとっては、難しいことではなかった。勘もよく働く、と自分でも思った。荷によっては、人足が少なくてもいいものがある。軽いからだ。余った人足を、別の艀に回す。一日の仕事が、すべての艀で同じ刻限に終るというのが、理想的なやり方だった。

「こりゃ、頭だけでもねえんだ。人足と艀を別々にまとめるのは、総三さんが考えたやり方だったが、あの人は人足を配置するのはなぜか下手《へた》だったよ」

大政が、笑いながら言う。

総三は、最後まで頭で考えようとした。多分、そうなのだろう。誠実すぎて、大雑把になることができない。そういう男だった。

総三の名が出ても、平静に聞いていられた。心の底にわだかまっているものは消えはしないが、それで荒れてみてもはじまらないのだ。それがわかってきた。

大政も、ことさら総三の名を出すようだった。なにかに馴《な》れさせようとしているのだろう。

「総三さんが、こんなやり方を考え出した時は、ちょっとたまげたね。みんな、そんなことはやりたくねえと言ったもんだよ。粘り強く説得したんだ。やくざが力押しするようなことは、絶対にさせなかった」

「わかるよ。あいつなら、そうだろう」

「商売にむいていた。松本屋さんなんか、すぐにも組んで商売をしたがっていたほどだ。志がどうのなんて、あの人にゃ似合わないってな」

「総三は、同志に死なれすぎたんだよ、大政の兄貴。最初は、桃井可堂って人だった。泣きじゃくっていたのを、辰五郎親分が見つけてね。山岡様と俺がはじめて総三と会ったのは、そのころさ」

「山岡様か」

「おかしいかな。いままで、山岡さんと呼んでた。だけど俺はいま、清水の次郎長の身内だし、親分が山岡様と呼んでるのに、俺が山岡さんと呼ぶわけにもいかねえ」

「まったくだ。おめえは、窮屈な世界に入ったってことだよ」

「もの言いは窮屈でも、心まで窮屈じゃねえ世界だと俺は思ってるよ」

「総三さんも、同志に死なれなきゃ、無理をすることはなかったのかな」

「あいつは、無理をしたわけじゃない。自分の生き方を貫き、殺されただけさ」

「生き方ねえ」

「俺は、総三を殺した新政府ってやつが、許せねえよ。だけど、その新政府を作るために、俺は働いた。新政府が、この国を新しくするとも思ってる。必要なんだ。しかし、許せねえ。

そんなふうになった男にゃ、道はねえよな。だから、やくざになった」

「総五郎、そりゃ筋の通りすぎたやくざだぜ。やくざってのは、もっとどうしようもねえもんさ。どうにかなりたくて、走り回って、どこへ行っても手も足も出ねえで、それでやくざになるのさ。幸次郎だって、そうさ。喧嘩《けんか》が強くて、誰も負かしてくれなかった。それでどうしていいかわからねえ時に、親分に会ったってわけさ」

「あいつは、いいやくざだよ」

「まあな。様になってきた。はじめはみんな、山猿としか呼ばなかったもんだ。いまじゃ、幸次郎と呼ぶ。それなりの男になったってことさ」

「俺も、芋屋と呼ばれてるのかな、みんなにゃ」

「いやなのか？」

「一端《いっぱし》のやくざになったら、芋屋だってそれなりの名だと誰もが思うようになる」

「まったくだ。男の名ってのは、そういうもんさ」

大政はよく喋《しゃべ》ってくれたが、小政は総五郎とあまり口を利きたがらなかった。眼障りなところがあるのだろう、と総五郎は思った。気軽にやくざになった男。小政にはそんなふうに見えるのかもしれない。

大政は港の方を、小政は賭場の方を仕切っていた。

小政は、荒《すさ》んだ眼をしていたが、やることはしっかりやっていた。賭場へ行くと、総五郎は黙って下足番を続けた。小さな賭場だが、客はよく集まっていて、寺銭もかなりのもののようだった。

小政が、いきなり武士をひとり斬《き》り殺したのは、総五郎が清水一家へ入って半月近く経ったころだった。駿府に来た、徳川家の武士のようだった。

総五郎は、成行をはじめから見ていた。

負けがこんだ武士が、小政に借金を申しこんだ。小政はそれを、にべもなく断った。武士は諦《あきら》めたような表情で、総五郎から刀を受け取った。刀を預かるのも、下足番の仕事だったのだ。いかさまだと叫んで、武士は刀を抜き放った。自暴自棄になっていることは、眼を見ただけでわかった。

小政が、長い刀を鞘《さや》ごと突き出して、武士を松林の中に追いこんだ。武士が斬りかかった。小政はその斬撃《ざんげき》を、半分抜きかかった刀の峰で受けた。闇《やみ》の中で、火花が散った。次の瞬間、白い光が走った。武士が倒れるより先に、小政の長い刀は鞘に収まっていた。

小政には、ほかにやりようがあったはずだ。わずかな金を貸してやれば、武士は刀を収めただろう。それが、抜き撃ちだった。しかも片手だけだ。首以外のところを斬れば、死なせなくても済んだはずだった。

武士を斬り倒した小政は、首から血を噴き出している姿を見て、一度口もとだけでにやりと笑った。

これは、事件になった。賭場の外だったが、博奕《ばくち》の上での揉《も》め事と思われたのだ。

総五郎は、次郎長に懸命に事情を説明した。小政にほかにやりようがあったとしても、非は武士の方にあったのだ。小政は、なんの弁解もしなかった。

「草鞋を履け、小政。西の方にでも行ってろ。その間に、駿府とは話をつけておく」

総五郎の話を聞こうともせず、次郎長はただそう言った。

小政が抜けると、賭場は不意に曖昧《あいまい》なものになった。緊張感がなくなった。適当に客に張らせ、適当に寺銭を稼ぐ。そんなふうになったのだ。

賭場の雰囲気が張りつめていると、なぜか客も大きく張る。そういうものだということが、総五郎にもはじめてわかった。

増川《ますがわ》の仙《せん》右《え》衛門《もん》が、小政の代りをすることになった。

仙右衛門には、小政ほどの殺気がない。壺振りを誰にしても、賭場の緊張は高まらなかった。ついに総五郎まで壺を振ったが、同じことだった。

「しばらくは、賭場のあがりがいくらか減るなあ」

次郎長は、軽い調子でそう言った。清水一家の稼ぎの大半は港からで、賭場のあがりは一割ぐらいのものだと、そのころは総五郎にもわかっていた。ただ、賭場はやくざの顔と見られることがあった。

次郎長は、それを大して気にしている様子でもなかった。

「総五郎、俺たちも旅だぜ。おまえと幸次郎を連れていく」

小政が起こした事件は、五両ほどで結着《けり》がついた。しかし、次郎長は自分も旅をする気になったようだった。

増川の仙右衛門は、賭場を降りたいと次郎長に訴えたようだが、そのまま続けさせられていた。総五郎は、小政のころと同じように、港の仕事が終ると賭場へ行き、下足番をした。

小政のころとは違う、仙右衛門の雰囲気が賭場に漂いはじめたのは、十日ほど経ってからだ。

それはそれで、悪いものではなかった。殺気立つ者はいなくて、借金の申しこみの断り方も、やわらかなものだった。

駿河には、人が増えつつあった。徳川七十万石の武士たちが、少しずつ流れてきはじめたからだ。これからは、もっと増える。なにしろ、旧幕臣なのだ。七十万石の藩の規模をはるかに超えた人数だろう。

仕事も持たない武士が、大量に入ってくる。そして、みんな荒んでいる。今度の事件のようなことが、しばしば起きると考えられた。小政よりは、仙右衛門の方が、揉め事を防ぐという点ではいいのかもしれない。

旅に出るのは、六月十八日だ、と次郎長が言った。先に出ている小政は別として、次郎長は急ぎの旅ではない。供は、幸次郎と総五郎だった。

「京へ行くからな、総五郎」

「へい」

「天子様は、まだ京においでだ。しかし、官軍はもう、ほとんどいねえ。会津藩も新選組もいねえ」

「わかりました」

次郎長が自分に伝えようとしていることが、なんとなくわかったと総五郎は思った。

京には、岩倉具視がいる。天子様がいると次郎長は言ったが、岩倉がいると伝えたに違いなかった。次郎長は、岩倉を斬ろうというのだろう。次郎長にとっての結着《けり》のつけ方というのが、それしかないということが総五郎にはよくわかった。やくざの結着。自分にも、それがわかってきた。

「ちょっと、総五郎」

次郎長の留守に、お蝶に呼ばれた。

「今度という今度は、うちの人は死ぬ気になってる」

なんと答えていいかわからず、総五郎は黙ってうつむいていた。

「総三さんのことだね。そうだろう？」

「わかりません。俺は、旅に出るぞと言われただけで」

「江戸へ行く時も、うちの人は肚《はら》の中に殺気を持っていた。あんたは、酔っ払っていてわからなかっただろうけど」

「その時と同じだ、とおっしゃるんで？」

「あん時より、ずっとすごいね。女房のあたしが、弾《はじ》き飛ばされそうになるぐらい」

「だけど、親分は江戸じゃなにもやってませんぜ。長脇差を、一遍も抜いちゃいねえはずですから。せいぜい、賭場で暴れようとした官兵を、怒鳴りつけて黙らせたぐらいですからね」

「江戸じゃ、肩すかしを食った。戻ってきた時は、そういう顔をしてたわ」

「江戸じゃ、俺の方がずっと暴れてます。親分、大人しいもんでしたが」

大人しくはあった。それでも、眼の色が違う日が、確かにあった。あの時は、幸次郎も泣いていたようだった。赤坂三分坂。総三の家。なにも言いはしなかったが、あの日訪ねたはずだ。そこで、次郎長はなにを見たのか。総三の妻の照や、息子の河次郎に会ったのか。会って、総三がなぜ死ななければならなかったのか、問い詰められたのか。

総五郎は、結局、三分坂の家には行くことができなかったのだ。何度か、足をむけかけた。途中で、理由を見つけて違うところに行ってしまったのだ。

総三の死が、戦死なら。何度もそう思った。

こともあろうに、偽官軍の汚名を着せられたなど、言えることではなかった。

「あたしが言ってるのはね、総五郎。親分を止めてくれというようなことじゃないんだよ。やくざが死ぬ気になったら、黙って死にに行くのを見送るのが、女房ってもんだよ」

「そんなもんなんですか、姐《あね》さん」

「気持の中じゃ、いろいろあってもね」

「それで、あっしになにをしろって？」

「やくざで死ねば、晒《さら》し首ってことにもなりかねない。あたしゃ、うちの人のあの首が晒されていると考えると、我慢できなくてね。首だけ、あたしのところに持ち帰ってくるんだよ」

「首をですかい」

総五郎は、しばらくお蝶を見つめていた。本気だろう、と思った。

「できません」

「遺髪だけでもいい」

「それも、できません」

「そうかい」

お蝶は、口もとでちょっと笑ったようだった。

「親分が死ぬ時、子分の俺が生きていられると思いますか、姐さん」

「あんたにゃ、やくざじゃないところがまだ残ってるかと思って言ったんだけど、ひとり前のやくざになったもんだね」

「ひとり前かどうかは別として、盃を貰《もら》った時から、俺はやくざです」

「命を棒に振るか。まったく男ってやつは、どうにもならないね。あたしも、男に生まれてくりゃよかったと、つくづく思うことがある」

「そうですか」

「行っていいよ。あたしの言ったことは、忘れておくれ」

お辞儀をして、総五郎は部屋へ戻った。若い者四人で寝泊りしている部屋である。家の裏が長屋になっていて、そういう部屋が六つある。

部屋には、誰もいなかった。

なにか書き残しておこうか、と束《つか》の間考え、すぐに頭《かぶり》を振った。やくざのやることではない。命を落とす意味など、自分ひとりがわかっていればそれでいい。

三

三条小橋の、川田屋に入ったのは、六月二十二日だった。

兇状旅並みの速さである。ゆっくりと旅をする理由が、次郎長にはなかった。陽の出には出発し、陽が落ちても歩き続けた。

ゆっくりと風呂に入ったのは、川田屋に着いてからだ。

先に来ていた小政が、報告に来た。岩倉邸の近くにある、寺に泊りこんでいたのだ。

「京は、すっかり人が少なくなってまさ。殺気立った野郎も見かけません」

「京都守護職や、所司代はねえんだろう？」

「代りに、官兵が歩いてますが、のんびりしたもんです。御所のまわりが、ちょっと警戒が厳しいぐらいですかね」

小政は、兇状旅に出る必要はなかった。もともと相手の武士の方が悪く、それでも次郎長は金まで出してやったのだ。

ただ、徳川家の武士が増えはじめていた。駿府だけでなく、清水もよくうろついている。四百万石が七十万石になっても、家臣の数はあまり変らない。要するに、駿河一帯に武士が溢《あふ》れはじめているのだ。戦もせずに負けた武士たちだった。どこかで、自暴自棄になっている。そういうものが、賭場では弾けやすいのだった。

小政を仙右衛門に替えようか、と思っていた時に、事件が起きた。小政の性格なら、次々にこういう事件は起きてしまう。小政には京へ行けと言い聞かせ、躊躇《ちゅうちょ》なく仙右衛門に替えた。賭場で、荒っぽい事件が起きる兆候は、それで消えた。

「三保の方は、うまく行ってんですかい？」

「ああ、揉め事は起きちゃいねえ。大きな勝負も少なくなり、寺銭も減ったが」

「俺も頭に血が昇りすぎるって、京で考えてました」

「それだけ、大人になったってことかな。俺も、昔みてえに無茶をやらねえ自分を見て、時時いやになることがある。これじゃ、やくざじゃねえってな」

「京じゃ、やくざでいるんでしょう、親分？」

「俺はな」

「ほかの者《もん》は、違うんですかい？」

「おまえと幸次郎は、手伝いをするだけでいい」

「じゃ、親分は、益満さんと？」

小政は、総五郎とは言わなかった。同じ一家の仲間として認めるには、時がかかる。そういう男だった。

「こりゃな、俺と総五郎のことなんだ。おまえと幸次郎にゃ助けてはもらうが、大事なところは二人でやる。当たり前のことで、助けてもらうのさえ、俺は考えたんだ」

「相楽様のことでしょう、親分。俺は、相楽様を好きでしたよ」

小政が、人を好きだなどと言ったことは、聞いたことがなかった。

「幸次郎も、好きなはずだ。総三さんは、みんなに好かれていた」

「助けるだけしか、やっちゃならねえんですかい？」

「ああ、ならねえ。俺と総五郎は、総三さんとは特別だった。好きだったとかなんとかいうようなことじゃねえ。なんて言っていいかわからねえが」

「腕の一本も捥《も》ぎ取られたような」

「違うな。小政、おまえだって俺の腕の一本だ。ほかの野郎どもだってな。腕の一本も捥《す》ぎ取られたような気分といえば、子分たちを失う方がずっと強いだろう。総三さんの場合は、要するに許せねえんだな。顔《つら》に、糞《くそ》でも叩《たた》きつけられたような気分なんだ」

小政は、正座した膝《ひざ》に手を置いて、しばらく考えていた。思いつめたら、次郎長でも持て余してしまう激しさを持っている。早死にをするのではないかと思ったが、ここまで生き延びていた。

「わかりました」

「納得して、わかったのか、小政？」

「くやしいですが、納得もできます。俺と幸次郎は、せいぜい親分と益満さんを助けることにいたしやす」

「総五郎だ、小政。俺がやった名だぞ」

「わかってます。申し訳ありません。ただ、俺はまだ、益満さんをよく見てねえんです。生きて清水に戻ってきたら、総五郎と呼べるんじゃねえかと思います」

「頑固だよな、おめえも」

「生まれつきでございましてね。変えてえと思っても、変えられねえんでさ」

「いいさ、無理に変えることもねえ」

次郎長は、煙管《きせる》に煙草《たばこ》を詰め、火をつけた。二、三度煙を吐き、煙草盆に打《ぶ》つけて灰を落とした。

小政が、岩倉具視の動きを喋りはじめた。

毎日、輿《こし》に乗って内裏《だいり》へ行き、夕刻には屋敷に戻ってくるらしい。供は、公家《くげ》ふうの者が十名前後。それに、公家侍と思える者が九名付いている。公家の人数は変ることがあっても、九名の侍の数は変らないらしい。

以前は、護衛はひとりだけということがあった。薩摩の、中村半次郎という男だ。九名より、あの中村という武士ひとりの方が手強《てごわ》い、という気がした。あの中村も、いまは江戸だろう。

「京は、静かなもんか」

「俺が知っている京と較べると、違う町みてえな気がします」

護衛も、大して警戒はしていないだろう。いまは時代の中心が江戸になり、さらにその北が戦場になりつつあるのだ。京の騒ぎは、すでに終っている。

「幸次郎と交替しながら、岩倉の屋敷を見張れ。これからは、夜も昼もだ」

「わかりました」

「総五郎は、ここから出さねえ。顔を知ってるやつが、京には多いはずだからな」

「俺と幸次郎に、任せてください」

小政は、岩倉具視の姿を、何度か見ていた。輿の横の布が持ちあげられ、風が通るようにしてあったのだ。京は、蒸暑い季節になっていた。

次郎長と総五郎は、岩倉の顔を知っている。

しばらくして、古着屋へ行っていた、総五郎と幸次郎が戻ってきた。閉っていた古着屋を、叩き起こして四人分の着物を買ったらしい。江戸には古着屋がいくらでもあるが、京や大坂はそれが少なかった。総五郎に、二軒ばかり心当たりがあっただけだ。

「昔はこんなだったんだろうなって感じに、京の町は静かになってます。落ち着いてるんですよ。武士の数が、減ってますね」

総五郎が言った。藩邸の数も少なくなかったが、そこも無人に近い状態らしい。

「総五郎は、もうここから出るな。見張りは、小政と幸次郎がやる」

「頼みます、小政の兄貴」

総五郎が言うと、小政はちょっと複雑な表情をした。

長く、見張りを続ける気はなかった。岩倉が、どういう道順で内裏との往復をしているのか、確かめられればいいのだ。京へ先に来た小政が、それは調べあげていた。確かめるだけである。

「今夜は、みんなゆっくりするといい。明日からだ」

こういう喧嘩は、いままで経験がなかった。大抵は、気迫で勝つか、勢いで押すかである。しかも、相手は同じやくざだ。

武士と斬り合いをしたことが、ないわけではなかった。意外に腰抜けが多い、とも思っている。大抵は酔った武士で、刀を抜くころは酔いも醒《さ》めていた。

護衛されている人間を、襲うのである。酔っ払いが相手ではない。武士の斬り合いのすさまじさもまた、京で何度も見た。新選組の隊士のような武士が三人付いていたら、死ぬ覚悟がなければ襲えない。

寝床へ入ると、次郎長はそういうことも考えなくなった。相手が誰であろうと、やくざの殴りこみである。理由があるから、殴りこむ。眼をつぶって、その理由を見ないようにしたら、やくざではなくなる。

翌朝から、まず幸次郎が、午《ひる》を過ぎてから小政が見張りに出た。夜になると、また幸次郎である。岩倉の屋敷に、どれぐらいの人数がいるのかも、確かめておきたい。

二日目になると、総五郎が、京の地図に岩倉の道順を書きこんだ。三通りあるが、屋敷から最初の道までは、往復とも同じ道である。そこは人も少なく、公家の屋敷などが散在しているだけだった。

屋敷には、特に人数が控えているということはないようだ。襲った時、誰かが屋敷に駈《か》けこんだとしても、応援の数は高が知れている。

三日目も、同じことを小政と幸次郎が報告してきた。

「明日の、帰りを狙《ねら》うぜ」

次郎長は、それだけ言った。

夜が明けた。

午過ぎから、次郎長は、小政と幸次郎が見張りに使っていた古寺に入った。総五郎も一緒である。なぜこんなことをするのか、という考えなど頭から追っ払った。やるものはやる。それが、やくざだ。

「俺と幸次郎は、なにをやりゃいいんです、親分？」

「二十人の行列だろう。それを正面から襲え。なにがなんでも、人数を減らさなけりゃならねえとは考えるな。ひとり、二人斬ればいい。その間に、輿がどう動くか見定めて、俺と総五郎が岩倉を斬る。おまえらは、そん時ゃもうずらかれ。この寺で着替えて、そのまま清水へ戻るんだ」

「親分は？」

「斬った先のことは、決めちゃいねえ。岩倉を斬っても、斬り死にするかもしれねえ。うまく逃げられるかもしれねえ。その時次第だな」

「俺ら、川田屋に戻ります」

「岩倉といやあ、新政府の大物だ。そんな野郎を斬ったら、追手がかかる。その前に逃げろと言ってんだ」

「川田屋に戻ります」

「小政」

「親分は、道理が通ってねえ。親を見捨てて逃げろなんてよ。なあ、幸次郎。俺たち、どんな顔《つら》さげて清水に戻りゃいいんだよな」

「こりゃな、小政、清水一家の看板をしょった喧嘩じゃねえんだ」

「親分の喧嘩です」

小政の口もとには、頑《かたくな》な線が浮き出していた。ここで怒鳴りつけて、無理に承知させたとしても、小政はその通りに動きはしないだろう。幸次郎もそうだ。

「親と子か」

「俺に追手がかけられてるとして、親分だけ逃げたりゃなさらねえでしょうが」

「理屈を並べて、困らせるな、小政」

「理屈じゃありません。俺らやくざは、親と子があることで、ぎりぎり人の端にとどまってんですよ。意地だなんだと言っても、親と子を捨てちまったら、俺らは人でもなくなる」

「俺も、山猿に戻ることになります」

幸次郎が、ぼそりと言った。総五郎は、黙って聞いている。

自分でも、そうするだろう、と次郎長は思った。はじめから、小政と幸次郎を当てにした喧嘩だったのかもしれない。とにかく、こんな喧嘩ははじめてなのだ。

「わかった。勝手にしていいぜ。とにかく、行列を止めてからは、俺と総五郎の喧嘩だ。おまえら、俺たちが出てきたら、すぐにひっこめ」

小政が、頷《うなず》いた。幸次郎が白い歯を見せる。

「袴《はかま》をはけ。今度ばかりは、清水一家を名乗っちゃならねえ。赤報隊だ、と言うんだ。顔も隠せ。なにせ、相手は新政府だ」

四人とも、古着屋で買ってきた袴をはいた。それに長脇差を差すとおかしな具合だが、侍に見えないこともなかった。

「俺は、人を斬るってのを、あまりやったことがありませんで、醜態を見せるかもしれませんが、放っておいてくだせえ」

総五郎が言った。袴は、やはり一番さまになっている。

「死なねえようにな。背中をむけると、やられる。背中さえ見せなきゃ、滅多にやられることはねえんだ」

小政が、めずらしく総五郎に声をかけた。総五郎は、ちょっとびっくりした表情で、小さく頷いた。

「幸次郎、そろそろ見張りに行け」

照れたように、小政が言う。幸次郎が駈け出していった。

待った。いつもの喧嘩と同じだ、という気持になってきた。やらなければならない喧嘩だから、やる。それだけのことなのだ。

総五郎がふるえていたが、放っておいた。相手は二十人いる。ふるえるのが当たり前だ。それだけで、臆病《おくびょう》ということにはならない。

「飲んだっていいんだぜ」

次郎長はそう言ったが、総五郎は徳利に手をのばそうとしなかった。酒など、喧嘩の役には立たないのかもしれない。

夕刻に近くなったが、まだ明るい。

幸次郎が、土塀の割れ目から境内に駈けこんできた。

「来ました。いつもと同じです」

「おう。それじゃ、はじめようか」

喧嘩。やはり、血が騒ぐ。誰が相手であろうと、同じことだ。

決めてあった場所に行くまでに、次郎長は顔に布を巻いた。人通りはない。崩れた塀の内側に、次郎長と総五郎は身を隠した。

「見えました。もうすぐ、そばへ来ます」

小政の声だった。おう、とだけ次郎長は言った。総五郎が、次郎長を見てにやりと笑った。躰のふるえは、止まったらしい。

「親分、行ってきます」

また小政の声がした。

次郎長は、崩れた塀の間から通りに出た。小政と幸次郎が駈けていく、後姿が見えた。行列。先頭に飛び出してきたひとりの武士を、小政の居合が薙《な》ぎ倒した。

「赤報隊だ」

幸次郎が叫んでいる。輿が動き、塀を背にするような恰好《かっこう》になった。小政がまたひとり斬り倒し、悲鳴をあげる公家を、幸次郎が抱えあげ投げ飛ばした。輿のまわりの武士は四人で、すでに抜刀している。

「赤報隊だ」

幸次郎がまた叫び、輿を囲んだ武士の方へ突っこんでいった。輿は、すでに降ろされている。

「よし、行こう。総三さんの仇《かたき》だ」

次郎長は、駈け出した。ひとり。刀を横に構えている。踏みこんだ次郎長に、斬撃が来た。長脇差で、それを弾き返し、斬り倒した。血が、頭上から降ってきたが、顔を包んだ布を濡《ぬ》らしただけだった。

「赤報隊だ。殺される覚えはあるだろう、岩倉」

二人の刀を撥《は》ね返した。輿を囲んだ武士たちも、及び腰になっている。横からひとり。踏みこみ、長脇差を腹に突っこんだ。喧嘩では、退《さ》がったことはない。いつも、踏みこむ。それで、相手の刀より先に、こっちの刀が相手に届く。腹に突き刺さった刀を引き抜いた時、相手は倒れていた。

総五郎が、ひとりを袈裟《けさ》がけに斬り倒したのが見えた。

「官軍先鋒嚮導《せんぽうきょうどう》、赤報隊である。岩倉卿のお命を頂戴《ちょうだい》いたす」

輿のまわりの武士。ひとりの背中に、次郎長は斬りつけた。総五郎が突っこんでくる。ひとりが、腕を斬られてうずくまった。もうひとりが斬りかかる。次郎長は、そばの武士の脇腹を斬り、抜けた刀を返して頭から斬り降ろした。血が飛び散って、輿にかかっている布を赤く濡らした。

「岩倉」

叫んだ。輿の中から、はっきりと悲鳴が聞えてきた。

「勅定《ちょくじょう》を受けた、官軍先鋒嚮導である。なにゆえ、岩倉卿はそれを偽官軍とされたのか。罪は万死に値する。これは天誅《てんちゅう》だ」

総五郎が叫ぶ。確かにうまいことを言うものだ、と次郎長は思った。いかにも、岩倉が罪人だと思える。

刀を構えて突っ立っている武士に、次郎長は長脇差の切先を突きつけた。武士の膝が、痙攣《けいれん》するように動いた。次の瞬間、袴に黒いしみが拡がった。小便を洩《も》らすぐらいなら、はじめから刀は抜くな。そう思いながら、次郎長は踏みこみ、払うように長脇差を振った。武士が、鼻を押さえて転げ回った。

輿。眼の前だった。長脇差を、布の中に突き立てた。悲鳴があがり、岩倉が転がり出てきた。斬り降ろす。額が割れた岩倉が、土にまみれてのたうち回った。総五郎が、背中に長脇差を突き立てる。次郎長は、首を斬りつけた。血が、束の間、噴きあがった。

武士たちが逃げていく。

「死んだな」

岩倉の顔を覗きこみ、次郎長は言った。総五郎が、荒い息をしている。

「やったぜ。岩倉はくたばってる。早く、ずらかろう」

次郎長が走ると、総五郎も付いてきた。ようやく暗くなりはじめている。次郎長は、そのことにはじめて気づいた。

「鴨川《かもがわ》だ、総五郎」

走り続けた。鴨川の河原で、ようやく次郎長は足を止め、荒い息を吐いた。水で、長脇差を洗った。袴は、脱いで流れに放り込んだ。血で汚れたところを、全部洗った。

「とうとう、やりました、親分」

「ああ、やったな」

「総三が喜んでくれるかどうかは別として、俺はずいぶんと気が楽になりましたよ」

「俺もさ」

「二人とも、ほとんど怪我《けが》もしませんでしたね」

「あんな侍に、斬られるもんかい。薩摩の中村半次郎のような武士が、岩倉につくことはしなくなったんだな。あいつがついてたら、こうはいかなかったろうよ」

顔に巻いた布も、流れに放りこんでいた。

岩倉を殺したからといって、総三を忘れはしない。しかし、総三が死んだという事実を、受け入れることはできるようになった。

「宿へ帰ろうか、総五郎。小政や幸次郎が待っているだろう」

総五郎が頷いた。

少なくとも、岩倉のほかに三人は死んだだろう。路上の血は、相当ひどいはずだ。すぐにでも、探索がかけられる。ただ、襲ったのが誰かは、たやすくわかりはしないはずだ。総三と一緒に行動していた、赤報隊の残党がいるのかどうかは知らないが、こちらはそう名乗り、武士の恰好もしていたのだ。

「しかし、なんとなく顔《つら》を隠していたのがひっかかるな、俺は」

「仕方ありませんよ。差しの勝負ってわけじゃねえんです。下手すりゃ、新政府全部が相手なんですからね」

「ま、頭じゃ俺もそう思ってるさ」

川田屋は、それほど遠くなかった。

小政と幸次郎は、部屋で待っていた。

「宿の人間にゃ、見られていません。裏から出入りしましたんでね」

「俺たちは、堂々と入ってきちまった」

「それでいいと思います。俺たちは、夕刻前から部屋にいたような顔をしてましたから、出かけたのは親分と総五郎だけです」

小政が、益満さんではなく、総五郎と呼んでいた。

「見てました。岩倉にとどめを刺すところまで。お怪我はねえですよね、親分？」

「ねえよ」

それで終りだった。小政が用意していた酒に、総五郎が手をのばした。

四

探索もなければ、追手もかからなかった。

岩倉の屋敷の近所で、人が死んだという噂《うわさ》すら流れていない。

二日待ち、三日経ったが同じだった。

「おかしいんですよ。なんの噂もねえんです。俺は思いきって、岩倉の屋敷の近所まで行ってみたんですが、いつも通りの行列で岩倉は御所にむかいました」

四日目の朝、幸次郎が外を回ってきてそう報告をした。

「どういうことだ」

「輿に乗って、岩倉は御所にむかったんです。輿の布があげてありましたが、中には岩倉がいました。侍の数が二十人に増えてますが、それ以外なんの変りもありません」

「俺が、夕刻の帰りを見てこよう。そばまで近づいて、よおく顔《つら》を見てやります」

「あの長い刀は」

「持っていきませんよ、親分。もう、布で包んで収《しま》いこんであって、外から見たんじゃ刀とは思えません」

奇妙な話だった。二人の眼で確かめれば、別のなにかが見えてくるかもしれない。

総五郎は、腕を組んでじっと考えこんでいた。斬ったのは、岩倉具視だ。次郎長は何度か会っている。総五郎も、よく顔を知っているはずだ。華奢《きゃしゃ》な躰。女のような悲鳴。

「あれは、岩倉卿だった」

呟《つぶや》くように、総五郎が言った。

「俺の知っている、斬ったのだ。岩倉卿だった」

とにかく、斬ったのだ。怪我で済んだ、というような斬り方ではない。次郎長と総五郎で、二度とどめを刺している。

夕刻、出かけていった小政が、首を傾げながら戻ってきた。やはり、輿に乗っていたのは岩倉だったというのだ。

翌朝、次郎長は三人を連れて御所近くの往来へ出た。

行列が来た。武士が十名ほど増えているだけで、岩倉の行列に間違いなかった。蒸暑い。風が通るように、輿の布は持ちあげてあった。中にいるのは、次郎長が知っている岩倉具視である。

「どういうことなんだ、これは。岩倉は不死身か」

「俺にも、斬った岩倉が生き返ってるようにしか見えませんでした」

「もう一度、襲いますか?」

小政が言う。

「待てよ。警固についていた武士を見たろう。この間の連中とは、似ても似つかない、腕達者ばっかりだ。もう一度やるにしても、簡単にゃ輿に近づけねえぞ」

「そうですね。侍の腕がいいのは、俺にもわかりました。それに、ぴりっとしてやがりますよ」

川田屋へ戻っても、落ち着かなかった。影武者ということが、考えられる。殺した方がそうなのか、今日見た輿の中の男が身代りなのか。

「赤報隊のことを、蒸し返されたくない。だから、襲われたと騒ぎ立てない。それは考えられることですが」

腕組みをして、壁に寄りかかっている総五郎が言った。

「ただ、徹底して、なにもないようにした。路上の血まで、きれいにした。つまり、なにも起きていない。起きちゃいけない。そういうことですよ」

「わからねえな。俺は、間違いなく岩倉を斬った。最後にゃ、首の急所も斬って、血が噴き出してくるのも見た」

「それでも、なにも起きていない、ということにしている。そこが気になりますね。俺らは、やっぱり岩倉を斬ってますよ、親分。斬ったのが影武者なら、大騒ぎして当然じゃねえですか。本物が斬られたんで、なにも起きなかったことにしたに違《ちげ》えねえ」

「ほんとに、そう言えるのか、総五郎？」

「俺が、そう思うってだけのことです。公家は、女みてえに化粧するんです。遠くからじゃ、似て見えます」

「本物だろうが偽者だろうが、岩倉具視って野郎は、この世から消えてねえってことだな」

「親分、もう一度斬る気ですか？」

「いや、何遍斬っても、あの輿の中にゃ岩倉がいるって気がする。賽《さい》の河原みてえなもんだ、これは」

「そうですね。妖怪です。総三は、妖怪に食い殺された。俺たちは、その妖怪の片腕ぐらいは斬り落とした。そういうことになるんじゃありませんかね」

幸次郎が、茶と酒を運んできた。小政が言いつけたようだ。

「親分と総五郎は、あの野郎を斬った。俺は、そう思います」

小政が、湯呑《ゆの》み茶碗を次郎長の前に置き、茶を注いだ。

「むこうの都合で、それをなかったことにしようとしてるんです。それならそれで、いいじゃねえですか。男としてやらなきゃならねえことを、親分も総五郎もやったんだ。なにも起きなかったことになって、俺はよかったと思ってますよ。岩倉といや、新政府の大物でしょう。それを斬ったってことで騒ぎになりゃ、親分は無事で済まねえんです。このまま、清水へ帰る方がいいと俺は思います」

「ほう、小政がそう言うか」

「やくざが、相手にするようなやつじゃありません。殺しても生き返ってくる。こりゃ、別の世界のことでさ」

「そうだな」

次郎長は苦笑し、小政が淹れた茶に手をのばした。いい味の茶だった。これだけの茶が淹れられるまで、小政も年季を積んだということなのか。

「清水へ帰ろう。死んで生き返るというようないかさまは、やくざにはねえ。これ以上は、馬鹿馬鹿しいだけだ」

総五郎にも、異存はないようだった。

次郎長に遠慮しながら、三人が酒を飲みはじめた。

肌寒い季節になった。

次郎長は、どてらを着こみ、眼の前に紙を拡げていた。『壮士墓』と書いてある。

秋のはじめ、咸臨丸という船が、清水に入港してきた。旧幕府軍の船で、本隊は北へむかったが、一隻だけ故障で清水へ入った。そこに官軍の船が来て、ほとんど無抵抗の咸臨丸を攻撃し、乗員を数十人殺し、海に投げこむという事件が起きた。

駿府の徳川家は、官軍を憚《はばか》って、その屍体《したい》の始末をしようとしなかった。見かねた次郎長が、子分を使って屍体を引きあげ、向島と呼ばれている洲に埋葬した。

山岡鉄舟から、礼の書状が届いた。本来なら、徳川家でなんとかすべきものだったのである。

その書状からしばらく経って届いたのが、この紙である。墓を建ててやれ、ということだろう、と次郎長は思った。

それは、どうということもなかった。石屋を呼べばいいことだ。

総三には、墓もないのか。ふと、そう思ったのである。東京と呼ばれるようになった江戸の、小島家が建てたかもしれない。それは、小島四郎の墓だろう。相楽総三の墓。誰が、建てるのか。

やくざである自分に、そんなことをする資格はなかった。

「おや、山岡様の揮毫《きごう》ですね」

帳場を通りかかった総五郎が、覗きこんで言った。

「揮毫ってのか、これは」

「墓を建ててやれってことなんでしょう」

「そいつは、わかってる。石屋を呼ぼうと思っていたところだ」

総五郎は、すっかりやくざらしくなった。そして、一家の役に立つ。大政ばかりがやっていた面倒なことのほとんどを、総五郎が引き受けはじめたのだ。おまけに、時には三保の賭場の壺振りもやる。

もともと、頭はいいのだ。堅気の商売でもやってみろ、と何度か言いそうになったが、総五郎にはやくざの水が合っているようでもあった。

「総五郎、ちょっと港まで付き合え」

「石屋は、どうなさるんで？」

「明日でいい。山岡様も、すぐに建てろとはおっしゃっちゃいねえ」

「わかりました。だけど、めずらしいですね」

「なにがだ？」

「親分が、付き合えなんていう誘い方をするのは、はじめてですよ」

「いまだけ、休之助さんに言ったのかもしれねえな」

煙草入れと煙管を、どてらに巻いた帯に差し、次郎長は港の方へ歩いた。総五郎は、黙って付いてきた。

「海が荒れはじめてるな、総五郎」

「さっき、休之助って言われましたよね、親分」

陸《おか》から海の方にむかって、風が吹いている。冷たい風だった。

「総三の墓のことでも、考えたんじゃねえんですか。山岡様の揮毫は、『壮士墓』ですもんねえ」

「考えた」

「建ててやるんですかい、親分が？」

「いや。やくざのやることじゃねえ。山岡様から頼まれたものは建てるが、それは山岡様が建てられるってことだ」

「そうですね」

軍艦が入っていた。半島に抱《いだ》かれたようになっているので、波はいつも静かだ。修理などをするのに、いい場所なのかもしれない。

「会津の城が落ちたのに、北の方の戦はまだ終らねえみてえですね」

まだ、旧幕府の軍艦がいるのだ。それはどうやら蝦夷地《えぞち》へむかうという噂だった。新政府と闘おうという武士も、みんな北へむかっているという。土方歳三も、その中にいるのだろう。

「俺みてえなやくざ風情《ふぜい》が、総三さんのような立派な男と付き合えた。これも、時代なのかな」

「総三は、親分を好きでしたよ」

次郎長も、総三を好きだった。

子供が、走り回っている。波止場の方では、艀がさかんに動いていた。徳川の世が終り、新政府になっても、清水港はどこも変っていない。

帝《みかど》が、東京へ行くために東海道を通ったのは、ついこの間のことだった。岩倉も従っているという話だったが、もう気にはならなかった。それは、総五郎も同じだったようだ。

「この何年かで、俺はすっかり老けこんだって気がする。兇状旅の果てに、野垂死にすると思っていたんだがな。それが、やくざの死に方だと、決めて疑ってもいなかった」

海鳥が、軍艦のまわりに集まっている。食いものでも捨てているのかもしれない。

「老いこんだが、やくざはやくざさ」

「わかります」

「相楽総三にゃ、墓はいらねえよな」

「いらねえ、と俺は思います」

「死んだ人間に、してやれることはねえ。なんにもねえ。もしなにかやるとしたら、生き残った者《もん》が、自分のためにやることだ」

「実は、俺もこの頃、やっとそう思えるようになりました」

「忘れなきゃいいんだ。相楽総三って男をよ。忘れさえしなけりゃ、墓もいらねえ」

総五郎が、ちょっと頷いたようだった。

「一両だった」

「一両、ですか」

「そうだ、一両だ。賭場で、総三さんは賽の目に張らず、俺に一両張った。その一両で、負けちまってな。俺は、丁にしか張らねえんだよ。総三さんは、それを見ていて気に入ったらしい」

「俺も、博奕をやる時は、丁にしか張らねえようにします」

「負けるぜ」

「その場の勝負です。負けたって、どうってこたありません」

「そうだな。どうってことはねえ」

海鳥が、一斉に動いた。軍艦から捨てられた餌《えき》に、群がっている。啼声《なきごえ》が、波の音を消しそうだった。

解説

井家上隆幸

「国に在るを市井の臣といい、野に在るを草莽の臣という。皆衆庶をいう」と『孟子』にあるように、草莽とは、権力的支配の機構である官僚体制からはみ出た、あるいはそれからはみ出さざるをえなかった人をさしている。草莽意識は体制が危機的情況になってひろがる。幕末期、国内の財政的・経済的危機を根底とした動揺に加えて、海辺へ外国の力がおしよせてくるという対外的危機感の深刻化は、尊王攘夷論という形をとって、志士たちの意識となった。当初はいわば「思想」の域にとどまっていた草莽意識が、政治行動となるのはペリー来航後のこと。「草莽崛起、豈《あ》に他人の力を仮らんや。恐れながら、天朝も幕府・吾藩も入らぬ、只だ六尺の微軀が入用」と、吉田松陰が主張した政治的決起論は、危機意識に目覚めた者の情念に訴え、草莽の行動者を生み出した。

「僕は忠義をなすつもり、諸友は功業をなすつもり」といいきった松陰のこの政治運動は、「処士横議」から「天誅」へ、そして志士の集団的武装化ともいうべき諸隊による蜂起へと転回していく。そのなかで、豪商農民層出身者であったり、脱藩浪士であった、草莽の志士たちは、維新の立役者となった政治家や思想家の脇役であり、時としては藩権力が堂々となしえないような暗い部分を担当し、逆賊の汚名を着て抹殺された例も少なくない。

下総相馬の郷士の出で、祖父の代から金貸しで儲《もう》け、江戸赤坂に広大な屋敷を構える小島家の三男に生まれ、次代の主人となるはずが、二十歳で門人百人に国学と兵学を講じるほどの俊才で、「相楽総三」と名乗って尊王攘夷から武力倒幕へと、時代を過激に純粋に駆けぬけ、ついには「偽官軍」の汚名をきせられ、信州下諏訪で斬首された小島四郎は、そのような草莽の志士の典型である。

『草莽枯れ行く』は、謀略渦巻く時流に翻弄されつつも、信念を胸に一直線に生き、闘った相楽総三の情念のほとばしりを、愛惜をこめて、だが闊達に謳いあげている。

文久三年（一八六三）、草莽決起の仲間を募る旅から帰ってきた総三は、武家屋敷の賭場で丁目しか張らないやくざ、山本長五郎に出会い、その張りかたに男の生き方を見て、好意をいだく。そんな総三を「やくざにゃ、縁なんてもんはねえよ。義理と恩があるだけでね」と突き放す長五郎こと、清水の次郎長。「幕府も藩もなくし、朝廷が力を持って新しい政事を行うひとつの国を創らねば」という志を抱く総三と、「何かが大きく動いているという気分だが、世の中がどう動こうとやくざはやくざ、屑はどんな世の中にもいる」という次郎長、ふたりのこの出会いが、物語を貫く太い糸。その糸をより強く太くないあげ、あるいはもつれさせるのは、新門辰五郎、山岡鉄舟、勝海舟、益満休之助、伊牟田尚平、中村半次郎、西郷吉之助、大久保一蔵、板垣退助、坂本龍馬、土方歳三、岩倉具視、それに黒駒の勝蔵、大政、小政……。

あるいは急激に変わる時流に抵抗し、逸脱して理想に生きようとし、あるいは現世の権力をにぎるために権謀術数の限りをつくし、あるいは「帝力いずくんぞ我にあらんや」と思いさだめて生きた、彼らの生き方を北方謙三は、公認の「歴史」の行間に刻みつける。以下のように、である。

文久三年（一八六三）将軍家茂が二百三十年ぶりに上洛。孝明天皇は攘夷令を発し、米・仏・蘭の商船を長州が砲撃、薩摩が英国と戦火を交え、公武合体派のクーデタで朝廷は徳川慶喜・松平容保・松平慶永・山内容堂・伊達宗城に朝議に参与すること（後に島津久光も任命）を命じる。高杉晋作は草莽諸隊の先駆奇兵隊を組織し、大和五條で天誅組決起、平野国臣ら生野で決起。そして総三が参画した桃井可堂の赤城山挙兵が失敗に終わっている。このとき総三、二十三歳。山岡鉄舟の依頼で、清河八郎が組織した浪士隊を追って辰五郎と次郎長は甲府へ。清河の企みを見届けようと追う総三と再会。次郎長は、このとき借りをつくった黒駒の勝蔵に、遠州での賭場荒らしを見逃して、借りを返す。

元治元年（一八六四）江戸に戻った総三、辰五郎に山岡鉄舟、益満休之助を引き合わされる。京都に出た次郎長は勝蔵に襲われるが土方歳三が割って入る。総三は休之助との交友を深めている。次郎長、荒神山の大喧嘩。長州藩兵、京都諸門で幕軍と交戦（禁門の変）。幕府、長州藩追討（第一次長州戦争）。米・英・仏・蘭四国艦隊下関砲撃、占領。長州藩は幕府に恭順、奇兵隊など諸隊解散を命令。高杉ら馬関襲撃。新選組は池田屋を襲撃。総三は水戸藩士藤田小四郎らの筑波山蜂起に参加するが、草莽の決起にあらずと離脱。江戸に出て辰五郎を訪ねた次郎長は、坂本龍馬に会い、総三、休之助と旅に出る。清水に戻った次郎長を訪ねた総三は、意外な商才を発揮する。西郷に京に呼ばれた休之助は、辰五郎に龍馬を引き合わされる。総三のことを語る休之助に龍馬はいう。「草莽は枯れ行く。そしてまた新しい草莽が芽吹く。それを繰り返し、無数の草莽が、大地を豊かにしていく。やがていつか、その大地から大木の芽が出ることもある」

次郎長と京に出た総三と龍馬、休之助の再会。草莽の志を語る総三に「戦争は武士に任せ、商売をせんかのう、わしと」「死ぬな、相楽。死んじゃいかんぜよ。これから先、草莽が生きる場所と時はいくらでもあるきに」と龍馬。

慶応元年（一八六五）長州藩論、幕府への対抗に一変。軍制改革、諸隊を再編成。幕府、長州藩追討（第二次長州戦争）。西郷吉之助、坂本龍馬に長州藩の武器購入助力を約束。英・米・仏・蘭四国、条約勅許、兵庫開港要求、朝廷は条約は勅許、兵庫開港は不許可。

慶応二年（一八六六）坂本龍馬の斡旋で薩長同盟密約。幕府、長州を攻撃。将軍家茂没、慶喜の家督相続布告。幕長休戦協定。慶喜、将軍となる。孝明天皇崩御。

慶応三年（一八六七）明治天皇践祚。岩倉具視、入京許可。坂本龍馬、海援隊隊長となる。土佐藩板垣退助、中岡慎太郎と薩摩藩西郷、小松帯刀ら討幕密約。大政奉還など盟約。

坂本龍馬、船中八策。大久保・岩倉ら王政復古を計画。岩倉具視、薩摩藩に討幕の密勅を渡す。将軍、大政奉還。長州藩に討幕の密勅。坂本龍馬、中岡慎太郎、暗殺さる。朝廷、王政復古を宣言。西郷の密命で益満休之助、伊牟田尚平、相楽総三ら、江戸三田の薩摩藩邸に浪人を結集、関東各地と江戸市中を攪乱、幕府を挑発。幕軍、薩摩藩邸を攻撃。天皇をかかえこんでいた薩長は、「朝敵」幕府追討の口実をえる。

明治元年（一八六八）鳥羽・伏見の戦い。慶喜、江戸に逃亡。慶喜追討令。旧幕領を朝廷直轄とする。天皇、親征の詔。京坂の豪商に親征費十万両の調達を諭告。相楽総三、公卿綾小路俊実、滋野井公寿を擁立し、新選組と袂を分かったグループ、岩倉具視の「内意」を受けた水口藩士グループ、それに江戸以来の同志たちから成る赤報隊を結成。東征軍の「嚮《きょう》導《どう》先鋒」として東山道を進み、豪農、村役人層、貧農・小作人層、あるいは博徒を傘下にいれながら、村々で年貢半減令を出し、また困窮民に施米・施金して世直しを期待する民衆に安心して生産に励むよう訴え、民心をひきつける。が、新政府はこれを「偽官軍」として三月三日、相良以下幹部を斬首――。

草莽の志に徹する総三は、慶応二年以後の政事の錯綜と、西郷と岩倉、ふたりの「怪物」の押し合いに翻弄される。北方謙三が彫り上げるふたりの「怪物」ぶり、ことに西郷のそれはすさまじい。その「怪物」に食い殺された総三を偲んで、次郎長とその子分となった休之助は語る。

「相楽総三にゃ、墓はいらねえよな」

「いらねえ、と俺は思います」

「死んだ人間に、してやれることはねえ。なんにもねえ。もしなにかやるとしたら、生き残った者が、自分のためにやることだ」

「実は、俺もこの頃、やっとそう思えるようになりました」

「忘れなきゃいいんだ。相楽総三って男をよ。忘れさえしなけりゃ、墓もいらねえ」

が、「勅命ト偽リ官軍先鋒嚮導隊ト唱ヘ総督府ヲ欺キ奉リ勝手ニ進退シ剰ヘ諸藩ヘ応接ニ及ビ或ハ良民ヲ動カシ莫大ノ金穀ヲ貪リ種種悪業働キ其罪数フルニ遑《いとま》アラズ」と「殺戮斬首」された相楽総三は、それから六十年、総三の孫、木村亀太郎が冤《えん》を雪《すす》ぎ、昭和三年（一九二八）十一月十日、昭和天皇の即位式にあたり「正五位」を贈られ、翌四年（一九二九）靖国神社に合祀されるまで、ほとんど忘れられた存在だった。「薩摩屋敷の強盗無頼の党と誤伝されて今日に及んだ相楽の党から、次の如く九名の贈位者を出した。総裁相楽総三、副総裁落合直亮、大監察権田直助、同じく長谷川鉄之進、監察竹内啓、同小川香魚、渋谷総司、使番西山謙之助、同じく松田正雄。薩長のごとき大藩はさてとして、勤王浪士の隊その数尠《すくな》しとせずだが、一ツの浪士隊から九名の贈位者を出した隊は絶無だろう。況《いわん》や強盗といわれ無頼といわれ偽官軍の賊といわれた薩邸浪士隊及び赤報隊であるにおいては一種の皮肉を感ずることなきか」と、総三の孫・木村亀太郎は、その手記に記している。（長谷川伸『相楽総三とその同志』、中公文庫）

北方謙三は、理想に殉じて恨みを呑んで死んでいった相楽総三の短い生涯を謳いあげることで、木村亀太郎のいう「一種の皮肉」のなかに、幕末の体制の変換の本質をみすえているのである。

参考文献

『幕末維新人名事典』宮崎十三八・安岡昭男編（新人物往来社）
『相楽総三とその同志（上下）』長谷川伸（中公文庫）
『幕末維新人物１００話』泉秀樹（立風書房）
『明治の清水次郎長』江崎惇（毎日新聞社）
『幕末志士の生活』芳賀登（雄山閣）
『やくざの生活』田村栄太郎（雄山閣）
『日本交通史』児玉幸多編（吉川弘文館）
『日本の歴史20　明治維新』井上清（中公文庫）
『新選組　英雄の時代１』萩尾農・山村竜也編（教育書館）
『歴史ライブ　坂本龍馬』尾崎秀樹・福田紀一・光瀬龍監修（福武書店）

本書は一九九九年三月、集英社より刊行されました。

北方謙三『水滸伝』
全十九巻

十二世紀の中国、北宋末期。
腐敗した政府を倒すため、立ち上がった漢《おとこ》たち――。
第九回司馬遼太郎賞受賞作。

＊一巻　曙光の章
＊二巻　替天の章
＊三巻　輪舞の章
＊四巻　道蛇の章
＊五巻　玄武の章
＊六巻　風塵の章
＊七巻　烈火の章
＊八巻　青龍の章
＊九巻　嵐翠の章
＊十巻　濁流の章

＊十一巻　天地の章
＊十二巻　炳乎の章
＊十三巻　白虎の章
＊十四巻　爪牙の章
＊十五巻　折戟の章
＊十六巻　馳驟の章
＊十七巻　朱雀の章
＊十八巻　乾坤の章
＊十九巻　旌旗の章
＊別巻　替天行道

全巻完結、好評発売中

集英社文庫

草莽《そうもう》枯《か》れ行《ゆ》く

2002年5月25日　第1刷
2009年2月15日　第5刷

定価はカバーに表示してあります。

著　者　北方謙三《きたかたけんぞう》

発行者　加藤　潤

発行所　株式会社　集英社
東京都千代田区一ツ橋2-5-10　〒101-8050
電話　03-3230-6095（編集）
03-3230-6393（販売）
03-3230-6080（読者係）

印　刷　凸版印刷株式会社

製　本　凸版印刷株式会社

フォーマットデザイン　アリヤマデザインストア　　マークデザイン　居山浩二

ISBN978-4-08-747442-8 C0193